Vorwort:

Dies ist eine frei erfundene und rein fiktive Geschichte. Berührungspunkte mit der Realität finden sich immer dann, wenn ich auf das Fachwissen von Spezialisten oder eigene Erlebnisse zurückgegriffen habe. Dort, wo mir das nicht möglich war, hat meine Phantasie nachgeholfen. Dabei stand aber immer die theoretische Machbarkeit der Dinge im Vordergrund. Umso mehr freuen mich Lesermeldungen darüber, dass meine Erfindungen aus Band 2 in aktuellen wissenschaftlichen Berichten auftauchen.

Alle Hauptakteure sind Phantasiegestalten. Jede Ähnlichkeit mit lebenden Personen oder anderen Romanfiguren ist zufällig und gänzlich unbeabsichtigt. Einige der Orte und Schauplätze sind ebenfalls frei erfunden, andere existieren aber tatsächlich und wurden von mir im Zuge meiner Rechercheresen besucht.

Sacer Sanguis III
Heiliges Blut 3 - Thors Hammer

Genre: Action-Thrillogy
Autor: Albert Knorr
1. Auflage: Nov. 2008
2. Auflage: Okt. 2010

Danksagung:

Ohne die Verbesserungsvorschläge und Anregungen von hunderten Freiwilligen wäre dieses Projekt nicht möglich gewesen. Ich freue mich daher sehr, dass sich so viele Leseratten zum Testlesen gemeldet haben. Danke!
Mein Dank gilt auch meinen Beratern und Helfern, deren Fachwissen und Talente ich für dieses Buch verwenden durfte (siehe Impressum).
Danke an meine Familie, meine Freunde und meine Reisebegleiter für eure Unterstützung.
Mein besonderer Dank gilt meinen Blog-Freunden, die mir 365 Tage im Jahr zur Seite stehen und auch dann nicht die Geduld mit mir verlieren, wenn ich ihnen die zehnte oder zwanzigste Version von einem „neuen“ Entwurf präsentiere.

Rom, 768 n. Chr.: Eine weitere dunkle, kühle Nacht legte sich über die Stadt. Die Straßen, die bei Tag noch voller Leben gewesen waren, wirkten jetzt trostlos und leer. Eine von höchster Stelle angeordnete Ausgangssperre verfehlte ihre Wirkung nicht.

An den steinernen Stadtmauern waren in großen Abständen rostige Metallringe als Halterungen für Fackeln befestigt. Der Nieselregen der vergangenen Stunden hatte fast alle ihre Flammen ausgelöscht. Vereinzelt huschten fliegende Schatten auf ihrer Jagd nach Insekten durch den tanzenden Lichtschein und so schnell, wie die Silhouetten aus der Finsternis auftauchten, wurden sie auch wieder von ihr verschluckt.

Ort und Zeitpunkt waren perfekt gewählt, um sich einen der größten Feinde des neuen Papstes vom Hals zu schaffen. Die Ereignisse der vergangenen Monate sollten keine Erwähnung in den Chroniken finden. Diese geschichtsträchtige Nacht würde beenden, was aus Sicht künftiger Historiker nie begonnen hatte.

Nur eine Handvoll Zuschauer erhielt das Privileg, dem grausamen Schauspiel beizuwohnen. Papst Stephan III. hatte seine engsten Verbündeten aus den Reihen der Langobarden, allen voran deren König Desiderius, in das modrige Kellerverlies geladen. Desiderius war es zu verdanken, dass Stephan III. den Platz seines Widersachers überhaupt hatte einnehmen können.

Nahezu desinteressiert verfolgten die Anwesenden das Verlesen der Anklage. Das Urteil überraschte ohnedies keinen von ihnen, am wenigsten den Scharfrichter, der mit einer Eisenstange im knisternden Feuer herumstocherte. Seine ausgestreckte Hand mit dem rot glühenden Eisen war der letzte Anblick all jener, an denen er die Urteile vollstreckte. Jahrelange Erfahrung hatte ihm nicht nur diesen lukrativen Auftrag eingebracht, sondern auch seine Ohren für das

Geschrei und Gebettel seiner Opfer taub gemacht. Selbst die stärksten Kerle, deren Netzhäute die Gluthitze zu spüren bekamen, brüllten vor Schmerz wie Vieh beim Abstechen.
Ein ausdrucksloses Augenpaar starrte durch die Schlitze der schwarzen Kapuze auf den gefesselten Verurteilten. *Er wird schreien wie die anderen*, dachte der Vollstrecker, als er das hellrote Eisen aus dem Feuer zog. Ein geübter Blick prüfte die Temperatur anhand des Farbtons der glühenden Spitze. *Er wird am lautesten von allen schreien,* war der Kapuzenträger sich seiner Sache sicher, *um die Blendung echt aussehen zu lassen. Wenn seine Vorstellung die anderen nicht überzeugt, sind wir beide des Todes.*
„Hat unser scheidender Pontifex noch einen Wunsch, bevor wir beginnen?“, fragte der rechtmäßige Papst spöttisch in Richtung seines an eine Holzbank gefesselten Erzfeindes.
Der verurteilte Gegenpapst Konstantin II. sagte kein Wort.
„Er will die Stimme wohl für seinen großen Auftritt schonen“, grollte Desiderius' Lachen durch das Verlies.
Konstantin II. starrte seine Peiniger mit einem letzten verächtlichen Blick an. Niemals würde er diesen Anblick vergessen.
„Fang an!“, gab Stephan III. das Kommando.
Der Verurteilte zuckte zusammen.
Mit zwei schweren Schritten trat der Vollstrecker an sein Opfer heran.
Kurz bevor die stählerne Hitze sein Gesicht erreichte, flüsterte Konstantin II. mit brüchiger Stimme: „Ihr hättet mich besser gleich getötet!“
„Nichts liegt uns ferner, als Euch in den Rang eines Märtyrers zu erheben“, rief Stephan III. seinem Gegenspieler zu. „Ihr werdet spurlos aus dem Lauf der Geschichte verschwinden.“ Sein Satz wurde vom ersten einer langen Reihe von markerschütternden Schreien überlagert, die das Ende des

Pontifikats von Konstantin II. besiegelten.

***

Zwei harte Winter in Folge hatte Rom seit der Absetzung von Konstantin II. bewältigen müssen. Nur eine knappe Reitstunde östlich der päpstlichen Residenz lag ein altes Kloster, in dem ein Mönch ein Schreiben aufsetzte. Zwei Finger seiner linken Hand fehlten. Die drei verbliebenen umklammerten einen angespitzten Federkiel. Es kostete ihn viel Anstrengung, die Buchstaben klar und leserlich zu Papier zu bringen. Der dunkle Holztisch bot kaum Platz für das gelbliche Stück Pergament, eine Trinkschale, ein kleines Tintenfass und eine etwa zur Hälfte heruntergebrannte Kerze. Die Bewegungen der Schreibfeder erzeugten ein unangenehmes Geräusch, sobald nicht genügend Tinte auf die dünne Tierhaut gelangte. Das gleichmäßige Kratzen wurde nur sporadisch vom Gurren einer Taube unterbrochen. Ihr winziger Käfig stand in einer Wandnische, gleich neben jenem Brett, das die einzige Fensteröffnung in der Wand verschlossen hielt. Zwei Sätze hatte der Linkshänder bereits auf das Pergament geschrieben:

Ehrwürdiger Pontifex, ich habe, wie von Euch angeordnet, einen letzten Eintrag im Buch der Gog und Magog verfasst. Die darin enthaltenen Hinweise zeigen den Weg zu Eurem vierten Vermächtnis für die Nachwelt.

Seine Hand tauchte die schwarze Feder tief in das Tintenfass und streifte sie vorsichtig ab, ehe er die Schriftzeichen an zwei Stellen nachbesserte. Sein geschultes Auge wanderte noch einmal über die geschriebenen Zeilen und ein kurzes Lächeln zeigte sich auf seinem Gesicht, bevor er die nächste Zeile in Angriff nahm.

Ich kann Euch gar nicht sagen, wie sehr es mein altes Herz erfreut zu hören, dass...

Der Mönch stutzte. Die Konzentration auf ein Stimmengewirr unterbrach für einen Moment seine Arbeit. Es klang wie der Widerhall eines entfernt stattfindenden Streitgesprächs. Noch bevor er Zeit fand, es zu deuten, waren die Stimmen auch schon wieder verstummt.

...Ihr die gerechte Sache mit solchem Erfolg vorantreibt.

„Nein!“, rief er besorgt aus und zog das Pergament zu sich, als der Rand der Kerze an einer Stelle nachgab und sich das flüssige Wachs über eine Ecke seines Schreibens ergoss. Er blies das Blatt vorsichtig an und entfernte dann mit seinem Fingernagel die noch weiche Masse von dem Brief. Sein nächster Seufzer galt weniger dem Zustand des Schriftstücks als der Besorgnis, mit der er die nächsten Zeilen niederschrieb.

Leider muss ich Euch davon in Kenntnis setzen, dass die Dinge hier einen höchst beunruhigenden Verlauf nehmen. Jener treu ergebene Gefolgsmann, der Eure Blendung vorgetäuscht hatte, wurde gestern verhaftet. Es steht zu befürchten,...

Erneut ließen ihn Stimmen aufhorchen, die nun lauter klangen als noch wenige Zeilen zuvor. Beunruhigt drehte er sich zu der Eichentür um. Seine Hand begann nervös zu zittern, während er seinen Satz zu Ende brachte.

...dass er sein Wissen über Eure gelungene Flucht aus dem Verlies unter der Folter preisgibt.

Deutlich waren jetzt Schritte zu vernehmen, die sich rasch seiner Kammer näherten. Jeder Zweifel war ausgeschlossen - der lange Gang endete genau an der Stelle, an der auch die Schritte stoppten - vor jener Eichentür, die der einzige Zugang zur Schreibstube war.

Unentschlossen blickte der Mönch zunächst zur Taube, dann zum flackernden Kerzenfeuer. Ihm blieb nicht viel Zeit für eine Entscheidung. Eine Faust klopfte dumpf gegen die Tür. Er zuckte erschrocken zusammen und wandte sich hastig wieder dem Brief zu. Seine Finger verkrampften sich, so fest hielt er

den Federkiel bei seinem letzten Satz.
Ich habe meine Abreise noch für diese Nacht vorbereitet...
Eine bösartig klingende Stimme rief seinen Namen und die Faust schlug erneut gegen die Tür.
...und werde mich Euch am vereinbarten Treffpunkt anschließen.
Die Worte waren so verschmiert, dass er sie wohl selbst nicht mehr hätte lesen können. Doch mehr war ihm nicht möglich, wenn seine Nachricht den Empfänger noch erreichen sollte. Mit beiden Händen rollte er das Pergament zusammen, während vor der Tür immer lauter Einlass gefordert wurde.
„Im Namen seiner Heiligkeit Stephan III.: Öffnet die Tür oder wir brechen sie auf!"
Das Pergament hatte die richtige Größe erreicht, um in dem kleinen Lederröhrchen Platz zu finden, welches für den Fuß der Brieftaube bestimmt war.
„Geht zur Seite", wies der Anführer der Eindringlinge zwei seiner Gefolgsleute an, um vier weiteren Männern Platz zu machen. Sie brachten einen kaum zwei Meter langen Baumstamm, an dessen Seiten entrindete Äste wie Griffe abstanden.
„Brecht sie auf!", brüllte eine entschlossene Stimme, deren Echo in dem verzweigten Gemäuer noch nicht verhallt war, als das Türholz auch schon unter dem schweren Schlag erzitterte. Dem wiederholten Einzählen ihres Anführers folgte martialisches Krachen des gegen die Tür geschlagenen Baumstamms. Die massive Eichentür ächzte unter der Wucht des Anpralls und die ersten Querstreben begannen zu splittern. Gänzlich unerwartet für die Eindringlinge war es nicht die Tür, die zuerst nachgab, sondern das umgebende Mauerwerk, in dem sie verankert war. In einem Stück wurde sie samt den Aufhängungen aus der Wand gerissen und landete auf dem kleinen Holztisch, der ihrem Gewicht nichts entgegenzusetzen

hatte.
„Haltet ihn auf!“ Der Befehl erstickte ungehört in dem ohrenbetäubenden Lärm, den Tür, Mauer und Tischteile beim Aufschlag auf den Steinboden machten.
„Haltet ihn auf!“, wiederholte der Anführer sein Kommando. Der Mönch hatte seinen Angreifern den Rücken zugewandt und verdeckte ihnen die Sicht auf das Fenster. Er wollte sich gerade umdrehen, da traf das Schwert eines der Männer sein Ziel bereits. Ein glatter Hieb trennte, was ein Leben lang verbunden war. Das von der Klinge verspritzte Blut verteilte sich um das Loch in der Mauer. Nur wenige Tropfen erreichten noch die ausgestreckten Flügel einer Taube, deren weite Reise gerade erst begonnen hatte.

***

Ungefähr 1240 Jahre später ging ein langer, harter Arbeitstag in einem bescheiden eingerichteten Krankenhaus zu Ende.
„Schlafen Sie gut, Sylvia“, flüsterte eine freundliche Stimme in Richtung Bett. Doch Sylvias Müdigkeit war den Worten ihres behandelnden Arztes bereits zuvorgekommen. Vorsichtig öffnete der Mediziner die hellgraue Tür von Zimmer 36 und stahl sich aus dem Raum. Nahezu lautlos rastete das Schloss ein.
Noch immer hielt er den Kugelschreiber in seiner Hand, mit dem er Sylvias Fortschritte in ihrer Krankenakte vermerkt hatte.
Genau genommen hätte ich mir die Arbeit auch sparen können.
Er ließ den Stift in die Brusttasche seines Arztmantels rutschen. Er kannte jeden Eintrag in Sylvias Akte auswendig und würde keinen einzigen jemals vergessen. In einem anderen, westlicheren Land wäre das, was er an Sylvias Körper vollbracht hatte, zu einer medizinischen Sensation hochstilisiert worden. Vermutlich würde er darüber längst

Vorträge auf internationalen Kongressen halten. Die gestoppte Gehirnblutung, die Ausheilung ihrer verätzten Schnittwunden, der aus dem Gehirn entfernte Knochensplitter - jedes Detail ihrer Genesung war schon ein kleines Wunder für sich. Wunder, für die eine kleingewachsene Krankenschwester jeden Abend an Sylvias Bett gebetet hatte. *Schwester Candida muss wirklich einen guten Draht zu dem da oben haben...* Gedankenversunken ging der Arzt in Richtung Treppenhaus. *Ob uns Sylvia wirklich ihren richtigen Namen...*

Fast wäre er mit der dunkelhäutigen Frau zusammengestoßen, die um die Ecke gelaufen kam. Sein erster Blick streifte das heftig um ihren Hals baumelnde Holzkreuz. „Schwester Candida!“, rief er überrascht aus.

„Entschuldigen Sie, bitte“, keuchte die grauhaarige Frau, die es in ihrem Alter nicht mehr gewohnt war, durch die Gänge zu laufen. Dann tauschte sie ihr verlegenes Lächeln gegen einen Ausdruck ernster Besorgnis. „Zwei Männer haben sich nach einer jungen Frau erkundigt.“ Sie holte tief Luft.

„Und...“, der Doktor wollte Candidas Atempause für eine Frage nutzen, da fiel sie ihm ins Wort: „Die Beschreibung passt auf Sylvia.“

Er zögerte kurz. „Was waren das für Männer?“

„Sie wissen schon“, sagte Candida abfällig.

„Ich verstehe.“ Seine Stimme klang betroffen. „Haben Sie ihnen von Sylvia...“

„Nein! Nein, natürlich nicht“, unterbrach sie ihn. „Ich habe sie weggeschickt und gesagt, dass bei uns niemand aufgetaucht ist, auf den ihre Beschreibung passt.“

„Und?“, forderte er die Krankenschwester auf, ihm ihre Einschätzung zu geben.

Candida verzog das Gesicht. „Ich weiß nicht, ob ich überzeugend war. Vielleicht kommen sie wieder.“

Er nickte. „Holen Sie mich, falls wieder jemand nach ihr

fragt."
„Danke." Mit einer gewissen Erleichterung nahm sie seine Antwort auf. „Wie geht es ihr?"
„Sie ist eingeschlafen."
„Hat sie Ihnen heute etwas erzählt?", fragte Candida neugierig.
„Letzte Nacht hat sie wohl wieder etwas geträumt. Erinnern kann sie sich aber nur an wenig. Sie sprach von Bildern: eine Glastür, grünes Licht... ein Labor."
„Ein Labor?"
Er winkte ab. „Ihr Gedächtnis weist noch große Lücken auf. Wir müssen Geduld mit ihr haben."
Candida lächelte. „Ja", sagte sie. „Ich weiß."

***

Etwa zur selben Zeit verlor irgendwo am Horizont ein schwarzer fliegender Punkt rasch, aber kontrolliert an Höhe. Möwengeschrei wurde von Rotorenlärm abgelöst. Vier Wissenschafter stiegen aus einem Hubschrauber und betraten ihren neuen Arbeitsplatz. Kaum aufgesetzt, war der Helikopter schon wieder unterwegs zum Festland, um weiteres Laborpersonal aufzunehmen.
Unbemerkt von den Neuankömmlingen starrte ein schlanker Asiat mit breitem Kinn finster hinaus auf das Meer. *Wir liegen hinter dem Zeitplan. Jeder Tag, den wir weiter zurückfallen, kostet mich ein Vermögen... Wie viele Männer muss ich denn noch abkommandieren, damit sie die Stromversorgung endlich in den Griff bekommen? Ich kann unsere Auftraggeber nicht ewig hinhalten - am allerwenigsten Shahid. Dieser Ägypter interessiert sich einen Dreck für unsere Stromprobleme. Wenn wir nicht bald mit seiner Analyse beginnen können...*
„Dr. Qian?"
Der Angesprochene drehte sich widerwillig um. „Ja?"

„Sie wollten informiert werden, sobald die Ladungen der beiden Transportschiffe gelöscht und eingelagert sind."
Qian nickte und wandte seinen Blick wieder dem offenen Meer zu. „Wie kommen Sie mit den Arbeiten an der Stromversorgung voran?"
„Wir arbeiten daran, Dr. Qian."
Qian holte deutlich hörbar Luft.
Sein Gegenüber folgte der versteckten Aufforderung und setzte fort: „Die Verkabelung an Bord ist für unsere sensible Laborausrüstung in vielen Räumen unterdimensioniert. Einige der Analysegeräte ziehen weit mehr Strom, als der bestehende Kabelquerschnitt zulässt. Für die Notsysteme müssen wir außerdem komplett neue Leitungen verlegen."
Der Doktor schwieg, als hätte er gar nicht zugehört. Aber wer Qian kannte, wusste, dass Meldungen über weitere Verzögerungen ihn nicht kaltließen. Sein Mitarbeiter tat gut daran, eine Erfolgsmeldung anzuhängen: „Wir haben aber große Fortschritte bei den Lüftungsanlagen gemacht. Die Montageteams der unteren Decks haben aufgeholt und liegen wieder voll im Zeitplan."
„Noch was?"
Ein eingehender Funkruf ersparte dem Mann, weiter über den Verlauf der Arbeiten zu berichten - vorläufig.
„Ja? Ja, er steht neben mir. Für Sie." Er hielt Qian das Funkgerät hin. Dieser griff gereizt danach. „Qian hier. Reden Sie."
Das Gespräch war kurz und verlief sehr einseitig, wenn man von einem zustimmenden Brummlaut des Doktors absah. Man musste kein Hellseher sein, um zu erahnen, dass es keine guten Neuigkeiten waren, nahm der Asiat sie doch ohne den geringsten Ausdruck der Freude auf.
„Begleiten Sie mich auf Ebene 4!" Er gab das Funkgerät zurück.

Ebene 4? Die Säureduschen, schoss es seinem Gegenüber durch den Kopf. Sein Gesicht verlor ein wenig von der Bräune, die es den vergangenen Tagen auf See zu verdanken hatte.
„Klingelt da was bei Ihnen?“, ging Qian auf die sichtbare Reaktion seines Untergebenen ein.
„Wir hatten vorige Woche kleinere Probleme mit den Einstellungen der automatischen Säureduschen auf Ebene 4. Die Säurekonzentration reichte nicht aus, um alle Anforderungen der Dekontaminationsprotokolle zu erfüllen.“
Qian setzte sich in Bewegung. „Darüber haben Sie mich gar nicht informiert.“
„Nur ein Programmfehler - wir haben umgehend ein Update eingespielt“, versuchte er den Doktor zu beruhigen.
„Mussten Sie dazu nicht vorübergehend die Sicherheitsprotokolle außer Kraft setzen?“
„Ja, mussten wir. Aber die Anlage ist noch nicht in Betrieb. Außerdem wurde sie nur mit der vorgeschriebenen Testmenge des Herstellers befüllt.“
„Für den Elektriker hat diese Testmenge offensichtlich ausgereicht“, stellte Qian fest.
„Wie meinen Sie das?“
„Er soll es Ihnen selbst erklären - falls er noch reden kann, bis wir bei ihm sind.“
Fassungslos schüttelte der Mann den Kopf. „Aber wir hatten die Anlage nach dem Test wieder vom Strom genommen. Sie sollte erst nächste Woche mit der neuen Verkabelung ans Netz gehen.“
„Nun, es sieht so aus, als hätte der Elektriker dies zuerst erledigt.“

***

„Natascha...“, murmelte David Wilder und stellte das Foto

seiner Frau zurück auf den Holztisch. Obwohl einige Zeit vergangen war, fiel es ihm noch immer schwer, seine Gedanken zu ordnen. Langsam strich er mit der Hand durch sein kurzes dunkelblondes Haar, das vor allem im Stirnbereich nicht mehr ganz so dicht war wie seine buschigen Augenbrauen. David stand auf und ging zum Fenster. Er konnte seinen Vorgarten gut einsehen, ohne den Vorhang bewegen zu müssen. Vorbei an dem herbstlich gefärbten Nussbaum wanderte sein Blick durch den grobmaschigen Zaun, über die wenig frequentierte Straße, bis hin zum gegenüberliegenden Gehweg. Ein dunkel gekleideter Motorradfahrer stellte gerade seine Maschine ab. Er erweckte nicht den Anschein, als hätte er es eilig, das abgedunkelte Visier zu öffnen oder gar den Helm abzunehmen.

David fühlte sich unwohl. Es war dieses schwer zu beschreibende Gefühl, das einen beschleicht, wenn man, allen guten Vorbereitungen zum Trotz, letztlich doch auf dem falschen Fuß erwischt wird. Davids fast verheilte Wunde am Bein schmerzte noch ausreichend, um ihn den Moment seines Versagens nicht vergessen zu lassen. Er senkte den Blick und wollte gerade einen Schritt zurücktreten, da erinnerte ihn ein Zupfen an seinem Hosenbein an eine andere, viel erfreulichere Sache, die er tunlichst nicht vergessen sollte.

Davids Gesichtszüge erhellten sich. „Goliath, wer hat dich denn rausgelassen?“

„Das war ich.“ Hiob betrat, gefolgt von Alon, den Raum. „Ich bin zwar kein Experte für Kaninchen, aber ich vermute, Ihr weißer Riese hat Hunger.“

Alon Kollek schob sich an dem zwei Meter großen Hiob vorbei in Richtung Kühlschrank. „Experten sind wir vielleicht nicht, aber wir wissen zumindest schon, dass er lieber frische Äpfel als eingelegte Zwiebeln mag.“ Seine Hand suchte in den Küchenschubladen nach einem Obstmesser. David hob Goliath

hoch und nahm auf einem der Stühle Platz. „Ich hab euch gar nicht kommen gehört.“
„Warst wohl wieder in Gedanken versunken“, deutete Alon mit einer Kopfbewegung auf Nataschas Foto. David antwortete mit einem Achselzucken.
„Wie lange willst du dir denn noch etwas vormachen, David?“
„Bis ich Gewissheit habe... bis ich...“ Der Rest des Satzes war ein unverständliches Gemurmel, das im aufgestellten Kragen seines beigefarbenen Trainingsanzugs verstummte.
Alon nickte seufzend, als hätte er keine andere Antwort erwartet. Für ihn stand fest, dass David sich sein Leben unnötig schwerer machte, als es ohnehin schon war. *Wenn ich nur wüsste, wie ich dir helfen kann, alter Freund.* Alon hatte bereits Stunden damit zugebracht, auf David einzureden, um ihm die Sinnlosigkeit seiner Selbstvorwürfe vor Augen zu führen. Aber David verhielt sich wie ein geprügelter Hund.
„Chief Inspector Scowcroft von Scotland Yard hat dir einen zusätzlichen Mann als Abschreckung vor die Tür gestellt.“
„Schon gesehen“, erwiderte David mit farbloser Stimme.
„Na, wenn du ihn bereits bemerkt hast, dürfte er der Aufmerksamkeit von Shahids Killern kaum entgehen“, grinste Alon boshaft und hoffte insgeheim auf eine Reaktion - irgendeine.
Es hatte aber nicht den Anschein, als wollte David sich provozieren lassen. Stattdessen fütterte er gedankenversunken das weiße Riesenkaninchen auf seinem Schoß mit einem aufgeschnittenen Apfel.
Hiob blickte demonstrativ auf die Uhr. „Wir müssen los. Sind Sie sicher, dass Sie beide nicht mit uns nach Jordanien kommen wollen, Wilder?“
David hob den Kopf, und für einen kurzen Augenblick meinte Hiob ein Lächeln zu erkennen. „Danke für die Einladung, Captain Hiob. Ich glaube, ich spreche für uns beide“, er

streichelte Goliath über den Kopf, „wenn ich sage, dass wir sehr gerne mit Ihnen fliegen würden. Aber ich muss zunächst Antworten auf meine Fragen finden, bevor ich weiß, wohin uns der Weg führt."
Alon ging auf David zu und streckte ihm seine Hand entgegen. „Ich lasse euch nur ungern allein zurück. Wann immer du so weit bist, sag Bescheid und ich schick Hiob, um euch abzuholen... Und du", beugte er sich zu dem weißen Riesenkaninchen, „pass mir gut auf ihn auf, bis wir uns wiedersehen."
Alon hatte den Raum bereits verlassen, da nutzte Hiob die Gelegenheit, um David eventuell doch noch umzustimmen. „Er macht sich wirklich große Sorgen um Sie, Wilder."
„Ja, ich weiß."
„Die vergangenen Wochen waren für uns alle sehr..."
„Aufregend?", legte ihm David das Wort in den Mund. „Für mich waren sie weit mehr als das, Hiob. Ein international gesuchter Serienkiller hat meine Frau entführt, um mich dann - vermutlich sogar mit Nataschas Hilfe - in die Luft zu sprengen. Was den beiden aber nur deshalb nicht gelungen ist, weil Sie mir ins Bein geschossen haben, nachdem Alon mich in meinem eigenen Auto gegen den Baum gefahren hat."
„Aufregend", bestätigte Hiob mit gewohnter Sachlichkeit.
„Sie lässt wohl alles kalt!"
„Man gewöhnt sich an vieles. Wie es aussieht auch an Menschen, die so anders sind als wir selbst."
David hob die linke Augenbraue, so wie er es immer tat, wenn er sich unsicher war. „Vermutlich haben Sie damit Recht, Hiob. Wieder einmal."
„Sie wissen, wie Sie uns erreichen, wenn Sie Ihre Antworten beisammen haben."

***

Vor dem Haus wartete das bestellte Taxi bereits mit laufendem Motor. Hiob zwängte seinen hünenhaften Körper auf die enge Rückbank.

„Zum Flughafen“, wies Alon den Fahrer an und setzte sich neben seinen Freund. „Hat David noch etwas zu dir gesagt?“

„Er hat mir nicht verraten, ob und wann er sich bei uns meldet. Falls du das meinst.“

„Das war zu erwarten.“ Seine Stimme klang ein wenig enttäuscht.

„Lass ihm Zeit, die Ereignisse zu verarbeiten. Die letzten Wochen haben sein Leben praktisch auf den Kopf gestellt.“

„Das ist es ja, was mir Sorgen macht. Sein Leben gerät aus den Fugen und er sitzt nur da und wartet auf...“, Alon überlegte, „ja, keine Ahnung, worauf er eigentlich wartet. Ich kenne David seit einer Ewigkeit. Er war nie aufbrausend oder gar rachsüchtig - aber nach allem, was passiert ist, muss er doch eine Riesenwut im Bauch haben.“

„In dem Punkt kann ich dich beruhigen“, scherzte Hiob. „Die Sache mit seinem Auto nimmt er dir nämlich wirklich übel.“

Alon schwankte kurz zwischen einem Lächeln und einem argwöhnischen Blick, entschied sich dann aber zu lächeln.

Der Wagen hielt an einer roten Ampel. „Wir sollten hier umsteigen“, meinte Alon und zeigte auf eine Reihe wartender Taxis am Straßenrand. „Was schulden wir Ihnen, wenn Sie ohne uns zum Flughafen weiterfahren?“

„Wir haben kurzfristig umdisponiert“, erklärte Hiob dem überraschten Taxifahrer die Entscheidung.

Alon beglich großzügig die Rechnung und noch ehe die Ampel auf Grün umsprang, stiegen die beiden Israelis bereits ins nächste Taxi.

Einen vorbestellten Wagen so schnell wie möglich gegen einen zufällig ausgewählten zu tauschen, gehörte zu den ersten

Dingen, die sie beim Mossad gelernt hatten. Auch wenn London grundsätzlich ein sicheres Pflaster war, legten Hiob und Alon alte Gewohnheiten nur ungern ab.

„Auf dieser großen Rückbank haben wir auch mehr Platz.“ Hiob öffnete den dunklen Aktenkoffer auf seinen Oberschenkeln.

Neugierig lugte Alon in Hiobs Koffer und entdeckte ein vertrautes Detail. „Du trägst sie also immer noch mit dir rum?“

„Klar“, schmunzelte Hiob.

Alon schüttelte zweifelnd den Kopf. „Manchmal mach ich mir schon so meine Gedanken...“

„Das ist die Stelle, von der ich dir erzählt habe“, unterbrach Hiob seinen Freund und schlug ein altes Buch auf. Es war eine Kopie des Buchs der Gog und Magog, die Mönche vor hunderten von Jahren angefertigt hatten.

Alon versuchte, Interesse an Hiobs vermeintlicher Entdeckung zu bekunden und beugte sich zu ihm hinüber. Das Buch war in Kufi, einer alten arabischen Schrift, verfasst, die jedem ungeschulten Auge wie Malerei vorkommen musste.

„Siehst du den Unterschied zwischen diesen beiden Seiten?“, fragte Hiob.

„Welchen genau?“

„Schon gut“, kürzte Hiob die Sache ab. „Die letzten Seiten in diesem Buch sind unleserlich. Genau ab hier.“ Er zeigte mit dem Finger auf ein Zeichen, das Alon an ein Fahrrad mit Schornstein erinnerte. „Dieses Zeichen ergibt keinen Sinn.“

Alon teilte Hiobs Schlussfolgerung, ohne genau zu wissen, was sein Freund damit eigentlich sagen wollte. „Du bist derjenige von uns, der Kufi lesen kann... lesen können sollte“, verbesserte sich Alon.

„Kann ich auch - aber das ist kein Kufi.“ Hiob klopfte mit dem ausgestreckten Zeigefinger mehrfach auf das angesprochene Zeichen. „Woran erinnert dich das, Alon?“

Alon musste unweigerlich wieder an das Fahrrad denken. „Ich hab keine Ahnung!“
Hiob lehnte sich zurück in die schwarze Sitzbank des Taxis. „Also für mich sieht es aus wie ein Fahrrad mit Schornstein.“
Alon stutzte. „Hmmm... jetzt, wo du es sagst...“
„Das Zeichen ist absoluter Blödsinn“, setzte Hiob seine Erklärung fort. „Auf den letzten Seiten finden sich zahlreiche Symbole, die unmöglich Kufi sein können. Es gibt aber auch einzelne Phrasen dazwischen, die tatsächlich eine Bedeutung haben. Allerdings sind sie - so aus dem Zusammenhang gerissen - nutzlos.“
„Vielleicht ein anderer Dialekt oder ein anderer Autor?“
„Unwahrscheinlich. Aufgrund der wenigen Zeichen, die ich auf den letzten Seiten noch lesen kann, bin ich mir ziemlich sicher, dass es die gleiche Handschrift ist wie im Rest des Buchs.“
„Erzählte der Mönch, der euch im Skriptorium zu diesem Buch geführt hat, nicht etwas von Illustratoren, die die Zeichen einfach nur stupide abgemalt haben, um eine Kopie des Originals zu erstellen? Das Buch der Gog und Magog hat also wahrscheinlich jemand nachgepinselt, der gar nicht wusste, was er da eigentlich kopiert.“
„Das ist schon richtig“, räumte Hiob ein. „Aber warum hat er sich so lange genau an die Vorlage gehalten und schmiert dann, kurz vor dem Ende, nur noch Unsinn in das Buch?“
Alon zuckte gelangweilt mit den Achseln. „Vielleicht hatte er es eilig? Oder der Obermönch ist übers Wochenende weggefahren. Und unser Illustrator hat die Zeit seiner Abwesenheit im Kloster verbummelt und musste sie dann wieder reinholen“, zog Alon die Sache ins Lächerliche. „Aber eigentlich spielt es auch gar keine Rolle. Wir haben die echten Kreuznägel gefunden und Shahid die falschen untergejubelt. Wen interessiert da noch, was irgendjemand ins Nachwort von dieser Kopie geschrieben hat?“

Hiobs Gesicht schrie förmlich hinaus, wie sehr es ihn interessierte. „Ich werde Chess fragen, was sie davon hält."

***

Einige Tage darauf, es war kurz nach dem Mittagessen, saß ein Araber ungeduldig an seinem abgenutzten Schreibtisch. Der kraushaarige Alte wartete auf ein Fax aus Dr. Qians Labor. Wenige Minuten zuvor hatte ihm der Doktor das Ergebnis seiner Analyse telefonisch mitgeteilt. Die Schriftform erschien dem Alten jedoch geeigneter, Shahid über die Projektfortschritte zu informieren. Zigaretten halfen ihm, sich die Zeit zu vertreiben, bis das vergilbte Faxgerät sich einschalten würde. Ein staubgraues Fenster, das einzige des Raums, ließ sich wegen des abgebrochenen Griffs nicht mehr schließen. Dennoch fehlte es dem düsteren Kellerraum an Frischluft. Der Schimmelgeruch der feuchten Wände mischte sich mit dem Rauch einer weiteren Zigarette. „Schon wieder voll", brummte er beim Anblick eines menschlichen Schädelknochens, der ihm als Aschenbecher diente. Behutsam, als würde es für den Raum einen Unterschied machen, ob er etwas davon verschüttete, hob er die mit Zigarettenresten gefüllte Schale an. Er drehte sich zu einem schwarzen Plastiksack und versenkte den Schädel darin, ohne seinen Bürosessel verlassen zu müssen. Dann suchten seine faltigen, vertrockneten Finger in einer Schreibtischschublade nach Ersatz. *War ziemlich ruhig in den letzten Tagen*, erklärte er sich seinen auf einen letzten Totenschädel zusammengeschrumpften Vorrat. Seine zittrige Hand steuerte die Zigarette geradewegs in eine der Augenhöhlen. Der Alte war kein Anhänger kleinkalibriger Waffen, da deren Einschusslöcher nicht ausreichten, um seine Glimmstängel darin abzulegen.
Über den verklebten Tasten des Faxgeräts zeigte das

Aufleuchten eines grünen Lämpchens eine eingehende Nachricht an. Er überflog die vom Labor übermittelte Analyse, faltete sie zusammen und steckte sie in ein Kuvert.

Auf seinen krummen Stock gestützt, erreichte der Alte wenig später den Vorraum zum Treppenhaus im Erdgeschoss. Zwei Araber, sie waren Ende dreißig, standen unschlüssig herum, als würden sie etwas oder jemanden suchen. Der größere von beiden bemerkte den alten Mann zuerst. „Wir suchen Shahid."

Ohne zu reagieren, hinkte der Alte mit seinem Stock an ihnen vorbei. Die beiden ihm Unbekannten sahen einander fragend an.

„Hast du uns verstanden? Wir suchen Shahid!", rief der kleinere der beiden, dessen dunkler Bart sein Gesicht fast vollständig verdeckte.

„Ich bin es jedenfalls nicht", murmelte der Alte und hinkte unbeirrt weiter.

Mit seinem offen zur Schau gestellten Desinteresse zog er die Aufmerksamkeit der beiden auf sich. Ohne weitere Vorwarnung trat das gestreckte Bein des Bärtigen gegen den Stock, worauf der alte Mann zu Boden stürzte.

„Möglicherweise überfordert es einen Krüppel wie dich ja, wenn er sich auf zwei Dinge gleichzeitig konzentrieren muss."

„Probieren wir es noch einmal. Wir suchen Shahid", wiederholte der andere.

Der Alte erkannte, dass es klüger war, den beiden zu antworten, ehe er einen Versuch unternehmen würde aufzustehen. „Was wollt ihr von ihm?"

„Du strapazierst meine Geduld, Alter! Wir sollen uns bei Shahid melden."

„Sucht ihr einen Job?"

„Und wenn es so wäre?"

„Warum habt ihr das denn nicht gleich gesagt?", wurde der Tonfall mit einem Mal fast freundlich. „Eine Menge Leute

erkundigen sich nach Shahid - die wenigsten davon wollen nur einen Job von ihm. Ein Mann in seiner Position hat viele Feinde."
„Mein Cousin hat gehört, dass in seiner Organisation kürzlich einige Stellen frei geworden sind und Shahid fähige Männer sucht."
Der betagte Araber rappelte sich langsam wieder auf. „Ich verstehe. Ihr habt Glück, dass ihr mich getroffen habt."
„Wir freuen uns auch riesig - und jetzt sag uns endlich, wo er steckt."
„Er ist oben, in seinem Büro. Aber ihr könnt da nicht einfach hinaufgehen."
„Wer soll uns aufhalten? Du etwa?"
„Nein", schüttelte der Angesprochene den Kopf. „Ihr wärt nicht die Ersten, die er abknallt, weil sie unangekündigt bei ihm auftauchen." In seine Stimme mischte sich Besorgnis. „Shahid hasst Überraschungen, müsst ihr wissen." Er führte die flache Hand ruckartig an seiner Kehle vorbei. Die eindeutige Geste, kombiniert mit der darauffolgenden Stille, betonte die warnende Wirkung seiner Worte.
„Aber wenn ihr jungen Hitzköpfe das Haus unbedingt mit den Füßen voran verlassen wollt..."
Die Entschlossenheit in den Gesichtern der beiden Männer ließ merklich nach.
„Ich denke, es ist besser, wenn du zuerst mit ihm redest", überließ der größere seinem Begleiter den Vortritt.
„Warum gehst du nicht?", erwiderte der Bärtige ablehnend.
„Weil ich keine Lust habe, mir eine verdammte Kugel einzufangen."
„Und was willst..."
„Ich könnte euch Shahid vorstellen", unterbrach sie der alte Mann lautstark.
Die beiden drehten sich fast gleichzeitig zu ihm um. Er hatte

ihre ganze Aufmerksamkeit. „Shahid erwartet mich ohnehin. Ich habe einen Bericht bei ihm abzugeben“, begann er seinen Vorschlag auszuführen, der ungeteilte Zustimmung finden sollte.

Wenig später erreichte das ungleiche Trio die Tür zu Shahids Büro. Mit einem speziellen Klopfzeichen gab sich der Alte zu erkennen. Prompt folgte aus dem Inneren die Aufforderung einzutreten.

„Die Analyseergebnisse sind endlich eingetroffen“, kam der alte Araber gleich zur Sache. „Und ich habe diese beiden Männer getroffen, die dir ihre Dienste anbieten wollen. Ich denke, sie werden uns von großem Nutzen sein.“ Demonstrativ drückte er dem größeren seiner beiden Begleiter das Kuvert mit den Analyseergebnissen in die Hand. „Viel Glück“, flüsterte er den Jobanwärtern noch zu und verließ, so schnell es ihm möglich war, den Raum.

„Mein Cousin und ich...“, begann der Bärtige den Satz.

„Zuerst das Kuvert!“, stellte Shahid seine Prioritäten klar.

Erstaunlich schnell war der Alte zwischenzeitlich über die kurze Treppe ins Erdgeschoss gelangt. Er nahm sich einen Moment Zeit, um zu verschnaufen, da donnerten auch schon zwei Schüsse durch das Gebäude. *Damit wäre die schlechte Nachricht dann wohl zugestellt*, grinste der alte Mann überlegen. Er kannte Mustafa Shahid lange genug, um zu wissen, was Überbringer übler Nachrichten von ihm zu erwarten hatten. Die negativen Ergebnisse aus Dr. Qians Geheimlabor stellten zweifellos einen der größten Rückschläge für das Projekt dar.

Wortlos legte Shahid seine rauchende Pistole neben den aufgefalteten Laborbericht:

Auf den von Ihnen angelieferten Kreuznägeln finden sich keine verwertbaren DNA-Spuren.

Wir bedauern darüber hinaus, Ihnen mitteilen zu müssen, dass

die von unserem Labor durchgeführten Analysen auch die Echtheit der Nägel NICHT bestätigen können. Sowohl deren Alter als auch die chemische Zusammensetzung widersprechen den historischen Fakten.
Der Alte war derweilen wieder in seinem Kellerraum angelangt und hatte auf seinem Drehsessel Platz genommen. *Ich dachte schon, mir würde nichts mehr einfallen, wie ich mich davor drücken könnte. Diese beiden Idioten hat mir Allah geschickt.* Er zog genüsslich an seiner Zigarette und blickte auf seinen Aschenbecher. *Ob er diesmal wohl die großkalibrige Pistole verwendet hat?*

***

Chess, eine Archäologin von internationaler Bekanntheit, wohnte östlich von Amman. Eine schmale, staubige Straße verband ihr abseits gelegenes Grundstück mit der Hauptstadt Jordaniens. Hausnummern gab es hier ebenso wenig wie eine Straßenbeleuchtung. Mit einer guten Beschreibung war der Weg aber leicht zu finden. Seit vielen Jahren lag neben der einzigen Abzweigung, an der man falsch abbiegen konnte, deutlich sichtbar das Skelett eines Kamels. Chess' Bruder hatte das tote Kamel früher sogar auf seinen Visitenkarten als Orientierungshilfe erwähnt. Wer das Gerippe links liegen ließ, musste zwangsläufig beim richtigen Grundstück landen.
Der Abend war bereits angebrochen und im unteren Stockwerk von Chess' Haus brannte Licht.
„Sie haben wirklich eine Menge faszinierender Antiquitäten angehäuft", sagte Alon anerkennend. Für seine 42 Jahre hatte er sich mehr als gut gehalten. Die Sommersprossen in seinem freundlichen Gesicht waren mit ein Grund, warum er immer jünger geschätzt wurde. Zwischen seinen schwarzen, dichten Haaren waren allerdings erste graue Strähnen auszumachen. Er

drehte eine klobige Dämonenfigur in seiner Hand nach allen Seiten. „Die Oberfläche sieht aus wie grober Sand, doch wenn man sie berührt, ist sie glatt wie feinster Marmor.“
„Ali hat sie erst kürzlich nahe der irakischen Grenze gefunden“, erklärte Chess. „Mein Bruder war immer auf der Suche nach neuen Schätzen für unsere Sammlung und hat keine Höhle ausgelassen, an der er vorbeigekommen ist. Der Ausflug war einer seiner letzten.“
Man konnte nicht übersehen, wie sehr Chess an den Sachen ihres ermordeten Bruders hing. Alon fühlte sich geschmeichelt, dass die hübsche Archäologin ausgerechnet ihn gefragt hatte, ob er beim Sortieren der Fundstücke helfen wollte.
„Ist das Ihr Bruder?“, Alon zeigte auf ein schwarz umrandetes Foto, das in einem Holzregal stand.
Chess antwortete, ohne sich danach umzudrehen. „Ja. Ja, das ist... das war Ali, mein Bruder.“
„Wie alt ist das Foto?“
„Älter.“ Sie machte eine lange Pause und atmete tief ein. „Nach dem Tod unseres Vaters hat er sich um mich gekümmert.“
Chess kämpfte mit den Tränen. „Er war der beste Bruder, den ich mir wünschen konnte...“
Alon hatte das Gefühl, als würde Chess weiterreden wollen - aber sie tat es nicht.
Für eine Weile starrten die beiden einander stumm an. Während er nach den richtigen Worten suchte, hatte sich die Palästinenserin wieder gesammelt und wechselte das Thema.
„Wissen Sie, was das ist?“ Sie reichte ihm eine perfekt polierte schwarze Steinscheibe, die etwa handtellergroß war.
„Ich bin mir nicht ganz sicher.“ Alon stand auf und hielt die Scheibe näher an den alten Leuchter, der mitten über dem riesigen Holztisch von der Decke hing. Erst bei ausreichendem Licht waren die unregelmäßigen Linien zu erkennen, die den

Stein wie Flüsse durchzogen. „Eine Karte?“, fragte er vorsichtig.
„Kalt“, antwortete Chess, „ganz kalt.“ Sie nahm den Stein wieder an sich und ging damit zu einer Gießkanne, die auf der Fensterbank stand. „Um das Geheimnis dieses Artefakts zu lüften, muss man seine Oberfläche mit Flüssigkeit benetzen. Sehen Sie...“
Das Wasser bildete eine hauchdünne Schicht auf der Scheibe.
„Ein Spiegel!“ Alon bemerkte sein erstauntes Gesicht auf der glatten Oberfläche.
Einige Kilometer entfernt fuhr unterdessen ein schwerer Jeep auf der Straße Richtung Osten. Keiner seiner Insassen hatte in der vergangenen Viertelstunde ein Wort verloren. Nur das Brummen des Dieselmotors mischte sich mit dem Geräusch, das die grobstolligen Räder auf dem Sandboden erzeugten. „Wir müssten jetzt gleich zur Abzweigung kommen“, unterbrach der Beifahrer die abgenutzte Stille. Und tatsächlich tauchte kurz darauf im schwachen Halogenlicht der Scheinwerfer eine Weggabelung auf. In der folgenden Linkskurve reflektierten ausgebleichte Kamelknochen das gelbliche Scheinwerferlicht. Die Dunkelheit ringsum unterstrich ihr gespenstisches Leuchten.
Kaum an der Abzweigung vorbei, verringerte der Wagen merklich das Tempo. Der Fahrer betätigte den grün beleuchteten Schalter neben dem Lenkrad, worauf das Armaturenbrett dunkel wurde. Gleichzeitig erlosch auch die Außenbeleuchtung des Jeeps und die Nacht versteckte seine Konturen.
Im ersten Stockwerk von Chess’ Haus befand sich eine kleine Essküche. Alon folgte seiner Gastgeberin über eine dunkel gebeizte Holztreppe nach oben. *Sie hat wirklich eine gute Figur.* Er hielt exakt vier Stufen Abstand - gerade genug, um die von schwarzen Jeans betonten Rundungen der

Palästinenserin in Augenhöhe zu behalten.
„Ich hoffe, Sie haben ordentlich Hunger mitgebracht."
Mein Magenknurren war doch kaum zu überhören. „Was gibt es denn Gutes?"
„In Kräutersauce gekochtes Hühnchen mit Reis und Fladenbrot."
Chess betrat die Küche zuerst und bat Alon, sich an den gedeckten Tisch zu setzen, der zwei Erwachsenen bequem Platz bot. Die Einrichtung war nicht mehr neu, machte aber einen sehr gemütlichen Eindruck. Eine helle Steinplatte diente als Arbeitsfläche. Der Farbton war nahezu identisch mit den diagonal verlegten Bodenfliesen.
„Was denken Sie über die letzten Seiten im Buch der Gog und Magog, die Hiob Ihnen am Nachmittag gezeigt hat?"
„Wie kommen Sie jetzt darauf?", fragte Chess, die sich daran machte, die Teller zu füllen.
„Ach, nur so."
„Ich denke, dass Hiob mit seiner Vermutung Recht hat und die Eintragungen durchaus Sinn ergeben. Auch wenn der uns bisher verborgen bleibt." Sie machte eine kurze Pause. „Und Sie? Wie denken Sie darüber?"
„Ich bin noch unschlüssig, ob es solche Fahrräder mit Schornsteinen wohl wirklich gibt", schmunzelte Alon.
„Wenn an der Sache etwas dran ist, findet Hiob das bestimmt heraus."
„Oh ja, das wird er", nickte der Israeli.
Chess war bereits mit dem Servieren des Essens beschäftigt. Von dem, was sich unter ihrem Küchenfenster abspielte, bekam sie nichts mit.
Im Schutz der Dunkelheit erreichten zwei Schatten die Rückseite des Hauses. Während der eine begann, die Fensterflügel auf Schwachstellen abzutasten, bewegte sich der andere zielstrebig auf die Terrasse zu. Ihre Tarnanzüge hoben

sich kaum von der dunklen Fassade ab. Der erste der beiden hatte das Glashaus erreicht, dessen Tür einen Spalt geöffnet war. Ohne zu zögern, nutzte er die sich bietende Möglichkeit, um geräuschlos ins Haus zu gelangen.
„Es stört Sie doch nicht, wenn ich aus der Flasche trinke?", zögerte Chess, bevor ihre Lippen die Bierflasche berührten.
Alon schüttelte den Kopf. Seit er begonnen hatte, in Chess' Kräutersauce nach dem Hühnchen zu stochern, war er erstaunlich ruhig geworden. Seine Mutter war nie auf die Idee gekommen, ein Huhn mit Haut zu kochen. Er war sich sicher, niemand, den er kannte, wäre auf diese Idee gekommen. Ausgesprochen widerwillig lösten sich die gummiartigen Hautfetzen vom Fleisch. *Wie kann eine Frau, die so hübsch ist, nur so furchtbares Essen zubereiten?*
„Schmeckt es Ihnen etwa nicht?"
„Doch... doch." Alon war kein Freund von Lügen, aber unter diesen Umständen erschien ihm eine Ausnahme mehr als angebracht. „Ich kann mich nicht erinnern, jemals etwas Vergleichbares gegessen zu haben."
Ihre tiefgrünen Augen nahmen das Kompliment sichtlich erfreut auf, und ein Hauch von verlegener Röte erhellte ihre Wangen. „Ein altes Familienrezept."
Es kostete Alon viel Überwindung, Chess anzulügen, aber er brachte es einfach nicht übers Herz, sie auf die Klumpen in der Sauce anzusprechen, die er wie Sedimentstücke zwischen seinen Zähnen zerrieb. *Ob sie es in Wirklichkeit auch lieber wegschütten würde?* Er blickte sorgenvoll auf das, was sein übervoller Teller noch für ihn vorrätig hatte. *Sie traut sich vielleicht nur meinetwegen nicht zu sagen, dass bei dem Essen etwas schiefgegangen ist.*
„Wissen Sie, was ich mich frage?"
Alon dachte über eine Antwort nach, während er den Bissen hinunterwürgte. *Das ist deine Chance! Sag ihr, dass du gegen*

Hühnchen allergisch bist. „Sie fragen sich bestimmt, was ich Ihnen servieren werde, wenn Sie meiner Gegeneinladung folgen."
Chess neigte den Kopf ein wenig zur Seite. *Wenn ich ihr jemals folge.* „Das auch", räumte sie ein, „aber was mich im Moment viel mehr interessiert, ist, wer Ihnen den Jet zur Verfügung stellt, mit dem Sie und Hiob reisen."
„Die Citation?"
„Die Citation."
„Ich bin nur ein Passagier. Hiob ist der Pilot. Er genießt das volle Vertrauen der Eigentümerin."
„Lenken Sie nicht ab, Alon. Außerdem habe ich Hiob bereits darauf angesprochen."
„Und?", fragte Alon, als ob er die Antwort nicht längst kennen würde.
„Er hält sich genau an das, was Sie ihm eingebläut haben."
Alons unschuldiger Blick wirkte wenig überzeugend - und er wusste das.
„Wer ist diese millionenschwere Freundin, die Ihnen so selbstlos die Citation zur privaten Verwendung überlässt?"
Im Erdgeschoss läutete das Telefon.
„Bitte entschuldigen Sie." Chess sprang auf. „Überlegen Sie sich schon mal eine überzeugende Antwort", rief sie in Richtung Küche zurück, während sie bereits auf dem Weg nach unten war.
„Da brauch ich nicht lange zu überlegen", murmelte Alon. *Hiob und ich bleiben bei unserer bisherigen Version.* Sein geschultes Auge suchte nach einer unverdächtigen Möglichkeit, den Teller leer zu bekommen, ehe seine Gastgeberin zurückkommen würde.
Chess beugte sich währenddessen über den kleinen Beistelltisch und griff nach dem Telefon. „Ja, bitte?"
Eine zutiefst verhasste Stimme meldete sich am anderen Ende

der Leitung: „Es war ein schwerer Fehler, die echten Kreuznägel hier im Haus zu behalten.“
Chess stand da wie zur Salzsäule erstarrt.
Währenddessen hatte Alon bei der Küchenspüle Maß genommen und zerteilte sein Essen hastig in abflussgerechte Stücke. *Mit einem anständigen Messer könnte man dieses Hühnerleder sicher schneller schneiden.* Er drehte sich immer wieder zur Tür um, weil er meinte, Chess' Schritte auf der Treppe zu hören. In einer der Schubladen fand er ein Steakmesser. *Hoffentlich hat sich nicht nur jemand verwählt.*
Doch der Anrufer hatte sich nicht verwählt. Er wusste ganz genau, wen er mit diesem Anruf in Panik versetzen wollte.
„Shahid ist hier!“, schrie Chess. Ihre Stimme überschlug sich fast.
Ausnahmesituationen wie diese waren für den Durchschnittsbürger in der Tat perfekt geeignet, um kopflos in Panik zu geraten. Für einen Agenten des Mossad allerdings liefen die nächsten, die entscheidenden, Sekunden streng nach Plan ab. Sich in solchen Momenten überhaupt noch an einen Plan zu erinnern, das war die eine Sache - sich dann aber auch daran zu halten, das war eine ganz andere. Was im Lehrbuch knochentrocken klang, war für die Agenten überlebenswichtig. *Vorrangig sind präventive Gegenmaßnahmen einzuleiten, anschließend gilt es, die eigene Position an einem strategisch günstigen Punkt zu sichern. Erst dann ist an Hilfe für Dritte zu denken.* Ein solcher Punkt musste nicht bloß einen guten Überblick bieten, vielmehr bedingte er auch einen leicht zu verteidigenden, sicheren Platz. Während der Ausbildung half den Agenten eine einfache Formel, die Zeit bis zum Erreichen des strategisch günstigsten Punktes abzuschätzen.
Immer wenn Alon ein Gebäude zum ersten Mal betrat, suchte er nach solchen Punkten. Chess' Haus bot mehrere Möglichkeiten. Alon entschied sich für das Zimmer neben dem

Treppenabgang. Gemessen an der Strecke, die er bis dahin zurückzulegen hatte, gestand ihm die Formel sechs Sekunden zu. Anders als in anderen Lehrbüchern üblich, orientierte man sich beim Mossad an optimalen Reaktionszeiten und nicht an durchschnittlichen.

Nach exakt sieben Sekunden erreichte Alon die Küchentür, wo sein rechter Unterarm völlig unerwartet Bekanntschaft mit einem Stiefel machte. Aus einer Drehung heraus traf ihn das gestreckte Bein eines versteckten Angreifers und trat seine Hand brutal gegen den Türrahmen. In hohem Bogen wurde Alons Dienstwaffe weggeschleudert. Das Überraschungsmoment war zweifellos nicht auf Seiten des Israeli. Die Faust eines zweiten Eindringlings tauchte wie aus dem Nichts auf und sauste auf Alons Gesicht zu. Doch Alon dachte gar nicht daran, den Schlag einzustecken. Stattdessen drehte er sich blitzschnell zur Seite und stach mit dem Steakmesser in seiner Linken zu. Nur unwesentlich länger als einen Wimpernschlag benötigte er, um zwei Treffer im Oberbauch seines Gegners zu landen, dann brach die Klinge. Bereits der erste Stich erwies sich als tödlich.

Die Situation bot keinem der Beteiligten Zeit, über Strategien nachzudenken. Das Knie eines weiteren Angreifers verfehlte Alon nur knapp und durchschlug stattdessen die hölzerne Küchentür. Erst die dahinter befindliche Mauer vermochte die Wucht zu stoppen. Alons Handknöchel rasten unterdessen auf einen ganz speziellen Punkt im Körper seines nächsten Gegners zu. Als Agent des Mossad kannte er die wenigen Stellen, an denen ein einziger Treffer einen Kampf entscheiden konnte. Alon zielte auf den Vagusnerv in Höhe des Brustkorbs. Ein Schlag gegen den zehnten Hirnnerv stellte jeden ruhig - mitunter war er sogar tödlich. Soweit der Israeli die Lage richtig einschätzte, hatte er damit zwei von vier Feinden erledigt, ehe sein kräftiger Fußtritt die Kniescheibe des dritten

Angreifers aus ihrer Verankerung löste.
Alon tat sein Bestes, um möglichst schnell Herr der Lage zu werden, doch Shahid hatte nichts dem Zufall überlassen. Zu groß war die Übermacht, zu viele Männer hatte der Ägypter mit dem Überfall beauftragt.
Ein letztes Mal konnte Alon einer Faustattacke ausweichen, musste sich dann aber endgültig einem Pistolengriff geschlagen geben, der seinen Hinterkopf traf.

***

Am Stadtrand von Tel Aviv stand eine Reihe unauffälliger Bürogebäude. Ihre Fassaden unterschieden sich kaum voneinander. In die Jahre gekommene Firmenschilder neben den Eingangstüren verstärkten den biederen Anblick der Häuser. Sollten Touristen sich hierher verirren, käme bestimmt keiner von ihnen auf die Idee, Fotos zu machen. Das dritte Gebäude auf der rechten Seite diente, so man dem überklebten Klingelknopf Glauben schenken wollte, einer französischen Telefonfirma als Unternehmenssitz, die das Büro erst im zurückliegenden Sommer angemietet hatte. Keiner hatte zuvor von dieser Firma gehört, keiner interessierte sich für sie. Es war eben eine Gegend, in der eine Firma die andere ablöste, ohne dass irgendwer sie vermisste.
Wer in dem Gebäude ein und aus ging, war entweder mit Systemwartung oder mit Verwaltungsarbeit betraut und besaß, so wie die Israelin Nurit Shalev, einen Schlüssel samt Zutrittskarte. Nurit hatte bereits für die Vorgängerfirma, eine britische Telefongesellschaft, gearbeitet. Über ihren Bruder hatte sie von einem freien Job in der Verwaltung erfahren. Das war jetzt zwölf Jahre her.
Ihr eigentlicher Arbeitsplatz war ein klimatisiertes Rechenzentrum auf Ebene U2. Der israelische

Inlandsgeheimdienst *Shabak* betrieb mehrere dieser getarnten Anlagen.
Für Nurit war es ein Job wie jeder andere, ein guter Job. Wie gewöhnlich um diese Zeit führte ihr Weg zum Kaffeeautomaten. Dass sie dafür eine Sicherheitstür passieren musste, war eine der Kleinigkeiten, die sie nervten - ihre vielen Nachtdienste in diesem Monat eine andere.
Sie nahm einen vorsichtigen Schluck aus dem dampfenden Becher. *Schon mein vierter Nachtdienst in dieser Woche. Wenn das so weitergeht, kann ich die Wohnung aufgeben und mein Bett in der Notrufzentrale aufstellen. Dort ist es im Sommer wenigstens schön kühl und den Hund des Nachbarn hör ich auch nicht.*
Einen wichtigen Teil der geheimen Einrichtung bildete die vollautomatisierte Notrufzentrale, die in einem pulverbeschichteten Serverschrank von etwa zwei Metern Höhe untergebracht war. Im Laufe der Jahre war die gesamte Hardware viele Male getauscht und ergänzt worden, alles, bis auf ein Detail der ersten Stunde. Ein Blechschild, das aussah wie ein altes Autokennzeichen, dem zu viel Sonne seine Farbe gestohlen hatte, war auf den dunkelbraunen Schrank genietet.
Nurit hatte ihre Kaffeepause beendet. Ihr Rückweg führte sie an dem Schild mit den eingestanzten Buchstaben *CQD* vorbei. Kaum einer der anderen Mitarbeiter schenkte ihm Beachtung. Nurit schon. Einer der ersten Shabak-Direktoren, dessen Hobby das Sammeln von Marine-Antiquitäten gewesen war, hatte es auf das ursprüngliche Notrufsystem montieren lassen. Seine Nachfolger übernahmen nicht nur das Schild, sondern auch die damit verbundene Bezeichnung der Anlage. So wie der SOS-Notruf stammte auch der ältere CQD-Notruf aus der Seefahrt. Durch Morsen der drei Buchstaben CQ und D hatte man früher alle Stationen (*CQ*) über einen Notfall (*Distress*) informiert.

Nurit kannte die Bedeutung des Schildes durch ihren Chef. Selbstverständlich hatte sie dessen Geschichte nachgeprüft, wie der Shabak es von seinen aufmerksamen Mitarbeitern erwartete. Sie stimmte.
Die Israelin blieb vor dem CQD-System stehen und starrte durch die Rauchglasscheibe. Es gehörte zwar nicht zu ihren Aufgaben sich darum zu kümmern, aber die vielen grünen Lämpchen hatten etwas Beruhigendes. Jedes davon konnte einem Agenten zugeordnet werden. Neben dem elften Lämpchen in der achten Reihe stand die Nummer ihres Bruders.
„Grün, wie immer“, flüsterte Nurit beruhigt und ging zurück an ihren Schreibtisch, auf dem ein Stapel Berichte wartete.
Hinter dem getönten Glas änderte indessen eine der Leuchtdioden ihre Farbe. Sie wurde gelb und zeigte das Eingehen eines Notsignals an. CQD identifizierte vollautomatisch den Anrufer und registrierte gleichzeitig seinen aktuellen Standort. Die Nummer neben der gelben Diode gehörte Alon Kollek, dem Vorgesetzten von Nurits Bruder. Über zwei geheime Servicenummern in dem Kurzwahlspeicher seines Mobiltelefons konnte jeder Agent rasch Unterstützung anfordern. Je nachdem welche der beiden Nummern er gewählt hatte, ging CQD in bloße Alarmbereitschaft oder löste sofort Vollalarm aus. Gelbes Licht bedeutete Alarmbereitschaft.
Alon hatte im Zuge der Erstregistrierung die Rufnummern von vier ihm persönlich bekannten Agentenkollegen angeben müssen. Jetzt wählte CQD zwei davon aus, die sich laut aktueller GPS-Ortung nicht in Alons unmittelbarer Umgebung aufhielten, und informierte sie über die Situation. Durch den Abgleich der GPS-Daten stellte das System sicher, dass sich die angerufenen Kollegen nicht gerade in derselben Notsituation befanden. Mit einem dritten Anruf meldete CQD den Vorfall an die Zentrale und startete einen Countdown von

300 Sekunden bis zum Vollalarm.
Das war die Zeit, die einem Agenten noch blieb, um die Situation selbst wieder unter Kontrolle zu bringen. Dazu musste er zunächst seinen geheimen Abschaltcode per SMS an die Zentrale senden. Diese schickte ihm als Bestätigung die Nummern seiner beiden ausgewählten Kollegen. Zumindest einen davon musste er am Telefon rechtzeitig davon überzeugen, ebenfalls einen Abschaltcode an die Zentrale zu übermitteln.
Als Alons Notruf bei CQD einging, war Hiob gerade in Amman unterwegs. Der kräftig gebaute Israeli beobachtete entspannt das Treiben auf dem Gelände um die Hussein-Moschee. Einkaufslustige bummelten vor den Schaufenstern, deren kaltes Neonlicht vom glatten Steinboden vor der Moschee reflektiert wurde. Auf der mehrspurigen Straße daneben staute sich eine rote Lichterkette. Den ganzen Nachmittag lang hatte Hiob über dem Buch der Gog und Magog gebrütet. Jetzt stand ihm der Sinn nach Ablenkung - und die sollte er bekommen.

***

Chess spürte die vernichtende Kälte geschliffenen Stahls an der Kehle. Ihr rechter Arm war unnatürlich weit verdreht und wurde mit Gewalt auf ihrem Rücken fixiert. Ein durchtrainierter Mann mit kahl geschorenem Kopf starrte sie gierig von der anderen Seite des Zimmers an. Dass die Frau ihre Augen von ihm abgewandt hatte, machte die Sache für ihn nur interessanter. „Ein hübsches Kind...“, murmelte er und machte ein schmatzendes Geräusch.
Chess hatte den Mann, der ihr das Messer ansetzte, bisher noch nicht zu Gesicht bekommen. Jenen Peiniger, der auch ihren Arm festhielt und ihn gegen Chess’ Willen so spielend

bewegen konnte wie den Zeiger eines Zifferblatts. Sie empfand diese unnatürliche Haltung als äußerst schmerzhaft. An einen Fluchtversuch aus eigener Kraft war nicht zu denken, und Alon lag regungslos in einer Blutlache, die sich um seine Kopfwunde gebildet hatte. Shahids Männer hatten ihn heruntergetragen und neben den Treppenaufgang gelegt. Selbst für den Fall, dass er rechtzeitig das Bewusstsein wiedererlangen würde, war seine Beweglichkeit durch breite Kabelbinder an Hand- und Fußgelenken stark eingeschränkt.
Es klopfte an der Tür. Pflichtschuldig lief der Glatzkopf los, um sie zu öffnen.
In eine Wolke aus Zigarrenrauch gehüllt, betrat der kleinwüchsige Mustafa Shahid das Haus der Archäologin. Seine hässliche Fratze ließ Chess die Situation mit einem Mal noch fataler erscheinen. In ihren Augen begannen die Flammen der Erinnerung aufzulodern. Da stand der Mann, der Ali vergiftet und in eine Fackel verwandelt hatte. Nie würde sie diesen Anblick vergessen. Die alles verdrängende Leere der letzten Wochen war mit einem Schlag wieder präsent.
Merklich erregt von seiner Überlegenheit näherte sich Shahid der Gefangenen. Provokant stellte er sich vor Chess und blies ihr den Rauch ins Gesicht.
„Hast du Miststück wirklich gedacht, er könnte dich vor mir beschützen?“, fragte der Ägypter und machte eine abfällige Handbewegung in Richtung Alon.
Chess’ erste Reaktion auf dieses Wiedersehen war der Gedanke an den Tod ihres Bruders. Viel zu rasch wurde ihr Erinnerungsschmerz aber von einer Mischung aus Brechreiz und Angriffslust verdrängt. Trotz des Messers an ihrem Hals zog sie langsam Speichel auf.
„Wobei...“, er nahm einen tiefen Zug, und seine Zigarre leuchtete hell auf, „wenigstens hat er sich verteidigt und ist nicht so armselig krepiert wie dein Bruder.“

Chess' Nasenflügel bebten vor Wut. Ohne über Konsequenzen nachzudenken, spuckte sie in das dunkle Gesicht ihres Gegenübers.
Ihr wässriger Speichel traf den Ägypter knapp unter seinem rechten Auge.
Shahid blieb völlig ruhig. Er blinzelte nicht einmal. Die Reaktion erfolgte durch einen seiner Schergen. Der drehte Chess' Arm von der bisherigen 10-Uhr-Position mit einem Ruck um eine Stunde weiter. Reflexartig wich sie mit einem Aufschrei nach vorne aus und ritzte sich ihre Kehle an der scharfen Klinge. Sofort zuckte sie zurück.
Ein kleiner Blutstropfen bildete sich und lief über ihren angespannten Hals.
„Wir brauchen sie noch!“, mahnte der Ägypter mit einer beschwichtigenden Geste.
Langsam ließ der Druck auf Chess' Arm wieder nach.
Der Tropfen hatte schon fast den Kragen ihrer kurzärmeligen Bluse erreicht, da streckte Shahid seine Hand danach aus und strich mit dem Zeigefinger andächtig darüber. Chess war zutiefst angewidert von der Berührung und ihr Gesicht vermochte nicht zu verbergen, was sie empfand. *Nimm sofort deine Dreckshände von mir.* Sie zog es vor stillzuhalten, um die Zeit hinter ihrem Rücken nicht weiter voranzutreiben.
Zu ihrer Verwunderung hatte Shahid bisher keine Anstalten gemacht, sich mit einem Taschentuch die Spucke abzuwischen. Seine Aufmerksamkeit galt dem blutverschmierten Finger, den er an seine Nase führte und daran roch. Shahid wirkte konzentriert, es schien ihn förmlich zu erregen. Ohne dass er es merkte, blieb etwas von dem Blut an seiner Nasenspitze kleben. Er schloss die Augen und öffnete den Mund. Seine breite Zunge streckte sich nach dem roten Finger und leckte mehrmals darüber.
Chess durchlief ein eiskalter Schauer. *Schau nicht hin!* Ganz

fest presste sie ihre Augenlider zusammen. *Schau ihn nicht an!* Sie tat gut daran nicht sehen zu müssen, was dann geschah. Der Ägypter wischte mit dem noch feuchten Finger sehr sorgfältig die Spucke in seinem Gesicht zusammen. Wieder bewegte sich seine Hand in Richtung Nase.

Der Typ ist wirklich krank, dachte sich der Glatzkopf, der das Geschehen aus einiger Entfernung verfolgte. Schließlich zog er es vor, seine Aufmerksamkeit auf eine der Silberfiguren zu richten, die in dem Regal neben ihm standen. Auch wenn er von Antiquitäten keine Ahnung hatte, konnte man damit fast immer Geld machen. Unbemerkt verschwand sie in der Brusttasche seines Tarnanzugs.

„Zurück zum Geschäft", wisperte Shahid, der sein Ritual ganz offensichtlich abgeschlossen hatte.

„Wo sind meine Nägel?" Die Worte fielen wie Peitschenhiebe. Antwort kam dennoch keine. Chess vermied es, dem Ägypter in die Augen zu sehen. Noch war ihr nicht alles egal, aber um den Tod ihres Bruders zu rächen, würde sie bis zum Äußersten gehen, vielleicht sogar weiter. Ihre grauen Zellen arbeiteten auf Hochtouren. *Die Glatze, der Typ neben Alon und das Sadistenschwein hinter mir. Gemeinsam mit dem Psychopathen macht das vier.*

„Lass uns die Sache abkürzen", schlug Shahid vor, „du verrätst mir, wo die Nägel sind, und ich verzichte darauf deinen Freund ausbluten zu lassen, sondern verpass ihm stattdessen eine anständige Kugel."

Chess zeigte sich unbeeindruckt von der Drohung. „Was kümmert mich das Leben eines Zionisten?", brach sie kämpferisch ihr Schweigen.

Das war ganz offensichtlich nicht die Antwort, die der Ägypter hören wollte. Er zögerte, als würde er seine nächsten Worte sorgfältig wählen. Dann, blitzschnell und ohne weitere Vorwarnung, riss er sein Messer hinter dem Rücken hervor und

schleuderte es durch das Zimmer.
Chess fand kaum Zeit sich zu erschrecken, da schlug das Wurfgeschoss auch schon knapp neben Alons Kopf in den Parkettboden ein. Ihr Herz raste vor Anspannung, aber sie versuchte, sich nichts anmerken zu lassen. Ausdruckslos starrte sie den Ägypter an.
Geduld war keine von Shahids Stärken, und dass die unbeugsame Frau ihn vor seinen Männern brüskierte, verkürzte ihre Lebenserwartung aus seiner Sicht drastisch. Chess befand sich im Ausnahmezustand. Sie fühlte sich wie die sprichwörtliche Maus in der Falle. Die folgende Entscheidung zu treffen, fiel ihr dennoch nicht leicht. Ohne sich von Shahid abzuwenden, hauchte sie mit leiser Stimme: „Es tut mir leid, Alon. Aber wenn es wirklich nötig ist, dass wir alle sterben, um diesen Irren zu stoppen, dann soll es so sein."
Die Archäologin hätte diese Botschaft nicht aussprechen müssen, sie stand ihr förmlich ins Gesicht geschrieben. Shahids Pupillen wurden so groß, dass seine Augen fast schwarz wirkten. Ihn beschlich das ungute Gefühl, dass sich sein Opfer nicht an die Spielregeln halten wollte, nicht diesmal.
Das leise Klingelzeichen eines Telefons riss Shahid aus seinen Gedanken. Wütend schaute er sich nach seinen Männern um. Zunächst fühlte sich keiner zuständig.
Der Ägypter verlieh seiner Forderung mit einer eindeutigen Geste Nachdruck.
„Ich glaube, es kommt von oben", mutmaßte der Glatzköpfige.
„Dann geh gefälligst nachsehen!"
Hastig setzte sich der Angesprochene in Bewegung und meldete sich kurz darauf aus dem oberen Stockwerk: „Ich hab ein Handy gefunden. Der Anrufer hat aufgelegt."
„Natürlich hat er aufgelegt, so lange wie du brauchst es zu finden!", rief der Mann neben dem am Boden liegenden Israeli.
„Ist das dein Telefon?", herrschte Shahid die Archäologin an.

Chess gab keine Antwort.
„Wahrscheinlich ist es das Handy von dem Typen.“ Alons Bewacher trat mit dem Fuß gegen die Hüfte seines Gefangenen.
„Wahrscheinlich?“ In Shahids Gesicht vertieften sich die Zornesfalten. „Ich dachte, ihr hättet ihn durchsucht!“
„Haben wir ja. Alles, was er in seinen Taschen hatte, liegt dort auf dem Tisch. Handy war keines dabei.“
„Idiot!“ Jedem war klar, wem die Beleidigung galt.
„Bring es her!“, herrschte der Ägypter den Glatzköpfigen an. „Sofort!“
Das Display zeigte die Nummer des letzten unbeantworteten Anrufs, daneben stand ein Name.
„Hiob!“ Shahids Ausruf klang wie eine Kriegserklärung und verursachte bei allen außer Chess ein gewisses Unbehagen.
„Wir haben keine Zeit zu verlieren!“, wies er seine Männer an. „In Kürze wird es hier von seinen Zionistenfreunden nur so wimmeln.“ Noch bevor er den Satz vollendet hatte, holte seine Linke eine Pistole aus der Innenseite seines Jacketts. „Wir müssen die Sache beschleunigen.“ Er legte die Waffe auf den gefesselten Israeli an.
„Warten Sie!“ Chess erkannte ihre Chance. „Ich habe die Kreuznägel hinten im Glashaus versteckt.“
Shahids Abzugsfinger zuckte, doch er entschied sich aus Gründen, die nur er kannte, anders. „Wo genau?“
„Die finden Sie ohne meine Hilfe nie.“
Shahids dunkelhäutiges Gesicht gab keinerlei Aufschluss darüber, was er dachte.
„Dann schlage ich vor, du gehst voran.“ Mustafa Shahid steckte die Waffe wieder ein und wirkte mit der neuen Situation nicht unzufrieden. Er kannte seinen erklärten Todfeind Hiob lang genug, um zu wissen, dass er mit Alon eine gute Geisel in der Hand hatte, sollte die Zeit nicht reichen.
„Pass auf ihn auf!“, rief er Alons Bewacher zu. „Ihr beide...“,

er deutete auf den Glatzköpfigen und den kräftigen Kerl, der Chess noch immer festhielt, „begleitet uns zu dem Gewächshaus.“

Die neue Situation gab Chess erstmals Gelegenheit, den Mann zu sehen, der sich bisher nicht einen Schritt von ihrem Rücken entfernt hatte. Voller Schadenfreude stellte sie fest, dass er sein Bein beim Gehen nachzog. *Dir hat wohl einer gegen das Knie getreten. Damit seid ihr nur noch dreieinhalb.*

***

Scheppernd stellte Dr. Qian seine Tasse auf dem Untersetzer ab. Das billige Geräusch unterstrich den Gesamteindruck, den das funktionell eingerichtete Büro bei ihm hinterließ. Wehmütig erinnerte er sich an den formschönen Stahlrohrtisch in seinem alten Büro, den er wegen der salzigen Seeluft zurückgelassen hatte. Sein neuer Arbeitsplatz brachte allerdings auch eine deutliche Verbesserung. Er hatte zwei kleine Fenster.

Qian war damit beschäftigt, den Bericht über die Sicherheitseinrichtungen zu lesen. „Auf der Hubschrauberplattform fehlen also Schwimmwesten…“, murmelte er kopfschüttelnd und machte ein rotes Kreuz neben der Eintragung. *Wozu brauchen wir da oben überhaupt Schwimmwesten? Wenn einer aus 60 Metern Höhe ins Meer fällt, hilft ihm die Weste auch nicht mehr.*

Es klopfte an der Tür.

„Ja“, brummte der Doktor.

Ein kräftig gebauter Mann mit breitem Schnauzbart betrat das Büro. Es war der für die Hydraulik zuständige Chefingenieur. „Wir wären so weit, Dr. Qian. Mit Ihrer Zustimmung würden wir jetzt die abschließende Kalibrierung an den hydraulischen Stabilisatoren vornehmen“, sagte er, als wäre es das Wichtigste auf der Welt, ließ dabei aber seinen Blick unbemerkt über die

offen liegenden Akten wandern.
„Hab ich denn eine andere Wahl?“
„Sie sind der Boss“, antwortete der Mann im blauen Overall.
„Gut, dass Sie mich daran erinnern.“ Der Doktor wirkte müde.
„Wie lange werden Sie brauchen?“
„Eine, vielleicht zwei Stunden. Alle Stationen wurden bereits im Vorfeld informiert. Die Aktivitäten im Labor werden eingestellt, bis die Arbeiten beendet sind. Mehr als zwei Drittel der Besatzung sind bereits in ihren Quartieren. Wir werden sie sanft in den Schlaf schaukeln.“
Qian gab sein Einverständnis, indem er die geöffneten Handflächen zeigte.
Die vollautomatische Niveauregulierungsanlage war das Herzstück der umgebauten Bohrinsel. Sie sorgte dafür, dass die schwimmende Insel immer waagrecht blieb.
„Soll ich Sie benachrichtigen, sobald wir fertig sind?“
„Nicht nötig. Ich denke, ich merke, wenn alles wieder dort bleibt, wo ich es hinlege.“
„So schlimm wird es nicht werden.“ Dem Träger des Overalls fiel sein künstliches Lächeln sichtlich schwer.
„Fangen Sie an“, seufzte Qian.
Der Chefingenieur verabschiedete sich und verließ nachdenklich den Raum. *Zuerst schindet er uns wochenlang ohne jede Rücksicht wie Sklaven und jetzt, mitten in der heißesten Phase, verschwendet er seine Zeit plötzlich mit Schwimmwesten? Claude hat Recht, irgendetwas stimmt hier nicht!*

***

Chess’ Gewächshaus war nicht riesig, aber groß genug, um kurzfristig den Überblick zu verlieren. Einem Wintergarten nicht unähnlich, war es an zwei Seiten fest mit dem Haus verbunden. Sie drückte den Schalter neben der Tür. Das Licht war denkbar schwach und hatte etwas von der Notbeleuchtung in einem Flugzeug. Die bemoosten Leuchtstoffbalken lockten schon kurz nach dem Einschalten erste Insekten an.

„Du wartest hier beim Eingang auf uns“, befahl Mustafa Shahid seinem hinkenden Begleiter und verschwand mit Chess und dem Glatzkopf zwischen Blumentöpfen und Hängegewächsen. Bei Nacht war es nicht halb so schwül und drückend wie tagsüber, dennoch war die Luft sehr feucht.

„Mach schon, ich hab nicht den ganzen Abend Zeit“, drängte er Chess.

Du weißt ja gar nicht, wie Recht du hast... Chess entschied sich ganz bewusst für den längeren Weg. Hier hingen Orchideen und Bromelien so dicht gedrängt von der Decke, dass man sich aufrecht nur sehr langsam fortbewegen konnte.

Shahid hatte für die Blütenpracht nichts übrig und bekam auch von dem süßlichen Duft wenig mit. Er konzentrierte sich ganz darauf, mit seinen handgefertigten Maßschuhen nicht in eine der Pfützen zu treten. Der Glatzkopf trieb Chess mit seiner Pistole vor sich her. *Wenn ich mich jetzt losreiße, schaffe ich es mit etwas Glück durch die Hintertür.* Chess dachte über ihre Möglichkeiten nach, entschied sich dann aber ihren ursprünglichen Plan durchzuziehen.

Am Ende des Orchideenwalds sorgte ein hüfthoher Steinbrunnen für die nötige Luftfeuchtigkeit. Aus seinen vielen, mit grünen Algen überzogenen Löchern sprudelte Wasser, floss herunter und sammelte sich in einem Auffangbecken. Eine rote Gießkanne lag halb versunken in dem Becken. Der Boden rund um den Brunnen war aufgeweicht und matschig.

„Ich würde sagen, du hast uns lang genug durch den Dreck geführt.“

Mit Genugtuung erinnerte sich Chess daran, dass Shahid einen richtigen Kult um seine italienischen Schuhe trieb. Sie ging

noch zwei Schritte weiter.
„Hast du was an den Ohren?“
Ein Geräusch, das sie unweigerlich mit dem Durchladen einer Pistole in Verbindung brachte, unterstrich die Frage.
„Da ist es.“ Chess zeigte auf einen Steingarten, der zwischen der Hauswand und dem schmalen Weg angelegt war. Er wurde auf allen Seiten von einer knapp 20 Zentimeter hohen Glasumrandung eingefasst, um seinen Boden trocken zu halten.
„Unter dem großen schwarzen Stein.“
„Für wie blöd hältst du uns?“, fragte die Glatze. „Willst du uns weismachen, dass du die Nägel hier im Sand vergraben hast?“ Seine Waffe schob sich zwischen ihre Rippen.
„Nein... Nein, natürlich sind die Nägel nicht hier vergraben. Unter dem Stein liegt der Schlüssel für den Geräteraum. Dort liegen sie.“
„Welcher Geräteraum?“
Sie deutete mit dem Kopf zu dem Steinbrunnen, den sie zuvor passiert hatten. Jetzt erst fiel den beiden Männern die mit Tarnfarbe gestrichene Tür dahinter auf.
„Wenn ich darunter keinen Schlüssel finde, dann bist du es, die hier liegt.“ Der Glatzkopf setzte einen Fuß hinter die Glasumrandung.
„Warte!“, rief Shahid.
„Sie soll den Schlüssel da rausholen!“ Der Ägypter griff nach seiner Pistole und visierte Chess ebenfalls damit an. „Lass dir besser keine Dummheiten einfallen.“
Ohne zu hetzen, überstieg Chess die Glaseinfassung und bückte sich nach dem Stein.
„Ganz langsam! Und lass uns deine Hände sehen.“
Wie befohlen drehte die Archäologin den Stein ohne jede Hast um. *Ich hab’s bestimmt nicht eilig. Es ist nur eine Frage der Zeit, bis Hiob beginnt sich Sorgen zu machen und hier auftaucht. Du weißt es und ich weiß es. Dich stört es und mir*

hilft es.

Im hellen Sand glänzte golden ein Schlüssel an einem pyramidenförmigen Anhänger.

„Wirf ihn her!", befahl der Glatzkopf.

Wortlos folgte Chess der Anweisung, und der Schlüssel landete in seiner Hand.

„Find raus, ob er passt. Beeil dich." Shahid sah Chess argwöhnisch an, sagte aber nichts zu ihr.

Auch Chess schwieg. *Hoffentlich wird er nicht misstrauisch.*

„Mustafa!" Es war die Stimme des Mannes, den er am Eingang zurückgelassen hatte. „Das Handy hat schon wieder geläutet."

„Dann schalt es eben aus", brüllte Shahid nach vorne. Er wusste, dass der israelische Geheimdienst das Handy längst angepeilt hatte. Alons Verstärkung war auf dem Weg, und es würde nicht mehr lange dauern, bis sie hier auftauchte.

„Gibt es hier drinnen kein Licht?", fragte der Kahlkopf, nachdem er die Tür des Geräteraums geöffnet hatte. Seine Hand drückte mehrfach auf einen Schalter an der Wand.

Chess schüttelte den Kopf. „Die Birne ist kaputt."

„Dann gehen wir eben gemeinsam rein", drängte Shahid sie mit der Waffe im Anschlag.

Natürlich wusste Chess, dass ihre Glühbirne nicht defekt war. Es kam ihr sehr gelegen, dass es sich um eine Speziallampe mit UV-Licht handelte. Einmal aufgedreht brauchte sie mehrere Minuten, bis ihr violettes Licht in voller Kraft erstrahlte. Abgesehen von einigen Haustieren ihres Bruders enthielt der Geräteraum nur das, was man darin erwarten konnte. Er war nur deutlich größer als übliche Geräteräume.

Shahid drückte seine Waffe gegen Chess' Schläfe. „Los jetzt, holen wir, was mir gehört."

„Woher wussten Sie überhaupt, dass ich die Nägel habe?", versuchte sie auf Zeit zu spielen.

Shahid grunzte verächtlich. „Das war doch offensichtlich,

nachdem wir im Labor..."
Ein lautes Scheppern unterbrach seinen Satz. Chess war mit dem Bein gegen den Stiel einer Schaufel gestoßen und hatte sie umgeworfen.
„Pass doch auf!", herrschte er sie an.
„Wie denn? Ich seh ja kaum die Hand vor meinen..."
Es wurde hell. Shahid hatte sein Feuerzeug hervorgeholt und hielt es neben Chess' Kopf. „Das sollte fürs Erste reichen."
Verdammt! Ich hasse Raucher. Das Sturmfeuerzeug passte so gar nicht in ihren Plan. *Selbst wenn es versehentlich hinunterfällt... Die Flamme brennt vermutlich weiter.* Chess brauchte das, was Hiob einen Plan B nannte. Und sie brauchte ihn sofort.
„Sie sollten hier nicht mit offenem Feuer hantieren", sagte sie mit zittriger Stimme, sank ein Stück in die Knie und strich mit ihrer Hand über einen orangefarbenen Blechkanister. „Sehen Sie..."
Eine ganze Reihe Kanister neben einem Rasenmäher gaben dem Ägypter eine vage Vorstellung davon, was sie ihm zu sagen versuchte. Wenn er eines nicht wollte, dann in die Luft fliegen. Das Feuerzeug erlosch.
Die Sicht war jetzt schlechter als zuvor, weil die Augen sich erst wieder an die Dunkelheit gewöhnen mussten. Chess nutzte die Gelegenheit und rieb ihre Hand rasch noch an dem Kanister, ehe sie vorsichtig wieder aufstand.
„Was hat Davids Frau damit zu tun?", versuchte sie, Shahid erneut in ein Gespräch zu verwickeln.
„Du stellst zu viele Fragen! Wo sind die Nägel?"
„Wir haben sie in eine Schatulle gelegt und in einen Glasschrank gestellt." Chess schluckte lautlos. „Hiob meinte, das wäre besser, wegen der Luftfeuchtigkeit", ergänzte sie und wusste, dass sie Shahid damit wieder an das Ticken der Uhr erinnerte, die eindeutig gegen ihn arbeitete. „Es muss hier

irgendwo sein."
„Du hast gesagt, du weißt, wo sie sind", die Stimme klang gereizt und die Pistolenmündung scheuerte schmerzhaft über Chess' Schläfe.
Sie ertastete ein Wandregal. „Hier sind wir richtig. Die Schatulle muss hier in einem Glasschrank sein." Sie spürte die glatte Oberfläche des rechteckigen Glasbehälters.
„Hier drin." Behutsam schob sie eine Glasplatte zur Seite, die als Deckel diente. *Ali hat mir oft gezeigt, wie einfach es ist, in das Terrarium zu greifen, ohne gestochen zu werden. Er hat es aber nie getan, wenn er die Tiere dabei nicht sehen konnte.*
Das schwache Streulicht aus dem Glashaus reichte nicht weit genug in den Geräteraum, um auch nur ansatzweise etwas erkennen zu können. Für Shahid war es unmöglich zu sehen, wie sich auf Chess' Stirn Schweißtropfen bildeten und ihre Hand zu zittern begann. *Ich weiß, dass ihr mich längst bemerkt habt, auch wenn ich euch nicht sehen kann.*
Ganz langsam griff ihr nackter Unterarm durch die Öffnung.
„Was dauert da so lange?" Shahid presste noch einmal mit Nachdruck seine Pistole gegen Chess' Kopf. „Gib mir endlich diese Nägel."
Irgendwas ist gerade an meiner Hand vorbeigelaufen. Ich glaube nicht, dass es eine gute Idee war, sie hier reinzustecken.
„Ich hab sie", log Chess und versuchte jede ruckartige Bewegung zu vermeiden.
„Dann her damit, bevor ich dich gleich hier umlege."
Die Archäologin musste all ihren Mut zusammennehmen. Trotz des Benzingeruchs auf ihrer Hand konnten die Skorpione im Terrarium sie jeden Moment angreifen.
„Irgendwas hat sich verklemmt. Mein Arm ist zu kurz, um richtig hinzukommen."
„Jetzt reicht es aber." Er nahm seine Pistole in die rechte Hand und beugte sich seitlich über Chess. Seine Linke rutschte an

ihrem ausgestreckten Arm entlang, bis er etwas Glattes, Hölzernes ertastete. Ungeduldig riss er daran herum und versuchte die Schatulle zu packen. Chess ergriff die Gelegenheit und zog unbemerkt ihre Hand aus dem Terrarium. *Höchste Zeit die Arena zu verlassen. Hoffentlich löst sich kein Schuss aus seiner Pistole, wenn er jetzt gestochen wird.*
Shahid hatte das Objekt seiner Begierde gepackt und drehte es ein Stück nach rechts. Dann war der Weg frei und er holte die Schatulle heraus. „Los, gehen wir ans Licht!" Der Waffenstahl drückte ihren Kopf in Richtung Ausgang.
Chess verdrängte den Gedanken daran, was gleich passieren würde. Sie konnte nicht glauben, dass ihr Plan nicht funktioniert hatte. *Wieso wurde er nicht gestochen?*
„Mach schon!" Er stieß Chess unsanft durch die Tür, wo sie von dem Glatzkopf empfangen wurde.
„Pass auf sie auf!", befahl ihm Shahid. Er selbst machte sich hastig daran, seine Beute auszupacken. Der Deckel der schlichten Holzschatulle war nur mit einem einfachen Haken gesichert. Darin lagen, einzeln in drei Plastikbeutel verpackt und fachgerecht beschriftet, die Kreuznägel.
Sein breiter Mund deutete ein zufriedenes Lächeln an. „Hoffen wir für dich, dass es diesmal die richtigen sind!" Er klappte die Schatulle wieder zu. „Und jetzt raus hier, bevor..." Irritiert zuckte er zurück und starrte auf die Kuppe seines Ringfingers, auf der sich ein kleiner roter Punkt bildete.
„Ein Skorpion!", rief der Glatzkopf ihm zu. „Auf Ihrer Jacke sitzt ein Skorpion!"
Shahid ließ sofort alles fallen und schüttelte wild beide Arme. Ein dünner, hellgelber Skorpion landete neben den Kunststoffbeuteln auf dem nassen Sandboden. „Verdammtes Ungeziefer!" Wütend trat der Ägypter mit dem Absatz seines rotbraunen Schuhs auf das Spinnentier, das sich mit einem matschigen Knacksen verabschiedete.

„Hat er dich gestochen?“
„Sieht ganz so aus“, Shahid bückte sich nach den eingeschweißten Nägeln. „Ist aber halb so wild. Wahrscheinlich hat mich das Vieh vorhin schon erwischt. Es war aber kaum was zu spüren.“ Er drehte seinen Handrücken ins Licht. Zwei rote Flecken von der Größe eines Fingernagels hatten sich gebildet. „Das Biest hat dreimal zugestochen“, bemerkte er lapidar und stand wieder auf. Ein leichtes Brennen machte sich rund um die Einstichwunde des Fingers bemerkbar, doch Shahid schenkte ihm keine Beachtung. „Machen wir, dass wir hier wegkommen.“
Chess begann zu lachen, zunächst ganz verhalten, doch gleich darauf wurde ihr Lachen lauter. Es war ein böses Lachen, das weder Shahid noch der Glatzkopf von ihr erwartet hätten. Ihr hübsches Gesicht verwandelte sich vor den Augen der beiden Männer in eine dämonische Grimasse. „Drei Skorpione haben Sie gestochen?“ Chess’ unverhohlene Häme übertraf ihre geheuchelte Anteilnahme bei weitem. „Welche Verschwendung, wo doch ein einziger Stich bereits ausreicht, um dich Dreckschwein zu töten!“
Der Glatzkopf warf seinem Boss einen verunsicherten Blick zu.
„Spürst du es schon?“, zischte Chess euphorisch.
Shahid konnte oder wollte nicht begreifen, was sie damit meinte. Noch nicht. Doch in seiner Hand begann sich rund um die Einstichstellen unangenehme Hitze auszubreiten.
Die Art und Weise, wie Chess diesen Moment der Rache genoss, verhieß nichts Gutes. „Zunächst brennt es nur - manche Menschen spüren das gar nicht. Erst wenn das Gift beginnt sich unter der Hautoberfläche zu verteilen, kommt die Hitze dazu. Spürst du sie schon? Bestimmt spürst du sie schon! Bald breitet sich das Gift in dir aus. Dein beschleunigter Herzschlag wird dafür sorgen. Nicht mehr lange und die erste Übelkeit stellt sich ein. Und dann folgen die Muskelkrämpfe. Sie sind das

Schlimmste. Das Skorpiongift sorgt dafür, dass sich die Muskeln in deinem Körper immer schneller und fester zusammenziehen. Jeder Einzelne von ihnen... immer schneller... immer fester... Es ist, als würden sie deine Knochen zermahlen."
Chess' Augen glänzten. „Du wirst länger leiden als mein Bruder! Die nächsten drei Stunden werden die schlimmsten in deinem Leben." Sie klopfte auf die silberne Uhr an ihrem Handgelenk. „Es werden deine letzten sein, denn das nächste Antiserum lagert in Amman. Wenn du dich dort blicken lässt, werden sie dich schnappen und dir beim Krepieren zusehen."
Shahid bemerkte beunruhigende Parallelen zwischen Chess' Beschreibung und seinem Befinden. Geistesgegenwärtig hob er die Überreste des Skorpions auf. „Ich brauche sofort einen Hubschrauber!"
Ohne ein weiteres Wort zu verlieren, begab er sich zum Ausgang. Sein vorletztes Kommando galt dem fußlahmen Mann vor der Tür zum Glashaus. „Erledigt sie! Erledigt das alles hier - und beeilt euch." Shahid verschwand im Haus.
Mit beißender Stimme forderte er Alons Bewacher auf, ihn zum Wagen zu begleiten.

***

In London neigte sich ein herrlicher Herbsttag dem Ende zu. Lustlos tippte David Wilder auf der Tastatur seines Laptops herum. Er programmierte seit dem frühen Vormittag an einer neuen Datenbankschnittstelle für einen Kunden. Die Arbeit sorgte für Zerstreuung. Etwas, das David dringend benötigte. Die Anspannung der vergangenen Wochen war abgefallen, sein bisher gefährlichstes Abenteuer mehr schlecht als recht überstanden. Jetzt galt es, sich an den bitteren Beigeschmack zu gewöhnen, den sein neues Leben hatte.

„Irgendwie ist für heute die Luft raus...", seufzte er und klappte den Bildschirm herunter.
„Ein Spaziergang wäre jetzt genau das Richtige." David sah Goliath an, der es sich auf seinen Füßen gemütlich gemacht hatte. „Was meinst du, mein Riese?"
Das weiße Riesenkaninchen wackelte mit seinen aufgestellten Löffeln.
„Ich werte das als Zustimmung."
Goliaths neues Brustgeschirr war farblich auf die Leine abgestimmt. Beide erstrahlten in einem kräftigen Blau mit ganz vielen weißen Pfotenabdrücken darauf. Es war ein Geschenk von Hiob. „Damit Sie beide mich nicht vergessen", hatte er gesagt. Von Vergessen konnte gar keine Rede sein. Nicht nach dem, was sie gemeinsam erlebt hatten. Hiob mochte vielen wie ein grober Klotz erscheinen, aber er war der menschlichste grobe Klotz, den David sich als Lebensretter wünschen konnte.
„Guten Abend, Mr. Wilder", grüßte Davids Nachbarin über den Zaun, als er mit Goliath an ihrem Haus vorbeikam.
David zuckte innerlich zusammen. „Guten Abend, Ms. Furgerson." Er hatte irgendwie schon geahnt, dass er ihrem wachsamen Blick auch heute nicht entkommen würde. *Bitte nicht noch eine Geschichte...* So liebenswert die alte Dame auch war, so haarsträubend hörten sich ihre Verschwörungstheorien über Scotland Yard an. Seit Chief Inspector Scowcroft die Straße von seinen Männern observieren ließ, war Ms. Furgerson voll in ihrem Element. Aus ihrer Sicht machten sich die unzähligen Krimis, die sie las, jetzt so richtig bezahlt.
„Ist Ihnen der blaue Wagen schon aufgefallen, der seit gestern Abend vor meinem Haus parkt?", wisperte Ms. Furgerson und sah sich argwöhnisch um. „In einem Buch von Agatha Christie parkte auch ein verdächtiger Wagen genau vor dem Haus. Keiner hat es bemerkt!"

Mit dem Finger lockte sie David näher an den Zaun. „Hercule Poirot, Sie wissen schon, der berühmte Detektiv... ihm ist der Wagen aber sofort aufgefallen.“ Das listige Grinsen unterstrich ihre Vorliebe für den kleinen Belgier.
Jetzt fragt sie mich bestimmt gleich wieder, ob ich weiß, was sie glaubt.
„Wissen Sie, was ich glaube?“
David kratzte sich knapp unterhalb des Haaransatzes an der Stirn und versuchte dabei nachdenklich auszusehen.
„Ich werd es Ihnen verraten, Mr. Wilder.“ Ihre Hand griff zur Klinke des Gartentors. „Aber wir sollten das nicht hier besprechen. Wollen Sie nicht auf eine Tasse Tee hereinkommen?“
David schluckte. „Schrecklich gerne, Ms. Furgerson... Aber ich fürchte, Goliath besteht auf seiner Runde. Sie wissen ja, seit Natascha weg ist...“
Wie auf Bestellung demonstrierte Goliath eindrucksvoll seinen Bewegungsdrang. Den Kopf in Richtung Park gerichtet, hüpfte er an der gespannten Leine auf und ab.
„Tja, dann...“, seufzte seine Nachbarin enttäuscht. „Vielleicht ein anderes Mal?“
„Ganz bestimmt, Ms. Furgerson!“, folgte David dem Ziehen seines Haustiers.
„Ich halte Sie auf dem Laufenden!“, rief die alte Dame ihrem flüchtenden Opfer nach.
David war sichtlich erleichtert, als sie um die Ecke bogen. „Gut gemacht, Goliath.“ *Die alte Ms. Furgerson ist manchmal wirklich anstrengend, wenn sie Detektiv spielt. Ob daran wohl die Krimis schuld sind? Oder Langeweile? Oder beides?... Vielleicht hätte ich ihr zu Weihnachten doch kein weiteres Buch schenken sollen.*
David und Goliath erreichten den Park. „Erinnerst du dich noch, mein Riese? Hier hat alles angefangen.“ Wer David Wilder

näher kannte, wusste, dass er auch in der Öffentlichkeit nicht darauf verzichtete, mit seinem riesigen Kaninchen zu sprechen. Wer ihn noch nicht kannte, war schnell im Bilde. Wie der Mann von Scotland Yard, der David bei seinen abendlichen Spaziergängen durch den Park begleitete. Chief Inspector Scowcroft verfolgte mit seiner Observierung zwei Ziele. Einerseits setzte er auf Abschreckung, indem er David Wilder deutlich sichtbar Personenschutz gab. Andererseits ließ Scowcroft das Haus der Wilders verdeckt überwachen und hoffte darauf, dass Natascha Wilder dort auftauchen würde. Die beste Gelegenheit dafür hätte sie zweifellos dann, wenn David, Goliath und der Bodyguard auf ihrer abendlichen Runde waren.

***

Meine Chancen steigen! Aus Chess' Sicht hatte sich ihre Situation merklich verbessert. Von den ursprünglich vier Männern hatten zwei ihr Haus verlassen, und Shahids Zustand gab Grund zur Hoffnung, dass er nicht wiederkommen würde. Der Glatzkopf, der sie mit der Pistole bedrohte, war dennoch ein ernstzunehmender Gegner.

„Dein Trick mit den Skorpionen war wirklich gut", stellte er anerkennend fest. „Aber damit kommst du bei mir nicht weiter. Los, rein da!", forderte er Chess auf, wieder in den Geräteraum zu gehen. „Mal sehen, ob das Benzin in den Kanistern für ein anständiges Feuerwerk reicht."

Chess machte keinen Schritt.

„Rein da, oder muss ich nachhelfen?", zischte der Glatzkopf und ging auf sie zu. „Du kannst es auch auf die harte Tour haben."

Freiwillig mach ich keinen Schritt, du wirst mich schon zwingen müssen.

„Für deine Spielchen fehlt mir die Zeit.“ Seine gestreckte Hand schlug klatschend gegen Chess’ Schläfe und ließ sie schreiend zurücktaumeln.
„Geht doch“, stellte der Kahlköpfige lachend fest und verpasste Chess einen weiteren Schlag ins Gesicht. Wieder löste sich ein Schrei, der viel kräftiger war, als die Archäologin den Schmerz tatsächlich empfand.
„Dir werd ich helfen, mir die Zeit stehlen zu wollen.“
Doch das war gar nicht Chess’ Absicht. Sie suchte nur nach einem Grund, möglichst laut losschreien zu können. *Wenn Simba mich hört, wird sie kommen.* Die nächste Gelegenheit dazu sauste bereits in Form eines Faustschlags auf sie nieder. Immer weiter drängten die Angriffe sie zurück in den dunklen Raum.
„Ja, schrei nur!“ Seiner freudigen Erregung nach zu urteilen, fand der Glatzkopf ganz offensichtlich großen Gefallen daran, auf ein wehrloses Opfer einzuschlagen. „Schrei, so laut du willst.“
Chess ließ sich nicht lange bitten. Sie wusste, dass die einzige Chance darin bestand, mit ihrem Geschrei bis zu dem gepinselten Ohrenpaar vorzudringen, das irgendwo da draußen durch die Wüste streifte. *Komm schon, Simba. Ich weiß, dass du mich hören kannst.* Das sprichwörtliche Gehör eines Wüstenluchses war in der Tat kein schlechter Verbündeter, wenn es darum ging, einen Hilferuf über große Distanzen abzusetzen.
Chess hielt schützend die Hände vor das Gesicht, doch die Wucht des Angreifers durchbrach ihre Verteidigung mühelos. Der nächste Hieb riss eine tiefe Wunde in ihre Stirn, die stark zu bluten begann. Das Licht reichte nicht aus, um Farben zu erkennen, doch das war gar nicht nötig, sie konnte das helle Rot förmlich spüren.
Ein kräftiger Fußtritt ließ sie rücklings auf die Benzinkanister

stürzen.
„Ich denke, das ist weit genug“, spottete der Glatzkopf über die harte Landung. Er zielte mit seiner Waffe in Chess’ Richtung. Es war ihm egal, ob er zuerst die Archäologin oder einen der leicht entflammbaren Kanister traf, solange er selbst nur weit genug von der Explosion entfernt stand. Den Blick auf sein Opfer gerichtet, ging er rückwärts zum Ausgang. So war es ihm allerdings unmöglich, den Schatten wahrzunehmen, der sich in den dunklen Raum schlich. Im schwachen Lichtschein der geöffneten Tür waren die Umrisse einer großen Katze zu erkennen.
Simba, da bist du ja! Chess atmete erleichtert auf bei dem Anblick ihrer Mitbewohnerin. Das für die Jagd ausgebildete Karakalweibchen war eine beeindruckende Erscheinung. Nicht umsonst hatte Alon sie bei ihrem ersten Zusammentreffen mit einem Puma verwechselt.
„Grüß’ deinen Bruder von mir, wenn du ihn siehst!“ Das spöttische Lachen klang blechern und basierte auf einer fatalen Fehleinschätzung. Der Glatzkopf hatte seine Zukunft bereits hinter sich - er wusste es nur noch nicht.
Ein kurzer Pfiff reichte. Vier Samtpfoten katapultierten den Schatten fast lautlos in den Rücken des Glatzkopfs, wo die Krallen im weichen Fleisch Halt fanden. Die kräftigen Kiefer taten, wofür die Evolution sie seit Jahrmillionen optimiert hatte. Sie versenkten die rasiermesserscharfen Fangzähne mit tödlicher Präzision im Nacken ihrer Beute. Es war ein Kampf zwischen ungleichen Gegnern. Er war einseitig, er war lautlos und er war bereits entschieden. Das Zersplittern der Halswirbel erstickte jede Möglichkeit zur Gegenwehr - für immer. Simbas Pranken waren perfekt geformt, um sich damit in gerissenen Beutetieren festzukrallen. Aus ihrem Maul floss hellroter Speichel über die klaffenden Wunden. Die spitzen Raubtierzähne wirkten viel kürzer, wenn sie tief im Fleisch

steckten, wie Chess beim Näherkommen feststellte.
„Das hast du gut gemacht, Simba“, lobte sie die Katzendame. Viel Zeit blieb den beiden allerdings nicht, ihr Wiedersehen zu feiern. Ein Schuss peitschte durch das Gewächshaus und riss einen Fellfetzen aus Simbas Rücken. Fauchend zuckte der Karakal zusammen und rettete sich mit einem Sprung in das Pflanzendickicht.
Chess duckte sich hinter einen Tisch mit riesigen Kugelkakteen. *Das war verdammt knapp.* Ihr Herz raste, es war nicht das erste Mal an diesem Tag. *Wo ist er?* Um zu sehen, wie weit der Angreifer noch entfernt war, musste sie die Deckung wieder verlassen. Vorsichtig schob sie ihren Kopf in die Höhe und lugte zwischen zwei kürbisgroßen Kakteen hervor. Sie erblickte den Mann in einigen Metern Entfernung. *Er ist schon viel näher, als ich dachte.* Ihre Blicke kreuzten sich. *Verdammt, er hat mich ges...* Eine Kugel donnerte in den Kaktus links von Chess und brachte ihn zum Platzen. Wie kleine Pfeile flogen seine Stacheln durch die Luft. Nur Chess' schneller Reaktion war es zu verdanken, dass ihr Gesicht nicht zum Nadelkissen wurde. Stattdessen regneten die Kaktusreste auf ihren Rücken herab.
Dann wurde es wieder still. *Du hast alles unter Kontrolle, es ist nur einer übrig*, versuchte sie sich selbst Mut zu machen. Sie atmete tief durch und beschloss keinen weiteren Blick zu riskieren. Auf dem Boden hockend, blieb ihr nicht viel Zeit, bis der Verfolger sie erwischen würde. Chess musste ein besseres Versteck finden. Der dunkle Geräteraum bot sich erneut an, denn auf dem Weg dahin musste sie den Schutz der Blumentische nicht verlassen.
Wenn er mich dort entdeckt, sitze ich zwar in der Falle, aber die Tür sollte ihn eine Zeit lang aufhalten. Bis dahin muss mir eben etwas einfallen.
Unbeobachtet erreichte sie auf allen vieren die Metalltür. Der

goldfarbene Schlüssel steckte noch außen im Schloss. *Den nehm ich besser mit.* Sie streckte ihre Hand danach aus und bemerkte zum ersten Mal das Blut an ihren Fingern. Es stammte von der Stirnwunde und war noch nicht ganz eingetrocknet. Chess versuchte den Schlüssel abzuziehen, aber es ging nicht. *Nun geh schon raus.* Ihre klebrigen Finger drehten ihn wild herum - erfolglos. Er hatte sich verklemmt. Chess spürte, wie ihr die Zeit davonlief. *Jetzt mach schon!*
Die Tür ging nach außen auf und hatte keine Klinke. *Der Türknauf*, dachte sie. *Ohne Schlüssel nützt ihm der gar nichts.* Chess trat mit ganzer Kraft gegen den steckenden Schlüssel. Bereits der erste Versuch war von Erfolg gekrönt. Der abgebrochene Schlüsselkopf landete platschend im Becken des Steinbrunnens.
Überleg dir gut, was du jetzt tust, Chess!
Shahids letzter Mann kam gerade um die Ecke, als die Tür ins Schloss fiel. Mit Argwohn betrachtete er den regungslosen Körper, an dem er vorbeihinkte. „Das Biest hat ihm fast den Kopf abgebissen“, fluchte er. *Es sitzt hier irgendwo zwischen dem Grünzeug und wartet nur darauf, mich ebenfalls in Stücke zu reißen.* „Mich wirst du nicht kriegen“, brüllte er durch den Pflanzenvorhang, hinter dem Simba verschwunden war, und feuerte planlos mehrere Schüsse hinterher.
Das Splittern von Glasscheiben war die einzig hörbare Reaktion.
„Drecksvieh!“ Der Mann tat gut daran anzunehmen, dass der Karakal irgendwo im Dickicht auf eine Gelegenheit zum Angriff lauerte.
„Ich leg euch beide um!“ Er spürte förmlich, wie das Augenpaar des Jägers ihn anvisierte.
Chess verhielt sich unterdessen ganz ruhig in ihrem Versteck. *Es war nur ein Streifschuss. Simba hat sich bestimmt auch irgendwo versteckt, und mit dem kaputten Bein wird er nicht*

lange nach ihr suchen. Sie blickte auf das schwach schimmernde Zifferblatt ihrer Uhr. Wenige Minuten waren seit dem Überfall vergangen, doch Chess kamen sie wie eine Ewigkeit vor. *Wie lange es wohl dauert, bis Hilfe kommt?*

Eine kräftige Männerhand rüttelte an dem Türknauf. Von außen war es ihm ohne Schlüssel nicht möglich in den Geräteraum zu gelangen. „Abgebrochen“, knurrte er mit Blick auf den Rest des Schlüssels und rüttelte erneut am Türknauf. Ein Geräusch ließ ihn herumwirbeln. Das Rascheln kam von der Rückseite des Steinbrunnens. Ohne zu zögern, feuerte er mehrmals los. Zwei Querschläger peitschten durch das Wasser im Brunnen. Ein dritter zerfetzte den Tontopf einer violett blühenden Calla. Er ging nachsehen. Es dauerte, bis er mit seinem angeschwollenen Knie den Brunnen umrundet hatte. *Nichts! Ich hab die Schnauze voll von diesem Versteckspiel!*

Chess hatte das Schwarzlicht im Geräteraum aufgedreht und sich möglichst weit von der Tür entfernt. Die violette Lampe kam langsam auf Betriebstemperatur. Alle weißen Flächen begannen zu fluoreszieren und hoben sich immer deutlicher von der Dunkelheit ab. Auch die Skorpione in den Terrarien schimmerten grünlich. Chess ärgerte sich. *Ich hätte mir die Pistole von dem Glatzkopf holen sollen... nur wie?* Sie griff nach einem Spaten. *Fürs Erste ist das besser als nichts.* Das Licht der aufgeheizten UV-Lampe reichte bereits aus, um sich zurechtzufinden. Sorgenvoll schaute sie zur Tür, die das Einzige war, das sie von ihrem bewaffneten Verfolger trennte. *Vermutlich wird er das Schloss einfach aufschießen.*

Sekunden verstrichen, dann Minuten, doch nichts passierte.

Chess presste ihr Ohr gegen die Tür. Nicht das leiseste Geräusch war zu hören. *Ob Simba ihn doch erwischt hat,* versuchte sie die Ruhe zu deuten. *Und wenn nicht?* Sie war unentschlossen. *Wenn ich jetzt rausgehe, verrate ich mich vielleicht... Aber ich kann auch nicht ewig hier drin bleiben.*

Alon braucht meine Hilfe. Ihre Hand umfasste die Klinke. *Shahid hat seine Leute angetrieben, weil Hiob bald hier auftauchen wird. Der Typ vor der Tür ist bestimmt nicht so dämlich, auf ihn zu warten - hoffe ich.* Sie schaute auf die Uhr. „Ich geb mir noch drei Minuten - wenn sich bis dahin nichts tut, ist er entweder tot oder weg", sprach sie sich selbst Mut zu.
Der Minutenzeiger hatte seine erste Runde noch nicht beendet, da vernahm die Archäologin eine vertraute Stimme aus dem Gewächshaus.
„Chess... Sind Sie hier irgendwo? ...Chess? "
Hiob! „Hiob, sind Sie das?", rief sie hinaus.
„Ja, ich...", wollte der hünenhafte Israeli antworten, da flog auch schon die Tür auf.
„Hiob, ich bin so froh, Sie zu sehen!", fiel sie ihm um den Hals. Der vertraute Anblick erfüllte sie mit großer Erleichterung. Ihr Gegenüber wirkte nicht minder überwältigt von dem unerwarteten Gefühlsausbruch.
„Sie sind verletzt", stellte er besorgt fest. „Soll ich einen Arzt holen?"
„Ja... Nein, mit mir ist alles in Ordnung!" Aus ihren tiefgrünen Augen kullerten Freudentränen über ihr blutiges Gesicht. „Alon... Alon... "
„Er wird es schaffen", unterbrach Hiob sie. „Machen Sie sich keine Sorgen."
„Kann ich..." Chess war völlig aufgelöst und brachte kaum ein Wort heraus.
„Später. Ein Hubschrauber bringt ihn ins Krankenhaus. Seine Kopfwunde muss ordentlich versorgt werden."
„Ein Hubschrauber?", fragte sie besorgt.
„Vertrauen Sie mir, Chess. Abgesehen von dem Kopfweh in den nächsten Tagen...", beruhigte er. „Ich erklär Ihnen später alles. Aber jetzt müssen Sie mir erzählen, was genau passiert ist. Wo ist Shahid?"

„Er hat sich die Nägel geholt!" Chess holte tief Luft und begann Hiobs Fragen zu beantworten. Sie berichtete von dem Überfall, erwähnte den Glatzkopf, den Simba ausgeschaltet hatte und auch den Mann mit dem verletzten Bein. Hiob nickte, er zeigte sich tief beeindruckt. Bei dem Gedanken daran, dass Shahid, seine schlimmste Nemesis, vielleicht an Skorpiongift verrecken könnte, wurde ihm ganz warm ums Herz.

„...und dann habe ich Ihre Stimme gehört", beendete sie ihre Erzählung.

Hiob lächelte. „Ich bin wirklich stolz auf Sie, Chess." Nach einer Weile sagte er: „Und natürlich auch auf Ihre Haustiere."

„Haben Sie Simba gesehen?"

Wieder konnte Hiob beruhigen. „Sie saß neben Alon, als wir hier eingetroffen sind. Ich glaube nicht, dass sie einen von uns an ihn herangelassen hätte, wenn Alon nicht bei Bewusstsein gewesen wäre. Ein prächtiges Tier", sagte Hiob anerkennend.

„Wir?" Chess hatte bisher niemanden außer Hiob zu Gesicht bekommen. „Wer ist wir?"

Hiob zwinkerte ihr zu. „Niemand, den ich Ihnen vorstellen darf."

„Aber ich muss mich doch für die Hilfe..."

„Nicht nötig." Er schüttelte den Kopf. „Der Mossad ist der Meinung, dass es reicht, wenn Sie zwei seiner Agenten kennen."

„Noch dazu seine besten!", strahlte Chess dankbar.

Hiob reagierte nicht auf das Kompliment, aber Chess wusste, dass er sich darüber freute.

„Was ist mit dem Mann passiert, vor dem ich mich da drin versteckt habe?"

„Meinen Sie den?" Hiob zeigte auf einen Tisch voller Kakteen. Ein riesiger Kugelkaktus stand am hinteren Rand. Chess wusste, dass seine verholzten Stacheln wenigstens sechs Zentimeter lang waren. Sehen konnte man sie aber nicht mehr.

Sie steckten zu weit in dem gesuchten Gesicht.
„Tut mir leid wegen der Sauerei", entschuldigte sich Hiob.

***

„Wer hat Sie denn angefahren?", fragte die pummelige Ärztin, die Alons Wunde versorgte. Am Hinterkopf des 42-jährigen Israelis war zwischen seinen kurzen schwarzen Haaren ein breiter Schnitt zu erkennen. Eine dunkle Kruste hatte sich gebildet und die Blutung gestoppt.
„Keine Ahnung. Er kam ja von hinten." Alon lag, mit dem Gesicht nach unten, auf einem mobilen Krankenbett. Aus einer Infusionsflasche tropfte eine durchsichtige Flüssigkeit in seinen Unterarm.
„Fahrerflucht also." Die Ärztin, sie musste Ende vierzig sein, öffnete eine braune Flasche. „Das könnte jetzt vielleicht ein wenig brennen."
Alon stieg der Geruch von Desinfektionsmittel in die Nase. „Ja, ja. Das sagt ihr Ärzte doch immer, bevor es so richtig zur Sache geht."
„Einem Mann mit Ihrer Lebenserfahrung kann man einfach nichts vormachen." Sie deutete ein Lächeln an. Gewissenhaft säuberte die Ärztin die Wunde und bereitete alles für das Vernähen vor. *Selbst mit seinen Blessuren ist er sehr attraktiv... und so sympathisch... Sie hat nicht zu viel versprochen. Eindeutig ein Junggeselle auf der Suche.*
„Kopfwaschen können Sie für die nächste Woche vergessen", bemerkte sie eher beiläufig. Sehr routiniert glitt die Nadel durch die aufgerissene Kopfhaut. Alon spürte nur ein leichtes Kitzeln, während der blaue Faden die beiden Hautstücke aneinander zog. Die Ärztin verknotete das Ende und setzte in kurzen Abständen weitere Nähte.
„So, das hätten wir geschafft."

„Na, dann kann ich …"
„Liegen bleiben!", fuhr sie ihn an. „Von Aufstehen hab ich nichts gesagt."
„Aber ich…"
„Und ich sagte, Sie sollen liegen bleiben!", drückte sie energisch seine kräftigen Schultern zurück auf das Bett. „Sie haben eine Gehirnerschütterung. Mit so was wird hier nicht rumgelaufen!"
„Es geht mir aber gut. Ich spüre gar nichts." Alon war in Gedanken schon wieder bei Chess und Hiob. Durch die Ärztin hatte Hiob ihm ausrichten lassen, dass die Lage unter Kontrolle war.
„Das glaube ich Ihnen gerne. Sie sind so vollgepumpt mit Medikamenten, dass es an ein Wunder grenzt, dass Sie überhaupt noch zur Meuterei fähig sind." Sie schüttelte den Kopf. „Ihnen wird der Schädel noch ein paar Tage anständig brummen."
Mit solchen Kleinigkeiten kann ich mich nicht aufhalten. Alon griff nach der Infusion an seinem Arm. „Hören Sie, Frau Doktor, ich muss jetzt wirklich…"
„Sie sind es, der mir jetzt zuhört!", wurde sein Aufbegehren jäh erstickt. „Hier bestimme immer noch ich,…" Sie zog sich ihre Gummihandschuhe aus und warf sie weg. „…ob und wann meine Patienten die Station verlassen. Wenn Sie nicht sofort tun, was ich sage, dann sorg ich dafür, dass Sie Ihren Dienst erst wieder im neuen Jahr antreten."
Alon ließ den Kopf zurück auf das Bett sinken und gab seinen Widerstand auf - vorläufig. „Schon besser." Die Ärztin strich sich eine Haarsträhne aus dem Gesicht und schob sie hinter ihr Ohr. „Es ist nur zu Ihrem Besten."
„Natürlich, Sie haben ja Recht", heuchelte Alon Einsicht. *Sie kann ja nicht ständig hier stehen und mich überwachen. Sobald sie das Zimmer verlässt...* „Wie lange werde ich denn bleiben

müssen?“
„Wir werden Sie drei, vielleicht vier Tage zur Beobachtung hier behalten.“
„Drei Tage?“, fragte Alon genervt. *Was soll ich denn drei Tage hier machen? Nie im Leben!*
„Mindestens drei Tage“, wiederholte die Ärztin ihre Prognose. „Und das auch nur bei guter Führung“, fügte sie schmunzelnd hinzu.
„Keine Sorge, Sie werden gar nicht bemerken, dass ich da bin.“
„Geben Sie sich keine Mühe, Agent Kollek. Ihr Ruf als ungeduldige Nervensäge eilt Ihnen weit voraus.“
Alons Gesichtszüge erschlafften. Es gab nur einen Namen, den er mit dieser unvorteilhaften, aber, wie er niemals eingestehen würde, zutreffenden Beschreibung seiner Person in Verbindung brachte. Wenn sie ihre Finger im Spiel hatte…
„Was hat sie Ihnen erzählt?“, platzte er heraus.
„Sie hat mich umfassend über Ihre medizinische Vorgeschichte informiert.“ Die Ärztin holte aus ihrer Tischlade einen gelben Aktenordner hervor. Alons Name war in großen roten Buchstaben darauf vermerkt. „Und natürlich hat sie mich auch vor Ihnen gewarnt.“ Ihr überlegenes Lächeln sprach Bände.
„Drei Tage“, stöhnte Alon leise.

***

„Ich bin so schnell gekommen, wie ich konnte, Mr. Shahid“, entschuldigte sich der drahtige kleine Mann mit dem französischen Akzent. Die dunklen Schweißflecken auf seinem T-Shirt unterstrichen seine Behauptung. Es war einer der Algerier, die seit längerem für Shahid arbeiteten. Um jedes Handgelenk trug er ein dunkelgrünes Band mit Zackenmuster. Man musste dem Mann schon sehr nahe kommen, um zu erkennen, dass es Tätowierungen waren.

Der Ägypter reagierte zunächst nicht und erweckte den Anschein, als würde er in dem weißen Ledersessel schlafen. Dann hob er schwerfällig seinen Kopf an. Shahids fahles Gesicht und seine eingefallenen Augen waren ein unerwarteter Anblick. *Was ist denn mit dem passiert?* Das offensichtliche Erstaunen des Algeriers dauerte nur einen Augenblick. Blitzschnell kehrte er in die Rolle des gewissenlosen Söldners zurück.
„Du weißt, warum ich dich herbestellt habe?“, fragte Shahid langsam.
Der Algerier nickte. „Ich soll eine Lieferung für Sie erledigen, Mr. Shahid.“
Der Ägypter war ein Schatten seiner selbst. Schweißtropfen standen ihm auf der Stirn und in seinen Mundwinkeln sammelte sich Speichel. Zusammengesunken kauerte er auf seinem Ledersessel. Sein Körper reagierte unerwartet heftig auf das Skorpiongift.
„Ich brauch jemanden...“ Er machte eine lange Pause, in der er gequält Luft in seine Lungen sog. „„...der die Nägel für mich ins Labor bringt.“
„Kein Problem. Ich werde sofort aufbrechen. Betrachten Sie den Auftrag als erledigt.“
„Gut“, hauchte Shahid mit langgezogener Stimme. „Ich wusste, dass ich mich auf dich...“ Ein krampfartiger Anfall verwandelte den Rest des Satzes in ein unverständliches Gemurmel.
„Ich werde Sie nicht enttäuschen, Mr. Shahid.“
Der Ägypter hob seine zitternde Hand und deutete auf einen silbernen Metallkoffer.
Sofort ging der Algerier auf den Koffer zu und bückte sich danach. Obwohl er nicht größer war als ein Aktenkoffer, wog er ein Vielfaches. Das Titangehäuse war gepanzert und schützte durch seine hermetische Versiegelung den kostbaren Inhalt auch vor Feuer und Wasser.

Unter großer Anstrengung richtete Shahid sich in dem Sessel auf. „Bring ihn her."
In das Gehäuse war eine gehärtete Kette eingearbeitet, die sich herausziehen ließ. Am Ende der Kette befand sich ein abschließbarer Metallreifen. Der Tätowierte stellte den Koffer auf einem kleinen Tisch neben dem Ägypter ab.
„Leg ihn an", zischte Shahid durch die Zähne.
Der Versuch, den Koffer am Handgelenk zu befestigen, schlug fehl. Der kleinste einstellbare Durchmesser des Reifens entsprach etwa dem seines Unterschenkels.
„Um den Hals." Shahid atmete schwer und laut. „Arme und Beine sind entbehrlich."
Mit einem gut hörbaren Klicken rastete die Sperre des angelegten Halsreifens ein.
„Der Koffer... er muss bis morgen Abend bei Qian sein."
Ein weiterer Mann betrat den Raum. Er trug einen weißen Arztkittel, der ihm zu groß war. In seiner Hand balancierte er ein silbernes Tablett, auf dem mehrere Spritzen und Desinfektionstücher lagen. Dem Algerier schenkte er keine Beachtung, sondern ging direkt auf Shahid zu. Er hatte etwas Nervöses an sich.
„Wie fühlen Sie sich, Mr. Shahid?", fragte er auf Arabisch.
Der Angesprochene glotzte ihn leer an.
„Verstehe", murmelte der Arzt. Er holte ein Fieberthermometer hervor und schob es in den offen stehenden Mundwinkel. „Ich muss mir Ihre Hand noch einmal ansehen." Er hob Shahids linken Arm vorsichtig an. Die Einstichstellen am Handrücken waren deutlich hervorgetreten. Im Zentrum schimmerten sie dunkelblau. Von dort verlief die Farbe kreisförmig bis zum unscharf begrenzten Rand, um den sich hellrote Blasen gebildet hatten. Die allergische Reaktion des gestochenen Fingers fiel deutlich stärker aus. Ein Farbverlauf rund um die Einstichstelle war kaum noch zu erkennen. Die anfängliche

Rötung war grauen und schwarzen Flecken gewichen. Die Mimik des Arztes gab keinen Anlass zu Optimismus.
„Sie müssen jetzt gehen", wies er den Algerier an.
Nichts, was ich lieber täte. „Was ist mit dem Schlüssel?" Er deutete auf sein Halsband.
„Den hat Qian", röchelte Shahid.

***

Ein windiger Morgen brach für die Besatzung des schwimmenden Labors an. Die fast zwei Meter hohen Wellen schlugen gleichmäßig gegen die mächtigen Stahlsäulen. Gemessen an ihrer Gesamthöhe war es, als hätte ein Kind sie mit Wasser bespritzt. Gute 40 Meter über dem Meer befand sich die untere Ebene der riesigen Anlage. Hier waren der Maschinenraum und die hydraulische Niveauregulierungsanlage untergebracht. Zwischen den containerähnlichen Aufbauten verlief eine Unzahl von Rohrleitungen. Zwei von Qians Leuten hatten die ganze Nacht damit verbracht, sie zu überprüfen.
Ein Mann mit weißem Helm und Schnauzbart machte sich an einem der rostigen Ventile zu schaffen. Es war der für die Hydraulik zuständige Chefingenieur. „Bei mir ist der Öldruck konstant!", rief er in Richtung seines Mitarbeiters. Der deutlich kleinere Mann trug ebenso wie sein Vorgesetzter einen blauen Overall. Die vielen Flecken darauf erinnerten an die Probleme der letzten Nacht. Was zunächst als Feineinstellung geplant war, artete immer mehr in einen großflächigen Umbau aus.
„Kann ich aufdrehen?" Die Stimme klang heiser. Seit Stunden musste sie die anschlagenden Wellen und den Maschinenlärm übertönen.
„Ja, dreh auf, Claude!", rief der Chefingenieur.
Claude war Belgier und einer von acht Leuten, die von der

ursprünglichen Besatzung der Bohrinsel noch übrig waren. Qian brauchte ihr Fachwissen. Ohne sie wäre der Umbau der Bohrinsel in eines der modernsten Laboratorien undenkbar gewesen. Claude und seine Kollegen kannten jedes Ventil auf diesem Deck. Die meisten davon hatten sie selbst eingebaut. Claude öffnete das neunte Ventil auf der rechten Seite. „Es klemmt etwas!“ Mehrere Dutzend parallel verlegte Rohrleitungen liefen beim Pumpenraum zusammen. Ihre Durchmesser entsprachen etwa denen einer Regenrinne und der Zahn der Zeit hatte seine Spuren an ihnen hinterlassen. Claude drehte mit beiden Händen an dem roten Rad. „Jetzt bewegt es sich.“

Der Chefingenieur überwachte das Manometer. Zuckend setzte sich der schwarze Zeiger in Bewegung. „Der Druck steigt schon!“ *Hoffentlich schaltet der Pumpenregler diesmal auch wirklich ab.*

„Ich hab es jetzt halb geöffnet!“, rief Claude seinem Kollegen zu.

Der Zeiger kletterte gleichmäßig in die Mitte der Anzeige.

„Mach es ganz auf!“

Claude betätigte das Rad, bis es nicht mehr weiter ging. Dann drehte er es wieder ein kleines Stück zurück. Das war eine wichtige Sicherheitsmaßnahme. Ein bereits bis zum Anschlag aufgedrehtes Ventil konnte man in einer Notsituation leicht mit einem feststeckenden, aber noch geschlossenen Ventil verwechseln.

Der Chefingenieur starrte gespannt auf die Anzeige. *Schalt ab.* Der Zeiger näherte sich zügig dem Ende des grünen Bereichs. *Schalt endlich ab!* Auf Grün folgte Gelb und dann Rot.

„Dreh ab!“, brüllte der Chefingenieur. „Sofort abdrehen!“ Es vergingen kostbare Sekunden, in denen der Zeiger immer tiefer in den roten Balken wanderte.

Die beiden Männer hatten sich darauf verlassen, dass die

Notabschaltung der Hydraulikpumpe diesmal funktionieren würde. Sie tat es aber nicht. Stattdessen wurde unentwegt weiter Öl in das einzige geöffnete Rohr der riesigen Anlage gepresst.
„Verdammt, dreh endlich ab! Sonst fliegt uns die Leitung um die Ohren!“ Der Zeiger der Druckanzeige näherte sich einem kleinen Stift - dem Endanschlag der Anzeige.
„Das Ventil steckt!“, schrie Claude zurück und riss mit ganzer Kraft an dem festsitzenden Rad.
Der entsetzte Blick des Chefingenieurs sprach Bände. *Ich muss die Pumpe sofort von Hand...* Noch bevor er seinen Satz zu Ende gedacht hatte, registrierte er das unheilvolle Klopfen über ihm. Es kam von der Ölleitung, die in ihren Aufhängungen zu vibrieren begann.
Das Ventil steckt nicht, schoss es ihm durch den Kopf. „Es springt! Das Ventil springt!“, brüllte er aus Leibeskräften.
Tatsächlich hüpfte das defekte Kegelventil im Inneren der Rohrleitung durch den Pumpendruck wild auf und ab und veränderte damit ständig den Leitungsquerschnitt. Jedes Mal, wenn das Ventil nach oben auswich, entließ es eine Druckwelle in die Leitung, um sofort danach den Durchfluss wieder zu versperren. Dieser Vorgang wiederholte sich in Sekundenbruchteilen und versetzte das Rohr in immer stärkere Schwingungen.
Das bekommen wir nicht mehr...
„Hinlegen!“ Auch wenn Claude zuerst schrie, so hatten sie die Idee, in Deckung zu gehen, gleichzeitig gehabt. Flach auf den Boden gedrückt mussten sie warten, bis das Schlimmste vorbei war. Während über ihren Köpfen abgerissene Schrauben wie Projektile dahinjagten, pressten sie ihre Gesichter auf den vergitterten Boden, durch den man das Meer sah. Bei jedem Anprall der herumfliegenden Teile gegen die Rohrleitungen jaulte das Metall pfeifend auf.

„So ein Dreck!“, fluchte Claude. Aus der aufgeplatzten Leitung ergoss sich rosafarbenes Hydrauliköl über die Bodengitter in die unruhige See und mischte sich dort mit den weißen Schaumkronen. Rasch baute sich der aufgestaute Druck wieder ab und der ölige Strom versiegte. Was blieb, war ein rutschiges Deck, eine zerstörte Rohrleitung und die Gewissheit, dass auf die Notabschaltung kein Verlass war.
Claudes Vorgesetzter hatte sich als Erster wieder aufgerichtet und blickte auf das Schlachtfeld. „Jetzt reicht's mir! Die ganze Nacht haben wir hier draußen verbracht und das Salz aus der Luft gefressen. Und wofür?“ Seine Gestik unterstrich den Ärger, den er empfand. „Aus!“, rief er. „Jetzt tauschen wir diesen Regler. Alle Regler!“
„Wir tauschen sie alle“, bekräftigte ihn Claude, von dessen Helm noch immer Öl auf den Overall tropfte. „Und wenn es den ganzen verdammten Tag dauert.“
„Optimist!“
„Ich gehe ins Lager und suche die Teile zusammen. Du kannst ja schon mal unsere Kollegen von der Tagschicht wecken. Wir können jede Hilfe gebrauchen, wenn wir das heute noch fertig bekommen wollen.“ Seine Stimme war merkwürdig wehmütig geworden.
Dr. Qian hatte davon bisher nichts mitbekommen. Mit der Zahnbürste im Mund lief er in seinem Zimmer auf und ab. Er war schon früh aufgestanden und hatte einen arbeitsreichen Tag vor sich. Der Asiat nutzte selbst die Zeit während des Zähneputzens, um die jüngsten Laborberichte zu überfliegen. Noch immer wurden jeden Morgen Fehlermeldungen und Ausfälle von nahezu allen Stationen gemeldet. Das neue Labor hatte noch viele Kinderkrankheiten und Qian erfuhr von jeder einzelnen. Gerne hätte er auch noch weitergelesen, während er mit der Mundspülung gurgelte, aber das hatte sich bei einem früheren Versuch als problematisch erwiesen.

Der Doktor klappte den kleinen Tisch mit den abgerundeten Ecken von der Wand. Aus Platzgründen war alles an Bord sehr funktionell angelegt.
Es war zwei Minuten vor Beginn der Tagschicht, als ihn der erste Anruf erreichte. „Selbstverständlich sind wir voll betriebsbereit“, versicherte er dem Anrufer. Er notierte etwas auf seinem Block und nickte fortwährend. „Ich verstehe.“ Der Redeschwall seines Anrufers schien kein Ende nehmen zu wollen. „Heute Abend passt uns sogar sehr gut. Ich sage im Labor Bescheid, damit meine Leute alles vorbereiten können. Weiß Mr. Shahid denn schon, wie er anreisen wird?“ Er stutzte. „Ein Skorpion sagen Sie? Mit den Viechern ist nicht zu spaßen.“ Der Ausdruck auf Qians Gesicht stand in deutlichem Widerspruch zu seinen Worten der Anteilnahme. Irgendwie freute es ihn, dass der Ägypter ernstlich erkrankt war.
„Ja, ja, ich verstehe. Ich erwarte die Ankunft seines Boten dann gegen 22:00 Uhr.“ Er vermerkte noch einige Stichworte auf dem Spiralblock. „Ja, selbstverständlich habe ich den Schlüssel für den Koffer noch... Bitte richten Sie ihm aus, dass wir alles zu seiner vollsten Zufriedenheit erledigen werden.“ Qian grinste hämisch. „Meine allerbesten Genesungswünsche.“
Zufrieden legte er auf. Lange konnte er sich allerdings nicht an der Vorstellung erfreuen, wie schlecht es um das Befinden des Ägypters stehen mochte. Ein weiteres Gespräch kam herein. Es war sehr kurz und betraf eine erfolgreich durchgeführte Reparatur. „Wieder eine Fehlermeldung, die sich erledigt hat“, strich er sie von seiner Liste. Obwohl Qians Labor zu einem der modernsten zählte, liebte der schwarzhaarige Asiat nichts mehr, als all seine Aufzeichnungen von Hand zu führen. Der Alarm seiner Uhr piepste. „Zeit, ins Büro zu gehen.“ Der Weg von den Mannschaftsquartieren bis zu seinem Arbeitsplatz hatte sich durch die Verlegung deutlich verkürzt. Gestoppte 114 Sekunden brauchte er im Schnitt für die Strecke und

weitere 7 Sekunden, um sich an seinen Schreibtisch zu setzen, an dem er schon erwartet wurde.
„Was haben Sie für mich?“, forderte er seine rothaarige Sekretärin auf, ihm Bericht zu erstatten.
„Guten Morgen, Dr. Qian“, begrüßte sie ihren Chef in seinem Büro. Alisa Andrejewna Petrowa wirkte sachlich und korrekt. Sowohl ihr frostiges Auftreten als auch ihre betont harten Gesichtszüge machten die russische Abstammung offensichtlich. Qian schätzte sie wegen ihrer Zuverlässigkeit und ihrer Optik gleichermaßen.
„Hier sind die aktuellen Berichte“, reichte sie ihm einige Ausdrucke. „Es werden von Tag zu Tag weniger Fehlermeldungen.“
„Wenn Sie das sagen“, erwiderte Qian. „Irgendwas dabei, das ich mir ansehen sollte?“
Sie lächelte. „Das Wetter.“ Ihre Hand zog eines der Blätter heraus. „Die letzten Satellitenbilder zeigen eine Schlechtwetterfront, die sich auf uns zubewegt.“
Desinteressiert zuckte er mit den Achseln. „Sollen wir Regenschirme verteilen?“
„Das wäre wenig hilfreich“, sagte sie freundlich. „Diese Sturmfront hier“, ihr spitzer Fingernagel zeigte auf einen dichten Wolkenwirbel, „könnte uns heute Nacht erreichen.“
„Könnte? Geht es auch ein wenig präziser?“
„Mit Sicherheit wissen wir das erst, wenn sie da ist. Derzeit hält sie genau auf die Insel zu. Es könnte uns ganz schön durchschütteln, wenn sie uns erwischt.“
„Besteht eine Gefahr für die Anlage?“
Sie schüttelte ihre roten Haare. „Nein, wir sollten aber Vorkehrungen treffen und alle Befestigungen kontrollieren, damit der Sturm nichts abreißt.“
„Kümmern Sie sich darum. Wenn Sie Recht behalten mit Ihrem Wetterbericht, dann kann diese hochgelobte

Niveauregulierung bald beweisen, dass sie ihr Geld auch wert ist."
Er legte die Berichte auf seinem Schreibtisch ab und tauschte sie gegen eine gelbe Tasse mit weißen Punkten. „Danke für den Kaffee."
„Ich habe ihn schon gezuckert", bemerkte sie gewohnt sachlich.
„Halten Sie mich auf dem Laufenden." Es klang wie eine Aufforderung zu gehen.

***

Shahid hatte den Rest der Nacht in einer Klinik verbracht. Dem arabischen Arzt war es gelungen, seinen Zustand auf niedrigem Niveau zu stabilisieren. Die starken Muskelkrämpfe hatten aufgehört und auch die Atemfrequenz normalisierte sich. Die Reaktion des Ägypters auf das Skorpiongift war aus Sicht des Mediziners unerwartet stark ausgefallen. Auf einem Beistelltisch lagen mehrere geöffnete Ampullen mit der Aufschrift *SCORPION ANTIVENOM.*
„Wie geht es Ihnen, Mr. Shahid?"
„Besser...", antwortete Shahid mit dumpfer Stimme.
„Ich werde Ihnen jetzt ein Betäubungsmittel in die Achselhöhle injizieren." Der Doktor setzte die Nadel an. Shahid spürte den Einstich nicht. Verglichen mit dem Pulsieren in seiner Hand war er viel zu unbedeutend.
„Es wird einige Minuten dauern, bis die Narkose wirkt", erklärte der Arzt und begann sein Chirurgenbesteck auf einem grünen Tuch auszubreiten. „Besser, Sie legen sich jetzt hin."
Der Operationssaal war klein, aber sehr gut ausgestattet. Den Kontakt zum Leiter der ägyptischen Privatklinik pflegte Shahid schon länger. Ein Mann wie er konnte es sich nicht leisten, in öffentlichen Krankenhäusern aufzutauchen. Die exklusive Spezialbehandlung sicherte er sich durch ägyptische Pfund,

und der Doktor nahm eine Menge davon.
„Ich komme gleich wieder“, verließ der Mann in Weiß den Raum. Durch die eingelassene Scheibe in der Tür blickte Shahid ihm wortlos nach, bis die Umrisse mit dem strukturierten Glas verschmolzen.
Die Lautsprecher in der rötlichen Holzdecke berieselten das Zimmer mit klassischer Musik. Der Schmerz in Shahids Hand klang langsam ab und das taube Gefühl breitete sich im ganzen Arm aus.
Ein junger Mann kam herein und stellte sich als Assistent des Doktors vor. Sein Arabisch klang abgehackt. „Ich werde alles vorbereiten.“
Shahid ließ den Mann geduldig gewähren.
„So. Jetzt wird es ernst“, meldete sich der Arzt kurz darauf zurück. Nachdem er sich Einweghandschuhe übergezogen hatte, reinigte er diese mit Desinfektionsmittel. „Du kannst jetzt gehen“, sagte er zu seinem Mitarbeiter.
Shahid lag mit einem grünen Tuch bedeckt auf dem Rücken. Sein Blickfeld wurde durch einen Vorhang eingeschränkt. Nur der Doktor konnte die zerstochene Hand sehen. Shahid hatte die Kontrolle über seinen linken Arm völlig verloren. Es fühlte sich an, als ob sein Körper bereits irgendwo unterhalb des Schulterblatts endete.
Der Arzt machte sich daran, die Struktur des geschwollenen Zeigefingers zu ertasten. *Die Immunreaktion ist wirklich sehr heftig. Er kann von Glück reden, dass er das Antiserum so schnell bekommen hat. So schwere Fälle haben wir höchstens drei bis vier Mal im Jahr.*
„Spüren Sie noch etwas?“ Er führte die Skalpellspitze prüfend über die Haut. Shahid verneinte.
Der Doktor betrachtete sorgfältig das zerstörte Gewebe. Der gut durchblutete Handrücken hatte das Gift deutlich besser verarbeitet als der gestochene Finger. Von den einzelnen

Fingergliedern war nichts mehr zu erkennen.
„Viel später hätten Sie nicht mehr kommen brauchen."
Shahid hustete und räusperte sich. „Fangen Sie endlich an."
Ohne weiteren Kommentar begann der Arzt mit dem Eingriff. Seine Hände arbeiteten präzise und zügig mit dem Chirurgenbesteck. Die Operation verlief den Umständen entsprechend gut, wenngleich der Doktor gezwungen war, einen seiner Schnitte zweimal anzusetzen. *Da muss ich wohl doch großzügiger wegschneiden*, stellte er fest, nachdem er einen dunklen Hautfetzen angehoben hatte. Darunter entdeckte er weiteres vom Gift angegriffenes Fleisch.
Shahid hatte die Augen weit geöffnet. Sein ausdrucksloser Blick starrte zur Decke. Die Hintergrundmusik blendete er ebenso aus wie die Geräusche, die von der anderen Seite des blickdichten Trennvorhangs kamen. Der Doktor hatte ihm genau erklärt, wie er vorgehen würde. Shahid konnte nur liegen und warten, bis alles abgestorbene Gewebe aus seiner Hand entfernt war.
Der Arzt stellte eine silberne Schale auf dem Beistelltisch ab. „Wir sind fertig, Mr. Shahid. Ich habe getan, was ich konnte." Er war mit seiner Arbeit sehr zufrieden. Vorsichtig schälte er sich die blutigen Gummihandschuhe von den Händen. „Mein Assistent wird Ihnen noch einen Verband anlegen. Ihr Blutverlust hält sich in Grenzen. Ich denke, wir können Sie in häusliche Pflege entlassen."
Shahid vernahm die Worte ohne jede Reaktion.
„Gegen die Schmerzen gebe ich Ihnen natürlich etwas mit. Dennoch sollten Sie es ruhig angehen und Ihre Hand schonen. Morgen erwarte ich Sie wieder hier zur Kontrolle."
„Das Gefühl in meiner Hand...", deutete der Ägypter eine Frage an.
„Das kommt von allein wieder, in acht bis zehn Stunden." Der Doktor rief nach seinem Assistenten. Der betrat kurz darauf das

Operationszimmer und begann, einen Verband um Shahids Hand zu wickeln. Er packte die Hand so dick ein, dass sie aussah wie ein überdimensionierter Boxhandschuh und fixierte sie anschließend mit einer Bandage.
„Kommen Sie, ich helfe Ihnen auf." Der Arm des Ägypters entzog sich völlig seiner Kontrolle und hing wie ein Stück totes Fleisch in seiner Schulterschlinge.
„Sobald es Ihnen besser geht, sollten wir unbedingt ein paar Allergietests machen", schlug der Arzt vor. Shahid nickte und bewegte sich auf die Tür zu, vor der sein Fahrer schon auf ihn wartete. „Bis morgen Abend", verabschiedete der Doktor seinen Patienten. Dann wandte er sich wieder seinem Mitarbeiter zu. „Räum alles weg und mach sauber. Ich hoffe, das war der letzte Notfall für diese Nacht."
Das hoffe ich auch. Schließlich bezahlen Sie mich nach Stunden und nicht nach Patienten und in dieser Zeit kann ich genauso gut ein Buch lesen. Der Assistent schob das blutige Besteck zusammen.
„Sollte noch was sein, ich bin oben im Aufenthaltsraum."
„Doktor?", rief sein Assistent ihm noch nach. „Kann ich...", er zeigte auf die silberne Schale.
Der Arzt drehte sich noch einmal um und folgte dem Finger mit seinem Blick. „Für deine Sammlung?", fragte er und gab damit eigentlich schon seine Zustimmung.
„Ja", freute sich sein Assistent.
„Von mir aus", zuckte der Doktor erheitert mit den Achseln. „Der Name des Skorpions steht auf der Verpackung des Antiserums. Nur, falls du ihn für die Beschriftung brauchst."
„Danke, Doktor!"
„Keine Ursache."
Freudestrahlend nahm er den schwarzen Finger aus der silbernen Schale. *So eine prächtige Färbung kenne ich sonst nur von Schlangenbissen.* Er drehte den Neuzugang seiner

Sammlung so, dass er die Schnittstelle sehen konnte. *Ganz glatt abgetrennt... Er ist wirklich der beste Chirurg von allen. Und du... du bekommst einen ganz besonderen Platz.*

***

Chess saß auf Elisabeth Burcelys Terrasse in Jordanien. Sie erzählte ihrer Gastgeberin, was sich in der vergangenen Nacht zugetragen hatte. Elisabeth Burcely, eine Britin etwa in Chess' Alter, hatte helle Haut und langes blondes Haar, das gut mit ihrer gelb eingefassten Brille harmonierte.
„Und es macht Ihnen wirklich keine Umstände, Elisabeth?", fragte Chess.
Ms. Burcely schüttelte lächelnd den Kopf und griff nach der Hand der Archäologin. „Sie sind uns ein willkommener Gast, Chess."
„Danke, das ist sehr nett." Wer in diesem Moment in Chess' feuchte Augen blickte, erkannte, wie gerührt sie war. Shahids Männer hatten sie übel zugerichtet. Die Abschürfungen blitzten unter den vier Pflastern hervor, die in ihrem Gesicht und auf ihrem Hals klebten. Dennoch war Chess mehr als dankbar, dass sie keine ernsthaften Verletzungen davongetragen hatte. Die Tatsache, dass sie Shahid mit Hilfe der Skorpione vergiftet hatte, sorgte sogar für ausgezeichnete Stimmung bei ihr. *Soll er die verdammten Nägel doch mit ins Grab nehmen...*
„Die Einladung gilt natürlich auch für Sie, Hiob."
Hiob saß am Terrassentisch und hatte das Buch der Gog und Magog vor sich liegen.
„Danke für das Angebot. Ich hoffe, dass ich bald hinter das Geheimnis dieser Schrift komme." Er strich mit seiner Hand über die unleserlichen Seiten.
Elisabeth lachte.
Hiob sah sie verwundert an. „Habe ich etwas Lustiges gesagt?"

„Entschuldigen Sie, bitte. Ich dachte nur gerade an Claras Hausaufgaben. Das Arabisch meiner Tochter ist für mich auch nicht immer leicht zu entziffern, müssen Sie wissen. Wenn ich Ihnen so zuschaue, Hiob, wie Sie die Augen angestrengt zusammenkneifen... So sehe ich vermutlich auch aus, wenn ich mir Claras Arbeiten durchlese."
„Ich wusste ja nicht, dass Sie sich auch mit Geheimschriften beschäftigen", schmunzelte Hiob. „Ich könnte eine erfahrene Hilfe gut gebrauchen."
Als wäre es ihr Stichwort, kam Clara auf die Terrasse gestürzt. Ihre Zöpfe hatten Mühe, mit ihrem Tempo mitzuhalten. „Hiob! Chess!", rief sie erfreut. Ohne weitere Vorwarnung fiel sie dem israelischen Riesen um den Hals. „Hast du David auch mitgebracht? Und Goliath?"
Die nächste Stunde gehörte der siebenjährigen Clara Burcely. Sie wollte jedes noch so kleine Detail wissen, das sich zugetragen hatte. Hiob und Chess taten ihr Bestes, um ihre Neugier kindgerecht zu stillen.
„Jetzt wird es aber Zeit für deine Aufgaben, Clara", drängte Elisabeth ihre Tochter zum Ende zu kommen.
„Die hab ich schon gemacht, Mama. Du musst sie nur noch verbessern." Sie lief los und kam kurz darauf mit einem blauen Schulheft zurück. „Es ist der eingeklebte Zettel."
Elisabeth machte sich daran, die Aufgaben zu kontrollieren.
Chess saß neben Hiob und sie versuchten gemeinsam, eine Erklärung für die Fahrräder mit Schornsteinen zu finden.
„Ich hoffe nur, dass dieses Geschmiere überhaupt einen Sinn ergibt", brummte Chess.
Hiob konnte der Versuchung nicht widerstehen. Seine Augen lugten über den Rand der Lesebrille hinüber zu Elisabeth.
Chess war indessen voll auf den vor ihr liegenden Text konzentriert. „Diese beiden Zeichen sehen für mich ähnlich aus. Was meinen Sie?"

Hiob gab keine Antwort.
„Hiob?“ Sie stieß ihn sanft mit dem Ellenbogen an.
„Elisabeth kneift beim Verbessern wirklich die Augen zusammen“, flüsterte Hiob.
Gemeinsam beobachteten sie eine Weile, wie Ms. Burcely mit einem Bleistift Häkchen neben Claras Übungen setzte. „Welch Erkenntnis, Hiob.“ Chess seufzte. „Können wir uns jetzt wieder...“
„Ich Idiot!“, rief Hiob und schlug sich mit der flachen Hand auf die Stirn.
„Idiot sagt man nicht“, verbesserte ihn Clara.
„Tut mir leid“, verharmloste Hiob mit einer Handbewegung. „Ich glaube, du und deine Mama habt mir gerade dabei geholfen, die Lösung zu finden.“
„Haben wir?“ Elisabeth klang wenig überzeugt.
„Kommen Sie“, bat er Chess, ihm zur anderen Seite des Tisches zu folgen, wo er sich hinter Elisabeth und ihre Tochter stellte.
„Sie sind Linkshänderin, nicht wahr, Elisabeth?“
„Ja.“
Er legte ein leeres Blatt auf den Tisch. „Würden Sie für uns eines Ihrer Häkchen machen?“
„Gerne.“
Danach wandte er sich an Clara: „Malst du uns bitte auch eines?“
Clara grinste bis über beide Ohren. Mit der ganzen Hand umklammerte sie den Stift und malte ein Häkchen neben das ihrer Mutter.
„Ist es Ihnen aufgefallen?“, drängte Hiob die Archäologin, sich seinen Gedankengängen anzuschließen. Chess’ Blick widerlegte seine Vermutung.
„Elisabeth ist Linkshänderin. Sie beginnt ihr Häkchen auf der rechten Seite. Clara dagegen macht es so, wie es alle

Rechtshänder machen. Sie beginnt von links."
„Soll ich noch eines malen, Hiob?" Claras Begeisterung war geweckt.
„Einen Moment noch, Clara. Ich hab gleich noch eine bessere Aufgabe für dich. Würdest du dich bitte kurz umdrehen?"
Hiob blätterte im Buch der Gog und Magog auf eine der vorderen Seiten und wählte ein Zeichen, das er mit seinem Finger markierte. „Elisabeth, bitte schreiben Sie dieses Zeichen für mich auf das Blatt. Es ist wichtig, dass Sie es in einem Zug schreiben und nicht stückweise abmalen. Auch wenn das Zeichen dann etwas anders aussieht."
Elisabeth brauchte drei Versuche, bis sie das Schriftzeichen, ohne abzusetzen, zu Papier brachte.
„Sehr gut", bedankte sich Hiob bei Elisabeth. „Clara, du kannst dich jetzt wieder umdrehen. Deine Mama hat hier ein Zeichen für uns aufgemalt. Ich möchte, dass du dir dieses Zeichen kurz ansiehst und dann nachmalst. So wie du es in Erinnerung hast."
Er gab Clara Gelegenheit, das Zeichen zu betrachten und drehte das Blatt dann um. „Und jetzt mal es mir bitte auf."
Mit dicken Strichen erschien Claras Erinnerung auf dem Papier. Chess staunte, als sie die Zeichnung sah. Eine entfernte Ähnlichkeit mit dem Kufischriftzeichen aus dem Buch war vielleicht noch gegeben, aber lesen konnte man es nicht mehr.
Hiob war aber noch nicht fertig mit seiner Demonstration. Nun hielt er Clara das Buch der Gog und Magog hin und zeigte mit dem Finger auf dasselbe Zeichen wie zuvor. „Jetzt schau dir bitte dieses Zeichen an und sag mir, wenn du es dir gemerkt hast."
Clara nickte. „Geht schon."
„Ihre Tochter hat wirklich ein erstaunliches Gedächtnis", lobte Hiob die Kleine.
Clara malte eine nahezu identische Kopie auf das Blatt. Auch für Chess war das zweite Schriftzeichen klar zu erkennen. „Das

kann ich auch lesen", stellte sie beeindruckt fest. „Erklären Sie es uns?"
„Gerne." Hiob wirkte erleichtert. Seine gerade erst aufgestellte Theorie hatte sich umgehend bestätigt. „Elisabeth hat mich darauf gebracht", begann er mit seiner Erklärung und drehte sich zu ihr. „Sie sind Linkshänderin und beginnen manche Buchstaben oder Zeichen von der anderen Seite. Bei unserer Schrift macht das kaum einen Unterschied, weil jeder Buchstabe einzeln als solcher erkennbar ist. Bei der Kufischrift ist das aber ganz anders. Wenn man auf der falschen Seite beginnt, dann kippt nicht nur das Schriftbild nach links, es verändern sich auch die Winkel und Längen der Bögen."
„Würde das aber nicht bedeuten, dass kein Linkshänder Kufi schreiben könnte?", wandte Chess ein.
„Nein... So einfach ist es nicht", ergänzte Hiob. „Das Original kann man sicher noch lesen. Aber ich denke, dass Folgendes passiert ist: Irgendwann gegen Ende des 8. Jahrhunderts hat Gegenpapst Konstantin II. das Buch der Gog und Magog geschrieben und darin das Versteck der drei Kreuznägel Christi verraten. Er war - wie ich vermute - Rechtshänder. Aus irgendeinem Grund, den ich aber noch nicht kenne, hat dann jemand anderes die Eintragungen in dem Buch fortgesetzt. Die letzten Seiten, die wir bisher nicht lesen konnten, hat ein Linkshänder geschrieben... glaube ich..."
Chess forderte Hiob mit einer Handbewegung auf, seine Erklärung fortzusetzen.
„Wir wissen, dass unser Buch der Gog und Magog eine Kopie ist. Das Original befand sich im Skriptorium, in dem man alle paar Jahrhunderte Kopien der eingelagerten Bücher erstellt hat. Durch diese Abschriften schützte man zwar nicht die Originale, aber sie halfen zumindest, die darin enthaltenen Texte vor dem Verfall zu bewahren. Von dem Mönch, der David und mich zu dieser Kopie geführt hat, wissen wir, dass für das Kopieren von

Zeichnungen keine Schreiber, sondern Illustratoren eingesetzt wurden. Diese malten alles, was sie nicht lesen konnten, einfach ab. Wir können mit Sicherheit davon ausgehen, dass die Mönche dort kein Kufi schreiben konnten."
„Weil Konstantin II. darauf vertraut hat, dass keiner außer ihm das Buch lesen kann", folgerte Chess.
„Genau. Er hat das Buch in Kufi verfasst und zwischen den anderen Büchern versteckt. Selbst wenn es einer seiner Feinde in die Hand bekommen hätte, konnte der es nicht lesen. Im Prinzip war Kufi wie eine Geheimschrift. Die Einzigen, die mit Sicherheit einen Blick in das Buch warfen, waren die Illustratoren, wenn sie eine Kopie erstellen mussten. Und genau die konnten es ohnehin nicht lesen."
„Ich verstehe, worauf Sie hinauswollen", sagte Elisabeth. „Die Illustratoren haben die Schriftzeichen nur nachgemalt, so wie Clara das gerade getan hat."
Hiob nickte. „Ich denke, so oder so ähnlich ist es damals gelaufen. Dabei haben die Illustratoren, ohne es zu bemerken, die Fehler im Schriftbild verstärkt, die der Linkshänder im Original gemacht hatte."
Chess fasste ihre langen schwarzen Haare zu einem Pferdeschwanz zusammen, den sie mit einem Gummiband fixierte. „Das würde auch erklären, warum der Großteil des Buchs gut lesbar ist. Lediglich die letzten Seiten, die unser Linkshänder verfasst hat, machen Probleme."
„Bisher konnten wir nur einzelne Worte erkennen. Aber jetzt, da wir wissen, worauf wir achten müssen..." In Hiobs Stimme keimte Zuversicht.
Chess klopfte ihm aufmunternd auf die Schulter. „Worauf warten wir noch? Fangen wir an!"

***

Es war kurz nach 17:00 Uhr, als der Algerier mit seinem silbernen Koffer das Schnellboot bestieg. *Höchste Zeit, das Ding wieder abzubekommen.* Der eng anliegende Halsreif war nichts, woran er sich gewöhnen wollte. „Bringen Sie mich zur Insel!“, befahl er dem braungebrannten Mann hinter dem Steuer. Der Bootsbesitzer war ausgesprochen zufrieden mit der Art und Weise, wie die Dinge sich für ihn entwickelten. Seitdem die ausrangierte Bohrinsel von einem reichen Ausländer gekauft und umgebaut worden war, florierte sein Bootstaxiservice. Er vermutete reiche Geschäftsleute hinter den Passagieren, die er transportierte, und da das Geld stimmte, stellte er keine Fragen.
„Wie lange brauchen Sie für die Strecke?“, fragte der Algerier mit dem französischen Akzent.
„Die See war in den letzten Stunden etwas unruhig. Ein Sturmtief war für heute angekündigt. Fast hätte ich die Fahrt absagen müssen. Aber Sie haben Glück. Das Tief hat doch noch abgedreht. In einer knappen Stunde sollten wir bei der Insel sein.“
Dem Algerier war nicht an Smalltalk gelegen. Er bevorzugte kurze Antworten und beschloss, dem Bootsbesitzer keine weiteren Fragen zu stellen.
Etwa zur selben Zeit beendeten Qians Leute die Reparaturarbeiten an den Hydraulikleitungen der Niveauregulierung.
Claude wischte sich mit dem öligen Ärmel seines Overalls eine Mischung aus Salz und Schweiß von der Stirn. „Ich hätte nicht gedacht, dass wir es heute noch schaffen.“ Er sank erschöpft neben seinem Vorarbeiter zu Boden.
„Hätten wir auch nicht, wenn das Sturmtief nicht abgedreht hätte.“
„Das war wirklich Glück“, räumte Claude ein. „Nicht auszudenken, wie die Landratten reagiert hätten, wenn die

Wetterfront sie eiskalt erwischt hätte."
„Kannst du dir Qian und sein Püppchen vorstellen, wie sie ihre grün gefärbten Köpfe über die Reling hängen und die Fische füttern?"
Die beiden Seemänner lachten lauthals los. Das Wetter hatte es bisher gut mit ihnen gemeint, und die See unter ihnen hatte sich beruhigt. Die fast zwei Meter hohen Wellen vom Vormittag waren verschwunden. Es sah so aus, als wollte das Meer sich vollständig glätten, um sich auf eine ereignislose Nacht vorzubereiten. Vielleicht war es aber auch nur die trügerische Ruhe vor dem Sturm.
Gut ein Viertel der Strecke hatte das Schnellboot bereits zurückgelegt. Die Sonne stand tief, aber nach Einschätzung des Bootsbesitzers sollte die Zeit ausreichen, um noch vor Sonnenuntergang zur Insel zu gelangen. Auch wenn er seine Passagiere niemals mit Fragen nervte, so tat er es doch mit seinen Erzählungen. Unaufhörlich wusste er von seinen Erlebnissen auf See zu berichten. Um dem weitgehend auszuweichen, empfahl es sich, einen Platz im Heck des Boots zu wählen, wo zwei leistungsstarke Motoren unüberhörbar ihren Dienst verrichteten. Die Ohren des Algeriers hatten sich so an das monotone Brummen gewöhnt, dass er die Rufe aus dem Bugbereich zunächst gar nicht wahrnahm.
Der Captain des Schnellboots drosselte merklich die Geschwindigkeit.
„Was ist los?", rief der Algerier nach vorne. „Wieso werden wir langsamer?"
Die Lippen des Bootsbesitzers bewegten sich zwar, doch noch war kein Wort zu verstehen. Er verlangsamte das Boot weiter, und das Dröhnen der Motoren verringerte sich. „Die Wolken da hinten", er zeigte auf einen grauen Strich am Himmel, „sehen gar nicht gut aus."
„Wir fahren sowieso nicht in ihre Richtung", war der

verständnislose Kommentar seines Passagiers. „Beeilen Sie sich lieber, ich habe um 22:00 Uhr einen Termin, der keinen Aufschub duldet."
„Wir sollten besser umkehren", wurde der Captain deutlicher.
„Wir fahren weiter!"
An Bord des schwimmenden Labors landete ein aktueller Wetterbericht auf dem Tisch von Dr. Qian. Im Vergleich zur vorangegangenen Wetterkarte präsentierten sich die zuvor noch grün-gelb gefärbten Bereiche rund um die Insel jetzt in kräftigem Orange. Mit dem Näherkommen des Sturmtiefs änderte sich auch die Farbe der Karte. Viel fehlte nicht mehr und der Ton würde der kräftigen Haarfarbe von Qians Mitarbeiterin entsprechen. „Die Sturmfront von heute Morgen hat erneut die Richtung geändert und kommt jetzt wieder genau auf uns zu."
„Dann würde ich vorschlagen, Sie treffen dieselben Vorbereitungen wie heute morgen", bemerkte der Doktor lapidar.
Das Schnellboot hatte längst wieder volle Fahrt aufgenommen und hielt parallel zu dem dunklen Strich am Horizont auf die Insel zu. Der Algerier saß jetzt vorne neben dem Captain, um sicherzustellen, dass dieser ihn auch fristgerecht an sein Ziel bringen würde. Für eine Landratte war es unmöglich, das nahende Unwetter richtig einzuschätzen. Man brauchte eine Menge Erfahrung, um die Wellen richtig zu lesen, die als erste Vorboten das Boot erreichten. Erfahrung, die den Captain zwang, erneut das Tempo zu verringern. Wieder verstummte das Brummen der Motoren und bedrohliche Stille strömte von allen Seiten herbei.
„Was tun Sie?", herrschte der Algerier ihn an.
„Seien Sie still! Hören Sie das?"
Ein entferntes Rauschen, ähnlich dem eines Wasserfalls, drang zu den Ohren der beiden Männer vor.

„Wir müssen sofort wenden", verlangte der Captain mit äußerst besorgtem Unterton.
„Sie bringen mich jetzt zum Labor!"
„Hören Sie, ich werde deshalb nicht mein Leben riskieren."
Der Algerier holte seine Waffe hervor. „Ich bin froh, das zu hören."
Fassungslos schüttelte der Captain seinen Kopf. „Sie sind wahnsinnig!"
„Fahren Sie!"
Auf der ehemaligen Bohrinsel waren die Vorbereitungen fast abgeschlossen. Claude räumte das Werkzeug weg und versperrte den Container. *Fertig.* Am Horizont waren die ersten Blitze auszumachen, deren Leuchten die dunkle Wasserwand durchzog, die sich rasch näherte. Claude wusste, dass nicht mehr viel Zeit blieb. *Ich sollte zusehen, dass ich nach drinnen komme, bevor es hier richtig losgeht.* Vor der Tür zu den Mannschaftsquartieren warf er noch einen sorgenvollen Blick auf die Wetterstation. *Das wird eine böse Nacht werden... Man kann dem Barometer förmlich beim Fallen zusehen.*
Aus Sicht der Schnellbootinsassen begann die Nacht gerade damit, ihre Bösartigkeit zu entfalten. Der anfänglich leichte Wind verstärkte sich jetzt mit jeder Minute. Als unmittelbare Folge davon legten auch die Wellen zu. Die Ausläufer der grauen Wand erreichten bereits das Boot und ließen es wie aus Kübeln schütten. In den kontinuierlich von der Seite blasenden Wind mischten sich einzelne Böen, die das Boot hart trafen. Mit ihnen spritzte auch Salzwasser über das Heck und überzog den Karbonboden mit einer trüben, sandigen Suppe.
Inzwischen hatte der Captain sich über Funk bei der schwimmenden Insel angemeldet und die eigene Position durchgegeben.
„Wie lange brauchen Sie noch zur Insel?" rief der Algerier in die dichte Wasserwand, die die Umrisse des Captains zu

verschlucken drohte, obwohl dieser nur zwei Schritte entfernt stand. Der Bug des Boots krachte in ein Wellental und versetzte seinen Passagieren einen harten Schlag.
„Wie lange?“, wiederholte der Algerier seine Frage und musste dabei einen Schluck von dem salzigen Brecher nehmen, der gegen die Bootsflanke schlug. Er spuckte, während seine Augen wie Feuer brannten.
Der Captain stellte sich dieselbe Frage aus einem anderen Grund. Er hatte gelernt, sich nur bedingt auf die GPS-Navigation zu verlassen. Die Wellen waren so hoch, dass die Insel erst im letzten Moment wie aus dem Nichts auftauchen würde. *Jetzt darf ich mir keinen Fehler erlauben, sonst knallen wir gegen die Pfeiler, bevor ich überhaupt merke, dass sie da sind.* Meter für Meter kämpfte sich das Boot durch die Wogen. Mit ganzer Kraft stach es in die schäumenden Wellenkämme, um auf der anderen Seite in das nächste Wellental zu fallen. Der Sturm tobte stellenweise so heftig, dass er die Schaumkronen von den Wellen abriss und durch die Luft schleuderte.
Fast schon zu spät entdeckte der Captain die Positionslichter der Insel. „Da vorne!“, rief er.
„Bringen Sie mich ganz ran“, befahl der Algerier.
„Unmöglich. Wir müssen warten, bis sie das Beiboot herunterlassen. Wenn wir zu nah an die Pfeiler kommen, werfen uns die Wellen dagegen wie ein Stück Treibholz.“
„Fahren Sie mich ran“, setzte er den Captain mit seiner Waffe unter Druck.
„Sie brauchen mich“, brüllte ihn der Captain an. „Wenn Sie mich erschießen, landen Sie selbst auf dem Meeresgrund!“
„Das dürfte dann ja nicht mehr Ihre Sorge sein. Los jetzt. Fahren Sie zu einer der Leitern!“
Tapfer steuerte das Schnellboot auf einen der riesigen Stützpfeiler zu. Im Schutz der Bohrinsel fiel zwar kein Regen

mehr ins Boot, aber die Wellen donnerten mit unverminderter Härte unter der gewaltigen Plattform durch. Gefährlich schaukelte das Schnellboot zwischen den Pfeilern auf und ab.
„Da ist eine Leiter!“
Claude war auf dem Weg zum Beiboot, während das Unwetter versuchte, alles, was nicht angebunden war, ins Meer zu spülen. *Die müssen völlig verrückt sein.* Er hatte den Auftrag erhalten, das Boot zu wassern, um die Besucher an Bord zu holen. „Welcher Idiot fährt bei diesen Bedingungen hier raus?“, fluchte er leise vor sich hin, und bereute es umgehend. Der Wind spülte ihm den Mund mit Salzwasser aus. Spuckend näherte er sich dem Kran für das Beiboot. Die wenigen Meter, die er noch von den schützenden Containern bis zum freistehenden Kran zurückzulegen hatte, zogen sich. Dort angekommen musste er zunächst die Verriegelungen des Boots von Hand lösen, ehe der Kran in der Lage war, es anzuheben.
Geschafft! Der salzige Wind hatte das Steuerpult des Krans mit einer weißen Kruste überzogen. Claude drückte einige Knöpfe, und der Kran setzte sich in Bewegung. Sein Ausleger ragte weit auf das Meer hinaus. So konnte man das Beiboot in ausreichender Entfernung zu Wasser lassen. Der Sicherheitsabstand war notwendig, um zu verhindern, dass eine Böe das Beiboot gegen die Plattform schleuderte. Sobald es im Wasser war, konnten ankommende Schiffe daran anlegen. Dann stiegen die Passagiere um und wurden in dem Beiboot auf die Insel geholt.
Claude aktivierte die Suchscheinwerfer rund um den Kran und begrub sofort jede Hoffnung auf Erfolg. Der Wind war so stark geworden, dass das Kranseil mit dem Beiboot nahezu waagrecht hing. *Das können wir vergessen. Bei diesem Wetter kann ich unmöglich jemanden an Bord holen. Dabei verlieren wir am Ende sogar noch den Kran. Ich muss sofort Bescheid sagen, dass wir die Aktion abbrechen und...*

Claude glaubte, seinen Augen nicht zu trauen, als er das Schnellboot unter sich bemerkte. *Sind die denn übergeschnappt?* Jeder Versuch, bei diesem Wetter überhaupt die Insel anzusteuern, musste als lebensgefährlich eingestuft werden. Sich dann aber noch in die Nähe der Stützpfeiler zu manövrieren, war glatter Selbstmord.
Das Schnellboot hatte einen der hinteren Pfeiler erreicht, an dem auch eine Leiter montiert war. Der Algerier griff selbstsicher nach der Leiter. Sie war dick mit scharfen Salzkristallen überzogen, die in seine Handfläche schnitten, als er sich daran festklammerte. Den zweiten Arm brauchte er, um den Koffer zu halten. Vor allem seinen durchtrainierten Unterarmen war es zu verdanken, dass er bereits auf der neunten Stufe stand, als eine Welle das Boot unerwartet querstellte. Beim Versuch, die zehnte Stufe zu erreichen, passierte es dann.
„Vorsicht!", brüllte Claude noch gegen den Wind, doch sein Warnruf blieb ungehört.
Eine weitere Welle stemmte das Schnellboot aus dem Wasser und warf es gegen die am Pfeiler montierte Leiter. Die Beine des Algeriers vermochten die ungeheure Wucht nicht zu dämpfen und wurden von dem Boot regelrecht abgerissen. Er hatte das vermeintlich Sichere für das Unmögliche riskiert und verloren. Wie einen Kegel räumte der Bootsrumpf den Rest des Mannes von der Leiter und ließ ihn zurück ins Boot stürzen. Sekundenbruchteile später brach der Wellenberg unter dem Schnellboot in sich zusammen und schleuderte seinen Captain in die tosende See. Als streckte Neptun gierig seine Hand danach aus, überrollte bereits der nächste Brecher das leckgeschlagene Schnellboot und riss es mit in die Tiefe. Die weißen Schaumkronen markierten die Position noch für einen letzten Augenblick, ehe die darauffolgende Welle mit ihrer alles verschluckenden Dunkelheit darüberdonnerte.

***

„Wie kommen Sie beide voran?“, zeigte sich Elisabeth interessiert, als sie zurück auf die Terrasse kam. Sie trug ein langes Kleid und brachte einen gefüllten Wasserkrug mit. Chess und Hiob hatten den Tisch bisher nicht einmal verlassen. Sie widmeten den unleserlichen Seiten im Buch der Gog und Magog ihre ganze Aufmerksamkeit.
„Wir sind auf jeden Fall ein kleines Stück weiter. Die Zeichen, die mehrfach vorkommen, haben wir rekonstruieren können. Einige der anderen Zeichen werden wir wohl nicht schaffen.“
„Hiobs Methode funktioniert besser, als er zugibt“, warf Chess ein und zwinkerte Elisabeth zu.
Hiob ließ sich von Chess' guter Laune nicht anstecken. „Solange es bei Kufizeichen keine erkennbare Verbindung zu den benachbarten Zeichen gibt, ist es schwer, ihren Sinn richtig zu deuten.“
„Sie sprühen ja förmlich vor Optimismus“, stellte Elisabeth erheitert fest und strich ihr dunkelblaues Kleid glatt. „Ich bin sicher, Sie beide werden auch dieses Rätsel lösen.“
„Wir stehen auf Rätsel!“, betonte Chess. „Nicht wahr, Hiob?“
Der Angesprochene konnte oder wollte ihre Aussage nicht bestätigen. „Haben Sie einen Vorschlag für dieses Zeichen?“
Es sollte noch weitere sechs Stunden dauern, ehe Chess und Hiob sich über den Inhalt der letzten Seiten einig waren.
„Dann schauen wir doch, ob wir mit unserer Übersetzung auch etwas anfangen können.“ Chess hatte den letzten Satz aufgeschrieben und legte den Zettel vor sich auf den Tisch. „Also für mich sieht es wie eine Anleitung zu einem Rätsel aus“, sagte sie erfreut.
Hiobs Begeisterung darüber hielt sich ganz offensichtlich in Grenzen. *Ich hasse Rätsel. Ich war noch nie gut in solchen*

Dingen. Er stand auf und ging unruhig auf der Terrasse auf und ab.

Chess begann damit, ihre ersten Gedanken in Worte zu fassen. „Wir sollen ein Vermächtnis suchen. Es muss sich ganz in der Nähe des Orts befinden, an dem Sie und David das Buch der Gog und Magog gefunden haben."

„Also in der Kirche... Vielleicht noch ein Buch", brummte Hiob. „In dem Skriptorium gab es unzählige davon."

„Was es ist, steht hier leider nicht, aber Sie haben schon Recht. Das Vermächtnis könnte durchaus auch ein weiteres Buch sein."

„Oder eine Million andere Dinge, die dort seit Jahrhunderten Staub ansetzen."

„Genau das ist die Herausforderung, der wir uns stellen müssen."

„Eine klare Anweisung wäre mir lieber."

„Ach kommen Sie, Hiob. Freuen Sie sich denn kein bisschen darauf, das Rätsel zu lösen?"

„Wie wäre es, wenn Sie das Rätsel lösen, und ich hole das Vermächtnis dann in seinem geheimen Versteck ab?"

„Von wegen! Bei dieser Schatzsuche will ich dabei sein." Chess überflog die sechs sehr ähnlich klingenden Sätze.

„So wie es aussieht, hat das eigentliche Rätsel nur ein paar Zeilen."

Hiob seufzte.

„Soll ich es Ihnen vorlesen?" Chess wartete die Antwort auf ihre Frage erst gar nicht ab. „Aufgepasst, es geht los." Laut und deutlich las sie Hiob das Rätsel vor.

Sechs Königreiche gleichen einander.
Sechs Königreiche haben keinen König.
Sechs Königreiche beflügeln deine Suche.
Sechs Königreiche kreuzen ihre Blicke in einem Punkt.

Sechs Königreiche teilen sich einen Raum.
Sechs Königreiche werden auf dich herabsehen.

„Und? Was denken Sie, Hiob?"
„Was ich denke? Ich denke, ich weiß jetzt wieder, warum ich Rätsel hasse."
„Sechs Königreiche gleichen einander", wiederholte Chess den Satz mehrfach. „Das ist sehr allgemein. Viele Königreiche waren einander sehr ähnlich. Der Satz bringt uns vorläufig nicht weiter."
Hiob fühlte sich in seiner Ansicht bestätigt.
„Sechs Königreiche haben keinen König." Chess zupfte an dem Pflaster auf ihrer Wange. „...haben keinen König... keinen König... Welchen Grund kann es geben, dass sechs Königreiche keinen König haben?"
„Vielleicht ist er gestorben? Jemand hat ihn ermordet. Das kam doch öfter vor."
„Nein." Chess wirkte nicht überzeugt von Hiobs Ansatz. „Ein Königreich kann seinen König durch ein Unglück verlieren aber gleich sechs davon? Das sieht mir doch mehr nach System als nach Zufall aus."
„Sie meinen, die hatten nie einen König? Dann wären es aber keine Königreiche."
„Das ist ein guter Einwand. Diesen Widerspruch gilt es aufzulösen." Chess notierte etwas auf dem Zettel. „Versuchen wir den nächsten Satz. Sechs Königreiche beflügeln deine Suche."
„Darunter kann ich mir gar nichts vorstellen", stellte Hiob fest.
„Für mich klingt es sehr abstrakt. Vielleicht ein versteckter Hinweis." Chess überlegte angestrengt. „Der Anfang des Satzes wiederholt nur die bekannte Information... Auch das Ende beinhaltet nichts Neues." Sie unterstrich ein Wort und ging zum nächsten Satz. „Sechs Königreiche kreuzen ihre

Blicke in einem Punkt... Wie klingt das für Sie?“
Hiob überlegte eine Zeit lang, ehe er antwortete. „Die starren sich gegenseitig an?“
„Sehe ich genauso“, pflichtete sie ihm bei. „Das war auch mein erster Gedanke. Damit sich die Blicke in einem Punkt kreuzen können, müssen die sechs Königreiche einander in irgendeiner Form gegenüberliegen.“
Hiob nahm wieder neben Chess Platz. „Was schwierig wird, wenn es gleich sechs sind.“
„Nicht unbedingt“, wandte Chess ein. „Ich stelle mir gerade vor, wie wir als Kinder ums Lagerfeuer saßen. Da waren wir selten weniger und haben einander dennoch alle sehen können.“
„Ein Kreis“, sagte Hiob beeindruckt.
„Ein Kreis“, vermerkte Chess auf ihrem Zettel. „Das hilft uns dann auch gleich beim nächsten Satz. Sechs Königreiche teilen sich einen Raum. Wir suchen also einen runden Raum, in dem einander die sechs Königreiche gegenüberliegen.“
„Das erinnert mich an die Tortenecken bei Trivial Pursuit“, bemerkte Hiob. „Bei diesem Spiel verliere ich immer...“
„Und schon sind wir beim letzten Satz. Sechs Königreiche werden auf dich herabsehen.“ Chess wiederholte den Satz zweimal. „Das ist leicht!“
„Finden Sie?“
Sie legte ihren Arm um Hiobs Schulter. „Wie oft haben Sie in irgendwelchen Filmen schon Schatzsuchen gesehen?“
„Das eine oder andere Mal“, räumte Hiob ein.
„Und wenn die Helden dann bei dem Kreuz auf der Karte angelangt sind? Was machen sie dann?“
„Sie graben ihn aus?“
„Genau“, freute sich Chess über Hiobs Antwort. „Die meisten Schätze sind entweder vergraben oder versunken. Sonst hätte man sie nämlich längst gefunden. Wenn unser Schatz in einer

Kirche liegt, dann zählt er zu den erstgenannten. Um ihn zu heben, müssen wir uns also in die Tiefe begeben. Und spätestens dann können die sechs Königreiche auf uns herabsehen."

„Sie sind echt gut in so was!"

„Danke, aber ich mache es ja auch nicht zum ersten Mal. Genau genommen ist es mein Job, Schätze zu finden." Chess fuhr mit dem Zeigefinger über den Zettel. „Der erste Satz dürfte sich bereits von selbst erledigt haben. Wenn wir von einem kreisrunden Raum mit sechs Tortenstücken ausgehen, dann sind die auch alle gleich groß."

Hiob war überrascht, mit welcher Routine Chess das Rätsel löste und wie logisch ihre Schlussfolgerungen klangen. *Jedes Mal, wenn sie ihre Lösungen so beiläufig erklärt, fragt man sich, warum einem das nicht längst selbst eingefallen ist.*

„Bleiben noch zwei Dinge ungeklärt", fasste sie die offenen Fragen zusammen. „In welchen Königreichen gibt es keine Könige, und was hat es mit dem Beflügeln auf sich?"

„Engel haben Flügel. Und die würden auch gut in eine Kirche passen."

Chess notierte Hiobs Vorschlag.

„Und die fehlenden Könige?"

„Wir suchen Königreiche ohne Könige, für die dieser Zustand aber nichts Besonderes ist", erklärte Chess mit einem Blick auf ihre Notizen.

„Aber ein Reich ohne König ist kein Königreich", machte Hiob den Widerspruch nochmals deutlich.

„Eigentlich nicht..." Chess dachte verbissen nach.

***

Der Himmel über Rom war bedeckt. Dennoch stuften die Meteorologen die Regenwahrscheinlichkeit für den Nachmittag als gering ein. Hiob und Chess glaubten, das Rätsel aus dem Buch der Gog und Magog vor Ort besser lösen zu können. Im Skriptorium jener Kirche, in der David und Hiob vor wenigen Wochen das Buch gefunden hatten, hofften sie auch auf den Raum mit den sechs Königreichen zu stoßen. Die Kirchturmuhr schlug zum zwölften Mal, als sie den Vorplatz erreichten.

„Gleich wird sich zeigen, ob es den geheimnisvollen Raum auch tatsächlich gibt", sagte Hiob.

„Das ist die Kirche?", fragte Chess erstaunt, die mit ihrem Rucksack aussah wie eine Touristin. „Ich hab mir die irgendwie viel größer und pompöser vorgestellt, so wie David davon geschwärmt hat."

„Er neigt gelegentlich zu Übertreibungen."

Sie folgte Hiob, der mit schnellen Schritten die Eingangshalle durchquerte und zielstrebig zu jenem Raum ging, den er mit dem Mönch als Treffpunkt vereinbart hatte.

„Bruder Alessandro!", begrüßte er das vertraute Gesicht in der dunklen Kutte. „Danke, dass Sie sich Zeit für uns nehmen."

Das Gesicht des Mönchs wirkte freundlich und zugleich auch ernst. „Es freut mich, Sie wiederzusehen. Ich hoffe, ich kann Ihnen weiterhelfen."

Hiob stellte Chess und den Mönch einander vor. Danach erklärte er sein Anliegen. Aufmerksam folgte Bruder Alessandro den Worten von Hiobs ruhiger Stimme.

„Ein Schatz in unseren alten Mauern?" Der Mönch überlegte. „Auszuschließen ist es natürlich nicht. Es gibt eine Menge Räume, die im Laufe der Jahrhunderte zugemauert wurden. Unter dem alten Amphitheater gab es früher sogar ein ganzes Tunnelsystem."

„Der Raum, den wir suchen, ist rund." Hiob sah Chess fragend an. „Glauben wir", ergänzte sie.

„Das Beste wird wohl sein, wenn ich Ihnen die Pläne zeige, die wir von unserer Kirche und den angrenzenden Anlagen haben. Bitte folgen Sie mir.“ Er führte die beiden Besucher in einen spärlich eingerichteten Aufenthaltsraum mit reparaturbedürftigem Mobiliar. „Bitte nehmen Sie doch Platz, ich werde sehen, was ich auftreiben kann.“

Es gelang dem Mönch, drei Grundrisspläne der Anlage zu beschaffen, die Chess und Hiob für eine Weile beschäftigen sollten.

„Rufen Sie mich einfach, wenn Sie meine Hilfe brauchen“, verabschiedete sich Bruder Alessandro.

Chess nahm sich den größten Plan, Hiob begann mit dem ältesten. Sein erster Eindruck war durchaus positiv. „Das wird leichter, als wir dachten.“

Chess widersprach ihm mit einem Kopfschütteln. „Ich glaube nicht, dass es leicht werden wird.“

Hiob sah das anders. Zum ersten Mal bestand eine reelle Chance für ihn, ein Rätsel zu lösen. „Es dürfte nicht schwer sein, zwischen all den geraden Linien einen Kreis zu finden.“

„Einen passenden Kreis zu finden“, verbesserte er sich kurz darauf.

„Den richtigen Kreis zu finden... Ich fürchte, Sie haben Recht, Chess“, gestand er schließlich.

„Die Idee mit dem runden Raum bringt uns bei der Menge an Kreisen auf den Plänen nicht weiter.“ Sie begann an einem ihrer Pflaster zu kratzen.

„Sehen Sie, deshalb hasse ich Rätsel. Kaum glaubt man, sie gelöst zu haben...“

„Es kann kein Kreis sein, dafür gibt es einfach zu viele. Wir haben irgendetwas übersehen... Aber was? Sechs Königreiche kreuzen ihre Blicke in einem Punkt“, las sie den Hinweis noch einmal vor. „Es muss etwas sein, das einem Kreis sehr ähnlich ist, aber sich doch so weit unterscheidet, dass wir es erkennen würden, wenn wir es sehen. Vielleicht finde ich auf dem

anderen Plan..."
„Und es muss sich in sechs gleich große Stücke teilen lassen, die einander gegenüber liegen. Sonst können sich die Blicke nicht in einem Punkt kreuzen."
„Das ist es!", rief Chess. „Wir haben ständig nach der besten Lösung für dieses Rätsel gesucht und dabei den wichtigsten Hinweis auf die zweitbeste Lösung übersehen."
„Und die wäre?"
„Ein Sechseck!"
„Ein Sechseck?"
„Es ist geometrisch betrachtet eine Annäherung an die Kreisform, aber eben doch nicht so perfekt wie ein Kreis. Ein sechseckiger Raum erfüllt alle Bedingungen des Rätsels genauso gut wie ein runder Raum." Chess beugte sich über den ausgerollten Plan.
In Gedanken ging Hiob noch einmal alle Sätze des Rätsels durch. „Stimmt, es funktioniert auch bei einem sechseckigen Raum. Wenn wir jetzt noch einen auf dem Plan entdecken, dann wissen wir, wo wir mit der Suche beginnen müssen."
„Hier ist er, in der Nähe des Amphitheaters", kam ihm Chess zuvor. „Das Sechseck ist zumindest auf zwei Plänen eingezeichnet. Die Chancen stehen also gut, dass es den Raum noch gibt."
„Aber auf dem jüngsten Plan fehlt er", stellte Hiob fest.
„Gut möglich, dass man den Raum im Zuge eines Umbaus zugemauert hat."
„Oder man hat ihn ganz abgerissen."
„Das finden wir raus." Chess rollte den kleineren der beiden Pläne zusammen. „Kommen Sie, suchen wir Ihren Bruder!"
„Meinen Bruder?"
„Bruder Alessandro", entgegnete Chess erheitert.
Die beiden Schatzjäger mussten nicht lange nach dem Mönch Ausschau halten, er kam ihnen bereits entgegen. „Hatten Sie

Erfolg?", fragt er.
„Eigentlich fangen wir gerade erst an." Chess rollte den Plan wieder aus und hielt ihn gegen die kalkweiße Mauer. „Wir suchen diesen Raum."
Bruder Alessandro nickte. „Die alte Wachsfabrik."
Wachsfabrik? Chess und Hiob teilten sich einen Gesichtsausdruck.
Der alte Mönch begann zu erzählen: „Königshäuser und Kirchen gehörten früher zu den wenigen Privilegierten, die echte Wachskerzen als Lichtquelle verwenden konnten. Wachs war sehr teuer und die meisten Leute mussten stattdessen mit Holz oder Stroh Vorlieb nehmen, das mit einer Mischung aus Öl und Baumharz getränkt wurde. Der Gestank und die Rauchentwicklung waren ein großes Problem."
„Woher stammte das Wachs der Wachsfabrik, wenn es so kostspielig war?", wollte Hiob wissen.
Bruder Alessandro biss sich auf die Lippen, vermutlich um sich ein Lächeln zu verkneifen.
Chess fiel es wie Schuppen von den Augen. *Sechs Königreiche haben keinen König.* „Bienen haben eine Königin!", rief sie. „Deshalb gibt es in den sechs Königreichen auch keinen einzigen König. Die alte Wachsfabrik war eine Imkerei mit sechs Bienenstöcken."
Der Mönch bestätigte mit einem Kopfnicken. „Wie viele Bienenstöcke es genau waren, kann ich Ihnen leider nicht sagen. Aber ihre Wachsproduktion dürfte ausgereicht haben."

***

Ein süßlicher Geruch strömte verlockend aus einem gekippten Fenster hinaus auf Davids Straße. In Ms. Furgersons Küche kühlte ein Ingwerkuchen aus. *Ich denke, wir sollten dich jetzt anschneiden.* Ihre alte Hand zitterte ein wenig, als sie das

Holzgriffmesser durch die Nachspeise führte. Davids Nachbarin legte vier Stück auf einen Teller, die sie so großzügig geschnitten hatte, dass dem Kuchen mehr als ein Viertel fehlte. *Das wird dem armen Mr. Wilder helfen, wieder auf andere Gedanken zu kommen*, freute sie sich.
Ein Haus weiter ahnte David Wilder noch nichts von der süßen Überraschung, die in Kürze an seiner Tür läuten würde. Vermutlich hätte er sonst auf das aufgewärmte Fertiggericht verzichtet, dessen letzter Bissen gerade in seinem Mund verschwand.
Es klingelte im Vorzimmer. David sprang auf und lief hinaus. *Irgendwann sollte ich Goliath beibringen, das Telefon zu apportieren.* „Hallo, David Wilder hier."
Es war der Anruf, den David erwartet hatte. Dennoch traf ihn der Inhalt des kurzen Gesprächs eher unvorbereitet.
„Sind Sie auch ganz sicher, Doktor?" Seine Lippen verschmolzen zu einem schmalen Strich. „Ich verstehe", hauchte er enttäuscht in den Hörer. Wortlos, aber gefasst, steckte er das Telefon zurück in die Ladestation. Seine Hand wurde schwer, als er sie nach rechts wandern ließ, bis sie das Foto von Natascha erreichte. Für einen sehr langen Moment war er unentschlossen. Dann fiel die Entscheidung zeitgleich mit dem Bild seiner Frau. Nie hätte er für möglich gehalten, dass er es eines Tages umwerfen würde und doch blickten seine feuchten Augen jetzt auf die schwarze Rückseite des Fotorahmens. Es war der richtige Augenblick, sich eine Aussage seines verstorbenen Vaters in schmerzvolle Erinnerung zu rufen. *Damit ein Mensch das Vertrauen, das du in ihn gesetzt hast, missbrauchen kann, muss er es sich zuvor auch verdient haben.*
David war so tief in seine Gedanken versunken, dass er Ms. Furgersons Läuten und Klopfen an der Tür gar nicht registrierte. Minuten reihten sich an Minuten, bis sie zu

Viertelstunden wurden.
„Goliath!“ David näherte sich mit schnellen Schritten dem Käfig. „Ich habe eine Entscheidung getroffen“, verkündete er dem weißen Riesenkaninchen. „Wir werden jetzt das tun, was Professor Woodberry von mir erwartet hat.“ Neben Goliaths Käfig stand ein Regal mit farbig bedruckten Futterdosen. David nahm die Dose mit dem blauen Blümchenmuster und schraubte sie auf. Sie war leer. Anschließend machte er dasselbe mit einer roten. Diese war gut zur Hälfte mit Pellets gefüllt, die David zügig umfüllte. Auf dem roten Dosenboden kam ein silberner Schlüssel zum Vorschein.
Es entsprang Davids schlüssiger Logik, dass das Letzte, was einem Einbrecher in den Sinn käme, die Fütterung seines Haustiers wäre. Folglich war Goliaths Futter der sicherste Platz für den Tresorschlüssel.
„Gleich werden wir wissen, was in dem Kuvert ist, das Professor Woodberry mir kurz vor seinem Tod gegeben hat.“

***

„Hier wurde seinerzeit zugemauert“, erklärte Bruder Alessandro seinen Begleitern, als sie vor einer grob verputzten Mauer im Untergeschoss stehen blieben.
„Wie lange ist das her?“
Der Mönch überlegte. „Kann ich Ihnen nicht genau sagen. Bestimmt hundert Jahre, wahrscheinlich sogar länger. Wir alle hier kennen die Wachsfabrik nur noch aus Erzählungen.“
„Also haben wir solides, altes Mauerwerk vor uns.“ Hiob klopfte die Wand ab. „Sehr solide!“
„Von wem bekommen wir die Erlaubnis, den Zugang wieder freizulegen?“, fragte Chess.
„Ich fürchte, das liegt außerhalb meiner Zuständigkeit. Ich werde aber gerne bei Bruder Daniele ein gutes Wort für Sie

und Ihr Ansinnen einlegen."
„Das wäre wirklich nett von Ihnen", ermutigte ihn Chess.
Der Mönch zögerte. „Es wäre hilfreich, wenn Sie mir verraten könnten, was Sie da drinnen zu finden hoffen."
„Das wissen wir leider selbst nicht."
„Ich mache Ihnen einen anderen Vorschlag, Bruder Alessandro", begann Hiob. „Wenn wir Ihnen ein Loch in den Keller reißen, dann wird das niemanden im Haus sehr freuen. Am allerwenigsten Bruder Daniele. Es sei denn..."
„Es sei denn was?", fragte Chess.
„Mir ist aufgefallen, dass oben im Eingangsbereich für Renovierungsarbeiten Geld gesammelt wird. Da können Sie doch sicher jede Unterstützung gebrauchen?"
Seinem Gesichtsausdruck nach zu urteilen, fand Bruder Alessandro großen Gefallen an dem Gedankengang des Israeli.
Hiob zog aus seiner Brieftasche einen Scheck.
„Bitte richten Sie Bruder Daniele unsere herzlichsten Grüße aus", übergab er die ausgefüllte Entscheidungshilfe. „Und wenn es möglich wäre, hätten wir gerne noch geeignetes Werkzeug."
„Ich bin gleich wieder zurück", entfernte sich Bruder Alessandro und ließ Hiob und Chess in der spärlich beleuchteten Kellersackgasse zurück.
„Wessen Geld verteilen Sie hier so großzügig?"
„Fragen Sie Alon."
Chess warf ihm einen beißenden Blick zu. „Ich wusste, dass Sie das sagen würden!"
„Wir sollten uns lieber überlegen, woher wir einen geeigneten Bohrhammer bekommen." Er schaute sich um. „Und eine Stromleitung gleich dazu."
„Das Mauerwerk sieht nicht sehr regelmäßig aus. Ich kann mir gut vorstellen, dass man große Natursteine dafür verwendet hat."

„Das würde die Sache deutlich beschleunigen.“
Chess nahm ihren Rucksack ab und wühlte darin herum. Sie war es gewohnt, dass sie an den entlegensten Orten Löcher graben musste. „Versuchen Sie es damit.“ Sie reichte Hiob einen Flachmeißel.
„Was soll ich damit? Ich warte lieber auf richtiges Werkzeug.“
„Wir können zumindest nachsehen, ob es Steine oder Ziegel sind.“
An einer Stelle der Wand zeigte der helle Kalkverputz bereits Risse. Hiob musste mit dem Meißel nur ein wenig nachhelfen. „Naturstein! Wie Sie gesagt haben.“
Kurz darauf kam Bruder Alessandro mit guten Nachrichten zurück. In seinen Händen hielt er etwas, das wie eine Bohrmaschine aussah. „Diese Bohrmaschine ist leider alles, was ich Ihnen anbieten kann.“
Hiob betrachtete das Mitbringsel argwöhnisch. „Das ist ein Akkuschrauber.“
„Wir sind für größere Umbauten nicht ausgestattet“, entschuldigte sich der Mönch.
Triumphierend winkte Chess mit dem Flachmeißel. „Ich habe auch noch einen passenden Hammer.“
In der folgenden Stunde war Hiobs ganzer Körpereinsatz gefragt. Eine Fuge nach der anderen bearbeitete der breitschultrige Israeli, um die großen Mauersteine einzeln herauszulösen. Die körperliche Anstrengung des muskelbepackten Riesen war für die Archäologin eine willkommene Abwechslung. Spätestens seit Hiob seinen Oberkörper entblößt hatte, teilten sich die gestählten Oberarme und der Waschbrettbauch Chess’ Aufmerksamkeit. Sie zählte vier Narben unterschiedlicher Form und Größe auf seinem Oberkörper. *Er hat wohl schon einiges erlebt.*
Insgesamt sieben Steine musste Hiob aus der Mauer nehmen, bis das Loch groß genug war, um in den Raum dahinter zu

gelangen.
„Sie zuerst“, wischte er sich den Schweiß von der Stirn.
Vor Chess lag ein finsteres Loch. Ausgestattet mit einer Taschenlampe kletterte sie hinein.
„Die sind ja riesig!“ Der Lichtkegel ihrer Lampe wanderte an der Wand entlang. „Ich habe noch nie so große Bienenstöcke gesehen.“ An jeder Wand des Sechsecks stand einer der Stöcke.
„Es ist genau wie im Rätsel beschrieben!“
„Schreien Sie nicht so“, ließ Hiob sie zusammenzucken. „Ich stehe genau hinter Ihnen.“
„Haben Sie jemals so riesige Bienenstöcke gesehen?“, fragte sie betont leise. „Da glaube ich gerne, dass man von denen genügend Wachs für Kerzen bekommt.“
„Wie konnten die Bienen den Raum verlassen?“
Chess leuchtete zur Decke. „Da oben, sehen Sie? Anscheinend gab es früher einmal Öffnungen in den Wänden.“
„Sieht so aus, als hätte man sie von außen zugemauert.“
„Eigentlich genial angelegt. Hier unten waren die Bienen einerseits vor Wetter und Feinden geschützt, konnten aber andererseits durch die sechseckige Form des Raums immer ein Stück vom Himmel sehen, um sich beim Ausfliegen zu orientieren.“
„Nicht so genial, wie Sie denken.“ Hiobs Taschenlampe war auf den Boden gerichtet.
„Was ist das?“
„Die Frage müsste ich Ihnen stellen. Sie sind doch die Mumienexpertin.“
Etwa in der Mitte des sechseckigen Raums lag ein menschlicher Körper. Er war mit einer undurchsichtigen Harzschicht bedeckt, auf die sich der Staub der Jahrzehnte gelegt hatte. Ringsum über den Boden verteilt lagen die getrockneten Überreste tausender toter Bienen.
„Schwer zu sagen.“ Chess leuchtete die Umrisse ab. „Sieht aus

wie der Körper eines Kindes“, sagte sie betroffen.
„Der Junge hat sich den falschen Platz zum Spielen ausgesucht.“
„Sie! Sie hat sich den falschen Platz ausgesucht. Schrecklich, das arme Mädchen.“
„Wie konnte sie hier hereingelangen? Und warum hat ihr niemand geholfen?“
Chess betrachtete noch einmal die Decke des Raums. „Dort oben ist eine sehr große Öffnung zugemauert, sehen Sie? Wahrscheinlich waren ein paar Steine locker und sind mit der Zeit herausgefallen. Sie war geschickt genug, hereinzuklettern, konnte dann aber nicht mehr zurück.“
„Sie hätte doch wieder hochklettern können.“
„Ich glaube nicht, dass sie dazu noch Gelegenheit hatte. Mein Großvater war Imker. Er hat mir einmal einen Vogel gezeigt, den er in einem Bienenstock gefunden hat. Der war genauso mit Harz überzogen wie das Mädchen hier.“
„Sie glauben, das waren die Bienen?“
„Davon können wir ausgehen. Großvater hat mir erzählt, dass die Bienen *Propolis*, ein spezielles Harz, verwenden, um ihre Feinde damit einzubalsamieren. Propolis wirkt ähnlich wie ein Antibiotikum und verhindert, dass sich im Bienenstock Infektionsherde bilden. Die Bienen überziehen damit Feinde, die in ihren Stock eindringen. Kleinere Tiere werden natürlich von den Bienen zerteilt und aus dem Stock entfernt. Aber Vögel oder Schlangen sind dafür zu groß. Die überziehen sie dann mit Propolis.“
„Und ich dachte immer, die Ägypter hätten die Mumien erfunden.“
„Damit liegen Sie auch gar nicht so falsch. Die alten Ägypter kannten die Wirkungsweise von Propolis. Ich habe selbst schon Mumien untersucht, die damit konserviert wurden.“
Hiob inspizierte die Harzschicht, die sich wie eine zweite Haut

über den Körper des Mädchens gelegt hatte. „So etwas hätte ich nie für möglich gehalten.“
„Ich habe schon von Katzen und Mardern gehört, die Opfer von einzelnen Bienenvölkern geworden sind. Diese sechs Riesenstöcke hier waren bestimmt von hunderttausenden Bienen bevölkert. Ich fürchte, sie haben das Mädchen als Eindringling gesehen. Es wurde von ihnen attackiert, getötet und schließlich komplett einbalsamiert, bevor die Verwesung einsetzen konnte.“ So trocken sich Chess’ Worte anhörten, so sehr beschäftigte sie, was hier passiert sein musste.
„Die Bienen waren nicht schnell genug.“ Hiob leuchtete einen Beinknochen an, der unter der Harzdecke hervorstand. „Hier hat jemand mit kleinen Zähnen das Fleisch abgenagt. Ich tippe auf Ratten oder Mäuse.“
Chess suchte den Boden ab. „Hier drüben liegen auch noch ein paar Knochen.“ Sie betrachtete eines der Fundstücke genauer. „Auch angenagt.“
Hiob schaute sich sorgfältig um. Abgesehen von den mit Spinnweben verhangenen Bienenstöcken und dem Leichnam des Mädchens hatte der Raum nicht viel zu bieten. Er war vor allem eines - dreckig. Selbst der kleinste Mauervorsprung war mit einer dicken Schmutzschicht überzogen.
„Wieso haben die ihre Bienen überhaupt eingemauert?“
„Wie meinen Sie das?“, fragte Chess.
„Die Mönche, die die Mauer aufgestellt haben, taten das, obwohl die Bienen noch aktiv waren. Sonst hätten sie das Mädchen doch finden müssen.“
„Sie haben Recht. Es sei denn...“ Chess sprach ihren Satz nicht zu Ende.
Hiob stutzte. „Halten Sie es tatsächlich für möglich...“
„Ich glaube nicht... Ich weiß es nicht!“, unterbrach sie Hiob mit belegter Stimme.
„Besser, wir erledigen, weshalb wir hergekommen sind“,

beendete der Israeli die Spekulationen über den Tod des Mädchens.
Er kniete sich auf den steinernen Boden und wischte mit seinem Handrücken die Dreckschicht aus Staub und Bienenkörpern beiseite. Chess hockte sich neben ihn und folgte seinem Beispiel. Obwohl sie insgeheim wusste, dass sie in der Mitte zu suchen hatte, vermied sie es, der mumifizierten Leiche zu nahe zu kommen.
Doch nach wenigen Minuten wurde das Unausweichliche zur Gewissheit.
„Ich glaube, sie liegt genau auf unserem Schatz." Hiob sprach aus, was beide dachten.
Chess stand auf. „Das ist nicht meine erste Mumie. Aber ihr Tod geht mir irgendwie nahe. Sie... Sie war noch so jung."
„Ist es Ihnen lieber, wenn ich..."
„Ja! Ja, das ist wirklich sehr nett von Ihnen, Hiob."
„Kein Problem. Sie können draußen auf mich warten."
Kaum hatte Chess den Raum durch das Loch in der Wand verlassen, versuchte Hiob die Mumie anzuheben. Das Harz hatte den vertrockneten Körper fest mit dem Steinboden verbunden. Jede Bewegung führte unweigerlich dazu, dass kleinere Stücke davon abbrachen.
Erst nach einigen Versuchen löste sich die Harzschicht mit einem schmatzenden Geräusch großflächig von den Steinplatten am Boden ab. Dabei blieb ein größeres Stück der Mumie kleben. *Gut, dass sie das nicht gesehen hat.*
Eine weitere in den Fußboden eingelassene Steinplatte kam zum Vorschein. Auf den ersten Blick unterschied sie sich nicht von den benachbarten Platten. In ihrer Mitte war jedoch eine winzige sechseckige Bienenwabe eingraviert. Hiob benutzte erneut Hammer und Meißel, um sie aus ihrer Verankerung zu hebeln. *Das ist eindeutig der angenehmste Teil bisher.* Ohne Probleme gelang es ihm, die Abdeckplatte zu entfernen.

Darunter kam ein gemauertes Fach von der Größe einer Schuhschachtel zum Vorschein. *Was für ein Schatz!*
„Und?", fragte Chess, als Hiob seinen Kopf durch das Mauerloch steckte.
„Das ist alles." Er übergab Chess eine fleckige Ledertasche.
Gemeinsam brachten sie den Fund nach oben in den Aufenthaltsraum, um ihn bei Tageslicht genauer unter die Lupe zu nehmen.
„Die Tasche hat schon länger auf uns gewartet, so wie sie aussieht." Chess setzte an, sie behutsam zu öffnen. In diesem Moment läutete Hiobs Handy.

***

David lag auf dem Boden seines Wohnzimmers und hielt das Kuvert des verstorbenen Professors in die Luft. Auch Goliath hatte es sich auf dem blauen Hochflorteppich gemütlich gemacht und die Vorderpfoten von sich gestreckt. Nicht nur in dieser langgezogenen Haltung machte das Riesenkaninchen seiner Art alle Ehre. Mit deutlich über siebzig Zentimeter Länge übertraf es so manchen Hund aus der Nachbarschaft.
„Goliath, ich sage dir, da drin sind nicht nur Aufzeichnungen. Diese kleine Erhebung hier fühlt sich wie eine dicke Münze oder ein Schlüsselkopf an." David drehte das Kuvert in alle Richtungen und schüttelte es dabei. Er hatte es seit dem Tod des Professors mehrfach aus dem Tresor geholt und ebenso oft wieder ungeöffnet zurückgelegt. Das braune Kartonkuvert hatte, abgesehen von einer aufgebogenen Ecke und einem aufgedruckten Buchstaben, keine Auffälligkeiten.
„Ein verschlungenes ‚W', wie Woodberry", bekräftigte David, dem man seine Neugierde diesmal nicht vorwerfen konnte. Jeder andere hätte das Kuvert längst aufgerissen. David nicht. Immer wieder musste er an die Worte des Professors denken.

Sollte ich einmal nicht mehr sein, dann ist der Inhalt dieses Kuverts alles, wofür wir in den letzten Jahren gearbeitet haben. Bewahren Sie dieses Vermächtnis, bis Ihre Frau zurückkehrt.
Es war Professor Woodberrys letzter Wille, dass David das Kuvert an Natascha übergeben sollte. Doch die Dinge hatten sich seither ganz anders entwickelt, als David oder der Professor es jemals für möglich gehalten hätten.
Wenn ich dieses Kuvert öffne, dann erkläre ich gleichzeitig Natascha für tot.
David warf dem weißen Fellbüschel an seiner Seite einen traurigen Blick zu. „Du denkst sicher, ich lege es auch diesmal wieder zurück in den Tresor, ohne es aufzumachen."
Er zögerte. *Es muss sein.* David legte das Kuvert auf den weichen Teppich und verließ das Zimmer, um sich eine Schere zu holen.
Eigentlich verstand es David mittlerweile ganz gut, sein Riesenkaninchen von allen Briefen fernzuhalten, doch diesmal war er mit seinen Gedanken woanders. Wenn Goliath in einer Sache wirklich konsequent war, dann im Anknabbern von Papier. Vom ersten Tag an hatte er sich auf Briefecken spezialisiert. Während in anderen Häusern Hunde darauf lauerten, in die Waden unvorsichtiger Postboten zu beißen, begnügte Goliath sich mit deren Briefsendungen. In den ersten gemeinsamen Wochen mit Goliath hatte David ihn mehr als einmal von der Eingangstür wegtragen müssen. Erst nachdem seinem Herrchen die Idee mit dem Auffangbehälter unter dem Briefschlitz gekommen war, hatte Goliaths Interesse an den Postzustellungen nachgelassen.
Goliaths Barthaare wackelten im Takt seiner Zähne, die sich an der aufgebogenen Ecke des Kuverts versuchten.
„Goliath!", rief David, als er in den Raum zurückkam.
Sofort erstarrte das Kaninchen zur Salzsäule. Angesichts des Kuverts zwischen seinen Zähnen fehlte es ihm in der Rolle des

Unbeteiligten aber entschieden an Glaubwürdigkeit.
David setzte sich neben seinen vierbeinigen Freund und kraulte ihn zwischen den riesigen Ohren. „Das werde ich dir wohl nie abgewöhnen.“ Er inspizierte das angenagte Kuvert. „Na ja, halb so schlimm.“
Aus einem David unbekannten Grund biss sein Riesenkaninchen jedes herumliegende Stück Papier in die Form einer Ellipse. Waren alle Ecken abgebissen, verlor es das Interesse. Dank Goliath besaß David auch Versicherungspolicen und Steuerbescheide mit abgerundeten Ecken.
„Siehst du, mein Riese. Mit der Schere geht das doch viel schneller.“ David drehte das aufgeschnittene Kuvert um. Heraus fielen ein Schlüsselbund, ein kleiner Zettel, eine weiße Scheckkarte und ein gefaltetes Blatt Papier.
„Die sind für mich“, nahm David die Sachen an sich, bevor die rosafarbene Schnauze Gelegenheit hatte, sie zu beschnuppern.
Davids Interesse galt zunächst dem mit schwarzer Tinte beschriebenen Zettel. *Eine Adresse!* Er kratzte sich an der Stirn. *Vielleicht ein weiteres Schließfach des Professors? Sagt mir gar nichts. Das muss irgendwo außerhalb Londons sein.*
„Ich suche sie mir nachher auf dem Plan raus“, versprach er sich selbst und begutachtete bereits das nächste Fundstück. *Das sind wahrscheinlich die Schlüssel dazu.* Er ließ den Bund vor seinem Gesicht baumeln. *Andererseits sind sie doch ziemlich groß. Und warum sehen alle drei Schlüssel gleich aus?*
Die unbedruckte Scheckkarte mit Magnetstreifen entpuppte sich bei näherer Betrachtung als Rohling, auf den sich mit Hilfe eines entsprechenden Schreibgeräts alle möglichen Daten speichern ließen. *Könnte eine ID-Karte mit Zugangsberechtigung sein. Aber wofür?*
Er widmete seine Aufmerksamkeit dem letzten Fundstück, es war das zusammengeklappte Blatt Papier. *Und was haben wir*

hier?

„Noten?“, stieß er völlig überrascht aus. *Die hat Woodberry genau dem Richtigen gegeben.* Wenn es ein Fachgebiet gab, von dem David Wilder noch weniger Ahnung hatte als von Botanik, dann war es Musik. Entmutigt ließ er das Blatt zurück in seinen Schoß sinken.

Die ganze Zeit über hatte er angenommen, in seinem Tresor Aufzeichnungen über die Arbeit von Natascha und dem Professor zu verwahren. Hinweise, die ihm helfen würden, Antworten auf seine Fragen zu finden. Stattdessen stellten sich ihm jetzt neue.

„Das Warten hat sich echt gelohnt“, bemerkte er mit einem gehörigen Schuss Selbstironie, nachdem er seine Ausbeute auf den Tisch gelegt hatte.

Die Bewegungen von Davids linker Augenbraue folgten seiner inneren Unruhe. Er setzte sich wieder auf den Boden, wie er es gerne tat, wenn er nachdachte.

Es sei denn... Kräftig schüttelte er noch einmal das geöffnete Kuvert, doch es fiel nichts mehr heraus.

David lehnte sich enttäuscht zurück, bis er flach neben Goliath auf dem Rücken lag. „Post für dich“, hielt er seinem weißen Riesen das leere Kuvert entgegen. Der ließ sich nicht lange bitten und widmete sich den drei verbliebenen Ecken. Das monotone Nagen wirkte beruhigend und half David beim Überlegen.

Nur zögernd begann er sich mit dem Gedanken anzufreunden, dass Woodberrys Vermächtnis möglicherweise viel zu komplex war, um in einem einzigen Kuvert Platz zu finden. „Ich muss nachdenken.“ David schloss die Augen, um sich besser konzentrieren zu können. Keine zwei Minuten später schlief er tief und fest.

***

Es war ein sonniger Tag in Tel Aviv. Ein Israeli mit kurzen, schwarzen Haaren trat aus der Glastür des Krankenhauses. Sein weißes T-Shirt hing lässig über den Bund der schwarzen Stoffhose. Dort, wo die Bartstoppel in seinem Gesicht aufhörten, leuchteten Sommersprossen. Wer Alon an jenem Vormittag erblickte, kam sicher nicht auf die Idee, dass er als Patient hier gewesen war. *Mit einem Verband hier rauslaufen? Die hat vielleicht Ideen. Dafür müssen Sie sich schon ein anderes Opfer suchen, Frau Doktor.*

Er ging die mit Palmen bepflanzte Auffahrtsrampe hinunter, als ein gelber Sportwagen an ihm vorbeifuhr. Das vielversprechende Brummen des Auspuffs war nichts, was seiner Aufmerksamkeit entgehen konnte. Respektvoll spitzte er seine Lippen und stieß einen leisen Pfiff aus. *Auf jeden Fall ein Italiener...*

Der Wagen fuhr bis zum Ende der langgezogenen Rampe und parkte dort ein. Die Fahrertür öffnete sich und lange Frauenbeine blitzten auf. Alon beschlich der leise Verdacht, dass der gelungene Auftritt ihm galt. *Es würde zu ihr passen.* In einem kurzen gelben Kleid, passend zu ihrem Wagen, stieg eine großgewachsene Schönheit aus dem Auto. Die paar Zentimeter, die ihr auf Alon fehlten, machten ihre hohen Absätze locker wett.

„Souzan-Chaya! Ich wusste es." Der Klang ihres Namens führte Alon weit in die Vergangenheit zurück.

„Was machst du denn hier?"

„Wie charmant", entgegnete sie reserviert. „Deine Begrüßungen sind immer noch so herzlich wie früher."

„Ich freue mich auch, dich zu sehen, Souzan. Also, was machst du hier?"

„Ich hole dich ab", antwortete die Brünette freundlich lächelnd.

„Ach, tust du das?"

„Als ich hörte, dass Hiob mit deiner neuen Freundin unterwegs ist, musste ich ganz einfach kommen.“

Als ob das der Grund wäre. „Chess ist nicht meine Freundin.“

„Sei nicht immer so ungeduldig. Das wird schon. Welche Frau könnte einem Mann wie dir auf Dauer widerstehen?“ Sie zupfte an dem locker gesteckten Haarknoten in ihrem Nacken. Es war diese aufreizende Handbewegung, die Souzan-Chaya schon immer einzusetzen wusste.

„Sind Anwesende ausgenommen?“

Sie lachte perlend. „Komm, steig ein!“

„Ich fahre“, stellte Alon klar.

„Bist du denn schon fit genug?“

„Hätte mich deine Ärztin sonst vorzeitig entlassen?“

„Meine Ärztin? Du übertreibst.“ Souzan-Chaya zögerte. „Vielleicht durftest du wegen guter Führung raus?“, warf sie ihm den Schlüssel zu.

Das Auto war neu. Alon empfand den Geruch des dunklen Leders als angenehm. Durch die extrem flache Bauweise des Fahrzeugs litt die Rundumsicht allerdings deutlich.

„Der Wagen hat einige Besonderheiten. Vielleicht wäre es ratsam, wenn du vorher einen Blick in die Betriebsanleitung...“

Alon hatte den Motor bereits gestartet.

„Hätten wir das auch besprochen“, klappte seine Beifahrerin den Deckel vom Handschuhfach wieder hoch. „Wohin fahren wir?“

„Sag du es mir.“

„Okay... Bieg da vorne rechts ab.“

Alon befolgte ihre Anweisung, zog es aber vor, das Auto ungebremst in die Kurve zu schicken. Die Fliehkräfte waren deutlich zu spüren, doch aus den Radkästen war nicht das leiseste Reifenwimmern zu vernehmen. „Sehr angenehm zu fahren“, sagte er in gebührend beeindrucktem Ton. „Der Wagen klebt ja richtig auf der Straße.“

Souzan-Chaya zeigte sich unbeeindruckt. „Ich sehe, du hast an deinem Fahrstil gearbeitet.“ Ihr Arm rutschte von der Türverkleidung. „Aber mir brauchst du nichts zu beweisen.“

Alon entschied sich, die versteckte Bitte zu überhören und hielt nach der nächsten Kurve Ausschau.

Sie seufzte. „Schon als ich dich auf dem Spielplatz zum ersten Mal gesehen habe, wusste ich, du wirst nie erwachsen werden.“

„Uns folgt ein Wagen“, bemerkte Alon eher beiläufig und bog erneut scharf ab. „Ich zähle drei Insassen. Gehören die zu dir?“

Seine Beifahrerin war zu sehr auf die Straße konzentriert, um die Frage zu beantworten.

„Souzan?“ Alon verlangsamte den Wagen und drehte sich zu ihr. „Gehören diese Fahranfänger zu dir?“

Sie räusperte sich. „Du kennst doch die Vorschriften.“ Ihre Verlegenheit wirkte gespielt.

„Und du solltest mich kennen.“ Alon schaltete zurück und ließ den Motor kernig aufheulen. Die Reaktion des Wagens, dessen unbarmherziger Vortrieb sogar den Israeli ein wenig überraschte, glich einem entfesselten Stier. Nach nur drei von Alons legendären Abbiegemanövern war der Wagen aus dem Rückspiegel verschwunden.

Der Fahrstil zivilisierte sich wieder.

„Was hältst du davon, wenn wir eine Kleinigkeit essen gehen?“, fragte Alon. „Wir könnten nach Haifa fahren, zu Buonarroti.“

„Nur, wenn du versprichst, dich auf dem Rückweg von mir chauffieren zu lassen. Es wäre schade um die gute Pizza... und den Wagen.“

Der Israeli vermied es ganz bewusst, seinen Geschwindigkeitsrekord für die Strecke einzustellen, wenngleich ihm der Wagen gut dafür geeignet schien.

Beim Lokal angekommen, hatte Alon es nicht eilig, den Motor abzustellen oder gar das Auto zu verlassen.

„Worauf wartest du?“, sah sie ihn fragend an.

„Ich lasse den Turbo nachlaufen. Steht alles in deiner Betriebsanleitung.“ Alon zeigte aufs Handschuhfach.
Das Lokal hatte sich kaum verändert, seit er es das letzte Mal besucht hatte. Eine überschaubare Zahl an Tischen teilte sich den üppigen Platz mit Fächerpalmen in Tontöpfen.
Alon übernahm die Wahl des Tisches, Souzan-Chaya die der Getränke.
Der kleine, dunkle Kellner stellte die Weingläser vor den beiden ab und verschwand in Richtung Küche.
„Ich...“ Alon verstummte. Drei Gorillas im Zweireiher betraten das Restaurant und ließen ihre suchenden Blicke über den Rand der Sonnenbrillen schweifen.
Souzan-Chaya nickte knapp in ihre Richtung, worauf sich das Trio an einen der Ecktische setzte.
„Du wolltest etwas sagen?“
Wollte ich... Bevor diese Kugelfänger aufgetaucht sind.
„Ja, ich kenne die Vorschriften“, murmelte Alon in sein Glas, die Lippen zu einem abfälligen Grinsen verzogen. Der erste Schluck brachte ein leichtes Pochen in seinen Kopf, der zweite ein stärkeres.
Ich sollte mir vielleicht doch etwas anderes bestellen.
Nachdenklich lehnte er sich zurück, die Aufmerksamkeit nun auf die Frau gerichtet, mit der ihn eine Menge Erinnerungen verbanden. *Wir kennen uns eigentlich schon ewig.* Mit Genugtuung stellte er fest, dass auch sie erste Fältchen bekam, die in ihre makellose Haut schnitten. Für einen Moment drohten seine Gedanken weit abzugleiten, zu weit. *Es ist nicht der richtige Moment, sie darauf anzusprechen.* Die letzte Begegnung stand wie eine Mauer zwischen ihnen.
„Wie geht es deinem Vater?“, lenkte er sich ab.
Sie hob eine Augenbraue. „Wie immer. Er hält alle Fäden in der Hand, brüllt seine Leute an, kritisiert mich bei jeder Gelegenheit und ist der Meinung, niemand sei so gut wie er

darin, Informationen zu sammeln."
Alon blickte amüsiert. „Schön, dass sich manche Dinge nie ändern."
„Ja, sieht so aus", nickte sie mechanisch. „Er ist auch der Grund, warum ich überhaupt hier bin."
Jetzt kommt sie endlich zur Sache. „Nicht ich?" Er spielte Enttäuschung, die er zum Teil auch empfand.
„Nein, mein Lieber. Ich habe vor langer Zeit aufgehört, mir deinetwegen Sorgen zu machen." Sie zog ein Stück bedrucktes Papier aus der winzigen Tasche ihres Kleides und legte es mit der Schrift nach unten auf den Tisch. Auch wenn nur die Rückseite der Visitenkarte zu sehen war, sagte sie doch eine Menge über ihren Besitzer aus: schweres, handgeschöpftes Papier, die Ränder elegant ausgefranst. Alon unterdrückte den Reflex, danach zu greifen und sie umzudrehen. Stattdessen sah er Souzan-Chaya fragend an.
„Vater bittet dich und Hiob, ihn aufzusuchen."
„Er bittet uns?"
„Es ist ihm wirklich wichtig, Alon."
„Sobald Hiob aus Rom zurück ist", bestätigte der Israeli den Auftrag.
„Der Job sollte in zwei Tagen erledigt sein, keine große Sache."
Alon streckte die Hand aus und drehte die Karte um. Seine Augen verengten sich beim Anblick des Namens.

***

Chess und Hiob befanden sich auf dem Weg zum Flughafen. Der Inhalt ihrer Ledertasche hatte sich als Sammlung alter Briefe herausgestellt, deren Übersetzung ihnen erst noch bevorstand. Bruder Alessandro hatte sie darum gebeten, digitale Kopien für seine Kirche machen zu dürfen. Gleich im

Anschluss daran verließen die beiden Rom bereits wieder.
Hiob wirkte leicht angespannt. Er war nicht glücklich darüber, dass David Wilder sich ausgerechnet jetzt zurückgemeldet hatte.
„Und Sie sind sicher, dass Sie nicht zu David mitkommen wollen?“, fragte Chess.
„So gerne ich das würde, ich kann nicht.“
„Ja, ich weiß. Sie müssen sich zuerst um diese wichtige Sache kümmern“, zitierte sie ihn abfällig.
„Es ist wirklich wichtig.“
„Das ist David auch!“
Hiob konnte ihr nicht widersprechen und er wollte es auch nicht.
„Verraten Sie mir doch wenigstens, wohin Sie und Alon plötzlich müssen.“
„Das kann ich nicht.“
„Hat Alon Ihnen wieder den Mund verboten?“, provozierte sie ganz bewusst.
Hiob war nicht anzusehen, ob Chess' Drängen Aussicht auf Erfolg haben würde.
„Steckt Alons geheimnisvolle Freundin dahinter?“
„Seine Freundin?“ Hiobs Stimme überschlug sich fast.
„Sie wissen genau, wen ich meine.“
Chess hatte keine Antwort erwartet, dennoch störte es sie, dass sie tatsächlich keine bekam.
„Ich spreche von der Eigentümerin des Jets, mit dem Sie um die halbe Welt fliegen, von der Frau, deren Schecks Sie so großzügig verteilen.“
„Dazu kann ich leider nichts sagen.“
Chess stieß ein abgewürgtes Ächzen aus. „Sie beide treiben mich noch in den Wahnsinn mit Ihrer Geheimnistuerei.“
„Verschwiegenheit ist eine wichtige Voraussetzung für unseren Job“, stellte Hiob trocken fest.

„Es ist also dienstlich. Ein Auftrag?“, versuchte sie einen Schuss ins Blaue.
„Das habe ich nicht gesagt.“
„Okay, Sie haben gewonnen, Hiob. Sollte ich jemals mit Ihnen pokern wollen, erinnern Sie mich bitte daran, dass ich es besser bleiben lasse.“ *Seine Gelassenheit hat etwas Beängstigendes an sich.*
„Was machen wir mit den Briefen?“, Hiobs Hand strich über die Ledertasche, die sie aus der Kirche mitgenommen hatten.
„David klang sehr aufgeregt am Telefon. Ich glaube nicht, dass ich in London viel Zeit finden werde, sie zu übersetzen.“
„Bei mir ist es ähnlich. Ich würde vorschlagen, wir kümmern uns gemeinsam darum, sobald unsere Zeit es zulässt.“
Chess nickte. „Verraten Sie mir wenigstens, wie lange Sie und Alon weg sein werden?“
„Zwei, vielleicht drei Tage sollten reichen.“
Die Art, wie er es sagte, vermittelte Chess den Eindruck, als wäre er gedanklich bereits bei seiner wichtigen Sache.

***

Shahid stattete der Privatklinik seinen vorerst letzten Besuch ab und musste diesmal ein wenig länger warten. Gegen die üppigen Bandagen der Erstversorgung wirkte der neue Verband an seiner linken Hand geradezu verharmlosend. So wie an den Tagen zuvor war es der medizinische Assistent, der den Verbandwechsel vornahm.
„Wir sind fertig, Mr. Shahid... Ich sage dem Doktor Bescheid“, verließ er das Zimmer.
Shahids Arzt ließ es sich nicht nehmen, den finanziellen Teil seiner Arbeit persönlich abzuwickeln. Auf dem weißen Arbeitsmantel fehlten an diesem Morgen die roten Spritzer. Der Arzt wirkte entspannt, fast überschwänglich nach der

ereignislosen Nacht.
„Wie geht es Ihnen, Mr. Shahid?“
„Besser.“ Das Böse in Shahids Augen war zurückgekehrt. „Sie haben ganze Arbeit geleistet.“
„Es freut mich, das zu hören. Sie sind mir immer willkommen, nicht nur als Patient.“
Shahids rechte Hand war nicht annähernd so geschickt darin, das Geldbündel aus der Innentasche seines schwarzen Jacketts zu fischen. Er hatte rasch gelernt, nachsichtig gegen sich selbst zu sein. Mit dem Daumen schob er die goldene Geldspange von den gefalteten Dollarscheinen. „Bitte, zählen Sie nach.“
Es war ein stolzer Preis, den der Doktor verlangte, sein Schweigen inbegriffen. „Stimmt genau.“ Er versuchte, sich ein Grinsen zu verkneifen, gab sich aber keine große Mühe.
„Ich kann Sie als gesunden Mann entlassen. Bitte beachten Sie aber die paar Kleinigkeiten, die wir besprochen haben, damit es zu keinen Komplikationen bei der Wundheilung kommt. Persönlich hätte ich es bevorzugt, Sie in ein paar Tagen noch einmal zur Kontrolle zu sehen. Aber wenn Ihre geschäftlichen Angelegenheiten keinen Aufschub dulden...“
„Es wird schon alles passen“, streckte Shahid ihm die gesunde Hand entgegen.
Kurz darauf verließ der Ägypter die Klinik durch den Seitenausgang und stieg in einen beigefarbenen Wagen. Der arabische Fahrer hörte auf den Namen Yassin und war einer von Shahids Leuten.
„Sie sehen sehr gut aus, Mr. Shahid.“
„Fahr los!“
Yassin war eine erbärmliche Erscheinung, deren Körperproportionen den Vergleich mit einem Pinguin nahelegten. Die meisten seiner dunklen, langen Haare hatte er mit Gel in Form geklebt, der Rest hing ihm ins Gesicht.
„Was sagt der Wetterbericht?“

„Die Lage bessert sich, Mr. Shahid. Es klart weiter auf. Einem Flug zum Labor von Dr. Qian steht bald nichts mehr im Weg“, freute sich Yassin, die gute Nachricht weiterzugeben.
„Wie bald?“
„Mit etwas Glück vielleicht sogar schon heute Abend. Spätestens im Verlauf der kommenden Nacht soll sich das Sturmtief über der Bohrinsel endgültig aufgelöst haben.“
„Gibt es Neuigkeiten von Qian?“
„Ich fürchte nicht, Mr. Shahid. Aber ich bin sicher, jetzt wo Sie die Dinge wieder selbst in die Hand nehmen, wird sich alles zum Guten wenden.“ Yassin wurde immer leiser gegen Ende seines Satzes. Zu spät war ihm die Doppeldeutigkeit seiner Worte aufgefallen. Mit einem gekünstelten Lächeln versuchte er die Situation zu überspielen. *Vielleicht hat er es nicht bemerkt.*
Shahids Schweigen war kein gutes Zeichen. Yassin versuchte sich nichts anmerken zu lassen und stemmte seine Mundwinkel weiter gegen die Schwerkraft. Er schielte zum Beifahrersitz. Egal, wie gut man den Ägypter zu kennen glaubte, letztlich war nur auf eines Verlass - seine Unberechenbarkeit.
Shahid klopfte seinem Fahrer auf die Schulter. „Du hast Humor, Yassin“, begann er grollend loszulachen.
Yassins Unsicherheit mischte sich mit Erleichterung, doch sein verkrampftes Dauerlächeln glich dem eines sterbenden Clowns.

***

Chess hatte auf einem von Davids Küchenstühlen Platz genommen. Auch wegen der abklingenden Blessuren in Chess’ Gesicht war Shahids Überfall ihr erstes Thema. Sie berichtete David ausführlich von allen Details, für die am Telefon keine Zeit gewesen war.
Die grünen Augen der schwarzhaarigen Schönheit leuchteten

David freundlich an. „Clara lässt Sie und Goliath ganz herzlich grüßen.“
David bedankte sich und reichte der Archäologin eine Tasse Tee.
„Aber jetzt zu Ihnen. Was hat Ihre Meinung geändert, David?“
Ihre direkte Frage traf ihn nicht unerwartet, dennoch hatte er keine Antwort parat. Er öffnete den Kragenknopf seines weißen Hemds. „Mir sind einige Dinge klar geworden.“
Chess ließ die Stille einen Augenblick lang wirken. „Wollen Sie darüber reden?“
„Nein“, schüttelte er den Kopf. „Nein, ich denke, da gibt es nichts mehr zu bereden.“
Sie nahm einen Schluck Tee, presste ihre Lippen fest aufeinander und nickte dann. „Sollten Sie es sich anders überlegen, bin ich für Sie da.“
„Danke... Sie haben am Telefon angedeutet, dass Sie es eilig hatten, Rom zu verlassen“, wechselte er das Thema.
„Fragen Sie nicht, David“, stöhnte Chess. „Die beiden können einen wirklich nerven mit ihrer Geheimnistuerei. Hiob ist es gelungen, die letzten Seiten im Buch der Gog und Magog zu übersetzen. Es war ein Rätsel, das uns wieder in die Kirche geführt hat, in der Sie das Buch entdeckt haben. Bruder Alessandro hat uns dabei geholfen, einen zugemauerten Raum zu finden, in dem früher Bienenwachs für Kerzen gewonnen wurde. Auf dem Boden lag die Leiche eines Mädchens.“
Chess machte eine Pause. Hastig trank sie ein paar Schlucke. „Sie hat mich irgendwie an Clara erinnert. Es war so...“ Sie suchte nach Worten. „Ich musste den Raum verlassen und habe Hiob gebeten, das Versteck im Boden allein zu öffnen. Kurz darauf ist er mit einer dreckigen Ledertasche herausgekommen, die so alt sein dürfte wie das Buch der Gog und Magog selbst. Wir haben sie geöffnet und ein paar alte Briefe gefunden. Während Bruder Alessandro sich Kopien davon gemacht hat,

erhielt Hiob einen Anruf."
„Das war dann wohl ich", warf David ein.
„Nein, Ihr Anruf kam erst später. Hiob hat mit einer Frau gesprochen. Ich vermute, es ist dieselbe, die Alon und ihm die Citation zur Verfügung stellt."
„Souzan-Chaya?"
„Sie kennen sie?"
„Nur ihren Namen. Hiob hat ihn einmal im Zusammenhang mit dem Jet erwähnt."
„Was wissen Sie über diese Frau?"
„Außer dem Vornamen nicht viel. Sie scheint sehr wohlhabend zu sein."
Chess bohrender Blick prallte zurück.
„Das ist alles." David zuckte mit den Achseln.
Sie nickte, doch zufrieden stellte sie die Antwort nicht.
„Was waren das für Briefe?", wollte David wissen.
„Wir haben sie nicht weiter untersucht. Nach dem Anruf war Hiob geradezu besessen von der Idee, sich umgehend mit Alon zu treffen."
„Haben Sie Alon seit dem Überfall in Ihrem Haus gesehen?"
„Nein", antwortete Chess. „Ich habe mit ihm telefoniert. Er hat mir aber nichts gesagt, was ich Ihnen nicht schon am Telefon erzählt hätte."
„Hat Ihnen Hiob verraten, wohin er und Alon wollen?"
„Mir?" Chess verdrehte die Augen. „David, wachen Sie auf! Die beiden machen so ein Geheimnis um diese Frau, dass ich langsam anfange mich zu fragen, ob es sie überhaupt gibt."
„Glauben Sie, es hat was mit Shahid und den Nägeln zu tun?"
„Sagen Sie es mir."
Er stand auf und ging zum Küchenfenster. Seit Scowcroft seine Männer wieder abgezogen hatte, wirkte die Straße in Davids Augen deutlich leerer.
„David?"

„Ich weiß nicht, ob Spekulationen uns weiterbringen." Er starrte nachdenklich aus dem Fenster.
„Wenn Sie etwas wissen, dann sagen Sie es."
David drehte sich zu Chess um. „Ich habe Alon viele Jahre nicht gesehen. Ich war mir ja nicht einmal sicher, ob er noch lebt, bis ich ihn in Wien getroffen habe."
„Und das bedeutet?", drängte sie ihn, deutlicher zu werden.
„Ich habe den Geheimdienst vor vielen Jahren verlassen, wie Sie wissen. Vieles hat sich seither geändert..."
„Aber?"
„Es muss Ihnen doch auch schon aufgefallen sein, dass Alon erstaunlich viele Freiheiten genießt. Agenten des Mossad fliegen nicht mal eben so mit einem Privatjet durch die Gegend. Auch sein Spesenkonto entspricht bei weitem nicht dem, was man zu meiner Zeit darunter verstand."
„Sie hätten erst sehen sollen, mit welcher Gelassenheit Hiob den schweren Scheck für Bruder Alessandro ausgestellt hat", warf Chess ein.
„Kommen Sie, ich zeige Ihnen etwas", forderte er Chess auf, ihm zu folgen. Der lange Flur führte bis zur Garage. David öffnete die schwere Brandschutztür und lehnte sich mit dem Rücken dagegen, damit Chess ungehindert durchgehen konnte.
„Donnerwetter!", rief sie aus. „Gehört der etwa Ihnen?"
„Jetzt schon."
Ihr fragender Blick wanderte zwischen David und seinem neuen Wagen hin und her.
„Er wurde mir vorige Woche geliefert. Alon meinte, ich soll ihn als Entschädigung für die Unannehmlichkeiten ansehen, die ich wegen des Unfalls hatte."
„Da haben Sie aber einen guten Tausch gemacht", gratulierte Chess.
„Einen sehr guten sogar. Der Wagen, den Alon gegen den Baum gefahren hat, war zwölf Jahre alt, der hier keine zwölf

Tage."
„Das ist total nett von Alon."
„Ja, das ist es", antwortete David. „Es bestätigt nur leider auch meinen Eindruck, dass Alon nicht der Durchschnittsagent sein kann, als der er sich vor uns ausgibt."
Chess beschlich zum ersten Mal das Gefühl, dass sie nicht die Einzige war, der man Informationen gezielt vorenthielt.

***

Qian hatte eine lange, schlaflose Nacht hinter sich. Der Gedanke daran, dass Mustafa Shahid frühmorgens in seinem Labor auftauchen würde, sorgte für Unruhe bei dem 54-jährigen Asiaten. „Der Teufel muss mich geritten haben, dass ich das Labor auf diesen schwimmenden Schrotthaufen verlegt habe", fluchte er in seinem Quartier und starrte auf den Bildschirm seines Notebooks. „Es kann doch wohl nicht so schwer sein, die Zugriffsrechte der Server richtig zu setzen." Immer wieder machten sich im neuen Labor technische Ausfälle bemerkbar. An diesem Morgen hatte sich die anfällige Elektronik für einen Absturz der Anmeldeserver entschieden. Qian griff zum Telefon, um einen der Techniker zu informieren.
„Wie lange?", war alles, was er in den Hörer fauchte, dann ließ er die Entschuldigungen und Erklärungsversuche über sich ergehen.
„Ich finde es auch bedauerlich, dass die salzige Seeluft Ihren Geräten Probleme bereitet. Aber als wir vor vier Jahren mit der Planung dieser Anlage begonnen haben, war das Meer rund um die Bohrinsel bereits da."
Qian kritzelte ungeduldig ein kreisförmiges Muster auf einen Schmierzettel.
„Ja, ich warte."

Idiot!

„Einen Moment..." Er legte den Hörer zur Seite und versuchte sich erneut auf dem Server anzumelden.

„Ja, geht wieder. Und jetzt ziehen Sie los und kümmern sich um die steckengebliebenen Frachtaufzüge und all die anderen Dinge, die hier nicht funktionieren. Sonst suche ich mir jemanden, der das kann!" Er donnerte den Hörer auf die Gabel.

Eigentlich muss ich mich bei dem Selbstmörder bedanken, den Shahid uns geschickt hat, um die Nägel zu bringen. Wenn der sich damit nicht selbst im Meer versenkt hätte, wären wir vermutlich schon mitten in der Extraktionsphase. Kaum vorzustellen, was da alles hätte schiefgehen können bei den Ausfällen während des Sturms. Wir müssen diese Probleme an der Elektronik unbedingt in den Griff bekommen, bevor wir die neuen Klontanks in Betrieb nehmen. Es darf einfach nicht die kleinste Kleinigkeit passieren, wenn wir...

Das Geräusch eines Hubschraubers im Landeanflug riss ihn aus seinen Gedanken. „Verdammt, schon so spät?" Er nahm die zweifarbige Windjacke vom Haken und machte sich auf den Weg zur Landeplattform.

Qian erreichte den Hubschrauberlandeplatz gerade, als der Helikopter die Rotordrehzahl wieder erhöhte und leicht nach vorne geneigt von der Insel abhob. Drei Männer kamen ihm entgegen, zwei davon in geduckter Haltung. Der dritte Mann war Mustafa Shahid. Seine 160 Zentimeter steckten in einem teuren Maßanzug und braunen, handgefertigten Lederschuhen, die ihn nicht im Geringsten ansehnlicher machten. Von den dunklen Haaren, die einst seinen Kopf bedeckt hatten, war nur mehr ein schmaler Kranz übrig. Der Rest seines fettleibigen Körpers schien dafür stark behaart, wie man beim Anblick seines weit offen stehenden Hemdkragens vermuten konnte.

„Willkommen auf Sanctuary Island II", begrüßte Qian seine Gäste. Er war überrascht, wie fit der Ägypter angesichts der

gesundheitlichen Probleme wirkte, von denen man ihm berichtet hatte. „Wie geht es Ihnen, Mr. Shahid? Wir alle waren tief betroffen, als wir von Ihrem Unfall hörten.“ Qian war ein ausgezeichneter Lügner.
„Sie hätten sich besser Sorgen um den versunkenen Koffer gemacht, werter Doktor“, erstickte Shahid den beginnenden Exkurs über seinen Gesundheitszustand bereits im Keim.
„Ich versichere Ihnen, das haben wir. Diese furchtbare Tragödie war leider nicht zu verhindern. Ihr Bote hat vor den Augen meiner Leute Selbstmord begangen, als er so nah an die Stützpfeiler der Insel herangefahren ist. Er hat uns keine Möglichkeit gelassen, das Beiboot zu wassern.“
„Mein Bruder war kein Selbstmörder“, trat Yassin vor den Doktor. „Er hat alles dafür getan, dass diese Sendung bis zu Ihnen kommt.“
„Dein Bruder war ein Idiot!“, brüllte Shahid ihn an. „Seinetwegen ist unser ganzes Projekt gefährdet. Ich würde ihn eigenhändig umbringen, wenn er nicht schon ersoffen wäre.“
Yassin schluckte leise und senkte seinen Kopf. Shahids zweiter Begleiter, ein hellhäutiger Muskelprotz, warf Yassin einen abfälligen Blick zu, sprach aber kein Wort.
„Wir brauchen diesen Koffer, egal was es kostet“, stellte der Ägypter klar.
Qian stimmte ihm zu. „Ich habe anfragen lassen, wie rasch wir ein Mini-U-Boot herbekommen. Das wäre die schnellste Variante, um den Meeresboden rund um die Insel abzusuchen. Leider sind derzeit alle in Frage kommenden U-Boote blockiert. Es wird mindestens vier Wochen dauern, bis wir eines hier haben.“
Shahids graue Augen starrten ihn ungläubig an.
„Wir müssen auch in Betracht ziehen, dass die Leiche samt Koffer von der Strömung fortgespült wurde. Meine Mitarbeiterin hat aufgrund der vorliegenden Strömungsdaten

den Suchradius zwar eingrenzen können, aber das Gebiet mit Tauchern abzusuchen würde dennoch Tage, wenn nicht Wochen..."
„Dann sollten wir besser anfangen", unterbrach ihn der Ägypter.
„Ich habe bereits Taucher und Spezialausrüstung angefordert", erklärte Qian.
„Hören Sie, Doktor..." Shahid legte seinen rechten Arm um ihn und die beiden entfernten sich einige Schritte von den anderen Männern.
„Ich war bisher ausgesprochen geduldig. Vielleicht sogar zu geduldig. Man könnte mir das als Schwäche auslegen." Er schaute den Doktor mit seinen kalten, ausdruckslosen Augen an. „Wirke ich schwach auf Sie?" Seine Stimme stand dem Blick um nichts nach.
„Nein. Nein, natürlich nicht, Mr. Shahid."
„Gut." Shahid ballte die eingebundene Hand, so gut es ihm möglich war, zu einer Faust. „Einige Dinge sind schiefgelaufen und haben meine Gutmütigkeit auf eine harte Probe gestellt. Ich bin kein geduldiger Mensch, müssen Sie wissen." Seine Worte klangen gefährlich und waren mit einem Hauch von Größenwahn unterlegt. Qian tat gut daran, den Ägypter nicht zu unterbrechen.
„Einer meiner Männer, Yassin, ist erfahrener Taucher. Er wird den Fehler seines Bruders wieder gutmachen und den Koffer mit den Nägeln für mich heraufholen. Wenn Sie ihm also freundlicherweise zeigen, wo Sie die Tauchausrüstung aufbewahren..."
„Wir sind darauf nicht vorbereitet, Mr. Shahid. Die Insel verfügt zwar über eine Tauchstation, aber die stammt noch aus ihrer Zeit als Bohrinsel. Wir haben weder das Fachpersonal für die Bedienung, noch wurden die Systeme in den vergangenen Jahren gewartet. Um hier zu tauchen, benötigen Sie

Spezialisten, die mit den beheizten Anzügen vertraut sind."
„Yassin brennt darauf, ins Wasser zu kommen", bekräftigte Shahid.
Kann er mich nicht verstehen, oder will er nicht? Qian nahm einen letzten Anlauf, um dem Ägypter die Lage zu erklären. „Für diese beheizten Tauchanzüge braucht man viel Erfahrung, um die Temperatur richtig einzustellen. Ganz zu schweigen davon, dass die Druckkammer für die Dekompression vielleicht gar nicht funktioniert."
„Wir sollten Yassin nicht mit Details langweilen." Shahids Antwort hatte etwas Endgültiges.

***

In London genoss David Wilder einen herrlichen Sonnenaufgang. Er war früh aufgestanden und ließ einen Routenplaner den Weg zu der Adresse berechnen, die Woodberry in das Kuvert gelegt hatte. *Das ist ja gar nicht so weit von hier.* Tatsächlich veranschlagte Davids Laptop gerade einmal 60 Minuten für die Fahrt. *Der Ort liegt mitten in einem Waldstück. Sehr geheimnisvoll.* „Ich glaube, Sie nehmen Ihre Goldgräberausrüstung besser doch mit, Chess", rief er in Richtung Küche. „Die einzige Straße in der Gegend endet mitten im Wald."
Chess antwortete mit einem unverständlichen Schmatzen, gefolgt von einem Husten. „Ich habe nichts dagegen, wenn wir einen Schatz heben", sagte sie scherzend, nachdem sie den Bissen ihres Müsliriegels hinuntergewürgt hatte. „Wobei, ganz so spannend wird es wohl nicht werden. Der Professor hat Ihnen sicher keine Briefe in Kufischrift hinterlassen."
„Unterschätzen Sie Woodberry nicht. Nach diesem Kuvert traue ich dem alten Fuchs so manche Überraschung zu."
Am frühen Vormittag verließen die beiden London in dem

dunkelgrünen Volvo-Kombi, den David seit kurzem sein eigen nannte.
„Ziemlich viele Knöpfe hat Ihr neues Auto.“
„Wem sagen Sie das. Alon hat scheinbar alle Extras angekreuzt, die es auf der Liste gab. Ich vermisse zumindest keinen einzigen Knopf, der in der Betriebsanleitung beschrieben wird.“
„Sie lesen Betriebsanleitungen?“, Chess’ Stimme unterstrich ihre Verwunderung. „Kein Mann, den ich kenne, liest Anleitungen. Erst recht nicht die von Autos.“
„Ich weiß, was Sie meinen. Es reizt mich schon auch, auf Knöpfe zu drücken und abzuwarten, was passiert“, lachte David.
Chess saß entspannt neben dem Fahrer und verfolgte die Route auf dem Monitor des Navigationssystems. „Warum haben Sie die Karte vom Routenplaner eigentlich ausgedruckt, wenn Ihr neuer Wagen sowieso ein Navi hat?“
„Gute Frage“, gab David amüsiert zu. „Die Macht der Gewohnheit.“
Ihre Fahrt führte sie immer weiter hinaus aufs Land, vorbei an Waldstücken und Wiesen. Die Landschaft war nur mehr spärlich besiedelt. Wie vorausberechnet, erreichten sie die entsprechende Abzweigung auf der Karte nach etwas mehr als einer Stunde.
„Wir müssten gleich da sein“, mutmaßte David und bog in die geschotterte Straße ein. Die hellen Kiesel knirschten unter dem Gewicht des Wagens. Der gerade Straßenverlauf wurde bald von einer Vielzahl an Kurven abgelöst. Wie ein Bandwurm schlängelte sich die Fahrbahn einen kleinen Berg hinauf. Nach jeder Kehre verjüngte sich die Zufahrtsstraße, bis letztlich nur noch ein schmaler Waldweg blieb.
„Wenn die Straße hinter der nächsten Kurve noch einmal enger wird, müssen wir aussteigen“, kommentierte David das

Streifen eines Asts an dem Außenspiegel.
„Wir müssen gleich oben sein."
„Wo immer das ist..."
Die letzte Kurve endete vor einer mächtigen Natursteinmauer, die nur durch eine Zufahrt unterbrochen wurde. Dahinter lag, vom Wald abgegrenzt, eine Lichtung, die etwa die Größe dreier Fußballfelder hatte. David bremste ab und blickte zweifelnd auf den gemauerten Steinbogen, in den ein schmiedeeisernes Gittertor eingesetzt war. „Ich glaube nicht, dass wir hier richtig sind."
Chess hatte ihm gar nicht mehr zugehört. Sie war bereits aus dem Wagen gestiegen und bestaunte das schwarz gestrichene Tor. „Sie haben Glück, dass Sie und der Professor Nachnamen haben, die mit dem gleichen Anfangsbuchstaben beginnen. Die protzige Einfahrt können Sie jedenfalls schon mal lassen."
„Was meinen Sie damit?", fragte David, der die Autotür hinter sich zuwarf.
Chess zeigte auf ein riesiges *W*, das genau in der Mitte des Tores eingelassen war. Der geschwungene Buchstabe war jeweils zur Hälfte in die beiden Gitterflügel eingearbeitet und nur bei geschlossenem Tor erkennbar.
„Es sieht aus wie das *W* auf dem Kuvert von Woodberry."
„Weil es dasselbe ist!", rief Chess und winkte David zu sich. „*Woodberry Mansion*", las sie die Inschrift eines Messingschildes vor, das an dem Steinbogen angebracht war. „Dieses Schild werden Sie allerdings tauschen müssen, wenn Sie den Laden übernehmen. Aber *Wilder Mansion* klingt sowieso viel besser, wenn Sie mich fragen."
David stand mit leicht geöffnetem Mund da und konnte seine unverhoffte Erbschaft noch nicht so recht fassen.
„Na los", drängte ihn Chess. „Lassen Sie uns reingehen. Von hier ist das Haus ja kaum zu erkennen."
„Haus?", gluckste David. „Das ist ja wenigstens ein kleines

Schloss!“
„Dann kenne ich jetzt also einen Schlossherren.“ Sie klopfte David lachend auf die Schulter. „Versuchen Sie einen der drei Schlüssel aus dem Kuvert.“
„Das kann unmöglich dem Professor gehört haben. Bestimmt ist es nur angemietet“, bremste David die Euphorie seiner Begleiterin.
„Und das Gittertor mit Monogramm nehmen die Mieter beim Ausziehen dann mit, oder wie?“

***

Auf Sanctuary Island II bereiteten zwei von Qians Männern die Tauchausrüstung vor. Während der erste die Anzeigen der Dekompressionskammer überprüfte, war der zweite mit dem Einstellen des Gasgemischs beschäftigt. Er war fast fertig, als Claude bei seinem belgischen Kollegen auftauchte. „Haben die einen Knall? Die können doch nicht ernsthaft jemanden dort runterschicken.“
„Willst du ihn das fragen?“ Der Belgier deutete auf Shahid, der sich in einiger Entfernung mit Qian unterhielt.
Claude verneinte kopfschüttelnd. „Kein Mensch, der etwas vom Tauchen versteht, kann so blöd sein und freiwillig in einen der alten Anzüge steigen.“
„Bei der Freiwilligkeit bin ich mir nicht so sicher, aber blöd ist der Typ, den Qian da eingeflogen hat, bestimmt. Ich habe dem Alten schon gesagt, dass das glatter Selbstmord ist.“
„Und, was hat er geantwortet?“
„Ich soll mein Maul halten und meine Arbeit machen, wenn ich meinen Landurlaub will. Qian ist echt schlecht drauf. Und dieser fette Araber mit der eingebundenen Hand, der da neben ihm steht... den red mal besser gar nicht erst an. Der Typ ist irgendwie unheimlich. Hat einen total irren Blick. Sei froh,

dass du die Schicht nicht machen musst!"
„Weißt du, was in dem Koffer ist, den sie suchen?"
„Nein", schüttelte der Belgier den Kopf. „Und es interessiert mich auch überhaupt nicht!"
„Wer ist der Taucher, den sie runterschicken wollen?"
„Keine Ahnung. Der Araber hat ihn mitgebracht."
„Glaubst du, er weiß, worauf er sich einlässt?"
„Er scheint zumindest eine Menge Ahnung vom Tauchen zu haben." Der Belgier drehte das Ventil zu. „Ist mir aufgefallen, als er sich seine Ausrüstung im Lager zusammengesucht hat."
„Ist denn überhaupt noch alles da?"
„Die meisten Anzüge sind schadhaft und bei einigen Gewichtswesten fehlte das Blei, aber er hat alles gefunden, was er braucht. Allerdings sind bei den Helmen die Leitungen für die Helmtelefone korrodiert." Der Belgier verzog ärgerlich seine Mundwinkel. „Wenigstens müssen wir sein Geschrei nicht hören, wenn der Spinner da unten verreckt."
„Wenn der Koffer so wichtig ist, warum rufen sie dann kein U-Boot?", fragte Claude voll Unverständnis.
„Hat der Alte schon gemacht, aber es dauert natürlich, bis das hier ist. So lange will der Boss des Spinners aber offensichtlich nicht warten."
„Ich werde nochmals mit Qian reden", sagte Claude und wollte gehen. Da packte ihn der Belgier am Oberarm und hielt ihn zurück.
„Sei kein Narr, Claude. Die wissen alle genau, wofür sie das tun. Ich habe die Entschlossenheit in ihren Augen gesehen. Da geht es nicht nur um einen blöden Geldkoffer mit ein paar Millionen drin, der ihnen ins Wasser gefallen ist." Er lockerte seinen festen Griff und legte seine Hand auf Claudes Schulter. „Überleg doch mal! Du hast selbst gesagt, dass der Typ, der den Koffer herbringen wollte, leichtfertig sein Leben riskiert hat, als er so nah an die Pfeiler gefahren ist. Sein Leben und

auch das von dem Bootsbesitzer, der mit ihm abgesoffen ist. Das war kein Unfall, das war Selbstmord. Erinnerst du dich, Claude? Das waren deine Worte!“

„Ja“, gab Claude zu, „du hast ja Recht, aber...“

„Nein. Kein Aber, Claude! Nicht diesmal. Die beiden dort, was sag ich, die drei sind auf demselben Trip wie dieser Selbstmörder von neulich. Wenn du dich ihnen in den Weg stellst, dann kannst du nur verlieren.“

Claude zögerte zunächst, ließ sich aber dann von den eindringlichen Worten seines Kollegen überzeugen, dass es besser wäre, den Mund zu halten.

Wenig später hatte Yassin einen dunkelblauen Tauchanzug angezogen, an dem mehrere Gurte festgemacht waren. Ein armdicker Strang aus verschiedenfarbigen Schläuchen war auf einer riesigen Abrollvorrichtung aufgewickelt und sollte den Taucher später mit seinem Luftgemisch und Warmwasser versorgen. Der Tauchanzug passte zwar nicht perfekt, doch die Auswahl an Bord war stark begrenzt. Er bestand aus zwei separat anzulegenden Schichten. Durch den schmalen Spalt zwischen den beiden Anzugsschichten floss später das warme Wasser und wärmte den Taucher.

Zwei von Qians Männern standen bereit, um Yassin beim Aufsetzen des schweren Helms behilflich zu sein. Er zog sich die dicke Innenpolsterung wie eine Kapuze über den Kopf und fixierte sie mit dem Klettverschluss unter dem Kinn. „Das könnt ihr runternehmen“, deutete er auf eine schwarze Glasscheibe. Das abgedunkelte Helmvisier war für Schweißarbeiten an Ölpipelines auf dem Meeresgrund gedacht.

Qian, Shahid und der hellhäutige Muskelprotz standen etwas abseits und verfolgten die Vorbereitungen für den Tauchgang.

„Wie stellt er sich an?“, wollte Shahid von seinem kräftigen Begleiter wissen.

„Gut. Yassin macht das ganz sicher nicht zum ersten Mal. Ich

denke, es war die richtige Entscheidung, ihn für den Job einzusetzen."
Shahid nickte zufrieden. Qian vermied es vorsorglich, seine Meinung zu dem Tauchgang erneut zu äußern.
Yassins Kopf verschwand unter dem gelben Helm. Die Luft darin roch muffig. Einer der Helfer überprüfte den korrekten Sitz, während der zweite Mann einen fingerdicken roten Schlauch an den Warmwasseranschluss des Anzugs steckte. Rasch füllte sich der mit heißem Wasser, das dann bei den Ärmeln und an den Übergängen zu den Stiefeln herauslief. Yassin nickte seinen beiden Helfern zu und öffnete testweise das Ausweichventil, worauf das Wasser aus dem Anzug spritzte wie aus einem geplatzten Gartenschlauch.
„Was macht denn der Idiot?", rief Shahid aus.
„Alles in Ordnung, Mr. Shahid", erklärte der Kraftprotz an seiner Seite. „Das muss er machen, um hier an der Luft nicht zu überhitzen. Die Temperaturregelung ist sehr empfindlich. Ein Grad zuviel und man schwitzt wie ein Schwein, ein Grad weniger und man erstarrt vor Kälte."
Qian atmete lautstark aus. *Wenigstens schickt er seine eigenen Leute auf dieses Himmelfahrtskommando.*
Yassin und seine beiden Helfer hatten die Überprüfung abgeschlossen. Gemeinsam bestiegen sie einen Lastenaufzug. Als Kabine diente ein weiß gestrichener Käfig, dessen rostiges Geländer in Brusthöhe endete. Langsam wurden die Männer damit zu der Einstiegsplattform hinuntergelassen. An einem Ausleger folgte der bunte Strang aus Versorgungsschläuchen den Bewegungen des Tauchers und rollte sich allmählich ab.
Unten angekommen machte Yassin sich mit einer Unterwasserleuchte auf den Weg zu einer mit Salz überzogenen Gittertreppe, die direkt im Meer endete. Yassins Schritte erinnerten an einen Raumfahrer. Erst als sein Körper ins Meer eintauchte, gewann er wieder an Mobilität und ließ

sich rückwärts ins Wasser gleiten. Zur Bestätigung, dass alles in Ordnung war, streckte er den Daumen seiner rechten Hand nach oben.
Shahid und Qian waren übereingekommen, den Schlüssel für Koffer und Halsband nicht mit in die Tiefe zu schicken. Mit den klobigen Tauchhandschuhen konnte das Öffnen jedes einfachen Schlosses leicht zur zeitfressenden Geschicklichkeitsübung werden.
„Hier!“, brüllte einer von Qians Leuten, der auf der letzten trockenen Stufe stand und Yassin eine Knochensäge entgegenhielt. Ihr großer Griff brachte unter Wasser einen klaren Vorteil, wenn es darum ging, den Koffer von seinem Besitzer zu trennen.
Yassin folgte einem für die Taucher an der Bohrinsel montierten Abstiegsseil in die dunkle Tiefe.

***

„Wieso kann es eigentlich nie der Erste sein?“ David versuchte den dritten und letzten Schlüssel am Schloss des schmiedeeisernen Gittertors. „Er passt.“
Nur unter protestähnlichem Quietschen ließ sich der rechte Flügel öffnen. Chess entriegelte die andere Seite. Dabei fiel ihr der schwarze Briefkasten auf. *Da bin ich aber gespannt.* „Sie gestatten doch, David?“, hob ihre Hand den Deckel bereits an.
David nickte. „Fühlen Sie sich ganz wie zuhause“, wurde sie von ihm ermutigt.
Leer. Scheppernd fiel der Deckel wieder zu. „Entweder hat Woodberry dieses Anwesen so geheim gehalten, dass nicht einmal der Postbote davon wusste, oder es war bereits jemand vor uns hier... David?“ Chess sah sich um.
David Wilder war indessen gut die Hälfte des Wegs

vorausgegangen. Er wurde von dem alten Herrenhaus geradezu magisch angezogen.

„David!", rief Chess ihm nach. „David, Ihr Wagen!"

„Ja, was ist damit?", entgegnete er, ohne sich umzudrehen oder gar stehen zu bleiben.

„Sie... Nicht so wichtig." Chess entschied sich, den Volvo selbst bis zum Haus zu fahren. Die gepflasterte Straße teilte den einstigen englischen Rasen in zwei riesige, zu Wiesen verwilderte Hälften.

David überquerte einen kreisförmigen Platz vor dem Haus, dessen runde Pflastersteine aussahen wie aufgereihte Glatzköpfe. Je näher David dem Gebäude kam, desto kleiner fühlte er sich.

Chess parkte den Volvo neben dem Treppenaufgang. Ein rot gedecktes Vordach ragte weit vom Haus weg und wurde von zwei Säulen gestützt, von denen jede zugleich Anfang und Ende eines gemauerten Rundbogens war. Nach drei Seiten hin stand der Vorbau mit seinen Rundbögen offen, die vierte Seite bildete die Hausmauer mit der aus schwerem Holz gefertigten Eingangstür.

Chess stieg aus dem Wagen. „Na, auf die Einweihungsparty freu ich mich aber schon."

„Es ist so...", begann David ehrfürchtig seinen Satz.

„Riesig?", fragte sie.

„Ja... Das auch."

Rot war das Wort, das David auf der Zunge lag. Woodberry Mansion hatte bestimmt schon einige Generationen überdauert, aber dem natürlichen Farbton seiner Grundmauern hatte die Zeit bisher nichts anhaben können. Das gesamte Mauerwerk bestand aus verschiedenfarbigen Natursteinen. Ihr Spektrum reichte von einem hellen Orange bis zu einem sehr dunklen Braun. Auch wenn die wenigsten Steine tatsächlich rot waren, so sorgte ihre wilde Mischung in der Gesamtheit doch dafür, dass das Auge des Betrachters die Mauern als rot wahrnahm. Etwa zwei Drittel des Dachs waren mit neuen, ebenfalls rötlichen Tonziegeln gedeckt. Den bemoosten Schindeln des restlichen Dachstuhls stand der Austausch noch bevor.

„Worauf warten Sie? Lassen Sie uns reingehen."

„Ich werde mich zuerst einmal ein wenig hier draußen umsehen", gab David ihr zur Antwort. Er kramte in der Tasche seiner braunen Jeans und streckte Chess dann den Schlüsselbund entgegen. „Die Wolken da hinten sehen nach Regen aus und kommen rasch näher. Ich will die Zeit noch für einen Gartenrundgang nutzen."

Chess zögerte. „Sagten Sie vorher nicht, dass es in den vergangenen Tagen sehr viel geregnet hat? Wir werden sicher ordentlich dreckig, wenn wir durch den Garten laufen." Sie zeigte mit der Hand auf den neuen Wagen.

„Da vorne beginnt ein Pfad mit Trittsteinen", wandte David ein. „Wenn wir den nicht verlassen..."

Chess willigte ein und folgte David über die in Schrittabstand liegenden Steine durch einen verwilderten Rosengarten.

„Viel Zeit hatte Ihr Professor scheinbar nicht für sein Hobby."

„Wenn die Rosen überhaupt sein Steckenpferd waren", gab David zu bedenken. „Vielleicht hat er das Anwesen von seinem Vater geerbt und darauf gehofft, sich in seiner Pension hier zur Ruhe setzen zu können. Am Dach hat er ja schon mit den Reparaturen begonnen."

„Dafür kränkelt es hier unten umso mehr. Sehen Sie sich die Fenster an." Die Holzgitter an der Außenseite der kleinen Kellerfenster waren im letzten Stadium des Verfalls.

„Das alles in Ordnung zu halten muss eine Unmenge an Zeit und Geld verschlingen."

„Machen Sie sich etwa Sorgen? In der IT-Branche verdient man doch gut. Dachte ich jedenfalls", kicherte Chess.

„Nicht gut genug, wie ich fürchte." David stand an der

Hausecke und bestaunte das riesige mit Wasser gefüllte Fass unterhalb der Regenrinne. „Da müssen einige tausend Liter Wasser drin sein. Als Kinder hatten wir so ein ähnliches Fass als Planschbecken."

„Mit so etwas müssen Sie sich heute nicht mehr abgeben. Jetzt haben Sie sogar einen eigenen Teich." Chess zeigte auf eine mit Wasser gefüllte Senke in der Wiese. Eine riesige alte Eiche mit knorriger Rinde stand mindestens einen Meter unter Wasser. „In England muss es wirklich viel regnen, wenn sich solche Seen im Garten bilden."

„Das war das Stichwort", bestätigte David den ersten Regentropfen auf seiner Stirn. „Lassen Sie uns ins Haus gehen, bevor es richtig losgeht."

„Egal, wie es von innen aussieht", sagte Chess beim Zurückgehen, „ich finde es jetzt schon unbeschreiblich schön. Am Wetter sollte man vielleicht noch arbeiten, aber um das Haus beneide ich Sie bereits."

„Ich bin alles andere als überzeugt, dass Professor Woodberry es ausgerechnet mir vermacht haben soll." David schüttelte im Gehen den Kopf. „Und der Gedanke an die anstehenden Renovierungsarbeiten und die damit verbundenen Kosten ist sicher kein Grund, den neuen Besitzer zu beneiden."

„Ach David, Sie könnten sich auch einfach freuen. Vielleicht finden wir drinnen noch ein fettes Sparbuch oder einen Geldstrumpf unter der Matratze des Gästebetts." Chess lachte.

„Oder einen Haufen wütender Dachdecker, die seit Wochen auf ihren Lohn warten", scherzte David.

„Ja, oder die... Sie werden sehen, der Professor hat sich bestimmt etwas dabei gedacht, als er Sie mit dem Kuvert hierher geführt hat."

Die zunächst nur vereinzelten Regentropfen trafen die beiden jetzt in immer kürzeren Abständen.

„Ich hoffe, Sie behalten mit Ihrem Optimismus Recht, Chess."

Das hoffe ich auch, dachte die Archäologin.
„Und selbst wenn wir da drin keine Millionen finden... Vielleicht will Alons wohlhabende Freundin - wie hieß sie gleich noch mal?“
„Souzan-Chaya!“, rief David Chess nach, die schon ein ziemliches Tempo vorlegte, um nicht allzu nass zu werden.
„Danke. Vielleicht kann er Souzan-Chaya davon überzeugen, in Wilder Mansion zu investieren.“
Rascher als Chess und David geglaubt hatten, brach das Unwetter über Woodberry Mansion herein. Der böige Westwind trieb den Regen vor sich her und machte ihn doppelt unangenehm.
Chess wartete unter dem zugigen Vorbau, bis David den richtigen Schlüssel gefunden hatte. Ihr langes schwarzes Haar war tropfnass.
Im Inneren des Zylinderschlosses klickte es vielversprechend.
David drückte die schwere Türklinke hinunter. Knarrend öffnete sich der Eingang in das alte Herrenhaus. „Damit haben wir nur noch einen Schlüssel, von dem wir nicht...“
„Wie schön“, sagte Chess knapp und gab David einen kräftigen Schubs. „Das Erste, wonach wir suchen sollten, sind Handtücher.“
David stolperte voran und Chess huschte noch rasch hinterher, bevor die massive Holztür hinter ihnen ins Schloss krachte. Sie standen auf einem weinroten Teppichstreifen, dessen dunkle Trittspuren unterstrichen, dass er schon länger auf dem Parkett lag.
„Wow!“, rief Chess, die zuerst nach oben blickte. „Hier sieht es aus wie in einem Hotel.“
Tatsächlich war der Eingangsbereich von Woodberry Mansion einer Hotellobby nachempfunden. Ein gewaltiger Kronleuchter hing an einem goldenen Seil von der hellen Stuckdecke.
David erkannte, dass die zwei unterschiedlich großen

Gebäudeflügel in der Halle zusammenliefen. Ihre Aufteilung entsprach dem Zustand des Dachs. Der neu gedeckte größere Flügel erstreckte sich nach links, der im alten Zustand belassene kleinere nach rechts. Zu beiden Seiten der Halle schwang sich je eine kunstvolle, breite Treppe zu einer Balustrade.

„Ich nehme das obere Stockwerk." Chess lief die Treppe hinauf. „Wer zuerst das Badezimmer findet, schreit."

„Woher wissen Sie, dass Sie oben danach suchen müssen?", fragte David. Er hatte sich für die ebenerdige Tür entschieden, die in den rechten Flügel führte.

„Weibliche Intuition!", rief Chess über die Balustrade in die Halle hinunter. „Von hier oben sieht alles noch viel größer aus."

Sie sah sich irritiert um. „Es gibt eine kleine Planänderung. Im oberen Stockwerk existiert anscheinend keine direkte Verbindung zwischen den Gebäudehälften. Es ist wohl besser, wenn Sie die rechte Seite absuchen und ich die linke."

***

Auf Sanctuary Island II warteten alle gespannt auf Yassins Auftauchen. Sein Einsatzradius unter Wasser war durch die dicken Schläuche stark eingeschränkt. Der erste Tauchgang sollte vor allem klären, ob sich der Koffer noch unmittelbar unter der Insel befand. Qians Techniker hatten diese Vermutung geäußert, da die mächtigen Stützpfeiler einen guten Schutz vor der Strömung boten.

Qian hatte den Belgier mit der Überwachung der Wassertemperatur des beheizten Tauchanzugs beauftragt, da er der alten Anlage nicht vertraute. Claude beschloss trotz seines freien Tages, dem Kollegen bei der Arbeit über die Schulter zu blicken. „Wie oft hast du das schon gemacht?"

„Heute mitgerechnet?“ Der Belgier klopfte auf eine der Anzeigen vor ihm. „Ich habe öfter hier ausgeholfen. Früher, als ich auf der Bohrinsel angefangen habe. Aber da waren immer erfahrene Taucher dabei.“

„Und woher...“

„Warte!“, unterbrach ihn der Belgier und reagierte damit auf ein Knacksen aus dem Lautsprecher. Er griff nach dem Headset auf dem Tisch vor ihm und presste eine der Hörmuscheln fest an sein Ohr. „Yassin?“ Er wartete auf eine Antwort und bog das Mikro näher zu seinem Mund. „Yassin, kannst du mich hören?“

Trotz mehrerer Versuche kam kein Kontakt zustande.

„Verdammter Schrott“, knallte er das Headset auf den Tisch. „Kannst du mir sagen, wie ich die Temperatur richtig einstellen soll, wenn die Sprechverbindung ständig ausfällt?“

„Ich dachte, ihr habt die korrodierten Kontakte in seinem Helm noch getauscht?“

„Haben wir auch! Wir haben welche aus einem anderen Helm genommen, die weniger korrodiert waren.“

Claude sah seinen Kollegen verständnislos an.

„Was hätte ich denn deiner Meinung nach tun sollen? Zum Festland schwimmen und neue Kontakte holen? Ich habe mein Möglichstes getan, um aus dem Dreck hier etwas zusammenzubauen“, verteidigte er sich. „Grundsätzlich funktioniert es ja. Aber es ist wie bei einem Wackelkontakt, bei manchen Bewegungen fällt die Verbindung eben aus.“

Aus dem Lautsprecher knackste es kurz, dann war ein Rauschen zu vernehmen.

„Siehst du“, fühlte sich der Belgier bestätigt. „Es geht wieder.“ Er griff erneut nach dem Headset.

Wenige Sekunden später hallte ein gellender Schrei über die künstliche Insel. Es war die Stimme von Qians rothaariger Sekretärin, die auf einem der oberen Decks ihre Pause an der

frischen Luft verbrachte. Beim Blick ins Meer war ihr der regungslose Körper des Tauchers aufgefallen.
Er trieb in Schräglage mit dem Gesicht nach unten auf dem Wasser. Der Tauchanzug verfügte über genügend Auftrieb, um bei einem Notfall selbst an die Oberfläche zu kommen. Yassin hatte auch noch die mitgeführten Bleigewichte abgeworfen, um den Aufstieg an die Oberfläche zu beschleunigen. Das führte aber durch die schnelle Aufstiegsgeschwindigkeit unweigerlich zur gefürchteten Taucherkrankheit.
„Holt ihn an Bord!", rief Qian seinen Männern auf der Einstiegsplattform zu.
„Womit?"
Es bedurfte einiger Zeit, bis das richtige Werkzeug mit dem Aufzug nach unten gebracht wurde - eine lange Stange, die an einem Ende wie ein Enterhaken gekrümmt war.
„Was dauert denn da so lange?", brüllte Qian.
„Sie ist zu kurz!"
„Dann zieht ihn eben an den Schläuchen da raus!"
Die Bergung des verunglückten Yassin lief sehr chaotisch ab. Der enge Korb des Aufzugs machte es unmöglich, ihn liegend nach oben zu transportieren. Ganze siebzehn Minuten verstrichen nach der Sichtung Yassins im Meer, ehe Claude und der Belgier damit beginnen konnten, den Helm zu öffnen. Bereits das beschlagene Sichtfenster verhieß nichts Gutes.
Der Anblick, der sich den beiden nach dem Abnehmen des Helms bot, war nichts für schwache Nerven. Das kräftige Rot in Yassins Gesicht erinnerte an einen gekochten Hummer. An einigen Stellen hatte die Haut Blasen gebildet. Die Pupillen seiner weit aufgerissenen Augen waren milchig trüb.
„Ich..." Beim Gedanken daran, dass er Yassin lebendig gekocht hatte, drehte sich dem Belgier der Magen um.
„Warum hat der Idiot nicht einfach das Sicherheitsventil aufgemacht?"

Einer der Männer prüfte das Ventil. „Das hat er noch versucht, aber es lässt sich nicht mehr ganz öffnen."
„Wie konnte das passieren?"
„Die ganze Ausrüstung ist Schrott." Auch Claude kämpfte gegen seinen Brechreiz an. Gerade als er meinte, den Anblick verkraftet zu haben, passierte es. Die durch die Hitze aufgesprungenen Lippen bewegten sich.
„Er lebt noch!", rief Claude aus. „Wir müssen ihn sofort in die Dekompressionskammer bringen."
„Wie schön für ihn." Shahid stieß mit dem Fuß gegen Yassins Oberarm. „Hast du deinen Bruder da unten gefunden?"
„Von dem erfahren wir nichts mehr", sagte der hellhäutige Muskelprotz an Shahids Seite abfällig. „Irgendwie erinnert er mich an einen Karpfen, der nach Luft schnappt."
„Da." Shahid zeigte auf den Tauchhandschuh. „Er hat doch irgendwas in der Hand."
Sowohl Tauchlampe als auch Knochensäge hatte Yassin in der dunklen Unterwasserwelt zurückgelassen. Stattdessen hielten die Finger seiner rechten Hand etwas sehr viel Kleineres fest umklammert.
„Sieh nach", befahl der Ägypter.
Selbst für seinen kräftigen Helfer war es nicht einfach, die verkrampfte Hand zu öffnen. „Nun gib schon her." Er musste Yassins Finger beinahe brechen, ehe sie ihr Geheimnis preisgaben. „Es ist ein abgeschnittenes Ohr", stellte er angewidert fest.
„Sehr gut", freute sich Shahid. „Er hat seinen Bruder also wirklich gefunden. Wir müssen..."
„Wir müssen ihn da rausholen!", unterbrach ihn Claude. „Sein Körper ist zu stark angeschwollen. Es bleibt uns nichts anderes übrig, als ihn aus dem Anzug zu schneiden."
„Das sehe ich genauso", stimmte der Ägypter zu. „Ich bin allerdings leider etwas unpässlich." Er hielt demonstrativ seine

eingebundene Hand hoch.
„Mach du das!“ Shahid reichte dem Muskelprotz sein gezacktes Messer.
„Lassen Sie nur“, kam Claude den beiden zuvor und nahm das Tauchermesser an sich, das an Yassins Unterschenkel befestigt war. Ohne zu zögern, setzte er es im Schulterbereich des Anzugs an.
„Halt!“, brüllte der Ägypter.
Claude zuckte zurück und sah Shahid fragend an.
„Wenn du das Messer so ansetzt, ruinierst du doch den Tauchanzug komplett!“
Claude stutzte. Noch immer begriff er nicht, wie wörtlich der Ägypter seinen Vorschlag nahm. „Er braucht sofort einen Arzt!“
Shahids Augen blitzten den Störenfried vernichtend an. „Den brauchst du auch gleich, wenn du hier noch länger im Weg rumstehst. Schaff ihn weg.“ Mit einer Handbewegung unterstrich er seine Forderung gegenüber dem Muskelprotz. „Schaff sie alle weg.“ Er zeigte zuerst auf Claude und dann auf den Belgier.

***

Die Fähigkeit von Aasgeiern, den Geruch des Todes über große Distanzen wahrzunehmen, war nichts Neues. Dass sie über dem Wüstenhimmel ihre Kreise zogen, noch bevor ihr Fressen überhaupt eingetroffen war, allerdings schon. Die einzige Erhebung in dem felsigen Talkessel unter ihnen war ein hellgrünes Beduinenzelt. Mit handgeflochtenen Schnüren war es fest verspannt. Nur ein dünner, herabhängender Streifen, der als Tür diente, wiegte sanft in der flimmrigen Wüstenluft. Links und rechts davon wachte je ein in weißes Tuch gehüllter Turbanträger.

Aus der Ferne näherte sich ein Auto. Zunächst war es nur ein kleiner, schwarzer Punkt. Dann verschwand es für einige Minuten in einer Senke der Landschaft und tauchte erst wieder auf, als der Wagen über eine nahe Steigung fuhr.
Der Pick-up hielt in einiger Entfernung zum Zelt, vermutlich, um nicht zu viel Sand aufzuwirbeln. Ein großgewachsener, schlanker Mann mit dunklem Haar und schwarzer Sonnenbrille stieg aus. Ab diesem Moment folgte ein Zielfernrohr in gut 900 Meter Entfernung jeder seiner Kopfbewegungen.
Jeans und ein heraushängendes Polohemd unterstrichen das legere Auftreten des Fremden. „Bin ich etwa zu früh?“, sprach er die Turbanträger beim Näherkommen an.
„Es ist alles vorbereitet, um Ihnen das Warten so angenehm wie möglich zu machen.“
„Bringen wir die Formalitäten hinter uns.“ Der Neuankömmling hob seine Arme und ermunterte die Männer, ihn nach Waffen und elektronischen Sendern zu durchsuchen.
„Die bekommen Sie später wieder“, nahm ihm einer der beiden Türsteher eine Pistole ab.
„Ich nehm Sie beim Wort“, hob er warnend seinen Zeigefinger.
Nachdem das obligatorische Begrüßungszeremoniell abgeschlossen war, wurde der Besucher aufgefordert einzutreten.
Das Fadenkreuz wanderte von seinem Hinterkopf auf die Stirn des linken Türstehers.
Das Innere des Zelts wurde durch eine Hängelampe spärlich beleuchtet und machte die Sonnenbrille überflüssig.
Er nahm sie ab und sah sich um. Außer einem kleinen Tisch mit zwei Klappsesseln hatte das Zelt auf den ersten Blick nichts zu bieten. Dennoch wirkte es gemütlich. Die teppichartigen Zeltwände waren aus dem gleichen Material wie der Stoff des Zeltbodens. Ein vermeintlicher Schlitz in einer der Zeltwände entpuppte sich rasch als Durchgang zu einer

weiteren Kammer, aus der eine verhüllte Frau trat. Auf einem Tablett brachte sie neben Gläsern und einem Wasserkrug auch zwei silberne, mit Speisen beladene Teller. Wortlos stellte sie alles auf den Tisch.

Ihre Geste forderte den Fremden auf, sich zu bedienen. Dann verschwand die Frau auf demselben Weg, auf dem sie gekommen war.

Der Eingeladene setzte sich und kostete zuerst von dem Reisteller. Das Essen war keine Offenbarung, doch nichts lag ihm ferner, als seinen Gastgeber zu beleidigen. *Hoffentlich schmecken die Datteln besser.* Was aussah wie Datteln, knackte beim Hineinbeißen. Während ihn die Konsistenz der Früchte an Tintenfisch erinnerte, legte ihr Geschmack den Vergleich mit Gummikugeln nahe, die man mit Suppenwürze beträufelt hatte. *Wie kann man seinen Gästen nur so etwas vorsetzen? Wenn ich nicht wüsste, dass Chess bei David in London ist...*

Er schob mit den Fingern den Reis zusammen, um den Eindruck zu vermeiden, nicht ausreichend davon gegessen zu haben.

„Alon Kollek, schön, Sie wiederzusehen!“

Die Stimme hinter seinem Rücken ließ Alon äußerlich kalt. Ohne Hast drehte er sich zu seinem Gastgeber um.

„Ich hoffe, Sie mussten nicht allzu lange auf mich warten.“ Ein Scheich im cremefarbenen Umhang streckte Alon beide Hände entgegen und umarmte ihn herzlich. Es war diese unbeschwerte Freundlichkeit, die Alon von ihm kannte und die ihn ohne Anstrengung den ganzen Tag über zu begleiten schien.

„Danke, ich wurde gut versorgt“, erwiderte der Israeli.

Der Scheich war von ähnlicher Statur wie Alon. Sein kariertes Kopftuch hing ein Stück weit über seine Schultern. „Bitte lassen Sie sich von mir nicht beim Essen stören“, bat er seinen Gast, sich zu setzen. „Wie schmecken Ihnen die frittierten

Schafsaugen?“
Alon hustete und räusperte sich mehrfach.
Der Scheich setzte sich neben ihn an den Tisch und griff nach einem der länglichen Augäpfel. „Sie schmecken besser, solange sie noch warm sind.“
Alon signalisierte nickend seine uneingeschränkte Zustimmung. „Ich habe leider nicht viel Zeit“, lenkte er die Aufmerksamkeit auf den Grund des Treffens.
„Sie nehmen sich zu wenig Zeit für die wahren Freuden des Lebens, mein Freund.“
„Gut möglich. Aber Sie wissen ja, wie das im Geschäftsleben so ist.“
Der Scheich lächelte mitleidig.
„Haben Sie die Informationen besorgt, die Sie uns versprochen haben?“, kam Alon ohne Umschweife zur Sache.
„Die Informationen...“ Der Scheich deutete an, sich zu erinnern. Seinem Gesichtsaudruck war nicht anzumerken, was er tatsächlich dachte. „Sie haben eine Menge von mir verlangt, Mr. Kollek.“
„Und Sie haben eine Menge von uns dafür erhalten.“
Der Blick des Scheichs schien ihm beizupflichten. *Pech für Sie, dass die andere Seite bereit war, ihr Angebot nachzubessern.*
„Ich fürchte, ich muss Sie noch um ein wenig Geduld in dieser Angelegenheit bitten, Mr. Kollek.“
„Wie lange?“
Das Mobiltelefon des Scheichs läutete. „Einen Moment bitte“, vertröstete er Alon und nahm das Gespräch an.
„Ist er gekommen?“, fragte die Stimme am anderen Ende der Leitung.
„Ja“, bestätigte der Scheich, ohne Alon dabei aus den Augen zu lassen. „Ja, ich verstehe... Ja, das können wir gerne so machen...“
Alon bekam von dem Gespräch kaum etwas mit. Er war

aufgestanden und bekundete seine offensichtliche Langeweile, indem er mit dem Fuß das Teppichmuster nachzeichnete.
„Sie können sich voll und ganz auf mich verlassen“, versicherte der Scheich dem Anrufer. „Das Vergnügen ist ganz auf meiner Seite“, beendete er das Gespräch und wandte sich wieder seinem Gast zu. „Mr. Kollek? Wo waren wir stehengeblieben?“
„Wir sprachen gerade über meine Geduld.“
„Ich erinnere mich“, bekräftigte der Scheich mit übertrieben freundlicher Stimme. „Bitte lassen Sie mir noch ein paar Tage Zeit. Ich verspreche Ihnen, dass meine Ergebnisse Ihre hohen Erwartungen sogar übertreffen werden.“ Das ermunternde Lächeln um seine Lippen wirkte um einiges echter, als er es meinte. „Ich melde mich dann bei Ihnen“, setzte der Scheich zur Umarmung an.
„Tun Sie das.“ Alon erwiderte die Geste der Verabschiedung und legte den rechten Arm um sein Gegenüber. Den linken Arm aber schob der Israeli unbemerkt zwischen die beiden Oberkörper. Als der Scheich Alon an sich pressen wollte, schnappte die Falle des Israeli zu. Blitzschnell packten die Finger von Alons rechter Hand seinen linken Oberarm und fixierten dadurch beide Oberkörper in ihrer engen Umklammerung. Im nächsten Augenblick überkreuzte Alons Mittelfinger bereits seinen Zeigefinger, um ihn zu verstärken. Einzig dem linken Unterarm des Israeli war es jetzt noch möglich, sich zu bewegen. Ein kräftiger Ruck reichte aus, um Alons linken Zeigefinger durch die Augenhöhle bis ins Hirn seines Opfers zu rammen.
Den Agenten des Mossad wurde im Zuge ihrer Ausbildung erklärt, dass der Tod bei korrekter Anwendung dieser Technik auf der Stelle eintrat. Alon konnte das bestätigen. Vor allem im arabischen Raum, wo Umarmungen weit verbreitet waren, bot sich diese Möglichkeit des Tötens mit bloßen Händen an. Das

war aber nicht der einzige Grund, warum Alon den tödlichen Griff trotz der Sauerei, die er hinterließ, bevorzugte. Anders als ein abgefeuertes Projektil, das zunächst die Stirnwand zu durchschlagen hatte, um das Gehirn zu zerstören, verursachte die Handarbeit auch keine nennenswerten Nebengeräusche.
Lautlos ließ Alon die Leiche zu Boden sinken und blickte sich um. *Höchste Zeit, dass ich hier wegkomme.* Notdürftig spülte er seine Hand im Wasserkrug ab. Die breiige Masse, die unter den Fingernägeln klebte, trübte das Wasser und färbte es rot. Die letzten Reste entfernte er mit einem Taschentuch.
„Ich erwarte dann Ihren Anruf!“, verabschiedete sich Alon kurz vor dem Verlassen des Zelts, um die Türsteher in dem Glauben zu lassen, dass der Scheich noch lebte.
Geschickt duckte er sich an dem vorhangähnlichen Streifen am Zelteingang vorbei, ohne dass es jemandem möglich gewesen wäre, einen Blick hineinzuwerfen.
„Meine Waffe, bitte“, streckte er einem der Turbanträger fordernd die Hand entgegen.
Wortlos erhielt er seine Pistole zurück.
Als hätte er alle Zeit der Welt, prüfte Alon die Oberfläche seiner mattschwarzen Glock 17 und betrachtete sie von allen Seiten. „Gut gemacht“, sagte er dann, verabschiedete sich und setzte seinen Weg zum Wagen fort.
Ob ich es wohl bis zum... Ein greller Aufschrei aus dem Inneren des Zelts nahm die Antwort vorweg. Zeitgleich reagierten die Türsteher, von denen es aber nur noch einer bis zum Zelteingang schaffte. Ein Scharfschütze hatte bereits sein Hochgeschwindigkeitsprojektil zwischen den Augen des kleineren Mannes versenkt. Nur einen Moment, nachdem der Knall des ersten Schusses das Zelt erreichte, durchschlug eine weitere Kugel den zweiten Kopf.

***

David steckte mitten in seiner Erkundungstour von Woodberry Mansion. Er stand vor einer schmalen Tür im Erdgeschoss, die ihm den Weg versperrte und war zu sehr mit deren Schloss beschäftigt, als dass ihm das Symbol aufgefallen wäre, das in die dunkelgrüne Tür geschnitzt war.

Er sperrt nicht, stellte er fest, nachdem es ihm gelungen war, den letzten der Schlüssel unter leichter Gewaltanwendung in das Schloss zu stecken. *Ich bin gespannt, wann dieser dritte Schlüssel endlich zum Einsatz kommt.* David probierte zur Sicherheit auch noch die anderen beiden Schlüssel und rüttelte an dem Türgriff. *Vielleicht klemmt sie ja nur?*

Trotz aller Bemühungen ließ sich die Tür nicht öffnen. *Abgesperrt! Jetzt habe ich neben einem Schlüssel, zu dem mir die Tür fehlt, auch noch eine Tür, für die ich einen Schlüssel finden muss.*

Glücklicherweise hatte das Anwesen des alten Professors genügend Räume, die sich auch ohne Schlüssel erkunden ließen. Dennoch war David sich fast sicher, dass er ohne den letzten Schlüssel nicht an das gelangen würde, was der Professor ihm hinterlassen hatte. *Was auch immer das sein mag. Das Anwesen ist groß genug, um ein kleines Flugzeug zu verstecken. Solange ich nicht weiß, wonach ich genau suche...*

David ging zur einzigen verbleibenden Tür im Erdgeschoss. *Offen!* Er betrat einen kleinen Raum, der eine Mischung aus Abstellkammer und Treppenhaus darstellte. Die eigenwillige Konstruktion zwang David sich zu bücken, um nicht gegen die Unterseite einer hölzernen Wendeltreppe zu laufen. Steil und eng schraubte sie sich nach oben. In Brusthöhe befand sich ein rundes Fenster. *Das wurde bestimmt noch nie geöffnet.*

Die abgestandene Luft passte zu Davids Vermutung. *Sieht so aus, als müsste ich meine Suche nach oben verlagern. Oft hat Woodberry diesen Weg bestimmt nicht benutzt.* Eine dicke

Staubschicht bedeckte die Stufen und Hausrat unterschiedlichster Art stand unregelmäßig verteilt darauf herum. Leere Flaschen mussten sich mit Stapeln von Büchern und Zeitschriften arrangieren. Dazwischen drängten sich Kartons, Lampen und Säcke mit Kleidung.

„Was zum..." Mit einem fluchenden Ausruf stolperte David über einen kleinen Koffer, dessen Umrisse auf der dunklen Treppe nicht zu erkennen gewesen waren. Laut polternd verabschiedete sich das Gepäckstück in die Richtung, aus der David gekommen war.

Ein Lichtschalter wäre kein Fehler gewesen. Die Abstände zwischen den Fenstern im schmalen Treppenhaus waren sehr großzügig gewählt. Zu großzügig, wie David Wilder fand.

Während er sich auf direktem Weg zum Dachstuhl durchkämpfte, zogen sich immer dichtere Wolken über Woodberry Mansion zusammen. Der Himmel verdunkelte sich von Minute zu Minute, wovon David zunächst nur wenig mitbekam. Schwerer Regen prasselte auf das Dach des alten Herrenhauses. Das Wasser, das auf die neu gedeckte Seite fiel, wurde über die Dachrinnen abgeleitet. Andernorts bahnte es sich seinen Weg aber durch die Spalten der vermoosten Dachschindeln.

Wie oft dreht sich diese Treppe denn noch im Kreis? Je höher David kam, umso weniger Dinge lagen auf den Stufen herum. Möglicherweise war das mit ein Grund dafür, warum seine Schritte die Stufen immer lauter knarren ließen, je höher er kam.

David passierte ein weiteres rundes Fenster und erreichte kurz darauf das Treppenende in Form einer Blechtür. In der Dreckschicht der Stufen hatten sich unübersehbar Fußabdrücke jüngeren Datums verewigt. David stutzte. *Die Fußspuren führen nach unten. Merkwürdig, dass sie mir bisher gar nicht aufgefallen sind.* Er drehte sich um. Erst jetzt bemerkte er auch

seine eigenen Abdrücke auf dem Rest der Treppe. *Vielleicht war der Professor kurz vor seinem Tod noch hier oben?* Vor allem im Zwielicht des Fensters waren die Umrisse der nach unten gerichteten Fußabdrücke zu erkennen, verloren sich dann aber hinter der nächsten Biegung der Wendeltreppe in der Dunkelheit. David versuchte die Blechtür vor ihm zu öffnen. *Aber warum führen die Spuren nur nach unten?*
Die Tür klemmte in ihrem Rahmen. *Na komm schon*, stemmte sich David dagegen. Es verlangte einiges an Körpereinsatz, bis sie schließlich mit einem lauten Krachen aufflog.

***

Die Sonne tauchte Sanctuary Island II in ein gleißend helles Licht. Aus allen Richtungen war das aufgeregte Geschrei von Möwen zu hören, die auf Beute hoffend ihre Kreise zogen. Im Kampf um das Futter waren die Tiere erbitterte Konkurrenten. Pfeilschnell stießen sie hinunter in die ruhige See, um an die Fleischbrocken zu gelangen, die einer von Qians Leuten in unregelmäßigen Abständen hineinwarf. Kleinere Fleischstücke wurden von den geschickten Vögeln bereits erbeutet, noch ehe diese die Wasseroberfläche erreichten.
Qian näherte sich gedankenversunken seinem Mitarbeiter, der mit dem Rücken zu ihm auf dem vergitterten Boden kniete. *Wenn er wirklich bleiben will, bis wir diesen verdammten Koffer gefunden haben...* Bei Qian wollte angesichts der Anwesenheit von Mustafa Shahid auf Sanctuary Island II kein rechtes Wohlbefinden aufkommen. *Egal, mir wird schon etwas einfallen*, wischte er den Gedanken beiseite und blieb stehen.
„Wie lange brauchen Sie noch?“, fragte er seinen Mitarbeiter, der damit beschäftigt war, die letzten Reste von Yassin aus dem blauen Tauchanzug zu kratzen.
Der Mann drehte sich um und schaute gegen die Sonne zu dem

Doktor auf. Er kniff die Augen zusammen. „Bin gleich so weit, Doktor Qian", holte er einen langen Hautfetzen aus einem der Ärmel und warf ihn über die Absperrung. Sofort verließen mehrere Möwen ihre Umlaufbahn und zerteilten ihre Beute noch während des Flugs in mundgerechte Stücke.
„Könnte das nicht Haie anlocken?", fragte Qian besorgt.
„Hier gibt es keine Haie. Und selbst wenn sich einer zu uns verirren sollte, lassen ihm die Aasgeier der Meere nichts übrig."
„Verstehe", nickte der Doktor.
Qians Mitarbeiter schüttelte den Anzug kräftig aus und stand auf. „Den Rest erledigt dann der Schlauch und..."
„Dr. Qian?" Seine Sekretärin unterbrach das Gespräch. „Dr. Qian, ein dringender Anruf für Sie!" Sie klang abgehetzt und man konnte ihren russischen Akzent deutlich hören. „Hier, bitte", streckte sie ihm sein Telefon entgegen.
„Habe ich es etwa schon wieder liegen lassen?"
„Ja", lächelte sie verlegen.
Die Geste seiner rechten Hand war als eine Kombination aus Bedanken und Verabschieden zu deuten.
„Qian hier", meldete er sich.
Das Telefonat war nur von kurzer Dauer und kam für den Doktor ebenso überraschend wie gelegen. „Sind Sie sicher, dass sie es ist?", fragte er nach und nickte dann mehrmals. „Sehr gute Arbeit. Ich werde sofort alles Nötige veranlassen. Vielen Dank für Ihren Anruf", beendete Qian das Gespräch.
„So lösen sich die Probleme fast von selbst", murmelte Qian sichtlich erfreut.
„Wie meinten Sie, bitte?", fragte der Mann neben dem Tauchanzug.
„Es ist nicht so wichtig", winkte der Doktor ab und unterstrich mit seinem Gehabe den Eindruck, dass es genau das war. *Jetzt haben wir dieses Miststück endlich...* „Warten Sie!", rief er

seiner Sekretärin nach, die bereits die Treppe erreicht hatte.

***

David betrat den Dachboden von Woodberry Mansion. *Das ist aber dunkel!* Über die gesamte Länge gab es nicht mehr als fünf, allerhöchstens sechs kleine Dachfenster zu beiden Seiten. Je weiter sich David vom ersten Fenster entfernte, desto lauter war das Tröpfeln von Wasser in mehreren Ecken zu vernehmen. Eine der undichten Stellen im Dach befand sich nur knapp neben Davids Kopf. *Es bringt zwar Unglück, einen Schirm im Haus aufzuspannen, aber das Risiko würde ich eingehen... Wenn ich einen hätte.* Zwischen den Spalten der Dachschindeln tropfte Regenwasser auf das Gebälk des Dachstuhls. Dem Zustand der Holzbalken nach zu urteilen, tat es das schon länger. „Der Rest muss dringend neu gedeckt werden", murmelte David. So weit das Auge reichte, war nichts zu erkennen, was Davids Interesse weckte. Der Dachboden sah aus wie ein durchgehender Bereich ohne Türen oder Verzweigungen. Allerdings war es aufgrund seiner Gesamtgröße auch schwer, mögliche Trennwände oder versteckte Türen auszumachen. Um den Raum gründlich abzusuchen, bedurfte es jedenfalls einer guten Taschenlampe, die David aber nicht bei sich hatte. *In diesem Haus ist einfach alles riesig. Ich hab irgendwie den Überblick verloren, wo ich gerade bin.* Er beschloss, einen Blick aus dem nächstgelegenen Fenster zu werfen. *Ah ja.* David erkannte die alte Eiche auf der Rückseite des Anwesens, an deren Stamm das Wasser immer höher kletterte. *Mir ist bisher gar nicht aufgefallen, wie heftig es eigentlich schüttet.* Wie ein dunkler Schleier legten sich die Regenwolken unheilvoll über Woodberry Mansion. Der Dauerregen der vergangenen Wochen hatte die Aufnahmefähigkeit des Bodens ausgereizt. Das zusätzliche

Wasser bildete bereits kleine Seen. *Ich sollte Chess suchen. Wir fahren besser zurück nach London, bevor das Unwetter den Zufahrtsweg unpassierbar macht.* Hätte David das Fenster auf der anderen Seite des Dachstuhls genutzt, dann wäre ihm klar geworden, wie Recht er mit dieser Prognose bereits hatte.
Er entschied sich, mangels erkennbarer Alternativen, denselben Weg zu nehmen, auf dem er gekommen war. *Wirklich viel habe ich bisher nicht entdeckt. Hoffentlich hatte Chess mehr Erfolg bei ihrer Suche. Wir müssen unbedingt herausfinden, zu welcher Tür der dritte Schlüssel gehört, den Woodberry mir in das Kuvert gepackt hat.* David erreichte den Treppenabgang und zog die Tür zum Dachboden hinter sich ins Schloss. *Es muss auf jeden Fall noch einen anderen Zugang zum Dachboden geben. Anders sind die Fußspuren auf den Stufen nicht zu erklären. Es kann ja niemand von dort heruntergekommen sein, der nicht zuvor auch hinaufgegangen ist... Oder vielleicht doch? Die Dachdecker hatten sicher einen Baukran...*
David verwarf seinen Gedanken wieder. Zum einen, weil man sicher mehr als einen Dachdecker brauchte, um das riesige Dach zu decken. Zum anderen, weil die neuere Dachhälfte, so schön sie auch war, nicht den Eindruck machte, als hätte man die Arbeiten gerade erst beendet.
Er war so in seine Überlegungen vertieft, dass er zunächst gar nicht merkte, dass er im Erdgeschoss durch die falsche Tür lief.
„Wo bin ich denn hier gelandet?“, murmelte er. *Ich dachte, ich war schon überall im Erdgeschoss.*
Das Zimmer wirkte, selbst für Woodberry Mansion, ausgesprochen geräumig. Im Gegensatz zu den meisten anderen Räumen, die David bisher gesehen hatte, war es auch möbliert. Zumindest machte es den Anschein, denn zunächst konnte er nur die weißen Leintücher sehen, die man über alle Möbel gebreitet hatte. Dennoch ließ sich aufgrund der

Konturen ein guter Eindruck von der Einrichtung gewinnen. Auch die Bilder an der Wand waren mit Tüchern verhängt.
David ging auf das zu, was er für ein Sofa hielt und hob interessiert eine Ecke an. Zum Vorschein kam eine helle Ledercouch mit breiten Messingbeschlägen. Sie wirkte alt, sehr alt, aber sie war in einem ausgezeichneten Zustand.
„Nicht schlecht“, murmelte David. „Der Professor hatte wirklich einen guten Geschmack.“ David ließ das Tuch zurückgleiten und wandte sich dem nächsten Gegenstand zu. *Was sich wohl dort drunter versteckt? Ich tippe mal auf...* Wie erwartet fand er unter der nächsten Abdeckung den passenden Lehnsessel. *Und hier müsste dann...*
Auch wenn Neugier keines von David Wilders Lastern war, so konnte man ihm ein gesundes Interesse an seiner Umwelt nicht absprechen. Abgesehen von einer Stehlampe, die er, seiner ausgeprägten Phantasie sei Dank, für eine Ritterrüstung gehalten hatte, machte sich David erstaunlich gut im Erraten der Einrichtung.
Nur ein Tisch, vergewisserte sich David und wollte ihn bereits wieder verhüllen, da fiel seine Aufmerksamkeit gerade noch rechtzeitig auf ein Kleinod. *Was haben wir denn da?*
David nahm die handflächengroße Holzschatulle an sich. Sie war schlicht gehalten, dunkel lackiert und an der Stirnseite steckte ein winziger Schlüssel. Er ließ sich leicht drehen. Beim Öffnen der Schatulle erklang eine Melodie. *Eine Spieluhr.* In ihrem Inneren drehte sich eine Messingwalze mit kleinen Stacheln. Die Zähne eines silbernen Kamms, der gegenüber der Walze angeschraubt war, tasteten ihre Stacheln ab und erzeugten dabei die metallisch klingenden Töne. *Die Melodie kommt mir irgendwie bekannt vor.*
Nach zwei Umdrehungen blieb die Walze stehen und verstummte. *Sie muss wahrscheinlich nur wieder aufgezogen werden.* David entdeckte eine kleine Öffnung an der Seite der

Spieluhr, in deren Mitte ein quadratischer Metallstift steckte. *Ohne den richtigen Schlüssel...*
„David!“ Die Stimme hinter seinem Rücken ließ ihn vor Schreck zusammenzucken.
„Hier verstecken Sie sich also“, bemerkte Chess beim Näherkommen. „Ich suche Sie schon überall. Haben Sie mich denn nicht rufen gehört?“
„Jetzt schon“, lächelte David etwas verlegen. „Ich war schon auf dem Rückweg, da habe ich dann diese Spieluhr gefunden und...“
Chess schüttelte sichtlich erheitert den Kopf. „Verstehe“, sagte sie und schaute sich um. „Ist das der Raum, den wir suchen?“
„Nein, das glaube ich nicht. Die Tür war nicht versperrt.“
„Also haben Sie die passende Tür zum dritten Schlüssel auch nicht gefunden?“, zeigte sich Chess enttäuscht.
„Nein, aber ich habe eine grüne Tür gefunden, für die wir erst noch einen vierten Schlüssel suchen müssen.“
„Wie praktisch“, entgegnete Chess zynisch. „In diesem Riesenhaus einen Schlüssel zu finden, ist auch gleich viel einfacher als eine ganze Tür.“
David zuckte mit den Achseln. „Wenn wir dabei zufällig den passenden Schlüssel für diese...“ Er hob die Hand, in der er die Spieluhr hielt.
„Der eigentlich Grund, warum ich Sie gesucht habe, ist das schlechte Wetter“, unterbrach ihn Chess.
„Stimmt“, bestätigte David. „Ich wollte Ihnen auch schon vorschlagen, dass wir besser zurückfahren, bevor die Zufahrt zu Woodberry Mansion unpassierbar wird.“
„Dann lassen Sie uns besser keine weitere Zeit verlieren. Ich habe sowieso nichts Interessantes gefunden... Und Sie?“ Chess nahm die Antwort bereits vorweg, indem sie sich umdrehte und zur Tür lief.
David dachte an die Fußspuren auf der Treppe. „Ich...“

„Ja?", rief sie, ohne zurückzuschauen.
Er schüttelte halbherzig den Kopf. „Nicht so wichtig."

***

Auf der Hubschrauberplattform von Sanctuary Island II machte sich ein Helikopter für den Abflug bereit.
„Ich kann mich doch auf Sie verlassen, Dr. Qian?"
„Selbstverständlich, Mr. Shahid. Wir werden alles daran setzen, den Koffer für Sie zu bergen."
Der Ägypter nickte herablassend. „Bestimmt werden Sie das."
Qian hatte genau das gesagt, was Shahid hören wollte.
„Und Sie sind sicher, dass Sie sich selbst um diese Angelegenheit kümmern wollen, Mr. Shahid? Wir hätten Sie gerne noch einige Tage als Gast auf Sanctuary Island II gehabt."
„Glauben Sie mir, Doktor, ich wäre gerne noch geblieben, um die Fortschritte Ihrer Arbeit persönlich zu überwachen. Aber wir beide wissen, dass es das Beste ist, wenn ich mich dieser Sache annehme." Er streckte dem Doktor auffordernd seine rechte Hand entgegen. „Die Adresse..."
Qian holte aus der Seitentasche seines weißen Labormantels einen gelben Notizzettel hervor und übergab ihn dem Ägypter. Zweifelnd überflog Shahid die handgeschriebenen Zeilen. „Sind Sie sicher?"
Qian bestätigte. „Ganz sicher, Mr. Shahid. Es ist ein sehr altes Krankenhaus am Rande der Stadt, ungefähr eine halbe Autostunde von dem alten Labor entfernt."
„Dann kennen Sie das Krankenhaus? Waren Sie schon dort?"
„Kennen wäre zuviel gesagt, nein. Es liegt in einer üblen Gegend, selbst für diese Stadt. Ich war natürlich nicht dort, aber meine Informanten sind absolut zuverlässig. Die Beschreibung einer Patientin in dem Krankenhaus passt genau

auf meine vermisste Exmitarbeiterin."
„Eine halbe Fahrstunde... Wie ist sie dann überhaupt in das Krankenhaus gekommen? Sie sagten doch, die Frau war so gut wie tot nach dem Unfall in Ihrem Labor."
„Aus medizinischer Sicht war sie das auch. Sie hat unvorstellbares Glück gehabt, dass sie das überlebt hat."
„Jede Glückssträhne geht einmal zu Ende", antwortete der Ägypter trocken. „Ich werde mich persönlich von ihrem Ableben überzeugen." Seine Worte klangen wie ein Versprechen und Qian wusste, dass sie das auch waren.
„Sollte sie mit jemandem gesprochen haben...", begann der Doktor seinen Satz.
„Keine Sorge, wir werden gründlich sauber machen", unterbrach ihn der Ägypter.
„Passen Sie auf sich auf", setzte Qian an, sich zu verabschieden. Er deutete mit dem Kopf auf Shahids eingebundene Hand.
„Keine Sorge, Doktor." Shahid lachte abstoßend. „Solche Kleinigkeiten erledige ich doch mit rechts."
Qians Gedanken glitten ab. Das primatenhafte Grunzen erinnerte ihn an seine Versuchstiere. Er fragte sich, wie es wohl wäre, den Ägypter auf einen der Tische zu schnallen und auszuweiden.

***

Irgendwo im Norden der USA wischte sich ein Mann fortgeschrittenen Alters den Schweiß von der Stirn. Seit Sonnenaufgang hackte er die Holzstücke neben seiner Blockhütte in ofengerechte Scheite. Dennoch war der Holzberg nur unmerklich kleiner geworden. Letztlich spielte das aber gar keine Rolle. Commodore William T. Preston ging es ohnehin nur darum, sich zu beschäftigen. Er erwartete einen Rückruf - einen sehr wichtigen Rückruf.

In den vergangenen Jahren hatte er keinerlei Kontakt zu seiner entfernt verwandten Nichte Sylvia gehabt. Die Nachricht von ihrem plötzlichen Verschwinden hatte ihn ebenso unerwartet erreicht wie die Information, dass fremde Geheimdienste Nachforschungen über Sylvias letzten Arbeitgeber anstellten.
Holzhacken schien ihm die beste Möglichkeit, die Zeit zu überbrücken, bis dieser erlösende Anruf kam.
Preston war kräftig und durchtrainiert, wie man es von einem derart hochdekorierten Angehörigen der US-Navy nicht unbedingt erwarten würde. Für ihn war das Lametta auf seiner Uniform kein Grund, es sich in einem klimatisierten Büro bequem zu machen. Er war ein Mann, der Zeit seines Lebens in der ersten Linie gestanden hatte und nicht beabsichtigte diesen Platz freizumachen. Freunde gab es für jemanden in einer solchen Position nicht. Seine Feinde sahen in ihm, nicht zuletzt dank seiner ausgezeichneten Reflexe, einen ernstzunehmenden Gegner. Das galt auch für die kleine Gruppe einer Spezialeinheit, die in diesem Moment durch den Kiefernwald auf das Blockhaus zuschlich.
Als Preston sich vorbeugte, um ein weiteres Holzstück aufzuheben, tropfte Schweiß darauf. Vor jedem Hieb warf er einen obligatorischen Blick zum Telefon, das neben einer Bierdose auf einem Campingtisch stand. Er schüttelte ungläubig den Kopf. *Wie lange kann denn so etwas dauern*, ärgerte er sich und holte erneut zum Schlag aus. Mühelos trieb er das scharfe Axtblatt durch das große Holzstück. Der Rest war Brennholz. Preston gehörte zweifellos zu jenen Menschen, die keinen zweiten Schlag brauchten.
Sein Blockhaus lag ein gutes Stück abseits vom nächsten Highway und war ohne Geländewagen oder Quad nur durch einen mehrstündigen Fußmarsch zu erreichen. Die hohen Bäume im umliegenden Nadelwald standen weit genug voneinander entfernt, um dazwischen durchgehen zu können.

Der Wald rund um das Blockhaus war strohtrocken, weil es seit Wochen nicht geregnet hatte. Überall lagen Reisig und abgestorbene Äste auf dem Waldboden, die bei jedem Schritt knacksten.

Die mit Tarnanzügen bekleideten Mitglieder der Spezialeinheit verständigten sich durch Handzeichen. *Ausschwärmen und einkreisen*, signalisierte ihr Anführer. Um sich dem Commodore unbemerkt nähern zu können, blieb immer nur der Moment, in dem die Axt krachend im Holz einschlug.

Preston stellte ein weiteres Holzstück auf den Hackstock, deutlich traten die Adern an seinem Unterarm hervor. *Schluss mit den Spielchen!* Anders als bei den Schlägen zuvor, wanderte sein Blick diesmal nicht direkt zum Telefon, sondern nahm den Umweg über eine Pumpgun, die an der Hauswand lehnte. In einer Gegend, in der es vor Bären nur so wimmelte, war man gut beraten, ausreichend Durchschlagskraft in Reichweite zu haben. Die Bärenfelle im Inneren der Blockhütte unterstrichen das auf eindrucksvolle Weise.

Prestons muskulöse Arme sausten ein weiteres Mal herab und trieben den Axtkopf durch das anvisierte Ziel. Erst der Hackstock aus Eichenholz vermochte den Schlag abzubremsen. Diesen letzten Axthieb hatte der Commodore nicht nur kräftiger, sondern auch deutlich schneller ausgeführt - aus gutem Grund. Die höhere Schlaggeschwindigkeit verkürzte den Zeitraum, der einem potentiellen Eindringling blieb, um sich unbemerkt anschleichen zu können. Das Knacksen im Unterholz war nur unbedeutend länger zu hören als der Einschlag im Holz.

Preston fühlte sich bestätigt. *Ihr kommt also zu zweit - mindestens zu zweit.* Auch wenn er sich äußerlich nichts anmerken ließ, so war er doch vorgewarnt. Geräusche, die nur Sekundenbruchteile dauerten, wahrzunehmen und dabei auch noch einer Richtung zuzuordnen, verlangte einem Jäger viel

Übung ab. Dass Bären nur im Alleingang durch die Wälder streiften, war dagegen Anfängerwissen.
Er schielte zu seiner Pumpgun und wusste, dass die nächsten Ziele keine Felle für sein Blockhaus abwerfen würden.
Seit der Commodore begonnen hatte, nach seiner vermissten Nichte zu suchen, war die Liste der Leute, die seinetwegen durch das Unterholz stapfen würden, um einige Namen länger. Auch wenn es in letzter Konsequenz egal war, in wessen Brustkorb sich die Schrotladungen seiner Pumpgun entladen würden, so war es für Preston strategisch bedeutsam zu wissen, mit welcher Angriffsstärke er zu rechnen hatte.
Dann erzählt mir doch etwas über euch... Als gelte seine ungeteilte Aufmerksamkeit der Arbeit, spaltete der Commodore weiterhin ein Holzstück nach dem anderen. *Es sind drei, möglicherweise ein Vierter auf der Rückseite des Hauses. Sie haben mich eingekreist.* Jede weitere Information über die Angreifer machte es Preston leichter, die Zahl der in Frage kommenden Hintermänner einzugrenzen. *Bin ich euch bei meinen Nachforschungen auf die Füße getreten? Wenn ihr mich nur aus dem Weg räumen wolltet, hätte ein einzelner Scharfschütze gereicht. Was also wollt ihr von mir wissen?*
Dem Commodore war bewusst, dass er in den vergangenen Wochen eine Menge Staub aufgewirbelt hatte. Es war diese Art von Staub, wie sie sich ganz oben, auf den höchsten Regalreihen, festsetzte. Das Dumme an Staub war, dass er immer von oben nach unten fiel, und je weiter oben man mit dem Abstauben begann, desto länger dauerte es, bis er sich wieder legte. Obwohl Preston die Axt zunehmend schneller im trockenen Holz versenkte, verschwanden die Schweißperlen auf seiner Stirn. Die Strategie, sich zwischen den einzelnen Schlägen mehr Zeit zu lassen, zeigte Erfolg. Zum einen reduzierte er damit das Zeitfenster für die Angreifer und zum anderen war es ihm möglich, wieder zu Kräften zu kommen.

Solange sie glauben, dass ich sie nicht bemerkt habe, werden sie weiter versuchen sich unbemerkt zu nähern, um ihre Angriffsposition zu verbessern. Nach wie vor ließ ihn das Holzhacken sehr beschäftigt wirken.
Preston schätzte, dass die beiden, die sich ihm über die Flanken näherten, noch an die 25 Meter entfernt waren. Der Angreifer hinter seinem Rücken klang weiter entfernt. Ein vorsichtiger Blick sollte Prestons Einschätzung bestätigen. Er senkte die Axt und ging, ohne sie dabei aus der Hand zu legen, zu dem weißen Campingtisch, wo er mit seiner Linken nach der Bierdose griff. Das erschöpfte Ausatmen, bevor er zum ersten Schluck ansetzte, klang überzeugend. Gefühlvoll machte er dabei eine Linksdrehung und legte den Kopf in den Nacken, ohne tatsächlich etwas von dem Bier zu trinken. Stattdessen suchte er aus dem Augenwinkel die umliegenden Bäume ab.
Da steckst du also!
Der Commodore nahm die Dose von seinem Mund und rülpste lautstark. Ein wohliges Seufzen unterstrich seine vermeintliche Unbekümmertheit. Auch der nächste Schluck erwies sich als ausgesprochen hilfreich beim Entdecken eines weiteren Angreifers. *Tarnanzüge. Dann kommt ihr also vom Militär... Oder ihr wollt es so aussehen lassen.* Er konnte nur zwei der vier Positionen durch seine Sichtungen bestätigen, ehe er die Bierdose zurückstellte, um keine Aufmerksamkeit zu erregen. Ein neuerliches Rülpsen machte die Tarnung aus seiner Sicht perfekt. Genau in diesem Moment läutete das Telefon.
Verdammt, was für ein schlechtes Timing, dachte Preston und nahm den Anruf entgegen.
„Ja, am Apparat." Er deutete ein Lächeln an. Es war das Gespräch, auf das er gewartet hatte. Allerdings schien ihm der Augenblick denkbar ungeeignet, um sich auf dessen Inhalt zu konzentrieren. Nichtsdestotrotz verlangte der Anrufer genau das von ihm.

„Das kann ich gut nachvollziehen." Jede seiner Bewegungen wirkte beiläufig, als würde er sie nur machen, um nicht ruhig stehen zu müssen, während er telefonierte. Noch immer hielt er die langstielige Axt umklammert und schwang sie locker im Handgelenk. Dass er sich dabei immer weiter der Tür des Blockhauses näherte, neben der die Pumpgun bereitstand, wirkte bestenfalls ungewollt.
„Ich gehe davon aus, dass Sie Erkundigungen eingeholt haben. Sie wissen also, wie ernst mir die Sache ist." Er gestikulierte heftig mit der Hand, um seine Anteilnahme an dem Gespräch deutlich kundzutun.
Irgendetwas stimmt hier nicht... Worauf warten die denn noch?
„Natürlich bin ich mir sicher!" Seine Stimme klang verärgert, dennoch hatte er es fast bis zur Tür geschafft.
„Die habe ich auch... Nein, jetzt hören Sie mir zu!"
Es war nicht zu übersehen, dass Prestons Gesprächspartner sich nicht an seine Anweisung hielt.
„Ja... Ja, natürlich weiß ich das... Sagen Sie mir endlich, was ich wissen will!"
Preston wirkte nervös. *Was haben die vor? Eine bessere Gelegenheit, mich zu überwältigen, kann man sich doch gar nicht wünschen... Es sei denn...* Mit der Erleuchtung eines Blitzschlags offenbarte sich ihm die Logik der Angreifer. *Sie halten sich zurück, weil ich die Info, die sie von mir wollen, noch gar nicht habe.* Seine Vermutung schränkte nicht nur den Kreis der Personen dramatisch ein, denen er diesen Besuch zu verdanken hatte, sie unterstrich auch dessen Schlagkraft. Diese Männer spielten in Prestons Liga. Mehr als das, sie warteten nur darauf, bis er sein Telefonat beendet hatte, um sich die gewünschte Information von ihm zu holen.

***

Die schwarzen Regenwolken entluden sich weiterhin über Woodberry Mansion und machten keine Anstalten weiterzuziehen. Seit Jahren hatte es nicht mehr solche Mengen in so kurzer Zeit geregnet. An der Außenseite des Anwesens, parallel zur Zufahrtsstraße, war ein ansonsten kleines Rinnsal zu einem beachtlichen Bach angeschwollen, der immer mehr Erde zwischen den Wurzeln der angrenzenden Bäume hervorspülte.

Chess starrte aus der verregneten Seitenscheibe des Volvo. „So verschwenderisch, wie der Himmel über England ist, wundert es mich nicht, dass der Rest der Welt unter Wasserknappheit leidet."

David lenkte seinen Wagen über das leichte Gefälle zur Ausfahrt hinunter. „Wenn ich es Ihnen doch sage, Chess. So viel regnet es sonst in dieser Gegend nicht."

„Mhm!" *Hätte ich nur auf Hiob gehört. Der hat mich gewarnt.*

Der Volvo bewegte sich kaum schneller als mit Schrittgeschwindigkeit, und die Scheibenwischer arbeiteten bereits auf der vorletzten Stufe.

„Bestimmt hört es gleich auf, Sie werden sehen."

„Sicher", bestätigte ihn Chess mit glockenheller Stimme. *David würde einen guten Reiseleiter abgeben. Da draußen geht gerade die Welt unter, aber er versprüht noch immer seinen Optimismus und sieht die Sonne am Horizont...*

Der Volvo hielt etwa eine Wagenlänge vor dem schmiedeeisernen Tor an. David drehte sich zu seiner Beifahrerin. „Sie haben im Haus nicht zufällig einen Öffner für das Tor entdeckt?", fragte er vorsichtig.

„Lassen Sie mich überlegen..." Sie machte eine Nachdenkpause. „Nein. Nein, ich befürchte, an dem bin ich vorbeigelaufen."

„Schon gut, ich geh ja schon", schnallte David sich ab.

„Nichts da", widersprach sie. „Ich gehe."

„Aber ich..."
„Her mit dem Schlüssel", unterbrach sie ihn.
„Wenn Sie darauf bestehen."
„Ich bestehe. Wer weiß, wann sich mir wieder so eine tolle Gelegenheit bietet, so selten wie es in London regnet", bemerkte sie beißend und sprang aus dem Wagen. „Sie sollten sich unbedingt ein elektrisches Tor einbauen lassen", warf sie die Autotür zu. „Und wenn Sie schon..." Ihre Stimme vermischte sich mit dem quirligen Rauschen aus Wind und Regen.
Chess hatte sich noch keine zwei Schritte vom Auto entfernt, da überlagerte ein grauenvolles Ächzen jedes andere Geräusch. Eine der außerhalb des Grundstücks wachsenden Kiefern hatte den Halt im ausgeschwemmten Erdreich verloren und neigte ihren Wipfel bedrohlich weit zur Seite. Eigentlich hätte der Baum gleich darauf wieder zurückpendeln müssen, aber das tat er nicht. Zusehends verstärkte sich seine Schräglage, bis der Wind die Wurzeln endgültig überdehnte und sie damit abriss.
Chess wollte David noch etwas zurufen, doch dazu blieb keine Zeit mehr. Die hochgewachsene Kiefer erwischte auf ihrem Weg in die Horizontale noch zwei kleinere Bäume, deren Stämme unter dem tonnenschweren Gewicht regelrecht zerplatzten. Unter das Splittern und Krachen mischte sich das Rauschen herabsausender Äste. Nur einen Augenblick später folgte der dumpfe Aufschlag auf den durchweichten Boden. Der schwere Volvo erzitterte, als hätte ein Riese mit dem Fuß aufgestampft. Chess begann zu wanken und hatte Mühe, das Gleichgewicht wiederzufinden, da kam auch schon eine Welle aus Wasser und Dreck angerauscht, die der Baumstamm hochgeschleudert hatte.
Die mannshohe Wand raste durch das geschlossene Tor und wurde dabei von den Gitterstäben in Streifen geschnitten. Kaum an den Stäben vorbei, verbanden sich die Spritzer wieder

zu einer dunklen Wand, die sich vor Chess und dem Wagen aufbäumte, ehe sie genau über ihnen zusammenbrach.
Mit einem lauten Klatschen schwappte die dunkle Welle auf die Windschutzscheibe. Während David noch gebannt nach vorne starrte, schaltete der Regensensor die Scheibenwischer bereits in den höchsten Gang. Selbst in Kombination mit dem heftigen Regen dauerte es einige Augenblicke, bis sich durch die verschmierte Scheibe wieder etwas erkennen ließ. Der Baum lag quer über den Weg. *Wenn wir nicht angehalten hätten, um das Tor zu öffnen, hätte er uns voll erwischt.*
„Haben Sie das gesehen?“, rief David, während er die Tür aufstieß, um selbst auszusteigen. „Wir hatten Riesenglück!“
Die Angesprochene wischte sich mit dem Handrücken den gröbsten Dreck aus dem Gesicht. „Haben Sie etwas gesagt?“ Sie hatte Mühe, Davids Worte zu verstehen. Erst langsam spülte der Regen den Schlamm wieder aus ihren Ohren.
„Ich sagte, wir hatten Riesenglück“, wiederholte er sich.
Chess blickte ihn vorwurfsvoll an und nickte. „Vor allem Sie!“ Ein Schlammklumpen löste sich aus ihrem Haar und rutschte an der völlig verdreckten Jacke nach unten.
David holte sofort ein Taschentuch hervor und streckte es Chess entgegen. Doch noch ehe ihre Hand danach greifen konnte, war es vom Regen bereits völlig durchnässt.
Sie musste unweigerlich lachen. „Wissen Sie, David, wenn ich es mir so recht überlege, lassen Sie das Tor doch besser so, wie es ist.“

***

Commodore William T. Prestons Lage spitzte sich zu. Obwohl er noch telefonierte, galt seine Aufmerksamkeit zunehmend den Angreifern, die ihn eingekreist hatten. Die Axt in seiner rechten Hand baumelte immer noch scheinbar teilnahmslos hin und her. Zögerlich lockerten sich die Finger und der lange Holzstiel rutschte langsam nach unten, bis Preston die verbreiterte Stelle am Ende des Griffs spürte. *Dann werde ich das mal hinter mich bringen.*

„Ja... Ja, das genügt mir. Wir sind jetzt quitt. Sie können die Sache damit als erledigt betrachten“, beendete er das Telefonat. Kaum hatte der Commodore das Gespräch beendet, tippte er eine Nummer in das Telefon. *Wenn ich richtig liege, dann gebe ich euch damit euer Startzeichen.* Seine Vorgehensweise stützte sich auf zwei Überlegungen. Einerseits hatten die Angreifer vermutlich wenig Interesse daran, dass er seine Informationen an Dritte weitergab. Andererseits vermied er es dadurch, das Telefon zum Tisch zurückbringen zu müssen und sich infolgedessen von der Pumpgun zu entfernen.

„Weglegen!“, herrschte ihn eine Stimme in seinem Rücken an.

Der Commodore ließ einen sehr langen Augenblick verstreichen und begann sich dann langsam umzudrehen. Dabei drückte sein linker Daumen gut sichtbar auf den Tasten des Telefons herum.

„Weglegen!“, wiederholte sich die Stimme, die jetzt noch um einiges endgültiger klang.

Prestons Daumen bewegte sich unentschlossen über dem Ziffernblock auf und ab, als wäre er sich nicht sicher, welche der Tasten er als Nächstes drücken wollte. Dann drehte er sich noch ein Stück um und warf dem Mann im Tarnanzug einen flüchtigen Blick zu. *Das Wichtigste ist, richtig Maß zu nehmen.* Sein offensichtliches Desinteresse gipfelte in einem Kopfschütteln. „Jetzt hab ich doch tatsächlich die Nummer vergessen“, murmelte er.

„Ich sagte, du sollst es weg...“

Prestons Arm vollzog die Schleuderbewegung mit einer solchen Geschwindigkeit, dass seinem Gegenüber nicht die

geringste Chance blieb.
So schwierig es auch war, eine Axt zu werfen, so unbedeutend war es letztlich, in welchem Winkel sie den anvisierten Kopf traf. Dass sie dennoch fast parallel zur Nase in der linken Gesichtshälfte stecken blieb, zeugte von Prestons Geschick im Umgang mit dem Werkzeug.
Sein Opfer war zu keiner Reaktion mehr fähig. Noch bevor sich die vom keilförmigen Stahl gerissene Wunde rot färben konnte, kippte der Getroffene nach hinten um. Ebenso steif wie die von Preston zuvor gespaltenen Holzscheite schlug er auf. Der Waldboden verschluckte das dumpfe Geräusch weitgehend.
Die Annahme des Commodore, dass die Gegenseite ihn lebend haben wollte, um an die gewünschten Informationen zu kommen, verschaffte ihm einen nicht unwesentlichen Vorteil. Der bestand vor allen Dingen darin, dass er bei der Wahl seiner Mittel nicht zimperlich sein musste.
Mit seiner unerwarteten Offensive hatte er allerdings auch sein Überraschungsmoment für nur einen der wenigstens vier Angreifer verschwendet.
Den Einschlag der Axt im Schädelknochen seines Gegners hatte Preston lediglich gehört, aber selbst nicht mehr gesehen. Sein ganzer Körper war der kreisförmigen Schleuderbewegung gefolgt und verkürzte dadurch die Zeit, die er brauchte, um sich die Pumpgun zu schnappen. Ein kräftiger Ruck mit dem Unterarm reichte aus, um die Waffe durchzuladen und schussbereit zu machen.
Der Commodore tat gut daran, in Bewegung zu bleiben. Ein Betäubungspfeil sauste pfeifend an ihm vorbei. Nur wenige Zentimeter neben seinem Kopf bohrte sich das leuchtend gelbe Federbüschel in die Fensterkante des Blockhauses. Sofort lag der Geruch von austretendem Narkosemittel in der Luft.
Preston rettete sich mit einem Hechtsprung in Richtung des Holzhaufens, vor dem er sich gekonnt abrollte. Während des

Aufstehens richtete er seine Waffe gegen den Pfeilschützen, der die Zeit nutzte, um nachzuladen. Doch der Commodore dachte gar nicht daran, sich erneut zur Zielscheibe zu machen. Mit einem mächtigen Satz sprang er auf und startete seinerseits eine Offensive. Seine feuerbereite Waffe in der Hand stürmte er auf den Angreifer zu, der den nächsten Pfeil bereits einlegte. Doch diesmal war Preston schneller. Die aus kurzer Distanz abgefeuerte Pumpgun hatte eine enorme Durchschlagskraft. Dem Mann am anderen Ende des Gewehrlaufs blieb keine Zeit mehr auszuweichen. Er blickte bereits in das aufblitzende Mündungsfeuer. Die enorme Wucht der Schrotkugeln verteilte sein Gesicht im umliegenden Wald.

Der Commodore wollte sich gerade in die Richtung umdrehen, aus der er den nächsten Angriff erwartete, da traf ihn ein gestählter Fausthieb am Unterkiefer. Auch wenn man mehr als einen Schlag brauchte, um einen Kämpfer wie Preston zu Boden zu schicken, kam der Treffer doch sehr überraschend. Mit einem peitschenhaften Schlag gegen seine rechte Hand, fetzte der dritte Angreifer ihm das schwere Schrotgewehr aus der Umklammerung seiner Finger. Obwohl es ihm gelang, zwei der drei Folgeschläge zu blocken, musste er einsehen, dass auch die Gegenseite mit harten Bandagen kämpfte - spätestens, als sich eine spitze Klinge durch eine Hemdfalte bohrte und den Brustkorb nur um Haaresbreite verfehlte. *Verdammt!*

Nur Prestons jahrzehntelangen Erfahrung im Nahkampf war es zu verdanken, dass er dem Angreifer kurz darauf das Messer aus der Hand drehen konnte. Blitzschnell stemmte er sein rechtes Bein hinter den Oberschenkel seines Gegners und setzte dazu an, ihn mit einem kräftigen Schlag gegen die Schulter zu Fall zu bringen.

Doch so weit sollte es nicht mehr kommen. Zwei kleine Projektile durchschlugen die Rückseite seines Hemds und setzten sich mit Widerhaken in der Haut fest. Aus ihnen entluden sich 50.000 Volt in Prestons zuckenden Oberkörper.

***

Chess und David waren in das Herrenhaus zurückgekehrt. Ohne entsprechendes Werkzeug war an ein Wegräumen des quer über die Zufahrt liegenden Baumriesen nicht zu denken. Es blieb den beiden Besuchern nichts anderes übrig, als sich auf eine gemeinsame Nacht in Woodberry Mansion einzustellen.

Das Grau des von Regenwolken verdunkelten Himmels ging nahtlos in die Abenddämmerung über und tauchte die alten Mauern in ein fahles Restlicht.

Chess und David standen in der riesigen Empfangshalle und besprachen die weitere Vorgehensweise.

„Ich werde als Erstes ein Bad nehmen und mir den Dreck runterwaschen", erklärte Chess. „Da hinten habe ich vorhin ein wirklich schönes Badezimmer aus Marmor gefunden." Sie zeigte in den Gang zu ihrer Linken. „Könnten Sie mir in der Zwischenzeit bitte etwas zum Anziehen suchen?"

„Kein Problem", antwortete David. „Auf dem Weg zum Dachboden liegen noch einige Säcke mit alter Wäsche auf den Stufen. Da finde ich sicher etwas Passendes für Sie."

Chess erinnerte sich an die Beschreibung des dunklen, stickigen Raums, von dem David ihr zuvor erzählt hatte. Unweigerlich drängte sich ihr das Bild von Mäusen und Ratten auf, die zwischen alten Lumpen ihre Nester bastelten. Chess sagte kein Wort, aber sie warf ihrem Gegenüber einen so vielsagenden Blick zu, dass David sich veranlasst fühlte, sein Angebot nachzubessern.

„Vielleicht bringe ich Ihnen doch lieber etwas aus dem Koffer, der mich auf der Treppe attackiert hat."

„Ein Koffer hat Sie attackiert?"

„Nicht so wichtig“, lächelte David. „Ich werde nachsehen, was der alte Professor so alles in seinen Schränken hängen hat. Eine Auswahl seiner besten Stücke lege ich Ihnen dann vor die Badezimmertür.“
„Danke. Es ist die vierte Tür auf der linken Seite“, antwortete Chess und ging in die zuvor gezeigte Richtung.
Er blickte ihr noch nach, bis sie am Ende des langen Gangs abbog. *Sie hat eine Dusche wirklich dringend nötig.*
David drehte sich um und schritt in die entgegengesetzte Richtung. Der kürzeste Weg zu dem Dachbodenaufgang führte ihn an zwei großen Fenstern vorbei. Vor dem ersten blieb er stehen und drückte seine Nase gegen das Glas, um in der anbrechenden Nacht etwas erkennen zu können, doch beim Ausatmen beschlug die Fensterscheibe. *Ich kann mich nicht erinnern, wann ich das letzte Mal so ein Unwetter erlebt habe.* Ein greller Blitz erhellte das nahegelegene Waldstück und brannte David den Anblick einen Lidschlag lang ein. Dann verschwanden die Konturen der Baumwipfel wieder in der Dunkelheit. *Als wir hergekommen sind, sah es irgendwie einladender aus.* Der auf den Blitz folgende Donnerschlag ließ die Grundmauern von Woodberry Mansion wanken, als wollte er Davids Einschätzung lautstark bekräftigen. *Eine ruhige Nacht wird das bestimmt nicht...*
Ohne es selbst zu bemerken, summte David die Melodie der Spieluhr nach, während er sich dem Dachbodenaufgang näherte. Sein Blick streifte die schmale Tür, bei der er zuvor schon sein Glück versucht hatte, zu der ihm aber ganz offensichtlich noch der Schlüssel fehlte. „Dich krieg ich auch noch auf“, murmelte er und war schon fast an ihr vorbeigegangen, als er plötzlich stoppte. Ohne sich umzudrehen, machte er zwei Schritte zurück und blieb dann genau vor der Tür stehen.
Sie unterschied sich auf den ersten Blick kaum von der

Vielzahl der anderen Türen, die David in Woodberry Mansion bisher zu Gesicht bekommen hatte. Die Holztür ging nach innen auf und war mit dunkelgrünem Lack gestrichen, der an einigen Stellen abzublättern drohte. Ihre glänzenden Messingbeschläge konnten unmöglich genauso alt sein wie der Rest.

Was haben wir denn da? Fast hätte David die Schnitzerei im unteren Drittel des Türblatts erneut übersehen. *Das ist ja sonderbar.* Er beugte sich weit hinunter und untersuchte das auf dem Kopf stehende Symbol. *Da ist beim Einbau wohl einiges schief gegangen...* Er strich mehrmals über die Schnitzerei. *Vielleicht ist es aber auch Absicht...*

Tatsächlich deutete alles darauf hin, dass die Tür verkehrt herum montiert war. *Sehr merkwürdig, ich werde Chess davon erzählen...* David packte den Türgriff. *Nur um ganz sicher zu gehen.* Er musste feststellen, dass die stabile Holzkonstruktion von seinem Rütteln gänzlich unbeeindruckt blieb. *Wir sprechen uns noch!*

Leise summend setzte er seinen Weg fort. Die Melodie der Spieluhr war nicht nur ein Ohrwurm, sondern auch eine willkommene Abwechslung zu den Geräuschen, die Davids Schritte auf dem knarrenden Holzboden erzeugten. *Ich bin schon gespannt, was ich...*

Er stutzte. *Hab ich die nicht beim Rausgehen zugemacht?* Die Tür zum Dachbodenaufgang stand einen Spalt offen. Auch wenn es dafür eine ganze Reihe von unterschiedlichsten Erklärungen gab, entschied er sich für die erste, die ihm in den Sinn kam. *Ich muss sie offen gelassen haben.*

***

Qian saß an seinem Schreibtisch und wirkte beschäftigt, als einer seiner belgischen Arbeiter das Büro betrat.

„Danke, dass Sie sich so spät noch die Zeit nehmen“, reichte er dem Doktor die Hand über den Tisch.
Qian erhob sich ein Stück weit aus seinem Sessel und erwiderte die Geste halbherzig. „Ich bin immer für meine Leute da. Was kann ich für Sie tun...“ Er zögerte und sah sein Gegenüber hilfesuchend an.
„Claude. Einfach nur Claude“, überspielte dieser die Situation.
„Ach ja, Claude! Sie müssen entschuldigen, aber mein Namensgedächtnis... Was gibt es, Claude?“
„Es geht um die Bergung dieses Koffers...“
„Ja, was ist damit?“, unterbrach ihn der Doktor interessiert. „Hat der Taucher ihn endlich gefunden?“
„Nein. Und darum geht es auch nicht.“
„Es geht nur darum!“, widersprach Qian und goss sich eine dunkle Flüssigkeit aus einer Thermoskanne in seine Tasse. „Wollen Sie auch?“
„Nein, danke“, lehnte der Belgier ab. „Wir haben schon einen Mann dabei verloren.“
„Es war einer von Shahids Männern, der zählt nicht.“
„Das macht es für unsere Leute aber um nichts weniger gefährlich. Wir arbeiten schließlich mit derselben Ausrüstung. Alles, was sich noch an Bord befindet, ist viel zu alt, um es noch mit gutem Gewissen verwenden zu können.“
„Dann freut es Sie sicher zu hören, dass die bestellte Ausrüstung in den nächsten Tagen eintreffen wird“, nahm der Doktor ihm den Wind aus den Segeln. „Bis dahin arbeiten Sie mit dem, was Sie haben.“
„Aber...“
Qian unterbrach ihn mit lauter werdender Stimme. „Sie waren doch schon auf Sanctuary Island II, bevor die Insel zum Labor umgebaut wurde. Nicht wahr?“
Claude nickte.
Der Doktor fühlte sich bestätigt und zeigte das auch. „Ein guter

Freund meines Vaters war ein hohes Tier bei einer dieser Ölfirmen. Wissen Sie, was er immer gesagt hat?“
„Nein, Dr. Qian.“ Der Belgier gefiel sich nicht in der Rolle des Geschulmeisterten.
„Das Ölgeschäft ist kein Murmelspiel!“ Qian lehnte sich entspannt zurück und ließ die Worte wirken. „Ja, genau das hat er gesagt...“
Er bekräftigte seine Aussage mit andächtiger Stimme. „...kein Murmelspiel. Ist es nicht so, dass man im Ölgeschäft eine dicke Haut braucht? Sie haben doch eine dicke Haut, Claude?“
Der Belgier versuchte eine diplomatische Antwort zu geben. „Einige Dinge laufen bei uns anders ab als auf dem Festland, aber die Gesetze, die dort gelten, gelten auch hier.“
Der Doktor verzog seine Mundwinkel, um zu unterstreichen, wie bitter Claudes Worte für ihn klangen. „Ich dachte immer, dass es nur die Besten auf eine Bohrinsel schaffen.“ Er nahm einen kräftigen Schluck und machte dann eine genießerische Pause, die sein Gesprächspartner ungenutzt verstreichen ließ.
„Sagen Sie mir, Claude... Sind Sie einer der Besten?“ Mit seiner Frage traf er den Belgier nicht ganz unvorbereitet, dennoch überlegte dieser sich seine Antwort noch einmal. Qian beobachtete Claudes Reaktion genau. Dessen perfekt kontrollierte Gesichtszüge hinderten ihn jedoch daran einzuschätzen, was der Belgier in diesem Moment dachte.
„Sonst hätten Sie mich wohl kaum so teuer eingekauft“, brach Claude sein Schweigen. *Nur ein Narr glaubt, sich Loyalität erkaufen zu können.*
Qian streckte seine nach oben geöffnete Handfläche aus, als wollte er dem Belgier seine Zustimmung servieren. „Ich danke Ihnen für das Gespräch, Claude.“
Claude ging.
Der Doktor starrte noch eine Weile nachdenklich auf die zugefallene Tür. „Ich hatte von Anfang an kein gutes Gefühl

bei diesem Belgier", murmelte er und klickte nervös mit seinem Kugelschreiber. *Es ist wohl besser, wenn ich...*

***

Ein in den nahen Wald einschlagender Blitz erleuchtete Woodberry Mansion. Der darauffolgende Donnerschlag war so heftig, dass er die Fensterscheiben im Haus zum Vibrieren brachte.

„Sollte eine Gewitterfront nicht irgendwann weiterziehen?", fragte Chess. Die Palästinenserin war frisch gebadet und mit der Wahl der Kleider, die David für sie zusammengesammelt hatte, nicht unzufrieden. Lediglich die Beine der hellen Stoffhose waren etwas zu kurz geraten. Was an Länge fehlte, war am Bund zu viel und gleichzeitig auch der Grund für Chess, den Ledergürtel mit der hässlichen goldenen Schnalle zu verwenden.

„Ich hätte bestimmt nichts dagegen." David stand neben ihr in einer Art Großküche. Die Dimensionen von Spülbecken, Arbeitsflächen und Elektrogeräten unterstrichen den Eindruck, dass hier früher für eine Menge Leute gleichzeitig gekocht worden war. Der Staubschicht nach zu urteilen, war die Küche allerdings schon länger nicht mehr in Verwendung.

„Wie wäre es damit?" Chess holte eine Dose Bohnen aus der hintersten Ecke eines Schranks.

„Kann man die denn überhaupt noch essen?"

„Ach David, Sie haben wirklich keine Ahnung vom Kochen, oder?", lachte Chess. „Bohnen in der Dose halten praktisch ewig."

David warf ihr einen skeptischen Blick zu. „Steht da auch, wie lange die Ewigkeit noch dauert?"

„Vertrauen Sie mir einfach. Auf Salz und Pfeffer steht doch auch kein Ablaufdatum."

„Bei mir daheim schon."
„Na schön." Sie stemmte ihre Hand in die Hüfte. „Haben Sie vielleicht etwas Besseres anzubieten?"
„Drei Dosen Sardinen... Suppenwürze... eingelegte Pfirsiche... ein Glas Spargel - abgelaufen...", zählte er den Inhalt des Regals neben ihm auf. „Und.... ein paar Flaschen Rotwein."
„Ein Bier wäre mir lieber."
„Das hätten Sie rechtzeitig vorbestellen müssen", scherzte David. „Denken Sie wirklich, wir können aus diesen Resten noch etwas Essbares zaubern?"
„Lassen Sie sich überraschen. Ich schlage vor, dass Sie mir die Zutaten reichen und ich das Kochen übernehme."
„Einverstanden." David folgte ihren Anweisungen und musste bald darauf zugeben, dass das, was da in dem Topf köchelte, eigentlich sehr gut roch.
Draußen tobte unterdessen das Gewitter mit ganzer Kraft.
„Sie wollten mir noch von Ihrer Entdeckung erzählen." Chess' Stimme klang gespannt.
„Es geht um ein Symbol auf dieser grünen Tür, zu der uns noch der Schlüssel fehlt. Zuerst ist es mir gar nicht aufgefallen. Aber vorhin, als ich die Kleidung für Sie geholt habe, war ich noch einmal dort. Ich glaube, dass die ganze Tür verkehrt herum eingebaut ist, weil das Symbol auf dem Kopf steht."
„Wollen Sie mir nicht endlich sagen, von welchem Symbol Sie sprechen?"
„Moment." David holte sein Handy hervor und drückte darauf herum, bis das zuletzt aufgenommene Foto zu sehen war. „Da, das ist es."
Sie warf einen kurzen Blick darauf. „Sieht aus wie..."
Chess' Satz wurde von einem donnernden Krachen unterbrochen, das diesmal nahezu zeitgleich mit dem Blitz zu vernehmen war. Im selben Augenblick wurde auch das nach innen zu öffnende Küchenfenster aufgedrückt und schlug

gegen das Mauerwerk. Durch den offenen Fensterflügel wehte der Sturm den schweren Regen fast waagrecht in die Küche.
„Keine Panik!“, rief David, dessen ungestüme Reaktion nicht zu seinen Worten passte. Mit wilder Entschlossenheit warf er sich neben die breite Edelstahlspüle, um den dahinter befindlichen Fensterrahmen zu erreichen. Auf dem Bauch liegend klopfte er mit seiner Faust gegen die Fensterunterkante, während der Regen hereingeweht wurde. *Nun geh schon zu.* Seine ersten beiden Versuche, den Flügel zu schließen, schlugen fehl. *Lass dich doch nicht so bitten.* Erst beim dritten Mal gelang es ihm, das offene Fenster wieder zu verriegeln.
„Das hat sich aber ganz schön gewehrt“, sagte er, nachdem er wieder Boden unter den Füßen hatte, und wischte sich die Regentropfen aus dem Gesicht.
„Sie sind ein Held“, lächelte Chess.
„Es wäre wohl besser, wenn ich auch die anderen Fenster im Haus kontrolliere“, schlug er vor.
„Was halten Sie davon, wenn wir das nach dem Essen gemeinsam machen?“ Chess drehte die Herdplatte eine Stufe höher und rührte kräftig um.
„Eine gute Idee“, nahm er das Angebot dankbar an.
Chess hielt einen Salzstreuer über den dampfenden Topf. „Es muss nicht unbedingt auf dem Kopf stehen.“
„Das Symbol?“, fragte David, den der unerwartete Themenwechsel etwas überraschte.
Sie nickte kurz und kostete dann das Essen. „Zeigen Sie mir doch noch einmal das Foto.“
David kam ihrer Aufforderung gerne nach. „Ich würde sagen, das sind drei Musiknoten.“
„Sehe ich auch so... Aber sie müssen nicht unbedingt verkehrt sein.“
„Ich habe vom Notenlesen wirklich keine Ahnung. Müssen die Striche nicht immer nach oben zeigen? Ich meine, so wie diese

Noten ihre Füße hängen lassen, sehen sie doch ziemlich tot aus."
Chess musste bei Davids blumiger Erklärung schmunzeln. „Das kommt auf die Tonhöhe an", erklärte sie. „Ab der dritten Notenlinie sind die Noten schon sehr hoch und die Hälse würden beim Aufschreiben leicht über den oberen Zeilenrand kommen. Deshalb zeichnet man ihre Notenhälse nach unten."
„Sie haben im Musikunterricht eindeutig besser aufgepasst als ich."
„Wenn Sie wüssten", spielte Chess das Kompliment herunter.
David hob nachdenklich seine Augenbraue an. Die grüne Tür mit dem Notensymbol wollte ihm ebenso wenig aus dem Kopf gehen wie die Melodie der alten Spieluhr. „Spielen Sie ein Instrument?"
Chess verzog das Gesicht. „Nicht, wenn die Gefahr besteht, dass mir jemand dabei zuhört."
„Verstehe. Woher wissen Sie, in welcher Tonhöhe die drei Noten, die in die Tür geschnitzt sind, zu spielen sind?"
„Gute Frage." Sie zuckte mit den Schultern. „Üblicherweise spielt man Stücke nicht von einer Tür, sondern von einem Notenblatt, auf dem zu Beginn jeder Zeile ein Notenschlüssel steht. So wie auf dem Blatt, das Sie in Woodberrys Kuvert gefunden haben. Dadurch weiß man auch, wo oben und unten ist."
„Und wenn kein Notenschlüssel da ist?"
„Dann würde ich es einfach ausprobieren, weil die Noten allein, also ohne Notenschlüssel, sich von beiden Seiten lesen lassen."
„Ausprobieren...", wiederholte David und dachte angestrengt nach. „...von beiden Seiten." Seine Augenbraue zuckte vor Aufregung.
„Das könnte funktionieren!", rief er aus. Im Gegensatz zu den Lichtblitzen des entfesselten Unwetters glich Davids Geistesblitz einem Glühwürmchen. Dennoch war er sich sicher,

einem Geheimnis von Woodberry Mansion auf die Spur gekommen zu sein.

***

Es war mitten in der Nacht, als ein schlecht beleuchteter Geländewagen die Rampe zur Notaufnahme hinauffuhr. Der Fahrer hielt kurz an und ließ zwei dunkel gekleidete Gestalten aussteigen. Danach fuhr er um die Ecke, um den Wagen zu parken. Währenddessen betätigte die größere der beiden Gestalten bereits die Klingel neben der Eingangstür. „Na, macht schon", sagte sie ungeduldig. Ihre weiblichen Rundungen stachen trotz des schlecht beleuchteten Eingangs hervor. „In Notfällen bitte läuten", las sie spöttisch von dem Schild unterhalb des Klingelknopfs vor. „Wenn die immer so lange brauchen..." Sie läutete wild an der Türglocke.

Endlich vernahm sie das Geräusch eines Schlüssels im Zylinderschloss.

Ein hagerer Portier im weißen Arbeitsmantel öffnete besorgt. „Was ist denn passiert?"

„Ein Notfall, was sonst?" Die amazonenhafte Frau war gut 1,80 Meter groß und hatte langes dunkles Haar. Sie drängte den Portier durch ihr forsches Eintreten zurück in das Innere des Gebäudes. Verwundert sah er sie an. Die Frau war bestimmt keine Schönheit, aber sie hatte dieses gewisse Etwas, das man nur schwer beschreiben konnte. Aufgrund ihrer Aussprache und der dunklen Haut hielt er sie zunächst für eine Araberin.

„Was für eine Art von Notfall..." Er stoppte mitten im Satz, als ein deutlich kleinerer Mann aus dem Schatten der kräftigen Begleiterin trat, dessen Verband nicht zu übersehen war.

„Es geht um Ihren Arm?", fragte er und wollte sich dem Bandagierten nähern. Sofort versperrte ihm die kräftige Hand der Amazone den Weg.

„Er ist in Ordnung“, sagte sie. „Wir sind gekommen, weil wir jemanden suchen.“ Sie reduzierte den Druck ihrer ausgestreckten Hand und ließ sie seinen Brustkorb hinabgleiten. Im selben Moment öffnete sich die Tür erneut und der Fahrer trat ein. Er war einen halben Kopf größer als die Araberin und trug eine blaue Schirmkappe, die er tief ins Gesicht gezogen hatte. Der Portier war durch sein Eintreten kurz abgelenkt.
Die Amazone räusperte sich und lenkte seine Aufmerksamkeit damit auf das Foto in ihrer Hand. „Kennst du diese Frau?“
„Bitte?“ Der Portier wusste mit seinen Besuchern zunächst nichts anzufangen. „Das ist ein Krankenhaus und Sie befinden sich in einer Notaufnahme!“
„Und das ist ein Notfall“, wurde die Amazone deutlicher, indem sie ihre Hand unsanft gegen seine Rippen stemmte.
„So geht das nicht. Ich sage Ihnen...“
Ein dumpfer Schlag in die Magengegend beendete seinen Satz vorzeitig.
Die Amazone presste ihren linken Zeigefinger auf seine Lippen. Das dunkle Rot auf ihren Nägeln begann bereits abzublättern. „Du sagst uns genau das, was wir wissen wollen. Haben wir uns verstanden?“
„Sie sind...“ Er wollte sie anschreien, doch es blieb bei dem Versuch. Ihren zweiten Schlag platzierte sie ein Stück tiefer und fester. Der Portier taumelte zurück und schnappte nach Luft.
„Ich glaube, wir wissen beide, dass du nicht herausfinden willst, wohin ich beim nächsten Mal schlage.“
Er war gut beraten, ihre Drohung ernst zu nehmen und er wusste das. „Was wollen Sie von mir?“, fragte er mit ängstlicher Stimme.
„Das Foto!“, wies sie ihn an. „Wir wissen, dass sie hier liegt. Du sagst uns wo, und schon bist du uns wieder los. Wie klingt das für dich?“

Er nickte.
„Na siehst du.“ Sie streichelte zärtlich über seine Wange, während er sie noch verständnislos anstarrte.
„Husch, husch. Wir haben nicht die ganze Nacht Zeit“, flüsterte sie ihm zu.
Hinter ihrem Rücken erhielt der Fahrer unterdessen Instruktionen von dem Bandagierten.
„Wird erledigt, Mr. Shahid“, reagierte er auf die Anweisungen seines Bosses und setzte sich in Bewegung. Die harten Gummisohlen seiner schweren Stiefel kratzten auf dem mit Kunststoff ausgelegten Krankenhausboden.
Etwa zur gleichen Zeit meldete ein Fahrstuhl im hinteren Teil des Gebäudes durch ein akustisches Signal sein Eintreffen. Die Tür öffnete sich und eine Krankenschwester kam heraus. Sie war bestenfalls Ende dreißig, trotzdem wirkte sie nicht nur wegen der fortgeschrittenen Stunde müde und demotiviert. *Noch drei Stunden bis Dienstende. Heute vergeht die Zeit wieder gar nicht.* Sie blickte vorwurfsvoll zur Uhr am Ende des langen Gangs und bog dann nach rechts ab. *Warum lasse ich mich eigentlich immer wieder breitschlagen, für jeden den Boten zu spielen. Das ist der langweiligste Job hier im Haus.*
In der Ferne meinte sie Stimmen zu hören, die lauter und verständlicher wurden, je näher sie dem Ende des Gangs kam. *Schau an, der neue Portier telefoniert wieder während der Dienstzeit.*
Auf das fremde Gespräch konzentriert, bog sie um die Ecke und stieß dabei fast mit Mustafa Shahid zusammen. Sie erschrak. „Tut mir leid! Ich war wohl zu sehr in Gedanken versunken“, entschuldigte sie sich bei ihm. Die Krankenschwester merkte sofort, dass sie unerwartet gekommen war. Ohne sich ein einziges Mal umzudrehen, setzte sie ihren Weg fort. Anders als geplant, bog sie aber zu den Bettenaufzügen auf der Gebäuderückseite ab. Ihre Schritte

waren jetzt schneller als noch zuvor.
Erleichtert atmete sie aus, nachdem die zweigeteilte Lifttür hinter ihr zugegangen war. Was sie gehört hatte, war zu bruchstückhaft, um großartige Rückschlüsse auf den gesamten Inhalt des Gesprächs ziehen zu können. Dennoch wusste sie, was zu tun war.
Unterdessen machte Shahid Druck auf den Portier, der fieberhaft in seinen Unterlagen blätterte. „Wieso dauert denn das so lange?“
„Nur noch eine Sekunde. Er gibt sich wirklich Mühe“, erklärte die Amazone mit honigsüßer Stimme. „Nicht wahr, Schatz?“ Sie stand hinter dem Portier und strich ihm durch sein dichtes Haar. Dabei versenkte sie ihre kräftigen Fingernägel in seiner Kopfhaut.
„Dritter Stock. Die Frau, die Sie suchen, liegt im dritten Stock“, sprudelte die Information aus dem verängstigten Mann.
„Und weiter?“ Sie bewegte ihre Fingerkuppen, als wollte sie ihn damit massieren.
„Zimmer 36!“
„Das hast du gut gemacht.“ Sie drehte sich zu Shahid. „Siehst du“, strahlte sie ihn an. „Mitunter bringt höfliches Fragen viel mehr als rohe Gewalt.“
„Ich habe keine Fragen mehr.“ Der Ägypter warf dem Portier einen vernichtenden Blick zu.

***

Außer dem Licht der Restwärme-Anzeige der Herdplatte war es dunkel in der Küche von Woodberry Mansion. David hatte Chess davon überzeugt, das Abendessen noch etwas warten zu lassen.
„Wir sind gleich da“, sagte er. Man sah ihm an, dass er viel zu aufgeregt war, als dass seine Entdeckung noch bis nach dem

Essen hätte warten können.
„Beschweren Sie sich aber nicht, wenn Ihnen dann nicht schmeckt, was ich für uns gekocht habe", baute Chess vor. „Aufgewärmt ist es nur halb so gut."
„Das kann mich nicht davon abhalten, dass ich den ganzen Topf leer essen werde", verkündete David leichtsinnig, ohne ihre Kochkünste zu kennen.
„Das ist sie." Er stoppte vor der dunkelgrünen Holztür. „Und da unten ist das Notensymbol eingeschnitzt."
Chess betätigte die Türklinke. „Abgeschlossen, wie Sie gesagt haben."
„Aber wir haben den Schlüssel." David hielt demonstrativ den letzten der drei Schlüssel in die Höhe, die er im Kuvert des Professors gefunden hatte. „Da bin ich wieder", flüsterte er der Tür zu.
„Haben Sie nicht schon alle Schlüssel..."
Das Sperrgeräusch ließ es ihr überflüssig erscheinen, den Satz zu vollenden.
„Na bitte", freute sich David. „Auf die Idee mit dem Ausprobieren haben Sie mich gebracht. Ich habe die ganze Zeit vermutet, dass das kopfstehende Notensymbol ein versteckter Hinweis für uns ist. Drei Noten - der dritte Schlüssel - das Notenblatt des Professors - das passt doch alles gut zusammen. Aber dann habe ich mich zu sehr auf die Tür selbst konzentriert und dem Schloss gar keine Beachtung mehr geschenkt..."
David zog den Schlüssel ab und ermöglichte Chess einen Blick auf die nach oben gerichteten Zacken. „Dabei ist einfach nur das Schloss verkehrt herum eingebaut."
„Und wieso ist Ihnen das nicht gleich aufgefallen?"
„Weil man es nicht sieht." Er forderte Chess mit einer Geste auf, selbst einen Blick darauf zu werfen.
„Ein Staubschutz?", fragte sie, als sie das silberne Plättchen bemerkte, das das Innere des Schlosses wie eine Schiebetür

abdeckte.
„Ja, man muss erst den Schlüssel hineinstecken, damit er zur Seite rutscht. Deshalb sieht man auch nicht, wie das Schloss dahinter aufgebaut ist.“
„Ich kannte das bisher nur von Autotüren“, sagte Chess verwundert.
„Vielleicht wurde es wegen der Renovierungsarbeiten...“
„Egal, lassen Sie uns herausfinden, wofür wir das Notenblatt und die ID-Karte brauchen.“
David nickte zuversichtlich. „Wollen Sie?“, bot er Chess den Vortritt an.
Knarrend öffnete sich die dicke Tür.

***

„Hol sofort Hilfe!“ Die grauhaarige Krankenschwester knallte den Telefonhörer auf die Wandhalterung. Sie nahm keine Notiz mehr davon, dass er gar nicht richtig darin einrastete und zu Boden fiel.
So schnell ihre kurzen Beine sie tragen konnten, lief sie den Gang hinunter. *Sie sind da. Sie sind wiedergekommen!* Die grauen Türen zu beiden Seiten unterschieden sich äußerlich nur durch die kleinen Nummern, die man mit weißer Farbe aufgemalt hatte. Schwester Candida war völlig außer Atem und keuchte, als sie bei Nummer 36 ankam. Ohne anzuklopfen, riss sie die Tür auf und stürzte ins Zimmer von Sylvia, jener Patientin, der sie seit Wochen ihre ganze Aufmerksamkeit geschenkt hatte, deren Lebenswille allen medizinischen Prognosen getrotzt hatte.
„Aufwachen! Sylvia, wach sofort auf!“ Sie rüttelte heftig am Oberarm der schlafenden Frau, die Anfang dreißig war. „Sylvia.“ Candidas Ellenbogen schlug gegen den Lichtschalter und erhellte damit das Zimmer.

Für die junge Frau reihten sich die unbewusst wahrgenommenen Eindrücke in die lange Serie von Albträumen, die sie seit dem Unfall jede Nacht heimsuchten. Vor allem während sie schlief, spülte das Meer ihrer Erinnerungen immer wieder Bruchstücke der dramatischen Ereignisse an.
„Sylvia! Wach endlich auf!“ Der Krankenschwester wollte es nicht gelingen, die Angesprochene in die Realität zurückzuholen. Ein entscheidender Nachteil der verabreichten Beruhigungsmittel war, dass sie, einmal eingenommen, ihre Wirkung auch dann nicht verfehlten, wenn diese gar nicht mehr gefragt war.
Während Sylvia im dritten Stock kostbare Lebenszeit verschlief, stapfte ein Mann mit schweren Schritten durch das Treppenhaus nach oben. Er passierte gerade eine Übersichtstafel mit der Raumaufteilung des zweiten Stockwerks, als sein Mobiltelefon lautlos vibrierte.
Den eingehenden Anruf nutzte er für eine kurze Pause, die aber auch Candida bei ihrem Weckversuch etwas Zeit verschaffte.
„Jetzt wach doch endlich auf!“, herrschte sie Sylvia an und versuchte gleichzeitig den Schlauch der Infusion zu entfernen, der in ihren Unterarm führte.
Endlich öffnete sie die Augen. „Was... Was ist denn?“, fragte sie mit heiserer Stimme. Sylvia war sichtlich benommen von den Medikamenten.
„Wir müssen dich sofort hier wegbringen“, verschwendete Candida keine Zeit mit langen Erklärungen. „Die Männer sind wieder da.“ Noch immer versuchte die Krankenschwester die Steckverbindung der Infusionsleitung zu öffnen, doch es wollte ihr einfach nicht gelingen. „Das wird etwas wehtun.“ Sie zog kurzerhand die lange Kunststoffnadel für den Schlauchzugang aus Sylvias Unterarm.
„Und jetzt los“, half sie ihrer Patientin den Oberkörper

aufzurichten. Auch wenn die junge Frau bereits mit ihrer Physiotherapie begonnen hatte, so war ihr Körper doch noch sehr geschwächt von den Operationen und der langen Zeit, die sie liegend verbracht hatte. Selbst so kurze Strecken wie jene zur Toilette, die sich nur zwei Türen weiter befand, kosteten sie Kraft und Zeit. Zeit, die sie angesichts des vergleichsweise hohen Tempos ihrer Verfolger nicht hatte.

Der Mann stand bereits vor der Übersichtstafel des dritten Stockwerks. In den wenigen Sekunden, die er brauchte, um sich zu orientieren, hatten die beiden Frauen gerade erst die Zimmertür erreicht.

Candida stützte Sylvia, so gut es ihr möglich war, doch ohne fremde Hilfe hatte ihre Flucht kaum Aussicht auf Erfolg.

„Reiß dich zusammen, mein Kind", beschwor sie die geschwächte Frau. „Wir müssen es bis zu den Aufzügen schaffen." Nie zuvor war ihr der mit Nachtlicht nur spärlich ausgeleuchtete Gang so endlos vorgekommen. Die bestenfalls dreißig Schritte bis zum Lift waren ein klares Ziel, das es zu erreichen galt. Candida hörte, wie in einiger Entfernung hinter ihr eine schwere Tür zufiel. Sie musste sich nicht umdrehen, um zu wissen, dass es die Stationstür war, die ins Treppenhaus führte. Für einen Augenblick gab die darauffolgende Stille noch Anlass zur Hoffnung, dass sie sich vielleicht doch verhört hatte. Sie überlegte, sich umzudrehen, da löschten auch schon schwere Schritte jeden Zweifel in ihr aus.

„Beeil dich", drängte sie. Sylvias Kreislauf kam erst langsam in Schwung. Ihre Beine waren schwer wie Blei und schmerzten bei jeder Bewegung. Sie begann zu schwitzen - vor Anstrengung und sicherlich nicht, weil ihr in ihrem schlichten, am Rücken zugebundenen Nachthemd zu warm war.

Je näher die Frauen den Aufzügen kamen, desto lauter wurden die ihnen folgenden Schritte und mit ihnen auch das Kratzen der Gummisohlen auf dem Linoleum. Nur noch wenige Meter

fehlten den beiden und das Schicksal schien es gut mit ihnen zu meinen. Einer der Aufzüge steuerte den dritten Stock an und sollte eintreffen, noch bevor sie selbst in der Lage waren, ihn zu holen.
Candida stöhnte unter dem Gewicht, mit dem sich Sylvia auf sie stützte. Die Krankenschwester war weder sportlich noch sonderlich muskulös und die Rettungsaktion verlangte die Mobilisierung ihrer letzten Kraftreserven. Mit einem Mal war sie sich nicht mehr sicher, ob sie das schwere Atmen von Sylvia hörte oder doch ihr eigenes. Panik stieg in ihr auf bei dem Gedanken, dass es ihr Verfolger sein könnte, den sie bereits im Nacken spürte.
Es war der rechte der beiden Aufzüge, dessen Anzeige auf die Drei umsprang und dort stoppte. Dem glockenhellen Gong, der den Lift ankündigte, folgte das Geräusch, das die Schiebetür beim Öffnen machte.
Das Timing des Krankenhauslifts hätte nicht besser sein können. Candida und Sylvia erreichten gerade das Ende des Gangs, als die Schiebetür des Aufzugs den Weg in die Kabine freigab. Die Krankenschwester hatte fast nicht mehr zu hoffen gewagt, dass die Hilfe noch rechtzeitig eintreffen würde. Umso größer war die Erleichterung, als sie und Sylvia in das vertraute Gesicht des Stationsarztes blickten.
Er war zweifellos überrascht von dem unerwarteten Anblick des flüchtenden Duos. „Schwester Candida, würden Sie mir erklären, was hier vor sich geht?“
„Helfen Sie uns“, keuchte Candida, deren wichtigstes Ziel es war, mit Sylvia in den Lift zu kommen. „Die Männer sind wiedergekommen, um Sylvia etwas anzutun.“
Der Doktor reagierte sofort. „Gehen Sie“, trat er aus der Kabine und überließ den beiden Frauen den Aufzug.
Dann stellte er den Mann zur Rede, der vor allem durch seine Schirmkappe auffiel, die er weit ins Gesicht hineingezogen

hatte.
Unbeeindruckt kam er auf den Doktor zu, als stünde dieser gar nicht zwischen ihm und der Frau, auf die er es eigentlich abgesehen hatte.
Im Spiegel des Aufzugs war es Candida erstmals möglich, ihren Verfolger zu sehen. Auch wenn sein Gesicht nicht zu erkennen war, so ließ sein forsches Auftreten keinen Zweifel an seinen Absichten aufkommen.
„Bleiben Sie..." Der Doktor wäre besser beraten gewesen, den Aufzug nicht zu verlassen. Zweifellos war es sein Verdienst, dass Candida und Sylvia ihrem Verfolger entkommen waren, doch dafür zahlte er den höchsten erdenklichen Preis.
Gleich dem letzten Vorhang im Theater schloss sich die blecherne Tür noch während des dramatisch inszenierten Ablebens des Mediziners. Breit und scharf war die Klinge, der seine bloßen Hände nichts entgegenzusetzen hatten, als sie ihm tief in die Eingeweide getrieben wurde.
Candida sollte das Ende des Stücks nicht mehr mitansehen müssen, doch das Verstummen des Todesschreis reichte aus, um ihr Gewissheit zu geben.

***

Chess betätigte den Lichtschalter und betrat, gefolgt von David, das Zimmer. Ihre Schritte hallten, als sie über den schachbrettartig verlegten Steinboden ging. Er bildete einen sehr harten Kontrast zu der blutroten Stofftapete, deren fein gezeichnetes Muster nur bei Gegenlicht zu erkennen war. Das einzige Fenster wurde durch schwere Vorhänge aus verblasstem schwarzem Brokat verdeckt.
„Ein Schlafzimmer", sagte David, als er das freistehende Himmelbett erblickte. Abgesehen von einem kleinen Tisch und zwei gepolsterten Stühlen war es das einzige Möbelstück in

dem geräumigen Zimmer.

„Wow!“, Chess machte kein Geheimnis daraus, wie beeindruckt sie war, als sie vor dem Bett stehen blieb. Der quadratische Raum ließ es zunächst um einiges kleiner erscheinen, als es tatsächlich war. „So eines wollte ich immer schon einmal haben.“ Sie schaute David erwartungsvoll an. „Darf ich?“

„Warum denn nicht? Ich bin sicher, der Professor hätte nichts dagegen gehabt, dass Sie es heute Nacht benutzen.“ David sah sich um. An jeder Wand hingen mehrere Porträts, deren goldene Rahmen sie protzig wirken ließen. „Ich glaube, Sie haben Recht, was Woodberry Mansion betrifft. Es dürfte doch schon seit vielen Generationen im Familienbesitz der Woodberrys sein. Auf einigen Bildern ist es im Hintergrund zu erkennen.“

„Schön, dass Sie diesen Ölschinken mehr Glauben schenken als mir.“ Chess hatte ihr Probeliegen abgeschlossen und ging auf David zu. „Ist von dem Professor auch ein Bild dabei?“, fragte sie neugierig.

„Der hier ist... war der Professor“, verbesserte sich David und deutete auf ein ovales Ölgemälde. Es zeigte das Porträt eines Mannes um die sechzig, dessen große Augen hinter einer rahmenlosen Brille hervorlächelten. Ohne sein langes, weißes Haar hätte man ihn auch jünger schätzen können.

„Er sieht nett aus. Wie lange kannten Sie ihn?“

David winkte ab. „Eigentlich kannte ich ihn ja gar nicht. Wir haben uns zum ersten Mal an dem Abend getroffen, als Natascha... verschwand. Er...“

Chess’ Gedanken schweiften ab. Das kurze Zögern, nachdem David den Namen seiner Frau ausgesprochen hatte, war ihr nicht entgangen. *Verschwand? Er glaubt also nicht mehr an eine Entführung.* Sie war von seiner Wortwahl überrascht, ließ sich aber nichts anmerken und hörte ihm weiter zu.

„...Tage später hat mich der Professor zu einem geheimen Treffen nach London bestellt. Auf dem Friedhof hat er mir dann von der cerebralen Holographie erzählt, an der er und Natascha geforscht haben. Beim Verabschieden gab er mir das Kuvert mit den Schlüsseln für dieses Haus und kurz darauf hat man ihn tot in seiner Wohnung gefunden... Abgesehen von diesen beiden Zusammentreffen hatten wir keinerlei Kontakt."
„Ich verstehe", sagte sie halblaut und legte den Kopf in den Nacken, wodurch ihr schwarzes Haar noch länger wirkte. *Soll ich ihn noch einmal nach seiner Frau fragen?*
Chess ging zum Fenster und schob den Vorhang beiseite, während sie über eine Antwort nachdachte. „Mir kommt es so vor, als würde der Regen nachlassen." Sie starrte auf die Scheibe, wo zwischen den Regentropfen ihr Spiegelbild reflektiert wurde. *Du siehst müde aus. Vielleicht solltest du...*
„Wonach genau suchen wir Ihrer Meinung nach eigentlich?", verdrängte sie ihren Gedanken.
David hatte sich diese Frage auch schon gestellt. „Wir haben alle drei Schlüssel aus dem Kuvert verwendet. Den letzten davon, um in dieses Zimmer zu gelangen. Jetzt bleibt uns nur noch die ID-Karte..."
„Und das Notenblatt!"
„Natürlich", räumte er ein. „Ich hatte eigentlich gehofft, dass dieses Zimmer etwas mit Musik zu tun hat. Sie wissen schon, wegen des Notensymbols an der Tür."
„Sie meinen, wir kommen hier rein, nehmen eine Gitarre von der Wand und schon öffnet sich ein Geheimgang?"
„Zuerst müssen wir aber noch die passende Melodie spielen", sagte er nicht ohne eine gehörige Portion Selbstironie. „Und natürlich ist es kein Geheimgang, sondern ein Tresor mit wichtigen Unterlagen... Aber ja, so in der Art hatte ich mir das vorgestellt."
„Sehen Sie denn eine Gitarre?", fragte sie und schaute sich

auffordernd um.
Er verneinte.
„Irgendein anderes Musikinstrument?“
„Nein... Ich hatte eigentlich ein Klavier vor Augen. Fragen Sie mich nicht warum, aber ich war mir sicher, dass hier drin ein Klavier stehen würde... statt des Betts.“
„Wir sollten nicht unbescheiden sein. Das Bett ist ausgesprochen komfortabel“, lachte Chess.
„Deshalb bin ich nicht hier...“, seine Stimme wurde leiser, als er auf eines der Ölgemälde an der Wand zuging.

***

Der Aufzug mit Candida und Sylvia bewegte sich nach unten. Den beiden Frauen blieb keine Zeit, die Ereignisse der vergangenen Minuten zu verarbeiten. Nur Candidas Anspannung verhinderte, dass sie kraftlos und weinend zu Boden sank. Stattdessen hielt sie ihr hölzernes Kreuz fest umklammert und murmelte einige Worte eines Gebets.
Sylvia war noch zu schwach, um eine Flucht aus eigener Kraft in Angriff zu nehmen. Ihre Gelenke schmerzten und ihre Augenlider fühlten sich so schwer an wie Blei. Candida musste ihre junge Begleiterin mehrfach anstoßen, um sie am Einschlafen zu hindern.
Währenddessen überlegte die Krankenschwester fieberhaft, wohin sie Sylvia bringen sollte. *Sie wird mir zu schwer. Ich muss einen Rollstuhl oder etwas Ähnliches für sie finden.*
Der Lift stoppte und die Tür öffnete sich. Es war das zweite Untergeschoss. Kein Ort, an dem Candida sich gerne länger als unbedingt nötig aufhielt, zumal die Stille der Pathologie etwas sehr Endgültiges hatte. Zwei Wege führten vom Lift weg. Die Krankenschwester entschied sich, ohne zu zögern, für den rechten, da der linke bei einer Kühlhalle endete und in

zweifacher Hinsicht eine Sackgasse für jeden darstellte, der dort landete.

Rollstühle waren auf dieser Ebene ein Anblick, den man vergeblich suchte - Särge auf Transportgestellen mit Rollen dagegen nicht. Ein halbes Dutzend davon stand aufgereiht entlang der Wand. Candida hatte Sylvia neben dem Lift zurückgelassen und öffnete den grauen Kunststoffdeckel von einem der Särge. Auch wenn sie den typischen Geruch, der daraus entwich, seit Jahren aus ihrem beruflichen Alltag verdrängt hatte, frischten ihre Erinnerungen daran sofort wieder auf. Angesichts der ernsten Lage konnte sie es sich aber nicht leisten, wählerisch zu sein. Mit dem Fuß öffnete sie die Feststellbremse an einer der Rollen.

Krachend fiel der aufgeklappte Deckel zu Boden, als die Krankenschwester das Chromgestell mit dem Sargunterteil von der Wand wegzog. „Steig ein“, forderte sie Sylvia auf und half ihr, so gut sie konnte.

Es mutete grotesk an, ausgerechnet in einem Sarg vor dem sicheren Tod flüchten zu wollen, doch um überleben zu können, war letztlich jeder Kompromiss ein guter.

Der breite, hohe Gang war bis in Augenhöhe lindgrün gefliest und darüber in einem helleren Farbton gestrichen. Wasserflecken entlang der linken Mauerkante deuteten auf eine defekte Rohrleitung in der Wand hin. Die zerkratzten Bodenfliesen reflektierten kaum noch das Schimmern des kalten Deckenlichts. Mehr als die Hälfte der Leuchtstoffbalken zuckte nervös oder war bereits komplett ausgefallen.

Wir müssen es in den alten Trakt schaffen, bevor der Lift zurückkommt. Die Rollen des Transportsargs ratterten scheppernd über die vielen Fugen und Risse im Boden. Wie einen Einkaufswagen schob die Krankenschwester das Gefährt vor sich her und steuerte auf eine breite Doppelschwingtür mit Milchglasfenstern zu.

Lass es uns schaffen! Sie ist etwas Besonderes. Selbst wenn Candida in der Lage gewesen wäre, die Stockwerksanzeige des ankommenden Lifts zu sehen, hätte das nichts mehr an ihrem Tempo geändert. Ihren alten Beinen ließ sich unmöglich noch mehr abverlangen. „Achtung!", stieß sie noch aus, kurz bevor das Chromgestell in die beiden Türflügel raste und sie lautstark aufschlug. Gemessen an der Totenstille, die sonst in der Pathologie herrschte, glich ihre Fahrt einem durch die Gänge donnernden Wirbelsturm. Doch ebenso plötzlich wie dieser begonnen hatte, legte er sich auch wieder, weil Candida nach Erreichen des alten Trakts jäh stoppte.

„Wir haben es fast geschafft", beruhigte sie und musste dabei feststellen, dass die wilde Fahrt Sylvia endlich wachgerüttelt hatte. „Du musst jetzt ganz leise sein. Unser Leben hängt davon ab." Sie lief zurück zu den nachschwingenden Türflügeln und lehnte sich mit ganzer Kraft dagegen, um sie zum Stillstand zu bringen.

Der Aufzug öffnete sich, und ein schwerer Stiefel schob sich heraus.

Candida presste ihr Gesicht gegen die trübe Glasscheibe und konnte erkennen, wie zwei weitere Personen den Lift gemeinsam mit dem Mann von vorhin verließen.

So sehr die Krankenschwester sich zunächst darüber freuen durfte, dass sie den anderen Weg einschlugen, so entsetzt war sie, als sie nur bis zur Ecke gingen und sich dort zu ihr umdrehten. Candida schluckte. Wenn ihre Verfolger tatsächlich die Richtung ändern sollten, dann würden sie ihr damit auch den Rückweg durch den neuen Trakt abschneiden. Den beiden Frauen blieb in diesem Fall nur noch ein Ausweg. *Der alte Aufzug!* Ihre letzte Hoffnung befand sich unmittelbar neben dem Treppenhaus im Zentrum des alten Trakts.

***

Chess und David hatten in dem Zimmer mit dem Himmelbett keine Musikinstrumente gefunden, mit denen sich ihre Vermutung überprüfen ließ, dass es sich bei dem Notenblatt um eine Art Schlüssel handeln könnte. Der nächste logische Schritt bestand für die beiden nun darin, nach einem versteckten Scanner für die ID-Karte zu suchen.

David drehte ein Ölgemälde nach dem anderen um und hoffte, dahinter auf einen elektronischen Tresor zu stoßen, zu dem die Karte passte. *Hinter Bildern gibt es doch immer einen Tresor...*

Chess klopfte derweil die Wände nach Hohlräumen ab. *In so alten Häusern gibt es doch immer Geheimgänge...*

Die beiden hatten ihren Rundgang entlang der Zimmerwände in entgegengesetzte Richtungen begonnen, und so war es nicht weiter verwunderlich, dass sich ihre Wege kurz darauf kreuzten.

„Und? Schon etwas gefunden?“, fragte sie.

„Auf dieser Seite nicht. Und Sie?“, antwortete er mit einer Gegenfrage.

„Auch Fehlanzeige.“

„Dann schlage ich vor, die Seiten zu wechseln. Vielleicht versteckt sich der Tresor, den ich suche, ja hinter den Bildern in Ihrer Hälfte.“

„Sie mit Ihrem Tresor. Warten Sie nur ab, bis ich erst meinen Geheimgang entdeckt habe.“ Chess warf ihm einen amüsierten Blick zu. „Mit Ihnen macht so etwas viel mehr Spaß als mit Hiob“, klopfte sie David anerkennend auf die Schulter.

„Na, das will ich doch hoffen“, erwiderte er und war beim Gedanken an Hiobs brummige Art im Umgang mit Rätseln und Geheimnissen nicht minder amüsiert.

Es ist schön, David endlich einmal lachen zu sehen. „Wir werden schon noch herausfinden, warum Professor Woodberry Sie hergelockt hat. Machen Sie sich keine Sorgen.“

„Sie sind eine erfahrene Schatzsucherin, warum sollte ich mir da Sorgen machen?“
Chess schien sich sehr über das Kompliment zu freuen.
„Wobei...“ David zögerte und neigte seinen Kopf mehrmals von einer Seite zur anderen.
„Was?“
„Es gibt da schon etwas, das mir...“
„Was?“, wiederholte sie ihre Frage.
Sein Lachen verbreiterte sich. „Vielleicht hätte ich doch besser einen Safeknacker...“
„Ach!“, stieß sie ihn an. „Sie haben ja keine Ahnung. Jetzt lassen Sie uns diesen Kartenleser finden und dann werden wir sehen, wer Recht hat!“, sagte sie selbstbewusst mit lauter Stimme. *Nämlich ich!* „Braucht so ein Kartenleser nicht auch einen Stromanschluss?“
„Nicht unbedingt“, antwortete David. „Den kann man auch ganz leicht mit Batterien betreiben.“
„Wäre er dann nicht ziemlich schwer zu finden?“
„Ja, vor allem, wenn man ihn in die Wand eingebaut hat. Dann würden wir nur mehr nach einem dünnen Schlitz suchen.“
Chess blickte ihn erwartungsvoll an. *Aber..?*
„Im schlechtesten Fall ist er von den Strichen im Tapetenmuster kaum zu unterscheiden“, setzte David seine technische Ausführung fort.
Was für ein praktischer Gedanke bei einer Tapete, die aus Millionen von Strichen besteht.
„Wissen Sie, wenn ich so darüber nachdenke, dann könnte es auch reichen, die Karte in einiger Entfernung an einem Sensor vorbeizuziehen. Das würde natürlich...“
„Danke, ich hab’s verstanden“, stoppte sie ihn. „Wir sollten besser davon ausgehen, dass der Professor nicht wollte, dass Sie Ihren Lebensabend in diesem Zimmer verbringen.“
„Sie haben Recht.“ David stützte sich mit dem Ellenbogen auf

einem breiten Mauervorsprung in Brusthöhe ab, der einer Vielzahl von Porzellandosen Platz bot. „Ich glaube, wir übersehen irgendetwas."

***

Candidas Plan, sich im alten Trakt des Krankenhauses unbemerkt zu verstecken, war fehlgeschlagen. Das Gebäude sollte sich nun vielmehr als Falle erweisen. Der einzig funktionierende Aufzug endete schon im fünften Stock, von wo aus die beiden ihre Flucht zu Fuß fortsetzen mussten. Durch das Blockieren der Aufzugstüre mit dem Stoppschalter hatten sie sich etwas Vorsprung verschafft, allerdings legten sie damit auch eine Spur für ihre Verfolger, die die Kabinenposition nur von der Anzeige ablesen mussten.

„Sie sind im fünften Stock", sagte der Fahrer.

„Vielleicht... Vielleicht wollen sie aber auch nur, dass wir das glauben." Shahid kratzte mit den Fingernägeln über seine Bartstoppel. „Findet raus, ob es hier irgendwo noch einen anderen Ausgang gibt, durch den sie uns entwischen können", befahl er seinen beiden Begleitern, die sich sofort auf den Weg machten.

Der Fahrer kehrte als Erster zurück und schüttelte zufrieden den Kopf. Kurz darauf stieß auch die Amazone wieder zu ihnen. „Egal, ob sie im fünften Stock nach oben oder nach unten gelaufen sind, sie müssen hier wieder vorbeikommen, wenn sie rauswollen."

„Dann schlag ich vor, wir gehen ihnen entgegen und durchsuchen dabei ein Stockwerk nach dem anderen."

„Und wenn sie mit dem Aufzug wieder herunterkommen?"

„Sorg dafür, dass wir diese Option ausschließen können", forderte Shahid seinen Fahrer auf, den Fahrstuhl außer Betrieb zu setzen. Der Einschlag des Projektils in das Bedienfeld des

Lifts glich einem Startschuss. Die Treibjagd war eröffnet.
Die meisten Räume des im Verfall befindlichen Gebäudes waren bereits abgesperrt, nur einige wenige wurden bei Tag noch genutzt. Um diese Zeit stand der alte Trakt allerdings komplett leer und es war nicht mehr mit Hilfe zu rechnen. So sehr die beiden Frauen sich auch bemüht hatten, ihre Verfolger abzuschütteln, es blieb beim Versuch. Sie wurden immer weiter nach oben getrieben.
Candida strengte sich an, eine Lösung zu finden, doch es wurde immer offensichtlicher, dass es keine gab. *Wir kommen hier nicht mehr lebend heraus. Ich hätte niemals in den alten Trakt laufen dürfen.* Für Selbstvorwürfe blieb angesichts der deutlich schnelleren Verfolger allerdings kaum Zeit. Völlig außer Atem schleppte sie sich mit Sylvia durch das oberste Stockwerk. Sie wusste, dass es im hinteren Teil einen noch in Verwendung befindlichen Raum gab, der sich von innen versperren ließ. *Wenn wir uns dort einsperren und ganz ruhig verhalten, dann...* Die Lage war zu aussichtslos, als dass sie sich selbst noch etwas vormachen konnte, und die unzureichende Notbeleuchtung betonte die Trostlosigkeit ihrer Situation zusätzlich. *Sie muss überleben!* Seit dem Tag, an dem sie Sylvia zum ersten Mal gesehen hatte, war Candida geradezu besessen von dem Gedanken, dass ein höheres Wesen seine schützende Hand über das Leben der jungen Frau hielt. *Du musst dich um sie kümmern.*
„Hier entlang. Beeil dich“, trieb die Krankenschwester ihre Patientin an.
„Es hat doch keinen Sinn. Sie werden uns finden“, antwortete Sylvia mit gequälter Stimme. „Sie finden uns...“
Candida packte sie am Arm. „Reiß dich zusammen. Wir haben noch eine Chance, aber ich brauche deine Hilfe.“ Sie zeigte auf eine weiße Tür mit trüben Glasfenstern, die von Drahtgittern durchzogen waren.

„Warte einen Moment“, wies Candida sie an und betrat den Raum zunächst allein. Kurz darauf fiel ein schwacher Lichtschein durch die beiden Türfenster nach draußen. Das linke Fenster hatte einen diagonal verlaufenden Sprung, dessen Ursache von außen nicht erkennbar war. Sylvias Gedanken begannen abzugleiten. Sie meinte, das Schließen einer Schranktür gehört zu haben. Parallel dazu spürte sie, wie ihr ganzer Körper immer schwerer wurde. *Ich fühle mich so müde.*
Candida kam im richtigen Moment zurück. „Bleib wach“, konnte sie Sylvia gerade noch am Einschlafen hindern. „Hier.“ Sie reichte ihr eine Dose, in der sich eine Creme befand. „Schmier dir das unter die Nase.“
Sylvia tauchte den Finger in die Creme und roch dann zögernd daran.
„Ich weiß, dass es Angenehmeres gibt. Aber es wird verhindern, dass du sonst noch irgendetwas da drinnen riechst. Und jetzt komm, wir haben keine Zeit mehr zu verlieren.“
Weder Candidas Versprechungen noch ihre Eukalyptuscreme konnten den Verwesungsgeruch überlagern, der Sylvia beim Betreten des langgezogenen Raums wie eine Wand entgegenschlug. Unweigerlich machte sie einen Schritt nach hinten.
Candida zog sie zurück in den weiß gefliesten Raum und versperrte die Tür.
„Mir ist so kalt“, hauchte Sylvia.
„Der Raum wird künstlich gekühlt. Versuch flach und gleichmäßig zu atmen. Wir müssen uns beeilen, wenn mein Plan funktionieren soll.“ Sie führte Sylvia an der Hand durch mehrere Reihen glänzender Edelstahltische. Wie überdimensionierte Küchenspülen reihten sie sich aneinander - drei von ihnen in jeder Reihe. Auf fast allen Tischen lag entweder ein grüner oder schwarzer Sack von der Größe und Form eines menschlichen Körpers. Ein breiter Reißverschluss

reichte vom Kopf bis zu den Zehen.
Candida hielt das Handgelenk der jungen Frau fest umklammert, denn sie spürte, wie sehr sie sich gegen das Weitergehen sträubte.
„Sie sind alle tot", stammelte Sylvia.
„Ja", bestätigte Candida betroffen und bekreuzigte sich. „Das sind sie. Aber du wirst leben, wenn du genau das machst, was ich dir jetzt sage. Diese Männer sind hinter dir her. Sie werden erst gehen, wenn sie dich erwischt haben oder wenn sie das zumindest glauben." Es fiel ihr schwer, angesichts ihrer eigenen Angst Worte der Stärke zu finden. „Ich werde nicht zulassen, dass sie dir etwas antun." Candida erklärte ihr in aller Kürze, was sie vorhatte.
„Hast du alles verstanden?", fragte sie dann.
Sylvia nickte, aber sie tat es mehr aus Verzweiflung.
„Also los. Wir schaffen das", machte Candida sich zu einem guten Teil auch selbst Mut.
Die beiden Frauen hatten das einzige Fenster im Raum erreicht. Es war groß, hatte einen Holzrahmen und lag genau gegenüber der Tür. Damit war es für Candidas Plan perfekt geeignet. „Schau, ob du auf dem Tisch da drüben ein spitzes Messer findest, und dann brauchen wir noch etwas, um ein Loch in die Scheibe zu schlagen, am besten einen kleinen Hammer... Und vergiss den Schlauch nicht."
Tränen kullerten über Sylvias Gesicht.
Wie gerne hätte Candida sie einfach nur in den Arm genommen, doch das war im Moment nicht möglich. „Sylvia, reiß dich zusammen. Du musst jetzt tun, was ich dir gesagt habe. Hast du gehört?" Candidas Stimme wurde kälter und bestimmter. Ihre Worte klangen jetzt wie ein Befehl. Sie wusste das, sie wollte es und genau deshalb tat es ihr auch so leid. „Hast du mich verstanden, Sylvia?"
Sie nickte.

„Gut, dann los.“ Candida ging zum nächstbesten Leichensack und öffnete den Reißverschluss. *Zu alt.* Sie bekreuzigte sich und schloss den Sack wieder.
Sylvia suchte währenddessen den Tisch nach geeignetem Werkzeug ab. Die große Auswahl an Skalpellen machte es leicht, ein geeignetes Messer zu finden. Ihre Bewegungen wirkten noch immer gedehnt. Die Wirkung des Beruhigungsmittels ließ zwar langsam nach, doch damit wurden auch die Schmerzen stärker. Für jemanden in ihrem geschwächten Zustand glich die Flucht einer unvorbereiteten Teilnahme an einem Marathon. Ihr Körper schrie förmlich nach einer Pause. Jeder einzelne Muskel brüllte seine Überlastung heraus, doch Sylvia konnte und wollte ihnen nicht mehr zuhören, es waren einfach zu viele.
Candida nahm sich einen schwarzen Leichensack vor. Noch ahnte sie nichts von dem dunklen, zähflüssigen Schleim, der seinen Boden bedeckte. Der Reißverschluss klemmte, als wollte er ihr den Anblick ersparen. *Jetzt geh schon auf.* Durch ihre ruckartigen Bewegungen aufgeschaukelt schlugen kleine Wellen platschend gegen die dicke Kunststofffolie. Erschrocken ließ sie von ihrem Vorhaben ab und bekreuzigte sich erneut, während sie ein Stoßgebet murmelte. Sie war gut beraten, den nächsten Sack zu nehmen.
Sylvia suchte zwischen den chirurgischen Werkzeugen, die auf dem Tisch vor ihr ausgebreitet waren, nach etwas, das sich als Hammer verwenden ließ. *Es muss doch hier irgendwo...* Für einen kurzen Augenblick war sie versucht, über den Verwendungszweck eines sichelförmigen Geräts nachzudenken. *Konzentrier dich auf den Hammer... nur auf den Hammer.* Sie kämpfte gegen das aufkommende Schwindelgefühl an.
„Vergib mir“, flüsterte Candida, die das Holzkreuz um ihren Hals mit beiden Händen fest umklammerte. *Es geht leider nicht anders.* Endlich hatte sie gefunden, wonach sie gesucht hatte.

„Sylvia! Ich brauche deine Hilfe... Und bring das Messer mit."
Candida hatte den Leichnam einer Frau gefunden, deren Größe und Gewicht durchaus Ähnlichkeit mit Sylvia besaß. Die Krankenschwester begann bereits damit, die Tote aus dem Sack zu holen. „Sylvia, du musst mir helfen!", befahl sie mit Nachdruck. „Beeil dich, sie können uns jeden Moment finden!"
Sie wusste, wie abgedroschen sich ihre Phrasen anhörten, doch wenn es ihnen nicht gelang, die Leiche zum Fenster zu schaffen, dann wäre alle Anstrengung vergebens gewesen.
„Bitte, Sylvia!" Noch einmal versuchte sie die allerletzten Kraftreserven der jungen Frau zu mobilisieren, und es sollte ihr gelingen.
„Gib mir das Messer!"
Spielend glitt das scharfe Skalpell durch die dunkelgrüne Folie. Candida stach mehrere kleine Löcher in den Leichensack und legte das Skalpell anschließend hinein. „Das wirst du brauchen, um später wieder herauszukommen."
Sylvia nickte mechanisch.
Candida packte die Tote an den Schultern. „Nimm du ihre Beine und hilf mir, sie zum Fenster zu bringen."
So sehr die beiden sich auch bemühten, so unmöglich war es ihnen, den Körper zu tragen. Kaum vom Tisch gehoben, sorgte die Schwerkraft dafür, dass die Leiche auf dem Fliesenboden landete und diesen auch nicht mehr verlassen wollte.
„Heb an, Sylvia!"
„Ich kann nicht", entgegnete sie verzweifelt. „Ich kann nicht mehr."
„Bitte. Es ist nicht mehr weit." Candida wusste, dass ihre Kräfte allein nicht reichen würden, um die Tote auf die gemauerte Fensterbank zu heben.
„Wir schaffen es nicht...", gab Sylvia völlig erschöpft auf.
„Doch, wir schaffen es", fuhr Candida sie an. „Und wenn wir sie zum Fenster schleifen müssen." *Vergib mir - bitte, vergib*

mir!

Auch der Versuch, die Tote über den Boden zu ziehen, war zunächst nicht sehr erfolgversprechend. Ihre kalte Haut klebte geradezu an den Fliesen fest. „So wird das nichts“, murmelte die Krankenschwester leise. „Gib mir dein Nachthemd.“

Sofort kam die junge Frau der Aufforderung nach und half Candida dabei, der Toten ihr Nachthemd anzuziehen. Dann holte die Schwester ein silbernes Fußkettchen hervor. Sylvia schien es zu erkennen.

„Das hattest du bei dir, als du zu uns gekommen bist“, erklärte Candida. Ich trage es seither immer mit mir herum und wollte es dir zurückgeben, wenn du uns wieder verlässt. Aber jetzt...“

Sylvia nickte und sah zu, wie Candida das Kettchen um den Knöchel der Toten legte. „Und jetzt los.“

Auf dem dünnen Leinenstoff des Nachthemds war es geradezu einfach, die Leiche in jede gewünschte Richtung zu ziehen.

„Es funktioniert.“

„Ja“, stöhnte Candida. „Es funktioniert.“ *Danke!*

Die Sekunden kamen den beiden wie eine Ewigkeit vor. Ihre Gedanken schweiften immer wieder zu ihren Verfolgern ab, wodurch sie aber auch motiviert wurden, an Tempo zuzulegen. Nichts war bei Candidas verwegenem Plan so wichtig wie das richtige Timing.

Endlich! Sie erreichten die Wand mit dem Fenster. „Jetzt müssen wir sie nur noch da hinauf bekommen“, keuchte die Krankenschwester.

„Wir könnten sie über die Lehne eines Sessels auf die Fensterbank ziehen“, schlug Sylvia vor.

Candida griff den Vorschlag dankbar auf und ließ ihm sofort Taten folgen. Einen guten Höhenmeter galt es bis zur Fensterbank zu überwinden. Die Kunststofflehne eines Stahlrohrsessels sollte helfen, die Tote hinauf zu befördern, und es funktionierte. Es funktionierte sogar viel besser, als die

beiden es gehofft hatten.
Geschafft. Candidas Puls raste nicht nur aufgrund der Anstrengung. „Schnell, den Hammer“, keuchte sie. Kurz darauf klirrte die Scheibe. Es war ein sehr gefühlvolles Klirren, das aus der unteren Ecke des Fensterrahmens kam. Auch wenn das ausgeschlagene Glasstück größer war als gedacht, so blieb der überwiegende Teil der Scheibe doch intakt.
„Schlauch“, sagte Candida und streckte ihre Hand aus wie ein Chirurg, der auf seinen Assistenten wartete.
„Hier.“ Sylvias Hand zitterte nicht nur vor Kälte.
„Der ist gut, aber zu kurz“, schüttelte Candida den Kopf. „Zum Festbinden reicht er mir, aber für die Tür brauche ich dann einen längeren. Dort an der Wand hängen lange Silikonschläuche. Bring mir einen von denen!“
Sylvia quälte sich bei jedem Schritt. Was sie in den vergangenen Minuten erlebt hatte, glich in so vielen Punkten den Albträumen, die sie jede Nacht heimsuchten. Ihr sehnlichster Wunsch war es, endlich aufzuwachen. Wie in Trance nahm sie den Schlauch von der Wand und brachte ihn der Krankenschwester.
Candida hatte inzwischen das Fenster geöffnet, dann den kurzen Schlauch durch das Loch im Glas um den Rahmen gebunden und den Fensterflügel wieder verschlossen. So gut es ging, setzte sie die Leiche auf und lehnte sie gegen das Fenster.
„Geht der?“, fragte Sylvia.
„Der geht.“ Candida nahm den weichen Schlauch und warf Sylvia einen traurigen Blick zu. „Sie wird deinen Platz einnehmen“, sagte sie mit beschlagener Stimme.
„Aber was ist mit dir?“
Candida schüttelte beschwichtigend den Kopf. „Sie sind nur deinetwegen hier. Ich werde mich drüben im Waschraum verstecken, bis sie weg sind.“
„Aber wir könnten doch...“

„Dafür ist keine Zeit mehr. Du bleibst in dem Sack liegen und kommst erst wieder heraus, wenn am Vormittag die ersten Ärzte kommen. Egal was passiert."
„Aber..."
„Egal was passiert", unterbrach Candida sie. „Versprich mir das."
Sylvia kämpfte mit den Tränen, als Candida sich mit einem Kuss auf die Stirn von ihr verabschiedete. „Wir sehen uns morgen in der Früh, und dann hat das alles hier ein Ende. Und jetzt los!"
Sylvia legte sich in den vorbereiteten Leichensack und sah zu, wie der Reißverschluss über ihrem Gesicht zugezogen wurde. Ein letztes Mal spürte sie noch Candidas Hand, die liebevoll über ihre Wange streichelte. *Leb wohl.* Dann wurde es stockdunkel.
Candida ging schweren Herzens zurück zur Fensterbank, auf der noch immer der lange Silikonschlauch lag, den Sylvia ihr gebracht hatte. Sie nahm ihn an sich und schaute hinüber zur Türklinke. Noch einmal überdachte sie ihren Plan.
Die Leiche, die man bei raschem Hinsehen leicht mit Sylvia verwechseln konnte, war an den Fensterflügel gelehnt und daran festgebunden. Beim Öffnen des Fensters würde sie hinauskippen und den ganzen Fensterflügel mit in die Tiefe reißen, womit alle Spuren beseitigt wären. Der Schlauch, der das Fenster vorübergehend noch sicherte, sollte beim Öffnen der Tür von der Klinke rutschen und dann mitsamt dem Fenster verschwinden. Ein Verzweiflungssprung aus dem achten Stock war ein glaubwürdiger Abgang und ließ letztlich kaum noch etwas übrig, das Fragen aufwerfen könnte.
Doch Candida wusste, dass es so einfach nicht funktionieren würde. Der entscheidende Punkt war, dass der Schlauch erst im richtigen Moment von der Klinke rutschen durfte. Es musste in jedem Fall so aussehen, als wäre Sylvia vor den Augen ihrer

Verfolger gesprungen.
Warum nur... Sie kämpfte mit den Tränen.
Mit viel mehr Zeit, einigen Probeläufen und mehr technischem Geschick, als Candida es hatte, wäre ihr ursprünglicher Plan vielleicht umzusetzen gewesen. Letztlich hatte sie nun aber doch alle Vorkehrungen getroffen, um Sylvia die Flucht zu ermöglichen. Sie hoffte nur noch auf etwas Hilfe von oben.
Mit gesenktem Kopf brachte sie den Schlauch an seinen Platz zurück und drehte das Licht ab. Es war ein beklemmendes Gefühl zu wissen, dass sie es vermutlich zum letzten Mal tat. Die plötzliche Dunkelheit ließ den Raum noch kälter und unheimlicher erscheinen als bisher.
Candidas Augen mussten sich erst an das wenige Restlicht gewöhnen, das durch das Fenster hereinkam. Sie setzte sich neben die Tote und begann zu beten. *Der Herr ist mein Hirte. Mir wird es an nichts mangeln...*

***

Chess und David waren bei ihrem Vorhaben, dem Zimmer sein Geheimnis zu entlocken, einen entscheidenden Schritt weitergekommen. Mit ausreichendem Abstand und aus der richtigen Perspektive betrachtet, konnten sie kaum noch nachvollziehen, warum ihnen ein so wesentliches Detail nicht schon viel früher aufgefallen war.
Chess schüttelte ungläubig den Kopf. „Ich fühle mich wie dieser Archäologenkollege in Mexiko, der im Urwald stundenlang an einer Steinmauer entlanglief, ohne dabei zu bemerken, dass es das Fundament der Pyramide war, nach der er eigentlich suchte."
„Manchmal sieht man eben den Wald vor lauter Bäumen nicht."
„Ja, offensichtlich gilt diese Binsenweisheit auch außerhalb des

Waldes... Wie konnten wir nur diesen riesigen Kamin übersehen?“
David wippte mit dem Oberkörper, um seinen Blickwinkel zu verändern. „Es ist eine optische Täuschung. Je näher wir kommen, desto kürzer erscheint der Raum, und damit verschwindet auch die Tiefe des Kamins.“
Chess folgte seinem Beispiel und kam zum gleichen Schluss. „Sie haben Recht, das muss an dem Schachbrettmuster liegen. Es entsteht der Eindruck, als wäre der ganze Kamin nur ein Stück des Fußbodens. Erst wenn man sich bewegt, werden die Konturen sichtbar.“
Die schwarzen und weißen Karos des steinernen Zimmerbodens gingen ohne erkennbare Abgrenzung in den offenen Kamin über. Auf seinen diagonal nach hinten verlaufenden Innenwänden setzte sich das Muster fort und ließ diese förmlich mit der ebenfalls karierten Rückwand verschmelzen.
„Achtung, es geht los“, startete David sein Experiment.
Chess beobachtete aufmerksam, wie er sich dem Kaminsims näherte, der etwa in Davids Brusthöhe aus der Mauer stand und mit Porzellandosen in verschiedensten Farben und Formen vollgeräumt war. Dort angekommen, stützte er sich auf, wie er es schon zuvor getan hatte.
„Verrückt“, sagte sie. „Für mich sieht es so aus, als ob Sie noch mindestens zwei Meter von der Wand entfernt wären und trotzdem lehnen Sie an dem Sims.“
„Womit wir bewiesen haben, dass die Rückwand, die wir zu sehen glauben, eigentlich die Seitenwände des Kamins sind.“
„Und Sie selbst merken nichts davon? Sie stehen doch direkt davor.“
„Nein. Ich kann aus meiner Position nichts erkennen, weil der hier mir die Sicht verdeckt.“ Er klopfte auf den Kaminsims, dessen Stirnseite eine Art Mosaik aus weißen und schwarzen

Steinen verzierte. „Der ist bestimmt nicht ohne Grund so breit ausgefallen. Einerseits gibt er einen perfekten Mauervorsprung ab, und andererseits verhindert er, dass die optische Täuschung auffliegt, wenn man unmittelbar davor steht.“
„Sehr gut. Dann wissen wir ja jetzt, wo wir den Geheimgang suchen müssen.“
„Im Kamin?“
Sie hob ihre Mundwinkel an und nickte zufrieden.
„Ich sollte Sie meiner Nachbarin vorstellen. Ms. Furgerson erzählt mir auch bei jeder Gelegenheit von den Geheimnissen der alten Herrenhäuser aus ihren Krimis. Und mittendrin läuft dieser starrköpfige Franzose rum, den keiner leiden kann und der am Ende trotzdem immer Recht hat.“
„Hercule Poirot ist Belgier“, verbesserte ihn Chess.
„Sie also auch?“, sagte er übertrieben vorwurfsvoll. „Ich hätte es wissen müssen!“
David kniete sich vor den Kamin, um ihn näher zu inspizieren.
„Der war bestimmt noch nie in Verwendung“, mutmaßte er und wischte mit der Hand über die mattschwarze Abschlusskugel einer aus dem Boden stehenden Metallstange. In Kombination mit einer zweiten Stange sollte sie allem Anschein nach eingelegtes Holz am Herausfallen hindern.
„Das würde mich auch sehr wundern, denn unter dem Fenster ist ein Heizkörper montiert.“ Chess beugte sich in den Mauervorsprung und klopfte gegen die Rückwand des Kamins.
„Das klingt hohl“, merkte David an.
„Das klingt nicht nur so“, bestätigte sie ihm voller Vorfreude.
„Denken Sie, was ich denke?“
„Der Franzose behält wieder Recht?“

***

Candida schreckte aus ihrem Gebet auf, als sie draußen auf

dem Gang Stimmen hörte. *Es ist also soweit!* Noch war sie erstaunlich gefasst. Schemenhaft konnte sie durch das trübe Drahtglas einen großgewachsenen Schatten erkennen, der sich der Tür näherte und unmittelbar davor stehen blieb.
Jemand drückte die Klinke herunter. Candida hielt den Atem an und starrte ängstlich zur Tür. Es war ihr nicht möglich zu sagen, wie viel Zeit in der von ihr gefühlten Ewigkeit tatsächlich verging, bevor die Klinke sich wieder nach oben bewegte, aber sie hätte die Luft keine Sekunde länger anhalten können. Ihr Herz raste, und auf ihrer Stirn stand kalter Schweiß. *Vielleicht haben sie uns gar nicht bemerkt.* Ihrer Hoffnung zum Trotz wollte sich der Schatten aber nicht mehr wegbewegen. Wie versteinert stand er vor der Tür. *Geht doch! Geht doch einfach weiter*, schrie sie ihren Verfolgern in Gedanken entgegen, doch kein Ton kam über ihre Lippen. Candida hielt ihr Holzkreuz fest und küsste es. *Und ob ich schon wanderte im finsteren Tal, fürchte ich kein Unglück, denn Du bist bei mir...*
Die Knöchel ihrer Finger färbten sich weiß, so kräftig umklammerten sie das kantige Holz. Candida hatte Angst. Zum ersten Mal in ihrem Leben erfüllte sie der Gedanke, vor ihren Schöpfer treten zu müssen, mit Furcht und Leere. Sie fühlte, wie sie die Kontrolle über ihre Hand verlor, die sich noch enger um das Kreuz legte. *Lass mich jetzt nicht von meinem Glauben abfallen!*
Sie spürte den Schmerz und befahl ihrer Hand aufzuhören, doch durch die aufsteigende Panik erhöhte sich der Druck immer wieder. Ihre weit aufgerissenen Augen folgten dem Zittern ihrer Hand, die sich völlig verselbstständigt hatte. Ihre Bewegungen verstärkten sich im selben Ausmaß, mit dem auch das Rütteln an der Tür heftiger wurde, von dem Candida überhaupt keine Notiz zu nehmen schien.
In einer Hautfalte ihrer zusammengepressten Hand bildete sich

ein dunkler Tropfen, dessen Anblick ihre angespannten Gesichtszüge sanft ermüden ließ. *Gutes und Barmherzigkeit werden mir folgen mein Leben lang, und ich werde bleiben im Hause des Herrn für immer...*

Eigenartigerweise schien das austretende Blut Candida zu beruhigen. Ohne dass sie es selbst beeinflussen konnte, stoppte das Zittern, und mit ihm verschwand auch ihre Angst. Man hatte ihr mehrfach von Stigmata und der mitunter berauschenden Wirkung auf Betroffene erzählt. Ein warmer Schauer durchlief ihren Körper bei dem Gedanken daran.

Candida erhob sich und legte ihren Arm um die tote Frau an ihrer Seite. „Du musst keine Angst haben", flüsterte sie ihr zu. „Wir werden erwartet." Ihre blutige Hand ließ das Holzkreuz los, dessen Fall sanft von dem Lederband um ihren Hals gebremst wurde. Noch bevor seine Schaukelbewegungen verebbten, signalisierte ein lautes Krachen das nahende Ende.

„Es ist so weit", reagierte Candida auf das Splittern der Tür, die den kräftigen Tritten nicht mehr standhalten konnte. Sie packte den Fenstergriff und richtete ihren Blick in die Dunkelheit. „Du musst schreien", hauchte sie der Toten ins Ohr, die sie auf ihrer letzten Reise begleitete. *Sylvia hätte bestimmt geschrien.*

***

David Wilders Hinterteil war tief in die weiche Matratze des Himmelbetts eingesunken. Nachdenklich saß er da und starrte auf die Kaminöffnung vor sich. Aus seiner Position konnte er nur Chess' untere Hälfte sehen, da der mit dem schwarz-weißen Mosaik verzierte Kaminsims ihren Oberkörper fast vollständig verdeckte.

Davids buschige Augenbrauen hoben und senkten sich in unregelmäßigen Abständen. *Was machen wir falsch?*

Die Archäologin stand aufrecht im Kamin, der ausgesprochen großzügig dimensioniert war. Sie hatte ihn bereits zweimal von innen abgeklopft, aber bisher noch keinen Hinweis gefunden, der ihre Vermutung bestätigte. „Der Geheimgang ist da. Ich weiß, dass er da ist!“ Wütend trat sie mit dem Absatz ihres braunen Stiefels gegen die steinerne Rückwand.
Der Lichtkegel ihrer Taschenlampe, die sie neben dem Bett gefunden hatte, senkte sich. „Und dieses Ding hier, das hat irgendwas damit zu tun.“ Sie legte eine der Metallstangen des Kaminrosts um. „Ich fress einen Besen, wenn das kein Hebel oder Schalter ist.“ Tatsächlich ließ sich eine der beiden aus dem Boden stehenden Stangen bewegen, aber so oft Chess es auch versucht hatte, eine Reaktion blieb aus.
„Vielleicht ist der Schalter kaputt.“ David fuhr sich mit beiden Händen durch seine kurzen dunkelblonden Haare.
Sie drehte sich zu ihm um. „Ausgerechnet jetzt? Sehr wahrscheinlich! Nein. Der funktioniert, da bin ich mir ganz sicher. Ich weiß nur noch nicht, wie...“
„Uns fehlt möglicherweise einfach noch das richtige Passwort. Bei einem PC nützt es auch nichts, nur die Entertaste zu drücken, ohne zuvor das richtige Passwort einzugeben.“
Chess rüttelte an der mit einer Kugel verzierten Metallstange. „Also wenn das hier die Entertaste sein soll, dann würde ich gerne wissen, wie die dazupassende Tastatur aussieht. Hier drin ist jedenfalls keine... würde vorschlagen... Pause machen... Essen?“
David war mit seinen Gedanken längst woanders. *Eine Tastatur...* Seine Augenbrauen zuckten wild. *...schwarz und weiß...*
Chess hatte ihren Monolog mit einer Frage abgeschlossen und wartete auf Antwort.
„David?“
Sie musste feststellen, dass ihr Begleiter es vorzüglich verstand,

störendes Geplapper auszublenden, um sich ganz auf seine Sache zu konzentrieren. Ohne zu reagieren, saß er in Gedanken versunken auf dem Bett.
„David! Ich rede mit Ihnen“, insistierte sie und kam wieder aus dem Kamin.
„Wie bitte?“, schreckte er auf.
„Sie haben mir schon wieder nicht zugehört“, seufzte sie.
„Tastatur... Sie haben über die Tastatur gesprochen.“
Sie musste unweigerlich lachen. „Ich glaube, wenn jemand das Geheimnis eines zerstreuten Professors lüften kann, dann sind Sie es.“
„Tut mir leid“, entschuldigte er sich kleinlaut.
„Kein Problem. Ich habe gefragt, ob wir nicht besser eine Pause machen sollen. Der Geheimgang läuft uns nicht weg und vielleicht kommt uns beim Essen eine Idee, was es mit diesem Zimmer auf sich hat.“
„Überzeugt. Mein Magen knurrt ohnehin schon so laut, dass ich mich nicht mehr konzentrieren kann.“
„Ach? Dann war das gar nicht mein Magen, den ich die ganze Zeit gehört habe? Egal. Gehen wir essen.“
Sie sah ihn erwartungsvoll an. „Was ist? Wollen Sie nicht aufstehen?“
„Doch... Doch, lassen Sie uns...“
David hatte seinen Satz noch nicht zu Ende gesprochen, da fiel es ihm wie Schuppen von den Augen. *Ich hab schon wieder den Wald vor lauter Bäumen nicht gesehen!* „Ich glaube, ich habe die Tastatur gefunden!“, rief er aus.
„Haben Sie?“
Er nickte begeistert. „Sie haben mich auf die Idee gebracht.“
„Schon wieder?“, fragte sie und erweckte damit den Anschein, dass sie sich dessen nicht bewusst war.
„Na ja, Sie und das Mosaik auf dem Kaminsims“, schwächte er seine vorherige Aussage etwas ab.

„Welches Mosaik?" Chess blickte zum Kamin.
David sprang auf, um ihr besser zeigen zu können, wovon er sprach. „Setzen Sie sich aufs Bett, genau in die Mitte, da wo ich gerade gesessen habe." Hastig bewegte er sich zum Kamin und legte seine Hand auf den Sims. „Ich habe Ihnen doch gesagt, dass ich geglaubt habe, wir würden in diesem Zimmer das Notenblatt brauchen..." Er drehte Chess kurz den Rücken zu, und so war es ihr nicht möglich zu sehen, was er tat.
„Sind Sie bereits fertig mit Ihrer Erklärung?"
„Eine Sekunde noch..."
Manchmal ist er schon ein wenig wunderlich.
„Jawohl!", freute sich David und schenkte Chess wieder seine volle Aufmerksamkeit. „Wo war ich stehengeblieben?"
„Sie wussten schon immer, dass wir in diesem Zimmer die Noten des Professors brauchen werden."
„Genau", bestätigte er. „Und ich hatte Recht."
„Aber nicht mit dem Tresor."
„Jetzt seien Sie nicht so kleinlich... Woran erinnert Sie dieses Mosaik?" Er strich mit der flachen Hand über die kleinen schwarzen und weißen Vierecke an der Stirnseite des Kaminsimses. „Fällt Ihnen auf, dass sich das Muster dreimal wiederholt?"
Sie betrachtete das regelmäßige Muster und überlegte eine Weile. Dann schüttelte sie den Kopf. „Tut mir leid. Ich weiß im Moment nicht, worauf Sie hinauswollen."
„Echt nicht?", fragte er erstaunt. „Ich habe es Ihnen eigentlich vorher schon verraten, ohne es selbst zu wissen", seufzte er.
Übertreiben Sie es nicht. „Nein, keine Idee."
David setzte seine Erklärung fort. „Ich habe die Mosaiksteine abgezählt. Es gibt 22 weiße und 15 schwarze. Also gut drei Dutzend. Fällt Ihnen an den schwarzen Steinen etwas auf?"
„Wenn Sie mich so fragen... Sie sind eine Spur dünner als die weißen Steine."

„Sind sie gar nicht. Nicht, wenn man sie aus der Nähe betrachtet. Die Oberfläche der Steine ist nicht ganz glatt und wirft deshalb kleine Schatten. Auf den dunklen Steinen sieht man diese Schatten aber nicht und darum erscheinen diese Steine schmäler als die weißen, wenn man nicht gerade so knapp davor steht wie ich jetzt."
„Kommen Sie zum Punkt, David."
„Der Punkt ist, dass diese 37 Steine auf dem Kaminsims eine vereinfachte Klaviertastatur nachbilden, und bei entsprechendem Blickwinkel erscheinen die weißen Tasten sogar größer als die schwarzen."
„Das war wirklich gute Arbeit." Chess stand auf und kam zu David. „Drücken Sie eine Taste."
„Sie müssen ganz leise sein", wies er sie an und drückte dann eine der Tasten.
Es klickte.
„Die Taste bleibt gedrückt?"
„Ja, man muss sie nochmals drücken, dann kommt sie wieder heraus. Sehen Sie?"
Es klickte etwas lauter und die Taste sprang in die Ausgangsstellung zurück.
„Sie haben mich wirklich beeindruckt", gab Chess zu. „Der Raum hat also doch ein Klavier, ein Kaminklavier sozusagen."
„Jetzt müssen Sie nur noch das Stück vom Notenblatt spielen, und dann bekommen Sie endlich Ihren Geheimgang."
„Ich habe nie gesagt, dass ich Klavier spielen kann!"
„Haben Sie nicht?" *Das ist schlecht!* „Ist ja auch egal. Aber Sie verstehen jedenfalls mehr von Musik als ich. Sie wussten auch das mit den verkehrten Notenhälsen."
„Bei Ihnen bekommt man aber schnell ein Diplom verliehen", bemerkte sie erheitert.

***

Die Tür im letzten Stockwerk des alten Krankenhaustrakts gab krachend nach. Unter der Wucht des schweren Stiefels zersplitterte das Holz rund um das Schloss, bis es schließlich herausgerissen wurde. Die Tür flog mit solchem Schwung auf, dass sie trotz des Gummistoppers zwei Fliesen von der Wand schlug.
Shahids Fahrer stand breitbeinig im Türrahmen. Sein erster Blick fiel unweigerlich auf die Krankenschwester, die über ihre Begleiterin gebeugt auf der Fensterbank stand. Auch wenn es nicht hell genug war, um ihr Gesicht zu erkennen, so kam es ihm doch so vor, als wären ihre Augen in diesem Augenblick auf ihn gerichtet. Er sollte der erste und gleichzeitig auch der letzte sein, der die beiden Frauen so sah.
„Vergib mir“, hörte er noch eine Stimme sagen, da klirrte auch schon das Glas. Candida sprang mit ganzer Kraft gegen den sich öffnenden Fensterflügel. Unter dem Gewicht der beiden Frauen platzten seine in der Mauer verankerten Scharniere regelrecht auf. Zwischen die Geräusche des aus der Verankerung gerissenen Fensters mischte sich ein hysterisches Kreischen, das noch im selben Moment in einen grellen Schrei überging. Er entfernte sich rasend schnell und wurde dabei immer leiser, bis er schlagartig verstarb.
Shahids Fahrer hatte zugesehen, wie die beiden Frauen in den Tod gesprungen waren, noch ehe er sich ihnen überhaupt nähern konnte. Mit aufgerissenen Augen stand er da und starrte auf die quadratische Öffnung in der Mauer.
„Was ist denn?“, drängte Shahid sich an dem Mann vorbei, der ihm die Sicht versperrte.
Auch die Amazone nutzte die Gelegenheit, um in den Raum zu gelangen, kam jedoch nicht weit. „Was zum...“ Angewidert taumelte sie zurück und kämpfte mit dem Gefühl, sich übergeben zu müssen. Menschen zu töten oder ihnen beim

Sterben zuzusehen, das war eine Sache. Dann aber ihren Verwesungsgeruch zu ertragen, das war eine ganz andere.
Shahid hatte augenscheinlich den besten Magen der drei und drehte das Licht auf. „Was ist passiert?“, fragte er seinen Fahrer.
„Die sind einfach aus dem Fenster gesprungen“, schüttelte er ungläubig seinen Kopf. „Nachdem die Tür aufgegangen ist, sind die tatsächlich aus dem Fenster gesprungen. Völlig irre.“
„Welches Fenster?“ Shahid blickte ungläubig auf das Loch in der Mauer.
„Das haben sie mitgenommen.“
„Dann hatten sie es ganz offensichtlich eilig“, grinste Shahid amüsiert. „Geh nachsehen, ob sie schon gelandet sind.“
Der Fahrer zog den Kragen seines Poloshirts in die Höhe und hielt ihn schützend vor die Nase. „Diesen bestialischen Gestank hält ja kein Mensch aus.“
„Stell dich nicht so an, die hier sind wenigstens gekühlt und verwesen nicht bei 50 Grad auf der Rückbank unseres Wagens.“ Shahid spielte ohne Zweifel auf die UN-Mitarbeiter an, die seine Männer mehrere Wochen zuvor nicht aus einem gepanzerten Transporter entfernen konnten.
„Ich hatte damals alles...“
„Hör auf, dich schon wieder dafür zu entschuldigen“, unterbrach ihn der Ägypter mit aggressiver Stimme, „und geh endlich nachsehen!“
„Schon gut“, hob der Fahrer beschwichtigend die Hände. *Dann wärm die alte Geschichte doch nicht ständig auf!* Er ging an der zweiten Tischreihe vorbei, auf der auch der dunkelgrüne Leichensack lag, in dem Sylvia sich versteckt hielt.
Was war das für ein Schrei? Starr vor Angst lag sie da und konnte nur noch warten. *Candida!* Ihr Gesicht drückte gegen den breiten Reißverschluss, der von ihrer Stirn über den Nasenrücken und dann weiter quer über den Mund verlief. Sie

meinte, seine bitter schmeckenden Metallzähne auf ihren Lippen zu spüren. Ganz ruhig und gleichmäßig war ihre Atmung, um nur ja nicht aufzufallen. *Nein, Schwester Candida hat sich doch im Waschraum versteckt.* Noch verdrängte Sylvia den Gedanken, dass es gar keinen Waschraum gab, in dem Candida sich hätte verstecken können. *Es muss eine andere Erklärung...* Die Dunkelheit hatte sie zwar ihrer Sehkraft beraubt, aber dafür schärfte sie ihre anderen Sinne.

Sie hörte Schritte. Zunächst noch einige Meter entfernt, näherten sie sich plötzlich sehr rasch. *Sie kommen auf mich zu.* Sylvia kämpfte gegen ein Zittern an. Sie wusste nicht, ob ihr Körper damit auf die Kälte oder ihre Angst reagierte. *Hör auf zu zittern.* Sie spürte, wie der Reißverschluss über ihre Lippen schabte. *Du darfst nicht zittern.* Die Schritte klangen so laut, als liefe jemand bereits unmittelbar neben ihrem Ohr vorbei. *Jetzt haben sie mich.* Vor ihrem geistigen Auge sah sie ein Messer herabsausen. Es war ein scharfes Küchenmesser mit breiter Klinge. *Nein!* Sylvia kannte diese Art von Messer, ihre Phantasie spielte ihr einen Streich. *Das gehört in die Küche. Reiß dich zusammen*, verdrängte sie ihre wirren Gedanken. Noch immer kamen die Schritte näher. Sie waren bereits so unerträglich, als würde jemand direkt durch ihren Kopf laufen und dennoch näherten sie sich weiter und wurden lauter - immer lauter. *Es kommt aus meinem Kopf. Dieses Geräusch...* Ihr Herz raste vor Aufregung. Am liebsten hätte sie sich die Ohren zugehalten, um es nicht mehr hören zu müssen. *Du darfst jetzt nicht in Panik geraten. Sie werden gleich gehen. Sie werden die tote Frau finden, und dann werden sie gehen. Candida hat gesagt, dass sie dann gehen werden....* Tatsächlich schien es ihr für einen Augenblick so, als würde das Geräusch in ihrem Kopf die Richtung ändern. Allerdings nur, um sich unmittelbar darauf von der anderen Seite zu nähern. *Sie werden gleich gehen...*

„Und?“, rief Shahid seinem Fahrer zu, der sich mit gehörigem Respekt über den ausgerissenen Fensterrahmen lehnte. „Ist der Job erledigt?“

Der Fahrer ließ sich mit seiner Antwort Zeit. Zum einen, weil die frische Luft ihm sehr willkommen war, zum anderen, weil er Mühe hatte, etwas zu erkennen. Es war eine rabenschwarze Nacht, die ihrem Namen alle Ehre machte. Die Straße vor dem Krankenhaus war nur spärlich beleuchtet, und vorbeifahrende Autos mieden in diesem Teil der Stadt die Seitengassen, erst recht um diese Uhrzeit. Lieferwagen wie jenen, der gerade aus einer Querstraße bog, konnte man dagegen deutlich öfter sehen. Trotz der Tatsache, dass einer seiner Scheinwerfer blind war, vielleicht aber auch genau deshalb, sollte er sich als hilfreich erweisen.

„Ist der Job erledigt?“, wiederholte Shahid seine Frage.

„Eine Sekunde noch, Mr. Shahid. Ich bekomme gleich Licht von einem vorbeifahrenden LKW.“ *Jetzt noch ein Stück nach links...*

Der schwache Lichtkegel des Lieferwagens hüpfte wild auf und ab, als er unter dem Fenster vorbeifuhr.

„Jetzt ist er erledigt“, blickte er Shahid zufrieden an.

„Bist du auch ganz sicher?“

„Todsicher!“

„Dann lass uns gehen.“

Shahids Fahrer kam der Aufforderung gerne nach. *Keine Sekunde länger als notwendig bleibe ich freiwillig in diesem Raum.* Sein Rückweg führte ihn auch wieder an dem grünen Leichensack vorbei, der für Sylvia zugleich Versteck und Gefängnis war.

Ihr schneller Herzschlag und ihre Anspannung hatten sie bereits viel von ihrer Kraft gekostet. Das Geräusch in ihrem Kopf kam jetzt von beiden Seiten. *Es ist so laut.* Nur der großen Menge an Beruhigungsmittel in ihrem Blut war es zu verdanken, dass sie nicht in Panik aufzuspringen versuchte. *Unerträglich laut... Sie werden es bemerken, und dann werden sie mich bemerken... Ich werde sterben. Es ist einfach zu laut. Ich bin zu laut. Es ist gleich vorbei... Candida hat gesagt, dass sie gehen werden.* Sie hatte längst aufgehört, den Stimmen außerhalb des Leichensacks Beachtung zu schenken, zu sehr war sie mit sich selbst beschäftigt, und das ermüdete sie zusehends. Trotz ihrer Todesangst war sie erschöpft. Die Ausnahmesituation dauerte einfach schon zu lange an, als dass ihr Körper sie noch mit ausreichend Adrenalin versorgen konnte. Ihr Herzschlag beruhigte sich, und langsam begann sie zu begreifen, dass das, was sie hörte, das Pochen ihrer eigenen Schläfen war. *Mein Puls... Es ist nur mein Puls*, beruhigte sie sich.

Unterdessen hatte auch Shahid den übelriechenden Raum wieder verlassen. Er unterhielt sich mit der Amazone, deren Magen ganz offenkundig sehr unter ihren Sinneseindrücken gelitten hatte.

„Wisch dir den Mund ab“, sagte er und gab ihr ein Taschentuch.

„Keinen Schritt setze ich mehr in dieses Zimmer“, stellte sie klar.

„Es gibt Schlimmeres.“

„Nicht für mich...“ sagte sie gequält. „Können wir jetzt endlich von hier verschwinden?“

Shahid nickte.

„Und was ist mit ihm?“ Sie zeigte auf den Fahrer, der zunächst ohne erkennbaren Grund mitten im Raum stehengeblieben war.

Shahid drehte sich zu ihm um. „Was ist los?“, rief er.

Der Mann schüttelte den Kopf und presste den Zeigefinger auf seine Lippen. Dann wurde es still. Nur das monotone Surren der Kühlaggregate war noch zu hören.

Sekundenlang stand er regungslos da und starrte abwechselnd auf Shahid und dann wieder auf den grünen Leichensack zu

seiner Rechten. Er wirkte unsicher, als er sein Messer hervorholte und sich über den Sack beugte.
Shahid und die Amazone schauten unterschiedlich gespannt zu.
„Ich dachte, wir können gehen“, flüsterte sie.
„Noch nicht.“
„Aber du...“
„Noch nicht!“, zischte Shahid.
Ein letztes Mal drehte sich der Fahrer um, als wollte er sich Shahids Zustimmung holen, bevor er zustach.
Der Ägypter sah ihn allerdings nur fragend an.
Ohne zu sprechen, versuchte der Fahrer sich ihm durch Gesten zu erklären. Er zeigte zunächst mit Zeige- und Mittelfinger auf seine Augen und dann auf den Leichensack. Schließlich vollführte seine ausgestreckte Hand eine Art Wellenbewegung. Danach wartete er auf die Reaktion seines Chefs.
Shahid setzte zu einem breiten Grinsen an. Er hatte verstanden.
„Was ist?“, drängte die Amazone mit leiser Stimme.
„Er hat gesehen, dass sich etwas in dem Sack bewegt hat“, murmelte der Ägypter und nickte seinem Fahrer zu.
Noch im selben Augenblick jagte dessen Messer auf den vor ihm liegenden Körper herab. Die spitze Klinge durchschlug den Brustkorb mit solcher Wucht, dass sie erst durch die Stahlwanne gestoppt wurde.
„Autsch!“, rief die Amazone lautstark aus und reagierte damit auf das metallische Kratzen.
Auch Shahid empfand den Ton als ausgesprochen schmerzhaft. Nur sein Fahrer ließ sich nicht davon beirren und stach noch dreimal zu, um sicherzugehen. „Jetzt wirst du dich nicht mehr bewegen.“ Nach dem letzten Stich zog er die Klinge nicht mehr ganz aus dem Sack, sondern schnitt neben dem Reißverschluss durch die Kunststofffolie, um sein Werk bestaunen zu können. Dabei rutschte ein Arm heraus und schlug gegen den Tisch. „Verdammte...“, zuckte der Fahrer

erschrocken zurück und starrte auf den fleckigen Frauenkörper, über den kleine schwarze Punkte liefen.
„Was ist los?“, fragte Shahid gereizt.
„Falscher Alarm“, versuchte der Fahrer zu beruhigen. „Hier... Hier ist alles voll mit irgendwelchen Käfern.“
„Käfer?“, fragte die Amazone ungläubig.
Dieser verdammte Idiot! Shahids Augen verdunkelten sich. „Kannst du fahren?“
Sie nickte.
„Dann leg ihn um.“

***

David Wilders Einschätzung hatte sich bestätigt. Die Tasten am Kaminsims waren tatsächlich denen eines Klaviers nachempfunden. Bedauerlicherweise hatten sich aber Chess’ Notenkenntnisse als nicht ganz so fundiert herausgestellt, wie David es sich erhofft hatte.
„So viele Noten gibt’s doch gar nicht“, murmelte David.
„Wollen Sie es versuchen?“
„Ich habe nichts gesagt“, entschuldigte er sich kleinlaut.
Chess und David hatten zwar die grundsätzliche Funktionsweise der Geheimtür im Kamin durchschaut, aber mit der korrekten Eingabe des Zugangscodes wollte es einfach nicht klappen.
Die insgesamt 37 Tasten hatten einen Tonumfang von drei Oktaven, der vom *kleinen c* bis zum *c’’’* reichte. Das war dem Notenblatt zu entnehmen, das David vom Professor erhalten hatte. Jede Taste kannte zwei Stellungen - gedrückt oder nicht gedrückt. Da einige Noten sich in dem Musikstück wiederholten, drückte Chess die entsprechende Taste auch mehrfach. Tippte man alle Noten korrekt vom Blatt ab, erhielt man am Ende einen binären Code, der sich aus den gedrückten

und nicht gedrückten Tasten zusammensetzte.
„Halt. Sie drücken die falsche Taste“, wandte David ein.
„Woher wollen Sie das wissen? Sie können doch keine Noten lesen.“
„Kann ich auch nicht. Aber vorhin haben Sie an dieser Stelle die Taste daneben gedrückt.“
„Habe ich nicht.“
„Haben Sie wohl.“
Chess zuckte mit den Schultern. „Wahrscheinlich hat es deshalb auch nicht geklappt.“
„Konzentrieren Sie sich.“
„Es ist ein Cis“, murmelte sie.
Chess gab sich größte Mühe, die Noten richtig zu lesen, doch ihre Schulzeit lag eine ganze Weile zurück, und seither war sie nicht in die Verlegenheit gekommen, ihr Wissen darüber aufzufrischen. Ihr Zeigefinger kreiste unentschlossen zwischen zwei schwarzen Tasten.
„Ist es ein Cis oder nicht?“, fragte David.
„Ja“, sagte sie gereizt. „Ja, es ist ein Cis.“
„Sind Sie sicher?“
Chess nickte. „Ja, ich bin mir sicher...“, ihre Stimme wurde leiser. „...Vermutlich.“ Sie blickte ihn ratlos an. „Ach, David. Ich war nie gut im Notenlesen.“
Er strich mit der Handfläche über ihren Oberarm und lächelte versöhnlich. „Aber Sie sind ein Profi im Rätselraten. Und das ist ein Rätsel!“
„Ein Musikrätsel.“
„Ein Rätsel ist ein Rätsel. Man muss sie alle mögen.“
Sie verdrehte die Augen. *Langsam kann ich Hiob verstehen.*
„Sollen wir eine Pause machen?“, fragte David, um sich seine Frage unmittelbar darauf selbst zu beantworten. „Vielleicht ist es besser, wenn wir zuerst etwas essen gehen.“
„Geben Sie mir noch einen Versuch“, zeigte sich Chess

kämpferisch. „Danach gehen wir aber essen. Egal, ob sich die Geheimtür öffnet oder nicht.“
„Sie meinen, wir gehen auch essen, wenn Sie die Noten diesmal richtig eintippen?“, fragte er ungläubig.
„Hmmm...“ Sie wirkte wenig überzeugt von ihren Worten.
„Auch wenn die Tür jetzt wirklich aufgeht?“
„Was weiß denn ich“, sagte sie. „Fragen Sie mich das noch mal, wenn es funktioniert hat.“
David beugte sich in den Kamin, um an die Metallstange zu kommen, die Chess zu Recht als Hebel bezeichnet hatte. Nach vorne gedrückt ließ sie alle gedrückten Tasten zurück in die Neutralstellung springen. Zog man sie in die andere Richtung, so die Hoffnung der beiden, würde sich bei korrekt eingegebenem Code der Geheimgang öffnen.
David ergriff die schwarze Kugel am Ende des Hebels und legte ihn nach vorne um. Gleichzeitig war das Klicken mehrerer Tasten zu vernehmen. Aus eigener Kraft sprang der Hebel wieder in die Mittelstellung zurück, nachdem David ihn losgelassen hatte.
„Sie können loslegen mit Ihrem letzten Versuch.“

***

Cornelia Simmons, eine Frau von einundvierzig Jahren, stand vor dem Badezimmerspiegel in ihrem Hotelzimmer. Sie gewöhnte sich jeden Tag mehr an das faltenfreie Gesicht und die kleinen Korrekturen, die sie ein wenig jünger aussehen ließen, als sie war. *Ich hätte mir den Höcker auf der Nase schon viel früher entfernen lassen sollen.*
Cornelia lächelte zufrieden. Ihr Gesicht hatte, im positiven wie im negativen Sinn, keinerlei Auffälligkeiten. Sie entsprach gänzlich dem Klischee einer Karrierefrau, die auf Mann und Kinder verzichtete, um im Job weiterzukommen.

Ihre Hand öffnete ein Schmuckkästchen und holte eine peacockfarbene Perlenkette hervor, die kurz darauf ihren Hals zierte. Es folgten ein passendes Armband und Ohrstecker.
Passt, bestätigte sie sich selbst und blickte auf ihr Handgelenk. *So ein Mist! Ich komme zu spät.*
Cornelia Simmons hatte einen Termin in einem der renommierten Bankhäuser an der Ostküste. Ihr blieben weniger als fünfzehn Minuten für zwei U-Bahn-Stationen, den Fußweg noch nicht eingerechnet.
Exakt zwölf Minuten später steuerte sie den Haupteingang der Bank an. Schwungvoll stieß sie die Glastür auf, die sich ohne ihr Zutun auch von allein geöffnet hätte.
Im Foyer traf sie auf einen gutaussehenden jungen Mann hinter einem Schalter, der ihr sofort seine Aufmerksamkeit schenkte.
„Guten Tag. Wie darf ich Ihnen helfen?“
„Ich möchte zu Mr. Kelby.“
„Haben Sie einen Termin?“
Sie nickte.
„Verraten Sie mir bitte noch...“
„Simmons. Cornelia Simmons“, kam sie ihm zuvor.
Er lächelte. „Einen Moment, bitte. Ich sage ihm Bescheid, dass Sie da sind.“
Kurz darauf hatte er Mr. Kelby am Telefon. „Tim? Eine Ms. Simmons ist bei mir... Ja. Ja, mach ich.“ Er legte auf und deutete den Gang hinunter. „Mr. Kelby erwartet Sie. Es ist die dritte Tür auf der linken Seite.“
„Vielen Dank“, sagte sie freundlich. *Das hätt ich auch allein gefunden.*
Der Mann am Schalter blickte Mr. Kelbys Kundin nach, deren dunkles Kleid von der Stange ihr konservatives Auftreten unterstrich. *Warum bekommt Tim immer die netten Kundinnen?*
Mr. Kelby wartete bereits in der Tür, als Cornelia sein Büro erreichte. Er war Ende dreißig und schien sich in Anzug und

Krawatte wohlzufühlen.
„Guten Tag, Ms. Simmons“, tönte Mr. Kelbys Stimme freundlich, als er ihr die Hand entgegenstreckte. Sein Aftershave roch billig, aber nicht aufdringlich.
„Wir haben vorige Woche telefoniert.“
„Selbstverständlich. Ich erinnere mich“, sagte er und zeigte in sein Büro. „Bitte nehmen Sie doch Platz.“
Er schloss die Tür hinter ihr und ließ die Jalousie herunter. „Darf ich Ihnen einen Kaffee oder...“
„Nein, danke“, unterbrach sie ihn und strich ihr Kleid glatt, ehe sie sich auf einen schwarzen Ledersessel setzte.
„Sie sind neu in der Stadt, nicht wahr?“
„Sieht man mir das an?“, fragte sie erstaunt.
„Nicht direkt“, entgegnete er. „Aber an einen so netten Anblick würde ich mich erinnern“, lächelte er charmant.
„Vielen Dank“, versuchte sie verlegen zu wirken. *So ein schleimiger Kundenbetreuer hat mir gerade noch gefehlt.*
„Nun, was kann ich für Sie tun, Ms. Simmons?“, lehnte er sich weit zurück und überließ Cornelia seinen Schreibtisch.
„Ich arbeite als Vertriebsleiterin für eine ausländische Firma, die sich auf den Import von Südfrüchten spezialisiert hat. Mein Beruf bringt es mit sich, dass ich viel reise und ich werde nicht umhin kommen, mir ein Konto für meine Spesenabrechnungen zuzulegen.“
Mr. Kelby nickte zufrieden. „Ich danke Ihnen für Ihr Vertrauen. Sie werden es sicher nicht bereuen, dass Sie sich für uns entschieden haben, Ms. Simmons.“
„Da bin ich mir ganz sicher, Mr. Kelby.“ *Ich bereue es jetzt schon.*
„Dann schlage ich vor, dass ich Ihnen zunächst etwas über...“
„Meine Zeit ist leider sehr begrenzt, Mr. Kelby“, lächelte sie bestimmt.
„Selbstverständlich, Ms. Simmons. Dann schlage ich vor, dass

ich Ihnen unsere drei Kontovarianten..."
„Ich nehme das Plus-Paket."
Er neigte seinen Kopf zur Seite. „Sie haben sich bereits im Internet..."
„Ja. Das Plus-Paket, bitte."
Mr. Kelbys Kopf verschwand für einen kurzen Moment unter dem Schreibtisch und tauchte dann mit einem Formular wieder auf. „Wenn Sie mir das bitte ausfüllen würden."
Cornelia schnappte sich einen der mit dem Banklogo bedruckten Kugelschreiber und begann sofort zu schreiben.
Mr. Kelby stand auf und holte einen Aktenordner aus seinem Wandschrank. „Ich müsste mir noch Ihren Reisepass kopieren", sagte er.
„Einen Moment." Sie legte den Stift weg und kramte in ihrer Tasche. „Hier, bitte", legte sie das gewünschte Dokument auf den Tisch.
Er öffnete ihn und überflog die Angaben. „Sie sind ledig, Ms. Simmons?"
Cornelia nickte. Ihr Familienstand hatte sich erst kürzlich geändert, ebenso wie ihr Name, ihr Geburtsdatum und alle anderen persönlichen Daten, die sie mit der gesuchten Natascha Wilder in Verbindung bringen könnten.

***

Der Regen über Woodberry Mansion hatte in der vergangenen Stunde nachgelassen, doch jetzt frischte er neuerlich auf, und das Unwetter machte sich wieder lautstark bemerkbar. Immer wieder flackerte das Zimmerlicht - ein untrügliches Zeichen dafür, dass das britische Stromsystem mit den unzähligen Blitzschlägen kämpfte. Chess und David hatten unterdessen vier sogenannte letzte Versuche hinter sich, den Geheimgang im Kamin zu öffnen.

„Fertig“, sagte sie erleichtert, nachdem sie eine der schwarzen Tasten hineingedrückt hatte. *Diesmal habe ich ganz bestimmt alle Noten richtig gespielt - hoffe ich.* „Versuchen Sie's!“
„Na dann...“ David legte gespannt den Hebel um.
Wie schon zuvor passierte auch diesmal nichts.
Chess war die Enttäuschung anzusehen. „Sobald ich wieder zuhause bin, bestelle ich mir ein Musikbuch und lerne Notenlesen. Das verspreche ich.“
„Vielleicht bekommen wir es billiger, wenn wir gleich zwei davon...“
Ein kräftiges Geräusch, das wie das Anlaufen einer Pumpe klang, übertönte David. Mit einem Rumpeln setzte sich die Rückwand des Kamins in Bewegung. Die tonnenschwere Granitplatte glitt zur Seite und verschwand langsam in der Wand.
„Ja!“, rief Chess erfreut. „Diesmal waren es die richtigen Noten.“
Auch David war erleichtert, dass es endlich funktioniert hatte. „Sie sind großartig, Chess. Ich kann es kaum erwarten zu sehen, was...“
In diesem Moment ließ ein gewaltiger Donnerschlag die Grundmauern von Woodberry Mansion erzittern. David und Chess zuckten erschrocken zusammen. Nur einen Herzschlag später flackerte das Licht im Zimmer noch einmal auf, dann war es finster.
Keiner von beiden sagte ein Wort.
Aus der Öffnung in der Wand klang das Heulen des Sturms, das durch den Wegfall des Pumpensurrens erst richtig zur Geltung kam. Mit einem schaurigen Stöhnen blies der Wind durch die Mauerritzen.
„David?“ Chess fand ihre Stimme zuerst wieder. „Ich glaube, der Blitz hat diesmal ziemlich nah eingeschlagen.“
„Ich hoffe nicht“, beruhigte er sich vorrangig selbst. „Es

kommt vor, dass das ganze Stromnetz bei einem Unwetter zusammenbricht. Sowas dauert aber nicht lange."
Chess schaltete die Taschenlampe wieder an. „In Jordanien brauchen wir dafür nicht einmal ein Gewitter."
„Gut, dass Sie die Lampe haben", war er froh, wieder etwas zu sehen. „Vielleicht ist es ja auch nur der Sicherungskasten."
„Von dem Sie jetzt nicht zufällig wissen, wo er sich befindet?", legte sie ihm die Antwort praktisch schon in den Mund.
„Wenn ich raten müsste, würde ich auf den Keller tippen."
„Das hätte ich auch gesagt. Dann wissen wir ja schon, was wir beide nachher machen."
„Und jetzt?", fragte David.
„Wie und jetzt? Wir gehen da natürlich rein. Die Taschenlampe hätten wir für den Geheimgang vermutlich ohnehin gebraucht." Sie hielt ihm ihre Lampe entgegen.
David tat so, als hätte er mit dieser Entscheidung nicht gerechnet. „Wäre es denn nicht besser, wenn wir zuerst einmal essen gehen?"
„Jetzt? Machen Sie Witze? Keine zehn Pferde bringen mich hier weg. Los, gehen wir!"
„Sie zuerst", winkte er ab und überließ Chess den Vortritt.
„Kommt nicht in Frage. Sie haben den Geheimgang entdeckt." *Komisch, er konnte es doch eben gar nicht erwarten hineinzukommen.*
„Eben. Also darf ich ihm entweder einen Namen geben oder entscheiden, wer ihn zuerst betreten soll."
„Der Gang braucht keinen Namen. Und jetzt gehen Sie endlich", drückte sie ihm die Taschenlampe in die Hand.
Widerwillig nahm David die Lampe und zwängte sich in den Spalt zwischen Granitplatte und Mauer. „Viel Platz ist hier nicht." Er versuchte im Lichtkegel der Taschenlampe etwas zu erkennen, machte dann aber wieder kehrt.
„Was ist?" *Hat ihn der Mut verlassen?*

„Wir sollten da nicht ohne Absicherung reingehen“, erklärte er. Sie sah ihn verwundert an, doch davon nahm er keine Notiz. Seine Taschenlampe leuchtete bereits in die Richtung des Fensters. David folgte dem Lichtkegel und kam kurz darauf mit einem gepolsterten Stuhl zurück. „Ich will nur auf alle Eventualitäten vorbereitet sein.“ Er versuchte die Lehne irgendwie in dem Spalt zwischen Granitplatte und Mauerwerk zu verkeilen.

Chess wusste nicht so recht, wie sie seine Bemühungen einordnen sollte und verlieh ihrem Zweifel durch ein abfälliges Schnaufen Ausdruck.

„Was ist?“, fragte er.

„Ich überlege mir gerade, was diese tonnenschwere Steinplatte wohl mit Ihrem niedlichen Sessel anstellen wird, wenn sie sich tatsächlich entscheiden sollte wieder zuzugehen.“

Angeregt durch ihre Ausführungen warf David einen skeptischen Blick auf den Stuhl vor sich. „Haben Sie eine andere Idee, was wir nehmen könnten?“

„Draußen am Gang habe ich vorhin ein paar Steine in einer Fensternische herumliegen gesehen. Geben Sie mir die Taschenlampe, dann hol ich uns einen davon.“

Chess verschwand und ließ David allein in der Dunkelheit zurück.

„Na toll“, murmelte er. „Selbst wenn die Batterien der Taschenlampe den Geheimgang überleben, darf ich mich im Anschluss auf eine Kellererkundung bei Kerzenlicht freuen.“

David versuchte gar nicht erst, sein Unwohlsein zu verbergen. *Alte Häuser machen mich irgendwie nervös. Erst recht, wenn ich diese komischen Geräusche höre und nicht sehe, woher sie kommen.... Man hat immer das Gefühl, als wäre man nicht allein...* Er erinnerte sich an eine Geschichte seiner Nachbarin, in der es um die Augen eines Gemäldes ging, die sich plötzlich bewegten, weil jemand im Nebenraum durch zwei kleine

Löcher lugte. *In diesem Zimmer hängen eine Menge Gemälde und alle haben Augen... Wo Chess wohl so lange bleibt? Ich hätte mitgehen sollen, damit sie nicht allein ist. Man weiß ja, wie übertrieben manche Frauen in solchen Situationen reagieren... Chess vielleicht nicht, aber... alles Mögliche bilden sie sich ein, weil es ständig irgendwo knarrt... oder klopft... und es zieht... ja, es zieht.* Er empfand den kühlen Lufthauch, der in diesem Moment die dünne Stoffhose an seinen Beinhaaren kitzeln ließ, als äußerst unangenehm. *Das kann eine tolle Nacht werden! Ohne Licht, draußen heult der Wind, und in der Zwischendecke laufen bestimmt Ratten, so groß wie Hausschweine, auf und ab...*
Er stutzte, als er meinte, Schritte zu hören. „Chess?“ *Wird auch Zeit, dass sie wieder zurückkommt.* „Chess?“
Er bekam keine Antwort.
Sag ich doch. Überall hört man Schritte, und dann will es keiner gewesen sein. Heute werde ich bestimmt kein Auge zubekommen. Ich kann nur hoffen, dass es zuhause in London nicht ganz so schlimm ist. Goliath ist so ein Angsthase.
„Chess?“
Er schüttelte den Kopf. *Wie soll ich bei dem Sturm auch Geräusche zuordnen können?*
Der Luftzug aus dem Kamin war der einzige Anhaltspunkt, den David zur Orientierung hatte. Es war so dunkel, dass er die sprichwörtliche Hand nicht vor Augen sah. *Unglaublich, wie finster es ist. Ich kann meine Augen genauso gut zumachen. Da ist überhaupt kein Unterschied.* Er hielt sich probeweise auch noch die Hände vor sein Gesicht. *Absolut dunkel!*
Chess betrat das Zimmer und leuchtete mit der Taschenlampe in seine Richtung. *Was macht er denn?* „David?“, fragte sie verwundert.
Er zuckte zusammen und nahm die Hände von seinen Augen. „Da sind Sie ja wieder“, bemerkte er erfreut.

„Komme ich ungelegen?“ Sie wirkte belustigt.
„Nein... Nein, natürlich nicht. Ich habe nur festgestellt, dass es hier drin völlig dunkel ist, wenn es kein Licht gibt.“
„Wirklich?“, fragte sie mit einem gehörigen Schuss Zynismus in der Stimme. *Wie scharfsinnig.*
Er musste lächeln. „Sie wissen schon, wie ich das meine.“
Sie ging nicht näher auf seine Vermutung ein und verkeilte den mitgebrachten Stein unter dem Sessel im Spalt. „Das sollte halten.“
„Wollen wir es hoffen.“
„Auf jeden Fall mehr als Ihr Sessel allein“, sagte sie scherzhaft. „Hier, die werden Sie brauchen.“
David nahm die Taschenlampe, die Chess ihm entgegenstreckte, und zwängte sich erneut durch den schmalen Spalt. Sie folgte ihm mit einigen Schritten Abstand.
Der betonierte Gang wirkte relativ neu. Die Luft roch dennoch leicht modrig. In kurzen Abständen waren zu beiden Seiten vergitterte Kellerleuchten angebracht. In den Mauerkanten waren kaum Spinnennetze vorhanden.
„Dieser Gang ist auf jeden Fall nicht annähernd so alt wie das Anwesen selbst“, stellte David fest.
Unterdessen hatte Chess den Grund für den Modergeruch gefunden. Durch ein vergittertes Loch im Boden wehte der Wind aus dem Keller nach oben. Sie kniete sich über das leicht angerostete Gitter. „Der Schacht da unten aber schon. Leuchten Sie mal her.“
Der gemauerte Schacht machte einen scharfen Knick und war bestenfalls einen halben Meter weit einzusehen.
„Der dient wohl nur zur Belüftung. Gehen wir weiter.“
Der anfangs noch gerade verlaufende Gang drehte sich zunehmend in eine langgezogene Rechtskurve und fiel auch leicht ab. In Summe war er aber nicht länger als vierzig oder fünfzig Meter. Der Hall ihrer Schritte wurde von den glatten

Wänden mehrfach zurückgeworfen.
„Sehen Sie schon etwas?“, wollte Chess wissen.
„Ich glaube, da vorne ist eine Tür.“ Er ging noch einige Schritte. „Und ein Kartenleser.“
„Na bitte. Dann findet die ID-Karte auch noch Verwendung. Wir sind am Ziel.“
„Ich fürchte, die wird uns für den Moment nicht weiterhelfen. Dieser Kartenleser funktioniert nämlich ganz offensichtlich nicht mit Batterien.“ David strahlte mit der Taschenlampe zwei Leuchtdioden auf dem Scanner an, die beide dunkel waren.
„Das meinen Sie jetzt aber nicht ernst?“ In Chess’ Stimme mischten sich Enttäuschung und Verärgerung.
„Ich fürchte schon“, sagte David und klopfte vorsichtig mit dem Fingerknöchel gegen den Scanner. „Da kommen wir ohne Strom nicht weiter.“
Chess konnte oder wollte sich einen Fluch nicht verkneifen.
Er legte seinen Arm um ihre Schulter. „Sehen wir es positiv. Wir haben doch beide schon riesigen Hunger... Und mit einem von Ihnen gekochten Abendessen, noch dazu bei Kerzenlicht, kann der beste Geheimgang nicht mithalten.“
Die Zornesfalten auf Chess’ Gesicht glätteten sich. „Danke, David. Das haben Sie schön gesagt.“ *Aber sobald wir wieder Strom haben...*

***

Mustafa Shahids Haus wirkte verlassen. Nur durch ein vergittertes Kellerfenster drang ein schwacher Lichtschein nach außen.
Ich übersehe irgendetwas... Es war schon sehr spät geworden, als der grauhaarige Araber eine weitere Packung Zigaretten öffnete. Seine vom Nikotin gelb gefärbten Finger blätterten immer wieder durch dieselben Seiten des alten Buchs, das vor

ihm auf dem Tisch lag. *Ich weiß, dass ich Recht habe.* Die alten Augen blickten angestrengt durch die Hornbrille.
Plötzlich flog die Kellertür mit einem blechernen Scheppern auf und ließ den Alten aus seinem Sessel hochfahren.
„Dacht ich's mir doch, dass ich dich hier finde." Die dunkelhaarige Amazone musste sich bücken, um durch den niedrigen Türrahmen zu passen.
„Kannst du denn nicht anklopfen?", fuhr er sie an und ließ sich langsam wieder in den Sessel sinken.
„Dafür, dass du immer mit einem Stock rumläufst, bist du ganz schön schnell beim Aufstehen", bemerkte sie beißend.
Der Alte entfernte mit dem Handrücken die heruntergefallene Zigarettenasche aus dem Buch. „Was willst du?"
„Reden."
„Dann rede."
Sie zog einen verbogenen Klappsessel an den Tisch und nahm neben dem alten Ägypter Platz.
„Du hast doch sicher nichts dagegen", sprach sie und befüllte sich bereits eine Tasse mit rabenschwarzem Kaffee.
„Bist du deswegen hergekommen?"
Sie lehnte sich zurück und stöhnte genüsslich, nachdem sie ihren ersten Schluck genommen hatte. „Shahid wirkt in letzter Zeit ziemlich planlos... Findest du nicht?"
Der Gesichtsausdruck des alten Mannes veränderte sich ein wenig.
„Dir ist es doch auch schon aufgefallen", stieß sie ihn an.
„Er hat das Temperament seines Vaters." In der Stimme des Alten schwang vorübergehend leichte Verbitterung mit.
„Und auch dessen begrenzten Intellekt." Ihre Worte trafen ins Schwarze.
„Mustafa sieht nur das Offensichtliche. Er handelt sehr impulsiv, so war er schon immer. Das ist seine Art, die Dinge in die Hand zu nehmen, und er war bisher sehr erfolgreich

damit.“
„Nein“, widersprach sie mit heftigem Kopfschütteln. „Er hatte bisher einfach nur verdammtes Glück - wir hatten verdammtes Glück! Die Zahl unserer Feinde wächst täglich, und sein von primitiven Instinkten gelenktes Verhalten ist für jeden leicht vorhersagbar.“ Ihre stechenden Augen sahen ihn fordernd an.
Der Alte schien über ihre Worte nachzudenken.
„Meinst du, er ist der Sache noch gewachsen?“, setzte sie nach.
„Das wird sich bald herausstellen.“
„Und wenn nicht?“, zischte sie zwischen ihren Zähnen hervor.
Er schwieg.
„Und wenn nicht?“, drängte sie auf eine Antwort.
Er dämpfte seine Zigarette aus. „Jeder ist ersetzbar.“

***

Die Sonne war längst im Mittelmeer versunken und hatte Tel Aviv der Nacht überlassen. Ein Taxi fuhr die Promenade entlang, vorbei an den Botschaften und bog dann in eine Seitengasse ab, um vor dem Eingang eines mehrstöckigen Hotels anzuhalten.
„Passt so“, rundete Hiob Shalev den Fahrpreis auf und schlug die Tür fester zu, als es dem Taxifahrer lieb war.
„’tschuldigung!“, rief der kräftig gebaute Israeli ihm durch das geöffnete Seitenfenster noch zu, bevor er auch schon hinter der getönten Glastür des Hoteleingangs verschwand. Das Taxi, das ihn vom Flughafen zu einem Hotel gebracht hatte, wendete und entfernte sich in dieselbe Richtung, aus der es gekommen war.
Trotz der späten Stunde standen zwei bewaffnete Sicherheitsbeamte bereit, um die beiden Scanner zu bedienen, mit denen jeder, der das Hotel betrat, auf Waffen und Sprengstoff durchsucht wurde. Auch wenn derartige Röntgengeräte in vielen großen Hotels üblich waren, so

bedeutete das nicht auch immer, dass zu jeder Stunde Personal anwesend war, das sie bediente. Dieses Hotel verzichtete zu keiner Stunde auf die Sicherheit seiner Gäste.
„Guten Abend“, wurde Hiob von dem kleineren der beiden Wachmänner begrüßt.
Hiob erwiderte den Gruß. Dabei warf er einen prüfenden Blick auf den Sicherheitsausweis des Beamten, der an der Brusttasche seines hellblauen Kurzarmhemds befestigt war.
„Ihren Koffer, bitte“, sagte der Wachmann.
Hiob legte seinen dunklen Aktenkoffer auf das Förderband des Gepäckscanners. Dann zückte er seinen Dienstausweis und legte ihn deutlich sichtbar auf den kleinen Tisch, an dem der zweite Beamte saß und auf einem Bildschirm den Kofferinhalt kontrollierte.
Es dauerte einen Moment, ehe er nickend seine Zustimmung gab. „Herzlich willkommen, Mr. Shalev.“ Auf Knopfdruck schoben sich die dicken Panzerglasscheiben auseinander.
„Danke.“ Hiob Shalev nahm seine Sachen und betrat die Halle. Sein Weg führte ihn am Empfangsschalter vorbei zu den drei Aufzügen. Zwei von ihnen warteten bereits auf eintreffende Gäste. Er entschied sich für den rechten und drückte den Knopf für das Dachgeschoss. Fast geräuschlos schloss sich die Tür.
„Du hast auch schon einmal besser ausgesehen“, sagte er zu dem Mittvierziger im Spiegel. „Viel besser“, wiederholte er, und jedes Wort tat weh. Stärker als sonst traten die kantigen Gesichtszüge des Israeli hervor. Plötzlich - und zum ersten Mal in seinem Leben - spürte er die Jahre. Mit einem Kopfschütteln verdrängte er den Gedanken rasch wieder. *Alon hat Recht, ich sollte wirklich keine grauen Anzüge tragen.*
Der Lift hielt im obersten Stockwerk, und Hiob ging zielsicher auf die vorletzte Tür zu. Seit er das Hotel betreten hatte, fühlte er sich beobachtet, und dazu hatte er auch allen Grund. Jeder frei zugängliche Raum in dem Gebäude war videoüberwacht.

Überall hingen kleine Halbkugeln aus dunklem Rauchglas von der Decke, unter denen elektronische Augen wachten.
Der Israeli zog etwas, das wie eine schwarze Scheckkarte aussah, durch einen rötlich schimmernden Metallschlitz neben der Tür. Mit einem Piepsen wurde die Gültigkeit der Karte bestätigt, und die Tür sprang auf. Gleichzeitig wurde das Schimmern grün.
Hiob trat ein und spürte, wie die Anspannung der vergangenen Tage von ihm abfiel, nachdem die schwere Sicherheitstür hinter ihm im Schloss einrastete.
Endlich! Jetzt ein Glas Wein und etwas klassische Musik...
Er hatte eine sehr genaue Vorstellung davon, wie der Abend ausklingen sollte. *...auf der Dachterrasse und dazu die alten Briefe aus dem Kloster...*
Sein erster Weg führte ihn in die Wohnküche, in der man unweigerlich landete, wenn man dem langgezogenen Vorzimmer folgte. Dort angelangt, entschied er sich, die indirekte Beleuchtung der dunklen Küchenzeile einzuschalten, die viel zu schwach war für den großen Raum. Als Scharfschütze hatte er über die Jahre eine natürliche Abneigung gegen hell erleuchtete Auslagen entwickelt. Auch wenn die riesige Glasfront der Wohnung schussfest war, so half dies freilich wenig, wenn man es sich auf dem Balkon gemütlich machte, so wie Hiob es vorhatte.
Erfreut stellte er fest, dass tatsächlich Weißwein eingekühlt war. Keine fünf Minuten später hatte er seine Abendplanung in die Tat umgesetzt. Dank des leichten Seewinds und mit etwas gutem Willen war es ihm sogar möglich, das Meer zu riechen.
Genauso hab ich mir das vorgestellt, ließ er sich zufrieden in den Liegestuhl fallen. Auf dem kleinen Tisch neben ihm stand die geöffnete Weinflasche mit zwei Gläsern, in denen sich die Flammen dreier Kerzen spiegelten.
Ungefähr eine Stunde später parkte Alon Kollek sein

silberfarbenes Cabrio in der Tiefgarage, die zu seiner Wohnung gehörte. Er war sportlich gekleidet, wie man es von ihm gewohnt war, wirkte aber nicht ganz so gepflegt wie sonst. Sein kurzes schwarzes Haar freute sich darauf, wieder richtig in Form gebracht zu werden. *Da kann diese Frau Doktor sagen, was sie will, keinen Tag länger lass ich mir das Kopfwaschen verbieten.*

Der Aufzug brachte ihn direkt von der Garage in das oberste Stockwerk. *Halb so wild*, dachte er, als er sein Antlitz im Spiegel erblickte. *Nichts, was sich nicht mit einem ausgiebigen Bad und ein paar Stunden Schlaf wieder in den Griff bekommen lässt. Und außerdem...*

Das Anhalten des Lifts beendete seine Gedanken vorzeitig. Kurz darauf öffnete er die Tür zu dem, was er seine Wohnung nannte. Männern in seiner Position bot der israelische Geheimdienst eine spezielle Form der Unterbringung an. Aus Sicherheitsgründen waren sie gut beraten, ihre Unterkunft von Zeit zu Zeit zu wechseln. Das ließ sich am schnellsten und unauffälligsten durch das Einquartieren in Hotels erledigen. Seit drei Monaten wohnte Alon schon hier, was für jemanden, der so selten daheim übernachtete wie er, noch nicht viel bedeutete. Verglichen mit seiner vorherigen Bleibe hatte er es dieses Mal ausgesprochen gut erwischt. Details wie die ruhige Lage oder der Meerblick waren nicht unbedingt Kriterien, die die Innendienstmitarbeiter vorrangig im Auge hatten, wenn es darum ging, eine unauffällige Unterbringung von exponierten Führungskräften sicherzustellen.

Dass seine Wohnung diesmal um so viel besser war als die bisherigen, konnte man als eine Verkettung sehr vieler glücklicher Umstände deuten. Möglicherweise hatte sich aber auch nur sein Flirt mit der neuen Mitarbeiterin bezahlt gemacht, die für die Zuteilung verantwortlich war. Aus Alons Sicht war Letzteres wahrscheinlicher.

Alon warf seine dunkelgrüne Jeansjacke über den Haken im Vorzimmer und ging geradewegs in Richtung Dachterrasse. Dort zuckten auf einem kleinen Teakholztisch die Flammen von zwei Kerzen.
„Hab ich es mir doch gedacht, dass ich dich hier draußen finde", sprach Alon seinen Gast an, der es sich im Liegestuhl gemütlich gemacht hatte und in einen alten Brief vertieft war.
Hiob blickte kurz auf. „Wer weiß, ob deine nächste Wohnung auch wieder so eine riesige Dachterrasse hat..." Er nahm einen Schluck vom Wein. „Wie ist es gelaufen?", fragte er wie jemand, der die Antwort bereits kannte.
„Wie üblich."
Hiob schüttelte den Kopf. „Erzähl mir doch nichts. Üblicherweise ist der Wein noch kalt, wenn du kommst", stellte er sein Glas wieder ab. „Ich bin sicher schon eine Stunde hier."
Alon zuckte mit den Schultern.
„Eines Tages wirst du dir an dieser Frau noch die Finger verbrennen", warnte Hiob.
„Nicht solange wir die Jobs ordentlich erledigen, die ihr Vater für uns hat."
„Ich hoffe nur, dass sich unsere Namen nicht selbst eines Tages auf einer seiner Jobbeschreibungen finden."
Alon stieß ein halbherziges Lachen aus und setzte sich neben seinen Freund. „Souzan-Chaya hat mir versichert, dass ihr alter Herr sehr zufrieden mit unserer Arbeit ist. Deine Sorge dürfte also unbegründet sein." Er schenkte Wein in das leere Glas. „Ich sollte dich übrigens daran erinnern, dass du nicht mehr bei schlechtem Licht lesen wolltest", wechselte er das Thema.
Hiobs Blick wanderte über die Kerzen. „Vorhin haben noch alle drei gebrannt."
Alon sah seinen Freund vorwurfsvoll an.
„Ja... Ja, schon gut. Du hast ja Recht", räumte dieser ein und

setzte seine Lesebrille ab.
„Kannst du schon sagen, worum es in den Briefen geht?"
Hiob stellte die Lehne seines Liegestuhls gerade und gab den Brief, der in seinem Schoß lag, zurück zu den anderen in die Ledertasche. „So lang warst du dann auch wieder nicht weg."
Alon kannte Hiob lange genug, um zu wissen, dass er die Stunde nicht ungenutzt gelassen hatte. „Schieß los."
„Es ist aber wirklich noch nicht sehr viel... In einem der Briefe wird das Buch der Gog und Magog erwähnt. Sie scheinen alle vom selben Absender zu stammen - möglicherweise ein sehr hoher Würdenträger der Kirche. Zumindest vermute ich das aufgrund seiner Wortwahl und dem autoritären Verhältnis, das zwischen ihm und dem Empfänger besteht. Allerdings werden weder der Absender noch der Adressat bisher namentlich erwähnt. Die Rede ist nur von einem Freund, dem er für seine Unterstützung dankt."
„Wobei hat er ihn unterstützt?"
„Bei seiner Flucht." Hiob wusste nur zu gut, wie hartnäckig Alon sein konnte, wenn er vermutete, dass man ihm Informationen vorenthielt. Doch auf Spekulationen wollte Hiob sich nicht einlassen.
„Vor wem ist er geflohen?"
Hiob schüttelte den Kopf.
„Klemm dich bitte dahinter. Ich habe ein ganz schlechtes Gefühl bei dieser Geschichte..."

***

Das Leben mancher Menschen nahm mitunter sehr unangenehme Wendungen, um ihnen vor Augen zu führen, welche Wirkung ihr eigenes Handeln auf andere hatte. Im Fall von Commodore William T. Preston war die Lektion, die er in den vergangenen Tagen gelernt hatte, schmerzhaft und erniedrigend zugleich. Der Mann, der den kometenhaften Aufstieg seiner militärischen Laufbahn dem Talent verdankte, Leuten wie kein anderer die Zunge lösen zu können, zeigte sich selbst ausgesprochen schweigsam.

Das Quietschen einer sich in den rostigen Angeln drehenden Blechtür verschaffte ihm eine seit Stunden ersehnte Atempause. *Ihr hättet mich besser gleich umgebracht*, wollte er den beiden Männern noch nachrufen, aber aus seinem verschwollenen Mund tropfte nur rot gefärbter Speichel. Doch auch ohne den lädierten Unterkiefer hätten ihn die zwei wohl kaum noch gehört. Prestons Peiniger hatten den Raum bereits verlassen, in dem der Commodore wie ein Stück Schlachtvieh mit zusammengebundenen Händen an einem Seil von der Decke baumelte. Es war nicht annähernd lang genug, als dass seine nackten Fußballen den Boden aus gestampftem Lehm berühren konnten.

Die Baracke, in der man ihn gefangen hielt, war ein Bretterverschlag mit Blechdach.

Dafür werdet ihr Schweine mir büßen, und wer immer euch den Auftrag dazu gegeben hat, ebenso. Preston hatte keine Ahnung, wo genau er sich befand. Man konnte ihn, während er bewusstlos gewesen war, praktisch an jeden Ort der Welt gebracht haben. Nur in einem Punkt war er sich sicher, dass er sich nicht mehr innerhalb der Grenzen der USA befand. Zum einen, weil auf heimischem Boden niemand, mit dem er sich angelegt hatte, das Risiko eingehen würde, einen Navy-Angehörigen seines Rangs so zuzurichten. Zum anderen, weil sowohl die schwüle, drückende Hitze als auch das Auftreten seiner Entführer besser in die Gegend rund um den vierzehnten Breitengrad passten.

Preston zog blutigen Schleim auf und spuckte in das langsam fließende Rinnsal zwischen seinen Beinen. Die stinkende Brühe war eine Ansammlung all dessen, was seinen

geschundenen Körper in den letzten Tagen verlassen und irgendwie den Weg durch seine fleckige Hose gefunden hatte.
So übel man den hochdekorierten Commodore auch zugerichtet hatte, sein Wille und sein Kampfgeist waren ungebrochen. Seine Entführer wussten das, und sie würden alles daran setzen, das zu ändern. Dieser Tatsache war sich wiederum Preston bewusst, und er wollte seinerseits dafür sorgen, es nicht so weit kommen zu lassen. *Ich muss hier raus, solange ich noch gehen kann. Sie werden sich nicht mehr lange damit zufrieden geben, mir die Zähne aus dem Gesicht zu schlagen. Das fette Schwein* - Preston hatte sich bei seiner Suche nach passenden Bezeichnungen für die beiden Männer von reinen Äußerlichkeiten leiten lassen - *wird mich sicher wieder losbinden und auf den Boden werfen, wenn sie zurückkommen...* Die Wut blitzte in seinen kalten Augen auf. *Dann kann mir das Vogelgesicht* - damit war der zweite, kleinere Mann gemeint - *besser in die Rippen treten, bevor sie mich ruhigstellen, so wie sie es jede Nacht machen... und dann spritzen sie mir wieder dieses Zeug.*
An seinem Unterarm zeugten Einstiche davon, dass er schon mehrmals ruhiggestellt worden war. *Ich leg euch um!*
Preston wusste aus eigener Erfahrung, dass das größte Problem bei mehrtägigen Verhören die Routine war, die sich auf beiden Seiten einschlich. Während die ewige Wiederholung von Fragen und Behandlungsmethoden einerseits das Opfer zermürbte, hinterließ sie andererseits auch bei denen, die das Verhör durchführten, ihre Spuren. Praktisch alle monotonen Tätigkeiten führten früher oder später dazu, die Sicherheit sträflich zu vernachlässigen. Im erklärten Todfeind ebendieser Sicherheit, dem Leichtsinn, sah Preston seinen Verbündeten.
Heute Nacht werde ich nicht zwischen Ratten und Kakerlaken liegen... Nicht heute Nacht...
Das Zeitgefühl war eines der ersten Dinge, das einem in

solchen Situationen abhanden kam. Umso mehr Wert legte Preston darauf, sich anhand von kleinsten Regelmäßigkeiten immer wieder bewusst zu machen, wie lange etwas dauerte. Aus einem Schlauch, mit dem sie ihn vor jeder Behandlung abspritzten, tropfte Wasser. Die Abstände, die zwischen den einzelnen Tropfen lagen, nutzte der Commodore mit der gleichen Selbstverständlichkeit wie andere Leute die Uhren über ihren Schreibtischen. *Ihr habt euch den Falschen gesucht für eure Spielchen, ich werde euch...*

„Drecksviecher", fluchte er und spuckte kräftig aus, nachdem ihm ein Käfer zu nahe gekommen war. Kleine grüne Käfer waren weiß Gott nicht das einzige Ungeziefer, das über seine zerschundene Brust lief. Der Mann, den der Commodore als Vogelgesicht bezeichnete, hatte ihm den Oberkörper freigemacht, um die Batterieklemmen besser ansetzen zu können. Auf Prestons Haut lockte eine Mischung aus Schweiß und Blut in allen Stadien des Eintrocknens Insekten an. Sie wurden auch von den bernsteinfarbenen Fliegenfängern nicht abgeschreckt, die man an die Holzbalkenkonstruktion des Wellblechdachs genagelt hatte. Wie klebrige Zungen baumelten sie von der Decke und trockneten ihre Gefangenen, als wären sie Dörrobst. *Wenn ich noch länger hier bleibe, sehe ich genauso aus...*

***

Es war frühmorgens in Tel Aviv, als Alon Kolleks Mobiltelefon läutete und ihn unsanft aus dem Schlaf riss. *Wer zum Teufel...* Schlaftrunken drehte er sich in die Richtung, aus der das Läuten kam. Die Nummer auf dem Display ließ ihn zögern. *Souzan-Chaya!* Er hob dennoch ab.

„Weißt du, wie spät es ist?", fragte er vorwurfsvoll und machte nicht den Eindruck, an der Antwort wirklich interessiert zu sein.

„5:16“, antwortete sie ihm knapp.
Alon reagierte erstaunt, war er sich doch sicher gewesen, gerade erst eingeschlafen zu sein. Ein Blick auf seine Armbanduhr bestätigte allerdings Souzan-Chayas Version.
„Bei mir auch“, brummte er.
„Wir müssen reden, Alon.“ Ihre Stimme klang nachdenklich, vielleicht sogar besorgt und passte so gar nicht zu ihr. Souzan-Chaya war eigentlich nicht die Frau, die sich um irgendetwas Sorgen machen musste. Dafür hatte sie ihren Vater - einer der einflussreichsten Männer, denen Alon je begegnet war. Wahrscheinlich war er sogar der einflussreichste von allen.
„Hat das denn nicht noch ein paar Stunden Zeit? Hiob und ich sind doch gerade erst zurückgekommen vom letzten Job“, gähnte er.
„Es geht nicht um euren Job - nicht direkt. Es geht um eure Kreuznägel.“
Alon wurde hellhörig. „Unsere Nägel? Was weißt...“
„Nicht am Telefon“, würgte sie ihn ab. „Erinnerst du dich noch an unsere Bank, unten an der Strandpromenade?“
Alon nickte geistesabwesend. Ihre Worte führten ihn wenigstens fünfzehn Jahre zurück in eine laue Juninacht.
„Alon?“, fragte sie nach. „Bist du noch da?“
„Ja“, sagte er, wie jemand, der gerade einen Zeitsprung gemacht hatte.
„In zwanzig Minuten. Nur du und ich.“
„Ich werde da sein.“ Er legte auf. *Nur du und ich?* Alon überlegte, wann er Souzan-Chaya das letzte Mal ohne die Bodyguards ihres Vaters getroffen hatte. *Oder was sie darunter versteht...*
Er ging durch die Wohnküche in Richtung Terrasse. Die Tür stand ein Stück offen, und Alon fand Hiob im Liegestuhl eingeschlafen über seiner Arbeit. Keine der drei Kerzen auf dem Tisch brannte noch. *Das macht er also, wenn er sagt, dass*

er noch aufbleibt, um zu arbeiten...
Alon verschwand im Badezimmer und kam, fast schon zu spät, fertig gestylt wieder heraus. Der frühe Morgen schmälerte seine Eitelkeit kein bisschen, und für ein Frühstück reichte die Zeit ohnehin nicht.
Er verzichtete darauf, den Wagen aus der Garage zu holen und verließ das Hotel stattdessen durch den Seiteneingang.
Hat sie tatsächlich schon etwas herausgefunden... Sonst würde sie mich wohl kaum mitten in der Nacht anrufen! Ohne es selbst zu bemerken, wurden seine Schritte schneller, während er über den Grund ihres Anrufs spekulierte. Selbst für einen Mann mit Alons Erfahrung im Umgang mit Frauen war Souzan-Chaya nur schwer einzuschätzen. In vielen Dingen wurde sie ihrem Vater im Laufe der Jahre immer ähnlicher. Alon hatte sie zwar noch nie darauf angesprochen, konnte sich aber durchaus vorstellen, dass sie sich eines Tages die großen Schuhe ihres alten Herrn anziehen würde.
Zwei Minuten zu früh erreichte Alon den vereinbarten Treffpunkt, seine Verabredung kam dagegen genau pünktlich. Souzan-Chaya sah elegant wie immer aus, der Ausdruck auf ihrem Gesicht jedoch bestärkte ihn in seiner Befürchtung, dass sie keine guten Nachrichten für ihn hatte. Entsprechend knapp fiel die Begrüßung aus.
„Tut mir leid, dass ich dich so zeitig rausgeläutet habe, aber ich muss für ein paar Tage weg und wollte dir vorher noch... Wollen wir uns nicht setzen?“, bot sie ihm einen Platz an ihrer Seite an.
„Danke. Also, was ist so wichtig, dass es nicht warten konnte?“ Alon war kein Freund von langen Worten, und das zeigte er auch.
„Was ich dir jetzt sage, wird dich bestimmt nicht freuen“, baute sie seiner Enttäuschung vor.
„Finden wir’s raus“, stützte er gespannt seinen Arm auf der

Lehne der Holzbank ab.
„Ich habe mich gleich nach unserem gestrigen Treffen deiner Bitte angenommen und nach Antworten gesucht."
„Und du hast sie gefunden."
Sie nickte wenig überzeugt.
„Das ist doch gut. Ich hatte nicht so schnell mit Ergebnissen gerechnet."
„Genau das ist das Problem, Alon... Ich musste gar nicht erst lange danach suchen."
„Wie meinst du das?", fragte er verwundert.
„Genauso, wie ich es sage. Als ich in das Büro meines Vater kam, lag ein Stapel Akten auf seinem Tisch."
„Manche Dinge ändern sich eben nie", versuchte Alon die angespannte Stimmung etwas aufzulockern.
Sie ignorierte seine Bemerkung und fuhr fort: „Die oberste Akte war die des Scheichs, um den ihr euch gekümmert habt. Vater legte sie gerade mit dem Vermerk ‚Erledigt' zur Seite."
„Das kann er auch. Der Scheich ist erledigt."
„Ich konnte dabei einen Blick auf die nächste Akte werfen... Mustafa Shahid", sagte sie mit vorsichtiger Stimme.
„Das sind doch gute Neuigkeiten. Hiob wird sich freuen, sie zu hören."
„Das wird er nicht."
„Wird er nicht?", fragte er mit irritierter Stimme.
Sie schüttelte den Kopf. „Was ich dir jetzt erzähle, ist nur für deine Ohren bestimmt."
Sie wusste, dass Alon vor Hiob keinerlei Geheimnisse hatte. Genau deshalb überlegte sie sich gut, welche Informationen sie ihm anvertraute. „Mir ist klar, dass dir nicht alles, was ich jetzt sage, schmecken wird..." Sie machte eine Pause, die sie andächtig wirken ließ. „Vater hat diesem Gespräch überhaupt nur deshalb zugestimmt, weil du und Hiob persönlich in den Fall involviert seid. Diese Informationen dienen ausschließlich

zu eurem Schutz und nicht, um Hiobs Rachegelüste zu stillen."
„Zu unserem Schutz?" Alon begann zu begreifen. *Wir kommen sehr gut allein zurecht!*
„Vater hält es für wichtig, dass ihr wisst, was euch erwartet, und worum es bei diesem Fall wirklich geht."
„Er legt uns an die Leine, meinst du wohl." Alon war empört.
„Es ist nicht so, wie du denkst."
„Ist es nicht?" Sein Ärger war nicht zu überhören.
Sie senkte ihren Blick, um seinem auszuweichen. „Vielleicht ein klein wenig", räumte sie ein. „Ihr seid da an einer sehr großen Sache dran... Mustafa Shahids Name steht schon seit längerem auf Vaters Liste, und vermutlich wäre jeder froh gewesen, wenn Hiob ihn in London tatsächlich erwischt hätte. Mittlerweile liegen die Dinge aber ein wenig anders."
„Hat Shahid zufällig jemanden umgelegt, für den ihr ihm zu Dank verpflichtet sein müsst?" Sein Sarkasmus verletzte, und genau das sollte er. Dennoch tat Souzan-Chaya so, als hätte sie seine Bemerkung überhört.
„Shahid hat die Kreuznägel, die er euch gestohlen hat, in ein Labor bringen lassen. Es gehört einem Koreaner, der es auch selbst leitet. Sein Name ist Qian, Dr. Qian. Er ist Spezialist auf dem Gebiet der Zellregeneration und galt unter Kollegen gleichermaßen als genial wie skrupellos."
„Galt?", fragte Alon.
„Er hat sich in den vergangenen Jahren immer weiter aus dem Licht der Öffentlichkeit zurückgezogen. Einige hatten sogar vermutet, er wäre bereits tot. Tatsächlich dürfte er aber geheime Forschungen für die Amerikaner betrieben haben, die seine Ausrüstung mitfinanziert haben."
„Wisst ihr, was sie mit den Nägeln vorhaben?"
Sie lächelte ihm wohlwollend zu. *Als ob dir das nicht selbst schon in den Sinn gekommen wäre.* „Sie versuchen brauchbare DNA-Spuren für ihre Zellkulturen zu gewinnen. Es ist schwer

zu sagen, wie weit Qians Fortschritte auf dem Gebiet der Zellforschung tatsächlich gediehen sind, weil kaum etwas davon nach außen dringt. Aber man muss nur eins und eins zusammenzählen, um sich vorstellen zu können, was er vorhat... Qian versucht, den Mann zu klonen, dessen DNA er auf den Nägeln findet."

Alon nickte. „Wir sind zu dem gleichen Schluss gekommen. Aber das ist unmöglich."

„Bist du dir sicher?"

Er stutzte. Die Art, wie sie ihm diese Frage stellte, ließ ihn seine vorgefasste Meinung überdenken. „Ich bin kein Experte", räumte er ein, „aber nach allem, was man so in den Medien hört und liest..."

Sie lachte lauthals los. „Du bist einfach unverbesserlich, Alon. Glaubst du denn auch, was die Zeitungen über unseren Job berichten?"

Er schwieg und vor allem ärgerte er sich. Nicht so sehr darüber, dass sie ihn wie einen Idioten behandelte, sondern weil er sich in diesem Moment auch genau wie einer fühlte.

Sie legte ihre Hand versöhnlich auf seine Schulter. „Wenn Qians Auftraggeber daran interessiert wären, ihre Ergebnisse öffentlich zu machen, hätten sie ihm wohl kaum ein geheimes Labor..."

„Ja! Ja, schon gut", unterbrach er sie und schubste ihren Arm von seiner Schulter. „Ich hab's verstanden!"

Er konnte es nicht leiden, wenn sie über ihn lachte. Souzan-Chaya wusste das und tat es genau deshalb. Das wiederum glaubte Alon zu wissen und ärgerte sich darüber.

„Angenommen, es gelingt ihm, mithilfe der DNA unserer Kreuznägel einen Klon herzustellen. Was glaubst du, was er damit vorhat?"

Sie zuckte mit den Schultern. „Da fallen mir mehrere Möglichkeiten ein. Das Christentum sieht in Jesus Christus den

Sohn Gottes, obwohl Maria mit Josef verheiratet war. Wie würde die Kirche jemanden nennen, der in der Lage ist, Gottes Sohn tatsächlich neues Leben einzuhauchen? Wen würden die Gläubigen als Vater dieses Klons ansehen? Den Vater des DNA-Spenders oder den Mann, der ihn zum Leben erweckt?"
Sie gab Alon einige Augenblicke lang Zeit, um über ihre Worte nachzudenken, ehe sie fortfuhr.
„Wir leben in einer Zeit, in der alle Religionen verstärkt Anhänger an die Wissenschaft verlieren. Ein Wunder käme vielen Leuten gerade Recht... Auf der anderen Seite gibt es genug Fanatiker, die genau das um jeden Preis verhindern wollen."
Er nickte. „Ich kann mir gut vorstellen, dass der Gedanke an den Erfolg eines solchen Experiments viele Menschen beunruhigt."
„Mächtige Menschen! Und sie sind um einiges beunruhigter, als du es dir vorstellen willst."
„Was gedenkt dein Vater in dieser Sache zu tun?"
„Vorerst nichts."
„Nichts?"
„Vorerst! Ich habe dir noch nicht alles erzählt. Qian hat sein Labor auf eine Insel verlegt."
„Welche Insel?"
„Es würde schneller gehen, wenn du mich einfach erzählen lässt."
„Schon gut." Er sah sie erwartungsvoll an.
„Offenbar ist dem Koreaner das Pflaster zu heiß geworden für seine Forschungen. Er hat sich eine ausrangierte Bohrinsel gekauft und sie in eines der modernsten Labors umbauen lassen. Kurz nach der Fertigstellung wurden die Kreuznägel angeliefert - eure Kreuznägel! Dabei ging allerdings etwas schief, und jetzt liegen sie in einem Koffer auf dem Grund des Meeres. Qian lässt seit Tagen danach tauchen. Bisher

allerdings ohne Erfolg."
„Sie haben es versaut." Seine Stimmung besserte sich etwas und zeigte sogar einen leichten Anflug von Erregung.
„Die Chancen stehen gut, dass sie den Koffer bald finden, um ihren Plan in die Tat umzusetzen", bremste sie seine Freude. „Wir gehen davon aus, dass sie in Kürze mit dem Klonen beginnen."
„Du bist erstaunlich gut informiert", bemerkte Alon anerkennend.
„Das ist mein Job."
Auch wenn Alon wusste, dass er keine zufriedenstellende Antwort auf seine nächste Frage zu erwarten hatte, brannte sie ihm doch zu sehr auf der Zunge, um sie nicht zu stellen. „Habt ihr jemanden auf der Insel?"
„Wir werden Qians Plan torpedieren", sagte sie entschlossen. „Aber wir müssen auf den richtigen Zeitpunkt warten, um kein Misstrauen zu erwecken. Es hat uns sehr viel Zeit gekostet, einen Saboteur auf der Insel einzuschleusen. Wir dürfen diese Arbeit nicht leichtfertig aufs Spiel setzen."
Alon nickte interessiert. *Mal sehen, wie gut ihre Quelle ist...* „Shahid schien sich nach unserem letzten Zusammentreffen nicht sehr wohl zu fühlen." Er grinste schadenfroh, als er an Chess' Schilderungen dachte.
Souzan-Chaya blieb ernst. „Mustafa Shahid kam kurz nach dem Zwischenfall mit den Nägeln auf die Insel. Er wollte die Taucharbeiten persönlich überwachen, aber er musste kurz darauf wieder weg... Er hat allerdings nicht den Eindruck gemacht, als würde es ihm schlecht gehen."
Alon vernahm den letzten Satz mit einem Ausdruck tiefen Bedauerns. *Unkraut vergeht anscheinend wirklich niemals.* „Was erwartest du von uns?"
Sie schob mit dem Finger eine Haarsträhne hinter ihr Ohr. „Haltet euch von dieser Insel fern, solange wir nicht wissen,

wie weit Qians Arbeit fortgeschritten ist, und wie groß die Gefahr wirklich ist, die von seinen Experimenten ausgeht. Bis das geklärt ist, wird Mustafa Shahids Exekution ausgesetzt."
„Du verlangst eine Menge. Jeder von uns hat wenigstens einen guten Grund, um Shahid selbst umzulegen. Sogar David..." Er zögerte. „Aber der würde es nicht tun."
Souzan-Chaya lachte. „Lass ihn von mir grüßen und deine Freundin auch... Und sag Hiob, dass mein Vater seinen Namen in Shahids Akte vermerkt hat. Er weiß, wie viel ihm daran liegt, mit seiner Vergangenheit abschließen zu können. Aber er soll sich noch ein wenig gedulden."
„Wie lange?"
„Haltet euch bereit. Ihr seid die Ersten, die erfahren, wenn es losgeht. Du hast mein Wort darauf."
Souzan-Chayas Wort war eines, auf das er sich blind verlassen konnte. Es wog so schwer wie das ihres Vaters. „Lass dir aber nicht zu viel Zeit, ich weiß nicht, wie lange ich Hiob..."
„Du..." Sie setzte an, noch etwas zu sagen, als plötzlich ihr Handy läutete. „Ich muss los." Sie stand auf und legte ihre Hände auf Alons Schulter. Dann küsste sie ihn auf beide Wangen wie eine Schwester, die ihren Bruder verabschiedete. „Pass auf dich auf!"

***

Chess und David schliefen friedlich unter ihrer Decke. Lautes Vogelgezwitscher begleitete das Aufgehen der Morgensonne über Woodberry Mansion. Das schwere Unwetter war noch während der Nachtstunden weitergezogen und hatte Überschwemmungen und Verwüstungen zurückgelassen. Äste, deren Durchmesser kleinen Bäumen um nichts nachstanden, lagen vom Sturm verteilt wie abgefallenes Laub herum. Überall auf dem Grundstück hatte der Regen kleine Senken mit

Wasser gefüllt und den Rasen in eine Seenlandschaft verwandelt. Der völlig durchnässte Boden konnte nichts mehr aufnehmen und musste darauf warten, von den Sonnenstrahlen getrocknet zu werden.

Davids Augenlider waren noch zu schwer, um sie bewusst kontrollieren zu können. Im Halbschlaf streckte er seinen rechten Arm aus und legte ihn auf etwas Weichem und Warmem ab. Sein erster Gedanke war ebenso naheliegend wie falsch. *Goliath...* Mechanisch streichelte er mit dem Daumen über das vermeintliche Fell seines Riesenkaninchens.

Für gewöhnlich brauchte David in dieser Phase des Aufwachens einige Zeit, bis er in der Lage war, seine Umgebung richtig wahrzunehmen. Irgendwann würde er die Augen öffnen, und dann konnte durchaus noch die eine oder andere Minute vergehen, bis er sich bequemte aufzustehen.

Umso bezeichnender war das, was gleich passieren sollte. David begann müde die Augenlider anzuheben. Sogleich suchte sein Unterbewusstsein im Kurzzeitgedächtnis nach einer Erklärung für die ungewohnte Umgebung. *Woodberry Mansion...* Er bewegte den Kopf langsam zur Seite. *Goliath...? hier...? Aber das ist...* Schlaftrunken versuchte er, die Gedanken zu ordnen, als er im Augenwinkel seine Hand erkannte. Er riss die Augen auf. Schlagartig wurde die Vermutung zur Gewissheit. Was er da streichelte, waren nicht Goliaths Haare. Davids unmittelbare Reaktion glich einem Schlafenden, der mit einem Kübel eiskalten Wassers geweckt wurde. Schneller als jemals zuvor fuhr er aus dem Bett hoch.

Den wenigen Männern, denen das zweifellose Glück zu Teil wurde, eines Morgens völlig unvermittelt neben einer Frau wie Chess zu erwachen, mochten viele Dinge durch den Kopf gehen. Umso mehr, wenn das minutenlange Streicheln ihres seidenweichen Haars durch wohlwollendes Raunen der Schönheit erwidert wurde. Kaum einer von ihnen dürfte aber in

einer derartigen Situation reagieren, wie David es tat. Sein erster Gedanke war für ihn Grund genug, dass er beim zweiten bereits neben dem Bett stand.
Habe ich wirklich..., blickte er beschämt zu Chess, als ob er die Antwort auf dem Bett finden würde.
David! Was hast du getan? Er versuchte sich zu erinnern und bemerkte plötzlich, dass sich seine Kleider nicht an, sondern unter ihm befanden. Bei genauer Betrachtung stand er neben und teilweise sogar auf ihnen.
Ganz offensichtlich hatte er sich diesmal vor dem Zubettgehen nicht die Zeit genommen, seine Sachen fein säuberlich zusammenzulegen, wie er das üblicherweise tat.
Betroffen blickte er an sich herab. *Meine Hose!*
Viel schneller als gewohnt verschwand die morgendliche Blässe aus seinem Gesicht und hatte bald den Farbton übertroffen, den man als gesund bezeichnen konnte. Einzig die Tatsache, dass Chess noch schlief und von alldem nichts mitbekam, verhinderte in seinen Augen Schlimmeres.
David schlich vorsichtig um das Himmelbett und fand seine schlimmsten Befürchtungen bestätigt, als er sah, dass auch Chess' Sachen großflächig über den Boden auf ihrer Seite des Betts verteilt waren.
Er fühlte, wie seine Handflächen feucht wurden. Gleichzeitig bekam er leichtes Kopfweh. *Ich muss mich erinnern, was gestern passiert ist. Es gibt bestimmt noch andere Möglichkeiten für...*
In seinem Kopf tauchte eine Vielzahl von Erklärungen auf, die aber, ähnlich wie parallel verlaufende Straßen, alle in dieselbe Richtung zu führen schienen. In weiterer Folge verschmolzen diese Straßen zu einer einzigen mächtigen Autobahn, an deren Ende ein einsames Sackgassenschild aus der Fahrbahnmitte ragte. Auch ein verzweifelter Blick in den Rückspiegel konnte nicht mehr umkehren, was geschehen war.

Ich brauche Zeit, um mich zu erinnern. David spielte mit dem Gedanken, sich im Keller eine Säge für den umgefallenen Baum zu suchen und ihn zu zerteilen. *Das ist ein guter Grund, warum ich nicht hier bin, wenn sie aufwacht.*

Auch das war natürlich keine Autobahnausfahrt auf dem Weg in die finale Sackgasse. Bestenfalls ein kurzer Umweg, der ihn im Kreis führte. Er würde ihm allerdings ein wenig mehr Zeit verschaffen.

Letztlich konnte er nicht einmal sagen, ob das Kopfweh eine Folge seines nächtlichen Treibens war oder vom angestrengten Nachdenken kam.

Reiß dich zusammen, David. Du wirst dich doch wohl noch erinnern, was du gestern Abend getan hast!

Seine Augenbrauen bewegten sich so heftig wie Scheibenwischer.

Unwetter... Baum... Essen kochen... Schlüssel... Noten... Himmelbett... Kamin... Klavier... Geheimgang... Stromausfall... Scanner... Sicherungen... Sicherungen! Sicherungen überprüfen! Wir wollten doch in den Keller gehen und die Sicherungen...

Er unterbrach sich selbst und lief zum Lichtschalter. Der klickte zwar bei jeder seiner hastigen Bewegungen, aber die Lampen verweigerten auch weiterhin den Dienst. Enttäuscht rutschte Davids Hand vom Schalter. *Wenn wir nicht im Keller waren, um die Sicherungen zu suchen, wo waren wir dann?*

Er warf Chess, die noch immer tief und fest schlief, einen verstohlenen Blick zu.

Denk nach, David. Denk nach! Und mach schnell, bevor sie aufwacht und du keine Erklärung für diese Situation hast. Abendessen... Wein...

„Wein!“, rief er aus und biss sich bei der Hälfte des Worts selbst auf die Zunge, um Chess nicht aufzuwecken. *Es war der Wein.* Passend zum Stichwort, machte sich auch das Kopfweh

wieder deutlicher bemerkbar.
David Wilder gehörte definitiv nicht zu jener Gruppe von Menschen, die sich durch eine hohe Alkoholverträglichkeit auszeichnete. Unvorsichtiger Konsum hinterließ bei ihm ähnliche Spuren wie ein Vorschlaghammer auf einer Ameise.
Wenn Alkohol im Spiel war, dann... Zum ersten Mal in einundvierzig Jahren fluchte er vor sich hin.
„Guten Morgen." Der verschlafene Klang von Chess' Stimme ließ David zusammenfahren, als hätte ihn der Blitz getroffen.
Sie gähnte lautstark und streckte sich. „Wie spät ist es?"
Er hätte diese Chance liebend gerne genutzt, um ihre Aufmerksamkeit auf die Dringlichkeit von irgendetwas zu lenken. Dummerweise hatte er aber nicht die geringste Ahnung, wo sich seine Uhr in diesem Augenblick befand. „Weiß nicht", sagte er wortkarg und ärgerte sich noch, während er die Antwort gab. *Weiß nicht? Tolle Antwort, David!*
„Nicht so wichtig", gähnte sie und setzte sich auf, wobei die Decke ein Stück von ihren Schultern rutschte. „Ich habe herrlich geschlafen in diesem Bett. Und du?"
Die Frage traf ihn wie ein Stich ins Herz.
Sie schaute ihn blinzelnd an. „Hat es dir nicht gefallen?"
„Weiß nicht", sagte David nach einer kurzen Pause, in der er verzweifelt nach einer besseren Antwort gesucht hatte.
Chess rieb sich den Schlaf aus den Augen. „Du bereust den Abend doch nicht?", fragte sie mit enttäuschter Stimme.
Das war genau der Moment, in dem Davids Unbewusstsein sich wieder an die letzte Abzweigung vor der Sackgasse erinnerte. Wegweiser in der Größe von Hauswänden leuchteten und blinkten so grell wie Reklametafeln, um ihm den Weg zum umgestürzten Baum aufzuzeigen.
„Weiß..." Er biss sich so fest auf die Zunge, dass man seinen nächsten Satz fast nicht verstand. „Nein, nein, natürlich nicht."
Chess deutete an, die Decke zur Seite klappen zu wollen.

„Würde es dir etwas ausmachen, dich kurz umzudrehen?", lächelte sie ihn freundlich an.

***

In Tel Aviv stand die Vormittagssonne bereits hoch am Himmel, als Alon zurück in das Hotel kam. Er fand Hiob auf der Terrasse sitzend, in die alten Briefe vertieft.
Alon hatte nach seinem Treffen mit Souzan-Chaya noch einen kleinen Umweg gemacht, den er allerdings nicht für erwähnenswert hielt, als er Hiob eine Zusammenfassung der jüngsten Ereignisse gab. Hiob nahm die Neuigkeiten erwartungsgemäß wenig begeistert auf, wusste aber, dass es sinnlos war zu widersprechen.
„Mehr hat sie nicht gesagt. Wir werden uns also zurückhalten", beendete Alon seine Ausführungen.
Hiob atmete tief ein und wirkte nachdenklich. „Ich kann dir nicht sagen warum, aber diese Frau macht mich langsam nervös mit ihrer Geheimnistuerei."
„So war sie schon immer... Seit ich sie kenne." Alon sah ganz offensichtlich keinen Grund zur Beunruhigung. „Wie weit bist du mit den Übersetzungen?"
Hiob hob seine kantigen Mundwinkel ein kleines Stück an. „Nicht ganz so weit, wie ich erhofft hatte. Aber ich habe darin einen interessanten Hinweis gefunden, dem ich heute Morgen nachgegangen bin. Ich denke, was ich herausgefunden habe, wird dir gefallen." Er kramte in seinem Koffer und legte Alon dann zwei Fotos einer sechseckigen Messingdose auf den Tisch. „Diese Fotos hat David gemacht, als wir in Rom waren. Sie zeigen die Dose, in der die drei Kreuznägel ursprünglich aufbewahrt wurden, die Kaiserin Helena im 4. Jahrhundert aus Jerusalem mitgebracht hat."
Alon betrachtete die Bilder und nickte mechanisch. „Das ist die

Dose, die ihr beide in der Kirche Santa Croce in Gerusalemme gefunden habt, nicht wahr?"
„Ja", bestätigte ihm Hiob. „Wie wir wissen, hat Helena die Nägel damals in der Kapelle ihres römischen Palasts aufbewahrt. Die Kirche Santa Croce in Gerusalemme ist dann später aus einem Teil von Helenas Palast entstanden. Und dort blieben die Kreuznägel dann auch, bis..."
„Bis Gegenpapst Konstantin II. sie gestohlen hat", beendete Alon den Satz.
„Genau. Als Konstantin II. klar wurde, dass seine Feinde innerhalb der Kirche sein Pontifikat notfalls auch mit Gewalt beenden würden, hat er sich entschlossen, diese Messingdose anfertigen zu lassen. Dadurch konnte er völlig unbemerkt die echten Kreuznägel gegen die falschen austauschen."
„Und was hat das mit den Briefen zu tun?"
„Einen Moment noch. Schau dir das zweite Foto genauer an."
Alon betrachtete das Bild, das den Deckel der Messingdose in Großaufnahme zeigte. Drei Kreuze standen nebeneinander auf einem kleinen Hügel. Die Stellen, wo man früher bei Kreuzigungen die Nägel eingeschlagen hatte, waren bei den beiden seitlichen Kreuzen mit winzigen grauen Stahlkugeln verziert. Auf dem mittleren Kreuz glänzten drei Messingkugeln.
„In die Dose passen genau drei Kreuznägel", betonte Hiob.
Alon zuckte gleichgültig mit den Schultern. „Alles andere wäre auch unlogisch."
„Nein. Eigentlich ist genau das unlogisch", schüttelte Hiob den Kopf. „Wir hätten schon viel früher darauf kommen müssen", murmelte er.
„Worauf?"
„In diesem Brief", Hiob klopfte andächtig mit dem Finger darauf, „ist von einem vierten Vermächtnis die Rede."
„Und das bedeutet?"
„Erklär ich dir gleich. Zuerst solltest du aber wissen, wer diese

Briefe geschrieben hat."
„Du weißt...?"
Hiob nickte. „Ja, ich glaube, ich weiß, wer diese Briefe geschrieben hat. Die Handschrift ist jener sehr ähnlich, mit der auch der größte Teil des Buchs der Gog und Magog geschrieben wurde."
„Gegenpapst Konstantin II.", sprach Alon das Offensichtliche aus.
„Genau! Mir fehlen zwar noch einige Zusammenhänge, aber nach dem, was ich bisher in den Briefen gelesen habe, wurde Konstantin II. nach seiner Absetzung als Gegenpapst nicht getötet, sondern hat es geschafft, sich irgendwie abzusetzen. Diese Briefe sind der Beweis dafür. Er hat sie einem seiner Anhänger geschrieben, der dann wohl auch die letzte Eintragung im Buch der Gog und Magog für ihn vorgenommen hat. In diesem abschließenden Kapitel beschreibt er das Versteck der Briefe, die Konstantin II. aus dem Exil geschickt hat."
„Dieser Konstantin II. muss ein sehr ausgefuchster Kerl gewesen sein, so wie er seine Feinde innerhalb der Kirche zum Narren gehalten hat."
„Davon können wir ausgehen. Er hat sich, für den Fall, dass sie die drei Nägel doch irgendwann finden sollten, sogar noch eine weitere Hintertür offen gelassen."
„Sein viertes Vermächtnis?", fragte Alon.
„Sein viertes Vermächtnis", bestätigte Hiob. „Eigentlich hätte es mir schon in Rom auffallen müssen, dass die Gravur der Messingdose einen entscheidenden Fehler hat", ärgerte er sich.
Alon betrachtete noch einmal das Foto. „Für mich sieht alles genauso aus, wie es überliefert ist. Drei Kreuze auf dem Kalvarienberg..."
„Die Kreuze sind auch nicht das Problem", unterbrach Hiob ihn. „Der Dreinageltypus ist es, der hier nichts verloren hat."

„Drei... Was bitte?“
„Der Dreinageltypus, die Darstellung der Kreuzigung mit nur drei Nägeln, ist erst seit dem 12. Jahrhundert überliefert. Alle früheren Berichte und Bilder zeigen die Kreuzigung mit vier Nägeln, also den Viernageltypus. Das bedeutet, dass das Motiv, das 767 n. Chr. in den Deckel der Dose graviert wurde, eigentlich erst Jahrhunderte später bekannt war.“
„Bist du dir ganz sicher?“, fragte Alon.
„Ich habe heute Morgen Bruder Alessandro angerufen, um sicherzugehen, dass ich mich in diesem Punkt nicht irre. Er wollte sich nicht vorschnell festlegen, aber er hat versprochen, sich im Laufe des Tages zu melden, dann haben wir Gewissheit.“ Hiob überlegte kurz. „Trotzdem... Es kann eigentlich nur eine einzige Erklärung dafür geben, wie eine moderne Darstellung der Kreuzigung Christi mit drei Nägeln auf die alte Messingdose kommt...“
„Der Gegenpapst kannte den Dreinageltypus bereits.“
„Mehr als das“, entgegnete Hiob. „Ich könnte mir gut vorstellen, dass Konstantin II. vielleicht sogar der Grund für den Dreinageltypus ist. Überleg doch! Er hat drei Kreuznägel ausgetauscht und in den Jemen bringen lassen, um sie vor der Kirche zu verstecken. Zu genau dieser Zeit muss es aber, das bestätigen alte Bilder und Texte, noch einen vierten Nagel gegeben haben. Dann passierte allerdings etwas Merkwürdiges. Im Laufe der nächsten Jahre verschwand dieser Nagel still und heimlich aus allen Aufzeichnungen, bis die Kirche schließlich behauptete, es hätte ihn nie gegeben. Wieso?“
„Weil sie ihn verloren hatte und nicht erklären konnte, warum.“
„Nicht, ohne dabei zu riskieren, dass auch der verhasste Gegenpapst wieder zur Sprache kam. Und genau den wollte man um jeden Preis totschweigen. Wenn du mich fragst, dann ist das vierte Vermächtnis von Konstantin II. der fehlende

Nagel."
„Klingt schlüssig", bestätigte Alon. „Steht in den Briefen auch, wo er sich befindet?"
„Da bin ich mir absolut sicher. Es wird nur dauern, wenn ich sie alle allein übersetzen muss."
„Dann schlage ich vor, wir fliegen mit den Briefen zu Chess und David nach London."
„Einverstanden", sagte Hiob und erhob sich voller Tatendrang.
„Was ist mit deiner Vereinbarung mit Souzan-Chaya?"
„Die bleibt davon unberührt. Wir sollen nur die Arbeiten im Labor von diesem Qian nicht stören. Sie hat aber nicht gesagt, dass wir keine weiteren Nägel finden dürfen", folgerte Alon.
„Worauf warten wir dann noch?" Hiob begann die Briefe auf dem Tisch wieder einzupacken.
„Ich rufe gleich Chess an und sage Bescheid, dass wir kommen."
Hiob war bereits reisefertig, als Alon noch telefonierend durch das Zimmer lief und immer wieder ungläubig den Kopf schüttelte. Sein Gespräch verlief ganz offensichtlich anders, als er sich das vorgestellt hatte. „Ja... Ja, keine Sorge", versicherte er, „wir werden das schon finden. Bis später." Er legte auf.
„Probleme?", fragte Hiob.
Alon schaute ihn unschlüssig an, während er sein Handy einsteckte. „Ich würde eher Neuigkeiten dazu sagen... Chess und David haben das Kuvert von Professor Woodberry geöffnet und Schlüssel für ein altes Haus darin gefunden."
„Ein Haus?", Hiob zeigte sich ein klein wenig beeindruckt. „Waren sie schon dort?"
Alon nickte. „Natürlich waren sie schon dort. Besser gesagt, sie sind es noch immer." *Als ob Chess sich alte Häuser entgehen lassen würde...* „Ich habe aber nicht alles verstanden. Die Verbindung war sehr schlecht. Sie sagte etwas von einem Unwetter und einem umgefallenen Baum, der die Zufahrt

versperrt." Alon erzählte in aller Kürze, was er gehört hatte, während er seinen Koffer packte. In seinem Schrank lag die Wäsche bereits tageweise sortiert - ein klares Anzeichen dafür, dass er es gewohnt war, auswärts zu übernachten. *Drei Tage sollten reichen...* „...und jetzt müssen sie den Weg wieder freibekommen." Alon drückte den Koffer zu.
„Brauchen sie Hilfe?", fragte Hiob.
„Chess hat erzählt, dass David mit einer Säge losgezogen ist und sich darum kümmern wollte."
„Dann brauchen sie Hilfe!"

***

Eine dicke Wolke schob sich vor den Mond und verdunkelte das Dach der Hütte, in der man Commodore William T. Preston gefangenhielt.
Gleich seid ihr dran, dachte Preston und zählte die herabfallenden Wassertropfen bis zur Rückkehr seiner Peiniger. Die Minuten verstrichen, und er ging ein letztes Mal seine geplante Flucht durch. Alles, worauf er hoffen musste, war, dass es in dieser Nacht zu keiner unerwarteten Änderung im Ablauf kam. *Das fette Schwein... Messer... losbinden... Vogelgesicht... Messer!*
Die Sache mit dem Messer war der Teil an Prestons Plan, den er selbst nicht beeinflussen konnte. Er hasste es, auf die Verlässlichkeit anderer angewiesen zu sein. In diesem Moment vielleicht noch mehr als je zuvor.
Stimmen näherten sich. Die aggressivere von beiden gehörte dem fetten Schwein, die andere dem deutlich kleineren Mann, dessen schnabelförmige Nase an einen Vogel erinnerte.
Unmittelbar vor der geschlossenen Blechtür blieben die Männer stehen und unterhielten sich angeregt. Preston konnte nicht verstehen, worüber sie sprachen. Ihre Worte mischten

sich zu einem unverständlichen Gemurmel. Lediglich das glucksende Lachen des Vogelgesichts hob sich davon ab.
Lasst mich nicht so lange warten... Angespannt starrte der Commodore auf die Türklinke. *Macht schon!* Seine Augen glänzten vor Hass. *Ich will hier raus!*
Es vergingen noch kostbare Minuten, ehe sich die Tür endlich öffnete. Schlagartig änderte sich Prestons Gesichtsausdruck und er verwandelte sich wieder in das erschöpfte und kraftlose Folteropfer.
Das fette Schwein betrat den Raum zuerst, der kleinere Mann folgte ihm.
„Der hängt ja noch immer hier“, lachte das Vogelgesicht.
„Dass ihm das nicht langweilig wird...“
„Warum erzählst du uns nicht endlich, was du weißt?“ Der größere, fettleibige Mann unterstrich die Frage mit einem Faustschlag in Prestons linke Seite.
„Der krepiert uns, noch bevor wir ein Wort aus ihm rausbringen“, prophezeite der andere.
„Na und, wen kümmert's?“ Die Faust traf noch einmal an derselben Stelle und presste dem Commodore ein Gurgeln aus den Rippen.
„Lass es gut sein, von dem erfahren wir heute bestimmt nichts mehr. Er soll sich lieber schonen. Morgen hat er einen anstrengenden Tag vor sich“, lachte das Vogelgesicht dreckig.
„Geh und hol seine Spritze, während ich ihn losmache.“
Der Mann mit der schnabelförmigen Nase baute sich vor Preston auf. „Morgen beginnen wir dich in Stücke zu zerlegen“, sagte er mit kratziger Stimme.
Der Commodore reagierte nicht.
„Findest du noch immer, dass ich aus dem Maul stinke wie ein verwesendes Tier?“, hauchte er Preston an.
Gerne hätte er genickt. *Der billige Schnaps, den du gesoffen hast, kann den Gestank deiner fauligen Fresse nicht*

ansatzweise überdecken. Preston entschied sich dafür, seinen Mund zu halten. Letztlich hatte er durch seine provokanten Äußerungen bereits genug Zähne verloren.
Das Vogelgesicht warf ihm einen verächtlichen Blick zu. „Freu dich auf morgen. Dann kannst du zusehen, wie die Ratten anfangen, deine abgeschnittenen Finger zu fressen, während du darum bettelst, dass wir ihnen auch den Rest von dir geben."
Preston spielte weiter das wehrlose Opfer. Er hatte seinen ursprünglichen Widerstand in den vergangenen Tagen schrittweise abgebaut und gab den Männern dadurch das Gefühl, schwächer zu werden. Auch wenn oder vielleicht gerade weil er nicht aussah, als ob man noch mit ihm rechnen musste, machte seine Entschlossenheit ihn brandgefährlich.
Der Mann mit dem Vogelgesicht holte mit der linken Hand ein Messer aus seiner Gürteltasche und richtete es gegen den Commodore, der noch immer gefesselt an den Armen aufgehängt war. Dann lockerte er mit der Rechten die Sicherungsschlaufe des Seils, das durch eine Art Flaschenzug lief. Die Konstruktion, an der sein Opfer hing, war einfach, aber effektiv. Ruckweise ließ er Preston absinken.
„Ich hätte gut Lust, sie ihm direkt ins Herz zu rammen", sagte das fette Schwein, als es die Spritze aufgezogen hatte.
Denselben Gedanken hatte ich auch gerade... Preston blieb nur wenig Zeit, um seinen Plan in die Tat umzusetzen. Wenn man ihm erst einmal die Spritze verabreicht hatte, war an Flucht nicht mehr zu denken. *Solange ich gefesselt bin, kann ich es nur mit einem der beiden aufnehmen.* Seine Füße waren auf Höhe der Knöchel fest mit einer dicken Schnur zusammengebunden, die ihn daran hinderte, sie einzeln zu bewegen.
„Schön ruhig bleiben!", bedrohte der vogelgesichtige Mann seinen Gefangenen mit einem breiten Messer.
Obwohl der Commodore bereits wieder festen Boden unter den

Füßen hatte, versuchte er sich möglichst schwer zu machen. *Ich muss noch mehr Seil bekommen. Wenn ich noch ein Stück in die Knie gehe, dann...*
Sein Plan schien zu funktionieren.
Jetzt oder nie, dachte Preston und vertraute ganz auf das Überraschungsmoment. Gekonnt täuschte er einen plötzlichen Schwächeanfall vor und ließ sich wie ein Stück Holz in Richtung seines völlig perplexen Bewachers umfallen. Dem blieb nun gar nichts anderes übrig, als ruckartig mit dem Oberkörper zurückzuweichen. Dabei kippte das Messer in seiner Hand ebenfalls nach hinten.
Diesen kurzen Moment, in dem der vogelgesichtige Mann die Klinge gegen den eigenen Körper richtete, nutzte Preston, um sich mit beiden Beinen, so fest er konnte, vom Boden abzustoßen. Sein rechter Oberschenkel schlug mit ganzer Kraft von unten gegen die Hand mit dem Messer und trieb die gut zwanzig Zentimeter lange Klinge bis zum Anschlag in den Bauchraum seines Gegners. Mit einem gequälten Schrei ließ der Getroffene das Seil los, das bisher Prestons Arme hochgehalten hatte. Nur Sekundenbruchteile später schlugen beide Männer hart auf dem Boden auf.
Das hat wehgetan! Mit einem raschen Blick vergewisserte sich Preston, dass sein erster Gegner erledigt war. *Du brichst mir keine Rippe mehr!* Er hatte gehofft, bei seinem Angriff irgendwie an das Messer zu kommen, doch sein Opfer war so unglücklich in die Klinge gestürzt, dass es ihm unmöglich war, sie rasch genug herauszuziehen. Dafür war aber beim Sturz das Seilende aus dem Flaschenzug gerutscht, was Preston etwas mehr Beweglichkeit verschaffte. *Ich muss sofort wieder hoch und dann irgendwie meine Fesseln loswerden.*
„Ich leg dich auf der Stelle um!“ Das fette Schwein mit der Spritze hatte noch nicht so recht begriffen, was genau gerade passiert war, da stand Preston schon wieder auf seinen Beinen.

Die Sorge des Commodore galt dem vom Flaschenzug gerutschten Seilende. *Wenn er den Strick erwischt, kann er mich wie einen Hund an die Leine legen.*
„Hörst du nicht? Jetzt bist du dran!“ Die Spritze mit dem Betäubungsmittel in der linken und sein Messer in der rechten Hand, scheuchte der fettleibige Mann Preston rund um die Leiche, die zwischen ihnen am lehmigen Boden lag.
Der noch immer an Armen und Beinen gefesselte Commodore bewegte sich dabei so unsicher wie Kinder, die sich zum ersten Mal im Sackhüpfen versuchten. *Ich muss ihn mir irgendwie vom Leib halten, bis ich meine Fesseln los bin!*
„Hör auf, es hinauszuzögern. Hier kommst du nicht mehr raus!“, schrie ihn sein Gegner an und drohte mit dem Messer.
Preston beschloss in die Offensive zu gehen und spuckte auf den Toten. Dabei lachte er abfällig, auch wenn ihm danach nicht wirklich zu Mute war. „Gewöhn dich schon mal an den Anblick, du fettes Schwein! Gleich liegst du neben der Vogelfresse!“ *Ich muss ihm das Gefühl geben, dass ich die Lage im Griff habe.*
Ohne seine Fesseln hätte Preston mit dem schwerfälligen Angreifer längst kurzen Prozess gemacht, aber in Anbetracht seiner misslichen Lage war er gut beraten, ihn vorerst nur auf Distanz zu halten. *Ich krieg dieses Drecksseil nicht auf!*
„Ich schneid dich in Streifen!“ Prestons Gegner verstand sich nicht nur darauf, sein Gegenüber mit Worten einzuschüchtern. Mit dem langen Messer hatte er auch einen klaren Reichweitenvorteil. Trotzdem blieb er ausgesprochen vorsichtig. Vor allem, nachdem er gesehen hatte, wozu der Commodore trotz seines Handicaps fähig war.
Schon sehr rasch musste Preston einsehen, dass er seine Fesseln nicht ohne fremde Hilfe aufbekommen würde. *Ich werde versuchen an sein Messer zu kommen.* Prestons Absicht war es, seine Hände genau dann auszustrecken, wenn das

Messer das nächste Mal herabsauste - keine leichte Aufgabe bei einem Kampf auf Leben und Tod. *Mit etwas Glück zerschneidet seine Klinge das Seil. Ich muss nur den richtigen Moment... Jetzt!*
Bereits sein erster Versuch brachte Preston einen kleinen Schnitt am rechten Unterarm ein. *Verdammt!*
„Komm nur!“, stachelte ihn sein Gegner an und schnitt mit der scharfen Klinge durch die Luft.
Vielleicht klappt es, wenn ich... Er startete einen neuen Versuch. *Verdammt!* Ein brennender Schmerz in seiner linken Handfläche ließ den Commodore zurückzucken. *Er hat das Seil nicht mal gestreift.*
„Weiter so!“, brüllte das fette Schwein erregt. „Du hast doch bestimmt noch mehr drauf. Oder war das etwa schon alles?“ Das blutige Messer stieß nach vorne.
Preston wich zurück. *Ich muss was anderes versuchen.* Sein Blick suchte das Ende des Seils, das um seine Hände gewickelt war. *Mir bleibt keine Wahl*, dachte er und fasste den Entschluss, alles auf eine Karte zu setzen.
„In sechzig Sekunden bist du tot“, drohte Preston und starrte sein Gegenüber mit leerem Blick an.
Der Satz hatte seine Wirkung nicht verfehlt. Dem Commodore war der Anflug von Unsicherheit auf dem Gesicht seines Gegners nicht entgangen. Ohne den Blickkontakt abbrechen zu lassen, begann er langsam das Seil einzuholen.
„Der Einzige, der hier...“
„Halt’s Maul, du fettes Schwein! Jetzt bleiben dir nur noch fünfzig Sekunden!“, überschrie Preston ihn und verstärkte damit den psychischen Druck.
Das Messer in der einen Hand und die Spritze in der anderen stand er da und schien zu zögern. „Wir werden ja sehen, wer...“
„In vierzig Sekunden hältst du für immer dein Maul!“, unterbrach Preston ihn neuerlich. Sein stechender Blick machte

es seinem Gegenüber nahezu unmöglich, noch an etwas anderes als die Drohung zu denken.
„Ich mach dich kalt!“ Die Stimme des fettleibigen Mannes klang nicht mehr so überzeugt wie zuvor, und auch die Bewegungen seines Messers verloren an Dynamik. Die Selbstverständlichkeit, mit der Preston die Zeit herunterzählte, beunruhigte ihn zusehends.
„Deine letzten dreißig Sekunden sind angebrochen!“ Preston hatte unbemerkt das gesamte Seil aufgewickelt.
Das fette Schwein starrte ihn so gebannt an wie die sprichwörtliche Maus die Schlange. „Hörst du nicht? Ich mach dich kalt!“ Seine Stimme überschlug sich fast.
Preston ließ sich nichts anmerken. „Wenn du noch etwas Wichtiges zu sagen hast, dann solltest du es besser sofort erledigen. In zwanzig Sekunden schalt ich dich ab!“
„Ich schneide dich in Fetzen!“, zischte das fette Schwein und stieß nervös mit dem Messer in die Luft.
Das war genau der Moment, auf den Preston gewartet hatte. Blitzschnell warf er eine Seilschlinge über den Arm des Angreifers und riss so fest daran, dass der nicht nur sein Messer, sondern auch das Gleichgewicht verlor. Völlig überrascht von der plötzlichen Attacke kippte sein Gegner nach vorne und tappte damit in die eigentliche Falle. Ehe er begriff, was passiert war, hatte ihm Preston bereits eine weitere Schlinge des zusammengerollten Seilendes um den Hals geworfen und ließ sich ruckartig fallen. So rasch und unerwartet wie eine Würgeschlange packte die Schlinge zu und schnürte ihrem Opfer bereits die Luft ab, noch bevor das fette Schwein hart am Boden aufschlug.
„Jetzt gehörst du mir!“, brüllte Preston und zog das Seil fester und fester, während er sich mit beiden Beinen gegen den Brustkorb seines Gegners stemmte. Je enger sich der Strick um dessen Hals legte, desto länger schien die Zunge zu werden. Es

hatte fast den Anschein, als wollte sie ihm aus dem Mund kriechen.
Seine letzten zehn Sekunden verschwendete der Erstickende damit, panisch um sich zu schlagen und versenkte dabei sogar noch die Betäubungsspritze in Prestons Oberschenkel.
Wenige Augenblicke später erschlaffte die Zunge und der Commodore fiel in einen tiefen Schlaf.

***

Mustafa Shahid lief vor dem langen Schreibtisch in seinem Büro auf und ab und verhörte einen seiner Mitarbeiter. Auf einer Ledercouch, gleich neben dem Fenster, saß mit überkreuzten Beinen die langhaarige Amazone und beobachtete das Geschehen. Es amüsierte sie zu sehen, wie der Ägypter den Mann zur Rede stellte.
„Ich verliere langsam meine Geduld“, zischte Shahid.
„Er kann Sie nicht hören, wenn Sie sich zu weit vom Fenster entfernen, Mr. Shahid“, versuchte der muskelbepackte Hüne zu beruhigen, der seine durchgestreckten Arme aus dem Fenster hielt.
„Dann solltest du ihn vielleicht nicht an den Füßen aus dem Fenster halten, sondern an seinem Hals.“
„Das habe ich auch schon versucht, Mr. Shahid. Aber dann versteht man sie nicht, wenn sie reden.“
Idiot! Der Ägypter kam näher und beugte sich über den Fenstersims.
„Mr. Shahid...“ Die Stimme des kopfüber hängenden Mannes klang weinerlich und gedehnt. „Ich schwöre Ihnen, dass ich nichts damit zu tun habe!“
„Was hast du ihnen erzählt?“
„Nichts, Mr. Shahid... Bitte, Sie müssen mir glauben. Ich schwöre es bei allem, was mir heilig ist.“

„Und was soll das sein?“, warf die Amazone ein, die sich vortrefflich zu unterhalten schien.
„Sei still“, herrschte der Ägypter sie an. „Ich versteh sein Geheul auch so kaum.“ Er wandte sich wieder dem Mann außerhalb des Fensters zu, dem es zunehmend schwerer fiel, seinen Kopf nach oben zu richten. „Was hast du ihnen...“
Shahids Telefon läutete und unterbrach das Verhör. „Warte einen Moment“, wies er den riesigen Muskelprotz an.
„Soll ich?“, fragte die Amazone und war bereits aufgesprungen. Er deutete ihr, sich wieder hinzusetzen, und ging zurück zu seinem Schreibtisch.
„Ja?“
An den angespannten Unterarmen des muskulösen Riesen traten die Adern immer weiter hervor, während Shahid sich bemühte, sein Gegenüber zu verstehen.
„Ja... Was? Ja... Wer? Verdammte Störungen!“, warf er sein Handy auf den Tisch. „Kein Wunder, dass diese Leitung abhörsicher ist, wenn man sich erst gar nicht darüber unterhalten kann.“ Er wollte gerade wieder zurück ans Fenster gehen, als das Telefon erneut läutete.
„Ja?“ Die Verbindung war diesmal besser.
Der aus dem Fenster hängende Mann blickte unterdessen gut sechs Meter tief auf das Betonfundament unter ihm. Das Gespräch des Ägypters kam ihm vor wie eine Ewigkeit. „Sie lügt. Ihr müsst mir glauben“, flehte er. „Ich habe nichts...“
„Halt's Maul!“, unterbrach ihn der Muskelprotz, dessen Hände zu schwitzen begannen. „Mr. Shahid telefoniert gerade.“
„Ich habe nichts verraten. Das müsst ihr mir doch glauben!“ Er drehte seinen Kopf nach oben, um Blickkontakt aufzunehmen. „Sie lügt. Ich sage euch...“ Als er bemerkte, wie die Hände, die seine Beine festhielten, immer mehr zu schwingen begannen, geriet er völlig in Panik. „Hol mich rein! Hol mich sofort rein!“, kreischte er. „Ich schwöre, ich habe nichts verraten. Ich

habe...“

„Ich sagte, du sollst dein Maul halten!“ Die kräftigen Arme sackten ruckartig ein Stück ab, und der herunterhängende Kopf schlug unsanft gegen die Fassade. Sofort begann der Mann noch lauter zu schreien und ruderte mit den Armen. Sein Gewimmer wuchs zu einem hysterischen Kreischen an. „Sie lügt! Ich habe nichts verraten. Wieso glaubt ihr mir denn nicht?“

Hilfesuchend blickte der Muskelprotz zu Shahid.

Der Ägypter war allerdings ganz darauf konzentriert, sein Telefongespräch zu führen.

„Dein Vöglein singt ja immer lauter“, sagte die Amazone kaltlächelnd und goss weiter Öl ins Feuer.

„Was soll ich tun?“, fragte der muskelbepackte Riese sie. „Ich kann ihn nicht mehr lange halten.“

„Wenn er so gut fliegen kann, wie er singt...“

„Soll ich ihn reinholen?“ Je stärker er zitterte, desto schlimmer wurde das Gebrüll vor dem Fenster.

„An deiner Stelle würde ich mich einfach entspannen“, schlug sie ihm vor.

„Mr. Shahid! Ich kann ihn wirklich nicht mehr halten.“

„Was?“, rief Shahid in den Hörer. „Verdammt. Bei diesem Lärm versteht man ja sein eigenes Wort nicht.“

„Soll ich mich später nochmals melden?“, fragte der Anrufer.

„Nein, warte einen Moment.“ Shahid drehte sich zu dem Mann am Fenster, der bereits durchgebogen war wie eine Banane und dessen ganzer Körper vor Anspannung bebte.

„Was macht ihr Idioten da eigentlich?“, herrschte der Ägypter ihn an.

„Er wird mir zu schwer, Mr. Shahid. Soll ich...“

„Mir egal, aber sorg gefälligst dafür, dass dieser Lärm aufhört!“, wies er ihn mit schroffer Stimme an und wandte sich wieder dem Anrufer zu. „Hallo? ...Ja, es geht schon wieder.“

Das Störgeräusch im Hintergrund wuchs zu einer kreischenden Schallwelle an und verebbte dann schlagartig mit dem Geräusch, das ein Käfer machte, der auf der Autobahn gegen die Scheibe schlug. Es war ein sehr fetter Käfer.
„Ich wollte nicht stören", entschuldigte sich der Anrufer. „Hast du Besuch?"
„Jetzt nicht mehr." Shahid genoss die plötzliche Stille. „Wo waren wir stehengeblieben?"
„Ich war dabei dir zu erzählen, was ich über das Buch der Gog und Magog herausgefunden habe."
Der Ägypter nickte. „Ja... Und weiter?"
„Die letzten Seiten im Buch waren ursprünglich auch alle beschrieben. Man hat dafür aber eine andere Tinte als für die restlichen Seiten verwendet."
„Und wieso sind die Seiten dann jetzt leer?"
„Weil die Tinte zu wenig Bindemittel enthielt und abgeplatzt ist."
„Die Schrift auf den letzten Seiten ist also weg?" Shahids Stimme klang vorwurfsvoll. „Und nur um mir das zu sagen, rufst du mich an?"
„Nein, natürlich nicht. Ich habe mit einer Spezialistin für Buchrestaurierungen gesprochen. Du würdest nicht glauben, welche technischen Möglichkeiten..."
„Komm zum Punkt", unterbrach Shahid.
„Wir lassen UV- und Infrarotaufnahmen von den Seiten machen. Sie ist sich sicher, dass darauf die Umrisse der Schrift zu sehen sein werden. Mit der Testseite hat es jedenfalls geklappt. Das Ergebnis ist zwar nicht perfekt, aber es wird reichen, um den Sinn des Texts zu verstehen."
„Wie lange?"
„Sie schickt mir die Fotos gerade per Mail."
Shahid blieb skeptisch. „Ich glaube nicht, dass sich die Mühe lohnt."

„Gib mir noch ein wenig Zeit“, bat der Anrufer.
„Deine Hartnäckigkeit erstaunt mich immer wieder, alter Mann, aber wir haben die Nägel doch schon. Alles, was sonst noch in dem Buch steht, kann daran nichts mehr ändern.“
„Das denke ich auch, aber wir dürfen nicht davon ausgehen, dass die Kopien, die die Mönche damals von unserem Buch angefertigt haben, ebenfalls unleserlich geworden sind. Es ist gut möglich, dass Hiob diesen Teil des Texts längst übersetzt hat.“
„Wir haben die Nägel“, bekräftigte Shahid. „Das ist alles, was zählt.“
„Sei dir da nicht so sicher. Wir haben diese beiden Israelis schon viel zu oft unterschätzt. Sie werden alles daran setzen, um dich zu stoppen.“ Der alte Mann, wie Shahid ihn nannte, wusste genau, welche Wirkung die Worte auf den Ägypter hatten.
„Ich weiß!“ Shahids Nasenflügel bebten im Zorn der Erinnerung. „Finde heraus, was sie vorhaben!“

***

Woodberry Mansion wurde an diesem späten Vormittag von Sonnenstrahlen verwöhnt. Es hatte fast den Anschein, als wollte sich das Wetter damit für seine Kapriolen der vergangenen Tage entschuldigen. David Wilder war noch immer damit beschäftigt, den umgestürzten Baumstamm beiseitezuräumen. Die Arbeit gestaltete sich weit mühsamer als zunächst angenommen. Bereits nach dem Entfernen der Äste vom Stamm hatte er eigentlich schon genug von der Forstarbeit. Sein Wagen stand in einigen Metern Entfernung und versorgte David mit den aktuellen Nachrichten. Eine ganze Reihe von Blitzschlägen hatte ein Umspannwerk so überlastet, dass mit einer Reparatur frühestens in den Abendstunden zu rechnen war. Viele Straßen hatte man gesperrt, und die Feuerwehren mussten im ganzen Land Sturmschäden beheben.

Irgendwie hatte ich mir das einfacher vorgestellt. David spürte jedes einzelne seiner 41 Jahre. *Holzfäller wäre auf jeden Fall der falsche Beruf für mich. Von dem Muskelkater kann ich noch meinen Enkelkindern erzählen.* Nur ausgesprochen widerwillig bewegte sich die rostige Säge durch das nasse Holz. David bereute es bereits, dass er so planlos begonnen hatte. Zwar war es ihm tatsächlich gelungen, den mächtigen Baumstamm genau in der Wegmitte zu durchtrennen, allerdings konnte er danach keine der beiden Baumhälften auch nur einen Millimeter bewegen. Als Konsequenz aus dem Rückschlag hatte er den zweiten Schnitt auf Höhe des linken Wegrands angesetzt.

Jetzt lass dich doch nicht so bitten. Völlig abgekämpft gelang es ihm schließlich, den Stamm ein zweites Mal zu durchtrennen. „So!“, stieß er erschöpft aus und blickte seine zitternden Handflächen an, auf denen dicke rote Blasen leuchteten. „Eine Hälfte des Wegs ist so gut wie frei.“ Er genoss den Moment des Triumphs und wischte sich mit dem Handrücken den Schweiß von der Stirn, ohne zu bemerken, wie dreckig sein Gesicht eigentlich schon war.

Jetzt rolle ich dich da rüber, und dann kümmre ich mich um die andere Seite. Er trat mit dem Fuß gegen das herausgeschnittene Stück von etwa eineinhalb Metern Länge, das sich davon nicht im Geringsten beeindrucken ließ. „Na?“, fragte er vorwurfsvoll in Richtung Holz.

David lag mit seiner Überlegung, dass ein runder Stamm leicht wegzurollen wäre, zwar grundsätzlich richtig, er übersah aber, dass der Baum beim Aufschlagen tief in den weichen Boden eingesunken war. Nach zwei weiteren halbherzigen Tritten gegen den scheinbar übermächtigen Gegner beschloss David, sich Verstärkung zu holen.

Mal sehen, was du dazu sagst... Er ging zum Wagen und kam kurz darauf mit dem Abschleppseil wieder zurück. Ein Ende hatte er an der Anhängervorrichtung befestigt, das andere schob er unter einer Wölbung des Stamms durch und zog es so weit heraus, bis er den Karabiner auf der anderen Seite wieder ins Seil einhaken konnte.
Er setzte sich in sein Auto und gab vorsichtig Gas. *Dann mal los!* Die Zugkraft des Wagens reichte leicht aus, und das Stammstück rollte langsam an. „Na also, geht doch!“, freute sich David und hatte kurz darauf die Hälfte der Fahrbahn freigelegt. Von dem Ergebnis war er sichtlich angetan. *Vielleicht klappt das auch, ohne dass ich die andere Seite noch mal zersägen muss...* Er entschied sich für den Versuch, den Rest des Baums in einem Stück von der Straße zu ziehen.
Es blieb bei dem Versuch.
David musste einsehen, dass es einen gewichtigen Unterschied machte, ob er seinen Volvo vor ein herausgeschnittenes Stammstück spannte oder vor einen halben Baum, der noch gut zehn Meter in den Wald hineinragte.
Wäre ja auch zu schön gewesen, stellte er den Motor ab und machte auch die Zündung aus, um die Batterie nicht weiter zu belasten. *Es kommen sowieso nur ständig dieselben schlechten Nachrichten im Radio.*
Seufzend stieg er aus und griff sich die Säge. Schon das bloße Anfassen schmerzte. *Bei meinen vier Blasen wird es wahrscheinlich nicht bleiben...*
Nachdem er die weiche Rinde angeritzt hatte, folgte der harte Teil des Jobs. *Vielleicht war es doch keine so gute Idee, Chess' Angebot, mir zu helfen, so leichtfertig auszuschlagen. Wenn ich mich doch nur erinnern könnte, was gestern Nacht vorgefallen ist...*
Außer Vogelgezwitscher und dem nicht annähernd so melodischen Kratzen des alten Sägeblatts war kein Geräusch

zu hören. Woodberry Mansion lag so abgeschieden, dass man sich kaum einen perfekteren Ort vorstellen konnte, um die Ruhe und Einsamkeit zu genießen - vorausgesetzt, man hatte die Zeit dafür. *Goliath wartet bestimmt schon auf sein Futter...* Der Gedanke an sein hungriges Riesenkaninchen ließ auch Davids Magen solidarisch knurren.

Obwohl sich seine Sägetechnik beim mittlerweile dritten Schnitt bereits verbessert hatte, konnte das die Arbeitsgeschwindigkeit nicht steigern. Im Gegenteil, Davids Arme waren einfach schon zu müde. *Ich habe das Gefühl, der Stamm wächst jedes Mal, wenn ich eine Pause mache, wieder ein Stück zusammen.* Er dachte wehmütig an die Kettensäge, die er in der Garage entdeckt hatte. *Es sollte verboten werden, dass diese Dinger mit Strom...*

„David!“

Er zuckte zusammen. *Chess!* Sofort versuchte er beschäftigt auszusehen. *Bestimmt stellt sie mir wieder eine Menge Fragen, auf die ich keine Antwort habe.*

„David!“

Ihre übertrieben helle Stimme verhieß nichts Gutes, da war er sich sicher. *Ich tu einfach so, als hätte ich sie nicht gehört.*

„David!“ Ihr Rufen kam rasch näher, und kurz darauf stand sie unmittelbar hinter ihm. „Donnerwetter“, sagte sie erstaunt, als sie merkte, dass er bereits den halben Weg freigelegt hatte. „Ich habe dich wirklich unterschätzt.“

„Das passiert mir auch öfter“, antwortete er, ohne sie dabei anzusehen und sägte weiter.

„Als du mit der rostigen Säge losgezogen bist und mir gesagt hast, dass du meine Hilfe nicht willst, da hatte ich schon meine Zweifel... Aber jetzt...“

„Wissen Sie... Weißt du“, verbesserte er sich und schaute zu ihr auf, „ich wollte nicht, dass der Eindruck entsteht, dass ich mit so einem Bäumchen nicht alleine klarkomme.“ Sein Gesicht

war mit Schlammspritzern und Sägespänen überzogen.
„Nein, natürlich nicht“, kicherte sie bei seinem Anblick. *Das hat er sich wohl um einiges leichter vorgestellt.* „Alon hat mich gerade angerufen. Sie sind fertig und kommen nach London.“
„Fertig womit?“, fragte David und nutzte die Ablenkung, um sich zu erholen.
„Als ob er das ausgerechnet mir erzählen würde“, seufzte sie. „Auf jeden Fall haben wir vereinbart, dass wir uns heute Abend bei dir zuhause treffen.“
David wurde hellhörig. *Jetzt lädt sie schon Leute zu mir ein.*
„Sie bringen auch die alten Briefe mit. Hiob hat bereits begonnen, sie zu übersetzen... Wir kommen hier sowieso nicht weiter, solange der Zutrittsscanner keinen Strom hat.“
Sie machte eine kurze Pause und betonte ihren nächsten Satz ganz bewusst. „Hiob hat gefragt, ob ich ihm bei den Briefen helfe.“
„Heute Abend schon? Das könnte knapp werden.“ David klopfte mit der flachen Hand auf den Baumstamm und sägte weiter.
„Wenn ich dir helfe, würde es schneller gehen.“
„Danke, das ist nicht nötig“, hörte David sich sagen und ärgerte sich im gleichen Moment darüber. *Nicht nötig? Ich bin völlig fertig!*
Chess hatte nicht damit gerechnet, dass er ihr Angebot ein weiteres Mal ausschlagen würde. *So ein Sturkopf! Er kann doch kaum noch die Säge halten.* „Ich will mich ganz sicher nicht aufdrängen, aber noch so eine Nacht in diesem Haus...“
David stoppte mitten in der Bewegung und drehte sich zu Chess um. „Heute Morgen hast du aber ganz anders geredet.“
Sie stand da und sah ihn einige Augenblicke lang einfach nur an. Dann begann sie herzhaft zu lachen. „Ach David, du kannst dich wirklich an nichts erinnern, oder?“

***

Qian saß in seinem Quartier auf Sanctuary Island II und starrte durch das kleine Fenster in dem Container auf das Meer hinaus. *Meine Leute haben in den vergangenen Tagen wirklich hart gearbeitet. Auch wenn ich mit Shahids Methoden nicht immer einverstanden bin, er versteht es durch seine Auftritte ausgezeichnet, das Personal zu motivieren.*

Er beugte sich über die Tastatur seines Notebooks und loggte sich auf der Seite einer südamerikanischen Bank ein. Es dauerte eine ganze Weile, bis der Bildschirminhalt sich aufbaute. *Die Internetverbindung ist deutlich langsamer geworden, seit wir über die verschlüsselten Leitungen gehen.*

„Dieser Ägypter ist ausgesprochen zuverlässig, wenn es um die Finanzen geht“, kommentierte Qian den sechsstelligen Zahlungseingang in der letzten Zeile erfreut. Der Buchungszeile zufolge beglich ein Unternehmen namens *Zygon Fruit-Trading Ltd.* mit der Überweisung eine offene Rechnung über eine Warenlieferung. Diese Firma existierte unter der eingetragenen Adresse ebenso wenig, wie Qians Konto den Zahlungseingang einer Obstlieferung zu verdanken hatte.

In den nächsten Minuten veranlasste der Doktor sieben unterschiedlich hohe Überweisungen auf Firmenkonten in Europa und Asien.

Jammerschade, dass der Handel mit Südfrüchten keinen Profit abwirft, lächelte er zufrieden.

Kurz darauf klopfte es an der Tür und seine Sekretärin brachte ihm die Berichte, die er angefordert hatte.

„Die Berichte, die Sie wollten, Dr. Qian!“

„Danke, Alisa Andrejewna.“

Er hat sich endlich meinen Namen gemerkt. Sie schenkte ihm ihr seltenes Lächeln.

„Ist noch etwas?“, fragte der Doktor unerwartet freundlich.
Sie nickte. „Ich glaube, die Taucher haben etwas gefunden.“
Seine Augen weiteten sich interessiert.
„Als ich auf dem Weg zu Ihnen war, habe ich gesehen, wie einer von ihnen etwas aus dem Wasser geholt hat. Es sah aus wie ein Metallkoffer.“
Qian stand auf. „Das sind wirklich gute Neuigkeiten.“
Alisa Andrejewna verabschiedete sich und wollte gerade gehen, da klopfte es an der Tür. Ohne eine Antwort abzuwarten, trat Claude ein. Als er die Sekretärin mit dem unaussprechlichen Namen sah, lehnte er sich mit dem Rücken gegen die Tür, um sie durchzulassen.
Qian wirkte höchst erfreut. „Bringen Sie ihn ruhig herein“, sagte er und zeigte auf den tropfenden Koffer in Claudes Hand.
„Er ist leider doch nicht so dicht, wie wir dachten“, bremste der Belgier die Erwartungen des Doktors. „Hier auf der Seite ist Wasser eingedrungen.“ Er zeigte auf einen kleinen Spalt, der offensichtlich durch enorme Krafteinwirkung entstanden war.
„Hauptsache, der Inhalt ist unversehrt“, entgegnete Qian und streckte die Hand nach dem Koffer aus.
Der Belgier gab ihm wortlos den silbernen Metallkoffer, an dem noch immer die Kette mit dem Halsreif baumelte.
„Danke, Sie können gehen“, sagte der Doktor, ohne ihn noch eines Blickes zu würdigen. Seine Hand kramte bereits in der Schreibtischlade nach dem Schlüssel.
Qian wartete noch einen Augenblick, bis er das Geräusch der zufallenden Tür hörte und sperrte dann den Koffer auf. *Mit dem Titankoffer hat Shahid eine gute Entscheidung getroffen. Jedes Stahlschloss wäre nach dieser Zeit im Salzwasser bereits verrostet.*
Der Anblick entsprach in etwa dem, was Qian erwartet hatte. Drei Plastikbeutel lagen in einer Mischung aus Meerwasser und feinstem Sand. Andächtig nahm er einen der getönten

Beutel heraus und hielt ihn vor das Fenster. *So viele Jahre...* Gegen das Licht war der etwa zwölf Zentimeter lange Nagel im Inneren deutlich zu erkennen. *Der Beutel ist dicht!*
Ein wohliger Schauer lief durch Qians Körper, als ihm bewusst wurde, wie nah er seinem Ziel war. „Ich werde Geschichte schreiben", flüsterte er. Seine Augen glänzten. *Ich werde tun, was noch kein Sterblicher vor mir getan hat.*
Er kontrollierte auch die beiden anderen Plastikbeutel und legte sie dann vorsichtig zur Seite. *Sie sind unversehrt... Sie sind alle unversehrt...*
Für einen sehr langen Moment gab er sich seiner schöpferischen Idee hin und verdrängte den Gedanken daran, dass Shahids Auftraggeber ganz andere Pläne verfolgen könnten. Pläne, über deren genauen Inhalt er lieber keine Vermutungen anstellte.

***

Zwei große, schwarze Kulleraugen sahen David zufrieden an, während das dicke Ende einer Karotte wackelnd zwischen den Zähnen seines Riesenkaninchens verschwand.
„Wie lange hast du dem schon nichts mehr zu fressen gegeben?", fragte Chess, die von Goliaths Appetit beeindruckt war.
David lachte. „Du würdest dich wundern, wie viel der an einem Tag fressen kann."
Chess kraulte Goliath am Kopf. „Bis ich euch beide kennengelernt habe, dachte ich immer, ich hätte ein ausgefallenes Haustier... Wie bist du eigentlich zu ihm gekommen?"
„Das war während eines Urlaubs in Deutschland. Ich habe ein Plakat von einer Riesenkaninchenschau gesehen und bin einfach hingegangen, weil ich mir darunter nichts vorstellen

konnte.“

Typisch David. „Und dann bist du mit Goliath wieder rausgekommen?“

„So ähnlich.“ David begann zu lächeln, als er sich an den netten, grauhaarigen Mann zurückerinnerte, der sich ihm als Heinz Floer vorgestellt hatte. „Einer der Züchter hat auch weiße Riesenkaninchen mitgehabt. Die musste ich mir natürlich aus der Nähe ansehen.“

„Natürlich“, sagte sie ironisch.

„Wir sind ins Gespräch gekommen, und er hat mir ein ganz kleines Kaninchen gezeigt, dessen Ohren nicht richtig stehen wollten.“

„Goliath?“

David nickte. „Er hat erzählt, dass der Kleine für die Zucht ungeeignet ist und er deshalb im Kochtopf landet. Es sei denn...“

„Es sei denn, du kaufst ihn?“ Chess’ Mundwinkel hoben sich beim Gedanken an das Bild, das sie gerade im Kopf hatte.

„Ja, er hat...“

Es läutete an der Tür. „Das werden Alon und Hiob sein.“

Er sprang auf und lief ins Vorzimmer, um ihnen zu öffnen.

Kurze Zeit später saßen David und Chess mit den beiden Besuchern in der Küche. Hiob erzählte, was er bisher über die Briefe in Erfahrung gebracht hatte.

„Ich glaube, wir können ohne Zweifel davon ausgehen, dass sie echt sind.“

„Unglaublich, wie gut das Papier nach so langer Zeit noch erhalten ist“, staunte David, nachdem er einen der gelblichen Briefe aus der Nähe betrachtet hatte.

„Pergament“, verbesserte ihn Chess. „Das ist Tierhaut, kein Papier.“

Alon zuckte mit den Schultern. „Hauptsache, wir können lesen, was drauf steht.“

„Ignorant“, zischte Chess so leise, dass es außer ihr mit Sicherheit keiner gehört hatte.
„Diese beiden Briefe sind in schlechterem Zustand als die anderen.“ Hiob legte zwei gewellte Pergamentstücke auf den Tisch, die mit brauner Tinte beschrieben waren. „Vor allem der da.“ Er zeigte mit dem Finger auf eine eingerollte, dunkelbraune Ecke. „Dafür werden wir sicher länger brauchen.“
„Sieht aus, als wären die beiden Briefe einmal nass geworden“, vermutete Chess.
Hiob nickte. „Bleibt zu hoffen, dass der entscheidende Hinweis auf den vierten Nagel nicht gerade dort steht.“
„Wie lange werdet ihr dafür brauchen?“, fragte Alon in die Runde.
„Das werden einige Stunden, vielleicht auch Tage“, antwortete Chess.
„Eher Tage“, übertönte Hiob sie im selben Moment.
Alon schaute zuerst Hiob und danach Chess mit kritischem Blick an. „Der Zuschlag geht an Chess“, entschied er dann. „Wir haben keine Zeit zu verlieren und werden alles daran setzen, den vierten Nagel vor Shahid zu finden.“
„Eilig haben wir es aber auch nicht“, widersprach sie ihm. „Jetzt, wo Shahid die echten Kreuznägel hat, ist es eigentlich egal, ob wir noch einen vierten finden oder nicht. Wenn es ihm tatsächlich darum geht, an DNA zu kommen, dann werden ihm seine drei Nägel reichen.“
„Er wird kommen, um sich den vierten Nagel zu holen“, sagte Alon mit Bestimmtheit.
„Warum sollte er?“, fragte David.
„Weil er an seinen Nägeln nicht lange Freude haben wird.“ Hiobs gut gemeinte Andeutung brachte ihm einen zurechtweisenden Blick seines Vorgesetzten ein.
„Vertraut mir einfach“, bat Alon.

„Das würde mir leichter fallen, wenn Sie nicht ständig Geheimnisse vor uns hätten“, entgegnete Chess vorwurfsvoll.
Alons Stimme bekam einen ernsten Unterton, als er sich der Palästinenserin zuwandte. „Chess, ich schätze Sie wirklich sehr, und ich meine das nicht nur in Bezug auf Ihr überaus hilfreiches Fachwissen, aber...“ Er machte eine Pause.
„Aber was?“, setzte David nach. „Jeder von uns ist hinter Shahid her.“ Er ließ seinen Blick kreisen. „Auch wenn wir unterschiedliche Gründe dafür haben, unser Ziel ist dasselbe.“
Alon nickte. „Die Schwierigkeit dabei liegt darin, dass ihr beide weisungsfrei seid. Hiob und ich sind das aber nicht.“ Er richtete seinen Blick auf David. „Seit du vom Shabak weggegangen bist, hat sich so manches verändert. Vieles wurde besser, einiges wurde schlechter, aber wer zahlt, schafft immer noch an.“
„Souzan-Chaya“, platzte Chess heraus.
„Sie lässt Ihnen schöne Grüße bestellen“, entgegnete Alon ruhig. „Dir übrigens auch, David.“
„Danke“, antwortete Chess auf eine Art, die keinen Zweifel daran ließ, dass sie es nicht so meinte.
„Sie tun ihr Unrecht“, verteidigte Alon die Abwesende. „Souzan unterstützt uns - auf ihre Weise.“
„Mit Geld“, murmelte David und dachte an seinen neuen Wagen.
„Und mit Informationen“, ergänzte Alon. „Wie Hiob schon angedeutet hat, wird Shahid an seinen Nägeln schnell die Freude verlieren. Es ist nur eine Frage der Zeit, bis er sich den vierten Nagel holt.“
„Okay“, sagte Chess. „Ich bin dabei. Aber beantworten Sie mir noch eine Frage. Können Sie Souzan-Chaya vertrauen?“
„Ja“, entgegnete er, ohne zu zögern.
„Und Sie?“, Chess blickte Hiob fragend an.
„Sie hat mir noch keinen Grund gegeben, das nicht zu tun“,

wich Hiob einer direkten Antwort aus.

***

Alon war mit David allein im Arbeitszimmer und nutzte die Gelegenheit, ihm eine persönliche Frage zu stellen. „Als wir uns das letzte Mal gesehen haben, wolltest du mit der Sache nichts mehr zu tun haben. Was hat deine Entscheidung geändert?“
„Das stimmt so nicht“, widersprach David. „Ich habe gesagt, dass ich Antworten finden muss.“
„Von mir aus. Und jetzt hast du sie gefunden?“
„Die wichtigste“, nickte David.
„Das heißt, du glaubst jetzt nicht mehr an Nataschas Entführung?“
„Nein.“ *Warum fragen mich das eigentlich alle?*
„Willst du darüber reden?“, bot Alon sich als Gesprächspartner an.
„Nein“, sagte David bestimmt und wechselte das Thema. „Hiob schien mir nicht so überzeugt zu sein, was Souzan-Chaya angeht.“
„Er kennt sie kaum.“
„Und du kennst sie?“
Die Frage aus dem Mund eines Mannes zu hören, der sich in seiner eigenen Frau getäuscht hatte, rang Alon ein mitleidiges Lächeln ab. „Das fragst ausgerechnet du mich?“
„Tut mir leid“, sagte David. „Mir fällt es im Moment sehr schwer, Freund und Feind auseinander zu halten.“
„Das kann ich gut nachvollziehen.“
David atmete lautstark aus. „Es ist wirklich nicht immer so leicht, wie es auf den ersten Blick aussieht... Hast du mir denn vertraut, als du mit Hiob an mich herangetreten bist und ihr mich gefragt habt, ob ich euch helfe?“

„Wäre ich sonst zu dir gekommen?"
„Hattest du eine andere Wahl?"
„Nein. Die hatte ich natürlich nicht. Aber hätte ich mich zwischen mehreren Möglichkeiten entscheiden können, dann wäre ich trotzdem zu dir gekommen, gerade weil wir jemand brauchten, dem wir blind vertrauen können."
„Wir?" David legte die Stirn in Falten. „Hiob kannte mich doch damals noch gar... Souzan-Chaya!", unterbrach er sich selbst.
Alon bestätigte kopfnickend. „Sie hat sofort zugestimmt, als ich ihr sagte, dass ich dich um Hilfe bitten möchte."
„Sie kennt mich doch auch nicht."
Alon lachte. „Einmal beim Geheimdienst..."
„...immer beim Geheimdienst", beendete David den Satz. „Wie dumm von mir anzunehmen, dass ich nach meinem Ausscheiden aus dem aktiven Dienst wieder ein Privatleben hatte." Er schüttelte den Kopf. „Wie lange kennst du sie schon?"
„Ewig."
„Also ist sie was Längerfristiges", grinste David.
„Sie ist die Tochter vom Boss."
David fiel das Lachen aus dem Gesicht. „Sie ist..." Er schluckte. „Sie ist... Du hast mit der Tochter von..."
„Rein beruflich", beruhigte Alon und klopfte auf Davids Schulter. „Als wir uns als Kinder in der Sandkiste kennengelernt haben, konnte ich ja nicht wissen, dass ihr Vater eines Tages..."
„Rein beruflich", wiederholte David. *Er hat die Tochter von...*
Alon wechselte rasch das Thema. „Mir ist aufgefallen, dass du und Chess..." Er versuchte, sich so unverfänglich wie möglich auszudrücken.
„Wir duzen uns", kam ihm David zuvor.
„Ja, ist mir aufgefallen. Hat sie dir das angeboten oder..."

„Weiß nicht."
Weiß nicht? Alon riss seine blaugrauen Augen auf.
„Wir haben etwas herausgefunden!", rief Chess aus dem Wohnzimmer. „Das solltet ihr euch ansehen!"

***

Dr. Qian war auf dem Weg in den hinteren Trakt des Labors. Um die Abteilung betreten zu können, in der an den von ihm benannten A-Zellen geforscht wurde, reichte ein blauer Schutzanzug. *Ich bin gespannt, ob sich die guten Testergebnisse von neulich auch in der Praxis bestätigt haben.*
Der Doktor forschte schon seit Jahren daran, das schnelle, aber unkontrollierte Wachstum von Krebszellen mit dem kontrollierten, aber langsamen Wachstum von Nervenzellen zu kombinieren. Die daraus entstandenen A-Zellen waren ein Meilenstein der Gentechnik. Es reichte, lediglich ein paar von ihnen in einer Nährlösung anzusetzen, und bereits einen Tag später waren mit bloßem Auge erste Gewebestrukturen zu erkennen. Der Schlüssel für die Überlegenheit der A-Zellen bestand darin, dass sie das hemmungslose Wachstum missgebildeter Zellen für ihre eigene, gezielte Reproduktion nutzten.
Qians Mitarbeiterin, eine Laborärztin, war völlig in ihre Arbeit vertieft, als er den in Neonlicht getauchten Raum betrat. Auf einem riesigen Betonsockel in der Mitte standen vier Glasbecken, von denen jedes die Größe einer Badewanne hatte. Drei davon waren etwa bis zur Hälfte mit einer grünlich schimmernden Flüssigkeit voll, das vierte Becken füllte sich gerade über einen automatischen Zulauf.
„Wie kommen Sie voran?", fragte Qian.
Sie wirbelte herum. „Haben Sie mich aber erschreckt!"
„Das war nicht meine Absicht", versicherte der Doktor, dessen

Stimme durch den Anzug deutlich tiefer klang.
„Die Ergebnisse können sich sehen lassen“, sagte sie und griff in das mittlere Becken. Auf einem Schild an der Stirnseite stand: *AXOLOTL CH-7398B A-CELL*
Sie holte ein knapp dreißig Zentimeter großes, schwarzes Tier heraus, das Ähnlichkeit mit einem Salamander hatte. „Sie wachsen nicht nur schneller, sie werden auch ein wenig größer.“
„Ein schönes Exemplar“, bestätigte Qian.
Die Ärztin hielt das Tier vorsichtig aber bestimmt mit ihrer linken Hand und fixierte das rechte Hinterbein zwischen Daumen und Mittelfinger. Das Tier zuckte reflexartig, als sie das Bein berührte. „Ganz ruhig“, sagte sie und wartete, bis der schwarze Axolotl sich wieder beruhigt hatte.
„Soll ich?“, bot Qian ihr seine Hilfe an.
„Danke, aber mittlerweile kann ich das schon ganz gut alleine“, lachte sie und öffnete die silberne Schere in ihrer rechten Hand. Die Ärztin setzte ihr Chirurgenwerkzeug knapp über dem Gelenk an. Das Tier zuckte erneut, als es den scharfen Stahl an seinem Bein spürte. „Nein“, sagte sie nach einem prüfenden Blick auf eine handgeschriebene Strichliste, die neben dem Becken lag. „Da hätte ich dir fast zuviel weggenommen.“ Sie korrigierte die Position der Schere und trennte das Bein unter dem Gelenk mit einem scharfen Schnitt ab, der sich anhörte, als hätte jemand rohe Spaghetti zerbrochen.
Der Axolotl ruderte panisch mit seinen verbleibenden Gliedmaßen, und die Ärztin setzte ihn behutsam in das dritte Becken.
„Ich muss nur aufpassen, dass ich sie zu gleichen Teilen vor und nach dem Gelenk amputiere“, lächelte sie Qian an.
„Sind die alle noch heute dran?“, fragte der Doktor und zeigte auf das erste Becken.
„Ja. Sie wachsen so schnell... Ich komme kaum noch mit dem

Abschneiden nach.“

Der Doktor nickte höchst zufrieden. „Diese kleinen Tiere wissen ja gar nicht, welch großen Dienst sie der Wissenschaft erweisen.“

„Ihre Regenerationsfähigkeit erstaunt mich immer wieder“, sagte die Ärztin.

„Ich bin froh, dass wir solche Erfolge haben.“ Er kam ein Stück näher und warf einen Blick auf ihre Liste. „Wie hoch ist die Rate der Missbildungen?“

„Kleiner als zwei Prozent“, antwortete sie stolz.

„Sehr gut... Und das bereits bei der CH-Versuchsreihe“, sagte Qian anerkennend. „Da dürfen wir ja auf die Resultate mit den optimierten Zellen mehr als gespannt sein. Haben Sie die Lösung schon angesetzt?“

„Becken Nummer vier“, sagte sie und zeigte auf das Glasbecken, das sich langsam füllte.

„Sie gestatten?“, fragte Qian und deutete an, zu einem kleinen Kühlschrank gehen zu wollen, dessen Front eine abgedunkelte Glasscheibe war.

„Selbstverständlich“, lächelte sie freundlich unter ihrem Schutzhelm hervor. „Ich habe ja noch ein paar Probanden vor mir.“ *Qian ist heute unglaublich gut aufgelegt und so höflich. Das bin ich gar nicht von ihm gewohnt.*

Der Doktor öffnete den Glasschrank und blickte auf eine ganze Reihe von Behältern und Reagenzgläsern. Auch ohne Beschriftung hätte er das Objekt seiner Begierde auf Anhieb gefunden. Der zähflüssige Inhalt des durchsichtigen Röhrchens mit dem zweizeiligen Aufdruck *A-CELL IM-7398PII* fluoreszierte grellgelb.

***

„Also, was habt ihr bisher?“, fragte Alon, der sich neben David

an den großen Glastisch im Wohnzimmer gesetzt hatte.
„Wir wissen, dass Konstantin II. definitiv nicht in irgendeinem römischen Verlies verreckt ist“, begann Hiob, „weil er nach seinem angeblichen Tod noch diese Briefe geschickt hat.“
„Und wir wissen ebenfalls, dass er einen der vier Kreuznägel mit in sein Exil genommen hat“, ergänzte Chess. „Er erwähnt ihn an mehreren Stellen in den Briefen. Irgendjemand, mit ziemlicher Sicherheit auch eine Person aus dem kirchlichen Umfeld, hat seine Briefe gesammelt und den letzten Eintrag im Buch der Gog und Magog vorgenommen.“
„Unser geheimnisvoller Linkshänder?“, fragte Alon nach.
„Ja, davon können wir ausgehen“, bestätigte Hiob. „In den Briefen ist die Rede davon, dass dieser Helfer dem abgesetzten Gegenpapst nachreisen soll.“
„Ob er das dann auch getan hat, wissen wir natürlich nicht“, warf Chess ein. „Viel wichtiger ist jedoch, dass Konstantin II. uns in seinen Briefen mehrere Hinweise auf das Versteck des vierten Nagels hinterlassen hat.“
„Eine Karte?“, fragte David hoffnungsvoll.
Hiob schüttelte den Kopf. „Da, wo wir hinmüssen, gab es gegen Ende des 8. Jahrhunderts wahrscheinlich noch gar keine Karten.“
„Wohin müssen...“
„Schweden“, sagte Hiob knapp.
Alons Augen begannen zu leuchten. „Damals begann in Schweden gerade das Zeitalter der Wikinger.“
„Ich hab mir schon gedacht, dass das eine Reise ganz nach deinem Geschmack wird“, bemerkte Hiob und deutete ein Lächeln an.
„Welche Hinweise haben wir?“, fragte Alon gespannt.
Chess räusperte sich. „Konstantin II. erzählt von einem Land mit zerklüfteter Küste, in dem es auch in der Nacht nie ganz dunkel wird. Die Sonne versinkt im Meer, hört aber trotzdem

nicht auf zu leuchten. Er beschreibt, wie die Küste aussieht und in welcher Richtung Land oder Wasser liegt."
„Wie genau können wir es eingrenzen?", wollte David von ihr wissen.
„Er verwendet das Sternbild des Großen Wagen für den Norden und den Verlauf der Sonne für die anderen Himmelsrichtungen. Es ist eigentlich sehr gut nachvollziehbar, wo er sich befindet."
Hiob klappte eine Landkarte auf. „Wir vermuten ihn irgendwo hier." Sein dicker Finger legte sich quer über den Skagerrak und zeigte auf die Westküste Schwedens, nahe der norwegischen Grenze.
Chess ergänzte: „Konstantin II. bleibt bei seinen Erzählungen immer an der Küste."
„Vermutlich, weil das Landesinnere von dichten Wäldern bedeckt war", merkte Hiob an.
Alon nickte zustimmend. „Das Leben der Wikinger war sehr stark am Wasser ausgerichtet. Mit ihren Langschiffen haben sie so ziemlich alles transportiert."
„Das ist aber alles noch sehr vage, um einen Nagel zu finden." David blickte skeptisch auf Hiobs Finger im Skagerrak.
„Wir sind ja auch noch nicht fertig", schmunzelte Chess. „Konstantin II. hat sich zwei unverwechselbare Punkte gesucht und sie uns beschrieben."
Hiob las die Hinweise für den ersten Orientierungspunkt vor: „Aus der Erde wächst ein mächtiges Schiff aus Stein... so hoch, wie zwei von diesen Riesen..."
„Eine Schiffssetzung", sagte Alon.
David blickte in die Runde und hatte den Eindruck, der Einzige zu sein, der mit diesem Begriff nichts anfangen konnte.
„Ein gewaltiges Grab", half ihm Chess auf die Sprünge. „Man hat riesige Steine so in die Erde gesteckt, dass sie die Form

eines Schiffs gebildet haben."

„Und in der Mitte haben sie dann den Oberwikinger begraben?"

Chess nickte amüsiert.

„Mit den Riesen hat er vermutlich die Nordmänner gemeint", sagte Alon. „Schiffssetzungen kommen in Schweden sehr häufig vor, aber eine, die so hoch ist wie zwei Wikinger, sollte leicht zu finden sein."

„Haben wir schon", entgegnete Hiob und drückte seinen Finger erneut auf die Karte. „Genau hier, in Blomsholm."

David runzelte die Stirn. *Hiobs Finger ist viel zu dick für die kleine Karte. Er verdeckt genau die gleiche Stelle, die er auch vorher schon zugehalten hat.*

„Und der andere Orientierungspunkt?", wollte Alon wissen.

Von Davids skeptischen Augen verfolgt verdrehte Hiob seinen Daumennagel um wenige Millimeter nach rechts. „Genau hier", sagte er, „in Tanum."

„Die berühmten Felsritzungen?", fragte Alon.

„Sie kennen sie?" Chess war überrascht, vermied es aber, beeindruckt zu wirken.

Er zuckte mit seinen eleganten Schultern. „Da war mal ein Bericht im Fernsehen."

„Und wo hat er ihn nun vergraben?", drängte David.

„Genau hier", antwortete Hiob und drehte seinen Finger wieder ein Stück zurück.

„Mitten im Meer?" David wollte sich die Frage nicht länger verkneifen.

„Nein, natürlich nicht", lachte Chess. „Die Küste hat heute übrigens einen geringfügig anderen Verlauf als im 8. Jahrhundert, weil der Meeresspiegel ansteigt."

„So viel zu unserem Beitrag zum Klimawandel", murmelte Hiob zynisch.

Chess schob seinen Finger beiseite und fuhr mit ihrem leicht

angespitzten Nagel einen schwarzen Strich auf der Karte entlang. „Diese Straße entspricht etwa der alten Küstenlinie. An ihr liegen sowohl die Felsritzungen als auch die Schiffssetzung."
Hiob nickte zustimmend. „Und irgendwo zwischen diesen beiden Orientierungspunkten gibt es auf einer kleinen Anhöhe ein paar Steinbrocken..."
Alons Handy läutete. „Einen Moment, bitte." Er stand auf und wandte den anderen den Rücken zu.
Das Gespräch dauerte nur wenige Sekunden und war allem Anschein nach ein Monolog des Anrufers.
„Danke", sagte Alon betroffen und legte auf.
„Wer war das?", fragte Hiob.
„Ein Freund", antwortete Alon ernst. „Bruder Alessandro und ein weiterer Mönch wurden gestern Abend tot im Keller der Kirche aufgefunden. Die Polizei nimmt an, dass ihre Leichen dort schon seit einiger Zeit... "
„Das ist nicht möglich!", stieß Chess fassungslos aus.
„Ich fürchte doch. "
„Aber warum sollte jemand..."
„Die Briefe!", unterbrach Hiob sie. „Es ging diesem Schwein nur um die Kopien unserer Briefe." In seinen blauen Augen blitzte jener abgrundtiefe Hass auf, den er seit Jahren wie eine schlechte Gewohnheit pflegte.
Chess' Nackenhaare sträubten sich. „Sie meinen, wenn wir die Briefe nicht gefunden hätten, dann..."
„Dann hätte sich Shahid statt der Kopien die Originale abgeholt", folgerte Alon mit fester Stimme. „Die Diskussion bringt uns nicht weiter. Wir dürfen keine Zeit mehr verlieren."
Damit war aus seiner Sicht alles gesagt.
Chess warf ihm einen vorwurfsvollen Blick zu. „Es wurden gerade zwei Menschen umgebracht, das kann Ihnen doch nicht völlig egal..."

„Und es werden noch viele weitere sterben", unterbrach Alon sie, „wenn wir diesen Wahnsinnigen nicht stoppen."
Hiob nickte. „Er hat Recht. Wir haben nicht mehr viel Vorsprung."
„Wenn wir überhaupt noch einen haben! Wie schnell können wir aufbrechen?", richtete Alon seine Frage in die Runde.
„Ich muss nur Ms. Furgerson bitten, auf Goliath aufzupassen, solange wir weg sind", sprang David auf.
„Ich brauche unsere Spezialausrüstung", warf Hiob ein, „den großen schwarzen Koffer."
„Den Kindersarg?", fragte Alon, der außer Hiob als einziger der Anwesenden eine Vorstellung davon hatte, wie groß der Koffer war.
„Genau den!"
Alon nickte. „Ich kümmere mich darum." Er drehte sich zu Chess und wollte gerade etwas sagen, als sie ihm zuvorkam.
„Ich bin reisefertig."
„Gut, packt alles zusammen, was ihr mitnehmen wollt. Wir treffen uns in zwei Stunden am Flughafen." Er stand auf und ging zur Tür.
„Und was machst du?", rief David ihm nach.
„Ich sorge dafür, dass unsere Spezialausrüstung rechtzeitig in Schweden ankommt."

***

In Mittelschweden brach ein sonniger Nachmittag an. Eine großgewachsene Araberin saß auf der Motorhaube eines abgestellten Saab-Kombis und kämmte sich ihr langes, dunkles Haar, als ein Privatflugzeug in einiger Entfernung zum Landeanflug ansetzte. „Das müssen sie sein."
„Wurde aber auch Zeit", brummte der Mann auf dem Fahrersitz und reichte ein Fernglas durch das Seitenfenster.

Die Araberin nahm es und verfolgte damit die Maschine am Himmel, die eine Bilderbuchlandung hinlegte. Kurz darauf kam die Citation X zum Stillstand.
„Und?“, fragte der Fahrer des Saabs ungeduldig.
„Moment noch. Die Tür öffnet sich gerade erst.“
Aus der Citation stiegen drei Männer und eine Frau.
„Sie sind es“, nickte die Araberin. Ihr interessierter Blick fixierte den zuletzt ausgestiegenen Mann.
Der Fahrer nahm die Bestätigung wohlwollend auf und lehnte sich zurück in den Ledersitz.
„Sie sind zu viert.“ *Ahil hat kein Wort darüber verloren, wie gut dieser Alon Kollek aussieht.* Aus ihrer olivgrünen Jacke holte die Araberin ein Handy hervor. *Ich stehe auf knackige Typen mit Sommersprossen.* „Ahil!“, sagte sie laut, wobei sie den ersten Buchstaben betonte.
„Ahil“, bestätigte die Spracherkennung ihres Telefons den Befehl und wählte die Nummer des gewünschten Teilnehmers.
Mehrere tausend Kilometer entfernt läutete es im Kellerraum von Shahids Haus. Knöcherne Finger führten den Telefonhörer an das Ohr des alten Ahil. „Ja?“
„Sie sind soeben gelandet“, erstattete die kräftige Frauenstimme Bericht. „Genau wie du es vorhergesagt hast.“
„Gut“, bestätigte der alte Ahil knapp. *Es war eine ausgezeichnete Idee, den Mönch auszuquetschen, das hat uns eine Menge Zeit gespart.* „Hängt euch an ihre Fersen!“
„Ahil?“ Sie zögerte das Gespräch noch einen Moment in die Länge.
„Was?“
„Du hast mir nicht gesagt, dass er Sommersprossen hat.“ Sie strich sich mit den dunkelroten Fingernägeln über die Lippen.
Mit einem Klicken am anderen Ende der Leitung endete das Gespräch.
Hiob und Alon begutachteten mittlerweile den bereitgestellten

Mietwagen. Das Flugzeug mit der von Hiob angeforderten Spezialausrüstung war noch vor der Citation in Schweden gelandet, und das Bodenpersonal hatte den riesigen Koffer bereits im Fahrzeugheck verstaut.
Alon fuhr, Hiob saß neben ihm, und David und Chess hatten im Fond des Wagens Platz gefunden.
„Was ist in dem Koffer?", fragte David.
„Geräte", antwortete Hiob.
„Welche Geräte?"
„Geräte eben."
David nickte. „Dacht ich mir schon", murmelte er und blickte demonstrativ aus dem Seitenfenster, an dem die dichten Wälder vorbeizogen.
„Ich habe die Fläche, die wir absuchen müssen, auf diesen Karten eingezeichnet." Chess hielt zwei zusammengefaltete Landkarten hoch. „Ich würde vorschlagen, wir teilen uns auf, dann sind wir schneller."
„Eine gute Idee", entgegnete Alon. „Hiob wollte David ohnehin in aller Ruhe die Spezialausrüstung erklären."
Wollte ich? Hiob sagte kein Wort.
„Dann muss ich wohl mit Ihnen Vorlieb nehmen", stellte Chess kühl fest.
„Aber nein!" Alon tat alles, um bestürzt zu klingen. „Wenn Sie und David lieber..."
„Ich würde mir gerne die Erklärungen anhören", reagierte David rasch und tat gut daran, Hiobs Gesichtsausdruck nicht sehen zu müssen.
Chess warf ein gleichgültiges Brummen in die Runde, das als Zustimmung zu verstehen war, und Hiob brach sein Schweigen.
„Es ist besser, wenn in jedem Team jemand ist, der Kufi lesen kann. Wir müssen davon ausgehen, dass wir vielleicht auf weitere Hinweise oder Beschriftungen treffen."
„Und eine Waffe in jedem Team kann auch nicht schaden. Wir

sind schon sehr weit nördlich. Hier gibt es auch Bären in den Wäldern."

David sah im Spiegelbild der Seitenscheibe, wie sich sein Gesicht verkrampfte. „Bären?"

„Ja, diese braunen pelzigen Dinger, die brummen, wenn man im Wald über sie stolpert", sagte Chess lachend.

„Das dürfte aber schwer werden, so riesig wie die hier sind", griff Alon den Scherz auf.

Davids buschige Augenbrauen zogen sich V-förmig über der Nase zusammen. „Und was machen wir, wenn wir einen Bären sehen?"

„Ein Foto", lachte Chess. „Ich wollte schon immer ein Foto von einem Bären."

„Wenn Sie tatsächlich auf einen Bären treffen, dann verhalten Sie sich ganz natürlich und warten, bis er wieder geht." Hiob klang ernst wie immer. „Behalten Sie das Tier immer im Auge. Bären verfügen über keine ausgeprägte Mimik. Sie erkennen in seinem Gesicht also nicht, ob er Sie fressen will oder nur vorbeigehen. Ein wütender Bär senkt den Kopf und blickt Sie starr an. Sie bemerken dann ganz deutlich seine Anspannung. Wenn Ihnen das passiert, dann sollten Sie sehr langsam rückwärts gehen."

„Auf keinen Fall!", widersprach Chess und drehte sich zu David. „Du musst ganz laut sein und dich möglichst groß machen, damit er dich nicht als Beute ansieht. Schlag mit einem Stock gegen einen Baum, um ihn zu vertreiben oder wirf Steine in seine Richtung."

„Ich habe gehört, man soll sich ganz ruhig auf den Boden legen", rundete Alon die Palette an guten Vorschlägen ab.

„Du siehst also", erklärte Chess mit einem breiten Grinsen, „es gibt viele Möglichkeiten, dich richtig zu verhalten, wenn du auf einen Bären triffst. Such dir einfach etwas davon aus."

David machte nicht den Eindruck, als würde er sich über die

Auswahl freuen.
„Bleiben Sie einfach in meiner Nähe, Wilder“, betonte Hiob. „Ich sorge schon dafür, dass Ihnen keiner zu nahe kommt.“
„Wir müssten gleich da sein“, unterbrach Alon das Gespräch. „Ich schlage vor, Chess und ich gehen nach Norden und ihr beide durchkämmt den Wald in südlicher Richtung.“
„Wie halten wir untereinander Kontakt?“, wollte David wissen. „Unsere Mobiltelefone werden hier draußen nämlich nur sehr eingeschränkt funktionieren.“
„Kein Problem“, erwiderte Hiob. „Unsere Diensthandys haben einen eingebauten Funkmodus und können auf kurze Distanzen direkten Kontakt zueinander herstellen. Wir sind also nicht auf Sendemasten angewiesen, solange Alon und ich uns nicht zu weit voneinander entfernen.“
Chess nickte zufrieden. „Und vergesst nicht, dass unser Ziel unmittelbar in der Nähe der alten Küstenlinie sein muss. Es hat also keinen Sinn, zu weit in den Wald hineinzulaufen.“
Keine Sorge, dachte David. *Das mache ich ganz bestimmt nicht.*
„Da vorne ist ein guter Parkplatz“, schlug Hiob vor.
Alon nickte.
Wenige Minuten später stapften Chess und Alon in Richtung Norden durch das Unterholz, während sich Hiob und sein Begleiter dem südlichen Verlauf der Küstenlinie widmeten.
„Wie groß ist der Hügel, den wir suchen?“, fragte David.
„Kann ich Ihnen auch nicht mit Sicherheit sagen. Aber so flach wie die Gegend bisher war, wird er uns bestimmt auffallen.“
„Das mit dem Bären vorhin“, brachte David das Thema noch einmal zur Sprache, „haben Sie das ernst gemeint?“
„Jedes Wort.“
David schluckte.
„Die Chance, hier auf einen Bären zu treffen, ist aber nicht sehr groß.“
„Wieso?“

„Weil Sie die ganze Zeit reden, und damit vertreiben Sie garantiert jedes Tier“, antwortete Hiob leicht genervt.
„Im Ernst?“ David strahlte. „Woher wissen Sie so viel über Bären?“ Er folgte dem Pfad, den Hiob sich durch die dicht stehenden Bäume bahnte.
„Hab ich gelesen.“
„Lesen Sie viel?“
„Manchmal.“
„Was lesen Sie denn so?“ David war bemüht, das Gespräch in Gang zu halten.
Hiob blieb abrupt stehen und spürte, wie David in seinen Rücken lief. Bedächtig drehte der lebende Fels sich um und blickte auf David hinunter. „Wissen Sie, was mir gerade einfällt?“, fragte er mit besorgter Stimme.
David schüttelte den Kopf.
„Die wirklich großen und aggressiven Bären lassen sich nicht abschrecken. Im Gegenteil, die fühlen sich sogar angezogen, wenn sie Menschen reden hören.“ Er drehte sich wieder um und genoss die Stille, als sie weitergingen.
Ungefähr zur selben Zeit näherte sich ein dunkler Saab-Kombi dem Geländewagen, den Alon am Straßenrand abgestellt hatte. Die amazonenhafte Beifahrerin drehte sich zu zwei Männern auf der Rückbank um. „Ihr schnappt euch Hiob erst, nachdem sie fündig geworden sind. Lasst sie für euch die Arbeit machen!“, befahl sie.
Der deutlich größere der beiden, dessen Brustkorb den Vergleich mit einem Kühlschrank nicht zu scheuen brauchte, nickte. Der Libanese neben ihm schloss sich ihm nach kurzem Zögern an. Sein verschlagener Blick ließ nur erahnen, was er dabei dachte.
„Und vergesst nicht“, ergänzte die Amazone ihre Anweisung. „Shahid will Hiob lebend, nicht unbedingt in einem Stück, aber lebend.“

„Was ist mit seinem Begleiter?", fragte der Libanese mit einer Stimme, die Besorgnis heuchelte.
Sie schüttelte den Kopf. „Von dem hat er nichts gesagt. Aber seid vorsichtig. Wenn ihr ihn zu früh umlegt, verliert ihr das einzige Druckmittel gegen Hiob, und freiwillig wird er euch kaum begleiten."
Der Saab hielt kurz an, und die zwei Männer in Tarnanzügen sprangen heraus. Kaum hatten sie den Wald erreicht, schienen ihre Silhouetten mit dem Dickicht zu verwachsen.
„Und du", wandte sich die Amazone dem Fahrer zu, „suchst jetzt einen unauffälligen Parkplatz, damit wir uns um Kollek und seine Freundin kümmern können."
„Wir sind gerade erst an einer Abzweigung zur Küste vorbeigefahren", schlug er vor.
Sie stimmte zu.
Der Wagen wendete und bog dann in eine einsame Zufahrtsstraße zum Skagerrak ein, die sicheren Schutz vor neugierigen Blicken garantierte.
„Hier kann er stehen bleiben", bestätigte die großgewachsene Frau nach dem Aussteigen. „Und jetzt los, bevor wir sie verlieren", trieb sie ihren Begleiter an.
Wenig später näherten sich die beiden im Laufschritt dem Waldrand. Dort angekommen, folgten sie Chess und Alon in nördlicher Richtung.

***

Hiob schob sich wie ein Bulldozer durch das Unterholz. David tat gut daran, hinter ihm herzulaufen. Nicht nur, dass der Israeli für ihn die herumliegenden Äste niedertrat, er sorgte auch dafür, dass David von herunterhängenden Spinnennetzen verschont blieb. Das Risiko, ihre Bewohnerinnen versehentlich zu verschlucken, war in der zweiten Reihe äußerst gering und als

klarer Vorteil zu werten.
„Vorsicht!“, rief Hiob, unmittelbar bevor ein Zweig nur knapp neben Davids Kopf vorbeipeitschte.
Die Chance, einen zurückfedernden Ast ins Gesicht zu bekommen, wog einen Teil dieses Vorteils allerdings wieder auf, wie David fand. „Irgendwie fällt es mir schwer zu glauben, dass Konstantin II. ausgerechnet hier den Nagel versteckt haben soll.“
„Vielleicht standen hier keine Bäume zu seiner Zeit.“
„Möglich“, entgegnete David. „Wenn sich hier so viel verändert hat, dann ist es aber auch sehr fraglich, ob wir überhaupt noch etwas finden. Haben Sie sich schon überlegt, wie so ein Nagel hier im Freien die Jahrhunderte überdauern konnte?“
Hiob schwieg.
David deutete das als Verneinung und gab die Antwort selbst: „Viele Möglichkeiten bieten sich dafür nicht an. Im achten Jahrhundert war die Auswahl an haltbaren Materialen nicht wirklich groß.“
Hiob brummte zustimmend. „Eine Holzkiste oder eine Ledertasche scheiden jedenfalls aus. Die wären im Freien längst verwittert.“
„Stein wäre wohl am haltbarsten“, stellte David fest.
„Davon liegen hier wahrlich genug...“ Hiob beendete seinen Satz vorzeitig mit einem wilden Spucken. „Verdammte Viecher!“ Mit vorwurfsvoller Miene drehte er sich zu David um. „Wie wäre es, wenn Sie vorausgehen?“
„Gerne!“, antwortete der Angesprochene und zeigte auf zwei lange, tiefe Kratzer in seinem Gesicht.
Hiob zögerte, als würde er die beiden Alternativen gegeneinander abwägen. „Okay, vergessen Sie’s, Wilder. Dann fresse ich lieber die Spinnen.“
Kurze Zeit später erreichten die beiden einen schmalen Bach,

der sich durch den Wald schlängelte. „Das erleichtert uns die Sache“, stellte David erfreut fest. „Wenn wir im Bachbett laufen, gibt es keine Bäume und Spinnennetze, die uns den Weg versperren.“
Hiob nickte und setzte einen Fuß auf den feuchten Boden. „Perfekt! So ein Bach ist wie eine Waldautobahn. Viele große Tiere benutzen sie, um möglichst schnell voranzukommen.“
David fühlte sich an die Bärengeschichten erinnert. „Für eine Autobahn ist der Bach aber ziemlich schmal. Was machen wir, wenn uns etwas entgegenkommt?“
„Lassen Sie die Geisterfahrer meine Sorge sein.“ Hiob ging voraus. „Geben Sie mir nur Bescheid, wenn uns einer überholen will“, sagte er, ohne zurückzublicken und hob seine Mundwinkel ein klein wenig an.
Zur selben Zeit, etwa vier Kilometer nördlich, durchquerten Chess und Alon ein schier endloses Feld aus Preisel- und Heidelbeersträuchern. Der mit Moos bedeckte Waldboden war angenehm weich und dämpfte die Schritte wie Watte. Durch die weit auseinanderstehenden Bäume bot sich eine gute Rundumsicht für die beiden Schatzsucher. Die Farbtöne ihrer wetterfesten Kleidung reichten von erdfarben bis dunkelgrau. Wie fast immer schleppte die Archäologin auch diesmal ihren Rucksack mit. „Ich hoffe, dass David und Hiob mehr Hügel finden bei ihrem Rundgang.“
„Unterbieten können sie unseren Fund jedenfalls nicht“, kommentierte Alon die flache Landschaft und bückte sich, um ein paar Beeren zu pflücken. „Wir sollten es positiv sehen.“
„Weil Sie sich den Bauch vollschlagen können?“ Sie stoppte und drehte sich zu ihm um.
„Nein“, entgegnete er schmatzend. „Je weniger Hügel es gibt, umso höher ist die Wahrscheinlichkeit, dass der erste, den wir finden, auch gleichzeitig der richtige ist. Ich denke, es ist sinnvoll, wenn wir uns die Hinweise noch einmal durchlesen,

bevor wir weitergehen und vielleicht irgendetwas Wichtiges übersehen."
Chess kramte aus ihrer Hosentasche einen handgeschriebenen Zettel hervor. Es war eine Kopie der Übersetzung, die sie und Hiob von einem der alten Briefe angefertigt hatten.

Nahe einem Hügel wachsen sieben Steine.
Nur der Vogel kennt ihr Bild.
Um zu sehen wie er, blicke zu den Sternen.
Die Folge der Schatten bestimmt die Steine.
Der Weg vom ersten zum zweiten Stein ist fünfmal kürzer als der Weg vom zweiten Stein zu einem ohne Schatten.

Sie legte die Stirn in Falten. „Die sieben Steine könnten eine Umschreibung für eine weitere Schiffsetzung sein, die wir finden müssen."
„Unwahrscheinlich", warf Alon ein. „Sieben sind für eine Schiffsetzung zu wenig. Außerdem stehen die Steine dabei nicht so weit auseinander, dass man ihr Bild nur aus der Vogelperspektive erkennen würde."
„Um zu sehen wie er, blicke zu den Sternen", murmelte Chess und lief neben Alon auf und ab. Ohne es zu bemerken, wurde sie dabei beobachtet.
Durch ein Fernglas mit rot vergüteten Linsen verfolgte ein Araber aus sicherer Entfernung jeden ihrer Schritte.
„Was ist? Haben die beiden endlich etwas gefunden?", fragte die Amazone ihren Begleiter.
„Schwer zu sagen. Wegen der Bäume ist mein Sichtfeld stark eingeschränkt. Dieser Kollek bückt sich immer wieder und sie hält irgendeinen Zettel in der Hand."
„Gib her!" Die Amazone griff nach dem Fernglas. Es dauerte etwas, bis das Objekt ihrer Begierde gefunden und scharfgestellt war. „Wie romantisch", sagte sie mit neckender

Stimme. „Unser Pärchen macht ein Picknick." *Er ist wirklich süß.* Ihr Lächeln war herzlich und warm. Viele Männer hatten sich schon davon täuschen lassen. „Frag nach, was die anderen gerade machen!", befahl sie dem Araber neben ihr, ohne den Blick von Alon zu lassen.

***

Ein himmelblaues Moped mit cremefarbener Lederbank quälte sich den morastigen Waldweg zu Woodberry Mansion hoch. Obwohl es in jeder Kurve quietschte und knatterte, als wäre es seine letzte, leistete es seinem Besitzer, Thomas Brooks, treue Dienste. Brooks hatte es in jenem Jahr erworben, als er seinen Verwalterjob auf dem Anwesen der Woodberrys begonnen hatte. In den achtzehn Jahren, die seitdem vergangen waren, hatte ihn sein zweirädriger Gefährte niemals im Stich gelassen. Seit einiger Zeit allerdings deuteten Wolken aus bläulichem Rauch das Ende der in die Jahre gekommenen Freundschaft an. Brooks, ein hagerer Mann Ende vierzig, dessen graues Haar ihn deutlich älter aussehen ließ, öffnete das schmiedeeiserne Tor von Woodberry Mansion und fuhr in Richtung Haus. Das Unwetter der vergangenen Tage hatte seine Spuren überall auf dem Grundstück hinterlassen. Mitten in der Wiese war ein kleiner Teich entstanden, aus dem sich ein Entenpärchen erhob, als Brooks sich knatternd näherte.

„Es ist viel schlimmer, als ich erwartet hatte", murmelte er. „Gut, dass der alte Professor Woodberry das nicht mehr mitansehen musste. Sein Rosengarten sieht aus wie eine Sumpflandschaft."

Brooks war mehrmals die Woche auf dem Anwesen anzutreffen. Woodberry hatte ihn als guten Hausgeist bezeichnet, weil Brooks es wie kein Zweiter verstand, die Geräusche der alten Mauern zu deuten und Probleme zu

erkennen. Von der Elektrik über die Heizung bis hin zum Schnitt der Bäume reichte die Palette seiner Tätigkeiten.
Seit dem Tod des Professors beschränkte er sich allerdings darauf, nach dem Rechten zu sehen und die Ankunft des neuen Besitzers abzuwarten.
Woodberry hatte für den Fall seines Ablebens klare Anweisungen erteilt, denen sich Brooks buchstabengetreu verpflichtet fühlte. Umso überraschter war er, als er den zersägten Baumstamm und die Reifenspuren bemerkte. *Ich hatte gehofft, die neuen Eigentümer bei ihrem ersten Eintreffen persönlich durch das Haus zu führen.*
Er war vom Professor niemals darüber informiert worden, wen er nach dessen Tod zu erwarten hätte. Brooks sollte einfach nur die Dinge *am Laufen* halten, bis man sich bei ihm meldete. *Woodberry war schon ein eigenartiger Kauz*, erinnerte er sich. *Für ihn gab es nur seine Forschung, niemals Familie oder Freunde. Arbeit, immer nur Arbeit... und natürlich war alles, was er getan hat, streng geheim... Und was hat er nun davon?*
Brooks sperrte die Tür zum Haus auf und trat ein. Sein erster Weg führte ihn zum Lichtschalter. Dieser klickte verheißungsvoll beim Betätigen, mehr passierte aber nicht. *Das dachte ich mir schon.* Vom Schlüsselbord an der Wand holte er sich den Kellerschlüssel. *Als Erstes muss ich nach den Sicherungen sehen. Das Gewitter hat sie sich vermutlich wieder reihenweise geholt. Es ist jedes Mal das Gleiche...*
Im Keller angekommen, sah Brooks sich gezwungen, elf von einundvierzig Sicherungen auszutauschen. *Das ist neuer Rekord. Der Professor hätte auf mich hören sollen und Sicherungsautomaten einbauen lassen.* Er zuckte mit den Schultern. *Na ja, jetzt kann es ihm ja egal sein.*
Während Brooks damit beschäftigt war, die Stromversorgung wiederherzustellen, näherte sich ihm Besuch aus der Luft.
Ein Hubschrauber vom Typ Long Ranger IV war in Norfolk

gestartet und steuerte Woodberry Mansion an. In seiner geräumigen Passagierkabine mit den dunkelblauen Ledersitzen waren nur drei Plätze belegt. Zwei groß gewachsene Männer saßen einer Frau gegenüber, die in einem aufgeklappten Aktenkoffer Unterlagen durchblätterte.

„In 15 Minuten erreichen wir die Landekoordinaten!“, rief der Pilot seinen Passagieren zu.

Die Frau hob den Kopf und blickte aus dem Fenster. Sie lächelte wohlwollend und widmete sich dann wieder ihren Unterlagen. *Was sind schon 15 Minuten im Vergleich zu all den Jahren...*

In Woodberry Mansion hatte Brooks mittlerweile alle Sicherungen getauscht und stand vor einem neuen Problem. Jedes Mal, wenn er den Strom wieder einschalten wollte, fuhr eine Stichflamme aus dem Sicherungskasten. „Diese verdammte Nummer 26!“, fluchte er wütend. „Wieso fliegt dieses Drecksding ständig?“

Brummend setzte er sich in Bewegung, um der Sache auf den Grund zu gehen. *Nummer 26... Warum reißt ausgerechnet die einen Kurzschluss? In dem Zimmer gibt es doch nichts außer einer Deckenleuchte und dem geheimen Zugang im Kamin.* Er schüttelte verständnislos den Kopf und öffnete wenig später die Tür zu dem Zimmer, in dem Chess und David die Nacht verbracht hatten.

Brooks erster Blick galt der Lampe an der Decke, die nicht so aussah, als ob sie der Grund für seinen Ärger wäre. Dann entdeckte er die Überreste eines Sessels, der zwischen Wand und der Geheimtür im Kamin zerdrückt worden war. Irgendwo unter den Holzteilen meinte er, auch einen Ziegelstein zu erkennen. „Welcher Idiot..?“ *Da ist es doch kein Wunder, dass die Sicherung ständig fliegt!*

Während er zurück in den Keller ging, um sich eine Axt zu holen, mit der er die verkeilten Holzstücke beseitigen wollte, dachte er darüber nach, wem Woodberry wohl sein Geheimnis anvertraut hatte. Er fragte sich, wer die neuen Eigentümer waren und ob sie vorhatten, die Forschungen des Professors fortzuführen. *Ob sie meine Dienste wohl noch benötigen? Immerhin kenn ich jeden einzelnen Stein in diesem Haus. Sie werden sich schwer tun, mich zu ersetzen.*

An Bord des Helikopters bereitete man sich in der Zwischenzeit auf die Landung vor. Einer der beiden Männer holte vier Pistolenmagazine aus einem Ablagefach und gab zwei davon an seinen Sitznachbarn weiter.

„Die werdet ihr nicht brauchen“, sagte die Frau, die gegenüber von ihnen saß, mit irritierter Miene.

„Umso besser“, antwortete der andere Mann und ließ eines der Magazine in seiner Jackentasche verschwinden. Das zweite schob er in seine Pistole, in der es mit einem klickenden Geräusch verschwand.

Die Frau murmelte etwas und schüttelte verständnislos den Kopf.

„Wir landen in zwei Minuten“, meldete sich der Pilot erneut.

Der Hubschrauber war noch zu weit entfernt, als dass Brooks den Rotorenlärm hätte hören können. In seinem Glauben, er hätte alle Zeit der Welt, war er damit beschäftigt die letzten Sesselfragmente aus dem Geheimgang zu kitzeln. *Wirklich jammerschade um den schönen Sessel.* Seine rechte Hand umklammerte ein Stück der Lehne und zog mit ganzer Kraft daran, während die linke mit leichten Axtschlägen nachhalf, bis das Holz schließlich zersplitterte. *Jetzt noch den Ziegel...* „Na endlich!“ Die Erleichterung war Brooks anzusehen, als die steinerne Geheimtür durch ihr eigenes Gewicht zufiel. „So gefällt mir das schon besser.“ Er wischte mit der Hand die letzten kleinen Holzstücke beiseite und machte sich wieder auf in den Keller. *Wäre doch gelacht, wenn...*

Gerade als sich Brooks’ Vorfuß über die Stufenkante der

Kellertreppe bog, hörte er über sich Rotorengeräusch, das sich dem Anwesen rasch näherte. *Ein Hubschrauber? Ich kann mich nicht erinnern, hier jemals einen Hubschrauber gesehen zu haben.* Noch auf der ersten Stufe machte Brooks kehrt, um seine Vermutung Gewissheit werden zu lassen. Als er die Eingangstür erreichte, setzte der silberne Helikopter bereits auf dem Kopfsteinpflaster zur Landung an. Die mit Abgasen und aufgewirbeltem Dreck durchsetzte Luft war warm und feucht zugleich. Aus den umliegenden Lachen wurde das Wasser wie mit einem riesigen Föhn in alle Richtungen verblasen.

Mit zugekniffenen Augen linste Brooks in Richtung der unerwarteten Besucher.

Kaum hatte der Long Ranger IV aufgesetzt, fiel die Drehzahl seiner Rotoren und sofort ließen auch Wind und Lärm nach. Auf der dem Haus zugewandten Seite öffnete sich eine seitliche Tür, und zwei leger gekleidete Männer in blauen Jeans und Lederjacken sprangen heraus. Während der eine von ihnen sich an einer Ladeluke am Heck des Hubschraubers zu schaffen machte, klappte der zweite eine kleine Aluminiumtreppe heraus und bot dann einer gutaussehenden Frau Hilfe beim Aussteigen an.

Das ist wirklich ein gelungener Auftritt, dachte Brooks und strich seine Jacke gerade. *Ob sie meine neue Chefin ist?*

Er entschied sich für eine freundliche Begrüßung, um einen guten ersten Eindruck bei wem auch immer zu hinterlassen. „Willkommen auf Woodberry Mansion“, sagte er im Näherkommen und gab sich alle Mühe, seine gepflegten britischen Manieren hervorzustreichen.

„Mein Name ist Thomas Brooks, und ich bin der Verwalter dieses Anwesens. Es freut...“ Plötzlich verstarb die Streckbewegung von Brooks rechtem Arm. *Aber das ist unmöglich,* schoss es ihm durch den Kopf. „...mich sehr...“ Seine Stimme verlor an Kraft, als er begriff, wen er da

gerade begrüßte.
Die Frau, die ihm ihre Hand entgegenhielt, war nun ihrerseits verunsichert durch seine Reaktion. Dennoch überspielte sie die Situation gekonnt mit einem aufgesetzten Lächeln. „Vielen Dank für die herzliche Begrüßung“, sagte sie. „Mein Name ist...“
Brooks hörte ihr gar nicht zu. Sein Gesicht wurde so blass, als sähe er gerade ein Gespenst.

***

„Sind Sie immer noch überzeugt, dass es so eine gute Idee war, auf diesem Weg zurück zum Wagen zu gehen?“, fragte Alon, während er bei jedem Schritt bis zu den Knöcheln im morastigen Boden einsank.
„Der Hügel mit den sieben Steinen muss hier irgendwo sein“, entgegnete Chess. „Nachdem David und Hiob ihn auch noch nicht gefunden haben, bleibt uns gar nichts anderes übrig, als weiter danach zu suchen.“
„Ich gebe Ihnen ja Recht, dass es keinen Sinn hat, den gleichen Weg zurückzulaufen, auf dem wir gekommen sind. Aber wir hätten es genauso gut weiter westlich versuchen können.“ *Dort, wo es trockener ist und die Beeren wachsen.*
Chess zuckte mit den Achseln. „Wohin wir zuerst gehen, spielt keine Rolle, letztlich zählt nur, dass wir den Hügel mit den Steinen finden.“
„Ist Ihnen schon in den Sinn gekommen, dass, wenn Konstantin II. wirklich Steine in diesem Sumpfgebiet aufgestellt hatte, diese längst versunken sind?“
Sie warf ihm einen argwöhnischen Blick zu. „Nein, aber...“
„Und der Hügel wahrscheinlich gleich mit ihnen“, unterbrach Alon sie. „Damit hätten wir auch eine Erklärung, warum hier alles so flach ist. Versunken! So wie wir auch bald.“

Tatsächlich steuerten Chess und Alon geradewegs auf ein ausgedehntes Moor zu. Die Population großer Bäume ging merklich zurück. Der aufgeweichte, schwammige Boden war von Gräsern und Moosen überzogen. Zwischen umgefallenen Kiefern standen Sträucher und Büsche. Kleine Birken führten einen aussichtslosen Kampf gegen die Schwerkraft. Je dicker die weißen Birkenstämme mit den Jahren wurden, desto tiefer versanken sie im schwarzbraunen Moorboden. Stellenweise trat das Wasser in Form von kleinen Pfützen an die Oberfläche, in denen sich die Nachmittagssonne spiegelte.
„Selbst meine wasserdichten Wanderschuhe sind mit Ihrem Weg überfordert“, bemerkte Alon vorwurfsvoll, als er spürte, wie das Wasser über den Schaft des Schuhs ins Innere lief.
„Versuchen Sie sich möglichst nah an den Bäumen zu halten, dort ist der Boden fester.“
„Bäume? Welche Bäume?“ Seine Stimme überschlug sich fast vor Zynismus.
„Kann ich bitte Ihr Telefon haben?“, fragte Chess.
„Wollen Sie uns ein Taxi rufen?“
Sie verdrehte die Augen. „Ich möchte David und Hiob Bescheid geben, dass sie sich Zeit lassen können. Ich glaube, unser Rückweg könnte sich etwas verzögern.“
Alon drückte ihr stumm das Handy in die Hand und versuchte, sein Grinsen nicht zu rechthaberisch aussehen zu lassen.
Unterdessen hatten Hiob und David für ihren Rückweg eine alternative, weiter östlich gelegene Route gewählt. Der letzte Teil der Strecke führte durch ein Waldstück, in dem die Bäume sehr aufgelockert standen.
Hiobs Handy vibrierte heftig. „Schon wieder eine Nachricht von Chess“, sagte er beim Blick auf das Display. Es war die dritte in zwei Stunden. Ihr Inhalt unterschied sich kaum von den vorherigen. „Sie werden sich noch mehr verspäten“, gab Hiob den Inhalt weiter.

„Warum verwundert mich diese Neuigkeit nicht?“, murmelte David beiläufig und schenkte seine Aufmerksamkeit lieber einem Steinhaufen, den er erspäht hatte. Aus der Entfernung sah es so aus, als hätte jemand mitten im Wald Streusplitt aufgeschüttet. „Ob das unser gesuchter Hügel ist?“
„Viel zu klein geraten“, wandte Hiob ein. „Der erinnert mich eher an ein Wikingergrab.“
„Das soll eine Schiffssetzung sein?“, fragte David verwundert.
„Nein, natürlich nicht. Die sehen ganz anders aus. Das ist nur ein einfaches Grab. Für Schiffssetzungen wurden große Steine in Pfeilerform senkrecht stehend im Boden eingegraben.“
„Sie meinen so wie den da hinten?“
Hiobs Blick folgte Davids ausgestreckter Hand bis zu einem mannshohen Felspfeiler, der wie eine Speerspitze aus der Erde ragte.
„Oder dieser hier?“ Ein Stück vom ersten entfernt, hatte David einen weiteren ausgemacht. „Damit hätten wir schon zwei.“
„Drei“, ergänzte Hiob, dem im selben Moment auch noch eine bewaldete Anhöhe auffiel. „Und das da hinten kann man durchaus als Hügel bezeichnen.“
„Sie haben Recht! Das könnte die Stelle sein, die wir suchen. Was haben wir noch an Hinweisen?“, drängte David.
Hiob faltete einen karierten Zettel auseinander und begann vorzulesen.

Nahe einem Hügel wachsen sieben Steine...

David kratzte sich nachdenklich an der Stirn. „Die sieben Steine, die in der Nähe eines Hügels wachsen, passen doch schon ganz gut. Lassen Sie uns nachsehen, ob wir die vier fehlenden auch noch finden.“ Er lächelte Hiob siegessicher an. „Wir beide werden dieses Rätsel lösen, das spüre ich.“
Ich hasse Rätsel.

David erkannte rasch, dass sich die Steinriesen auf einer gedachten Linie befanden. Als er diese verlängerte, entdeckte er zwei weitere Steine, wodurch sich ihre Gesamtzahl auf fünf erhöhte. Sie alle waren eineinhalb bis zwei Meter hoch und standen weit voneinander entfernt. David schätzte, dass jeweils siebzig bis neunzig Meter zwischen ihnen lagen.
„Dort sind auch keine mehr“, bestätigte Hiob, der die gedachte Linie in entgegengesetzter Richtung abgesucht hatte.
„Wir sind hier richtig“, murmelte David und sah sich um. „Die letzten beiden müssen irgendwo seitlich versetzt stehen. Vielleicht ist auch einer von ihnen oder sogar beide im Laufe der Zeit umgefallen...“
„Sie links, ich rechts?“, unterbrach ihn Hiob.
„Einverstanden.“ *Ich wollte mir den Hügel sowieso näher ansehen.* David ging davon aus, dass sich alle sieben Steine annähernd im selben Abstand zueinander befinden würden.
Auch wenn der Wald an dieser Stelle nicht übermäßig dicht war, verdeckten die Bäume doch die Sicht. Leicht konnte man zwischen ihnen einen Stein in der Größe eines Menschen übersehen.
Dem Gelände perfekt angepasst, überwachten zwei Männer in Tarnkleidung das Geschehen. Sie hatten im Unterholz Deckung gefunden. „Es ist besser, wenn wir uns aufteilen.“ Der eigenwillige Akzent des Libanesen verriet kaum etwas über seine Ausbildung. Sein Talent, sich wie ein Schatten an die Fersen einer Zielperson zu heften, dagegen schon. „Ich übernehme Hiob, du hängst dich an diesen Tagträumer.“ Mit einem routinemäßigen Griff zur Hüfte prüfte er den korrekten Sitz seiner Waffe. „Und denk daran: Wir treten erst in Erscheinung, wenn sie etwas gefunden haben.“
Dem Brustkorb in Kühlschrankform entwich zustimmendes Brummen und sogleich setzten sich 120 Kilo Kampfgewicht mit bemerkenswerter Leichtfüßigkeit in Bewegung.

David war unterdessen voll in die Suche nach den fehlenden Steinen vertieft. Sein Weg führte ihn immer weiter in Richtung des großen Hügels. Der Boden war vollständig von Heidelbeersträuchern bedeckt, zwischen denen Millionen kleiner Spinnennetze glänzten.

Was haben wir denn hier? Ihm fiel in einiger Entfernung eine säulenförmige Erhebung im Waldboden auf, die sich nach oben verjüngte. An ihrer Basis betrug der Durchmesser etwa einen Meter. Ihre flache, abgerundete Spitze reichte bis in Davids Brusthöhe. *Ich habe Stein Nummer sechs gefunden! Irgendwie erinnert er mich allerdings mehr an den Zuckerhut auf dem Plakat im Reisebüro...*

„...und leider ist er völlig mit Grünzeug zugewachsen.“, murmelte David beim Näherkommen. Seinen ausgesprochen mangelhaften Botanikkenntnissen war es anzulasten, dass er Heidelbeeren die Fähigkeit zugestand, einen Felsen wie Efeu zu überwuchern. Gerade als er seine Hand ausstreckte, um den vermeintlichen Stein freizulegen, bemerkte er zwei weitere in unmittelbarer Umgebung. Sie waren in Form und Größe mit dem ersten Fund identisch, allerdings deutlich weniger zugewachsen.

Das sieht aber gar nicht nach Felsgestein aus. Er stutzte. Zwischen den kleinen dunkelgrünen Blättern waren erdige Stellen zu erkennen, die sich so wellenförmig bewegten wie die Oberfläche einer Flüssigkeit bei Wind. Ein beißender Geruch stieg David in die Nase. Blitzschnell zog er seine Hand zurück. *Vielleicht such ich die Steine doch besser woanders.* Er entfernte sich mit vorsichtigen Schritten und deutete ein verhaltenes Lächeln an. *Gut, dass ich da nicht reingegriffen habe. So groß wie dieser Ameisenhügel ist, hätte ich mir damit sicher viele Feinde gemacht.*

In den nächsten Minuten entdeckte David weitere Zuckerhüte, wie er die riesigen Ameisenhügel fortan nannte. Seine Suche

führte ihn vorbei an dornigen Sträuchern und Büschen, bis er schließlich zur Rückseite des großen Hügels gelangte. Ganz so, als hätte der sechste Stein nur darauf gewartet, entdeckt zu werden, ragte er senkrecht aus dem Waldboden. „Na bitte!“, rief David erfreut aus. *Hier versteckst du dich also.* Mit dem elektronischen Kompass seiner Uhr glich er die aktuelle Position mit den anderen Fundorten ab.
„Osten“, sagte er siegessicher in Richtung des Steins. „Jede Wette, der letzte von euch steht im Osten.“ Mit schnellen Schritten machte er sich auf, für seine Vermutung eine Bestätigung zu bekommen. Er fand sie keine hundert Meter weit entfernt. Der letzte Stein war zugleich der größte von allen und überragte David um gut einen Kopf. Der Zahn der Zeit hatte kräftig daran genagt und ihn in deutliche Schräglage gebracht.
Nahe einem Hügel wachsen sieben Steine, rief er sich den ersten Hinweis aus dem Brief in Erinnerung. *Den Hügel und die Steine hätten wir jetzt also gefunden. Zeit, sich um den zweiten Hinweis zu kümmern: Nur der Vogel kennt ihr Bild.*
David hatte sich schon die ganze Zeit überlegt, wie er das Bild des Vogels erhalten könnte und dabei ganz auf die Elektronik an seinem Handgelenk vertraut. Er suchte den Boden nach kleinen Ästen ab und fand rasch sieben etwa gleich lange, die ihm geeignet schienen, den Platz der Steine in seinem Bild einzunehmen. Einen nach dem anderen steckte er in den lockeren Waldboden und orientierte sich dabei an seinen Messergebnissen.
„So!“, bestaunte er kurz darauf sein Werk. „Jetzt sehe ich auch, was der Vogel sieht.“ Von oben betrachtet glich jeder Ast einem Punkt. Fünf dieser Punkte lagen, nach Davids sehr grober Schätzung, auf einer waagrechten Linie. Die Abstände zwischen benachbarten Ästen waren alle ungefähr gleich groß. Genau unterhalb der beiden ganz rechten Punkte hatte David

jeweils noch einen weiteren Ast gesteckt. Von links beginnend endete die ursprüngliche Linie damit in einem Viereck.

Um zu sehen wie er, blicke zu den Sternen, lautete der dritte Hinweis. David überlegte. *Für den Sternenhimmel ist es noch viel zu früh. Ich kann mir nur vorstellen, dass die Steine in Form eines Sternbilds aufgestellt wurden.* Genau in diesem Moment der Erkenntnis bereute David die Ungenauigkeit bei seinen Schätzungen hinsichtlich der Steinpositionen. „So symmetrische Sternbilder gibt es nicht“, murmelte er mit Blick auf die im Boden steckenden Äste.

„Eigentlich kann es aber nur...“ Ein lautes Knacksen hinter ihm riss ihn aus seiner Konzentration. „Hiob?“, fragte er beim Umdrehen und war einigermaßen erstaunt, als dieser weit und breit nicht zu sehen war.

„Hiob?“ Davids ganze Aufmerksamkeit galt dem einzigen Gebüsch im näheren Umkreis. Es war zehn, vielleicht fünfzehn Meter entfernt und lag genau in jener Richtung, aus der er das Geräusch vernommen hatte. Um darin irgendetwas oder irgendjemanden erkennen zu können, waren seine Blätter allerdings viel zu dicht.

„Hiob, sind Sie das?“ *Das war viel zu laut, um von einem kleinen Tier zu stammen.*

Schweigen. Wer immer das knacksende Geräusch zu verantworten hatte, konnte oder wollte sich nicht melden.

„Hiob?“ Im selben Ausmaß, in dem seine Stimme an Lautstärke zulegte, verlor sie an Festigkeit. Mit einem Mal hatte das Rauschen der Baumkronen im Wind seine beruhigende Wirkung verloren. *Ein Bär*, schoss es David durch den Kopf. Er blieb wie angewurzelt stehen und hoffte auf ein weiteres Geräusch, vorzugsweise eines, das sich von ihm entfernte. Stattdessen aber spannte die bedrohliche Stille seine Geduld auf eine harte Probe.

Ich werde mich nicht bewegen. Keinen Schritt rühre ich mich von hier weg... Bis Hiob mich findet! David versuchte, seine Atmung flach zu halten und spürte, wie sein Puls zu rasen begann. *Wie groß werden Bären eigentlich?* Das Unwohlsein wuchs mit jeder Sekunde, die ungenutzt verstrich. *Denk an etwas anderes, David! Vielleicht bemerkt er dich gar nicht.* Die halbe Minute, die bisher vergangen war, dehnte sich zur Ewigkeit. Aus dem Gebüsch war seit dem ersten Knacksen nicht mehr das kleinste Geräusch zu hören. *Er sitzt da drinnen und beobachtet mich. Ich spüre es. Ich spüre es ganz deutlich! Ob das schon die Anspannung ist, von der Hiob gesprochen hat?* Der Gedanke daran, dass das Tier jeden Moment sein Versteck verlassen konnte, ließ bei David erste Anzeichen von Panik aufkommen. Auf seiner Stirn begannen sich kleine Tropfen zu bilden.

Schweden ist riesengroß. Warum muss ausgerechnet ich auf einen Bären treffen? Ich könnte mich vorsichtig hinlegen. Alon hat doch gesagt, dass ich mich hinlegen... Oder ich gehe einfach langsam zurück, wie Hiob gesagt hat. Er weiß eine Menge über Bären. Warum weiß ich eigentlich kaum etwas über Bären? Ich sollte auch Bücher über Bären lesen. Die ersten Schweißtropfen begannen über sein Gesicht zu laufen. *Vielleicht ist es ja auch ein Elch? Elche sind nette Tiere. ...hoffe ich. Zumindest fressen sie Pflanzen.* Gerne hätte er sich mit dem Gedanken angefreundet, konnte aber zu seinem großen Bedauern nirgendwo über dem Gebüsch ein Geweih wackeln sehen.

Kein Elch... Aber es ist bestimmt auch kein Bär, versuchte er sich einzureden. *Warum sollte sich ein Bär vor mir verstecken? Der würde einfach rauskommen und mich fressen, wenn er Hunger hat.* Nicht alle seiner Erklärungsversuche waren hilfreich, wenn es darum ging, sich selbst Mut zu machen. Die Theorie, dass hungrige Waldbewohner ein kulinarisches Auge auf ihn geworfen hatten, trug viel eher zur weiteren

Beunruhigung bei.
Reiß dich zusammen, David. Du hast bisher nichts gesehen außer einem Gebüsch! Wenn hier hinter jedem Strauch ein ausgehungerter Bär lauern würde, dann hätte Schweden wohl kaum so viele Einwohner. Er wischte sich den Schweiß aus dem Gesicht und starrte auf das Gebüsch vor ihm. Es war langgezogen und wirkte mit seinem bunten, herbstfarbenen Laub wie das perfekte Motiv für eine Ansichtskarte. *Wenn Hiob mitbekommt, dass ich mich vor diesem Gestrüpp gefürchtet habe, dann...*
David überlegte noch einmal, welche Ratschläge ihm die anderen gegeben hatten, sollte er in eine solche Situation kommen. *...ruhig verhalten... mit Steinen werfen... hinlegen... laut sein... Das hilft mir jetzt wirklich weiter.*
Letztlich kam er zu dem Schluss, dass er sich lange genug ruhig verhalten hatte, ohne dass sich an seiner Situation etwas verbessert hatte. Schweren Herzens und angelehnt an Chess' Empfehlung beschloss er, in die Offensive zu gehen.
„Ich muss den Bären loswerden!" Seine Stimme klang nicht ganz so überzeugt, wie er gehofft hatte, aber es musste reichen. Zögerlich hob er einen langen Ast vom Boden auf. *Mach es!* Ohne noch einmal über die Konsequenzen nachzudenken, donnerte er ihn schreiend gegen einen der umstehenden Bäume. Mit einem lauten Krachen zerbrach der Ast in mehrere Teile, die durch die Gegend flogen. Dann wurde es wieder still im Wald. Die erhoffte Reaktion im Unterholz blieb freilich aus.
„Na gut!", rief David in Richtung Blätterdickicht. „Hier liegt noch genug Holz herum!" Er bückte sich nach einem dicken Prügel und drosch ihn gegen den Stamm einer Kiefer. Viermal musste er damit zuschlagen, ehe das Holz in seiner Hand zerbrach. Das Gebüsch und seine Bewohner zeigten sich dennoch völlig unbeeindruckt von den akustischen Attacken. *Auch wenn ich damit den Bären nicht verscheuchen kann, so*

mache ich wenigstens Hiob auf mich aufmerksam.

Nachdem ein weiterer Ast zerstört war, ließ sich David dazu hinreißen, dessen abgebrochenes Ende in hohem Bogen ins Gebüsch zu schleudern. Im selben Augenblick, als er seine Hand geöffnet hatte, bereute er die Entscheidung bereits. Sein Herz blieb fast stehen bei dem Gedanken, einen Bären damit zu treffen. *Hoffentlich sitzt er nicht genau dort.* Wie in Zeitlupe senkte sich das Wurfgeschoss über dem Zielgebiet. David hielt den Atem an. Der Einschlag wurde nur vom Geräusch raschelnder Blätter und knickender Zweige begleitet.

Wasser, dachte er und atmete erleichtert aus. *Wasser... Aber natürlich! Damit kann ich ihn aus dem Gebüsch treiben.* Um Davids Gedankengänge nachvollziehen zu können, war es mitunter hilfreich, einen Blick in seine Vergangenheit zu werfen. Bereits vor seinem Schuleintritt hatte er von den Besten erfahren, worauf es beim ‚Schiffe versenken' ankam. Sein Großvater und dessen Freund, Admiral Grumble, hatten keine Gelegenheit ausgelassen, den kleinen David Wilder zum Marinestrategen auszubilden. Von den alten Haudegen hatte er alles gelernt, was man im Umgang mit einem versteckt operierenden Gegner wissen musste. Keiner verstand sich besser darauf, ‚Schiffe versenken' mit beweglichen Zielen zu spielen als der alte Seebär Admiral Grumble.

Ich werde den Bären schrittweise zum Rückzug bewegen. Davids kurzfristige Planung hatte nicht unbedingt Hand und Fuß, aber sie kam mit den vorhandenen Mitteln aus und war einen Versuch allemal wert. Durch gezielte Würfe würde er den Bären immer weiter zurückdrängen, bis dieser schließlich Reißaus in die entgegengesetzte Richtung nahm. *Selbst wenn er mich dabei beobachtet, ist es unwahrscheinlich, dass er einen Zusammenhang zwischen mir und den fliegenden Ästen erkennt. Hoffe ich jedenfalls...* Anders als beim eigentlichen ‚Schiffe versenken' war David natürlich nicht daran interessiert,

einen Treffer zu landen.
Das erste Geschoss war schnell gefunden und landete punktgenau. „Wasser“, sagte David und bückte sich sogleich nach neuer Munition. Bei seinem nächsten Wurf zielte er ein ganzes Stück weiter nach rechts.
„Wasser... Wasser... Wasser...“, kommentierte er die folgenden Einschläge und war mehr als froh darüber, dass sich die verbleibende Fläche immer weiter verkleinerte.
Vielleicht ist er längst weggelaufen, und ich habe es nicht bemerkt? David sah sich vorsichtig um. Das Letzte, was er wollte, war, dass der Bär längst hinter ihm stand und dabei zusah, wie er Steine und Holzstücke ins Gebüsch warf. Kopfschüttelnd verdrängte er den Gedanken wieder und fuhr fort.
„Wasser.“ *So wie es aussieht, ist die Gegend hier komplett bärenfrei*, beruhigte er sich selbst. *Vielleicht war das, was ich gehört habe, ja nur ein abgestorbener Ast, der vom Baum gefallen ist.* Pfeifend flog ein weiterer Stein ins Zielgebiet, raschelte, als er durch die obersten Zweige trat, und schlug dann hell und satt auf.
David stutzte. *Wie Wasser hat das jetzt nicht unbedingt geklungen.* Das Geräusch veranlasste ihn zunächst zu der Vermutung, einen umgefallenen Baumstamm getroffen zu haben. *Mit Sicherheit war es nicht der Waldboden.* Nach den zahlreichen Würfen wusste er genau, wie sich der dumpfe Aufschlag in der weichen Erde anhörte. *Vielleicht sollte ich noch...*
Kurz darauf steuerte ein Stück Baumwurzel auf einer ballistischen Bahn dieselbe Stelle an. Durch ihr höheres Gewicht schlug sie um einiges heftiger ein. Für den Bruchteil einer Sekunde war ein aufheulendes Winseln zu vernehmen.
Treffer! David zuckte erschrocken zusammen und suchte sofort hinter einem Baum Deckung. Zeitgleich knackste es im

Unterholz, und etwas Gewichtiges hatte es offensichtlich sehr eilig, sich in entgegengesetzter Richtung aus dem Staub zu machen.

Das ist ein großer Bär! David stand fest an den harzigen Baum gepresst und wagte es nicht, einen Blick zu riskieren.

Sekunden verstrichen. *Ob er schon weg ist?* Langsam schob er seinen Kopf hinter dem Stamm hervor. *Weit und breit nichts zu sehen von dem ...*

„W-I-L-D-E-R!"

David fuhr zusammen, als er Hiobs Stimme hinter seinem Rücken hörte. Vor Schreck brachte er zunächst kein Wort heraus.

„Wilder! Verdammt, wo stecken Sie denn?"

„Hier", krächzte David, und seine Stimme überschlug sich fast dabei. „Ich bin hier drüben." Er winkte in die Richtung, in der er Hiob vermutete und war heilfroh, als er den großgewachsenen Israeli zwischen den Bäumen auftauchen sah.

„Ich hasse diese verdammten Spinnennetze", fluchte Hiob, als er näher kam. „Haben Sie etwas gefunden?"

David nickte heftig, und die Anspannung in seinem Gesicht verflog. „Das kann man wohl sagen."

„Spannen Sie mich nicht auf die Folter. Sagen Sie mir nur, wo wir graben müssen."

„Keine Ahnung." David zuckte mit den Schultern. „So weit bin ich noch nicht gekommen. Aber keine Sorge, ich habe das Rätsel so gut wie gelöst." David zeigte auf das in den Waldboden gesteckte Sternbild. „Und ich hatte Besuch von einem Bären." Der Stolz in seiner Stimme war nicht zu überhören.

Hiob blickte ihn mitleidig an.

„Im Ernst", sagte er selbstsicher. „Es muss ein Riesenvieh gewesen sein."

„Muss? Sie haben ihn also nicht gesehen?"

„Nicht direkt", gab David zu. „Aber gehört! Dort drüben hat er mir aufgelauert. Wenn Sie ihm nicht zu Hilfe gekommen wären, hätte ich auch noch ein Foto für Chess gemacht."
Hiob blickte abwechselnd zum Gebüsch und zu David. Sein vielsagendes Schweigen unterstrich den Ausdruck auf seinem Gesicht.
„Da war ein Bär", betonte David überzeugt.
„Dort drüben?" Hiob zeigte fragend auf das Gestrüpp.
David nickte.
Der Israeli zog seine Dienstwaffe und richtete sie schräg in den Himmel über der besagten Stelle. Nur einen Lidschlag später fegte ein ohrenbetäubender Donnerschlag durch den Wald. Es folgte eine unnatürliche Stille, die erst langsam wieder von Vogelgezwitscher abgelöst wurde. „Wenn da wirklich einer war, dann ist er jetzt weg."
„Natürlich war er da", erwiderte David vorwurfsvoll.
Hiob nickte beschwichtigend und steckte die Waffe wieder ein. „Sie haben also das Rätsel schon fast gelöst?"
Die folgenden Minuten verbrachte David damit zu schildern, was er bisher herausgefunden hatte. Er erzählte von den beiden Steinen, die er gefunden hatte und erklärte Hiob die Bedeutung der in der Erde steckenden Äste.
„...bin ich mir ziemlich sicher, dass es sich bei dem gesuchten Sternbild um den Großen Wagen handelt", schloss David seinen Monolog.
„Wie sicher?", fragte Hiob.
„Ganz sicher. Es muss ein Sternbild sein, das damals bereits bekannt war. Den Großen Wagen hat man schon lange vor den Wikingern genutzt, um den Nordstern zu finden. Außerdem wird das Sternbild des Großen Wagen aus sieben Sternen gebildet und sieht genauso aus wie..." Er deutete auf die abgebrochenen Äste im Boden und zögerte. „Nun, zumindest sieht ihm mein Modell sehr ähnlich."

„Schon gut, Sie haben mich überzeugt. Wo müssen wir graben?"
„So weit bin ich noch nicht... Sie haben doch sicher auch in der Schule gelernt, dass man nur die Hinterachse des Großen Wagen fünfmal verlängern muss, um am Himmel den Nordstern zu finden?"
Habe ich? Hiob ließ sich nichts anmerken. „Ja, natürlich."
„Das war den Leuten damals auch schon bekannt. Wenn man die sieben Steine hier im Wald dem Sternbild des Großen Wagen nachempfunden hat, dann suchen wir also den..." Er sah Hiob erwartungsvoll an.
„Den Nordstern?"
„Genau", antwortete David und rief sogleich einen der Hinweise in Erinnerung: „Der Weg vom ersten zum zweiten Stein ist fünfmal kürzer als der Weg vom zweiten Stein zu einem ohne Schatten."
Hiob nickte. „Also ist dieser Stein ohne Schatten quasi unser Nordstern. Wir müssen nur die Schritte vom ersten zum zweiten Stein zählen und dann fünfmal so weit in Richtung Norden gehen."
„Fast", erwiderte David. „Wir haben noch einen zusätzlichen Hinweis zu beachten: Die Folge der Schatten bestimmt die Steine." Er ließ die Pause wirken. „Ich habe seine Bedeutung zunächst nicht erkannt und ihn sträflich vernachlässigt. Aber dann ist mir aufgefallen, dass die sieben Steine hier im Wald gar nicht richtig ausgerichtet sind."
Hiob schien ihm nicht folgen zu können, und David wurde deutlicher.
„Das Sternbild am Himmel weist zwar den Weg nach Norden, aber unsere Steine leider nicht."
„Und warum nicht?"
David zuckte mit den Schultern. „Da kann ich nur spekulieren. Ich vermute, dass Konstantin II. darin einen zusätzlichen

Schutz gesehen hat. Die sieben Steine stehen sehr weit auseinander. Um sie überhaupt miteinander in Verbindung zu bringen, musste jemand entweder ihr Geheimnis kennen oder sie aus der Vogelperspektive betrachten."

„Was im 8. Jahrhundert unmöglich war", merkte Hiob an.

David nickte. „Aber ein Restrisiko, dass man irgendwann die Logik dahinter entdecken würde, bestand für Konstantin II. immer noch. Das war vermutlich der Grund, warum er seine Kopie des Großen Wagen falsch ausgerichtet hat."

„Und wie soll uns dieser eigenartige Hinweis über die Folge der Schatten jetzt weiterhelfen?", fragte Hiob.

„Die Reihenfolge der Steine wird durch ihre Schatten festgelegt", erklärte David. „Der erste Stein steht am weitesten im Osten und wird als Erster von der Sonne angeleuchtet. Daher wirft er auch den ersten Schatten. Folgt man nun dem Verlauf der Sonne von Ost nach West, dann lassen sich alle Steine ganz leicht durchnummerieren."

Hiob überlegte. „Und was ändert sich durch diese Reihenfolge?"

„Eigentlich nur eine Kleinigkeit." David grinste. „Wir verlängern die Hinterachse des Großen Wagen zwar auch fünfmal, aber genau in die entgegengesetzte Richtung."

„Dann lassen Sie uns keine Zeit verlieren!"

Davids Vermutung stellte sich, nachdem er und Hiob zweimal an der richtigen Stelle vorbeigelaufen waren, als Volltreffer heraus. Genau wie in den Hinweisen angegeben, fanden sie in der Verlängerung der Hinterachse einen weiteren Stein, der sich allerdings in einem wesentlichen Detail von den bisherigen unterschied.

„Damit wäre dann auch geklärt, warum dieser Stein keinen Schatten werfen kann." Hiob stand vor einer in den Waldboden eingelassenen Steinplatte. Sie war leicht sichelförmig und mehr lang als breit. Ihre Oberfläche war, soweit man sie noch

erkennen konnte, bemerkenswert eben und mit hellgrünen Flechten und allerlei Moosen überzogen. Vom Rand her drängten Farne, sie endgültig zu überwuchern, was die Einschätzung ihrer Abmessungen erschwerte.
„Diese Steinplatte ist so groß wie mein Schreibtisch“, stellte David fest. „Die zu bewegen wird nicht leicht werden.“
„Wenn es überhaupt eine Platte ist“, gab Hiob zu bedenken. „Ich will mir gar nicht vorstellen, wie viel von dem Fels noch im Boden steckt.“
„Und jetzt?“, fragte David ein wenig ratlos.
„Jetzt hole ich aus dem Auto unser Spezialwerkzeug, und dann hat diese Rätselrallye hoffentlich ein Ende.“ Er drückte David sein Mobiltelefon in die Hand. „Sagen Sie den anderen Bescheid, dass wir etwas gefunden haben.“
Hmmm. David schaute ihm wortlos nach. *Hier gibt's aber sehr viele Gebüsche, wenn in jedem davon ein Bär...* „Warten Sie, Hiob! Ich helfe Ihnen tragen!“
Während David hinter Hiob herlief, regte sich vorsichtig etwas in einem weiter entfernten Strauch.
„Dieser Einfaltspinsel hat also tatsächlich etwas gefunden.“ Die Stimme des Libanesen klang überrascht.
„Ich hab dir ja gesagt, dass wir diesen Idioten unterschätzt haben“, fauchte der muskelbepackte Kühlschrank neben ihm. Seine Hand presste einen abgerissenen Hemdsärmel gegen seine stark blutende Platzwunde an der Stirn. „Der ist unberechenbar. Wir hätten ihn längst erledigen sollen.“
„Schwachkopf!“, erwiderte der Libanese. „Du hättest auch einfach abhauen können, bevor er dir den zweiten Holzklotz gegen den Schädel gedonnert hat.“
„Wie denn? Ich hab doch nicht gesehen...“
„Schnauze!“, unterbrach ihn der Libanese. „Sieh zu, dass du das Loch in deiner Birne flickst, bevor die beiden zurückkommen. Hiob wird ganz sicher nicht mit Ästen nach dir

schießen, und er braucht auch bestimmt keinen zweiten Versuch."
Mittlerweile waren David und Hiob bei ihrem Mietauto angekommen.
Wie schwer der wohl ist? Ehrfürchtig starrte David auf den gewaltigen Transportkoffer im Heck des Geländewagens. Alon hatte ihn aus gutem Grund als Kindersarg bezeichnet. Er war aus dunkelbraunem Holz, und seine Ecken und Kanten waren mit Metallschienen eingefasst. Eine schmale Fuge ließ erkennen, wo der Deckel abzuheben war.
„Nach Ihnen", Hiobs Geste war eindeutig. „Sie hatten doch Ihre Hilfe angeboten."
David schluckte. *Ich werde ihn bis zur Kofferraumkante ziehen und dann...*
Hiob lehnte sich entspannt gegen das Auto und beobachtete die Aktion durch ein Seitenfenster, ohne dabei eine Miene zu verziehen.
David musste zweimal ansetzen, ehe es ihm überhaupt möglich war, den Koffer richtig zu packen. Mit einem gut dosierten Ruck versuchte er sein Glück. *Hat er sich schon bewegt?* Das Ausbleiben jedweder Reaktion veranlasste ihn dazu, es ein weiteres Mal, diesmal mit noch mehr Kraft, zu probieren. *Ist der angeschraubt?* Er stemmte beide Füße fest gegen den Boden und startete einen dritten und letzten Versuch. *Nur bis zur Ladekante!* David riss mit solcher Wucht an, dass er sich dabei fast selbst in den Kofferraum zog.
„Lassen Sie mich das machen", schubste Hiob ihn zur Seite. Er zog den Koffer ein Stück zu sich und hob dann den Deckel ab. „Das brauchen wir... und das..."
David stand einfach nur da und staunte, als Hiob wie ein Zauberer die unterschiedlichsten Dinge zum Vorschein brachte.
„Hier, nehmen Sie!"
Er bekam ein schweres Gerät in die Hand gedrückt, das wie

eine Mischung aus Weltraumpistole und Bohrhammer aussah. *Kein Wunder, dass der Koffer sich nicht bewegt hat, bei diesem Inhalt.* Sein prüfender Heimwerkerblick warf viele Fragen auf.
„Was ist das?“
Hiob war fertig mit dem Ausladen und knallte die Heckklappe des Wagens zu. „Das?“ Er zuckte mit den Schultern. „Das hat noch keinen Namen.“
Für alles gibt es einen Namen. „Und was macht man damit?“
„Das werden Sie gleich sehen.“
Ein paar wenig erschöpfend beantwortete Fragen später standen die beiden mit ihrer Ausrüstung neuerlich vor der Steinplatte im Waldboden.
„Versuchen Sie, den Stein auf dieser Seite freizulegen, damit wir besser herankommen.“ Hiob drückte ihm einen Spaten in die Hand. „Ich bereite inzwischen den Seilzug vor.“
Während David an der Stirnseite der Steinplatte eine Art Auffahrtsrampe freischaufelte, legte Hiob ein fingerdickes Drahtseil um den Stamm einer Kiefer.
Wie wir vermutet hatten. „Es ist eine Steinplatte!“, rief David, der im moosigen Waldboden erfreulich rasch vorankam.
„Wie dick?“
„Ich würde sagen zwanzig Zentimeter, eher etwas mehr.“ Er rechnete kurz nach und ergänzte dann: „Ich schätze, da liegen ein bis zwei Tonnen, die wir wegziehen müssen.“
„Das sollte kein Problem darstellen.“ Hiob hatte den Seilzug sicher am Baum montiert und kniete sich neben die freigelegte Stelle.
„Und wie befestigen wir das Seil jetzt an der Steinplatte?“, fragte David.
„Damit!“ Hiob zeigte auf das Gerät ohne Namen. „Geben Sie mir die grüne Box, da sind die passenden Bolzen drin.“
„Hier, bitte“, reichte er dem Israeli die Box.
„Okay, Wilder. Das wird jetzt gleich ziemlich laut werden.“ Er

öffnete seine Hand, und zum Vorschein kamen vier kleine gelbe Wachsstöpsel. „Stecken Sie sich einen in jedes Ohr. Die werden den Knall dämpfen. Ich habe allerdings nur eine Schutzbrille, also gehen Sie lieber ein paar Meter zurück."
Langsam dämmerte David, was der Israeli vorhatte.
So routiniert, als hätte Hiob sein Leben lang nichts anderes getan, legte er einen gut dreißig Zentimeter langen Bolzen in das Gerät ohne Namen ein. Obwohl er eigentlich schwarz war, glänzte seine beschichtete Oberfläche im Sonnenlicht rötlich bis golden. Die angeschliffene Spitze ließ ihn wie einen Pfeil aussehen.
Hiob stopfte seine Ohren zu und setzte die Brille auf. Dann packte er das Gerät ohne Namen mit beiden Händen und drehte sich zu David um. „Bereit?", rief er ihm zu.
David nickte. *Das funktioniert garantiert nicht.*
Hiob drückte das Gerät von oben gegen den Stein und lehnte sich mit ganzer Kraft darauf. Es war nicht zu übersehen, dass es einiges an Anstrengung verlangte, den Bolzen zu setzen.
Dann folgte ein Donnerschlag, der mit Sicherheit das Lauteste war, das David in seinem bisherigen Leben gehört hatte. Obwohl alles unglaublich schnell ablief, war die Stichflamme nicht zu übersehen, die vorne aus dem Gerät schlug. Sie verpuffte in einer kleinen Staubwolke, und damit war der ganze Spuk auch schon wieder vorbei.
David wollte sich das Resultat sofort aus der Nähe ansehen, doch Hiob winkte ab. „Ich muss noch zwei setzen!", rief er ihm zu und streckte dabei Daumen und Zeigefinger seiner rechten Hand hoch.
David bestätigte abermals mit einem Kopfnicken.
Hiob bereitete den nächsten Bolzen zum Abschuss vor und stemmte sich erneut mit dem ganzen Körper auf das Gerät. Trotz Gehörschutz schmerzte der Explosionsknall in den Ohren, und beide Männer waren froh, als die Arbeit beendet war.

Ungläubig bestaunte David die im Fels steckenden Bolzen. Keiner davon stand noch weiter als eine Handbreit heraus. Erst bei näherer Betrachtung waren die Gewinde zu erkennen, auf die Hiob nacheinander Spezialmuttern mit Ösen schraubte.
„Sie haben diese Bolzen einfach in den Stein geschossen.“ David zeigte sich schwer beeindruckt. „Woraus sind die? Abgereichertes Uran?“
„So ähnlich“, erwiderte Hiob. „Es ist eine Wolframlegierung, die auch für panzerbrechende Munition verwendet wird. Mit dem richtigen Nachdruck gleiten sie so leicht in den Fels wie ein Schneidbrenner durch einen Eisblock.“
David war sein Erstaunen noch immer anzusehen. „Die Explosion muss eine unglaubliche Energie freisetzen. Damit könnte man vermutlich sogar Flugzeuge vom Himmel schießen.“
„Wenn sie niedrig genug fliegen wahrscheinlich schon. Allerdings ist der Auslöser gesichert. Man muss das Gerät sehr fest gegen den Stein pressen, sonst gibt es nicht frei.“
„Wer produziert diese Geräte?“, fragte David.
„Wir natürlich, wer denn sonst?“ Hiob fädelte das Drahtseil des Seilzugs nacheinander durch alle drei Ösen der Spezialmuttern. „Eigentlich sollte ein Bolzen pro Tonne Zugkraft reichen, aber es ist sicherer, wenn wir die Last auf drei verteilen.“
„Ich hätte nicht gedacht, dass es so etwas gibt.“
„Sie sollten den Mossad nicht unterschätzen, Wilder. Wir haben vielleicht nicht so ausgefallene Dienstwagen wie der britische Geheimdienst, aber unsere Techniker sind auch nicht zu verachten.“
David schmunzelte.
„Wenn wir uns mit dem Gewicht der Steinplatte nicht allzu sehr verschätzt haben, dann sollte der Seilzug sie mühelos wegziehen können“, erklärte Hiob.
„Dann werden wir ja sehen, was uns darunter erwartet.“

„Na, doch wohl hoffentlich der vierte Kreuznagel."
„Ich hoffe es." David warf ihm einen fragenden Blick zu. „Finden Sie nicht auch, dass dieses Versteck ein wenig groß geraten ist, um darin einen einzigen Nagel aufzubewahren?"
Hiob zögerte. „Machen Sie mich nicht schwach, Wilder!" Er begann damit, das Drahtseil zu spannen. Der Seilzug war etwa so groß wie eine Schuhschachtel und seine Technik einfach, aber effizient. Im Inneren sorgten Zahnräder und Umlenkrollen für die nötige Übersetzung. Ein mit den Zahnrädern verbundener Hebel arbeitete wie eine Ratsche. Das Vordrücken des Hebels erforderte einigen Kraftaufwand, um das Seil aufzurollen. Zurück ließ sich der Hebel hingegen ganz leicht bewegen, da hierbei die Zahnräder nicht im Eingriff waren.
Zentimeter für Zentimeter zog das Seil die Steinplatte über jene Stelle, die David zuvor abgegraben hatte, um den Widerstand zu reduzieren. „Warten Sie einen Moment, Hiob! Die Platte ist so schwer, dass sie in den aufgelockerten Boden einsinkt. Wir müssen den Druck irgendwie verteilen, sonst gräbt sie sich durch ihr eigenes Gewicht wieder ein."
„Versuchen Sie etwas drunterzulegen."
„Äste wären gut", stimmte David zu und begann sofort damit, die Idee umzusetzen. „Die arbeiten wie Rollen, das wird uns die Arbeit zusätzlich erleichtern."

***

Commodore William T. Preston war wieder unter den Lebenden. Nur seiner Zähigkeit und seinem Überlebenswillen hatte er die Rückkehr in die Zivilisation zu verdanken. Hunger und Schlafentzug waren nicht spurlos an ihm vorbeigegangen, und so war es kein Wunder, dass seine Navy-Uniform locker an den Schultern herabhing. Doch was der Commodore an strammer Haltung eingebüßt hatte, kompensierte er durch die

Entschlossenheit in seinem ledernen Gesicht.
Preston näherte sich dem Haupteingang eines langgezogenen Gebäudes im Stil der 1950er Jahre. Wie ein betonierter Dinosaurier lag es zwischen Rasen und Grüngürtel. Ein vordachartiger Betonflügel von der Fläche mehrerer Reihenhäuser stützte sich auf drei gewaltigen Säulen ab und war über einen breiten Betonsteg mit dem Gebäude verbunden. Der eigenwillige Eingangsbereich hatte den Commodore schon bei seinem allerersten Besuch an den Kopf eines Hammerhais erinnert.
Preston blickte auf die Uhr an seinem Handgelenk: 7:54 Uhr. Es war der optimale Zeitpunkt, sofern es für derartige Zusammentreffen überhaupt einen gab.
Zwei Minuten später stand der Commodore in einer mit schwarz-weißen Steinplatten ausgelegten Eingangshalle. In den Granitboden eingearbeitet war ein kreisförmiges Symbol von fast fünf Metern Durchmesser. Über einem Wappen mit einer Kompassrose glänzte ein weißer Adlerkopf. Am Symbolrand stand in großen Buchstaben: *CENTRAL INTELLIGENCE AGENCY - UNITED STATES OF AMERICA*.
Das Hauptquartier der CIA war ein Ort, den Preston in der Vergangenheit immer mit gemischten Gefühlen besucht hatte. Natürlich war er nicht so naiv anzunehmen, dass man ihn diesmal mit offenen Armen empfangen würde, allerdings ließen ihm die Ereignisse der letzten Wochen keine andere Wahl, als hier vorstellig zu werden.
Um 8:00 Uhr rückte Preston den Besucherausweis an seiner Brust zurecht und drückte dann den Messinggriff der schweren Mahagonitür hinunter.
„William“, tönte dem Commodore eine vertraute wie verhasste Stimme entgegen, als er das Büro betrat, „ich hatte mich schon gefragt, wann du hier auftauchst!“
„Überspringen wir diesen Teil, Nathan!“, entgegnete Preston

scharf und sah sich um. Nathans Büro hatte sich nicht im Geringsten verändert. Eine durchgehende Fensterfront erhellte den großzügigen Raum, der vollständig mit Mahagoni vertäfelt war. Obwohl man den hellen Teppich schon vor Jahren verlegt hatte, war nicht der kleinste Fleck darauf zu erkennen.
„Machst du dir noch immer Sorgen um meinen Teppich, William?“, versuchte Nathan, die angespannte Stimmung etwas aufzulockern.
„Im Moment mache ich mir mehr Sorgen um meine Nichte“, stellte Preston die Dinge klar, während er sich dem Schreibtisch näherte, an dem Nathan bis eben noch gesessen hatte.
„Du hast mir nie erzählt, dass du eine Nichte hast.“
Preston zog einen der herumstehenden Ledersessel an den Tisch und setzte sich.
„Wie unhöflich von mir“, entschuldigte sich Nathan, „bitte, nimm doch Platz. Whiskey mit einem Schuss Wasser?“, fragte er wie ein Barkeeper, der einen seiner Stammkunden begrüßte.
Der Commodore schüttelte den Kopf. „Ich trinke kein Wasser mehr.“
„Natürlich.“ Nathan drehte sich um und ging auf ein Aquarium zu, das in die Wand eingelassen war. Vier rote Diskusfische drehten hinter der gut zwei Meter langen Glasscheibe ihre Runden. Nathan öffnete eine versteckte Abdeckung unter dem Becken und holte zwei Whiskeygläser mit dickem Boden und eine eckige Flasche heraus, die er auf den Tisch stellte. Er goss zuerst seinem Gast und dann sich selbst ein.
Entspannt ließ er sich in den schwarzen Ledersessel sinken und blickte den Commodore fragend an.
„Sylvia Jones, sie ist eine entfernte Nichte“, sagte Preston und lehnte sich zurück.
Nathan zog den Laptop auf seinem Schreibtisch zu sich heran und tippte etwas ein. „Sylvia Jones“, wiederholte er murmelnd.

„Kein seltener Name. Wo genau wohnt…“

Prestons Hand schnellte nach vorne und klappte den Bildschirm so rasch zu, dass Nathans Finger eingeklemmt wurden. „Keine Spielchen!“ Seine Stimme klang stählern.

Der Gastgeber lächelte nachsichtig. „Ich kann verstehen, dass du wütend bist, William. Aber wir haben mit dieser Sache nichts zu tun.“

„Welche Sache?“

Nathan schwieg eine Weile, die der Commodore nutzte, um ihn sorgfältig zu mustern. Schwarzer Anzug, weißes Hemd, Krawatte - genauso gut könnte vor ihm der Marketingmanager irgendeines börsennotierten Konzerns sitzen. Nathan war Ende vierzig und sein gelecktes Wesen glich dem einer Raubkatze, einer sehr mächtigen Raubkatze. „Ich habe nicht gewusst, dass sie dich geschnappt haben“, stieß er hervor, und es klang fast wie eine Entschuldigung. „Es hätte nie so weit kommen dürfen.“ Er nahm sein Glas und leerte es in einem Zug.

„Sylvia Jones“, wiederholte Preston den Namen mit Nachdruck.

Nathan nickte. „Hast du eine Ahnung, in was sie da hineingeraten ist?“

Preston ließ sich nichts anmerken. „Du wirst es mir gleich sagen.“

„Das kann ich nicht… Nicht einmal der Direktor könnte das.“

„Ich habe keine Zeit für diese Spielchen. Wo ist sie?“, hakte der Commodore nach.

„Wir wissen es nicht.“ Nathan richtete sich in seinem Sessel auf, um etwas an Haltung zu gewinnen. „Ich gehe davon aus, dass du von dem Unfall im Labor…“ Er beendete seinen Satz nicht, sondern blickte sein Gegenüber fragend an.

Preston nickte. „Ich weiß davon.“

„Sie hat uns die Suche nach ihr nicht leicht gemacht“, erklärte Nathan. „Kurz nachdem wir ihre Spur entdeckt hatten, war sie auch schon wieder aus dem Krankenhaus verschwunden. Ich

fürchte, wir haben sie vorübergehend verloren."
„Blödsinn!", fuhr Preston ihn an.
„Ich sagte vorübergehend." Nathan hielt dem vorwurfsvollen Blick des Commodore ruhig stand. „Du hast bei deiner Suche nach Antworten eine Menge Staub aufgewirbelt, William. Woher kommt das plötzliche Interesse an deiner Familie?" Das verhaltene Lachen in seiner Stimme unterstrich, wie überlegen er sich fühlte.
„Warst du es nicht, der seinen Leuten immer gepredigt hat, die Familie rauszuhalten?" Preston nahm einen Schluck von dem nach Vanille schmeckenden Whiskey und donnerte das Glas auf den Tisch. „Findet sie für mich und dann lasst uns in Ruhe!"
„Sonst was?" Nathans Stimme klang schon etwas ungehalten.
Preston schaute in die Augen seines Gegenübers und konnte zusehen, wie diese seine rechte Hand verfolgten, als er sie in der rechten Seitentasche seiner Uniform verschwinden ließ. „Sonst…", der Commodore holte betont langsam einen hellblauen Umschlag hervor, „…wäre ich gezwungen, mein Wissen über eure Forschungen weiterzugeben."
„Du bluffst", lachte Nathan ihn lautstark aus.
Preston verzog keine Miene. *Jetzt wird sich zeigen, ob mein Informant sein Geld wert war.* „Dann ist euch also egal, wenn ich damit an die Öffentlichkeit gehe?" Er winkte mit dem Umschlag und begann ihn andächtig zu öffnen. Durch den entstehenden Spalt lugte er ins Innere und kniff seine Augen zusammen. „Ein geheimes Labor."
„Du weißt nichts, gar nichts!"
„Meine Augen sind leider nicht mehr so gut wie früher." Preston tastete die Brusttasche seiner Uniform nach einer Ausbuchtung ab, ohne dabei seinen Blick von Nathan zu nehmen. Als hätte er alle Zeit der Welt, zog er ein Brillenetui heraus und klappte die rahmenlose Lesebrille auf. „Damit habe

ich es wesentlich leichter bei diesen kleingeschriebenen Berichten."
„Du warst noch nie gut beim Pokern", grinste Nathan selbstsicher.
„Ich hatte auch noch nie so ein Blatt in der Hand", erwiderte Preston mit ruhiger Stimme. Es waren die Worte eines Mannes, der mit dem Rücken zur Wand stand, der nichts mehr zu verlieren hatte und dem alles egal war. Er rückte die Brille auf seiner Nase zurecht und schleuderte drei Worte in den Raum: „Klonforschung… Bohrinsel… Qian… Soll ich weiterlesen?"
Das Grinsen in Nathans Gesicht verstarb.
„Für den Fall, dass Sylvia oder mir etwas zustößt, habe ich Vorkehrungen getroffen, damit diese Informationen in die richtigen Hände gelangen."
„Was willst du?"
„Bringt Sylvia zu mir und dann lasst uns in Ruhe." Er legte den Umschlag vor sich auf den Tisch und verschränkte die Hände darüber.
Nathan dachte nach. Er wusste, dass Preston keinerlei Interesse daran hatte, die illegalen Operationen der CIA auffliegen zu lassen. „Du bringst mich in eine unangenehme Lage, William."
„Niemand muss von dem Inhalt dieses Gesprächs erfahren. Ich kümmere mich nicht um eure Geschäfte, und das weißt du, Nathan. Also haltet Sylvia und mich einfach da raus."
Prestons Einsatz lag auf dem Tisch, jetzt war es an dem stellvertretenden Direktor der CIA zu erhöhen oder zu passen.
Wortlos starrten die beiden Männer einander an.
Nathans Lippen formten eine dünne scharfe Linie. „Einverstanden, aber es könnte etwas dauern, bis wir ihre Spur finden."
„Dann solltet ihr besser keine Zeit verlieren, länger als eine Woche werde ich nicht warten." Preston steckte den Umschlag ein und stand auf. „Dein Whiskey war übrigens auch schon mal

besser“, bemerkte er und machte sich auf den Weg zur Tür.
„Du pokerst besser, wenn der Einsatz stimmt“, rief Nathan ihm nach.
Der Commodore reagierte nicht. Erst als seine Hand den Türknauf berührte, drehte er sich noch einmal um. „Es wäre besser für uns alle, wenn ich in nächster Zeit keinen Unfall hätte.“ Seine Verabschiedung hatte etwas Endgültiges.
Preston stieg in sein Auto und verließ das Areal der CIA in südöstlicher Richtung. Er nahm die Straße parallel zum Potomac River und fuhr sie eine ganze Weile entlang, um sicherzugehen, dass ihm niemand folgte. *Sieht so aus, als hätte es funktioniert. Ich bin überzeugt, dass sie keine Woche brauchen werden, um Sylvia für mich zu finden.* Mit dem Ärmel seiner Uniform wischte er sich über die glänzenden Schläfen.
Es war kurz nach neun, als Preston mit seinem Wagen auf den Parkplatz eines Supermarkts bog und einparkte. Er sah sich argwöhnisch um, ehe er den geheimnisvollen Umschlag öffnete und einen gefalteten Zettel zum Vorschein brachte. Der Commodore überflog ihn kurz und nickte. Dann stieg er aus und entsorgte den leeren Umschlag fachgerecht in einer der riesigen Kartonpressen. Erneut sah er sich um und schnappte sich den nächstbesten Einkaufswagen. Den bedruckten Zettel klipste er in der Halterung für die Einkaufsliste fest und verschwand im Supermarkt.

***

Langsam aber stetig bewegte sich die tonnenschwere Steinplatte über die leichte Schräge im Waldboden, und David wartete gespannt, was darunter zum Vorschein kommen würde. Am gegenüberliegenden Ende war bereits ein schmaler Spalt zu erkennen, durch den die ersten Sonnenstrahlen drangen. Sie

lösten die Dunkelheit der Jahrhunderte ab und ermöglichten einen ersten Blick.
„Es ist ein Hohlraum!", rief David Hiob zu, der mit gleichmäßigen Bewegungen den ratschenden Seilzug bediente. „Sieht aus wie eine Kammer, schwer zu sagen, wie lang sie ist. Auf jeden Fall ist sie sehr niedrig, ich kann mit meiner Hand fast den Boden berühren. Die Seitenwände sind aus Stein, vermutlich um die schwere Deckplatte zu stützen. Die Kammer ist ungefähr schulterbreit." David hatte sich neben den immer breiter werdenden Spalt gekniet, um einen besseren Blick in die Kammer zu erhalten. „So breit wie Ihre Schultern", konkretisierte er. „Es riecht etwas muffig, aber soweit ich das bisher sagen kann, ist es trocken." Er holte sein Handy hervor und begann Fotos zu machen.
„Wozu soll das gut sein?", fragte Hiob.
„Das sind Fotos für Chess. Alle Archäologen dokumentieren ihre Entdeckungen, bevor sie etwas bewegen oder entfernen."
Wenn Sie meinen. „Sehen Sie denn schon etwas, das wir entfernen können? Den Nagel vielleicht?"
„Nein, noch kein Nagel in Sicht." David schüttelte den Kopf. „Ich bin mir nicht sicher, aber ich glaube, das da hinten könnte eine Steintafel mit einer Inschrift sein."
„Bitte nicht noch ein Rätsel", seufzte Hiob leise.
Der Spalt vergrößerte sich immer weiter, und bald war es David möglich, seine rechte Schulter komplett darin verschwinden zu lassen. Den verkrampften Blick zu Hiob gerichtet, streckte er seinen Arm ganz weit aus, um weitere Fotos von der Kammer unter sich zu machen.
„Sie sehen doch gar nicht, was Sie fotografieren, Wilder."
„Die Bilder sind ja auch nicht für mich", scherzte er und drückte erneut auf den Auslöser. Der Schein des Blitzlichts erhellte, was Davids Augen noch verborgen blieb.
Zahlreiche Fotos später bediente Hiob noch immer den Seilzug.

Der Kompromiss, um die tonnenschwere Last von Hand bewegen zu können, war die Geschwindigkeit, mit der dies geschah. Für jeden Zentimeter musste der Israeli den Hebel mehrfach betätigen.
David hatte sein Handy wieder sicher verstaut und kniete vor dem Loch im Boden. „Ich hatte Recht, da liegt tatsächlich eine Steintafel. Sie ist etwa so groß wie ein Aktenkoffer. Irgendetwas ist eingeritzt."
„Sagen Sie mir bitte nur, dass es nicht das Einzige ist, was Sie in diesem Loch sehen."
David beugte sich weit nach unten, um auch den hinteren Teil der Kammer überblicken zu können. Sie war nur etwa einen halben Meter hoch. Bei einer geschätzten Länge von mindestens zwei Metern war es schwer, das hintere Ende einzusehen, ohne den Kopf zur Gänze in die Öffnung zu stecken. „Ich sehe noch etwas", tönte seine Stimme dumpf aus dem Loch. „Es liegt ganz drüben an der Wand." *Sieht aus wie...* David hatte es mit einem Mal sehr eilig, wieder an die frische Luft zu kommen. „Da liegt ein Skelett!" Die Stimme unterstrich seine Überraschung über den Fund. „Das ist eine Grabkammer."
Hiob zeigte sich unbeeindruckt und drückte den Hebel erneut nach vorne. „Solange wir da drin finden, was wir suchen, soll's mir recht sein."
Es dauerte noch mehrere Minuten, bis der Deckel weit genug beiseitegezogen war, um die ganze Grabkammer überblicken zu können.
David schüttelte den Kopf. „Einen Nagel oder einen Behälter kann ich leider nicht sehen." Er kniete neben der Steintafel, die er im Grab entdeckt hatte. „Hiob, ich fürchte, Sie werden wieder Gelegenheit bekommen, Ihr Kufi aufzufrischen."
„Warum kann es nicht einmal einfach sein." Der Israeli stellte sich neben das geöffnete Grab und atmete lautstark aus. „Wer

weiß, wohin er uns mit dem nächsten Hinweis hetzt."
„Darüber braucht ihr euch keine Sorgen mehr zu machen." Die Stimme aus dem Unterholz ließ Hiob blitzschnell herumwirbeln.
„Gute Reflexe", bemerkte der Libanese anerkennend beim Blick in den Lauf von Hiobs Pistole. Er stand einige Meter entfernt und hielt gut sichtbar eine Handgranate hoch. „Und jetzt lass die Waffe fallen, bevor du uns alle hochjagst."
„Ganz ruhig bleiben, Wilder." Hiob zielte genau auf die Brust des Libanesen und machte nicht die geringsten Anstalten, der Forderung nachzukommen.
„Runter damit", wiederholte dieser die Anweisung und lenkte die Aufmerksamkeit auf seinen durchgestreckten Arm. „Die Granate hat einen Aufschlagszünder. Wenn sie den Boden berührt, war's das."
„Lass ihn gehen!" Der Israeli deutete mit dem Kopf zu David, ohne dabei sein anvisiertes Ziel aus den Augen zu lassen.
Ein weiterer Mann, der in Größe und Statur locker mit Hiob mithalten konnte, trat hinter David aus dem Gebüsch. Um seinen Kopf gewickelt trug er einen blutgetränkten Fetzen, dessen Stoffmuster den Verdacht nahe legte, dass es der fehlende Ärmel seines Hemds war. Die klobigen Finger seiner rechten Hand umklammerten eine Maschinenpistole, die auf Davids Hinterkopf gerichtet war. „Er bleibt hier!"
Hiob hatte seine Pistole sofort auf das neue Ziel ausgerichtet und visierte jetzt den muskelbepackten Brustkorb an. „Was wollt ihr?"
„Leg die Waffe weg!", forderte der Libanese mit eindringlicher Stimme. „Jetzt!"
David, der noch immer am Boden kniete, tat gut daran, sich nicht einzumischen. Er vermied jeden Blickkontakt zu den beiden Männern und gab sich ganz seinem Herzrasen hin. Den Muskelprotz hatte er bisher noch nicht zu Gesicht bekommen,

hörte aber Schritte, die schon sehr nahe klangen.
Zu nahe, wie die kratzende Stimme hinter seinem Rücken bestätigte: „Du kannst uns nicht beide umlegen, Hiob. Und selbst wenn, ihr geht am Ende mit uns drauf. Du und dieser Idiot.“ Der Muskelprotz schlug mit dem Knie heftig gegen Davids Schulter, der stöhnend nach vorne kippte und Mühe hatte, nicht ins geöffnete Grab zu fallen.
Hiobs Blick unterstrich seine demonstrative Gleichgültigkeit, doch in seinem Inneren kämpfte die Selbstbeherrschung gegen den Zorn. Sein Zeigefinger hatte förmlich darum gebettelt, sich krümmen zu dürfen, um David den Treffer zu ersparen. „Wenn ihr uns umlegen wolltet, hättet ihr es längst getan.“ *Ich werde es noch bereuen, dass ich das tue, aber ich muss an Wilder denken. Sie werden ihn vor meinen Augen totschlagen, nur um mich zum Einlenken zu bewegen.* Hiob senkte seine Waffe.
„Sehr vernünftig“, begrüßte der Libanese die Entscheidung. „Und jetzt geh zu diesem Baum!“ Er deutete auf die Kiefer, an der auch der Seilzug befestigt war. „Gesicht an den Stamm und Hände ausstrecken!“
Hiob umarmte den Stamm, und Sekunden später rasteten Handschellen ein. Erst jetzt begann der muskelbepackte Mann ihn nach Waffen abzusuchen. „Das brauchst du nicht mehr.“ Er donnerte Hiobs Mobiltelefon auf den Grabdeckel und trat anschließend fest mit dem Absatz seines Militärstiefels auf die armseligen Überreste. „Erledigt“, nickte er seinem Anführer zu.
„Du hast ja gesehen, wie das geht“, sagte der Libanese in Richtung David. „Such dir einen Baum aus!“
Zögerlich erhob sich David und blickte Hiob fragend an. *Was soll ich tun? Sagen Sie mir, was ich tun soll!*
„Sie sind der Kopf, ich bin das Schwert“, sagte Hiob und fing sich dafür umgehend einen Faustschlag gegen seinen Unterkiefer ein. Der Muskelprotz drückte ihm die Waffe gegen die Schläfe. „Gib mir nur einen Grund, und ich erzähle Shahid,

dass du mir keine Wahl gelassen hast“, fauchte er.
„Das reicht“, bremste ihn der Libanese ein, der seine Handgranate gerade gegen eine Pistole getauscht hatte. „Kümmre dich um den anderen.“
David nutzte den Moment der Ablenkung und griff mit seiner rechten Hand in die Hosentasche. Der Nagel seines Zeigefingers schob sich unter eine kleine Abdeckklappe an der Seite seines Handys.
„Denk nicht mal dran!“, brüllte der Kraftprotz und richtete die Maschinenpistole auf ihn.
David fuhr zusammen und brachte vor Schreck kaum ein Wort heraus. „Das Telefon... Ich wollte Ihnen... nur mein Telefon...“
„Schnauze!“ Kalter, runder Stahl wurde gegen seine Stirn gepresst. „Zieh deine Hand da raus. Ganz langsam, und mach keine Dummheiten!“
Zitternd folgte David den Anweisungen. Sein Puls raste vor Aufregung, und er war augenscheinlich nicht in der Stimmung, irgendwelche Dummheiten zu begehen.
„Nur ein Telefon“, bestätigte der Muskelmann schließlich und entsorgte es auf die gleiche Weise, wie er es zuvor mit dem anderen getan hatte. „Los, geh zum Baum!“
Kurz darauf umarmte David eine Fichte, und seine Handgelenke wurden mit Handschellen fixiert. Derart gefesselt konnte er zwar noch den Baum umrunden, mehr aber auch nicht. Sein ängstlicher Blick verharrte auf Hiob, der sich weniger als zehn Meter entfernt in der gleichen misslichen Lage befand. *Hiob, ich hoffe inständig, dass Sie einen Plan haben, wie wir hier wieder wegkommen.*
Der Libanese war sichtlich zufrieden mit dem Verlauf der Aktion und kniete nieder, um die Steintafel zu beäugen. „Ich werde nie verstehen, was einen an so altem Zeug begeistern kann. Aber solange die Bezahlung stimmt, soll das nicht meine Sorge sein.“ Sein Satz endete in einem bösartigen Lachen. „Ich

werde die Tafel zum Wagen bringen und mich vergewissern, dass das wirklich alles ist, weshalb wir hier sind. Du passt auf die beiden auf, bis ich zurückkomme."
„Brauchen wir wirklich beide?", fragte der Muskelprotz.
Der Libanese warf ihm einen scharfen Blick zu. „Du wartest, bis ich zurück bin!" Dann nahm er sich die Steintafel und verschwand damit irgendwo hinter David im Wald. Zurück blieben die beiden an die Bäume gefesselten Männer und ihr Wächter.
Hiobs Blick wanderte abwechselnd zwischen ihm und David hin und her. *Wilder hält sich bisher sehr gut. Ich hatte schon befürchtet, dass er einfach umkippt. Viel Zeit wird uns nicht bleiben, bis der andere wieder zurückkommt. Jedenfalls nicht genug, um auf Hilfe von Alon zu hoffen.*
Der Wächter bewegte sich auf David zu und spürte, wie er seinen Gefangenen bereits alleine durch seine Größe einschüchterte. „Keine Sorge, ich werde euch nicht umbringen, wenn ihr euch ruhig verhaltet."
Die Entschlossenheit, mit der er das sagte, empfand David als beruhigend.
„Wir bringen euch zu Shahid. Er wird euch umbringen." Seine Hand packte den um seine Stirn gewickelten Fetzen und hob ihn ein Stück weit an, sodass die breite Platzwunde darunter zu sehen war. Sie wurde notdürftig von einer durchsichtigen Schnur zusammengehalten. „Das hab ich dir zu verdanken", zischte er. „Ich musste mich selbst nähen mit einer Angelschnur." Er zeigte auf den abschraubbaren Griff seines Überlebensmessers. „Gut, dass ich es immer dabei habe." Seine Stimme senkte sich, als er Luft holte, um gleich darauf in Davids Gesicht zu schreien: „Denn sonst wäre ich hier draußen längst verblutet!"
David fuhr zusammen. „Es... Es tut mir leid", stammelte er und starrte auf den Baumstamm vor seinem Gesicht. Er wagte es

nicht, seinen Blick abzuwenden.
„Schau mich an, wenn ich mit dir rede! Schau dir an, was du Idiot getan hast!“
„Ich dachte, es war ein Bär.“
„Sehe ich aus wie ein Bär?“, brüllte er und ließ David erneut zusammenzucken.
Hiob war längst mit der Fluchtplanung beschäftigt und folgte dem Gespräch nur mit einem Ohr. Dennoch genoss er einen kurzen Moment der Schadenfreude. Sich bildlich vorzustellen, wie David Äste und Steine nach dem vermeintlichen Bären geworfen hatte, war einfach zu verlockend. *Ich muss mich nachher bei Wilder entschuldigen. Hätte ich ihm die Geschichte mit dem Bären abgenommen, dann wären wir jetzt nicht in dieser Lage. Es ist nur meine Schuld.* Hiob ärgerte sich über seine Ignoranz, sie machte ihn wütend, und er war froh darüber. Für das, was er vorhatte, brauchte er all seine Energie. Der Baum zwischen seinen Armen war etwa 25 Zentimeter im Durchmesser und für den Fluchtplan geradezu perfekt. Hiob warf einen prüfenden Blick auf die Handschellen und erinnerte sich zurück an seine Ausbildungszeit beim Mossad:
Wenn einer aus dieser Gruppe es schaffen kann, dann Hiob, hatte sein Ausbilder gesagt und ihn damit vor den anderen unter Druck gesetzt. *Den Willen habt ihr alle, aber nur er hat auch die Kraft, es zu tun.* Bis zu diesem denkwürdigen Tag hatte Hiob Derartiges für unmöglich gehalten. Sein Ausbilder holte damals einen Koloss von Mann in den Klassenraum, den er seinen Schülern als Baruch vorstellte. Baruch, er sollte einige Jahre später Hiobs Partner werden, überragte den jungen Hiob sogar noch um einen halben Kopf. Unter seinem hellblauen T-Shirt ragten die stählernen Unterarme wie Eisenbahnschienen hervor. *Baruch ist einer der Gründe, warum wir beim Mossad keine anderen Handschellen als unsere eigenen verwenden.* Der Ausbilder legte Handschellen

von verschiedenen Herstellern auf dem Tisch aus und forderte einen Schüler in der ersten Reihe auf, sich für ein Paar zu entscheiden. Während dieser seine Wahl traf, umwickelte der Ausbilder Baruchs Handgelenke zum Schutz mit einer Lage Schaumstoffverband. Darüber wurden dann die Handschellen angelegt, und Baruch stellte eindrucksvoll unter Beweis, wie sehr seine Kraftreserven über dem Durchschnitt lagen. Jener Durchschnitt, den die Konstrukteure der Handschellen für ihre Berechnungen der Materialstärke herangezogen hatten...
„Ob du mich verstanden hast?" Die aggressive Stimme riss Hiob aus seinen Erinnerungen.
„Ja", sagte er ruhig, um seinem Bewacher keinen Grund zu liefern, sich weiter in seiner Nähe aufzuhalten.
Der nickte selbstgefällig, drehte sich um und marschierte wieder auf seinen zweiten Gefangenen zu.
Hiob nutzte diese Zeit, um unbemerkt mit David in Kontakt zu treten. Abwechselnd blickte er zu David, dann zu dem Muskelprotz und bewegte anschließend wild seine Lippen. *Verstehen Sie mich, Wilder?* Hiob wiederholte seine Botschaft wieder und wieder.
David war sich zunächst nicht sicher, was der Israeli von ihm wollte. Ein wenig sah es so aus, als würde Hiob ihren Wächter einfach nur hinter dessen Rücken nachäffen. Doch David wusste, dass das sicher nicht Hiobs Absicht war. *Reden? Ich soll mit ihm reden? Ich soll ihn ablenken!*
David glaubte verstanden zu haben und fing an, sich erneut bei dem Muskelprotz zu entschuldigen. „Ich dachte wirklich, Sie wären ein Bär." *Was immer Sie vorhaben, Hiob, machen Sie schnell. Sonst reißt mir dieser Gorilla den Kopf ab.* Davids fragender Blick stahl sich für einen Moment an dem Wächter vorbei, hinüber zu Hiob. *Gut so?*
Der Israeli signalisierte seine Zustimmung mit heftigem Kopfnicken und begann umgehend damit, die Hemdsärmel, so

gut es ging, unter die Handschellen zu schieben. *Der Schaumstoffverband wäre mir lieber, aber zur Not muss es das auch tun.* Ihm war klar, dass der Druck vorwiegend an der Außenseite der Handgelenke auftreten würde, und daher versuchte er so viel Stoff wie möglich in diesem Bereich anzusammeln. *Das habe ich seit fünf oder sechs Jahren nicht mehr...* Er verwarf seinen Gedanken. *Für Selbstzweifel bleibt jetzt keine Zeit! Ich weiß, dass es damals funktioniert hat, also wird es auch diesmal funktionieren.*
Hiob spannte langsam und gleichmäßig seine Unterarme an, bis ein leichter Zug rund um die Handschellen zu spüren war. Er prüfte zunächst, ob sich das Metall gleichmäßig über das Handgelenk legte. Die Belastung würde enorm werden, daher war es wichtig, sie möglichst großflächig zu verteilen. Schwerste Hautabschürfungen und blaue Flecken waren ohnehin nicht zu vermeiden, aber Schlimmeres konnte mit der richtigen Vorbereitung verhindert werden. *Kein Zurück!* Hiob rief sich das einzige Kommando in Erinnerung, das man den Agenten, die sich an dieser Übung versuchten, mit auf den Weg gab. *Kein Zurück!* Um die Handschellen an ihre Belastungsgrenze und darüber hinaus zu bringen, war es unabdingbar, den Zug konstant zu erhöhen und nicht mehr nachzulassen. *Ihr müsst das beim ersten Mal schaffen, oder ihr schafft es gar nicht! Sobald ihr einmal lockerlasst, schießt euch das Blut in die Handgelenke und eure Schmerzen verhindern, dass ihr einen zweiten Versuch bekommt. Ihr könnt Pausen einlegen, um die Spannung zu halten, aber ihr dürft nicht nachlassen. Es gibt bei dieser Übung kein Zurück!*
Die Stahlbügel um Hiobs Handgelenke versanken immer tiefer im weichen Hemdstoff, als er begann, die Kraft seiner Arme von den Schultern abwärts zu kanalisieren. Um auch nur den Hauch einer Chance auf Erfolg zu haben, musste eine Vielzahl von Muskeln gleichzeitig zusammenwirken wie ein einziger.

Von den Fingerspitzen bis zum Rücken verwandelte die Muskulatur seine Arme in gewaltige Hebel. Mit aller Kraft zog er die Handschellen zu sich, während er seine Brust gegen die andere Seite des Stamms presste.
Ihr könnt die Handschellen natürlich nicht zerreißen, hörte er Baruchs Stimme, *aber das ist auch nicht nötig, um sie loszuwerden. Ihr müsst sie nur ein paar Millimeter auseinanderbiegen, dann springen sie von selbst auf. Die Kraft, die ihr dafür aufwenden müsst, ist von Hersteller zu Hersteller unterschiedlich. Einige Modelle öffnen sich bereits unter 400 Kilogramm Zugkraft, andere verlangen 450 oder sogar etwas mehr. Die Handschellen, die der Mossad verwendet, geben erst jenseits von 700 Kilogramm Zugkraft nach. Kein Mensch und auch kein Menschenaffe kann sie verbiegen. Also seht zu, dass eure Freundin euch nicht mit euren eigenen Handschellen ans Bett fesselt...*
David erlebte währenddessen seinen persönlichen Albtraum. Der Muskelprotz hatte sich voll auf ihn eingeschossen. Mit eisernem Griff hielt er David an den Haaren und quetschte sein Gesicht gegen den Baumstamm. „Du hast Glück, dass wir dich noch brauchen. Aber das wird nicht mehr lange so sein. Du wirst dir noch wünschen, dass nur ein Bär dich erwischt hätte, wenn ich erst mit dir fertig bin."
Hiob blendete seine Umgebung völlig aus und bekam von alldem nichts mehr mit. Seine Aufmerksamkeit galt einzig und allein der Spannung, die sich in ihm bis zum Zerreißen aufgebaut hatte. *Nun mach schon*, brüllte er gedanklich und ignorierte den Schmerz, der sich aus seinen Handgelenken wellenförmig in den Armen verteilte. *Geh auf!* Er wusste aus eigener Erfahrung, dass es nicht möglich war, im Voraus zu sagen, wann der Stahl seine Belastungsgrenze erreichte. Es gab keinerlei Anzeichen dafür, wie nah oder fern sein Ziel war. Der Zug musste fortwährend verstärkt werden, bis die Kraft

ausreichte, um das gezahnte Ende des Stahlbügels so weit zu verbiegen, dass die darin eingerastete Sperrklinke freigab. Diese Technik führte unausweichlich auch zur Zerstörung der Handschellen, sobald einer der beiden Bügel nachgab. *Mir läuft die Zeit davon, ich muss diese Drecksdinger loswerden, bevor der andere zurückkommt, oder wir sind geliefert.* Er drückte seinen durchtrainierten Brustkorb so unerbittlich gegen den Baumstamm, als wollte er diesen zerquetschen. Der Hemdstoff rund um die Handschellen saugte sich mit einem Gemisch aus Schweiß und Blut voll. *Kein Zurück*, beschwor er sich. *Kein Zurück!* Unerbittlich setzte er die Anstrengungen fort, während sich sein Zittern durch geschürte Wut verstärkte. *Ich bin schuld, dass wir überhaupt in dieser Lage sind. Ich hätte auf Wilder hören müssen. Kein Zurück!*
David fand keine Zeit, sich auf Hiobs Fortschritte zu konzentrieren. Mit einem satten Klatschen traf eine riesige Hand sein Gesicht. Er kämpfte damit, sich nicht einfach auf den Boden fallen zu lassen. An einem kleinen Schnitt über seinem rechten Auge hatten sich erste rote Tropfen gebildet. „Ich wollte das wirklich nicht“, stöhnte er und merkte, wie seine Kräfte schwanden. *Ich muss ihn hinhalten... Hiob!*
„Das ist erst der Anfang!“ lachte Davids Peiniger.
„Irrtum, das ist dein Ende!“ Hiobs Stimme traf den Muskelprotz wie ein Donnerschlag. Im selben Moment jagte einer der Wolframbolzen wie ein rotgoldener Blitz quer durch seinen Hals. Obwohl Hiob nur mit der Hand zugestochen hatte, reichte die Wucht aus, seinen Gegner damit an den Baum zu nageln. Dessen gegurgeltes Röcheln erstickte umgehend.
David drehte angewidert seinen Kopf zur Seite.
„Tut mir leid, dass es etwas länger gedauert hat.“ Hiob klopfte ihm anerkennend auf die Schulter. „Sie haben sich tapfer geschlagen, Wilder.“
David bedankte sich mit zitternder Stimme. „Wir müssen

irgendwie Chess und Alon warnen, dass Shahids Leute hier sind."

Hiob nickte. „Ja, wir haben keine Zeit zu verlieren. Aber zuerst müssen wir sicherstellen, dass der Typ mit der Handgranate nicht zurückkommt. Ich werde Ihre Handschellen aufschießen."

„Aber das wird er doch hören."

„Das hoffe ich doch sehr. Jetzt, wo die Gegenseite hat, was sie wollte, wird sie sich sicher zweimal überlegen, uns noch mal anzugreifen. Zumal sie gleich wissen werden, dass wir nicht mehr unbewaffnet sind."

„Wollen wir ihm denn keine Falle stellen?", fragte David erstaunt.

„Im Moment ist es mir wichtiger, Shahids Männer zu vertreiben, als Sie noch einmal in Gefahr zu bringen." *Alon reißt mir den Kopf ab, wenn er erfährt, was passiert ist.* „Und jetzt halten Sie ruhig, damit ich Ihnen nicht noch aus Versehen in die Hand schieße."

Hiob hob die Maschinenpistole auf, die neben dem Toten am Boden lag und stellte sie auf Einzelfeuer um. Nachdem er Davids Handschellen aufgeschossen hatte, gab er drei Schüsse im Abstand von jeweils zwei Sekunden ab. *Das sollte reichen, um die Schweine zu vertreiben und Alon zu warnen.*

Die nächste Viertelstunde verbrachten Hiob und David damit, unbeobachtet und sicher zum Auto zu gelangen. Es galt um jeden Preis zu vermeiden, Shahids Männern erneut in die Arme zu laufen, falls diese doch noch in der Gegend waren. Schließlich gelang es Hiob, über das im Mietwagen eingebaute Telefon Kontakt zu Alon herzustellen, und sie tauschten sich über die geplante Vorgehensweise aus.

Weitere fünfzehn Minuten später war die Lage wieder unter Kontrolle, und man traf sich an einer vereinbarten Stelle. Alon war seine Verärgerung deutlich anzumerken, als er auf Hiob

zukam.
„Er sieht sauer aus“, flüsterte David.
„Dazu hat er auch jeden Grund“, erwiderte Hiob und machte mit einem festen Schritt nach vorne deutlich, dass er die alleinige Schuld an dem Überfall zu tragen hatte.
Nach allem, was Alon am Telefon erfahren hatte, sah er keine Veranlassung, seinem Freund zu widersprechen. „Dein Job ist es, auf ihn aufzupassen“, sein scharfer Blick streifte David, um sich gleich darauf in Hiobs blauen Augen zu spiegeln. „Also, was genau hast du an deinem Auftrag nicht verstanden?“
Als betäubte ihn der schneidende Klang der Worte, stand der großgewachsene Israeli einfach nur stumm da.
David war erstaunt und konnte sich nicht erinnern, Alon jemals so wütend erlebt zu haben. Fast zwei Minuten lang wusch dieser Hiob den Kopf, und der wiederum versuchte nicht einmal sich irgendwie zu rechtfertigen, sondern wartete wie ein Angeklagter vor einem Tribunal auf den Schuldspruch. „Ihr hättet draufgehen können. Alle beide!“, schnaubte Alon.
„Sind wir aber nicht“, übernahm David unerwartet die Verteidigung, „und das ist nur Hiob zu verdanken.“
„Wir hatten Glück“, brach der Angeklagte sein Schweigen. „Wir hatten einfach nur Glück.“
Das war jetzt nicht gerade hilfreich. David warf ihm einen vorwurfsvollen Blick zu.
„Auf Glück können wir uns nicht verlassen!“ Die durchdringende Stimme des Staatsanwalts konterte mit schlagkräftigen Argumenten. „Wir müssen...“
„Schluss jetzt!“, warf Chess sich dazwischen. „Eure Rangordnung könnt ihr später diskutieren. Ich will endlich dieses Grab sehen. Unsere Gegner haben schon genug Vorsprung.“
Alle drei Männer drehten sich gleichzeitig zu der Archäologin, die sich bisher im Hintergrund gehalten hatte.

„Jetzt!“, Chess’ Stimme legte an Lautstärke zu. „Wir dürfen uns keine weiteren Fehler mehr erlauben. Shahid und seine Leute waren uns diesmal einen Schritt voraus, das muss sich ändern.“

Keiner hielt es für eine gute Idee, ihr zu widersprechen, und so stapfte die Vierergruppe kurz darauf durch den Wald bis zu jener Stelle, an der kurz zuvor der Überfall stattgefunden hatte.

„Da vorne ist es“, erklärte Hiob, dem die anderen im Gänsemarsch folgten. „Aber viel werden Sie darin nicht mehr finden. Die Steintafel ist weg.“

„Sie würden sich wundern, wie viel so manche Grabräuber in ihrer Gier zurücklassen, wenn sie es eilig...“ Chess erblickte die an den Baum genagelte Leiche und wandte ihren Blick zu Hiob. „Sie lassen sich immer wieder was Neues einfallen, nicht wahr?“

„Mach ihn ab, Hiob!“, befahl Alon. „Und sorg dafür, dass uns diesmal keiner stört.“

„Wird erledigt“, bestätigte der Israeli und machte sich sogleich an die Umsetzung. *Wenn ich mich nicht länger um irgendwelche blöden Rätsel kümmern muss, kann ich mich wenigstens auf meinen Job konzentrieren.*

„Wie habt ihr das Grab vorgefunden?“, fragte Chess und befreite sich von ihrem Rucksack, den sie neben das Loch im Boden stellte.

David kam näher und zeigte auf den Grabdeckel. „Das Grab war zu, komplett mit Moos und Farnen überwachsen. Die Deckplatte war auf allen Seiten in die Erde eingelassen. Da vorne habe ich eine Art Rampe gebaut, über die wir sie dann rausgezogen haben.“

Chess nickte und begann wild in ihrem Rucksack zu kramen. „Was genau war drin? Wie sah die Steintafel aus?“ Der Elan in ihrer Stimme war nicht zu überhören.

„Eine Steintafel eben, und da waren irgendwelche

Schriftzeichen eingemeißelt."
„Auf beiden Seiten?"
„Kann ich nicht sagen, die Unterseite war ziemlich erdig, und ich wollte sie nicht beschädigen."
„Richtig gemacht", sagte sie anerkennend. „Kannst du mir die Zeichen beschreiben? Oder Sie, Hiob?"
Hiob ließ den leblosen Körper in seinen Händen unsanft zu Boden fallen. „Ich hab diese Steintafel nicht genau gesehen. Aber Wilder hat mit seinem Handy Fotos davon gemacht."
„Wo ist das Handy?", fragte Chess sofort.
„Pulverisiert! Genau wie meines", brummte Hiob.
„Das Handy schon", belächelte David den Verlust, „aber nicht die Fotos!" Er fasste in seine Hosentasche und holte eine winzige Speicherkarte zum Vorschein. „Die sind nämlich hier drauf."
Hiobs Blick unterstrich sein Staunen. „Wann haben Sie..."
„Nachdem ich gesehen habe, was mit Ihrem Handy passiert ist, wollte ich meine Daten lieber behalten. Daher habe ich den Memorystick ausgeworfen, als ich gezwungen wurde, mein Telefon auszuhändigen." Er steckte den Stick wieder ein. „Sobald ich an einen Computer komme, haben wir auch die Fotos."
„Nicht schlecht", murmelte Hiob. „Wirklich nicht schlecht." Er packte die Leiche an den Beinen und schleifte sie in Richtung Gebüsch.
Chess strahlte vor Anerkennung. „Erzähl mir etwas über das Skelett. Wie habt ihr es vorgefunden?"
„Genau so, wie es noch immer in seinem Grab liegt. Nachdem recht schnell klar war, dass es hier drin keinen Nagel gibt, haben Hiob und ich angenommen, dass die Steintafel das ist, was Konstantin II. uns hinterlassen wollte. Und dann sind schon die beiden Typen aus dem Gebüsch gekommen."
„Es ist eindeutig ein christliches Grab und keinesfalls typisch

für die Gegend, erst recht nicht für das Ende des 8. Jahrhunderts."
„Wobei die Hinweise mit den aufgestellten Steinen und dem Sternbild des Großen Wagen auf die Wikinger schließen lassen", warf Alon ein.
Chess nickte. „Möglicherweise sind die Steine schon viel länger hier gestanden und Konstantin II. hat diesen Platz einfach nur deshalb gewählt, weil man ihn gut beschreiben und wiederfinden konnte."
„Aber warum ein Grab?", fragte David in die Runde. „Ich dachte, er wollte uns mit seinen Hinweisen zu dem vierten Nagel führen."
Chess hob ihre eleganten Schultern. „Unser Gegenpapst hatte ganz offensichtlich ein Faible für Rätsel, und so wie es aussieht, war das noch nicht das letzte." Sie holte ein Maßband aus ihrem Rucksack und machte sich daran, das Skelett zu vermessen.
Alon bot seine Hilfe an.
Dankend lehnte sie ab und machte sich einige Notizen. Akribisch dokumentierte sie die Lage der Knochen, während die Sonne immer weiter nach Westen wanderte. Die Tage wurden bereits merklich kürzer, und auch die Temperaturen passten gut zur Jahreszeit.
„Wir sollten uns besser beeilen", bekräftigte Alon. „Die Sonne geht bald unter, und zu zweit wären wir schneller."
Chess winkte energisch ab, ohne sich dabei umzudrehen. Ihre ganze Aufmerksamkeit galt einem Beckenknochen, den sie interessiert in alle Richtungen drehte.
„Können Sie uns denn wenigstens sagen, was Sie sich von dem Skelett erhoffen?", drängte er.
Sie reagierte nicht.
„Chess?", fragte David vorsichtig.
Wieder kam keine Antwort. Alon und David tauschten einen

Blick.
„Sie ist ziemlich konzentriert auf ihre Arbeit", bemerkte Alon.
David nickte und nutzte die Zeit, um ein anderes Thema anzusprechen. „Hiobs Armgelenke sehen schlimm aus."
„Das steckt er weg", wiegelte Alon ab.
„Ich hätte nie gedacht, dass jemand Handschellen zerreißen kann."
„Hiob kann sie nicht zerreißen. Allerdings ist er stark genug, um sie so weit zu verbiegen, dass die Verriegelung sich löst."
„Hat er sich das selbst beigebracht, oder...", Davids Blick nahm die Frage schon vorweg.
Alon lachte. „Du meinst, ob ich das auch beim Mossad gelernt habe? Ja, natürlich. Aber ich gehöre zu jener überwältigenden Mehrheit, die am praktischen Teil der Übung gescheitert ist. Die richtige Technik ist die eine Sache, aber wenn du die Kraft dazu nicht mitbringst, ist es aussichtslos."
„Dann gibt es nicht viele, die das können?"
„Außer Hiob?" Alon überlegte kurz. „Da fallen mir nur zwei ein, und die waren ähnlich gebaut wie er."
„Waren?" David klang erstaunt.
„Kein Job ist ohne Risiko. Einer von ihnen war..."
Chess stieß einen verheißungsvollen Schrei aus. Sie hockte noch immer im Grab und hielt einen faustgroßen Stein in die Höhe. „Was haben Sie gefunden?", fragte Alon.
„Antworten", sagte Chess, „und auch neue Fragen..."

***

Am Rand von Tel Aviv hatte es sich Souzan-Chaya in einem Rattansessel auf ihrer Terrasse gemütlich gemacht und genoss den sonnigen Nachmittag. An manchen Tagen kam es vor, dass Sonne und Mond gleichzeitig am Himmel zu sehen waren. Heute war so ein Tag.

Souzan-Chaya war barfuß und trug ein hellblaues Sommerkleid. Ihre Beine hatte sie übereinandergeschlagen und auf der kleinen Natursteinmauer abgestützt, die als Einfassung für den Kräutergarten diente. *Kaum vorzustellen, dass ich morgen um diese Zeit schon auf Skiern durch den Schnee wedeln werde.* Der Gedanke an ihren bevorstehenden Urlaub war eine willkommene Abwechslung zu den turbulenten Ereignissen der letzten Tage.

Sie hatte nur noch eine Sache zu erledigen, ehe sie sich ganz der Vorfreude auf die Tiroler Berge hingeben konnte. *Ich weiß genau, was er sagen wird. Eigentlich kann ich es mir auch sparen, ihn anzurufen.*

Souzan-Chaya respektierte ihren Vater für seine Arbeit und die Art und Weise, wie er die Organisation führte. Alle, die sie kannte, taten das, wenngleich auch aus den unterschiedlichsten Gründen.

Sie prüfte den Sitz ihrer hochgeschobenen Sonnenbrille, die gegen den Haaransatz drückte und entschied sich, den Anruf bei ihrem alten Herrn hinter sich zu bringen. *Es lässt sich ja doch nicht vermeiden, mit ihm darüber zu reden.*

Ein orangebrauner Schmetterling flatterte an ihr vorbei, als das Telefon die Nummer wählte. Es dauerte einige Flügelschläge, bis die abhörsichere Verbindung hergestellt war.

Wie bei allen Telefonaten mit ihrem Vater wurde auch dieses durch einen anfänglichen Monolog seinerseits gekennzeichnet. Souzan-Chaya ließ ihn geduldig über sich ergehen.

„Ja, ich werde natürlich auf mich aufpassen“, versicherte sie. *Er behandelt mich wie ein kleines Mädchen.* „Ja, werde ich machen.“ Sie war längst aufgesprungen und lief angespannt über den steinernen Terrassenboden. „Nein, natürlich wird das nicht passieren.“ *Zumindest werde ich dir nichts davon erzählen.* Sie beugte sich in den Kräutergarten und zupfte ein paar Unkräuter aus, um sich abzulenken.

„Jaaaaaaaaaaaa!“ *Himmel, wie ich es hasse, wenn er mich damit nervt.* „Gut“, sagte sie schließlich. „Nachdem wir die Gefahren meines Kurzurlaubs nun zur Genüge erläutert haben, könnten wir jetzt bitte zum geschäftlichen Teil kommen?“
Ihre Miene verfinsterte sich, als sie seine Antwort hörte.
„Wie denn?“, zischte sie so schwach, dass er es unmöglich gehört haben konnte. *Du hast mich doch gar nicht richtig zu Wort kommen lassen!* „Ja, ich habe die Nachricht erhalten“, bestätigte ihm Souzan-Chaya. „Das war der zweite Grund meines Anrufs.“ *Ehrlich gesagt war das der einzige Grund, denn über meinen Urlaub wollte ich nicht mit dir diskutieren.* Sie seufzte leise. *Aber vor dir kann man ohnehin nichts geheim halten.*
„Ich weiß, ich hätte auch gerne noch mehr Informationen, bevor wir eine Entscheidung treffen. Aber wenn unser Informant Recht hat, dann bleibt uns nicht mehr viel Zeit, um Qians Pläne zu durchkreuzen. Wenn wir nicht bald handeln, laufen wir außerdem Gefahr, dass unser Agent auf Sanctuary Island II enttarnt wird. Einige Leute scheinen bereits misstrauisch zu werden.“
Sie nickte, als sie seine Antwort vernahm. *Ich wusste, dass er das jetzt sagen würde. Ich wusste es!*
„Der Zutritt zur besagten Abteilung ist stark eingeschränkt“, erklärte sie. „Wir müssen uns ausschließlich auf Informationen aus dritter Hand verlassen. Ich sehe aber keinen Vorteil darin, wenn wir mit unserer Entscheidung noch länger warten. An der Zuverlässigkeit unserer Daten wird sich dadurch nichts ändern.“
Souzan-Chaya fuchtelte wild mit der linken Hand, während die rechte das Telefon gegen ihr Ohr presste.
„Das Gift zur Sabotage der Enzyme ist doch ohnehin längst auf der Insel. Allerdings wird der Enzymvorrat im Labor immer erst am Ende der Woche aufgefüllt. Sinnvollerweise sollten wir

also genau dann zuschlagen, um eine möglichst breite Streuung zu erzielen und alle Spuren zu verwischen."
Souzan-Chaya wartete gespannt auf die Entscheidung ihres Vaters. *Ja, mir ist bekannt, dass das Wochenende bevorsteht. Ich fliege nämlich heute noch nach Österreich. Vorausgesetzt du kannst dich entscheiden, bevor der Flieger ohne mich abhebt.* „Ich fürchte, dieses Risiko müssen wir eingehen", erwiderte sie. „Allerdings wird das am Endergebnis wenig ändern. Wichtig ist, dass wir Qian stoppen. Wenn Mustafa Shahid Wind davon bekommt, dass der Doktor bei seinem Klon Mist gebaut hat, dann regeln sie es vielleicht sogar untereinander, und wir müssen uns nur noch um den kümmern, der am Ende übrigbleibt."
Sie seufzte. „Ja, das wird zweifellos Shahid sein - wie immer."
Ihr Vater nutzte die nächste Minute, um seine Sicht der Dinge unmissverständlich klarzulegen.
„Ich verstehe." Seine letzte Bemerkung amüsierte sie ein wenig. „Dann gebe ich sofort den Startschuss für diese Operation."
Souzan-Chaya verabschiedete sich ausführlich und legte anschließend das Telefon auf den Tisch. Sie wirkte erleichtert, dass das Gespräch zu einer Entscheidung geführt hatte. *Dann steht meinem wohlverdienten Urlaub nichts mehr im Wege.* Sie beugte sich vor, öffnete ihr Haar und schüttelte es nach vorne, um es gleich darauf nach hinten aus dem Gesicht zu streifen und erneut mit der Sonnenbrille festzuklemmen.
Ein letzter Anruf noch.
Souzan-Chaya griff erneut zum Telefon. Als ihr Gegenüber sich meldete, sagte sie nur ein einziges Wort in hebräischer Sprache und legte sofort wieder auf.
Es sieht ganz so aus, Dr. Qian, als ob bei Ihren Vorbereitungen für das Jüngste Gericht einiges schieflaufen würde.

***

Chess saß an der Grabkante und ließ ihre Beine hineinbaumeln, während sie in ihrem Rucksack kramte. „Wo ist denn nur..." Sie stellte eine Spraydose neben eine Taschenlampe und suchte weiter. „Spachtel", sagte sie beiläufig beim Herauslegen derselben. „Aber mir fehlt noch... Hier ist es!" Die Archäologin hielt triumphierend einen ringförmigen Aufsatz für die Taschenlampe hoch. „Sehen Sie", ihr rechthaberischer Blick galt Alon, „ich habe Ihnen doch gesagt, dass ich alles habe, was ich brauche."
„Sehr schön." Sein Lächeln wirkte gekünstelt. „Dann verraten Sie uns jetzt also endlich, was Sie herausgefunden haben?"
Die Archäologin schraubte den Aufsatz auf die stabförmige Taschenlampe, nahm die Spraydose und sprang ins Grab. „Einen Moment noch." Sie schüttelte die Dose und beugte sich unter die halb geöffnete Deckplatte, die immer noch durch den Seilzug gesichert war.
„Das Zeug braucht Zeit, um zu trocknen." Sie winkte mit der Spraydose zu Alon und David. Dann legte sie sich auf den Rücken und verschwand mit dem Kopf voran unter der überhängenden Steinplatte.
„Soll ich Ihnen nicht..." Alon brach seinen Satz ab, als er das gleichmäßige Sprühgeräusch vernahm, das eine ganze Weile andauern sollte.
„Hast du eine Idee, was sie da gerade tut?", fragte David.
Alon stand mit um die Brust geschlagenen Armen da und schüttelte den Kopf.
„Na, dann."
„Was sich der wohl denkt, wenn er jetzt aufwacht?", murmelte Alon in Anspielung auf das Skelett, mit dem sich Chess das Grab teilte.
David, der unweigerlich an den gemeinsamen Morgen in Woodberry Mansion erinnert wurde, versuchte die

aufsteigende Röte in seinem Gesicht mit einem Lächeln zu vertreiben. „Er? Woher willst du wissen, dass da keine Frau liegt?“

Nette Idee, überlegte Alon. „Weil...“

„Weil das Skelett eindeutig männlich ist!“ Chess zog sich mit beiden Händen unter der Steinplatte hervor. Aus dem abgedeckten Teil des Grabs hinter ihr schimmerte violettes Licht. „Die UV-Lampe wird den Kunststoff, den ich gegen die Innenseite des Grabdeckels gesprüht habe, innerhalb von zehn Minuten aushärten.“

Davids Gesicht legte noch ein paar Farbtöne zu, als er merkte, wie Chess ihn ansah.

„Dann schießen Sie mal los, Frau Archäologin!“ Alons Stimme hatte etwas Herausforderndes. „Was können Sie uns über den Mann sagen?“

„Seinen Namen.“

Chess ließ die Stille wirken und genoss den Blick in die verdutzten Gesichter. Dann warf sie David etwas von der Größe einer Walnuss zu. „Hier fang!“

Als David seine Hand wieder öffnete, starrten Alon und er auf einen alten Siegelring, dessen ursprünglich silberne Oberfläche durch die lange Zeit im Freien komplett schwarz war. Ein dunkelblauer Lagenstein mit erhabener Gravur war darin eingelassen.

„Kommt euch das Symbol bekannt vor?“, fragte sie.

David nickte und wischte mit dem Daumen über die Gravur. Die beiden gekreuzten Schlüssel hatte er zuletzt gesehen, als er mit Hiob in Rom war, um dort nach dem Buch der Gog und Magog zu suchen. *Das päpstliche Symbol!*

„Konstantin II.“, sagten er und Alon fast gleichzeitig.

„Das würde ich auch vermuten“, bestätigte Chess. „So viele Leute werden hier damals nicht mit einem päpstlichen Siegelring rumgelaufen sein.“

Nachdenkliches Schweigen legte sich über die letzte Ruhestätte, während die rotglühende Abendsonne in die Baumwipfel eintauchte.
„Aber das ergibt doch keinen Sinn!" Alons Stimme beendete die Stille so abrupt, wie sie begonnen hatte. „In den Briefen stand, dass Konstantin II. uns zu seinem vierten Vermächtnis führen wollte."
„Vielleicht ist er selbst sein viertes Vermächtnis", sagte David und zeigte auf die sterblichen Überreste.
„Du meinst, er hat sich selbst schon als Reliquie für die Nachwelt gesehen?", fragte Alon mit zweifelnder Stimme.
„Warum nicht? An Größenwahn scheint es ihm ja nicht gemangelt zu haben."
Chess räusperte sich lautstark und sicherte sich damit wieder die Aufmerksamkeit ihrer beiden Zuhörer. „Ich glaube nicht, dass er vorhatte, sich in dieser Grabkammer zur letzten Ruhe betten zu lassen."
„Hatte er nicht?"
Sie schüttelte den Kopf. „Zumindest nicht so früh." Ihre rechte Hand hielt David und Alon einen Beckenknochen hin, während ihr linker Zeigefinger über eine tiefe Einkerbung strich. „Was ihr hier seht, ist eine Verletzung, verursacht durch einen Hieb mit einer stumpfen, breiten Klinge."
„Das könnte das Schwert eines Wikingers gewesen sein", vermutete Alon.
„Gut möglich", entgegnete Chess. „Der Schlag traf ihn von oben genau in die rechte Beckenschaufel. Wir können also davon ausgehen, dass sein Angreifer ein ganzes Stück größer war als er selbst."
„Du meinst, einer dieser Nordmänner hat ihn mit dem Schwert erschlagen?"
„Nein", erwiderte sie. „Dieser Treffer war zweifellos sehr schmerzhaft, aber nicht tödlich. Ich denke, damit wurde

Konstantin II. ruhiggestellt, bis man den Grabdeckel über ihm geschlossen hatte.“

Lebendig begraben! David spürte, wie sich die kleinen Härchen an seinen Unterarmen aufstellten.

„Unser Gegenpapst flieht tausende Kilometer vor seinen römischen Feinden, um dann als einer der ersten Christen von den Wikingern umgelegt zu werden.“ Alon war voll des ungläubigen Staunens. „Wie sicher sind Sie, dass es wirklich Konstantin II. ist?“

„Die kurzen Oberschenkelknochen sprechen dafür, dass das Skelett nicht von jemandem aus dieser Gegend stammt. Ein kleingewachsener Italiener würde hingegen ganz gut passen. Und vergessen wir nicht den Ring. Es sei denn, einer von euch hat eine bessere Erklärung für den päpstlichen Siegelring in diesem Grab?“ Sie blickte die beiden Männer abwechselnd fragend an.

David zuckte mit den Achseln und auch Alon blieb eine Antwort schuldig.

„Das dachte ich mir schon“, sagte Chess und lächelte nachsichtig. Die Uhr an ihrem Handgelenk piepste. „Der Abdruck ist fertig.“ Sie drehte sich um und verschwand mit ihrer Spachtel bewaffnet wieder unter der Grabplatte.

„Sie genießt das“, flüsterte Alon seinem Freund zu.

„Das bilden Sie sich nur ein!“, rief Chess aus dem Grab.

„Und sie hat Ohren wie ein Wüstenluchs“, ergänzte David lachend.

Chess zog vorsichtig eine rosafarbene Schicht von der Innenseite des Grabdeckels ab, die immer länger wurde. David fühlte sich beim Zusehen unweigerlich an Gummi erinnert und rechnete jeden Moment mit einem lauten Schnalzen.

„Ein Polymer mit Formgedächtnis“, erklärte die Archäologin. „Wenn es einmal ausgehärtet ist, kann man es ziehen und kneten wie man will, und es springt trotzdem immer wieder in seine Form zurück. Man verwendet es in den letzten Jahren immer öfter für Abdrücke, weil es im Gegensatz zu Gips beim Transport nicht zerbrechen kann."

„Was ist denn nun auf der Innenseite des Deckels?" Alons Stimme klang schon etwas ungeduldig.

„Das werden wir gleich wissen." Chess kämpfte noch immer mit dem Gummiabdruck. „Wir können jedenfalls davon ausgehen, dass Konstantin II. diese Kammer angelegt hat, um entweder den vierten Nagel oder einen weiteren Hinweis darauf zu verstecken."

„Die gestohlene Steintafel könnte ein solcher Hinweis sein", warf David ein.

„Möglicherweise", pflichtete sie ihm bei. „Alles, was wir bisher mit Sicherheit sagen können, ist, dass wir keinen Nagel gefunden haben. Es wäre durchaus denkbar, dass der Angriff auf Konstantin II. stattfand, noch bevor er überhaupt in der Lage war, sein Vermächtnis wie angekündigt hier zu verstecken."

„Oder währenddessen", bemerkte Alon beinahe beiläufig.

Davids Augen wurden groß. „Du meinst, man hat ihn umgebracht, um an den Nagel zu kommen?"

„Diese Möglichkeit sollten wir nicht ausschließen", sagte Chess. „Als mir klar wurde, dass man Konstantin II. hier drin lebendig begraben hat, versetzte ich mich in seine Lage: Er bekommt eine Schwertklinge ins Becken geschlagen und stürzt in dieses Loch. Selbst wenn wir von seinen Schmerzen und dem Blutverlust absehen, sind seine Aussichten mehr als trostlos. Rund um ihn wird alles finster, während der Grabdeckel sich schließt. Wissend, dass er keine Gelegenheit mehr hat, den vierten Nagel wie in seinen Briefen angekündigt zu verstecken, sucht er verzweifelt nach einem Ausweg..."

Davids Nackenhaare begannen sich parallel zur untergehenden Sonne auszurichten.

„...und dann habe ich den hier entdeckt." Chess zeigte auf einen faustgroßen Stein neben dem Skelett. „Der Lage nach zu urteilen, hat er diesen Stein bis zum Ende in der Hand gehalten. Fällt euch die abgeschliffene Seite auf? Damit hat er etwas in die Unterseite des Grabdeckels eingeritzt."

„Eine Botschaft aus dem Jenseits?" David spürte, wie seine Phantasie auf unangenehme Weise beflügelt wurde.

Chess nickte und zog mit beiden Händen an dem rosa Gummi. „So etwas in der Art. Ich glaube, Konstantin II. hat uns noch eine allerletzte Botschaft hinterlassen. *Und wenn dieses dämliche Ding jetzt endlich...*

Lautstark löste sich der Abdruck vom Fels.

***

Die Nacht hatte sich über Schweden gelegt, und mit ihr war auch leichter Regen gekommen. Ein einsamer Wagen fuhr parallel zur Küste des Skagerrak nach Süden. Immer wieder war die Straße auf beiden Seiten eingezäunt, um Elche daran zu hindern, über die Fahrbahn zu laufen. Alle paar Kilometer wurde der Wildwechsel durch Öffnungen in den Zäunen ermöglicht und die Autofahrer durch Warnschilder darauf hingewiesen.

„Wir sollten in zwanzig bis dreißig Minuten beim Flughafen sein", interpretierte Alon einen Wegweiser am Straßenrand.

„Lange hat unser Ausflug ja nicht gedauert." Chess' Stimme klang fast ein wenig wehmütig. Sie saß neben David auf der Rückbank und untersuchte im schwachen Schein der Innenbeleuchtung den rosafarbenen Abdruck des Grabdeckels.

„Können Sie mit Ihren verletzten Handgelenken überhaupt fliegen?", richtete David seine Frage an den Piloten auf dem Beifahrersitz.

„Von den paar Kratzern lasse ich mir nicht den Spaß an der

Fliegerei verderben", spielte Hiob seine Verletzung herunter. „Überlegt euch lieber, wohin die Reise gehen soll."

„London!", antworteten Chess und David zeitgleich. Während Erstere damit Woodberry Mansion und den halb geöffneten Geheimgang in Verbindung brachte, dachte Letzterer an das große weiße Fellbüschel, das sicher schon ungeduldig auf seine Rückkehr wartete.

„Was ist denn nun auf dem Abdruck zu sehen?", lenkte Alon das Gespräch auf die geheimnisvolle Botschaft, die Konstantin II. in die Innenseite des Grabdeckels geritzt hatte.

„Nicht viel", entgegnete Chess. „So wie es aussieht, war der Stein, den er dafür verwendet hat, etwa gleich hart wie der Deckel, vielleicht sogar ein abgebrochenes Stück davon. Mit viel Phantasie könnte man vielleicht Symbole erkennen. Morgen bei Tageslicht lässt sich sicher mehr sagen."

„Welche Symbole?", hakte Alon nach.

„Was fragen Sie mich? Bei dem Licht hier hinten... Vielleicht ein Kreuz."

„Oder ein Hammer", schlug David vor.

„Ja", stimmte ihm Chess bei neuerlicher Betrachtung zu. „Ich glaube, es ist wohl doch eher ein Hammer." Sie fuhr mit dem Zeigefinger über eine gezackte Linie, die sie irgendwie an einen Pfeil erinnerte. „Und das hier..."

„Das könnte ein Blitz sein." Davids Worte trafen ins Schwarze. Die Archäologin stutzte. Sie nahm sich Zeit, um über die Assoziation, die ihr in den Sinn kam, gründlich nachzudenken.

„Könnte es ein Blitz sein, Chess?" Alons Stimme klang, als wollte er nichts anderes als ihre Bestätigung hören, und das sofort.

„Ja...", sagte sie zögerlich und wusste genau, worauf er mit seiner Frage anspielte. „Ja, möglich wäre es schon. Hier ist der Hammer und daneben der Blitz."

„Mjölnir!", rief Alon.

Für einen kurzen Moment war David versucht, seinem Freund Gesundheit zu wünschen. Ein Blick zum Beifahrersitz bestätigte ihn jedoch in seiner Vermutung, dass er nicht der Einzige war, der mit diesem Wort nichts anzufangen wusste.
„Es wäre möglich“, murmelte Chess und wirkte noch nicht wirklich überzeugt.
„Denkbar ist es schon“, ergriff David die Gelegenheit, nicht mit seinem Unwissen glänzen zu müssen. „Was meinen denn Sie dazu, Hiob?“
Ein verständnisloses Brummen war zu vernehmen.
„Mjölnir ist Thors Hammer“, erklärte Chess. „Thor war der stärkste und mutigste Gott der Wikinger. Sein Streitwagen, mit dem er über den Himmel fuhr, wurde von zwei großen Ziegenböcken gezogen.“
Das passt gut zu dem Sternbild des Großen Wagen, dachte David.
„Der Sage nach war Thor der Gott des Donners“, setzte Alon fort. „Die Wikinger dachten, dass das Donnergrollen bei einem Gewitter von seinem Streitwagen stammte. Analog dazu entstanden die Blitze, wenn er seinen Hammer schwang. Mjölnir galt als mächtige Waffe im Kampf gegen die Riesen. Thor konnte ihn gegen seine Feinde schleudern, und er kam immer zurück in seine Hand.“
„Klingt wie ein Bumerang“, murmelte David.
„So in der Art“, sagte Chess. Sie war erstaunt, mit welcher Begeisterung Alon von Thor erzählte. „Ich wusste ja gar nicht, dass Sie sich so für Wikinger interessieren.“
„Wikinger sind sein Spezialgebiet“, merkte Hiob gelangweilt an.
„Sind da noch mehr Symbole?“, fragte Alon nach. „Oder irgendein Text?“
Chess hielt David den Abdruck unter die Nase und warf ihm einen herausfordernden Blick zu. „Hmmm?“

„Nein“, entgegnete David schließlich. „Ich kann sonst nichts erkennen.“
„Verdammt! Vielleicht sollten wir besser umdrehen und noch einen Abdruck...“
„Der Abdruck ist perfekt“, widersprach die Archäologin sofort. „Absolut perfekt. Mit der richtigen Ausrüstung werden wir jede noch so kleine Spur darauf sichtbar machen, aber das braucht seine Zeit.“
„Bei aller Begeisterung für diesen Abdruck, der vielleicht wirklich etwas bedeutet, sollten wir nicht vergessen, dass in dem Grab eine Steintafel war, die jetzt bestimmt schon auf dem Weg zu Shahid ist“, gab Hiob zu bedenken. „Ich gehe doch stark davon aus, dass Konstantin II. die Tafel nicht auch noch schnell zusammengebastelt hat, während er da unten verreckt ist.“
Chess nickte. „Sie haben Recht. Wir können bisher leider nur spekulieren, was tatsächlich passiert ist. Für mich steht allerdings außer Zweifel, dass wir dieses Grab finden sollten.“
„Da stimme ich zu“, sagte Alon. „Und viele Möglichkeiten bleiben dann eigentlich nicht mehr. Entweder hat er darin sein Vermächtnis versteckt oder einen weiteren Hinweis.“
„Fassen wir zusammen, was wir bisher haben“, schlug Chess vor. „Wir müssen davon ausgehen, dass das, was wir gefunden haben, die Überreste vom Gegenpapst sind. Also stellt sich die Frage, warum sie ihn umgebracht haben.“
„Sie?“, fragte David.
„Um den Grabdeckel zu bewegen, waren mehrere kräftige Männer nötig.“
„Dafür würde sich eine Gruppe Wikinger geradezu anbieten“, bemerkte Alon. „Auch die Beckenverletzung durch ein Schwert passt sehr gut ins Bild.“
Die Archäologin nickte. „Nehmen wir an, dass Konstantin II. dabei beobachtet wurde, wie er etwas in dem Grab versteckt

hat."

„Dann muss es auf jeden Fall etwas gewesen sein, das auch für seine Mörder von Interesse und Wert war. Für einen alten Nagel werden die Wikinger wohl kaum losgezogen sein."

„Da ist was Wahres dran", murmelte Chess nachdenklich.

Hiob räusperte sich. „Bin ich der Einzige, der nicht nachvollziehen kann, warum die Nordmänner sich diese Mühe gemacht haben sollen? Nur mal angenommen, Konstantin II. hat dort tatsächlich irgendeinen wertvollen Schatz versteckt und wurde dabei von den Wikingern überrascht. Dann hätten sie ihm mit dem Schwert den Schädel gespalten und ihn einfach liegengelassen", Hiob brachte es knapp, aber treffend auf den Punkt.

Es folgte eine kollektive Nachdenkpause.

„Für mich klingt das logisch." David dachte daran, wie Hiob vor seinen Augen den Mann an den Stamm einer Fichte genagelt hatte. *Hiob hätte sicher einen guten Wikinger abgegeben.*

Chess stimmte zu. „Vergessen wir nicht, warum wir überhaupt hierhergekommen sind. Konstantin II. hat uns mit seinen Hinweisen glauben lassen, dass wir den vierten Kreuznagel finden werden, sobald wir sein Rätsel gelöst haben. Es liegt aber auf der Hand, dass der Nagel die Wikinger nicht interessiert hat."

„Und eine alte Steintafel auch nicht, denn sonst hätten wir sie nicht im Grab gefunden." Es war nicht zu überhören, wie sehr sich Hiob darüber ärgerte, besagte Tafel an Shahid verloren zu haben.

Chess streckte ihren Rücken durch, um eine Verspannung zu lockern. „So gesehen bleiben eigentlich nur noch zwei Möglichkeiten: Entweder wollte Konstantin II. wider Erwarten doch etwas verstecken, das auch für die Wikinger von Wert war, oder wir tun den Nordmännern mit unserem Verdacht

Unrecht."
„Es wäre noch eine Kombination aus beidem denkbar", widersprach Alon. „Die Wikinger waren auch als Söldner bekannt. Vielleicht hat jemand sie für diesen Job angeheuert."
„Auftragskiller?" stieß die Archäologin zwischen den Zähnen hervor.
„Warum denn nicht?", schloss sich Hiob der Idee an und schien bereits einen ganz bestimmten Verdacht zu haben. „Das würde zumindest erklären, warum man den Gegenpapst ordentlich bestattet hat."
„Ordentlich bestattet?" Chess' Stimme überschlug sich. „Man hat ihn lebendig begraben!"
Hiob machte eine beschwichtigende Geste. „Ich meinte ja nur, dass wir ihn in einem richtigen Grab mit Deckel gefunden haben. Für einen Raubmord ist das doch ausgesprochen ungewöhnlich. Finden Sie nicht?"
„Er hat Recht", schloss sich Alon der Auffassung seines Freundes an. „Der ganze Ablauf erinnert mich mehr an eine Bestrafung oder Abschreckung als an einen Überfall. Denken Sie nur an die Verletzung. Konstantin II. sollte seinen Tod langsam und ganz bewusst erleben. Und wer immer seinen Hinweisen folgen würde, der sollte mit eigenen Augen sehen, welch tragisches Ende der Gegenpapst gefunden hat."
„Vorsicht!", kreischte Chess und war sich sicher, dass ihr selbst gleich ein tragisches Schicksal bevorstand. Im Scheinwerferlicht tauchten vor dem Wagen zwei Elche auf.
Alon war nur einen kurzen Augenblick lang unaufmerksam gewesen, doch das hatte ausgereicht, um die Schilder zu übersehen, die vor dem Wildwechsel warnten. Eine Elchkuh mit Kalb nutzte die Gelegenheit, um die Fahrbahn zu überqueren.
Ohne recht zu begreifen, was da gleich auf seiner Motorhaube landen würde, reagierte Alon rein instinktiv und sprang auf das

Bremspedal. Sofort knickte der Wagen vorne ein und rutschte über die regennasse Fahrbahn auf die Elche zu. Das ABS konnte zwar ein Ausbrechen des Fahrzeughecks verhindern, aber eine Frontalkollision schien unvermeidbar.
Binnen Sekundenbruchteilen kam der Wagen bis auf wenige Meter an die Tiere heran, und Alon erkannte, dass das Fahrzeug so gut wie gar nicht auf seinen Lenkradeinschlag reagierte. *Bremse lösen!* Es verlangte viel Übung und Nervenstärke angesichts eines unmittelbar bevorstehenden Aufpralls, den Fuß von der Bremse zu nehmen, doch Alon wusste, was er tat. Indem er den Bremsdruck reduzierte, gab er den Vorderrädern die Möglichkeit, auf sein Lenkmanöver zu reagieren. Blitzschnell versetzte es den Wagen um eine Spurbreite, und Alon hatte alle Hände voll zu tun, das schleudernde Fahrzeugheck wieder einzufangen. Obwohl es allen so vorkam, als würde sich das Auto in Zeitlupe um die Elche biegen, dauerte der Bremshaken keine zwei Sekunden.
Ein flüchtiger Blick in den Rückspiegel bestätigte, dass die Tiere wohlauf waren. Die beiden Fondpassagiere hatten allerdings etwas von ihrer Gesichtsfarbe eingebüßt.
„'tschuldigung“, sagte Alon und war nicht verwundert, dass keine Antwort kam.

***

Die Nacht war weit fortgeschritten auf Sanctuary Island II. Auch die ehrgeizigsten Wissenschafter hatten ihre Arbeiten in der Laborebene irgendwann nach Mitternacht eingestellt. Ein leichter Westwind trieb eine Wolkenfront vor sich her, die den Himmel bedeckte und die ehemalige Bohrinsel gänzlich mit Dunkelheit verhüllte.
Das Wetter passte perfekt, um die Umrisse jenes Phantoms zu verschlucken, das sich an der Zutrittskontrolle des hinteren

Labortrakts zu schaffen machte. Selbst ohne die dunkle, eng anliegende Kleidung des Phantoms wären nur die Infrarotkameras in der Lage gewesen, es auszumachen. Dass diese Kameras aber ausgerechnet in jener Nacht einem Stromausfall zum Opfer fielen, würde man am nächsten Morgen als einen weiteren unglücklichen Störfall abhaken.
Ein Codescanner in der Größe einer Armbanduhr arbeitete sich in Rekordzeit durch die Kombinationsmöglichkeiten der elektronisch verriegelten Panzertür. *Es dauert länger, als ich gedacht habe.* Viel durfte in dieser Nacht nicht schiefgehen, wenn der Geheimauftrag ordnungsgemäß erledigt werden sollte. *Noch vier Stellen...* Das Phantom schaute sich nervös um, während der Scanner weiter herunterzählte. *Noch drei.*
Außer dem Meeresrauschen war nur das entfernte Surren der Stromgeneratoren zu hören.
Die blaue Schrift der Scanneranzeige blinkte mehrmals auf, als der richtige Code gefunden war. *Na endlich!* Hastig tippten die Finger unter dem Handschuh die Zahlenfolge in das Türschloss. *Code confirmed. Welcome, Dr. Qian*, bestätigte die Kontrollanzeige und ließ die schwere Stahltür sanft wie eine Feder zur Seite gleiten.
Sekunden später war das Phantom im Inneren des Labors verschwunden und hatte für die Dauer seiner Anwesenheit neben Qians Identität auch dessen Zutrittsberechtigungen übernommen.
Auch wenn man das Labor von außen mangels Fenster nicht einsehen konnte und die Kameras stillgelegt waren, schadete es nicht, vorsichtig zu sein. Ganz bewusst nahm das Phantom mit der grünlich schimmernden Notbeleuchtung vorlieb, die Tag wie Nacht eingeschaltet war.
Ich bin gespannt, wie Qian reagiert, wenn er erfährt, was er heute Nacht angerichtet hat. Ein hämisches Grinsen zeichnete sich auf dem schattenhaften Gesicht ab.

Durch einen Tastendruck auf dem Codescanner am Handgelenk schaltete dessen Anzeige auf einen Grundrissplan des Labors um. *Hier bin ich hereingekommen.* Mit einem weiteren Tastendruck scrollte der Plan ein Stück nach oben. *Das muss die Abzweigung da vorne sein…*

Zielsicher steuerte das Phantom jenen Bereich an, in dem Qians Mitarbeiter an den Axolotln forschten. Hinter einer dicken Glasscheibe waren die vier Becken zu erkennen, in denen sich die salamanderartigen Probanden von ihren Amputationen erholten. Eine Luftschleuse trennte diesen Forschungsbereich vom Haupttrakt. Orangefarbene Warnschilder an der Tür untersagten ausdrücklich den Zutritt ohne Schutzanzug.

Ich beneide die Leute hier im Labor weiß Gott nicht um ihre Arbeit. Der Blick wanderte zur gegenüberliegenden Sicherheitsschleuse, hinter der sich die Säuredusche befand. *Da drin muss neulich der Unfall mit dem Elektriker passiert sein. Es wird höchste Zeit, dass dem Wahnsinn hier ein Ende gesetzt wird.* Ein unangenehmer Schauer lief über den Rücken des Phantoms. *Ich bin froh, dass ich nicht in den Hochsicherheitstrakt muss, um an die Enzyme zu gelangen.*

Auf der Anzeige am Handgelenk blinkte die nächste Tür auf der rechten Seite auf. *Hier muss es sein.*

Der Raum, in dem unter anderem auch die Enzyme gelagert wurden, war nur durch ein einfaches Schloss gesichert, das sich durch Berühren eines in die Wand eingelassenen Sensors öffnete.

„Wow“, hauchte das Phantom beeindruckt. *Das ist wesentlich größer, als ich es mir vorgestellt habe.*

In mehreren Reihen standen Glaskästen, die an Weinschränke erinnerten. Aus vielen schimmerte bläuliches Licht, andere strahlten grün und wieder andere waren, abgesehen von den beleuchteten Displays der Schranktüren, völlig dunkel.

Sie sind nach Temperaturbereichen geordnet, erinnerte sich das Phantom an die Anweisungen, die es erhalten hatte. *Ich muss einen Schrank finden, dessen Temperatur bei 14,4 Grad liegt.*

Trotz der vermeintlichen Ordnung gestaltete sich die Suche aufwändiger als erwartet. *4 Grad... 7 Grad... Ich muss mich beeilen!*

Die Uhr tickte unaufhörlich, während eine Reihe nach der anderen abgesucht wurde, um den Schrank mit dem einzigartigen Enzym zu finden. Jenes Enzym, das als Katalysator für den Stoffwechsel von Qians neuestem Klon so unverzichtbar war. Es bildete den Schlüssel zur Stabilisierung des unkontrollierten Wachstums der Krebszellen, die dem Doktor als Basis für seine A-Zellen dienten. Die Herstellung dieses Enzyms hatte sich als weit weniger aufwändig erwiesen als die Suche nach der optimalen Lagertemperatur.

Das ist es! Der Blick des Phantoms fiel auf einen der bläulich beleuchteten Schränke, dessen Temperatur laut Anzeige exakt 14,4 Grad betrug. In insgesamt sieben Glasfächer war jeweils ein Tag der Woche eingeätzt.

Vier Kunststoffröhrchen in jeder der sieben Reihen - genau wie vorhergesagt. Bei der vorgeschriebenen Dosis reichte der Vorrat für eine Woche, das entsprach auch der maximalen Haltbarkeit des Enzyms. Gegen Ende der Woche wurde der Schrank wieder aufgefüllt. Die Tatsache, dass alle Röhrchen an ihrem Platz waren, unterstrich die perfekte Planung des Vorhabens.

Vorsichtig öffnete sich die Glastür und die schwarz gekleidete Hand holte ein Röhrchen heraus. *Mit dir fangen wir an, denn du bist unsere Nummer zwei.* Aus einem mitgebrachten Fläschchen tropfte eine durchsichtige Flüssigkeit in das geöffnete Enzymröhrchen, das das Phantom als *Nummer zwei* bezeichnete.

Umgehend wurde sie wieder verschlossen und zurückgestellt.
Nummer drei... Das Phantom wiederholte das Procedere mit weiteren Röhrchen.
Dich nicht! Nummer fünf... Dich nicht! Nummer sieben...
Die Auswahl verlief nur auf den ersten Blick willkürlich. In Wirklichkeit folgte sie einem genau festgelegten System. Der Auftrag verlangte es, in der ersten Reihe ganz links mit dem Zählen zu beginnen und dann nur jene Enzymröhrchen zu verunreinigen, deren Positionsnummer einer Primzahl entsprach. Da Primzahlenreihen in der Natur nicht vorkamen, blieben sie bei den gängigen Tests für Zellwachstum unbemerkt. Durch diese Vorgehensweise würde es zu einer schleichenden, nicht nachvollziehbaren Vergiftung des behandelten Klons kommen, die erst aufgedeckt werden würde, wenn es zu spät war. Zusätzlich gab man dem Phantom damit Gelegenheit, die Bohrinsel zu verlassen, bevor jemand Verdacht schöpfen konnte.
Nummer siebzehn... Dich nicht! Nummer neunzehn... Geschafft! Jetzt noch eine Probe mitnehmen, und dann muss ich mich um die Stickstofftanks kümmern.
In den beiden Stickstofftanks am hinteren Ende des Labortrakts hatten Qians Leute Backupzellen des Klons kryokonserviert. Sollte mit den Originalzellen etwas schiefgehen, ließen sich daraus jederzeit Kopien des Klons herstellen. Um die Tanks so zu manipulieren, dass ihre Inhalte auftauen würden, während auf den Temperaturanzeigen weiterhin minus 196 Grad abzulesen sein würde, reichten dem Phantom wenige Minuten.
Das werden sie erst bemerken, wenn alles längst zu spät ist.
Ein verächtliches Grinsen legte sich rund um die abgedunkelte Mundpartie. *Und nun weg hier!*
Nur kurz darauf loggte sich jemand als Dr. Qian an der elektronischen Zutrittskontrolle des Laboreingangs aus. Die Stahltür öffnete sich und ein Schatten huschte in die Nacht.

***

Es war 3:44 Uhr, als Qians Sekretärin, Alisa Andrejewna Petrowa, die Ebene mit den Unterkünften der Besatzung erreichte. Mit schnellen, aber betont leisen Schritten steuerte sie auf ihr Quartier zu. Die Beleuchtung der künstlichen Insel war auf ein Minimum heruntergefahren und ließ jeden Vorsprung und jede Nische bedrohlich erscheinen.
Sanctuary Island II wirkt wie eine Geisterstadt. Alisa stoppte und sah sich um. *Obwohl ich weiß, dass hier niemand außer mir ist, fühle ich mich irgendwie beobachtet.*
Allein beim Gedanken, zu so später Stunde nicht als Einzige unterwegs zu sein, sträubten sich ihr die Härchen im Nacken. *Ich sollte endlich ins Bett kommen.* Sie beschleunigte ihren Gang und konzentrierte sich darauf, keinen unnötigen Lärm zu machen. *Und wenn mich doch jemand beobachtet?*
Jener Weg, den sie tagtäglich in wenigen Minuten zurücklegte, begann sich mit einem Mal unangenehm in die Länge zu ziehen. Bei Nacht sah ein Container aus wie der andere, was die Orientierung nicht gerade erleichterte.
Erst jetzt fiel Alisa auf, dass sie bereits keuchte, weil sie das Tempo fortwährend erhöht hatte. „Schluss mit dem Unsinn!“, herrschte sie sich selbst an und blieb abrupt stehen. Zweifellos war sie überrascht davon, wie sehr ihre Stimme die unheimliche Stille gestört hatte. *Die Einzige, die hier...*
In diesem Moment wehte der Wind ein Geräusch an ihr Ohr, das wie entfernte Schritte klang. Sie wirbelte herum und ihre aufgerissenen Augen blickten erschrocken in die Nacht.
Es war nichts zu sehen. Alisa tat sich allerdings auch schwer, die Richtung, aus der die Schritte kamen, mit Sicherheit zu bestimmen. *Ich muss langsamer und leiser atmen, um besser hören zu können.* Sie presste sich an einen der Container,

während sie angestrengt nach irgendeiner Bewegung Ausschau hielt. Mehrere Sekunden lang stand sie völlig regungslos da und vergaß fast zu atmen.
Doch weit und breit war niemand zu erkennen.
Ich bin auf einer Insel, wer außer der Besatzung soll also hier herumschleichen? Die kennen mich doch fast alle. Schließlich bin ich eine der wenigen Frauen auf Sanctuary Island II. Wenn wirklich jemand sein Quartier verlassen hat, dann bestenfalls, um heimlich eine rauchen zu gehen. Was wird sich der erst denken, wenn er mich sieht, wie ich an diesem Container klebe?
Die Idee, dass einer von Alisas Kollegen ihr auffälliges Verhalten beobachten könnte, erfüllte sie mit zusätzlichem Unbehagen. *Hier laufen einige Leute herum, denen ich nicht unbedingt...* Sie verdrängte den Gedanken. *Ich darf mich nicht selbst verrückt machen!*
Alisa setzte ihren Weg fort und kam wenig später am Küchentrakt vorbei, aus dessen Lüftung der Geruch von altem Fett strömte. *Widerlich!* Unter ihren Ekel mischte sich aber auch ein Gefühl der Erleichterung, denn sie wusste, dass sie gleich in ihrem Quartier sein würde. *Nur noch um diese Ecke, dann...*
Ihr Gedanke fand ein jähes Ende, als sie beim Um-die-Ecke-Laufen in ein unerwartetes Hindernis krachte. Sie brauchte einen Herzschlag lang, um zu realisieren, was passiert war, ehe sie einen spitzen Schrei ausstieß und zurücktaumelte.
Von der anderen Seite war jemand um dieselbe Ecke gebogen. Jemand, der es allem Anschein nach genauso eilig hatte wie sie selbst und ebenfalls keinen Wert darauf gelegt hatte, entdeckt zu werden.
Die folgende Stille dehnte sich zu einer kleinen Ewigkeit aus. Fast, als wollte sie beiden Seiten Zeit geben, sich glaubwürdige Erklärungen für die eigene Anwesenheit zu überlegen.
„Alisa?“, fragte eine schnaufende Stimme, während eine Hand

sich beschwichtigend auf ihre Schulter legte. „Alisa, sind Sie das?"
Alisa war sich sicher die Stimme zu kennen, wenn auch nicht sehr gut. Nur schemenhaft konnte sie die Umrisse des Mannes ausmachen, mit dem sie zusammengeprallt war. Es war ihr unmöglich, sein Gesicht zu erkennen, und für den Moment war ihr das auch egal. Sie zitterte am ganzen Körper.
„Beruhigen Sie sich", sagte die Stimme und klang jetzt viel freundlicher. „Ich wollte Sie nicht erschrecken. Es tut mir leid."
Noch immer konnte Alisa die Worte keinem Gesicht zuordnen. „Wer… Wer sind Sie?", stammelte sie.
„Entschuldigen Sie bitte, wie dumm von mir." Das Geräusch des Reibrads eines Feuerzeugs war zu vernehmen, und dem ersten Funkenschlag folgte eine Flamme, die ein helles Loch in die Nacht brannte.
Im Lichtschein des Feuerzeugs kreuzten sich die Blicke der beiden und obwohl Alisa ihr Gegenüber sofort erkannte, fehlte ihr doch der passende Name.
„Ich bin es, Claude!", sagte Claude, als hätte er die Verwirrung von ihren Augen abgelesen. „Sie kennen mich doch!"
Alisa hörte sich erleichtert aufatmen. „Claude… Ja, natürlich."
Claude lächelte freundlich, ganz offensichtlich, um Alisa zu beruhigen, und es schien zu funktionieren. „Ich hatte ja keine Ahnung, dass außer mir noch jemand um diese Zeit unterwegs ist. Ich bin vollkommen überrascht, Sie hier zu treffen. Ist alles in Ordnung mit Ihnen?"
„Ja", antwortete Alisa und wirkte dabei noch immer etwas desorientiert. „Ja, es geht schon wieder."
„Es tut mir wirklich leid, wenn ich Sie erschreckt habe", wiederholte der Belgier seine Entschuldigung und ließ seine Hand langsam von Alisas Schulter über ihren Arm hinuntergleiten.

„Schon in Ordnung", sagte sie und ihre Stimme gewann an Festigkeit. Mit einer subtilen Drehbewegung versuchte sie sich seiner Berührung zu entziehen. „Ich war wohl zu sehr in Gedanken versunken und habe Sie nicht gehört."
Claude merkte, dass ihr seine Berührung Unbehagen bereitete und zog seine Hand zurück. „Worüber denken Sie denn um diese Zeit noch nach? Doch hoffentlich nicht über berufliche Dinge", versuchte er sich an einem kleinen Scherz.
„Nein…" Sie zögerte und schien über eine passende Antwort nachzudenken. „Ach, nicht so wichtig."
„Wollen Sie eine?" Claude hielt ihr eine aufgerissene Packung Zigaretten entgegen.
„Nein, danke. Ich rauche nicht", entgegnete sie und hätte sich für die Unbedachtheit ihrer Antwort am liebsten geohrfeigt. *Was mache ich denn sonst um diese Zeit hier draußen?* „Ich meine, ich möchte es mir abgewöhnen", versuchte sie ihren Fehler gutzumachen. „Für diese Nacht habe ich meiner Gesundheit genug geschadet." Sie klopfte auf die kleine Ausbeulung in ihrer Jackentasche, um ihm die Taschentücher darin als Zigarettenpäckchen zu verkaufen.
Claude lachte und zündete sich eine Zigarette an. „Früher hatten wir nur einen einzigen Raum, in dem geraucht…"
„Es ist schon sehr spät", unterbrach sie ihn. „Ich sollte jetzt besser gehen." Die russische Nüchternheit war in Alisas Stimme zurückgekehrt und vergrößerte die Distanz zu ihrem Gegenüber.
„Werden Sie morgen um diese Zeit wieder hier sein?", fragte Claude überhastet, als Alisa sich in Bewegung setzte. „Ich habe Sie bisher nämlich noch nie bei meinen Rauchpausen getroffen." Er hoffte, eine Reaktion auf ihrem Gesicht erkennen zu können, doch dafür war es zu dunkel.
„Wie ich schon sagte, ich bin dabei es mir abzugewöhnen. Gute Nacht, Claude." Sie entfernte sich mit schnellen Schritten

und verschwand kurz darauf in der Nacht.
„Gute Nacht, Alisa“, murmelte der Belgier ihr noch nach und hörte, wie in einiger Entfernung eine Quartiertür zufiel. Nachdenklich starrte Claude in die Dunkelheit und dämpfte die Zigarette an einer Containerwand aus. *Sie war genauso wenig hier draußen, um eine zu rauchen, wie ich.*

***

Hiob war mit David im Auto unterwegs nach Woodberry Mansion. Davor hatten sie Chess und Alon noch nach Amman gebracht.
„Dieses Schloss gehört jetzt Ihnen?“, fragte Hiob ehrfürchtig, als sich durch das monogrammverzierte Gittertor die Silhouette des Herrenhauses abzeichnete.
„Es wirkt von hier etwas größer, als es tatsächlich ist“, schwächte David ab und parkte seinen Volvo kurz darauf neben dem Eingang. „Wollen Sie eine Führung?“
„Vielleicht später. Lassen Sie uns zuerst nachsehen, was sich hinter dem Geheimgang befindet, von dem Chess mir vorgeschwärmt hat.“
David schloss auf, und die beiden Männer betraten das Haus. „Ich glaube, die Entscheidung zwischen dem Abdruck des Grabdeckels und dem Geheimnis, das uns hier erwartet, ist ihr nicht leicht gefallen.“
„Sie ist zweifellos mit ganzem Herzen Archäologin“, entgegnete Hiob.
„Da sind wir!“ David deutete auf die dunkelgrüne Holztür mit der Schnitzerei. Er steckte den Schlüssel ins Schloss, um erstaunt festzustellen, dass die Tür unversperrt war. „Eigenartig“, murmelte er. „Ich bin mir sicher, dass ich die Tür abgeschlossen habe, als wir gefahren sind.“ Die Worte klangen eher beiläufig, doch bei Hiob läuteten die Alarmglocken.

„Weg von der Tür!“ Hiob hatte seine Glock so schnell gezogen, dass David es nicht einmal richtig mitbekommen hatte.
„Aber ich...“
Noch bevor er Gelegenheit fand, seinen Satz zu vollenden, war Hiob im Zimmer mit dem Himmelbett verschwunden. Kurz darauf gab er Entwarnung. „Kommen Sie rein.“
„Sie wirken etwas nervös“, stellte David fest.
„Ich bin nur vorsichtig“, widersprach der Israeli. „Ist das der Kamin?“
„Ja“, bestätigte er beim Näherkommen. „Haben Sie den Stuhl weggeräumt?“
„Welchen Stuhl?“, fragte Hiob.
„Ich habe während des Stromausfalls einen der Stühle eingeklemmt, damit die Tür nicht hinter uns zufallen kann... Und jetzt ist er weg.“ Er wirkte ein wenig erstaunt.
„Bleiben Sie dicht hinter mir!“, wies Hiob ihn an. Sein Blick verriet eine gewisse Abneigung, als er sich unter dem Kaminsims hindurchbückte. Die tonnenschwere Geheimtür stand weit offen.
„Immer geradeaus“, erklärte David und folgte dem stämmigen Israeli durch den betonierten Gang. Anders als bei seinem letzten Besuch funktionierte die Beleuchtung an der Wand diesmal, und auch der modrige Geruch war verschwunden. „Da vorne kommt gleich eine Tür, an der wir die ID-Karte brauchen. Ich hoffe nur, dass der Kartenleser diesmal Strom hat.“
„Sieht gut aus“, bestätigte Hiob beim Anblick des grün blinkenden Lämpchens neben dem Kartenschlitz. „Geben Sie mir die Karte!“ Er streckte David fordernd seine Hand entgegen, ohne sich selbst dabei umzudrehen.
Hiob zog die Karte durch den Scanner. Piepsend bestätigte dieser die Zutrittsberechtigung der ID-Karte, und eine gelbe Leuchtdiode blinkte zweimal auf. Mit einem Klacken gab die magnetische Verriegelung das Schloss frei, und die Tür sprang

ein kleines Stück auf.
„Bis jetzt war es viel leichter als beim letzten Mal“, flüsterte David.
„Zu leicht“, knurrte Hiob argwöhnisch und drückte mit dem Fuß die Tür weiter auf.
Vor ihnen lag ein mit mattschwarzem Kunststoff vertäfeltes Zimmer. In die Wände war auf Hüfthöhe ein breiter, gläserner Streifen eingelassen, dessen milchige Scheibe sandbraun schimmerte und den Raum in ein diffuses Licht tauchte. Es roch erdig, aber auch irgendwie säuerlich.
Beide Männer schwiegen eine Weile, während sie sich näher umsahen.
Hiob fuhr mit seinem Hemdsärmel über die trübe Glasscheibe neben ihm und musste feststellen, dass sie von innen verschmutzt war. „Haben Sie eine Ahnung, wo wir hier gelandet sind?“
David zuckte mit den Schultern und klopfte ganz vorsichtig gegen eine der Scheiben. Die braunschwarze Fläche dahinter reagierte mit einer wellenförmigen Bewegung. „Ich bin mir nicht sicher.“ Er drückte sein Gesicht an das Glas, um mehr erkennen zu können. *An irgendetwas erinnert mich das...* Er klopfte erneut gegen das Glas, diesmal allerdings deutlich fester und so fiel auch die Reaktion um einiges heftiger aus. Eine dunkle Welle schlug gegen die Innenseite der Scheibe.
„Himmel!“ David fuhr erschrocken zurück. „Ein Formicarium!“
Sofort breitete sich ein stechender Geruch aus, der entfernt an Essig erinnerte.
„Ein was?“, fragte Hiob und verzog die Nase.
„Ein Formicarium, das ist so etwas wie ein Terrarium für Ameisen. Was Sie gerade riechen, ist Ameisensäure“, sagte David halblaut. „Wir befinden uns mitten in einem Ameisenbau... oder zwischen mehreren.“

„Ameisen?“
David nickte zögerlich. „Sehr viele Ameisen sogar, und sie sind ausgesprochen aufgeregt.“
„Die haben mir noch gefehlt!“, rief Hiob aus.
David beobachtete, wie eine weitere Welle die Scheibe traf. „Sie sollten Ihre Stimme etwas senken.“ Er unterstrich seine Aussage mit einer beschwichtigenden Geste. „Ich glaube, wir machen sie nervös.“
„Mich machen sie auch nervös.“ Hiob deutete mit seiner Pistole in Richtung der Formicarien. „Alles was ich hiermit nicht erledigen kann, macht mich nervös“, bemerkte er mit betont leiser Stimme. „Lassen Sie uns machen, dass wir hier wegkommen.“
David sah ihn erstaunt an. „Haben Sie etwa Angst, Hiob?“
Der Angesprochene schüttelte heftig den Kopf. „Angst sicher nicht. Aber einen gewissen Ekel vor solchen Krabbeltieren kann ich nicht abstreiten.“
Ob ich ihm bei der Gelegenheit erzählen soll, was Treiberameisen mit richtig großen Tieren anstellen, wenn sie auf Jagd gehen? „Ich habe gehört, dass sie durch ihre Überzahl sogar in der Lage sein sollen, einen Elefanten...“
„Los!“, befahl Hiob energisch und deutete auf eine weitere Tür, die sich gegenüber jenes Eingangs befand, durch den sie hereingekommen waren.
David musste sich ein Lächeln verkneifen. Er folgte Hiob ein paar Schritte, blieb dann aber vor einer Stahlsäule stehen, die einen guten Meter hoch aus dem Boden ragte. Auf ihr thronte ein gläserner Kasten, der an den Kanten und an der Unterseite mit Metall eingefasst war.
„Zu!“, stellte Hiob ernüchtert fest, nachdem er sein Glück an der Tür versucht hatte. „Ich sehe hier keine Klinke, kein Schloss, keinen Kartenscanner... Wilder?“
„Hier.“ Der Gesuchte hob seine Hand.

„Sie sollten doch genau hinter mir..."
„Haben Sie eine Ahnung, was das hier sein könnte?", warf David seine Frage dazwischen und strich mit der Hand über den Sockel des Glaskastens, der insgesamt an einen Waschtisch mit Deckel erinnerte.
„Fassen Sie hier drin bloß nichts an. Ich will nicht..." Hiob hatte seinen Satz noch nicht zu Ende gesprochen, da begann auf dem Sockel ein bernsteinfarbener Touchscreen in der Größe eines Handydisplays aufzuleuchten. „Was haben Sie getan?", fragte er vorwurfsvoll.
„Nichts. Ich habe gar nichts getan." David riss die Hände hoch.
„Irgendetwas müssen Sie getan haben. Von alleine wird das Ding ja wohl kaum..."
Mit einem surrenden Geräusch öffnete sich die Abdeckung und blieb schließlich senkrecht stehen, als hätte man den Deckel eines Scanners aufgeklappt.
„Sehen Sie!" David winkte ihm mit beiden Händen zu. „Ich kann es unmöglich gewesen sein."
Hiobs Blick schien ihn dafür aufspießen zu wollen. „Wenn Sie diese Viecher rauslassen..."
David hörte gar nicht zu und beugte sich über den geöffneten Glaskasten. „Es ist nass hier drin." Er wirkte nachdenklich und fuhr mit den Fingern über eine eiförmige Ausnehmung im Boden, in der sich sandartige Rückstände befanden. „Und es ist auch schmutzig."
„Dann ist es sicher besser, wenn Sie endlich aufhören, darin herumzufummeln."
„Wir sind hierhergekommen, um herauszufinden, was Woodberry mir hinterlassen hat, Hiob. Da lassen wir uns doch von ein paar Ameisen nicht abschrecken. Nicht wahr?" Sein Grinsen sprach Bände.
„Alon reißt mir den Kopf ab, wenn Ihnen etwas zustößt. Sie haben ja gesehen, wie er gestern reagiert hat."

„Wissen Sie was, Hiob?" David klopfte dem Israeli auf die Schultern. „Ich fühle mich eigentlich völlig sicher, wenn Sie in der Nähe sind. Sie machen Ihre Arbeit wirklich gut... Aber..." Er zog das Wort provokant in die Länge.
„Aber was?"
„Sie sollten sich daran gewöhnen, mir ein wenig mehr zu vertrauen. So wie bei der Sache mit dem Bären - Sie wissen schon."
Hiob knurrte.
David wertete es als Zustimmung und sah sich um. „Hier irgendwo müsste es..."
„Was?"
„Sie haben doch selbst gesagt, dass es an der Tür kein Schloss gibt. Erinnern Sie sich noch an den Zutrittsscanner im Imperial College, von dem der Professor uns erzählt hat? Ich glaube, dass das hier auch ein Scanner ist." Er strich mit der Hand über den geöffneten Deckel. *Die Ähnlichkeit ist einfach zu offensichtlich.* „Die Frage ist nur, was wir hineinstellen müssen, um Zutritt zu erhalten."
„Vielleicht eine von diesen Korallen."
„Korallen?", fragte David überrascht.
„Da in dem Regal neben der Tür." Hiob zeigte auf eine Nische, die ihm zuvor aufgefallen war.
Sofort machte sich David daran, das Regal unter die Lupe zu nehmen. Zwei der fünf Fächer waren leer. *Nur noch drei sind übrig...* Die Objekte darin waren milchweiß und von der Größe eines Handballs. Wegen ihrer vielen Verästelungen drängte sich der Vergleich mit einer Koralle auf.
David stutzte. *Nein, das muss etwas anderes sein... Irgendwo habe ich so etwas schon einmal...* Vorsichtig hob er eines der fragilen Gebilde an und betrachtete es aus der Nähe. Es hatte den Anschein, als würde es direkt aus dem Sockel wachsen, der zugleich als Ständer diente.

David bemerkte den feinen, weißen Staub rund um den ovalen Abdruck auf dem dunklen Regalboden. Er strich prüfend mit dem Finger darüber und hob dann nachdenklich die linke Augenbraue. *Wenn mir nur einfallen würde, woher ich dieses Ding kenne.* „Es ist auf jeden Fall einen Versuch wert", sagte er leise und wandte sich Hiob zu. „Das sind keine Korallen."
„Sondern?"
David antwortete mit einem Achselzucken. „Kann ich nicht sagen, noch nicht. Irgendwo habe ich erst neulich etwas im Fernsehen darüber gesehen. Aber ich kann mich beim besten Willen nicht erinnern..."
Als wollten sie David auf die Sprünge helfen, machten sich die Ameisen hinter Hiobs Rücken mit einem Zischlaut bemerkbar.
„Die machen mich nervös!"
„Sie sollten etwas mehr Abstand zu ihnen halten", schlug David vor. „Diese Art scheint mir ausgesprochen aggressiv zu sein. Ameisenkolonien können sehr unangenehm werden, wenn sie sich gestört fühlen. Der beißende Geruch der Säure, die sie verspritzen, ist da nur ein erster Vorgeschmack."
„Was Sie nicht sagen. Woher wissen Sie eigentlich so gut Bescheid über diese Viecher?"
„Ich habe im Fernsehen einen Bericht über sie gesehen. Einige Arten bilden riesige Kolonien. Mit ihnen legt man sich besser nicht an." Plötzlich änderte sich Davids Gesichtsausdruck. „Der Bericht - aber natürlich!" Er schlug sich mit der flachen Hand gegen die Stirn. „Es war in dem Bericht über Ameisen", sagte er und hielt das eigenwillige Gebilde in seiner Hand triumphierend hoch. „Das ist ein Abdruck eines Gangsystems aus einem Ameisennest."
Hiob sah ihn verwundert an.
„Ein Gipsabdruck", erklärte David. „Man füllt Gips oder eine andere Masse in ein Ameisennest und wartet, bis der Abdruck trocknet. Dann gräbt man ihn vorsichtig aus und erhält auf

diese Weise eine dreidimensionale Kopie des Gangsystems unter der Erde. Damit lassen sich selbst die dünnsten Wege und Verzweigungen darstellen, die eine Ameisenkolonie in die Erde gegraben hat."

„Sie meinen, der Professor hat sich diese Ameisen hier unten gehalten, um ihre Gänge mit Gips auszugießen? Kein Wunder, dass die Tiere sauer sind, wenn sie Besuch bekommen."

„Es wäre zumindest eine Erklärung für die vielen Ameisen", räumte David ein.

„Aber wozu das Ganze?"

„Ich glaube..." David trug den Gipsabdruck zu dem Scanner und stellte ihn vorsichtig in die Ausnehmung am Boden. „Passt genau. Wenn Sie mich fragen, dann ist das unser Schlüssel!" *Aber warum gibt es mehrere davon?* Kaum hatte er seine Hand wieder herausgezogen, begann sich der Scannerdeckel abzusenken.

„Das macht er ganz von alleine", sagte David rasch und lächelte Hiob unschuldig an.

Der Deckel rastete mit einem Klicken ein. Dann begannen sich die Glasscheiben des Scanners abzudunkeln, bis sie vollständig schwarz waren.

„Da kann meine selbsttönende Sonnenbrille nicht einmal ansatzweise mithalten", murmelte David beeindruckt. „Ich bin gespannt..."

Im gleichen Augenblick erhellten grellrote Blitze das Innere des Scanners. Trotz der vermeintlich blickdichten Scheiben waren die Laserstrahlen, die aus den Metallkanten des Scanners emittiert wurden, deutlich zu erkennen.

„Was für ein Aufwand", stellte Hiob fest.

„Nicht für den Professor", entgegnete David. „Seine ganze Forschung drehte sich um die Holographie. Was wäre da also naheliegender als ein Hologrammlaser als Zutrittskontrolle für sein Geheimnis? Sehen Sie, wie sich das Gitternetz aus

Laserstrahlen über den Abdruck bewegt?"
Nur schemenhaft war zu erkennen, was sich im Scanner wirklich abspielte, doch Davids Beschreibung kam der Realität sehr nahe. *Woodberry, Sie überraschen mich immer wieder, Sie alter Fuchs.*
„Und dafür musste er Ameisennester ausbetonieren?"
„Ich glaube nicht, dass es ihm dabei vorrangig um die Ameisen ging", erwiderte David. „Woodberry hat uns doch erzählt, dass er an der holographischen Abbildung komplexer Strukturen forschte. Die feinen Gänge der Bauten sind unverwechselbare Muster und machen jedes Ameisennest zu einem einzigartigen Schlüssel für seinen Scanner. Vielleicht ist das hier sogar die Vorstufe zu dem Gelscanner, den wir im Aufzug vom Imperial College gesehen haben."
„Denkbar wäre es. An Geld scheint es dem Professor ganz offensichtlich nicht gemangelt zu haben, wenn man sich das Anwesen ansieht, das er Ihnen vererbt hat. Vielleicht hat er ja etwas von dem Geld der Universität auch für seine private Forschung abgezweigt."
„Gut möglich", stimmte David zu. „Wenn es ihm gelungen ist, seine Forschungsarbeiten im Imperial College vor dem Dekan zu verbergen, dann wäre ihm auch das zuzutrauen. Was meinen Sie, ob wir dahinter auf ein weiteres Labor stoßen?" Er ging auf die metallische Tür zu, von der er annahm, dass sich ihre versteckte Verriegelung jeden Moment öffnen würde.
„Sie bleiben hinter mir!", stellte sich Hiob ihm in den Weg. „Gleichgültig, was uns da drinnen erwartet, ich gehe voraus."
„Ach, Hiob", beruhigte David. „So gut wie dieser Raum, dieses Labor, geschützt ist, brauchen Sie sich aber wirklich keine Sorgen zu machen."
„Genau das ist es, was mich nachdenklich stimmt", entgegnete der Israeli. „Haben Sie sich schon einmal überlegt, dass der Professor diesen Aufwand vielleicht gar nicht getrieben hat,

um uns den Zutritt zu diesem Labor zu versperren...“, Hiobs harter Blick traf seinen Begleiter völlig unerwartet, „...sondern um etwas oder jemand da drinnen zu halten?“
Davids Gesicht verlor merklich von jener Begeisterung, die ihn bis eben noch angetrieben hatte. „Vielleicht ist es doch besser, wenn Sie zuerst...“
Ein elektronisches Pfeifen signalisierte das Ende des Scanvorgangs. David drehte sich unweigerlich zu dem Gerät um. Das abgedunkelte Glas hellte sich langsam wieder auf, während ein leises Plätschern zu hören war. Er konnte sehen, wie sich das Innere des Scanners mit einer transparenten Flüssigkeit füllte. *Was passiert jetzt?*
Dort, wo der Gipsabdruck mit der Flüssigkeit in Berührung kam, bildeten sich weiße Schaumbläschen und trübten die Sicht. Es blubberte wie Brausepulver in einem Wasserglas. Binnen Sekunden war der Abdruck zur Gänze in einer milchigen, brodelnden Brühe verschwunden.
„Damit hätten wir auch eine Erklärung, warum es mehr als nur einen Schlüssel neben der Tür gibt. Man kann sie alle nur ein einziges Mal...“
Ein gieriges Gurgeln überlagerte seine Stimme, und gleichzeitig verschwanden die aufgelösten Gipsreste in einem Abfluss.
Aus dem Inneren der Labortür war das Entriegeln eines Magnetschalters zu vernehmen. Das war der Startschuss für den Israeli. „Sie warten hier, bis ich Sie holen komme.“
Ein kühler Hauch trockener Luft wehte Hiob entgegen, während er sich mit der linken Schulter gegen die aufgesprungene Tür lehnte, um sie aufzudrücken. Kaum war der Spalt breit genug, zwängte er sich hindurch.
Ja klar, dache David, als er seinem Bodyguard nachblickte. *Gehen Sie nur los und suchen Sie die Monster, die Woodberry Ihrer Meinung nach da drinnen eingesperrt hat. Ich warte*

einfach hier und halte Ihnen den Rücken frei, falls die Killerameisen auf dumme Ideen kommen.
Mit einem Mal wurde es bedrohlich still. Hinter sich hörte David das Kratzen Millionen kleiner Beine, die gegen die Glasscheiben der Formicarien drängten. *Genau so fängt es in den Krimis von Ms. Furgerson doch auch immer an. Die Unschuldigen, die der Kommissar eigentlich zu beschützen hätte, werden von ihm nur für einen Moment allein gelassen - zu ihrer eigenen Sicherheit: ‚Warten Sie hier, bis ich zurückkomme...', und dann liest man nie wieder etwas von ihnen.*
Hiob hatte seine Pistole schussbereit in seiner rechten Hand und ließ sie im Raum kreisen. *Das Öffnen der Tür hat offensichtlich auch gleich die Beleuchtung aktiviert. Hier drinnen ist es taghell.* Routiniert verschaffte er sich einen ersten Überblick. Das Labor musste an die fünfzig Quadratmeter groß sein und wies erstaunliche Ähnlichkeit mit jenem auf, das Professor Woodberry im Imperial College betrieben hatte. Auch hier standen eine Menge Geräte herum, deren Zweck Hiob bestenfalls vermuten konnte, allerdings wirkten sie in Summe nicht ganz so modern wie ihre Gegenstücke im anderen Labor. *Das alles muss ein Vermögen verschlungen haben...*
David konnte sich unterdessen des Verdachts nicht erwehren, dass sich das Ameisenheer zunehmend für ihn interessierte. In der Ecke jenes Formicariums, das ihm am nächsten lag, hatte sich eine dunkle Traube gebildet. Die Tiere türmten sich entlang der Scheibe kegelförmig auf, als wollten sie für die nachströmenden Exemplare eine Rampe bauen. „Hiob?", rief er mit brüchiger Stimme. „Ich glaube, jetzt wäre ein guter Zeitpunkt, um Ihnen zu folgen." Er versuchte, die Worte beiläufig klingen zu lassen.
Sofort drang eine weitere Wolke aus Ameisensäure an seine

Nase. Ohne sich umzudrehen, nahm er aus dem Augenwinkel eine Wellenbewegung hinter der Glasscheibe wahr. *Warum die wohl dermaßen aggressiv sind? Woodberry kann so unmöglich mit ihnen gearbeitet haben. Die würden einem doch glatt die Hand annagen, wenn man da reingreift, um sie zu....*

David wurde bleich. Wie Schuppen fiel es ihm von den Augen. *Hunger!* Der Gedanke daran, wie viele Wochen seit Woodberrys Tod und damit auch seit der letzten Fütterung der ungewöhnlichen Haustiere vergangen sein mussten, ließ ihn erschaudern. „Hiob!“

Das im Scannerraum vorherrschende Kratzgeräusch veränderte die Tonlage und glich immer mehr einem hellen Sirren. Auf David wirkte es dadurch nicht minder bedrohlich, zumal er irgendwann etwas über hohe Töne gelesen hatte, die Glas zum Springen bringen konnten. „Regt euch nicht auf“, flüsterte er beschwichtigend in Richtung des Ameisenheers. „Ich bin schon weg.“ Blitzschnell verschwand er durch die Labortür und stieß dabei fast mit Hiob zusammen, der ihn soeben holen wollte.

„Hatten wir nicht ausgemacht, dass Sie draußen auf mich warten?“, fragte er mit scharfer Stimme.

David blickte ihn unschuldig an. „Es gab eine kleine Planänderung, von der ich Ihnen gerade berichten wollte.“

„Reden Sie.“

„Ich glaube nicht, dass Sie darüber informiert werden wollen.“

„Reden Sie!“, verlangte Hiob mit Nachdruck.

„Na schön. Aber geben Sie nicht mir die Schuld, wenn Sie heute Nacht schlecht schlafen.“ Er blickte den Israeli an, als würde er auf eine weitere Bestätigung von ihm warten.

„Wilder!“

David hob beschwichtigend die Arme. „Genau das sollten wir dringend vermeiden. Diese lauten Töne erzeugen Vibrationen, die ihnen verraten, wo wir sind. Hiob, die Ameisen da draußen wurden seit Woodberrys Tod nicht mehr gefüttert, und sie haben Hunger. Ich fürchte, sie planen einen Ausbruch und zwar unseretwegen."

Hiobs Empfindungen spiegelten sich in seinem Gesicht. „Raus hier!"

„Nein", widersprach David. „So lange wir im Labor bleiben und uns ruhig verhalten, bemerken sie uns gar nicht. Lassen Sie uns herausfinden, was der Professor mir mitteilen wollte."

„Wir gehen und kommen mit einem Bataillon Kammerjäger wieder", fasste Hiob seine spontan getroffene Entscheidung zusammen.

„Dann könnte es zu spät sein. Denken Sie an die geöffnete Tür und den fehlenden Sessel im Geheimgang des Kamins. Wir sind vielleicht nicht die Einzigen, die dem Geheimnis von Woodberry Mansion auf die Spur kommen wollen." David sah Hiob erwartungsvoll an. *Ich kenne diesen Blick. Er denkt zumindest über meinen Vorschlag nach.*

„Nein!" Die Antwort fiel knapp aber überzeugt aus.

„Erinnern Sie sich noch an die Geschichte mit dem Bären?", setzte David nach.

„Fangen Sie schon wieder damit an?"

„Hiob, bitte. Geben Sie mir zehn Minuten, damit ich mir einen Überblick verschaffen kann, was der Professor hier wirklich getan hat."

„Sie haben fünf. Und wenn Sie mir die Geschichte mit dem Bären noch ein einziges Mal unter die Nase reiben..."

„Danke!"

David machte sich sofort daran, das Labor zu durchkämmen. Drei Tische waren L-förmig in der Mitte des quadratischen Raums angeordnet. Auf ihnen standen neben Computern, Monitoren und Druckern auch andere Geräte, die David aufgrund ihrer Form und Größe für weitere Scanner hielt. Rechts neben der Tür hing eine große, weiße Tafel, die mit Skizzen und mathematischen Formeln vollgekritzelt war.

Vereinzelt hingen Zeitungsartikel dazwischen, die von bunten Magnetpins festgehalten wurden.

David überflog einige davon. *‚Kündigt sich in London eine holographische Sensation an?' ‚Imperial College hält sich weiter bedeckt.' ‚Woodberry noch zu keiner Stellungnahme bereit.' ‚Pressekonferenz für Ende des Monats angekündigt!' ‚Gestern College-Professor - morgen Nobelpreisträger?'*

Die Berichte spekulierten allesamt über die bevorstehende Enthüllung, die der Professor kurz vor seinem Tod auch David und Hiob gegenüber erwähnt hatte.

Woodberry hatte sich nach der vermeintlichen Entführung seiner einzigen Mitarbeiterin, Natascha Wilder, dazu durchgerungen, deren Mann ins Vertrauen zu ziehen. Wenige Tage später war der Professor bedauerlicherweise einem Herzleiden erlegen. So kam es, dass David und sein Begleiter Hiob neben der verschwundenen Ms. Wilder die Einzigen waren, die von der cerebralen Holographie wussten.

Obwohl David sich nicht mehr an jedes Detail des Gesprächs erinnern konnte, dachte er seither oft über die faszinierenden Möglichkeiten nach, von denen der Professor erzählt hatte. Seine Hoffnung war es gewesen, mit Hilfe der cerebralen Holographie eines Tages die Gehirnstrukturen, ja selbst die Erinnerungen und Gedanken eines Menschen in einem Hologramm abbilden zu können.

Die hintere Wand des Labors war über ihre gesamte Länge mit einem Serverschrank verbaut, in dem mehrere hundert, wenn nicht gar tausend Festplatten ihren Dienst verrichteten. *Woodberry hat nicht übertrieben, als er von seinem Lebenswerk gesprochen hat.* „Bei seiner Arbeit mit den Hologrammen muss der Professor eine unglaubliche Menge an Daten produziert haben."

„Noch drei Minuten", drängte Hiob mit Blick auf seine Uhr.

„Es wäre leichter, wenn ich wüsste, wonach ich suche", seufzte

David.
„Vielleicht haben Sie es längst gefunden.“ Hiob deutete auf den Serverschrank. „Wenn sich darin die gesammelte Arbeit des Professors befindet, dann sind wir doch am Ziel.“
„Möglich“, gab David achselzuckend zu. „Es ist nur...“ Er machte eine Pause. „Irgendwie hatte ich mir mehr erwartet, etwas Konkreteres, einen Hinweis oder eine Erklärung.“
„Woodberry war Wissenschafter“, sagte Hiob mit bissigem Unterton. „Er hat uns selbst erzählt, dass er seine Arbeit vor alles andere gestellt hat. Sehen Sie sich doch um. Der Professor hat Ihnen sein ganzes Labor hinterlassen, alles, wofür er sein Leben lang gearbeitet hat.“
„Vielleicht haben Sie Recht. Es ist wahrscheinlich das Beste, wenn wir die Laboreinrichtung und die gesammelten Daten so schnell wie möglich dem Imperial College zukommen lassen. Sollte sich wirklich Material darunter befinden, das für Shahid von Interesse ist, dann ist es dort sicher besser aufgehoben.“ Er sah Hiob an, als würde er auf dessen Zustimmung warten.
„Ja, ich denke, das wäre auch im Interesse des Professors gewesen. Und jetzt lassen Sie uns abhauen, bevor sich seine ausgehungerten Haustiere einen Tunnel zu uns graben.“
„Einverstanden.“ Er nickte halbherzig und folgte Hiob.
Auf dem Weg zum Ausgang erweckte noch ein schlichter Büroschreibtisch im Schatten der geöffneten Labortür Davids Interesse. *Das wäre doch ein guter Platz.* „Einen Moment noch, Hiob.“ Er steuerte geradewegs auf den Tisch zu, auf dem sich eine dunkelgrüne Schreibunterlage befand. Explosionsartig verteilt, klebten am Rand kleine, gelbe Zettel mit den unterschiedlichsten Notizen. *Termine, Formeln, Namen, ein paar Telefonnummern...* Viel aufdringlicher leuchtete allerdings ein weißes Kuvert heraus, das jemand inmitten all der Post-its platziert hatte.
David musste einen schwarzen Rollensessel ein Stück beiseite

schieben, damit er sich weit genug über den Tisch beugen konnte, um an das gepolsterte Kuvert zu gelangen. *Aber das ist doch...* Er staunte nicht schlecht, als er darauf seinen Namen las.

***

Alon lief ungeduldig vor dem Treppenaufgang in Chess' Haus auf und ab. „Wie lange brauchen Sie denn noch?“, rief er in den ersten Stock hinauf. *Sie wollte doch nur kurz hinaufgehen, um sich umzuziehen.* Exakt dreizehn Minuten und vierundvierzig Sekunden waren seither vergangen - Alon hatte mitgestoppt. Wieder einmal wurde ihm deutlich, wie Recht Einstein doch mit der Relativität der Zeit gehabt hatte. Vor allem, wenn man, so wie Alon, allein lebte.
„Tut mir leid“, sagte Chess, als sie nur wenig später die Treppen herunterkam. „Ich habe mich wirklich beeilt, aber schneller ging es beim besten Willen nicht.“ Sie zupfte prüfend an ihrem Pferdeschwanz.
Alon drehte sich zu ihr um und sagte kein Wort.
Stattdessen tat er das, was jeder Gentleman in seiner Situation getan hätte: Er schwieg und er genoss. *Ich hatte ja keine Ahnung, wie gut Chess in einem Kleid aussieht.*
Der schwarze eng anliegende Stoff reichte fast bis zu ihren Knöcheln. Durch den seitlichen Schlitz blitzte bei jeder Stufe ihr Knie hervor. „Macht es Ihnen etwas aus, wenn Sie fahren?“, fragte sie mit honigsüßer Stimme. „Mit den hohen Absätzen fällt es mir immer ein wenig schwer.“
Alon nickte, ohne auch nur ansatzweise die Miene zu verziehen. Einen Moment lang fragte er sich, ob Chess wirklich vorhatte, das Archäologische Museum in Amman zu besuchen, doch dann gab sie ihm Gewissheit.
„Ich habe Rafik...“ Sie zögerte, als würde sie ihre Worte noch einmal überdenken, „...Professor Rafik Nasser schon eine

Weile nicht mehr gesehen. Wir haben nach dem Studium noch ein paar Jahre zusammengearbeitet, uns dann aber für einige Zeit aus den Augen verloren."
Ein echter Pechvogel. Alon streckte die Hand aus und nahm den Autoschlüssel entgegen.
„Könnten Sie den bitte auch für mich..." Sie sprach ihren Satz nicht zu Ende und deutete stattdessen auf ihren Rucksack, der neben dem Treppenaufgang lehnte.
„Selbstverständlich."
„Haben Sie mir den Polymerabdruck mitgebracht?", fragte Chess, die sich kaum erklären konnte, wieso sie ihn überhaupt im Flugzeug hatte vergessen können.
„Schon im Rucksack", bestätigte Alon, als hätte er die Frage längst erwartet.
Wenig später hielt der Range Rover auf Amman zu.
„Professor Nasser leitet die Forschungen erst seit vier Jahren in enger Zusammenarbeit mit dem Deutschen Archäologischen Institut. Sie werden ihn bestimmt mögen."
Ich mag ihn jetzt schon. Alon warf einen flüchtigen Blick auf die einfarbige Steinkette, die tief in das Dekolletee seiner Beifahrerin hing. „Ich hoffe, dass er uns mit dem Abdruck weiterhelfen kann."
„Am Telefon klang er jedenfalls total begeistert von der Idee, uns helfen zu können. Rafik Nasser hatte schon immer ein Faible für ungelöste Geheimnisse." Sie lächelte. „Er erinnert mich manchmal ein wenig an Indiana Jones."
Alon verließ die lange, staubige Zufahrtstraße zu Chess' Grundstück und bog in die asphaltierte Querstraße ein. „Wenn ich einen Zahn zulege, sollte unser 10-Uhr-Termin leicht zu schaffen sein."
Chess stimmte ihm zu. „Ich frage mich, was Hiob und David wohl gerade machen."
„Es war ganz allein Ihre Entscheidung, dass Sie sich lieber um

den Abdruck kümmern."
„Ich weiß", bekräftigte sie. „Und ich bin sicher, dass wir dadurch eine Menge Antworten bekommen... Aber den Geheimgang im Kamin zu erkunden ist bestimmt auch sehr spannend."
„Mit David an der Seite wird es einem sowieso nirgendwo langweilig", erwiderte Alon.
Chess dachte an die Nacht in Woodberry Mansion zurück und grinste verstohlen. „Ich sage Ihnen, Sie werden überwältigt sein, wenn Sie das Anwesen sehen, das der Professor David hinterlassen hat. Es ist alt, schön und unglaublich groß, fast wie eines dieser Schlösser aus den alten Gruselfilmen."
„Ich weiß", sagte Alon mit einem verhaltenen Lächeln. „Ich habe selbst schon das Gefühl, dort gewesen zu sein. David hat mir sehr ausführlich von Ihrem Aufenthalt erzählt."
Chess drehte sich ruckartig zu ihm. „Ach, hat er?" Sie versuchte, nicht zu interessiert zu klingen.
Alon nickte so bedeutungsvoll, als hätte er jemandem sein Wort gegeben, Stillschweigen zu bewahren.
Wenig später erreichten sie ihr Ziel. Das Archäologische Museum, ein mit Steinplatten verziertes Rechteck, lag auf dem Zitadellenhügel im Herzen der jordanischen Hauptstadt. Am oberen Ende der langen, steilen Treppe wurde ihre Ankunft bereits erwartet.
Ein, wie Alon fand, viel zu gut aussehender Mann im schwarzen Anzug winkte ihnen zu. Er war Mitte dreißig, bestenfalls ein oder zwei Jahre älter als Chess, und seine gepflegte Erscheinung hätte genauso gut in die Vorstandssitzung einer europäischen Großbank gepasst.
Indiana Jones hatte ich irgendwie anders in Erinnerung. Die sehen doch beide aus, als ob sie auf einen Ball gehen wollen. Gibt's denn keine Archäologen mehr, die ihr Geld noch mit Buddeln in der Erde verdienen? Alon blickte an sich herunter.

Seine schwarzen Jeans und das dunkle Hemd mit silbernen Webstreifen wirkten dagegen ziemlich bescheiden.
„Chess!“, rief jener Mann erfreut, den sie ihrem Begleiter sogleich als Professor Rafik Nasser vorstellte.
„Die Freude ist ganz auf meiner Seite“, betete Alon seine Begrüßungsformel automatisiert herunter. Der vertraute Duft von Sandelholz, Moos und Lavendel stieg ihm in die Nase. *English Fern!* Alon verwendete dieses Aftershave seit vielen Jahren. Eine Vorliebe, die der Professor ganz offensichtlich mit ihm teilte. *Wenigstens hat er Geschmack.*
„Es muss eine Ewigkeit her sein...“, wandte sich Nasser wieder seiner hübschen Besucherin zu und küsste sie, sehr zu Alons Verwunderung und Missfallen, auf die Wange. „...aber an dir ist sie spurlos vorübergegangen.“
Chess lächelte verlegen und vermied es, Alon dabei anzusehen. „Du bist immer noch so charmant wie damals.“
„Und du genauso schön“, konterte Nasser.
Alon räusperte sich lautstark und störend.
Chess reagierte auf seinen Seitenhieb und sprach den Grund ihres Besuchs an. „Der Polymerabdruck, von dem ich dir schon am Telefon erzählt habe, ist gut gelungen, aber die Ritzungen im Fels waren leider nicht sehr tief. Mit freiem Auge ist kaum etwas zu erkennen. Ich hatte gehofft, du könntest uns...“
Nasser lachte. „Mach dir keine Sorgen! Mit dem elektronischen Spielzeug, das ich zur Verfügung habe, kann ich das Kratzen von Fingernägeln an einer Granitplatte sichtbar machen.“
Er drückte seinen Arm sanft gegen Chess’ Taille, als wollte er damit die Richtung andeuten. „Hier entlang, bitte.“
Fordere dein Glück nicht zu sehr heraus, Indy! Alon folgte dem Pärchen durch die langgezogene Ausstellungshalle. Ihre Schritte hallten über den steinernen Boden. Überall standen beleuchtete Glasvitrinen mit nach Epochen geordneten

Artefakten. Alon schenkte den Tonscherben zu seiner Rechten nur einen flüchtigen Blick und richtete seine Aufmerksamkeit wieder auf den eleganten Rücken vor sich.
Rafik Nasser plauderte unterdessen mit der Frau an seiner Seite. „Ich habe mit Spannung den Bericht über deine letzte Expedition im *Archaeology Magazine* gelesen. Der Fund der Kreuznägel hat in der Fachwelt eingeschlagen wie eine Bombe."
Chess errötete. „Das war nicht nur mein Verdienst. Alon und ich haben sie gemeinsam geborgen."
„Dann sind Sie also auch Archäologe, Mr. Kollek?", fragte Nasser und drehte seinen Kopf flüchtig nach hinten, ohne sein Tempo zu verlangsamen.
„Es ist mehr ein Hobby von mir", sagte Alon schlicht.
„Und womit finanzieren Sie Ihr Hobby?"
„Alon arbeitet für die..."
„Ich arbeite in der Baubranche", unterbrach Alon den Erklärungsversuch seiner Begleiterin.
Chess machte eine von Verlegenheit bestimmte Pause, räusperte sich und fuhr dann fort. „Genau, er arbeitet in der Baubranche und baut Garagen für *Heavy Trucks*." Sie zwinkerte Alon unbemerkt zu.
„Da vorne ist es." Nasser deutete auf eine Doppelglastür mit Alurahmen. „Die Untersuchung des Abdrucks läuft vollautomatisch ab. Es wird sicher ein bis zwei Stunden dauern, bis wir die Ergebnisse vorliegen haben."
„Was genau haben Sie eigentlich mit dem Abdruck vor?", wollte Alon wissen.
Nasser drückte seine Hand gegen den silbernen Bügel der Glastür. Er zögerte.
In der Spiegelung der Scheibe meinte Alon ein mitleidiges Lächeln zu sehen. Nasser drehte sich zu seinen Besuchern um, und das Lächeln wirkte mit einem Mal geradezu wohlwollend.

„Wie gut kennen Sie sich mit Neutronenreflektometrie aus, Mr. Kollek?"
„Hattest du am Telefon nicht von Sonartechnologie gesprochen?", warf sich Chess dazwischen und ersparte ihrem Begleiter eine Antwort.
„Stimmt", bestätigte Nasser. „Wir gleichen die Messdaten der Reflektometrie damit ab. Das Gerät wurde dem Gehör einer Fledermaus nachempfunden. Auf diese Weise können wir..."
„Professor!" Eine junge Araberin in einem weißen Arbeitsmantel rannte auf Nasser zu. „Professor, es tut mir leid, Sie stören zu müssen." Sie keuchte. „Der Anruf, auf den Sie gewartet haben."
Nasser blickte seine Assistentin mit hochgezogenen Brauen an.
„Na, Sie wissen schon...", sagte sie und verdrehte die Augen.
„Ich verstehe", erwiderte Nasser mit ausdruckloser Stimme.
„Ich habe gesagt, dass Sie seinen Anruf in zehn Minuten im Büro entgegennehmen."
Der Professor nickte. „Danke, ich werde da sein."
Die Assistentin drehte sich um und verzog sich diskret.
„Probleme?" Alon ließ seinen Blick zwischen Chess und Nasser hin und her wandern.
„Administrative Verpflichtungen", wehrte dieser die Frage ab.
„Ich bin untröstlich, aber ich fürchte, ich werde euch alleine lassen müssen, während die Untersuchung läuft", sagte er an Chess gerichtet.
Er führte seine Gäste mit schnellen Schritten in den Analyseraum. Dort legte der Professor den mitgebrachten Abdruck in eine ovale Öffnung von etwas, das Alon entfernt an eine Waschmaschine erinnerte. Nach dem Verriegeln des Deckels drückte Nasser wild auf der angeschlossenen Tastatur herum. Mit einem tiefen Brummen nahm die Maschine schließlich ihre Arbeit auf.
„Der Rest geht von allein." Nasser blickte auf die Uhr an

seinem Handgelenk. „Bitte, folgt mir.“ Seine Stimme unterstrich die Eile.
Wenig später betraten sie einen großen, lichtdurchfluteten Raum mit Bücherregalen und weinroten Ledercouchen. „Fühlt euch bitte ganz wie zuhause. Ich schicke euch jemanden mit Getränken vorbei. Bis das Untersuchungsergebnis vorliegt, bin ich wieder zurück.“ Eine beige Holztür fiel hinter Nasser ins Schloss.

***

„Es ist für mich.“
Hiob sah David völlig verdutzt an.
„Da steht mein Name drauf.“ David winkte mit dem Kuvert, das er auf Woodberrys Laborschreibtisch gefunden hatte. „Der Brief ist an mich gerichtet.“
Hiob wurde mit einem Mal hellhörig und kam näher.
„Dass es so leicht wird, hätte ich eigentlich nicht gedacht“, murmelte David und begann das Kuvert mit dem Fingernagel aufzureißen.
Warum sollte Wilders Name auf dem... „Nicht aufmachen!“, brüllte Hiob und katapultierte sich über den Tisch wie ein Abfangjäger beim Start von einem Flugzeugträger. Seine ausgestreckte Hand bekam das Kuvert noch während des Flugs zu fassen und schleuderte es in hohem Bogen weg.
David fand kaum Zeit sich zu erschrecken, da setzte Hiob auch schon zur Landung an, die allerdings eher einem kontrollierten Absturz glich. Unsanft rammte er sich den Metallständer einer Schreibtischlampe zwischen die Rippen. Die Luft entwich dabei schlagartig aus seinen Lungen. „Nicht aufmachen!“, hauchte er gequält. „Nicht aufmachen...“
David sah ihn verständnislos an.
Der Israeli kämpfte augenscheinlich damit, seine Atmung

wieder zu stabilisieren. „Das Kuvert...“, er richtete sich zögerlich auf und fasste an seine Brust. „Woodberry kann es unmöglich für Sie hinterlassen haben, weil...“ Hiob schnaufte laut und zog abgehackt die Luft ein. *Verdammt, der Treffer hat gesessen.*

„Weil er ja eigentlich nicht mich erwartet hat, sondern meine Frau“, vollendete David den Satz und erschrak über den bitteren Beigeschmack seiner Worte.

„Genau“, stöhnte der Israeli und streckte sich durch.

„Aber wer...“ David beendete seinen Satz nicht, sondern wandte sich mit seinem fragenden Blick Hiob zu.

„Ihre Frau hat schon einmal versucht, Sie in die Luft zu jagen. Vielleicht versucht sie es diesmal mit einer Briefbombe.“ *Oder ich werde langsam paranoid, was seine Frau anbelangt.*

David antwortete nicht. Vielmehr ließ er die Worte auf sich wirken.

Hiob gewann langsam wieder an Haltung. „Wenn sie sich Zutritt zum anderen Labor verschaffen konnte, dann müssen wir auch davon ausgehen, dass sie hier hereinkommen kann, wenn sie das möchte. Der Umschlag mit Ihrem Namen darauf...“

„Schon gut“, unterbrach David ihn mit betroffen klingender Stimme. „Ich habe es verstanden.“ *Natascha hier? Noch eine Bombe!* Er spürte, wie seine Beine nachgaben. „Und was machen wir jetzt?“

Hiob betrachtete das angerissene Kuvert, das in einiger Entfernung auf dem Boden zu liegen gekommen war. „Ich werde einen vorsichtigen Blick darauf werfen. Und Sie lassen Ihre Finger von allem, was hier herumliegt, bis ich Entwarnung gebe.“

„Kennen Sie sich denn damit überhaupt aus?“, frage er den Israeli besorgt.

„Nicht besonders, aber es reicht, um eine Bombe zu erkennen, wenn ich sie sehe... Und ich bin ganz bestimmt nicht so verrückt, dass ich versuchen werde, sie zu entschärfen.“ Er kniete sich bedächtig neben das Kuvert und legte seinen Kopf zur Seite, um etwas erkennen zu können.

David nickte mechanisch. *Ich muss mich einen Moment hinsetzen.* Er zog den Rollensessel herbei und ließ sich darauf nieder. Im selben Moment, als sein Hinterteil in der gepolsterten Sitzauflage versank, klickte es unter ihm, als hätte er sich direkt auf einen Lichtschalter gesetzt. Es war ein helles, beunruhigendes Klicken, das so gar nicht zu einem Bürosessel passte.

Hiob riss den Kopf hoch und tauschte mit David einen entsetzten Blick aus. „Nicht bewegen!“

David schluckte. „Ich... Ich habe mich doch nur hingesetzt“, stammelte er irritiert.

„Nicht bewegen!“, wiederholte der Israeli sein Kommando und deutete ihm sitzen zu bleiben. „Atmen Sie einfach ganz normal weiter, und versuchen Sie keinesfalls aufzustehen.“ Hiob bückte sich, konnte wegen der Entfernung aber kaum etwas erkennen. „Ich komme jetzt zu Ihnen rüber und sehe mir das Ganze aus der Nähe an. Sie bleiben einfach nur ganz ruhig sitzen.“

„Ist es das, wofür ich es halte?“, fragte David kleinlaut.

Hiob kam vorsichtig näher und kniete sich neben den Sessel. Schon der erste Anblick verhieß nichts Gutes. „Es war wohl doch keine Briefbombe“, sagte er leise, als er die Höllenmaschine unter Davids Hintern entdeckte. „Was immer Sie tun müssen, tun Sie es im Sitzen. Sobald Sie nämlich aufstehen, könnte es sich für uns beide ganz schnell erledigt haben.“

Plötzlich, und nicht zum ersten Mal in den letzten Wochen, saß David in der Falle.

Bei genauer Betrachtung saß er diesmal sogar genau darauf.

„Die Bombe wurde scharf gemacht, als Sie sich hingesetzt haben“, erklärte Hiob mit beängstigend ruhiger Stimme. „Das Klicken kam bestimmt von einem Druckschalter im Sessel. Wenn Sie auch nur den Versuch machen aufzustehen, geht sie wahrscheinlich hoch. Lassen Sie Ihr ganzes Gewicht auf dem Sessel.“

„Gut.“ David bemühte sich, möglichst gefasst zu klingen. „Ich bleibe einfach hier sitzen, bis das Entschärfungskommando eintrifft.“

„Ich fürchte, dass die etwas länger brauchen werden als dreizehn Minuten.“

„Kein Problem“, erwiderte David mit wenig Glaubwürdigkeit in seiner Stimme. „Die sollen sich mit dem Entschärfen ruhig Zeit lassen. Hauptsache, sie machen es gründlich. Ich habe es nämlich überhaupt nicht...“ David stutzte. „Was ist denn in dreizehn Minuten?“

Hiob holte tief Luft. „In dreizehn Minuten gibt’s hier nichts mehr zu entschärfen. Da läuft ein Countdown!“

Unter der Sitzfläche klemmte eine kleine Metallbox, die kaum größer war als Hiobs Hand. An der Stirnseite dieser Box leuchtete eine giftgrüne LED-Anzeige und zählte die Zeit bis zu Davids Abflug herunter: 12 Minuten und 13 Sekunden blieben noch, um seine letzte Reise zu stornieren.

Hiobs Schweigen, als er neben dem Sessel kniete, machte die Situation aus Davids Sicht nicht erträglicher. „Was wollen Sie jetzt...“

„Mund halten! Ich muss nachdenken.“

Tausend Gedanken sausten gleichzeitig durch Davids Kopf und er hätte nichts lieber getan, als irgendeinen von ihnen auszusprechen, einfach nur, um sich damit abzulenken.

Hiobs eisiger Blick haftete auf der perfiden Konstruktion vor ihm. Er wusste, dass die Zeit unmöglich reichen würde, um professionelle Hilfe für David einfliegen zu lassen. Sein

Schützling hatte nur eine Chance: ihn.
Hiob fühlte sich schmerzlich an seine Zeit beim *Zahal*, dem israelischen Militär, zurückerinnert. Man hatte alle Mitglieder seiner Einheit eine Woche lang im Umgang mit Sprengstoffen unterwiesen. Vier Tage davon hatte Hiob den Unterricht aber versäumt, weil er mit einer Gehirnerschütterung auf der Krankenstation gelegen war. Auf die spätere Frage, ob er die fehlenden Stunden nachholen wolle, war seine Antwort abschlägig ausgefallen. Hiob hatte sich entschieden, jede Minute seiner restlichen Militärzeit lieber in das Scharfschützentraining zu stecken.
Du triffst keine Entscheidung im Leben, die du nicht wenigstens einmal bitter bereust. Hiob biss sich auf die Unterlippe, während er über die Worte seines Ausbilders nachdachte. *Dass Baruch aber auch immer Recht behalten muss...*
Hiob schaute auf und sah die Angst in Davids braunen Augen aufblitzen, als sich ihre Blicke kreuzten. „Kann Ihr Reservehandy auch Fotos machen und verschicken, Wilder?"
David nickte zögerlich.
„Geben Sie es mir, aber ganz vorsichtig."
David deutete mit dem Kinn auf die Tasche seiner Cordjacke, als wollte er sagen: *„Bedienen Sie sich."* „Haben Sie einen Plan?", fragte er.
Hiob holte das Handy aus der Jacke und versuchte sich an einem wohlwollenden Lächeln. „Ich habe einen Plan A, Wilder, aber was mir noch dringend fehlt, ist ein Plan B, der dann auch wirklich funktioniert."
Hiob mochte nicht viel mit einem kompetenten Psychologen für Krisensituationen gemeinsam haben, aber vielleicht war genau das der Grund, warum David wieder Hoffnung schöpfte.
„Machen Sie noch ein letztes Foto von mir, bevor Sie gehen?", fragte er, als wollte er dem Israeli, aber vor allem auch sich selbst beweisen, dass er seinen Sinn für Humor noch nicht

verloren hatte.

„Von Ihnen gibt es doch sicher schon genug Aufnahmen“, erwiderte Hiob und lichtete stattdessen die Bombe ab. Gleichzeitig erläuterte er, dass er diese einem Spezialisten in Israel zuschicken wollte.

„Wie soll uns das weiterhelfen?“, fragte David ungläubig.

„Ganz einfach, ich lasse mir von ihm erklären, wie die Bombe zu entschärfen ist.“

„Ganz einfach?“, Davids Frage glich einem schrillen Pfiff. „Vorhin haben Sie noch gesagt, dass Sie sicher nicht so verrückt wären, eine Bombe zu entschärfen!“

„Da konnte ich ja auch nicht ahnen, dass Sie sich sofort danach auf eine draufsetzen würden.“

David wusste, dass es nicht der beste Zeitpunkt war, um zu diskutieren.

Hiob stand auf. „Ich werde jetzt nach draußen gehen zum Telefonieren. Die Mauern des Labors sind offensichtlich zu dick, ich bekomme keinen Empfang.“

Unmittelbar darauf verschwand der Israeli und ließ David auf seinem Höllenstuhl zurück.

Wie lange kann es wohl dauern, sich erklären zu lassen, wie man eine Bombe entschärft? Obwohl David die Bombe in keiner Weise sehen konnte, meinte er, ihr Ticken hören zu können. *Ich kann sie hören... Ich kann sie hören...* Er stutzte und drehte besorgt den Kopf zur Tür. *Ich kann die Ameisen hören!* Das Scheren und Kratzen der Millionen Beinpaare an den Scheiben der Formicarien trat wieder in den Vordergrund. *Hiob muss die Tiere wieder wild gemacht haben, als er rausgelaufen ist.*

David begann über seine Zukunft nachzudenken, die ihm in diesem Moment nicht mehr sehr weit entfernt schien. *Von den Ameisen aufgefressen, während ich hier an den Sessel gefesselt bin...* Er spürte den Schweiß auf seiner Stirn. *Wahrscheinlich*

zerfetzt mich zuerst die Bombe, und dann klauben die Ameisen meine Überreste von den Wänden, während ...
„David!“, ermahnte er sich selbst. *Ich muss mich mit irgendetwas ablenken, bis Hiob zurückkommt, um mich zu retten.* Er musste unweigerlich lachen, als er erkannte, wie absurd der Gedanke daran war. Es war ein armseliges, mitleidiges Lachen.
David starrte zu der Tafel an der Wand, um sich selbst auf andere Gedanken zu bringen. Mit den Formeln, die darauf geschrieben standen, konnte er allerdings nur wenig anfangen. Einzig eine Zeichnung in der linken oberen Ecke hatte Ähnlichkeit mit etwas, das er kannte. *Sind das Vektorgrafiken? Wieso hat sich der Professor denn mit Vektoren beschäftigt?* Aus der Entfernung war es ihm nicht möglich, Details zu erkennen. *Diese Grafiken sollte ich mir genauer ansehen. Wenn ich dazu noch die Gelegenheit bekomme...*
Die Zeit, die verstrich, kam David wie eine Ewigkeit vor.
Der Countdown war bei 6 Minuten 32 Sekunden angelangt, als Hiob durch die Labortür stürmte. „Ich habe alles, was wir brauchen.“ Seine Stimme klang gehetzt. „Die Biester da draußen formieren sich zum Ausbruch“, bemerkte er mit flüchtigem Blick zur Tür.
David teilte die Vermutung und nickte zögerlich. „Ich hätte nichts dagegen, wenn wir uns ihnen anschließen.“
Mittlerweile war die Luft so stark mit Ameisensäure angereichert, dass man sie fast schmecken konnte.
„Obwohl...“ Hiob stoppte, als er am Serverschrank vorbeikam. Ihm war ein großer Feuerlöscher ins Auge gesprungen, der hinter der Glasscheibe der EDV-Anlage stand. *Ein CO_2-Löscher!* „Der ist natürlich noch viel besser als das, was ich mitgebracht habe“, murmelte er und entledigte sich sogleich des Handlöschers, den er aus der Garage angeschleppt hatte.
„Hiob?“

„Einen Moment noch", vertröstete ihn der Israeli und rammte seinen Ellenbogen gegen die Servertür.
David konnte aus seiner Position nicht genau sehen, was geschah. Umso mehr zuckte er zusammen, als plötzlich das Splittern von Glas zu hören war.
Die Ameisen!
„Keine Sorge! Das war nur ich", beruhigte der Israeli, als hätte er Davids Gedanken von dessen Gesicht abgelesen. Mit einem sehr kräftigen Ruck hob er den Feuerlöscher durch die Reste der aufgebrochenen Schranktür heraus. *Der ist verflucht schwer! Die wissen schon, warum sie ihm Räder verpasst haben.* Rumpelnd folgte die auf einen Rollwagen montierte Flasche dem kräftigen Israeli. „Der Feuerlöscher wird mir gute Dienste erweisen, wenn ich die Bombe entschärfe", sagte er und klang so selbstsicher wie jemand, der sich das auch zutraute.
„Wie oft haben Sie das vor Ihrer Ernennung zum Sprengstoffexperten schon gemacht?" In Davids Stimme vermischte sich Angst mit einem gehörigen Schuss Selbstironie.
„Wenn Sie mir nicht vertrauen, können Sie ja gehen", antwortete Hiob und kniete sich neben David auf den Boden.
„Gehen Sie doch! Das ist mein Haus", entgegnete David und kämpfte gegen die aufkommende Panik in seiner Stimme. „Hauen Sie ab und bringen Sie sich selbst in Sicherheit. Ich schaffe das auch ohne Sie!", sagte er mit wenig Überzeugung.
Hiob warf ihm einen scharfen Blick zu. „Ich denk ja gar nicht dran, mir Ihretwegen von Alon wieder Vorwürfe anhören zu müssen. Im Übrigen wäre ich Ihnen dankbar, wenn Sie mich nicht ablenken würden, bis ich die Batterie dieser amateurhaften Bombe freigelegt habe."
„Amateurhaft?" David riss ungläubig die Augen auf. *Hat Hiob gerade wirklich amateurhaft gesagt?*
„Amateurhaft! Die Schaltung ist total primitiv. Selbst Sie

könnten dieses Ding entschärfen, wenn Sie die Anweisungen hätten, die ich vom führenden Entminungsspezialisten unserer Streitkräfte bekommen habe." Der Israeli sprühte seit seinem Telefonat nur so vor Selbstbewusstsein. „Und jetzt werden Sie hier einfach ruhig sitzen bleiben und warten, bis ich damit fertig bin."

David sah ihn mit einer Mischung aus Erstaunen und Reue an.

„Es tut mir leid", sagte er dann kleinlaut und spürte, wie sein Vertrauen in Hiobs Fähigkeiten auf wundersame Weise wuchs.

„Ruhe!" Der Israeli schickte ein versöhnliches Brummen nach.

Der Countdown war bei 5 Minuten und 29 Sekunden angelangt.

Hiob setzte einen flachen Schraubenzieher an der ersten von vier Schrauben an. *Lass dir bloß nicht anmerken, dass du lieber draußen geblieben wärst, nachdem du mit deinem Anruf in der Mailbox gelandet bist.*

Hiob war kein völliger Laie in Bezug auf Sprengstoffe, kein Israeli aus seiner Einheit war das. Allerdings waren die anderen auch nicht mit dem Schädel gegen die Wand geschleudert worden, als es am dritten Tag der Entschärfungsübungen zu dem Unfall gekommen war. *Wenn ich diesmal wieder Mist baue, dann ist es mit einer Gehirnerschütterung für uns beide sicher nicht erledigt.*

Er plante zuerst die Abdeckplatte der Bombe zu entfernen und sich einen Blick auf deren Innenleben zu verschaffen. Hatte man die Abdeckung allerdings mit einem versteckten Draht oder Schalter gegen unberechtigtes Öffnen gesichert, dann wäre das zugleich auch Hiobs letzter Anblick. *Das Teuflische an diesen selbstgebastelten Bomben ist, dass ihre Gehäuse keinerlei Aufschluss darüber geben, wie gerissen oder laienhaft sie wirklich sind.*

Gemessen an der wenigen Zeit, die für die Entschärfung blieb, hoffte Hiob allerdings, dass man auf eine derartige Sicherung verzichtet hatte.

Gerne hätte er in diesem Moment die Ausrüstung gehabt, die ihm während seiner Ausbildung zur Verfügung gestanden hatte. Doch auf die Möglichkeit, das Gehäuse zu röntgen, musste er ebenso verzichten wie auf die elektronischen Messgeräte.
Was blieb, war Hiobs Hoffnung darauf, dass genau der auf der Bombe saß, für den sie gedacht war. David Wilder würde wohl keiner den Versuch zutrauen, die Höllenmaschine zu entschärfen. Wenn, wie Hiob vermutete, Natascha Wilder für die Bombe verantwortlich zeichnete, dann hatte er eine echte Chance, sie zu entschärfen.
David sah aus dem Augenwinkel dabei zu, wie der Israeli die letzte der vier Schrauben herausdrehte. Auf seinen verkrusteten Handgelenken waren noch deutlich die Spuren der letzten Befreiungsaktion zu sehen. *Er ist wirklich der beste Bodyguard, den man sich wünschen kann.*
Hiob hob mit angehaltenem Atem die Platte an.
Nichts klickte, nichts passierte. Er atmete erleichtert aus und legte die Abdeckung vorsichtig ab. „Sie ist offen!"
Der Countdown war bei 3 Minuten und 49 Sekunden angelangt.
„Was sehen Sie?", drängte David.
„Rot", entgegnete Hiob und meinte die Farbe des kleinen plastilinähnlichen Klumpens, der auf einer Platine klebte.
Semtex! Seine fast dreitägige Sprengstoffausbildung reichte zumindest aus, um den scharlachroten Plastiksprengstoff beim Namen zu nennen.
David dachte bei *Rot* unweigerlich an das Bild eines bunten Kabelgewirrs, wie er es aus Hollywoodfilmen kannte. Vor seinem geistigen Auge sah er Hiobs Zange zwischen den verschiedenfärbigen Drähten nach dem richtigen suchen. „Nehmen Sie nicht den roten Draht, Hiob. Der rote lässt die Bombe immer hochgehen!"
Der Israeli atmete tief durch.
„Nicht den roten", wiederholte David seine Botschaft und

blickte beschwörend zu Hiob hinunter.
„Diese Bombe hat keine Drähte.“ Der Israeli sparte sich die Zeit, seinen Kopf zu heben. Er wusste auch so, wie verdutzt David ihn gerade anblickte. „Hier ist alles auf einer dieser winzigen Platinen festgelötet, wie sie mittlerweile in jedem Haarföhn zu finden sind.“
„Auch die Batterie?“
Hiob nickte. „Die Batterie, der Zünder, der Sprengstoff, das klebt irgendwie alles auf engstem Raum zusammen. Das ganze Ding sieht aus wie ein kleiner Computer.“ *Selbst wenn ich sehen könnte, welche Leiterbahn für die Stromversorgung zuständig ist...*
„Und jetzt?“
Hiob brummte nachdenklich und schob die mitgebrachte Zange beiseite. „Jetzt werden wir diese Bombe in einen eisigen Winterschlaf versetzen, der hoffentlich so lange anhält, bis wir hier raus sind.“ Seine rechte Hand packte den Hochdruckschlauch des Feuerlöschers. „Versuchen Sie, möglichst wenig von dem Kohlendioxid einzuatmen. Ich will Sie nachher nicht auch noch hier raustragen müssen.“
David nickte.
„Zwischendurch werde ich kurze Löschpausen machen, um zu sehen, ob die Bombe schon eingefroren ist. Diese Zeit sollten sie zum Atmen nutzen.“ Hiobs linker Zeigefinger riss den Sicherungssplint aus dem CO_2-Löscher. „Es wird eine Weile dauern, bis ich die Elektronik der Bombe heruntergekühlt habe. Sobald ich es sage, springen Sie auf und laufen los - keine Sekunde vorher, keine Sekunde später. Sie drehen sich nicht um, bis Sie beim Wagen sind. Verstanden?“
„Ja, aber sind Sie sicher, dass es auch wirklich...“
Der Rest von Davids Antwort ging in dem Fauchen des Kohlendioxids unter, das sich seinen Weg aus der roten Stahlflasche durch den langen Hochdruckschlauch zum

Schneerohr des Feuerlöschers bahnte. Hiob hielt die Ausströmöffnung direkt auf die Platine der Höllenmaschine. Binnen Sekundenbruchteilen verschwand zuerst die Bombe, dann der Sessel und schließlich auch David Wilder zur Gänze in einer dichten weißen Nebelwand.

Hoffen wir, dass die Zeit ausreicht, um die Bombe einzufrieren. Auch wenn dem Israeli für sein Vorhaben kein flüssiger Stickstoff zur Verfügung stand, wie ihn Profis in ähnlichen Situationen verwendeten, so schätzte er die Erfolgschancen doch sehr hoch ein.

Der Grund für Hiobs Zuversicht lag in seinem Wissen über die Gesetze der Physik. Gase erhitzten sich umso mehr, je stärker sie verdichtet wurden und gaben ihre Wärme dabei an die Umgebung ab. Andererseits kühlten sich Gase, die unter hohem Druck standen, beim Ausdehnen ab und entzogen ihrer Umgebung Wärme.

Das Kohlendioxid in der Gasflasche des Feuerlöschers stand unter extremem Druck und dehnte sich blitzartig aus.

David saß in einer Wolke aus dichtem Nebel, die ihm keinen Sauerstoff zum Atmen ließ. Seine Augen hatte er fest zusammengekniffen und hoffte, dass der Anblick von Woodberrys Labor nicht das Letzte war, das er auf dieser Welt gesehen hatte. Um ihn rauschte und zischte die kalte Luft, als wäre er mitten in einen kanadischen Eisblizzard geraten. Seine Hände pressten sich ganz fest an den Körper, um nicht völlig auszukühlen.

Hiob hielt das Ausströmrohr wie eine Kampflanze in Position und verfolgte angespannt den Sekundenzeiger seiner Uhr. *Semtex! Dieses verdammte Zeug wird mich nicht noch einmal erwischen.* Es war eine Ironie des Schicksals, dass er sich jetzt ausgerechnet an jenem Plastiksprengstoff beweisen musste, an dem er Jahre zuvor bei seiner Ausbildung gescheitert war. Semtex hatte ihn im wahrsten Sinn des Wortes ausgeknockt.

Die verwendete Menge war damals allerdings erheblich geringer gewesen, und Hiob hatte eine adäquate Schutzkleidung getragen.
Viel war ihm von dem Unfall nicht in Erinnerung geblieben, doch die scharlachrote Farbe und den Begriff *Semtex 7200* würde er sein Leben lang nicht mehr vergessen. Die Zahl stand für die Geschwindigkeit, mit der die Druckwelle des Semtex sich ausbreitete: 7200 Meter pro Sekunde. Hiobs Erfahrungen mit diesem Wert reichten für mehr als ein Leben.
Wie lange noch... David hatte jedes Zeitgefühl verloren. Die schneidende Kälte legte sich wie ein Stahlseil um seinen Brustkorb. An ein Atmen inmitten des Eissturms war überhaupt nicht zu denken. *Ich brauche Luft!* Die Angst zu erfrieren wechselte sich mit seiner Furcht vor dem Ersticken ab und wurde durch die vereisenden Nasenhaare zusätzlich geschürt.
Ganz plötzlich und unvermittelt versiegte die klirrende Luftströmung. „Versuchen Sie zu atmen!“, rief Hiob.
Der Israeli musste einige Augenblicke warten, ehe sich der Nebel verflüchtigte und den Blick auf die Digitalanzeige des Countdowns freigab.
Die Lanze des Feuerlöschers war bereits völlig vereist. Auch auf der Bombe hatten sich Eiskristalle gebildet. Von der Batterie über das Semtex, alles war mit glitzerndem Reif überzogen. Vorsichtig kratzte Hiob mit dem Fingernagel das Display frei, das unbeeindruckt weiter die Zeit herunterzählte: 1 Minute 2 Sekunden. *Irgendwann friert dir die Batterie ein und ich will verdammt sein, wenn es noch länger als eine Minute dauert!*
David versuchte seine eisigen Lippen zu bewegen, um Hiob zu sagen, dass seine Beine sich eingeschlafen anfühlten. Überhaupt schien jeder Teil von ihm bereits an dem Sessel festzufrieren, während er zu ersticken drohte. Sein

krampfartiges Röcheln brachte kaum Sauerstoff in die Lungen, zu sehr war die ihn umgebende Luft bereits mit Kohlendioxid gesättigt.
„Luft holen! Es geht weiter!“ Hiob gab ihm noch eine Sekunde, dann öffnete er das Ventil des CO_2-Löschers wieder. Die mehr als 200 Bar Druck in der Stahlflasche ließen abermals ihren eisigen Strahl in Richtung Bombe donnern.
Davids Husten verstarb inmitten der weißen Wolke, die ihn wie der eisige Hauch eines Todesengels umschloss. Er spürte, wie sich die beißende Kälte in seinen Lungen ausbreitete, während er nach Sauerstoff schnappte wie ein Fisch auf dem Trockenen. *Ich darf nicht einschlafen... Ich muss durchhalten...* Seine Gedanken wurden schwer und sein Widerstand gegen das bevorstehende Ersticken immer kleiner. *Nur noch einen Augenblick durch...* Die Sekunden ohne Sauerstoff dehnten sich so unerträglich, als hätte Hiob die Zeit gleich miteingefroren. *Durchhalten... so kalt.... müde... kalt...*
Mit beginnender Ohnmacht dachte David sehnsüchtig an die erlösende Wärme einer Explosion.
Das sollte reichen - es muss reichen! Hiob stoppte den eisigen Strahl und kniete sich neben den Sessel. Wieder dauerte es einige Augenblicke, bis sich der Nebel legte. Mit einer Mischung aus Hoffnung und Verzweiflung starrte er auf die dicke weiße Eisschicht, die sich über dem Display des Countdowns gebildet hatte. Anders als noch zuvor schimmerte diesmal kein grünes Licht hindurch. *Es hat funktioniert!*
„Jetzt!“, brüllte er und packte noch im Aufspringen Davids Arm, um loszustarten. „Wir haben keine Zeit zu...“ Für Hiob fühlte es sich unerwarteterweise an, als würde er einen Zementsack nachschleifen.
„Wilder!“, stieß er zwischen den Lippen hervor, ehe er realisierte, dass er den bewusstlosen Körper beim Blitzstart vom Sessel gerissen hatte. „Wilder!“

Na toll! Jetzt ist er mir tatsächlich umgekippt. „Verschlafen Sie nur das Beste!“, zischte er vorwurfsvoll. Sein Blick sprang abwechselnd von der Bombe zur Labortür. *Und jetzt? Entschärfen oder wegrennen?*
Er musste sich schnell entscheiden. Die Batterie würde früher oder später wieder auftauen, und sobald das geschehen war, stand einer Zündung nichts mehr im Wege.
Um die Bombe dauerhaft zu entschärfen, brauchte er Zeit. Zeit, die Wilder möglicherweise nicht mehr hatte, sein Gesicht war kreidebleich wegen des akuten Sauerstoffmangels. Selbst Hiob bemerkte erste Schwierigkeiten beim Atmen. Eine CO_2-Vergiftung war das Letzte, was er jetzt brauchen konnte.
„Wir rennen!“ Er packte David am Kragen und riss ihn so energisch hoch, als hätte dieser an der Theke einer letztklassigen Truckerbar den falschen Drink verschüttet. Hiobs flache Hand klatschte mehrfach gegen Davids blasses, leicht bläuliches Gesicht. „Glauben Sie nur nicht, mir würde das so viel Spaß machen, wie es vielleicht den Anschein hat.“ Zwei weitere Schläge folgten. „WILDER!“, brüllte der Israeli ihm direkt ins Gesicht. „WILDER!“
Noch immer zeigte der Bewusstlose keine Reaktion. *Gut, dann eben anders.* Mit der Kraft eines Schraubstocks umfasste eine Hand Davids Bein und wuchtete ihn mit einem Satz auf Hiobs Schulter. „Wehe, Sie kommen mir noch ein einziges Mal mit Ihrer Bärengeschichte“, knurrte er und stapfte wankend in Richtung Ausgang. *Die CO_2-Konzentration ist wirklich ziemlich heftig, allerhöchste Zeit, dass wir...*
Hiob zögerte, als er die Tür zu dem Scannerraum erreichte. Was ihm von draußen entgegenschlug, war um nichts besser als das geruchlose Kohlendioxid. Die Luft war so intensiv mit Ameisensäure angereichert, dass seine Augen sofort zu brennen begannen. Am liebsten wäre Hiob einfach nur durchgelaufen, doch das Kohlendioxid zeigte auch bei ihm

seine Wirkung. *Ich fühle mich, als ob ich unter die Räder eines Zugs gekommen wäre.*
Zu beiden Seiten des vor ihm liegenden Raums stemmten sich Millionen von Tieren gegen die Scheiben der Formicarien. Die Ameisen stimmten ihre Bewegungen exakt aufeinander ab und verstanden es perfekt, wie ein einziger riesiger Organismus zu operieren. *Warum müssen es ausgerechnet hungrige Killerameisen und Semtex an einem Tag sein?*
Das Sirren war zu einer unerträglichen Lautstärke angewachsen, als wollten die Tiere sich gegenseitig anfeuern, wenn sie als schwarze Wellen gegen die Scheiben schlugen. *Sie scheinen das Kohlendioxid zu wittern - oder uns - oder beides.* Hiob fasste sich ein Herz und machte einen bedächtigen Schritt. Den Ersten von gut dreißig, die noch vor ihm lagen. *Wilder hat gesagt, dass wir die Viecher nervös machen, wenn sie unsere Vibrationen spüren. Ich frage mich, wie sie auf die Vibrationen der Bombe reagieren, die jeden Moment hochgehen kann.* Aufgrund der Menge des Sprengstoffs war sich Hiob sicher, dass die primäre Auswirkung der Explosion auf das Labor beschränkt bleiben würde. Die massiven Mauern könnten den Explosionsdruck allerdings kanalisieren und als Feuerwolke quer durch den Gang mit den Formicarien jagen. *Hier könnte es gleich ziemlich ungemütlich werden. Wir müssen endlich raus.* Ein Blick zu den tobenden Ameisenheeren bestätigte ihn darin, dass diese seine Einschätzung teilten. Mit einem Mal wirkte der Raum sehr viel enger.
Das Sirren der Ameisen wurde abermals lauter. Zumindest dachte Hiob das noch, nachdem er das erste Drittel des Weges zurückgelegt hatte. Als er jedoch aus dem Augenwinkel sah, wie eine der Scheiben ganz leicht zu vibrieren begann, beschlich ihn eine dunkle Ahnung.
„Hiob?“, meldete sich eine vertraute, wenn auch stark

angeschlagen klingende Stimme von Hiobs Schulter. Der beißende Geruch der Ameisen wirkte bei David wie Riechsalz und holte ihn langsam in die Gegenwart zurück. „Wo sind wir?“, stammelte er benommen und rieb sich die brennenden Augen.
„Schhhht“, zischte der Israeli und setzte behutsam seinen rechten Fuß ab. „Ihr Timing ist denkbar schlecht, Wilder.“
„Was ist das für ein Geräusch...“
„SCHHHHT!“ Diesmal unterstrich Hiob seine Forderung nach Ruhe mit einem Kopfstoß gegen Davids Hüfte. „Wir sind noch nicht in Sicherheit“, flüsterte er. „Ihre kleinen Ameisenfreunde aus der TV-Doku möchten, dass wir zum Essen bleiben.“
Ameisensäure! Endlich konnte David den brennenden Geschmack auf seiner Zunge zuordnen. Sein nach unten hängender Kopf drehte sich wie eine Radarschüssel, um sich in dem düsteren Raum besser orientieren zu können. *Wir sind mitten zwischen den Formicarien. Aber wieso hänge ich über Hiobs Rücken? Wir waren im Labor... die Tafel... das Kuvert... Die Bombe!* „Was ist mit der Bombe?“, rief er.
Hiob zuckte zusammen. *WILDER!!!*, brüllte er innerlich. „Wenn Sie nicht sofort die Schnauze halten, dann bringe ich Sie eigenhändig wieder zurück auf Ihren Bombensessel.“ Hiob stieß seine Drohung ganz leise aus, aber er klang dabei mindestens so gereizt wie die Ameisen, die als Reaktion auf Davids Ausruf erneut ihr Sirren verändert hatten.
Der Israeli wagte einen weiteren vorsichtigen Schritt. „Die Bombe ist noch im Labor, und sie kann jeden Moment hochgehen“, flüsterte er. Auch wenn er sich nicht sicher war, ob Wilder jedes seiner Worte verstand, so hoffte er doch, ihn damit wenigstens von weiteren unbedachten Äußerungen abzuhalten. „Das Labor haben wir schon hinter uns gelassen, aber wir sind dummerweise noch nicht weit genug entfernt, um uns sicher fühlen zu können.“ Er schluckte einige Male, um

den essigartigen Geschmack in seinem Rachen loszuwerden. „Und um die Sache abzurunden..."
„Sie verändern die Frequenz", unterbrach David ihn und gab sich alle Mühe trotz seiner Besorgnis nicht zu laut zu werden. „Hiob, die Ameisen verändern ihre Frequenz." David hatte beobachtet, wie die Glasscheiben auf das Sirren der Tiere mit unterschiedlich starken Vibrationen reagierten. „Sie manipulieren das Glas der Formicarien, indem sie ihre Frequenzen verändern."
„Was Sie nicht sagen", keuchte Hiob, den nur noch wenige Schritte von der rettenden Tür trennten.
„Wissen Sie, was das bedeutet?" Davids Gefühle schwankten zwischen Bewunderung für die kleinen Kreaturen und Entsetzen bei dem Gedanken daran, was gleich passieren würde.
Hiob spürte, wie ihm der fehlende Sauerstoff immer stärker zu schaffen machte. „Trauen Sie sich zu, selbst zu laufen?"
„Ja... Ja, ich denke..."
Wie einen abzuladenden Zementsack ließ Hiob ihn von seiner Schulter rutschen. Was folgte, war eine unsanfte Landung auf dem harten Steinboden.
Wackelig, aber auf eigenen Beinen stehend, schaute David ihn vorwurfsvoll an.
„Dann rennen Sie!" Hiob betonte seine Anweisung mit einem kräftigen Stoß. „Rennen Sie!"
Keiner von beiden konnte sagen, ob das Klirren der Scheiben zu hören gewesen war, bevor Hiob hinter ihnen die Tür zugeschlagen hatte. Letztlich war es ihnen aber auch egal, denn sie waren viel zu sehr damit beschäftigt, den betonierten Gang in Richtung Kamin entlangzulaufen.
„Da vorne!", meldete David den ersten Blickkontakt zum rettenden Ausgang.
„Wir müssen es nur noch hier raus schaffen. Sobald wir durch

sind, verschließen wir den Kamin.“ Hiob klang mindestens so angeschlagen, wie er sich fühlte.
Außerhalb des engen Gangsystems konnte sich auch die Druckwelle einer möglichen Explosion besser verteilen, was ihre zerstörerische Kraft zweifellos mildern würde.
David kniete neben dem Kaminrost und hatte beide Hände um die hebelartige Messingstange gelegt, als Hiob mit leichter Schlagseite aus dem Kamin gestolpert kam. „Jetzt!“
Das Wort war noch nicht verhallt, da hatte David den Hebel bereits umgelegt, und mit einem tiefen Grollen setzte sich die tonnenschwere Granitplatte in Bewegung.
„Glauben Sie, dass wir hier in Sicherheit sind?“ David klang nicht minder abgehetzt.
Hiob sparte sich den Atem und zuckte nur mit den Schultern. Die Kombination aus Kohlendioxidvergiftung und der mit Ameisensäure geschwängerten Luft ließ seine Lungen wie Feuer brennen.
Die beiden Männer hockten angespannt am Boden und sahen dabei zu, wie sich der Geheimgang langsam schloss. Als die Rückwand des Kamins schließlich in ihrer Endposition arretierte, ließen sie sich gleichzeitig zurück auf den Boden fallen. Ein Gefühl der Erleichterung legte sich über den Schmerz der Erschöpfung. *Geschafft!*
Mehrere Minuten vergingen, in denen keiner von beiden ein Wort sagte. Dann war es David, der zuerst sein Schweigen brach. „Danke, dass Sie mir schon wieder das Leben gerettet haben.“
„Keine Ursache“, erwiderte Hiob und begann sich aufzurichten. „Ich hätte nicht gedacht, dass mir dieses Kohlendioxid dermaßen zu schaffen macht.“
„Was soll ich erst sagen?“, lachte David. Sein Blick wanderte zum Kamin. „Meinen Sie, die Bombe wird noch hochgehen?“
„Hmmm.“ Hiob brummte nachdenklich. „Ich weiß es wirklich

nicht. Die Kälte hat die Batterie erst mal eingefroren, aber sobald sie wieder auftaut, könnte es schon noch ordentlich krachen."

„Das würde dann zumindest mein Ameisenproblem lösen."

„Lassen Sie uns nicht hierbleiben, um das rauszufinden", erwiderte Hiob, der sich wieder einigermaßen fit fühlte. „Hauen wir ab und überlassen wir das Feld Scowcrofts Bombenkommando."

David nickte und stand auf.

Als der Boden unter seinen Füßen plötzlich wieder zu schwanken begann, vermutete er zunächst, dass sein Gleichgewichtssinn ihm einen weiteren Streich spielte, doch der darauffolgende Donnerschlag ließ keine Fragen offen.

Semtex, schoss es Hiob durch den Kopf. Nur einen Sekundenbruchteil später donnerte der Ausläufer der Druckwelle mit den vorhergesagten 7200 Metern pro Sekunde gegen die Granittür und fand darin seinen Meister. Ringsum wurde eine grauschwarze Staubwolke durch die Spalten gepresst, als der Kamin unter der Wucht der Explosion erzitterte.

Sofort danach kehrte eine fast friedlich anmutende Stille ein, die eine ganze Weile lang andauerte.

Hiob räusperte sich. „Das Ameisenproblem dürfte damit gelöst sein."

David nickte und wirkte in Hiobs Augen erstaunlich gefasst. „Und das Bombenräumkommando können wir uns auch sparen."

***

Chess und Alon betrachteten den Raum des Archäologischen Museums von Amman, in dem Professor Rafik Nasser sie abgeladen hatte.

Sieht aus wie eine Bibliothek, dachte Alon und ließ sich auf das kleinere der beiden Ledersofas sinken. „Ihre Jugendliebe hatte es aber plötzlich ganz schön eilig, uns wieder loszuwerden."
Die Bemerkung schien Chess mehr zu amüsieren, als sie sich darüber ärgerte. „Tja", seufzte sie hingebungsvoll. „Ich habe ihn wohl zu lange warten lassen, und jetzt ist er ein vielbeschäftigter Mann."
Sie ist noch viel hübscher, wenn sie lächelt. „Und jetzt?"
„Jetzt nützen wir die Zeit sinnvoll, indem wir uns die Ausdrucke der Fotos ansehen, die David vom Grab und der Steintafel gemacht hat." Sie streckte ihm auffordernd die Hände entgegen und verlangte nach ihrem Rucksack, den Alon neben sich abgestellt hatte.
„Hier, bitte." Er überreichte ihn. „Ich dachte schon, ich schleppe das schwere Ding die ganze Zeit umsonst mit mir 'rum."
Chess' Arme verschwanden bis zu den Ellenbogen in dem Rucksack, als sie die Ausdrucke suchte. *Hier sind sie ja!*
„Los geht's!", sagte sie voller Tatendrang und legte mehrere Bilder auf den runden Marmortisch zwischen den beiden Couchen.
Während der nächsten halben Stunde kamen die versprochenen Drinks. Chess und Alon sichteten alle Aufnahmen, die David mit seinem Handy in Schweden gemacht hatte. Nicht jedes Foto erwies sich als brauchbar, aber drei stellten sich als wahre Volltreffer heraus. Ihnen widmeten die beiden für weitere dreißig Minuten ihre ganze Aufmerksamkeit.
Der Text auf der Steintafel berichtete von einem göttlichen Schmuckstück. Ein prächtiger Silberhammer an einer Kette, der als Aufbewahrungsgefäß für etwas noch viel Wertvolleres diente. Zum Schutz vor dem nahenden Feind hatte man den Hammer im letzten Moment an einen sicheren Ort gebracht. Als Chess den Namen des Ortes las, wurde sie schmerzvoll an

den Tod ihres Bruders erinnert.
„Und, was denken Sie?“, fragte die Archäologin und legte einen der Ausdrucke zurück auf den Tisch.
„Hmmm.“ Alon runzelte die Stirn. „Im Vergleich zu dem, was uns Konstantin II. bisher an kryptischen Hinweisen und Rätseln hinterlassen hat, liest sich der Text auf der Steintafel fast wie eine Zeitung.“
„Wie die Überschrift einer Zeitung“, ergänzte die Archäologin und versuchte gar nicht erst ihre Zweifel zu verbergen. „Da versucht er die ganze Zeit möglichst geheimnisvoll zu klingen, um seine Feinde nicht auf sich aufmerksam zu machen, und dann hinterlässt er so etwas?“
„Oder jemand wollte, dass es so aussieht, als hätte der Gegenpapst diese Tafel selbst hinterlassen“, erwiderte Alon.
„Dann hat er sich aber nicht viel Mühe dabei gegeben. Der Text ist diesmal sogar in Latein...“
„Dafür hätte ich eine einfache Erklärung anzubieten“, wurde Chess von Alon unterbrochen. „Es ist ein gewaltiger Unterschied, ob man einfache Buchstaben in einen Stein meißelt oder aufwändige Kufizeichen... Dennoch, irgendetwas an dieser Tafel ist faul.“
„Hmmm. Vielleicht. Aber der eingemeißelte Text ergibt aus meiner Sicht durchaus Sinn.“ Chess tippte mit dem Finger auf das Foto der Steintafel. „Hier steht, dass der vierte Nagel in einem silbernen Hammer versteckt ist. Auf der Innenseite des Grabes haben wir ebenfalls Blitz- und Hammersymbole gefunden, die Konstantin II. kurz vor seinem Tod dort eingeritzt hat.“
„Der Hammer des Thor“, bekräftigte Alon.
„Genau. Ohne der Analyse des Abdrucks vorgreifen zu wollen, müssen wir davon ausgehen, dass es sich bei dem Hammer am Grabdeckel und jenem auf der Steintafel um ein und denselben handelt.“ Sie stand auf und lief an einem der Bücherregale

entlang.
„Ich stelle mir das so vor“, begann sie ihre Theorie. „Bereits Monate vor seinem Tod hat Konstantin II. einen Hinweis darauf hinterlassen, wo der vierte Nagel zu finden sein wird. Danach bereitet unser Gegenpapst das Versteck in aller Ruhe vor, ganz genau, wie er es zuvor beschrieben hat. Und plötzlich geht etwas schief. Seine Feinde kommen ihm auf die Spur.“
Reden Sie nur weiter, gab Alon ihr durch eine Geste zu verstehen.
„Konstantin II. liegt tödlich verletzt in seinem Grab und weiß, dass er die Hinweise, die er seinen Anhängern hinterlassen hat, nun nicht mehr verändern kann. Früher oder später werden diese seiner Spur folgen und sowohl ihn als auch die Steintafel finden. Aber...“ Chess machte eine Pause, um diesen Punkt ihrer Ausführung hervorzuheben. „Aber genau das wussten seine Mörder auch.“
„Eine Falle?“, fragte er.
„Vielleicht“, sie blickte Alon nachdenklich an. „Wir wissen doch, dass Konstantin II. auf der Flucht war und mitsamt seiner Anhängerschaft blutig verfolgt wurde. So wie es sich im Moment darstellt, haben die Verfolger den Gegenpapst schließlich doch noch aufgespürt und umgebracht.“
Alon nickte. „Und sich bei der Gelegenheit vermutlich auch gleich den silbernen Hammer gekrallt.“ *Der legendäre Hammer des Thor ist am Ende also nicht viel mehr gewesen als ein Aufbewahrungsbehälter für den vierten Kreuznagel. Eigentlich schade...*
„Ganz sicher sogar“, bestätigte Chess und setzte ihre Ausführung fort. „Konstantin II. ist tot und begraben. Sollte jemand aus seiner Anhängerschaft überlebt haben und nach dem vierten Kreuznagel suchen, taucht er früher oder später an dessen Grab auf. Dort angekommen, öffnet er den Deckel und findet eine Leiche samt päpstlichem Siegelring. Somit hat er

doch allen Grund zu glauben, das Grab von Konstantin II. gefunden zu haben. Die Steintafel neben den sterblichen Überresten des Gegenpapsts muss ihm dabei wie ein weiterer Hinweis auf das vierte Vermächtnis vorkommen."
„Ein Hinweis, den die Gegenseite vielleicht für ihre eigenen Zwecke missbraucht hat, um auch noch die letzten Anhänger ihres alten Widersachers loszuwerden. Die Hinweise auf der Steintafel schicken jeden, der ihnen nachgeht, im wahrsten Sinn des Wortes in die Wüste."
„Nach Jordanien, um genau zu sein." Chess strich mit dem Finger über eine Textzeile auf dem Ausdruck. „Hier steht, dass der silberne Hammer zu seinem Schutz nach *Kir Heres* gebracht wurde, samt dem Kreuznagel in seinem Inneren."
Kir Heres! Alons Augen glänzten, als Chess den alten Namen Keraks erwähnte. „Kerak, die spätere Festung der Kreuzritter", murmelte er.
„Damit würde sich der Kreis wieder schließen." Chess dachte daran, wie ihr Bruder das Buch der Gog und Magog in der Festung Kerak abgeholt hatte. „Kerak, damit hat doch überhaupt erst alles angefangen!" Es klang wie ein Vorwurf.
„Die Festung Kerak", wiederholte Alon nachdenklich. „Wir können dennoch nicht ausschließen, dass Konstantin II. den vierten Nagel nicht selbst nach Jordanien geschickt hat. Wenn man bedenkt, dass sich die Wikinger damals gerade aufmachten, den Rest von Europa heimzusuchen, wäre seine Entscheidung, den Nagel weit entfernt in Sicherheit zu bringen, durchaus verständlich." Er kratzte sich hinter dem Ohr. „So oder so, Shahid wird in Kerak auftauchen, um sich auch noch den letzten Kreuznagel zu holen. Er braucht ihn und wird alles dafür tun." *Spätestens nachdem Souzan-Chayas Saboteur den Job auf der Bohrinsel erledigt hat.*
Chess schaute auf die Uhr über der Tür. *Wo Rafik nur bleibt, er wollte doch zurück sein, bevor die Ergebnisse vorliegen.*

„Sieht so aus, als hätte Ihr Freund eine Menge zu tun“, reagierte Alon auf ihren Blick.
„Komisch“, erwiderte Chess. „Das ist sonst eigentlich gar nicht seine Art. Er schien am Telefon so interessiert daran, uns sein Museum zeigen zu können. Und jetzt...“ Sie zuckte mit den Achseln. „Es muss ihm wirklich etwas Wichtiges dazwischengekommen sein.“
„Wohl eher jemand.“ Alon nahm sein Glas vom Tisch und trank alles aus. „Was machen wir, wenn er nicht...“
Wie auf Bestellung öffnete sich die Tür und Nassers Assistentin betrat den Raum. „Der Professor lässt sich entschuldigen“, sagte sie halblaut. „Ich soll Ihnen ausrichten, dass es ihm sehr leid täte, dass er Sie nicht persönlich verabschieden kann, aber er hat einen wichtigen Termin außer Haus, der sich bedauerlicherweise nicht verschieben lässt.“
Chess’ Mund verzog sich zu einer dünnen, scharfen Linie. *Heute Morgen war ich noch sein wichtigster Termin.* „Wie lange wird es denn noch...“
„Länger“, warf die Assistentin dazwischen. Ihr Gesicht hatte einen leichten Rotstich bekommen. „Er hat mich gebeten, Ihnen das hier zu geben.“ Sie ging auf Chess zu und streckte ihr eine Kartonschachtel mit dem aufgedruckten Logo des Museums entgegen.
Chess nahm sie sprachlos entgegen und öffnete den Deckel, um einen Blick hineinwerfen zu können. *Der Abdruck und die Analyseergebnisse.* „Danke.“
Die Assistentin lächelte gekünstelt. „Kann ich sonst noch etwas für Sie tun?“
„Ich denke, wir haben Ihre Zeit lange genug beansprucht.“ Alon schob die Ausdrucke zusammen und stopfte sie in den Rucksack. „Bitte richten Sie Professor Nasser unseren herzlichen Dank aus“, sagte er beim Aufstehen. „Ich hoffe, ich bekomme ein anderes Mal die Gelegenheit, ihn

ausführlicher kennenzulernen.“ Er blickte der Assistentin tief in die Augen. „Und Sie natürlich auch.“
Eine Minute später verließen Chess und Alon das Museum und stiegen in den Range Rover.
„Und, hat Ihnen die junge Dame ihre Telefonnummer zugesteckt?“, fragte Chess sarkastisch.
Ihr Spott prallte ungehört an Alon ab. „Die Analyse hat keine neuen Ergebnisse gebracht.“
„Woher wollen Sie das wissen?“, fragte sie erstaunt.
„Sehen Sie nach!“ Er startete den Wagen und fuhr los.
Chess öffnete die Schachtel und holte einen Bericht heraus, der aus mehreren zusammengehefteten Seiten bestand. Das Deckblatt war voll mit Parametern und Konfigurationsdaten, die sich auf die Einstellungen für das Analysegerät bezogen. Dann folgten mehrere verschiedenfärbige Bilder und schließlich eine dreizeilige Zusammenfassung auf der letzten Seite.
Chess schüttelte ungläubig den Kopf. „Das soll alles sein?“
Alons Gesichtsausdruck veränderte sich für jenen kurzen Augenblick, in dem Chess seine Vermutung bestätigte. *Die Schlacht um Kerak kann beginnen!*

***

Es war längst dunkel, als Commodore William T. Preston den vereinbarten Treffpunkt erreichte. Eine kniehohe Steinmauer mit groben Fugen grenzte den Schotterweg vom dahinterliegenden Friedhof ab. Der Kies knirschte unter den schweren Schritten. *Sie müssen diesen Weg nehmen, und ich werde sie früh genug hören, wenn sie kommen.*
Rote Kerzenlichter funkelten wie glühende Augen zwischen den Silhouetten der Grabsteine hervor. Eine knappe Viertelstunde blieb Preston noch, um sich auf die Ankunft

seines Geschäftspartners vorzubereiten. Eigentlich war der Deal, den er mit der CIA ausgehandelt hatte, simpel: Sylvia Jones im Austausch für sein Schweigen.

Preston war allerdings erfahren genug, um zu wissen, dass selbst das einfachste Geschäft zum größten Fiasko mutieren konnte, wenn man sich den falschen Partner dafür ausgesucht hatte. Er wusste es, und die Gegenseite wusste es auch.

Vor ihm nahmen die Umrisse einer Kirche Gestalt an. Eine einsame Lampe warf den Schatten einer Trauerweide gegen die Fassade. Wie lange, schwarze Tentakel tanzten ihre Äste im Wind.

Preston selbst hatte diesen Ort als Treffpunkt vorgeschlagen, denn er war sich sicher, dass Nathan ihn nicht kannte. Der Commodore war ein Mann, der die Vorteile gerne auf seiner Seite wusste.

Als wäre es das Selbstverständlichste auf der Welt, das Gotteshaus unverschlossen vorzufinden, drückte er die gußeiserne Klinke. Er kannte das Geräusch nur zu gut, das die blecherne Tür beim Scheren über den Steinboden machte. Bevor er eintrat, drehte er sich noch einmal um und blickte an der Friedhofsmauer entlang hinunter zum Parkplatz. *Wenn Nathan rausgefunden hat, dass ich nur geblufft habe, dann kann ich mir den Heimweg sparen.*

Das Innere der Kirche war sehr schlicht gehalten. Kein Gold, kein Silber und auch keine prunkvollen Teppiche - stattdessen gab es nur ein paar einfache Holzbänke, deren weiße Farbe abblätterte. *Ich werde genau hier auf ihn warten.* Er setzte sich und zog seine Pistole aus dem Schulterhalfter, um sich zu versichern, dass das Magazin voll war. Obwohl er das auch schon zuvor im Wagen getan hatte, beruhigte es ihn. *Noch sieben Minuten bis zum vereinbarten Treffen*, dachte Preston mit einem Blick auf seine Uhr. *Sie sind wahrscheinlich schon hier und sondieren das Gelände.* Mit der Vorgehensweise von

Nathans Organisation war der Commodore bestens vertraut. *Und wenn ihr sieben Tage hättet, um euch vorzubereiten, wäre es für mich doch immer ein Heimspiel.* Er kannte die Gegend nur zu gut. Seine gesamte Familie lag auf dem Friedhof hinter der Kirche - Großeltern, Eltern und auch seine Frau. Bei Letzterer war er sich seit dem Telefonat mit Mr. Burcely von der jordanischen Regierung allerdings nicht mehr so sicher. *Wenn Burcely Recht hat und diese Natascha Wilder in Wirklichkeit meine...* Preston verwarf den Gedanken, als er draußen Schritte hörte.

Zwei Männer in schwarzen Hemden und dunklen Anzügen betraten unmittelbar hintereinander das Gebäude. Sie fanden den Commodore mit überkreuzten Beinen auf einer der hinteren Bänke vor. „Guten Abend!“, rief Preston ihnen zu, bekam aber keine Antwort. Stattdessen beäugten ihn die Neuankömmlinge mit ihren ausdruckslosen Blicken.

Der größere der beiden nickte seinem Partner zu und murmelte dann etwas Unverständliches in sein Headset. Unmittelbar darauf tauchte ein schwarzer Aktenkoffer gefolgt von Nathan zwischen den Männern auf. „William!“, rief er mit übertrieben freundlicher Stimme.

Preston nickte und blieb sitzen. „Wo ist sie?“

Nathan versuchte gar nicht erst, dem stechenden Blick des Commodore auszuweichen. Er schob eine der Holzbänke zurecht. Es klang so schmerzhaft wie Kreide an einer Tafel. Dann ließ er sich genau gegenüber nieder und stellte den mitgebrachten Koffer neben sich ab. „Es war nicht leicht, sie zu finden.“

„Was ist schon leicht?“, stieß Preston gequält hervor.

„Ich hatte dir erzählt, dass wir ihre Spur im Krankenhaus verloren haben. Ihre Verfolger hatten dort ein Blutbad angerichtet. Ihr Arzt, die Krankenschwester, der Portier, sogar einer der Männer, die sie verfolgt haben - tot.“ Er klappte den

Aktenkoffer auf und holte ein Foto heraus, das er auf die Lehne der Kirchenbank legte.
Preston warf einen Blick auf das verwackelte Bild. Es war ganz offensichtlich aus einem fahrenden Auto aufgenommen worden und zeigte einen kleingewachsenen, fetten Mann mit Glatze vor einer Bar. „Ist er dafür verantwortlich?“
Nathan nickte knapp. „Mustafa Shahid, ein pathologischer Killer, der international gesucht wird.“
Er ließ sich nicht anmerken, dass er den Namen bereits kannte. „Und warum ist dieser Mustafa Shahid hinter Sylvia her?“
„Das spielt keine Rolle“, entgegnete Nathan kopfschüttelnd. „Wir haben Sylvia gefunden.“
„Wo ist sie?“
Nathan holte tief Luft. „Sie ist tot“, sagte er schlicht.
„Blödsinn!“ Preston sprang wütend auf. „Ihr habt sie nicht gefunden und wollt mir jetzt weismachen...“ Er sprach seinen Satz nicht zu Ende, sondern starrte sein Gegenüber an, als würde er eine Bestätigung verlangen.
„William, sie ist tot“, wiederholte Nathan mit ruhiger Stimme.
„Wie ist sie gestorben?“ Preston schüttelte ungläubig den Kopf. „Ich will sie sehen!“
„Sie war eines der Opfer im Krankenhaus.“
„Unmöglich! Du hast gesagt, sie wäre entkommen.“
„Ich weiß.“ Nathan senkte betroffen den Kopf. „Das dachten wir zuerst auch. Zwei der Leichen im Krankenhaus waren besonders übel zugerichtet und machten eine Identifizierung schwer.“ Seine Hand wanderte zum Koffer und holte einen transparenten Nylonbeutel hervor, in dem es silbern glitzerte. „Aber dann haben wir das gefunden.“ Er forderte den Commodore auf, sich wieder zu setzen, und die Hand zu öffnen. Anschließend schüttete er ihm den Beutelinhalt hinein.
Nathan verfolgte Prestons Reaktion ganz genau, als dieser das silberne Fußkettchen mit den Buchstaben *S. J.* betrachtete.

„Sylvia Jones“, murmelte der Commodore kaum hörbar.
„Es tut mir leid, William.“ Nathans Gesicht verriet nichts darüber, was er tatsächlich dachte.
„Ich will sie sehen!“
„Es wäre besser, du behältst sie in Erinnerung...“
„Zeig sie mir!“ Prestons Faust donnerte so fest auf die Kirchenbank nieder, dass sich die beiden Männer neben dem Eingang veranlasst sahen, zu ihren Waffen zu greifen.
„Schon gut“, hob Nathan beschwichtigend seine Arme und deutete ihnen, Ruhe zu bewahren. Dann wandte er sich wieder Preston zu. „Wir gehen davon aus, dass Shahid die beiden Frauen aus dem Fenster gestoßen hat.“ Nathan legte ein weiteres Bild auf die Banklehne, das diese Vermutung in all ihrer Grausamkeit bestätigte. „Danach ist auch noch ein Lastwagen über die...“
Prestons Gedanken schweiften zu jenem Mann ab, der für Sylvias Tod bezahlen würde. Wortlos stand er auf, steckte Shahids Foto ein und ging auf die Tür zu.
„William?“, rief Nathan ihm nach.
Preston hielt kurz an, drehte sich aber nicht um. „Wir sind jetzt quitt“, bestätigte er mit eisiger Stimme.

***

„Bitte schnallen Sie sich an, wir heben jetzt ab“, sagte der Pilot des Helikopters zu seiner einzigen Passagierin, die er von Sanctuary Island II zum Festland bringen sollte. Er erwartete auf seine Startankündigung keine Antwort, und er bekam auch keine.
Alisa Andrejewna Petrowa lehnte ihren Kopf gegen die Seitenscheibe des Hubschraubers und betrachtete ihr Spiegelbild. Ihre Augen waren blutunterlaufen, ihr Gesicht verheult, und von ihrer Sachlichkeit und Professionalität war

nichts mehr übrig. Die Nachricht vom plötzlichen Unfalltod ihres Vaters hatte Qians Sekretärin wie ein Axthieb getroffen. Am liebsten wäre sie bereits am Vorabend zurückgeflogen, um ihrer Mutter in diesen schweren Stunden beizustehen, doch eine Schlechtwetterfront hatte das nicht zugelassen. Für Alisa war es die längste Nacht ihres Lebens gewesen, und sie hatte gebetet, dass ihr Rückflug in den Morgenstunden klappen würde. Nun war es so weit.

Der Helikopter hob ab, und Alisa warf einen Blick zurück auf das Deck der Insel. Sie konnte ihren Chef im Labormantel erkennen, der es ganz offensichtlich sehr eilig hatte, zum Labortrakt zu gelangen. Qian im Laufschritt war ein seltener Anblick, denn wenn etwas dringend war, kamen seine Mitarbeiter für gewöhnlich damit zu ihm. Rasch wurde der weiße Punkt immer kleiner und verschwand kurz darauf in einem der Container.

Qian betrat den Vorraum zum Labor und richtete seinen Blick sofort auf die Panzerglasscheibe, hinter der ein halbes Dutzend Wissenschafter in Schutzanzügen um einen Tisch standen. Zweifellos hatten die Anwesenden ihn schon erwartet. Der Doktor nickte ihnen durch das Glas zu und setzte sich an einen Tisch mit Kontrollmonitoren, der unmittelbar neben der Scheibe zum Labor stand.

„Dr. Qian, ich fürchte, wir haben ein ernstes Problem“, meldete sich sofort eine weibliche Stimme über einen Lautsprecher.

Die Ankündigung traf den Doktor wie ein Giftpfeil. Erst vor wenigen Tagen war ein weiterer Klon von vielen abgestorben. Die Ausfallrate in diesem Bereich der Genforschung war sehr hoch, und es verlangte eine Menge Opfer, bis sich eine der Zellen auch tatsächlich zu einem vollständigen und gesunden Klon entwickelte. In einem frühen Stadium hatten Qians Leute die Zellen des Klons vereinzelt und mehrere davon als Backupzellen in flüssigem Stickstoff eingefroren. „Sprechen

Sie schon!", forderte er seine Mitarbeiterin auf.
Die Stimme räusperte sich. „Es geht um die Enzyme, die wir für den heranwachsenden Klon verwenden. Wie Sie wissen, kontrollieren wir alle Nährlösungen stichprobenartig mit verschiedenen Tests. Letzte Nacht ist uns dabei eine Verunreinigung aufgefallen, die wir uns zunächst nicht erklären konnten. Die toxikologischen Standardtests haben darauf aber nicht angesprochen, weshalb wir die Probe zusätzlich einem einfachen Keimtest unterzogen haben." Die Ärztin sah sich in der Runde um und nickte einem ihrer Kollegen zu.
„Wir sind uns sicher", ergänzte dieser, „dass einige der Enzymproben vergiftet wurden." Ohne die Reaktion des Doktors abzuwarten, schaltete er das Bild einer Laborkamera auf den Bildschirm links von Qian. Es erschienen zwei runde Glasschalen, deren Böden mit Filtrierpapier ausgelegt waren. Im Abstand von jeweils einem Zentimeter lagen winzige braune Samenkörner, die mit gelblicher Flüssigkeit bedeckt waren. In jeder Schale gab es zehn Reihen zu je zehn Samen, von denen in der linken Probe fast alle keimten, während in der rechten Probe noch kein einziger Samen aufgesprungen war.
„Die Keimtests, die sie hier sehen, sind jeweils 16 Stunden alt", setzte die Ärztin im Schutzanzug ihre Erklärung fort. „In der linken Petrischale liegt die Keimrate bei 96 Prozent, was etwa dem Durchschnittswert entspricht. Diese Nährlösung enthält keinerlei Enzyme."
„Und die rechte?", fragte Qian, der nur mühsam die Fassung bewahrte.
„Der rechten Nährlösung haben wir das Enzym zugesetzt, das auch der Klon gestern bekommen hat. Kein einziger Samen ist aufgegangen. Selbstverständlich ist das allein noch kein Beweis, aber es bestätigt den Verdacht, den ich Ihnen gegenüber schon vorhin am Telefon geäußert habe. Natürlich

wurden alle Enzymproben nach dieser Entdeckung sofort einer umfassenden Analyse unterzogen, aber die ist leider noch nicht abgeschlossen. Eines lässt sich allerdings schon mit Sicherheit sagen“, sie machte eine unheilvolle Pause. „Einige der Enzymproben sind hochtoxisch.“
Qians Gesicht verfinsterte sich. „Wie ist das möglich?“, fuhr er sie an.
„Wir vermuten, dass mehrere der Flaschen vorsätzlich mit Gift versetzt wurden. Genaueres kann ich Ihnen erst sagen, wenn wir die Analyseergebnisse haben.“
„Sabotage?“, stieß Qian fassungslos heraus.
„Ja“, sagte sie betroffen. „Es weist leider alles darauf hin.“
„Wie schlimm ist es?“
„Sehr schlimm, fürchte ich, denn das war erst die Hälfte der schlechten Neuigkeiten.“
Qian schluckte, als wüsste er längst, was sie ihm gleich sagen wollte. „Die Backupklone?“
Ein betroffenes Nicken ging durch die Runde der Wissenschafter. „Jemand hat die Temperaturregler an den Stickstofftanks manipuliert. Unsere Backupzellen sind alle zerstört.“ Die Ärztin zeigte auf den Körper, der in der grellgelb fluoreszierenden Nährlösung schwebte. „Das ist unser letzter Klon. Aber wir haben ihm vermutlich schon über mehrere Tage hinweg toxische Enzyme verabreicht. Nach allem, was wir bisher wissen, lagert sich das Gift unbemerkt in den Zellen ab, bis die tödliche Dosis erreicht ist. Die Schäden an der DNA sind irreparabel. Wir können nichts mehr für ihn tun. In zwei, längstens drei Tagen...“
Der Doktor blendete ihre Stimme aus und starrte wortlos auf den Monitor. Sein Blick war unergründlich.
Nur die Schweißtropfen, die sich auf Qians Stirn bildeten, gaben einen Hinweis, woran er gerade dachte. Zwei Ereignisse trafen sich zu einem denkbar ungünstigen Zeitpunkt. Eines

davon war unvermeidbar, das andere hatte er bis vor wenigen Minuten noch für unmöglich gehalten. Dennoch fiel Shahids bevorstehender Besuch genau mit dem Scheitern des Projekts zusammen.

Qian bemerkte, dass er bei dem Gedanken an den Ägypter den Atem anhielt. *Er wird mir die Schuld geben, dass sein Klon vergiftet wurde!*

„Doktor?“, drang die Frauenstimme über den Lautsprecher.

Qian zuckte, als hätte man ihn aus einem Albtraum gerissen.

„Doktor?“, fragte sie deutlich lauter. „Haben Sie mich gehört?“

„Ja!“ Er nickte übereifrig. „Ja, selbstverständlich.“ *Shahid kommt in zwei Tagen. Es bleibt nicht mehr viel Zeit, um den Fehler zu korrigieren...*

„Verlieren Sie zu niemandem ein Wort über das, was hier passiert ist, wenn Ihnen Ihr Leben lieb ist! Wir machen weiter, als wäre nichts passiert.“ Er blickte in die Runde. „Haben Sie mich verstanden?“

***

Mr. Burcely, der jordanische Regierungsbeamte, ließ sich in seinen Schreibtischsessel fallen und seufzte. „Sie verlangen eine ganze Menge von mir, Mr. Kollek.“ Er kämmte mit den Fingern durch sein schwarzes, gekräuseltes Haar und blickte abwechselnd zu Alon Kollek und David Wilder, die ihm gegenüber saßen.

„Dafür bieten wir Ihnen auch eine Menge“, sagte Alon wie jemand, der sich seiner stärkeren Position bewusst war, diese aber nicht zum Nachteil seines Verhandlungspartners ausnutzen wollte. „Sowohl Ihrer als auch meiner Regierung ist daran gelegen, dass Shahid endlich sein verdientes Ende findet. Und eine bessere Chance als jetzt werden wir vielleicht nicht mehr bekommen.“

„Sie haben ja Recht. Verdammt, wir wissen alle, dass Sie Recht haben.“ Burcely griff nach dem Scotch auf seinem Schreibtisch und hob das eckige Glas an seine Lippen. „Wann soll die ganze Aktion starten?“ Er nahm einen kräftigen Schluck, als wollte er das Gespräch der vergangenen Stunde gleich mit wegspülen.
„Ich erhalte in den nächsten Tagen einen Anruf von einem meiner Kontaktleute“, erklärte Alon. „Das ist unser Startschuss. Bis dahin müssen wir alle Vorbereitungen abgeschlossen haben.“
„Und Sie sind wirklich sicher, dass Shahid persönlich in Kerak auftauchen wird?“
Alon nickte Burcely zu. „Es ist seine allerletzte Chance, an einen der Kreuznägel zu kommen.“
„Und er weiß nicht, dass wir wissen, dass er dort auftaucht“, ergänzte David, der die inoffiziellen Verhandlungen zwischen den Vertretern Israels und Jordaniens mit großem Interesse verfolgt hatte.
„Dann lassen Sie uns besser keine Zeit verlieren.“ Burcely streckte seine Hand aus, um den Pakt zu besiegeln, als sich seine Sekretärin über die Gegensprechanlage meldete.
„Commodore Preston ist jetzt da, Mr. Burcely. Was soll ich ihm sagen?“, fragte sie und wartete auf eine Antwort.
„Preston, den hatte ich schon fast vergessen“, murmelte Burcely und erinnerte sich an das Telefongespräch vom Vortag.
„Er soll noch einen Moment warten“, antwortete Burcely in das Mikrofon und wandte sich wieder Alon zu. „Ich habe nichts dagegen, wenn Sie mit ihm reden. Um ehrlich zu sein, ich würde es sogar begrüßen.“ *Mir ist dieser Preston irgendwie unheimlich.*
Alon nickte. „Lassen Sie uns herausfinden, was er weiß.“
„Schicken Sie ihn bitte herein“, trug Burcely seiner Sekretärin auf.

Kurz darauf betrat ein wettergegerbter Mann Mitte fünfzig den Raum. Burcely stellte die drei Männer einander vor.
Alon war Preston nie zuvor begegnet, hatte aber schon so manches über den Verhörspezialisten der Navy gehört. Genug, um sich ein düsteres Bild von ihm machen zu können.
„Komme ich ungelegen?“, fragte Preston, in dessen Frage mitschwang, dass ihn die Antwort nicht interessierte.
„Nehmen Sie doch Platz“, sagte Burcely formhalber, nachdem Preston ohnehin schon einen Sessel an den Tisch gezogen hatte. Der Commodore ließ seinen Blick zwischen David und Alon hin und herwandern. „Sie beide arbeiten also für die israelische Regierung.“
„Wenn Sie das sagen“, entgegnete Alon.
Preston zuckte mit den Schultern und unterstrich damit, wie egal es ihm letztlich war. Dann musterte er David sorgfältig und sagte: „Sie müssen Mr. Wilder sein.“
David bestätigte mit einem einfachen Nicken. Er konnte nicht verbergen, wie unwohl ihm bei dem Gedanken war, dass seine gefühlte Exfrau möglicherweise ihre Vergangenheit mit diesem Mann teilte. Seit Nataschas Verschwinden war David mit einer Reihe von Indizien konfrontiert worden, die vieles in ein neues Licht rückten. Gleiche Geburtsdaten, gleiche Vornamen und der vermeintliche Todeszeitpunkt von Prestons Frau waren nur die ersten Anhaltspunkte gewesen, die alle Beteiligten nachdenklich gestimmt hatten.
Prestons durchdringender Blick ruhte auf David. „Mr. Burcely hat bei unserem letzten Telefonat angedeutet, dass meine Ex in den vergangenen Jahren vielleicht gar nicht so tot war, wie ich bisher immer dachte.“
Burcely räusperte sich. „Es besteht zumindest der Verdacht, dass es sich bei Natascha Wilder und Natascha Preston um ein und dieselbe Frau handelt.“
„Haben Sie ein Foto Ihrer Frau dabei?“, wollte Preston wissen.

„Meine Exfrau!“, betonte David, der mit dieser Frage bereits gerechnet hatte. Er legte ein Passbild auf den Tisch, das er dem Commodore hinüberschob. Der nahm das Foto an sich und betrachtete es mehrere Sekunden lang völlig regungslos.
„Und?“, fragte Alon ungeduldig.
Preston ließ noch einen langen Augenblick der Stille verstreichen. „Dieses verdammte Miststück!“ Er schüttelte fassungslos den Kopf, ohne dabei seinen Blick von dem Foto abzuwenden.
„Ist sie es oder nicht?“, setzte Alon nach.
Preston nickte widerwillig. „Ja, das ist meine Ex“, brummte er und wollte das Foto zurückgeben.
„Meine auch“, erwiderte David auf die unerwartete Bestätigung. „Sie können sie behalten.“
„Danke, kein Bedarf“, winkte Preston ab. „Meine Ex will und werde ich in diesem Leben nicht mehr wiedersehen.“ Sein Blick wurde hart. „Und danach wohl auch nicht, da ich nicht beabsichtige, zur Hölle zu fahren.“
„Wenigstens hat sie nicht versucht Sie umzulegen“, sagte Alon trocken in Richtung Preston.
„Vermutlich fehlte ihr einfach nur die Gelegenheit dazu“, erwiderte der Commodore mit einem müden Lächeln. „Ich habe die meiste Zeit im Ausland verbracht und bin den Streitereien mit ihr dadurch aus dem Weg gegangen.“
„Wie hat sie ihren Tod vorgetäuscht?“, wollte Alon wissen.
„Kann ich Ihnen nicht sagen.“ Preston zuckte mit den Schultern. „Ich saß für mehrere Monate auf hoher See fest, als ich die Nachricht von ihrem Tod erhielt. Bei meiner Rückkehr war sie längst eingeäschert und die Urne beigesetzt.“
Alon lehnte sich zurück. *Klingt nach der perfekten Beziehung.*
Preston wandte sich wieder Burcely zu. „Sie haben mir bei unserem letzten Treffen von Shahid erzählt. Haben Sie den Mann mittlerweile gefunden?“

„Leider noch nicht“, antwortete Burcely förmlich. „Was wollen Sie denn von ihm?“
„Ich werde ihn töten!“
„Stellen Sie sich hinten an“, bemerkte Alon gelangweilt.
Preston warf dem Israeli einen scharfen Blick zu. „Ich werde Shahid töten, und dabei sollte mir besser niemand in die Quere kommen.“
Alon wollte gerade etwas antworten, als Burcely ihm zuvorkam. „Ich dachte, Sie suchen Ihre Nichte?“
„Unsere Nichte“, verbesserte ihn David und erntete verständnislose Blicke von allen Anwesenden. „Wenn diese Sylvia Jones tatsächlich Nataschas Nichte ist, dann ist sie mit ihm genauso viel oder wenig verwandt wie mit mir.“ Er deutete mit dem Kopf auf den Commodore.
Keiner widersprach ihm.
„Sie haben Recht“, bestätigte Preston schließlich.
„Von mir aus“, stimmte Alon bereitwillig zu. „Bei aller Begeisterung für euer kleines Familientreffen sollten wir aber nicht vergessen, warum wir eigentlich...“
„Shahid hat Sylvia umbringen lassen!“, unterbrach Preston den Israeli mit lauter Stimme. „Und deshalb werde ich ihn töten und kein anderer.“

***

Es wird Zeit! Souzan-Chaya drehte sich noch einmal wehmütig zu dem Tiroler Bergmassiv um, dessen eisbedeckte Spitzen in der Nachmittagssonne glitzerten. Es war der perfekte Tag zum Gletscherskifahren, doch für die Israelin ging er vorzeitig zu Ende. Eine SMS, die Souzan-Chaya in der vergangenen Nacht erhalten hatte, machte ein persönliches Treffen mit dem Absender der Nachricht unausweichlich.
In Begleitung ihrer beiden als Touristen getarnten Bodyguards

fuhr sie zurück in die kleine Ortschaft, in der sie sich unter falschem Namen in einer Pension ein Zimmer gemietet hatte.
Nassereith, eine verschlafene Gemeinde am Fuße des Fernpasses, war ideal für Souzan-Chayas Kurzurlaub. Das Tal lag so abgeschieden, dass ihr garantiert niemand über den Weg laufen würde, der ihre wahre Identität kannte. In alle Himmelsrichtungen erstreckten sich gewaltige Bergketten, deren Gipfel fast das ganze Jahr mit Schnee und Eis bedeckt waren.
In diesem Jahr war der Herbst besonders früh nach Nassereith gekommen und hatte das Laub der wenigen Bäume um den Hauptplatz bunt gefärbt. Die Israelin setzte sich auf eine Holzbank und blickte über den gepflasterten Platz hinüber zu einem leerstehenden Hotel, das als Treffpunkt vereinbart war. Einer ihrer Bodyguards hatte mit einer Karte der Touristeninformation genau vor dem Hotel Stellung bezogen und mimte den harmlosen Reisenden. Er war in seiner Rolle so überzeugend, dass sich sogleich zwei ältere Damen einfanden, die dem jungen Mann ihre ortskundige Hilfe aufdrängten.
„Ich hoffe, wir müssen nicht zu lange warten“, seufzte die Israelin leise.
Souzan-Chayas zweiter Leibwächter lehnte neben ihr an einem Baum und verfolgte amüsiert, wie sein Kollege versuchte, die geschwätzigen Damen abzuwimmeln. „Also ich hab’s nicht eilig“, entgegnete er schmunzelnd. *Ich finde, er macht das echt gut.*
Eine gute Viertelstunde später fuhr das erwartete Taxi schließlich vor. Die hintere Tür öffnete sich, und eine rothaarige Frau kämpfte sich mit ihrem Trolley auf den Gehsteig. Alisa Andrejewna Petrowa sah genauso mitgenommen aus, wie sie sich fühlte. Seit ihrer überhasteten Abreise von Sanctuary Island II hatte sie noch keine Gelegenheit gehabt sich umzuziehen. Notdürftig strich sie die

Falten aus ihrem zerknitterten Kostüm.
Der knappen Begrüßung durch ihren Kontaktmann folgte das obligatorische Frage- und Antwortspiel, um sicherzugehen, dass ihr niemand gefolgt war.
„Wir nehmen den Gastgarten vor dem Kaffeehaus dort drüben“, sagte er schließlich zu ihr und gab dann seinem Partner ein Zeichen.
Alisa, Souzan-Chaya und einer der Leibwächter setzten sich an einen der wenigen Tische, über die sich die langen Bergschatten noch nicht gelegt hatten. Der andere verschwand an einem der Nachbartische hinter einer Tageszeitung, deren Text er ohnehin nicht lesen konnte.
„Ist der Job erledigt?“, fragte Souzan-Chaya ohne Umschweife. „Dein letzter Bericht hat mich sehr beunruhigt.“ Sie spitzte die dunklen Lippen, um ihren Worten Nachdruck zu verleihen.
Alisa nickte. „Es tut mir leid“, sagte sie leise. „Es ist diesmal nicht alles so gelaufen wie geplant. Aber der Job ist selbstverständlich erledigt“, ergänzte sie fast übereifrig und legte ein kleines silberfarbenes Röhrchen auf den Tisch, das man bei raschem Hinsehen auch mit einem Kugelschreiber hätte verwechseln können. „Hier sind Proben.“
„Gut“, murmelte Souzan-Chaya sichtlich erleichtert und steckte das Röhrchen ein. „Was ist denn nun passiert, das deine Deckung gefährdet hat?“
Alisa beugte sich vor und senkte die Stimme. „In der Nacht, als ich ins Labor eingedrungen bin, habe ich auf dem Rückweg einen Mann getroffen, der ebenfalls auf der Insel rumgeschlichen ist. Es war einer der Arbeiter, ein Belgier. Angeblich war er nur draußen, um eine Zigarette zu rauchen.“
„Hat er dich beim Verlassen des Labors gesehen?“
„Die Frage habe ich mir selbst auch schon unzählige Male gestellt.“ Alisa rieb sich mit den Händen über ihr müdes Gesicht. „Ich weiß es nicht. Aber es wäre natürlich möglich.“

„Hast du ihn..." Souzan-Chaya vollendete den Satz nicht, sondern schaute ihr Gegenüber nur fragend an.
„Ich hatte keine Wahl", sagte sie plötzlich mit kristallklarer Stimme. „Keine Sorge, sie werden ihn nicht finden. Ich habe ihn mit Bleigürteln beschwert und im Meer versenkt." Ihre Augen funkelten so eisig wie die Berggipfel, die ringsum in den stahlblauen Himmel ragten.
„Ich verstehe", erwiderte Souzan-Chaya. „Man wird also ihn für die Sabotage verantwortlich machen."
„Davon bin ich überzeugt", antwortete Alisa. „Es kommt immer wieder vor, dass sich in einer stürmischen Nacht eines der Rettungsboote losreißt. Diesmal wird der Doktor eben dem Belgier die Schuld dafür geben und annehmen, dass er sich damit aus dem Staub gemacht hat. Wenn ich Qians Laufschritt heute Morgen richtig deute, dann weiß er mittlerweile, dass der Klon vergiftet wurde. Das plötzliche Verschwinden des Arbeiters wird ihn auf die Spur locken, die ich für ihn gelegt habe."
Souzan-Chaya rührte in der heißen Schokolade, die ihr eine Kellnerin an den Tisch gebracht hatte. „Es war eine gute Entscheidung, die Insel zu verlassen."
„Qian hat mir zwei Wochen freigegeben, um mich um meine familiären Angelegenheiten kümmern zu können", erklärte Alisa. „Wenn es nötig sein sollte, kann ich nach dem vorgetäuschten Begräbnis ganz offiziell wieder zurückkehren und meinen Job fortsetzen." Ihre Begeisterung bei dem Gedanken, wieder die Sekretärin spielen zu müssen, spiegelte sich in ihrem Gesicht.
„Das dürfte nicht erforderlich sein", murmelte Souzan-Chaya mechanisch. Sie nippte an der dampfenden Tasse. „Zwei Wochen sollten reichen, um die Angelegenheit ein für alle Mal zu beenden." Ein zufriedenes Lächeln huschte über ihre Lippen. „Ich werde sofort alles in die Wege leiten."

***

Qian stand neben dem Hubschrauberlandeplatz und starrte auf den Helikopter, der zur Landung ansetzte. Shahid und seine Begleiterin hatten sich bereits vor Tagen angekündigt, um sich vor Ort über den Fortschritt des Klonprojekts zu informieren.
Der Doktor war nervös, ließ sich aber nichts anmerken. Seine Gedanken kreisten um einen verwegenen Plan. Er musste Shahid den toten Klon erklären, ohne dabei die Sabotage zu erwähnen, für die der Ägypter zweifellos ihm die Schuld geben würde. *So sehr ich Shahid auch verabscheue, ich kann es mir beim besten Willen nicht leisten, den Ägypter als Auftraggeber zu verlieren.* Seine rechte Hand ballte sich zur Faust. *Dieser verdammte Belgier! Mit ihm haben die Probleme überhaupt erst angefangen. Wäre das Schwein nicht nach der Sabotage verschwunden, hätte ich ihn eigenhändig seziert. Es lief alles so gut, und jetzt kann ich froh sein, wenn ich aus der Sache noch heil herauskomme.*
Mustafa Shahid stieg in Begleitung einer Frau aus dem Hubschrauber, die im direkten Vergleich zu dem kleinen fettleibigen Ägypter geradezu amazonenhaft wirkte. Ihr langes, dunkles Haar wirbelte wild im Luftstrom der Rotorblätter.
Shahid grüßte den Doktor flüchtig und verlangte sogleich zum Labor gebracht zu werden, ohne ihm die Frau vorzustellen.
„Hier entlang, bitte“, gab Qian die Richtung vor und lief neben der Unbekannten her. „Ich fürchte, ich habe Ihren Namen nicht verstanden, Miss...?“, er blickte fragend zu ihr hinüber.
„Miss klingt gut“, lächelte sie geheimnisvoll und war nicht bereit, mehr von sich preiszugeben. „Mustafa hat mir schon ein wenig über Ihre Forschung erzählt, Doktor. Ich finde das alles sehr faszinierend, was Sie hier tun.“
Diesmal war es Qian, dessen fröhliches Lächeln nicht verriet,

was er wirklich dachte. Er hatte einen Schuldigen gesucht, an dem Shahid seine Wut auslassen konnte, und allem Anschein nach war er soeben fündig geworden. *Sie ist einfach perfekt!*
Im Labortrakt angekommen, gab Qian dem Ägypter einen der blauen Schutzanzüge. „Sie sind damit ja schon vertraut“, sagte er.
„Sind die wirklich notwendig?“, brummte Shahid abweisend.
„Auf jeden Fall“, erwiderte Qian. „Die A-Zellen des Klons sind hochgradig aggressiv und sehen jede andere Zelle als Futter an. Bis der Wachstumsprozess abgeschlossen ist, müssen wir jeden direkten Kontakt vermeiden.“
„Was würde denn passieren, wenn jemand mit diesen A-Zellen in Kontakt käme?“, fragte die Amazone, in deren Stimme der Doktor so etwas wie Vorfreude zu hören glaubte.
Qian reichte ihr ebenfalls einen Anzug. „Ohne Hemmstoffe, die ihre unkontrollierte Ausbreitung verhindern können, würden die A-Zellen beginnen, die vorhandenen Körperzellen zu zersetzen, um daraus neue A-Zellen zu bilden.“
„Und dann?“
„Dann ginge es sehr schnell zu Ende“, sagte er gelassen. „Die ersten Anzeichen für eine Infektion sind Nasenbluten und Hautrötung. Kurz darauf beginnt die Haut sich abzulösen, und das Gehirn wird angegriffen. Die meisten der infizierten Versuchstiere wurden unmittelbar nach der Infektion aggressiv und unberechenbar. Die Zellzerstörung schreitet unglaublich rasch voran, und sobald die ersten lebenswichtigen Organe betroffen sind, ist es vorbei. Man wird praktisch bei lebendigem Leib von innen heraus aufgefressen.“ Er lachte, als hätte er einen Witz erzählt. Doch alle Anwesenden wussten, dass dem nicht so war.
„Das klingt unglaublich faszinierend“, sagte die Frau begeistert und versuchte ihre linke Hand in den Ärmel zu bringen.
„Kommen Sie, ich helfe Ihnen“, zeigte sich Qian galant und

führte ihren Arm durch die enge Öffnung des Anzugs. „Wenn man die Dinger nicht gewohnt ist, können sie einen leicht zur Verzweiflung bringen.“
Es schien der Frau sichtlich zu gefallen, sich von Qian beim Anlegen der Schutzkleidung helfen zu lassen.
„Jetzt noch den Helm“, erklärte er.
Sie verzog das Gesicht, als sie ihn aufsetzte. *Wie ekelhaft.* Ein stechender Geruch stieg ihr in die Nase.
„Er riecht etwas streng“, bestätigte der Doktor lächelnd, als könnte er ihre Gedanken lesen. „Das ist nur das Desinfektionsmittel, mit dem die Anzüge gereinigt wurden. In dreißig Sekunden haben Sie sich daran gewöhnt.“
Sie nickte hoffnungsvoll.
Nachdem der Doktor den korrekten Sitz aller Anzüge geprüft hatte, führte er seine Gäste zur Panzertür vor dem Labor und tippte seinen Zugangscode in eine beleuchtete Schaltfläche. Zischend öffnete sich die erste von zwei Luftschleusen.
„Sie werden begeistert sein von unseren Fortschritten“, sagte Qian in Richtung des Ägypters. „Es läuft alles noch viel besser als geplant.“
„Ich bin froh, das zu hören“, erwiderte Shahid zufrieden.
Nachdem sich die erste Panzertür hinter ihnen geschlossen hatte, konnte der Doktor den Code für die zweite Tür eingeben, die den Weg zum Labor freigab. Die Luftschleuse selbst diente gleichzeitig auch als Desinfektionskammer beim Verlassen.
„Da wären wir“, sagte der Doktor freudestrahlend zu seinen Gästen.
Das Labor war verhältnismäßig groß. In mehreren Reihen standen Tische, die mit Analysegeräten und Probenbehältern vollgeräumt waren. Dazwischen fanden mehrere Stahlschränke Platz.
„Dort in dem großen Tank wächst er heran.“ Qian zeigte stolz auf ein großes rundes Etwas im hinteren Ende des langen

Raums.
Während seine Gäste noch auf den dunklen Glaszylinder von gut zwei Metern Höhe starrten, betätigte der Doktor einen Schalter an der Wand. Binnen weniger Sekunden hellte sich die Glasscheibe des Zylinders auf und gab den Blick auf eine goldgelb schimmernde Flüssigkeit frei, in der die Umrisse eines Kindes zu erkennen waren.
Es war unmöglich zu sagen, ob die gelartige Flüssigkeit in dem Klontank selbst leuchtete oder nur von einer versteckten Lichtquelle angestrahlt wurde. Hauchdünne Säulen aus Gasbläschen strömten aus einer Öffnung im Boden und glitzerten, während sie sich ihren Weg durch das Gel bahnten. Dabei veränderte sich permanent die Farbe der Bläschen, als würde man einen Ölfleck in einer Regenpfütze betrachten.
Qian beobachte sehr genau, worauf die Aufmerksamkeit seiner Gäste gerichtet war. „Kommen Sie", drängte er und überließ Shahid den Vortritt. Als die Amazone dem Ägypter folgen wollte, machte der Doktor einen schnellen Schritt, um ihr den Weg abzuschneiden. Unweigerlich wurde sie gezwungen, nach rechts auszuweichen und ihr Bein schlug gegen die Vorderkante eines Metallschranks. Deutlich hörbar jaulte sie unter ihrem Helm auf.
„Entschuldigen Sie bitte vielmals", stieß Qian betroffen aus, als er seine Unachtsamkeit bemerkte.
„Es war meine Schuld", schwächte die Amazone sofort mit einem erzwungenen Lächeln ab. „Ich habe nicht aufgepasst, wo ich hinlaufe, weil ich so gebannt war von diesem Farbenspiel."
„Ich bin untröstlich", versicherte der Doktor, während er ihr mit einer auffordernden Geste den Vortritt überließ und sie damit erneut ablenkte.
„Pass gefälligst auf, wo du hinsteigst!", grunzte Shahid verächtlich nach hinten und ging zielsicher weiter.
Die anderen folgten ihm zu dem Glaszylinder, in dem ein etwa

sechsjähriger Junge an mehreren Schläuchen zu schweben schien.
„Beeindruckend", murmelte der Ägypter.
„Zweifellos", bestätigte die Amazone. „Er sieht ein wenig blass aus, finden Sie nicht, Doktor?"
Qian merkte, wie er zu schwitzen begann. „Lassen Sie sich von der Farbe der Flüssigkeit nicht täuschen", beschwichtigte er und zeigte auf einen Kontrollmonitor neben dem Zylinder. „Hier überwachen wir seine Lebensfunktionen. Wie Sie sehen können, geht es ihm ausgezeichnet."
„Sie haben diesmal wirklich nicht übertrieben, Doktor", begann Shahid eine kurze und unerwartete Lobeshymne über Qians Arbeit.
Der Doktor wirkte dabei hocherfreut und lächelte in die Runde. Seinem Blick war nicht anzumerken, wie beunruhigt er in Wirklichkeit war. *Die Reaktion müsste längst einsetzen.*
„Sie wollten uns auch noch die Kopien des Klons zeigen", bemerkte Shahid.
„Eigentlich sind es noch keine richtigen Kopien. Aber wir können bei Bedarf jederzeit welche daraus anfertigen", erklärte Qian. „Hier entlang, bitte."
Der Doktor hatte den Inhalt der beiden ursprünglichen Stickstofftanks längst entsorgt und stattdessen einen kleineren, mobilen Tank in das Klonlabor bringen lassen. Die Tatsache, dass dessen Inhalt nur aus wertlosen Zellproben in Glasampullen bestand, verschwieg er dem Ägypter ebenso wie den Tausch der bruchfesten Kryoampullen gegen billiges Glas. *Ich verstehe nicht, warum dieses Mannweib noch keine Reaktion zeigt. Vielleicht habe ich das Mittel doch zu schwach dosiert.* Qian führte seine Besucher zu einer Art silberfarbenem Stahlfass auf Rollen, das in einer Ecke auf dem Boden stand.
Bedächtig öffnete er den Deckel, und weißer Nebel entwich aus dem mit flüssigem Stickstoff gefüllten Tank.

„Darf ich?“, fragte die Amazone.
Ihre Neugier kam Qian ausgesprochen gelegen, und er sah voller Freude zu, als die großgewachsene Frau in die Hocke ging, um die Haltevorrichtung herausziehen zu können. *Ihr Kreislauf muss doch endlich schlapp machen.*
Wie Getränkeflaschen auf einem Drehregal waren die kleinen Kryoampullen mit den Zellproben auf dem etwa dreißig Zentimeter langen Metallgestell angeordnet.
„Nur zu“, ermunterte Qian die Amazone. „Ziehen Sie das Gestell ruhig ganz heraus, damit Sie auch alles richtig sehen können.“
Sie versuchte vorsichtig aufzustehen, machte dabei aber mit einem Mal einen sehr unbeholfenen Eindruck. „Mir ist schwindlig“, murmelte sie und begann zu wanken.
„Pass doch auf“, fauchte Shahid, der mitansehen musste, wie die Kryoampullen gegen den Stahlbehälter pendelten. „Pass auf!“
Die Amazone war von einer Sekunde zur nächsten wie paralysiert. Ihr eingefrorener Blick war geradewegs nach unten gerichtet. „Mir ist...“ Sie sprach den Satz nicht zu Ende, sondern ließ das Metallgestell einfach nur noch fallen. Mit einem vernichtenden Klirren zersprangen die gläsernen Ampullen auf dem harten Kunststoffboden.
„Bist du verrückt?“, brüllte Shahid, als wollte er sie dafür auf der Stelle töten.
„Was ist mit Ihnen?“, fragte Qian bestürzt und beugte sich zu ihr.
„Schwindlig...“, hauchte sie und kippte dabei fast nach vorne über.
Sofort packte der Doktor sie mit beiden Händen, um sie zu stützen. „Helfen Sie mir! Wir müssen sie hinsetzen“, sagte er in Richtung des Ägypters.
„Was hast du getan?“ Shahids bebende Stimme ließ das Labor

regelrecht erzittern, als er die Frau am Hals packte. „Ich bringe dich eigenhändig..." Plötzlich zuckte er zurück, als hätte er den Tod persönlich gesehen. Entsetzt starrte er die Amazone mit seinen weit aufgerissenen Augen an.

Die Innenseite ihres Helms war mit roten Spritzern bedeckt. Blutstropfen kamen aus ihrer Nase, zersprangen am Visier und zeichneten ein bizarres Muster.

Einen Herzschlag lang brachte er kein Wort heraus, dann brüllte er den Doktor an. „Was ist mit ihr?"

Qian wirkte ebenso überrascht wie der Ägypter. „Ich weiß es nicht...", stammelte er.

„Sie blutet!", brüllte Shahid. „Sagen Sie mir, wieso dieses Miststück plötzlich blutet."

Der Doktor schüttelte ungläubig den Kopf. „Das kann ich nicht", sagte er mit brüchiger Stimme und ließ die Frau zu Boden sinken.

„Erzählen Sie mir keinen Mist!", tobte Shahid und fuchtelte wild mit beiden Händen. „Sie sind der Doktor. Sagen Sie mir, was mit ihr los ist!"

„Was ist mit Ihnen?" Qian hatte sich über die Amazone gebeugt, um sich einen besseren Überblick zu verschaffen. Es schien fast so, als würde er dem Geschrei des Ägypters gar keine Beachtung mehr schenken wollen. Tatsächlich aber konzentrierte er sich einzig und allein auf dessen Tonfall. Die ersten Anzeichen von Panik in der Stimme waren zu erkennen. Qian kämpfte, um sich sein genugtuendes Lachen zu verkneifen. „Wir müssen ihr den Helm abnehmen", sagte er.

„Sind Sie irre?", fuhr Shahid ihn an. „Bevor Sie mir nicht sagen können, warum das Blut aus ihrem Gesicht rinnt wie aus einem Springbrunnen, greifen Sie den Anzug nicht an! Was ist denn, wenn sie sich mit Ihren A-Zellen angesteckt hat?"

„Das ist unmöglich", erwiderte der Doktor und gab sich dabei alle Mühe, möglichst unglaubwürdig zu klingen. „Wie hätte

Sie sich in dem Anzug infizieren...“, der Rest seines Satzes ging in einem unverständlichen Gemurmel unter, während er das Bein der Frau untersuchte. „Oh, mein Gott“, sagte er so leise, dass der Ägypter es gerade noch hören konnte. „Sie muss sich vorhin den Anzug aufgerissen haben.“
Von Shahids Gesicht waren seine Gedanken so deutlich abzulesen, als hätte man sie ihm mit Leuchtfarbe darauf gesprüht. „Ich will hier raus!“, schrie er den Doktor an. „Bringen Sie mich sofort hier raus!“
„Beruhigen Sie sich“, erwiderte Qian. „In dem Anzug sind Sie völlig sicher.“
„So sicher wie sie?“, Shahids Stimme vibrierte förmlich, als er auf die blutspuckende Frau zu seinen Füßen zeigte.
„Hören Sie“, versuchte der Doktor zu beruhigen, wissend, dass sein Tonfall in keinster Weise dazu beitrug. „Ich muss ihr sofort eine Injektion mit Hemmstoffen verabreichen, um die A-Zellen zu stoppen.“
„Machen Sie, was Sie wollen! Aber ich warte draußen!“ Er klang so überzeugt wie eine Ratte, die keine Lust hatte, sich dem Kampf mit einer Giftschlange zu stellen.
„Mr. Shahid, ich versichere Ihnen...“
„Und ich versichere Ihnen, dass es besser für Sie ist, wenn Sie mich sofort aus diesem verdammten Labor lassen!“, tobte er.
„Schon gut.“ Qian hob beschwichtigend seine Arme. „Warten Sie einfach in der Luftschleuse, bis ich Entwarnung gebe.“ Er lief zur Tür und tippte seinen Sicherheitscode ein.
Sekunden später verriegelte sich die schwere Panzertür wieder hinter dem hinausstürmenden Ägypter, und Qian war mit seiner Patientin allein im Labor.
Der Doktor drückte auf einen roten Knopf, und im Labor sowie in der vorgelagerten Luftschleuse begannen orangefarbene Warnlichter aufzuleuchten.
Qian nickte zufrieden. *Das wird ihn so nervös machen, dass er*

nachher gar nicht auf die Idee kommt, mir irgendwelche Fragen zu stellen. Er ging zu einem der Wandschränke und holte eine Spritze heraus, die er in aller Eile vorbereitete. „Beruhigen Sie sich, Miss“, flüsterte er mit einem Lächeln auf den Lippen. „Sie werden nur einen kleinen Stich spüren.“
Er war sich nicht sicher, ob die Frau versuchte, ihm etwas mitzuteilen oder einfach nur drohte, an ihrem eigenen Blut zu ersticken, während er den Inhalt der Spritze in ihren Oberarm drückte. „Shahid ist ein Idiot“, sagte der Doktor lachend. „Aber das wissen Sie vermutlich schon.“
Qian stand auf und ging auf den Glaszylinder mit dem Klon zu. „Das Mittel, das ich Ihnen gegeben habe, lähmt Ihre Muskeln. Es wirkt ganz anders als das Gift, das ich in Ihren Helm gesprüht habe“, er drehte sich zu der am Boden liegenden Frau um. „Der stechende Geruch. Sie erinnern sich?“ Er wusste, dass er keine Antwort mehr von ihr erhalten würde. „Na ja, egal. Ihr Schutzanzug ist übrigens genauso wenig kaputt, wie sich A-Zellen über die Luft verbreiten können. Diese Geschichte haben Sie mir beide abgekauft, nicht wahr?“ Er nahm einen metallischen Probenbehälter von einem der Tische und schleuderte ihn gegen den Kontrollmonitor des Klontanks. „Man wird übrigens wirklich wahnsinnig, wenn die A-Zellen beginnen, das Gehirn anzufressen, eine scheußliche Sache.“
Der Doktor riss einige der Kabel und Versorgungsschläuche ab, die in den Glaszylinder führten. „Aber das werden Sie ja bald miterleben können. Bestimmt fragen Sie sich, warum ich das hier tue.“ Krachend löste sich eine der seitlichen Abdeckplatten, als Qian mit dem Fuß dagegentrat.
Er warf seinem gelähmten Opfer einen flüchtigen Blick zu. „Aber ich fürchte, Sie würden es ohnehin nicht verstehen“, lachte er. „Und ihr idiotischer Freund in der Luftschleuse auch nicht. Wenn das hier erledigt ist, dann werde ich ihm erzählen, dass ich Sie nicht mehr aufhalten konnte. Der Wahnsinn - Sie

kennen das ja!“
Er sah sich um wie jemand, der in seinem Wohnzimmer gerade damit beschäftigt war, einen passenden Platz für eine Blumenvase zu suchen. Dann schleuderte er einen weiteren Probenbehälter gegen eine der Wände. *Schade eigentlich, dass die Kameras das alles nicht aufzeichnen werden.*
Er lief an der röchelnden Amazone vorbei. „Glücklicherweise konnte ich mich noch in Sicherheit bringen, als Sie völlig ausgerastet sind und mich angegriffen haben. Aber mein Lebenswerk haben Sie trotzdem zerstört. Sie hätten das nicht tun dürfen!“ Mit einem diabolischen Lachen warf er einen der Stühle durch den Raum. Dann mutierte seine Stimme urplötzlich zu einem weinerlichen Gejammer. „Sie hat mich ruiniert! Sie hat alles vernichtet, woran ich seit Jahren geforscht habe.“ Er drehte sich zu seinem Opfer um. „Klingt das überzeugend für Sie? Oder finden Sie meine Tränen übertrieben? Ich könnte sie natürlich auch weglassen.“ Er begann loszukichern, als hätte ihn der Wahnsinn längst selbst übermannt. „Miss, ich fürchte, diese Sache wird für Sie kein gutes Ende nehmen.“
Wenige Minuten später öffnete sich die Panzertür erneut, und Qian sprang völlig erschöpft zu Shahid in die Luftschleuse.
„Nichts mehr zu machen“, keuchte der Doktor. „Sie hatten Recht, die A-Zellen waren in ihrem Körper. Sie muss ihren Anzug beschädigt haben, als sie gegen den Metallschrank gelaufen ist.“
„Lassen Sie mich endlich hier raus“, fuhr Shahid ihn an.
„Natürlich“, sagte Qian abgehetzt und tippte seinen Zugangscode für die zweite Tür der Luftschleuse ein, der auch die automatische Dekontamination einleitete. „Sie ist völlig ausgerastet. Diese Frau hat unvorstellbare Kräfte. Ich konnte nichts für sie...“
„Dieses Dreckstück ist selbst schuld“, unterbrach der Ägypter

ihn. „Wie lange dauert das denn noch?“
Kurz darauf gab die Tür den Weg frei.
„Kann ich den verdammten Helm endlich abnehmen?“
Qian antwortete, indem er sich seinen eigenen Helm vom Kopf riss. „Sie hat das halbe Labor zerstört und was noch viel schlimmer ist, sie hat auch unseren Klon und alle Backup-Zellen zerstört. Verstehen Sie?“, sagte er mit verheulter Stimme. Es waren die Tränen eines Mannes, der soeben sein Lebenswerk verloren hatte. „Sie hat meine Arbeit ruiniert, sie hat mich ruiniert!“ *Ich finde, ich bin sehr überzeugend.* „Was soll jetzt nur aus unserem gemeinsamen Projekt werden?“
Der Blick des Ägypters blieb leer, als er sich vorstellte, wie sich der Amazonenkörper zersetzte und ihre Haut sich vom Fleisch löste. Ihr verdientes Ende nicht selbst sehen zu können, schmälerte seine Genugtuung, aber es musste ihm für den Moment reichen.
„Hören Sie endlich auf zu heulen!“, zischte Shahid. Seine Gedanken kreisten um das Versteck des vierten Nagels, von dem der alte Ahil ihm erzählt hatte. Ihre Auftraggeber drängten auf eine Erfolgsmeldung und der Ägypter wusste nur zu gut, dass er keinen weiteren Aufschub erhalten würde. Er musste sich die Befriedigung versagen, den Doktor auf der Stelle zu schlachten. Zumindest vorläufig.
„Bringen Sie Ihr Labor wieder in Ordnung. Sofort!“ Shahid warf dem Doktor einen zum Äußersten entschlossenen Blick zu. „Ich besorge Ihnen eine neue DNA-Probe.“

***

Chess saß neben David auf der Couch in ihrem Wohnzimmer und hatte mehrere kleine Artefakte vor sich auf einem Glastisch liegen. Sie bearbeitete eines der Stücke mit einer Art Metallschaber, der ihren Gast auf unangenehme Weise an

seinen letzten Zahnarztbesuch erinnerte.
„Es ist wirklich erstaunlich, wie gut Simba und Goliath miteinander auskommen“, sagte David, um die Unterhaltung wieder in Gang zu bringen.
Die Archäologin gab nur ein zustimmendes Brummen von sich und schaltete demonstrativ den Fernseher ein. Beiden war klar, dass es ihr dabei nicht um das Programm ging, vielmehr wollte sie sich damit weitere Aufmunterungsversuche durch David ersparen.
„Ach komm schon, Chess“, nahm er einen neuen Anlauf. „Ich kann doch schließlich auch nichts dafür, dass Alon uns nicht dabeihaben will. Er macht sich eben Sorgen um unsere Sicherheit. Das musst du verstehen, immerhin sind wir beide Zivilisten.“
„Siehst du“, sagte sie und wandte den Blick von der Steinfigur ab, die sie gerade bearbeitete. „Genau das verstehe ich an dir nicht. Alon hat dich ebenso auf die Ersatzbank verbannt wie mich, aber du nimmst ihn auch noch in Schutz“, schnaubte sie vorwurfsvoll. „Er war sich nicht zu schade, unser Wissen anzuzapfen, damit er all die Rätsel lösen kann und jetzt...“ Sie schluckte, als müsste sie ihren Ärger hinunterwürgen, bevor sie weitersprach. „Jetzt dürfen wir die Haustiere bewachen, während er und Hiob dieses Dreckschwein zur Strecke bringen.“
„Wer weiß, ob Shahid überhaupt nach Kerak kommt. Vielleicht sitzen Alon und die anderen die ganze Woche völlig umsonst in der alten Festung herum.“
„Natürlich kommt er!“, fauchte sie scharf. „Alon war sich völlig sicher. Todsicher! Frag mich nicht, woher er es weiß, aber... Vermutlich hat es ihm diese Souzan-Chaya verraten. Ich hasse diese verdammte Geheimnistuerei.“
David beobachtete belustigt, wie sein weißes Riesenkaninchen den Karakal beschnupperte, der es im Gegenzug mit der

Schnauze anstupste. „Das läuft beim Mossad immer so. Es liegt in der Natur von Geheimdiensten, dass sie Informationen sammeln, diese aber nicht an Dritte weitergeben. Ich sitze jedenfalls lieber hier bei dir mit Simba und Goliath, als in irgendwelchen finsteren Kellergewölben zwischen Ratten und Fledermäusen."

„An dir ist ein Abenteurer verlorengegangen", seufzte Chess.

David zuckte mit den Schultern. „Ich kann ganz gut damit leben. Außerdem fällt mir das Konzentrieren erheblich leichter, wenn ich mich dabei nicht in Lebensgefahr befinde." Die folgende Pause betonte das Gesagte. „Weißt du, was ich mich schon die längste Zeit frage?"

„Ja!"

„Ja?", fragte er völlig überrascht.

Sein verdutzter Anblick heiterte Chess etwas auf. „Du fragst dich, was auf der Rückseite der Steintafel steht, die Shahids Männer in Schweden gestohlen haben."

Er nickte beeindruckt.

„Ich habe auch schon darüber nachgedacht", erklärte sie. „Aber es liegt doch eigentlich auf der Hand. Die Vorderseite, von der du die Fotos gemacht hast, beschreibt Thors Hammer und gibt einen Hinweis darauf, dass er eine Art Behälter für den vierten Kreuznagel ist. Außerdem wird dort erwähnt, dass dieser Silberhammer in Kerak versteckt wurde. Um zu wissen, unter welchem von Millionen Festungssteinen man aber überhaupt suchen muss..."

„...benötigt man eine genauere Beschreibung", fiel ihr David ins Wort.

„Genau, entweder man hat eine detailliertere Beschreibung oder besser noch eine richtige Karte."

Simba sauste wie ein Wirbelwind durchs Zimmer, und Goliath musste sich alle Mühe geben, von seiner Spielgefährtin nicht abgehängt zu werden. Nur knapp entging das übermütige

Karakalweibchen dem Zusammenstoß mit einem der Tische, auf denen zahlreiche Tonkrüge und Figuren standen.
„SIMBA!“ Chess’ Stimme ließ den Karakal so plötzlich erstarren wie ein Peitschenknall einen Zirkuslöwen. Auch Goliath bremste überaus heftig, und seine langen Ohren klappten nach vorne. „Es reicht jetzt.“
„Kannst du mir das auch beibringen?“, fragte David scherzhaft, nachdem Chess ihren dominanten Blick von Simba abwandte.
„Das erfordert viel Training und noch viel mehr Geduld“, grinste sie. „Als ich begonnen habe, sie zur Jagd abzurichten...“ Chess verstummte plötzlich, als sie im Augenwinkel ein vertrautes Gesicht über den Fernsehschirm flimmern sah. Blitzartig griff sie nach der Fernbedienung, um die Stimme der Nachrichtensprecherin lauter zu machen.
...des Archäologischen Museums steht unter Schock. Professor Rafik Nassers Tod traf Familie wie Kollegen völlig unerwartet. Ersten Polizeiberichten zufolge dürfte sich der folgenschwere Unfall bereits vor mehreren Tagen ereignet haben. Nassers Wagen war von einer Sandpiste abgekommen und in eine zwanzig Meter tiefe Schlucht gestürzt, wo er erst heute von einem Beduinen entdeckt wurde...
„Chess, ist alles okay mit dir?“, fragte David besorgt.
Sie schüttelte geistesabwesend den Kopf. „Rafik“, murmelte sie. „Das kann kein Zufall sein.“
„War das der Professor, den ihr wegen des Abdrucks aufgesucht habt?“
„Ja“, antwortete Chess und klang dabei so gequält, als würge sie an einem dicken Kloß in ihrem Hals. „Das war der Professor.“
„Es tut mir leid.“ David wusste nicht so recht, was er sagen sollte, doch die Archäologin war mit ihren Gedanken ohnehin ganz woanders. *Das kann unmöglich ein Zufall sein. Ich hätte Alons Bedenken nicht einfach ignorieren dürfen.* Sie dachte an

die heftige Diskussion, die sie mit Alon geführt hatte, nachdem sie mit dem aussaglosen Befund des Abdrucks vom Museum heimgefahren waren. *Er hat gleich gesagt, dass mit Rafik etwas nicht stimmt, und ich wusste, dass er Recht hat. Rafik hat sich mehr als sonderbar verhalten...*

„Chess?" Davids lauter werdende Stimme riss sie unsanft aus ihren Gedanken.

„Alon hatte Recht!", rief sie. „Rafik hat die Analyseergebnisse unseres Abdrucks manipuliert."

David schien ihr nicht folgen zu können.

„Verstehst du denn nicht?", fragte sie ungeduldig. „Wenn er die Originalergebnisse der Untersuchung an Shahids Männer weitergegeben hat, dann wissen sie längst, dass wir ihnen auf der Spur sind." Ohne noch mehr Zeit mit Erklärungen zu verschwenden, schnappte sie ihr Telefon und rief Alons Nummer an.

„Mailbox." Sofort versuchte sie es mit Hiobs Anschluss und hatte dabei genauso wenig Erfolg. „Verdammt!"

„Sie leiten Anrufe von außerhalb auf die Mailbox um, wenn sie im Einsatz sind", erklärte David, dem noch immer einige Steine fehlten, um das Puzzle in seinem Kopf zu vervollständigen.

„Wir fahren nach Kerak!" Der entschlossene Unterton in Chess' Stimme ließ keinen Platz für Zweifel an ihrer Entscheidung. „Sperr unsere beiden Kuschelmonster ins Glashaus, bis wir zurückkommen!", rief sie David zu und lief los, um ihre Armbrust zu holen. *Wenn Kerak auf dem Abdruck erwähnt wird, und Shahid tatsächlich an die Analyseergebnisse gelangt ist, dann weiß er längst, dass Alon und Hiob ihm dort eine Falle stellen wollen.*

***

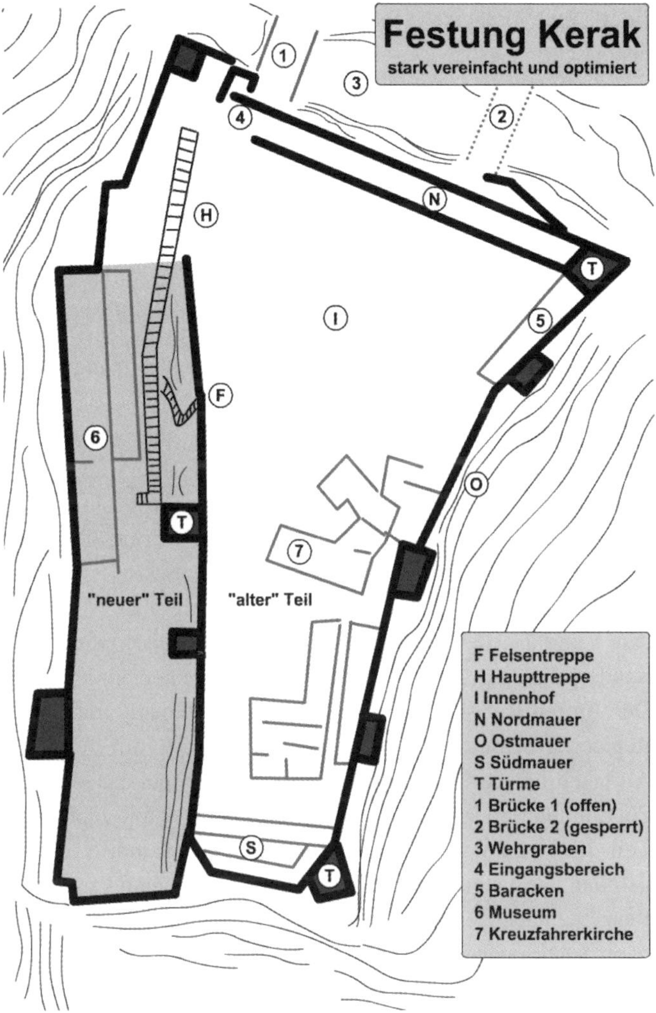

Anmerkung des Autors: Für die folgenden Szenen habe ich die betagten Mauern der Kreuzfahrerfestung Kerak (im Vergleich zum jordanischen Original) an zwei Stellen „restauriert".

Kerak, eine jordanische Stadt mit gleichnamiger Festung, deren historische Ursprünge sich bis ins biblische Zeitalter zurückverfolgen ließen, lag östlich des Toten Meers. Die auf einer Anhöhe errichtete gewaltige Festungsanlage fiel zu drei Seiten hin steil ab. Zwei Holzbrücken über einen breiten Wehrgraben auf der Nordseite bildeten den einzigen Zugang.
Im Laufe der Jahrhunderte war das steinerne Bollwerk sowohl von Kreuzfahrern wie auch von den Mameluken ausgebaut und verstärkt worden.
„Wie sieht es aus?“, fragte Alon einen seiner als Aufseher getarnten Agenten, der gerade von einem Kontrollgang an der Ostmauer zurückgekehrt war.
„Noch ist alles ruhig. Sie beschränken ihre Aktivitäten weiterhin auf die Überreste der alten Kreuzfahrerkirche.“ Mit *sie* meinte er jene Gruppe von ausländischen Archäologen, die sich seit Anfang der Woche für die Vermessung der unterirdischen Gangsysteme in Kerak interessierte. Völlig überraschend hatte sich das französische Ausgrabungsteam bei den jordanischen Behörden gemeldet und um eine Sondergenehmigung für seine Forschungsarbeiten angesucht.
Der Antrag war schließlich auf dem Tisch eines jordanischen Regierungsbeamten gelandet, der gemeinsam mit Alon die Auflagen für die Grabungsarbeiten festgelegt und danach seine Zustimmung erteilt hatte. Die Entscheidung, damit auch einen Teil der Festung für Touristen zu sperren, war umso leichter gefallen, als die einsetzenden Herbststürme ohnehin kaum noch Besucher nach Kerak lockten.
Alon setzte sich auf einen der Klappsessel, mit denen sein notdürftig eingerichteter Befehlsstand im Nordturm aufwarten konnte. „Woher wissen die so genau, wo sie danach graben müssen?“
„Ich glaube, sie haben eine Karte“, erklärte der falsche Aufseher. „Zwei der Arbeiter haben sich vorhin auf Arabisch

darüber unterhalten, als ich ihnen den Rücken zugedreht habe. Sie dachten wohl, ich würde dem Gespräch folgen, in das mich ihr Vorarbeiter verwickelt hatte."
Alon nickte. *Die war sicher auf der Rückseite der Steintafel, die sie uns gestohlen haben.* „Gibt es Veränderungen bei der Zusammensetzung des Archäologenteams?"
„Noch nicht", erwiderte der Aufseher. „Es sind nach wie vor dieselben fünf Arbeiter, die sich beim Graben ablösen. Und natürlich der alte, grauhaarige Araber, der das Sagen hat. Aber für..." Er hielt kurz inne, als Hiob den Raum betrat und schien warten zu wollen, bis dieser neben Alon Platz genommen hatte.
„Was wolltest du mir noch sagen?", fragte Alon nach.
Der Aufseher setzte seinen Bericht fort. „Der alte Araber hat angekündigt, dass sie heute Abend wieder die Hälfte ihres Personals austauschen werden. Die Graberei an dem Loch im Boden der Kirchenruine scheint ihnen ziemlich zuzusetzen. Und sie werden neue Ausrüstung und Verpflegung mitbringen."
„Gut", bekräftigte Alon. „Behaltet diese sogenannten Archäologen weiter im Auge und erstattet mir jede Stunde Bericht. Ich will sofort informiert werden, wenn sie etwas finden oder wenn Shahid hier auftaucht."
„Verstanden!", bestätigte der Mann die Anweisung.
„Shahid wird erst aus seinem Versteck gekrochen kommen, wenn seine Leute etwas finden", bemerkte Hiob, nachdem der Aufseher den Befehlsstand wieder verlassen hatte.
„Das werden sie auch", nickte Alon. „Wenn es gar nicht anders geht, lasse ich einen unserer Leute etwas in dem Loch verstecken. So oder so, Shahids Männer werden etwas finden und er wird hier auftauchen."
Hiob schien Gefallen an der Idee zu haben.
„Wie sieht es bei dir aus?", fragte Alon.
„Das Wetter macht mir Sorgen", erklärte Hiob. „Draußen zieht

es immer mehr zusammen und der Wind frischt auf. Ich fürchte, du wirst heute Nacht auf die Unterstützung der Scharfschützen verzichten müssen."
„Was ist mit Burcelys Leuten?"
Hiob beugte sich über die Karte, die auf dem Tisch vor Alon ausgebreitet war. Es war ein Grundriss der Festung, die sich über zwei Ebenen verteilte.
Der höher gelegene Teil, in dem sich auch die Überreste der Kreuzfahrerkirche befanden, hatte einen hügeligen Innenhof in der Größe dreier Fußballfelder. Sein Grasboden wurde von unterirdischen Gangsystemen durchzogen, deren Gewölbe an mehreren Stellen bereits eingestürzt waren.
Den neueren Teil der Festung erreichte man über eine langgezogene Felsentreppe, die parallel zur Westmauer des alten Teils gut dreißig Meter in die Tiefe führte. Der deutlich kleinere Innenhof war großflächig unterkellert und in sehr gutem Zustand. Hier war auch ein Museum untergebracht.
Hiobs Hand strich über die beiden Brücken in der Nordmauer, von denen eine aus Sicherheitsgründen vorübergehend gesperrt war. „Vier von Burcelys Männern überwachen den Zugang. Sie sind heute als fahrende Händler getarnt, die auf dem Platz vor der Festung ihr Zelt aufgeschlagen haben."
Alon nickte. Die Händler hatten die ausdrückliche Anweisung, nicht einzugreifen, sondern dienten in der ersten Phase nur als Beobachter. Erst wenn sichergestellt war, dass Mustafa Shahid die Festung betreten hatte, würden sie den einzigen Zugang versperren wie ein Korken die Weinflasche.
Hiob fuhr fort: „Zwei weitere werden als Nachtwächter auf der unteren Ebene rund um das Museum patrouillieren. Dort lässt Shahid zwar derzeit nicht suchen, aber seine Leute durchstreifen immer wieder das Gelände, und so können wir sie besser im Auge behalten."
Alon markierte die angegebene Position auf der Karte.

„Außerdem hat Burcely heute Nacht noch drei Männer für den Südturm abgestellt. Sie beaufsichtigen gemeinsam mit unserem Mossadteam ganz offiziell die Ausgrabungen im Namen der jordanischen Regierung."

„Das macht dann sechs von Shahids Männern gegen vierzehn von uns für diese Nacht", fasste Alon die Aufstellung zusammen. „Hast du dir den Anführer von diesem Archäologenteam angesehen?"

„Kenn ich nicht, aber ich behalte ihn im Auge", antwortete Hiob. „Dieser alte Araber führt seinen Stock sicher nicht mit, um sich darauf aufzustützen."

„Was dir alles auffällt, wenn du durch dein Fernrohr die Leute beobachtest", lächelte Alon. „Ich habe ein Foto von ihm durch den Computer jagen lassen, aber es gab leider keinen Treffer."

Hiob verschränkte seine Finger ineinander und ließ sie knacksen. „Ich werde schon für Treffer sorgen."

***

Commodore William T. Preston kauerte seit Tagen unbemerkt in seinem Versteck, einem Turm in der Westmauer der Festung Kerak. Dass weder Israelis noch Jordanier ihn zu ihrer privaten Party eingeladen hatten, nahm er beiden Seiten nicht übel. Er arbeitete ohnehin lieber allein.

Unter der sandfarbenen Tarndecke, die ihn sogar vor den neugierigen Blicken der israelischen Scharfschützen verbarg, hatte Preston nur sein Sturmgewehr, ein Fernglas, Munition und Proviant. Letzterer ging zur Neige. Vor allem sein Trinkwasservorrat war, nicht zuletzt wegen der Gluthitze der vergangenen Tage, erschreckend schnell geschrumpft. *Lange kann ich hier nicht mehr durchhalten. Wenn es in dieser Nacht wirklich regnet, dann muss ich irgendwie das Wasser auffangen.* Preston war sich sicher, den besten Platz auf dem

Schlachtfeld gewählt zu haben. Er konnte von seiner Position aus sowohl auf den neueren Festungsteil mit dem Museum hinabblicken als auch den Innenhof der ursprünglichen Anlage sehen.
Die Jordanier wechseln sich mit den Israelis bei der Überwachung der Ausgrabung ab. Jede Stunde das gleiche langweilige Spiel. Wann taucht endlich dieser Shahid auf?
Keine Bewegung blieb dem Commodore auf seinem Aussichtsturm verborgen. Durch die eingestürzten Stollen sah der alte Innenhof von oben so aus, als hätten riesige Sandwürmer ihn wie Käse durchlöchert. Zwischen vereinzelten Grasbüscheln gähnten dunkle Löcher im steinigen Boden.
Wieder ein Tag, den ich mit sinnlosem Warten zugebracht habe.
Er wusste, dass kaum noch mehr als eine Stunde blieb, ehe die von Wolken bedrängte Sonne hinter der Festungsmauer versinken würde.
Ein entferntes Donnern unterstrich Prestons Hoffnung auf baldigen Regen. Fast zeitgleich fielen ihm die Scheinwerfer eines dunkelgrauen Lieferwagens auf, der sich über die Serpentinenstraße auf die Festung zubewegte.

***

„Alon wird stinksauer sein, wenn wir einfach so auftauchen“, gab David seiner Fahrerin zu bedenken.
„Dann haben wir ja etwas gemeinsam“, erwiderte Chess und zwang den Range Rover um eine weitere Kurve der Bergstraße nach Kerak. „Hebt er jetzt endlich sein Handy ab?“
„Nein, wie ich vermutet habe“, sagte David und steckte sein Mobiltelefon wieder ein. „Sie sind noch immer nicht erreichbar.“
„Tja“, seufzte Chess so verbissen, dass sich ihre Lippen kaum bewegten. „Dann dürfen sich die Herren Geheimagenten auch

nicht wundern, wenn sie unangemeldeten Besuch bekommen.“
„Vielleicht brechen sie den Einsatz wegen des schlechten Wetters sowieso ab.“ David blickte aus der Seitenscheibe auf den Himmel, der sich immer weiter verdunkelte. Nur an einigen Stellen riss die Abendsonne noch Löcher in die Wolkendecke und beleuchtete die Erde wie Scheinwerferkegel.
„Entweder das, oder der Mossad verteilt Regenschirme“, antwortete Chess lachend. „Überleg dir lieber, wie wir Alon und Hiob in der riesigen Festungsanlage finden sollen.“
„Ich fürchte, das wird gar nicht nötig sein“, sagte David beunruhigt. „Die werden wissen, dass wir kommen, noch bevor wir Kerak überhaupt sehen können.“
„Also spätestens jetzt!“, stieß Chess, die den Range Rover um eine weitere Kurve steuerte, erfreut aus. „Das da vorne ist Kerak.“
David hielt die Lippen fest geschlossen und starrte das steinerne Bollwerk ehrfürchtig an. Sein Blick verriet die Abneigung, die er bei dem Gedanken empfand, dass sie zwischen die Fronten geraten könnten.
„Schau nicht so eingeschüchtert“, versuchte Chess ihn aufzumuntern. „Es sieht doch noch alles ganz ruhig und friedlich aus.“
„Ganz ruhig und friedlich“, murmelte David. *Genau diese Momente sind es, die mir Sorgen machen...*
Ein Blitz jagte über den dunklen Himmel und sein Donnerknall beendete einen der besagten Momente.

***

Das Unwetter hatte Kerak erreicht und wurde mit jeder Minute stärker. Wie angekündigt, war mit der Dämmerung auch die Ablösung für das französische Archäologenteam eingetroffen, das sich sofort daran gemacht hatte, mehrere Holzkisten aus

einem Lieferwagen zu entladen.
„Wir können nicht alles auf einmal tragen“, rief einer der Männer unter der Kapuze seiner viel zu großen Regenjacke hervor.
Ein anderer Mann drehte sich zu ihm um. „Dann lasst die letzte Kiste eben hier neben der Brücke stehen.“ Er zeigte auf eine Nische neben dem Eingang in der Festungsmauer, die durch einen Vorsprung vor dem Regen geschützt war. „Wir holen sie später.“
Aus den verschiedensten Verstecken waren Augenpaare auf jene sechs Männer in Regenjacken gerichtet, die sich über den Innenhof auf die Ausgrabungsstätte zubewegten.
„Tauschen die jetzt ihre gesamte Mannschaft aus?“, fragte einer der israelischen Agenten über das Funkgerät.
„Negativ“, meldete sich eine Stimme, die einem von Burcelys Leuten gehörte. „Wir wissen nur von drei Leuten, die getauscht werden sollen.“
„Wir auch. Aber ich zähle sechs Kapuzen... Hiob?“
„Ich sehe auch sechs Kapuzen“, bestätigte Hiob, der hinter einem Mauervorsprung lauerte und sein Auge gegen ein Zielfernrohr presste. „Aber durch den verdammten Regen kann ich leider kaum etwas erkennen.“
„Ist Shahid...“ Alons Stimme wurde von einem kräftigen Donnern überlagert. Die Schlechtwetterfront hatte Kerak von allen Seiten her eingekesselt, als wollte sie die Festung belagern.
„Ich muss wissen, ob Shahid dabei ist“, wiederholte Alon.
„Kann ich von hier aus weder bestätigen noch ausschließen. Aber sie schleppen irgendwelche Kisten mit“, sagte Hiob und wischte sich das Wasser aus dem Gesicht.
„Das ist die angekündigte Ausrüstung. Wahrscheinlich helfen die anderen nur beim Tragen“, äußerte einer von Burcelys Männern seine Vermutung.

„Möglicherweise“, entgegnete Alon. *Vielleicht aber auch nicht. Ich muss wissen, was da vorgeht.* Sein Zögern dauerte nur einen Herzschlag lang. „Simon soll sich das aus der Nähe ansehen. Sofort!“

„Bin schon unterwegs“, bestätigte Simon, einer der als Aufseher getarnten Mossadagenten, seinen Auftrag.

„Die anderen verhalten sich ruhig, bis wir Klarheit haben“, befahl Alon.

Gespannt hafteten alle Blicke an Simons Silhouette, der mit raschen, aber bedächtigen Schritten dem Konvoi der Kapuzenträger folgte. Die dunklen Löcher und Krater im Boden des hügeligen Innenhofs waren in der Abenddämmerung schwer auszumachen und schienen nur darauf zu lauern, dass jemand einen falschen Schritt setzte.

„Da kommt noch ein Wagen die Straße herauf“, meldete plötzlich einer jener Männer, die als fahrende Händler vor den Holzbrücken Stellung bezogen hatten.

„Identifizieren!“, befahl Alon.

„Er ist noch zu weit entfernt. Eine Identifizierung ist frühestens in zwei Minuten möglich“, erwiderte der Mann am Funkgerät.

Ist das weiterer Nachschub für Shahid? Wer sollte um diese Zeit sonst hier vorbeikommen? Alon musste eine Entscheidung treffen, und er musste es rasch tun. Seine ursprüngliche Überlegenheit von vierzehn zu sechs war seit der Ankunft der Kapuzenträger auf vierzehn zu zwölf geschrumpft. „Simon?“, sprach er mit drängendem Unterton in sein Funkgerät.

Simons verrauschte Stimme meldete sich. „Ich hab’s gehört. Aber ich komme einfach nicht schneller voran. Hier sieht man kaum noch die Hand vor...“ Der Regen prasselte so heftig gegen sein Headset, dass er den Rest des Satzes förmlich ertränkte.

Alon stieß einen stillen Fluch aus. Burcely hatte ihm weitere zwei Dutzend Männer, die keine zwei Minuten entfernt auf ihren Einsatzbefehl warteten, als Unterstützung für den Notfall bereitgestellt. Alon konnte sie jederzeit anfordern, aber damit wäre auch Shahid gewarnt.

***

„Passen Sie auf, ein Loch, Mr. Shah..." Der großgewachsene Mann mit dem französischen Akzent verschluckte das Ende seines Satzes.

„Idiot!", zischte es unter der Kapuze neben ihm hervor. Shahid, der als Tarnung selbst eine der Holzkisten schleppte, hatte seine Augen ohnehin nur nach unten gerichtet. Der steinige Boden konnte den sintflutartigen Regen nicht aufnehmen, und so bildeten sich überall Lachen und kleine Bäche, die es zu durchwaten galt. Jemandem, der ein Vermögen für seine handgefertigten Schuhe ausgab, musste zwangsläufig jene Stelle bluten, an der andere ihr Herz trugen.

„Wir bekommen Besuch", meldete der Mann rechts von Shahid. „Einer der Aufseher läuft uns nach."

„Einfach ignorieren", knurrte der Ägypter. „Wie weit ist es noch zu dieser Kirche?"

„Wir sind gleich da", antwortete der Mann. „Einer unserer Leute erwartet uns am Eingang in das unterirdische Gangsystem. Er kennt den kürzesten Weg durch das Labyrinth. Man kann die Ruine der alten Kreuzfahrerkirche leider nicht mehr anders erreichen."

„Hauptsache, es regnet da unten nicht. Beeilt euch mit den Kisten!", trieb er seine Männer an.

Nur noch wenige Schritte trennten Shahid von dem Einstieg in die Unterwelt der Festung Kerak. Das viele Wasser löste bereits die Erde zwischen den Steinen am Boden heraus und bahnte sich als zähflüssiger Brei seinen Weg in den Untergrund.

„Bitte warten Sie!", rief Simon den Männern mit den

Regenjacken nach. *Bei dem Unwetter können sie mich vermutlich gar nicht hören, selbst wenn sie es wollten.*
„Geht endlich weiter!“ Shahid durchschritt als Erster den zur Hälfte in die Erde eingesunkenen Rundbogen, der den Eingang in das unterirdische System aus Gängen, Höhlen und Räumen bildete. Die Männer mit den Kisten folgten zügig.
Wie angekündigt wurden sie bereits von einem ihrer ortskundigen Kollegen erwartet. „Schön, Sie zu sehen!“, begrüßte dieser den Chef und leuchtete mit seiner Taschenlampe das langgezogene Gewölbe aus.
Shahid nickte, als würde er die Begrüßung erwidern und drückte ihm wortlos die Kiste in die Hand. Dann wandte er sich den anderen zu. „Ihr drei“, sein Blick unterstrich seine Wahl, „stellt eure Kisten hier ab und geht wieder zurück, damit keiner Verdacht schöpft. Wenn dieser Aufseher euch fragt, dann sagt ihm, dass ihr uns beim Tragen geholfen habt. Überzeugt ihn davon, dass ihr nur noch die Kiste holen wollt, die wir auf der Brücke stehengelassen haben. Sobald ihr ihn los seid, begebt ihr euch zum vereinbarten Punkt und wartet auf das Signal.“

***

Simons Stimme rauschte aus Alons Funkgerät. „Drei der Männer sind wieder auf dem Weg zurück. Sie haben noch eine Kiste mit Ausrüstung, die sie holen wollen.“
„Verstanden“, bestätigte Alon. „Biete ihnen deine Hilfe an und behalt sie im Auge. Ich will sicherstellen, dass sie das Gelände auch wirklich verlassen.“
„Wird erledigt“, sagte Simon.
„Sind jetzt noch Leute beim Museum, Hiob?“, fragte Alon in sein Funkgerät.
„Nur mehr die beiden Wachleute von Burcely“, meldete sich kurz darauf Hiobs Stimme. „Shahids Männer haben sich alle in

die alte Kreuzfahrerkirche zurückgezogen.“ Er ließ den Sprechknopf los und murmelte leise zu sich selbst: „Kein Wunder bei dem Sauwetter.“
Alon nickte nachdenklich. „Das macht neun Zielpersonen, die da unten wie die Mäuse in der Falle sitzen... Aber wir wissen noch immer nicht, ob Shahid dabei ist“, fügte er mit bitterer Stimme hinzu. „Einer der Aufseher soll nachsehen gehen. Wir müssen endlich Gewissheit haben.“
„Ich kümmere mich darum.“
„Aber schick einen von unseren Leuten, Hiob.“
Unmittelbar nachdem Hiob die Anweisung bestätigt hatte, meldete sich einer der als Händler getarnten Männer, die die Brücke überwachten. „Wir haben den Wagen identifiziert. Es ist ein Range Rover mit zwei Insassen.“ Hastig gab er ihre Beschreibung durch.
Alons Gesicht wurde so hart wie die Festungsmauer. *Chess und David! Was zum...*
„Sollen wir sie aufhalten?“, fragte der Händler.
„Nein...“ Er zögerte. „Die beiden gehören zu uns. Bleibt weiterhin auf eurem Posten und haltet euch bereit.“

***

Von der Kreuzfahrerkirche waren nur noch die Grundmauern erhalten. Der einstige Kirchenraum befand sich mehrere Meter tief unter der Erde. Durch ein großes Loch in der Gewölbedecke konnte man die Blitze am Himmel zucken sehen. Im hinteren Teil des Raums, der etwas tiefer lag, hatte der heftige Regen bereits einen kleinen Teich gebildet.
„Mustafa!“, rief der alte Ahil erfreut und streckte seine Arme aus, um Shahid zu umarmen. „Schön, dass du gekommen bist.“
„Leichtsinnig trifft es wohl eher“, erwiderte der Ägypter knurrend. „Die warten doch alle nur darauf, mich umzulegen.“

„So ist es“, grinste der grauhaarige Ahil verschlagen. „Ich verspreche dir, das wird eine feurige Abschiedsparty. So viele deiner Feinde sind unserer Einladung gefolgt... Und wir werden diese einmalige Gelegenheit nutzen, um sie dir für immer vom Hals zu schaffen.“ Er blickte auf die Kisten. „Habt ihr die Bombe platziert?“
Shahid nickte. „Gleich neben der Brücke. Auf mein Zeichen hin...“
„Sehr gut!“, sagte der Alte scharf. „Die Brücke ist der einzige Fluchtweg aus dieser Festung. Sobald wir sie gesprengt haben, ist es im wahrsten Sinne des Wortes eine geschlossene Party. Heute wird Hiob dir nicht entkommen können.“
„Hiob!“ Shahid spie den verhassten Namen aus wie ein Drache das Feuer.
Ahil wusste, dass der Ägypter trotz seiner bescheidenen Körpergröße auch vor einem Kampf Mann gegen Mann nicht zurückschrecken würde. Das Einzige, was Shahid fürchtete, war ein Feind, den er nicht sehen und den er mit seinem Messer nicht erledigen konnte. So stellten Gifte und Viren für ihn die einzig wahren Bedrohungen dar, und damit war er seiner Nemesis, Hiob, vielleicht ähnlicher, als er dachte.
„Wo ist der Hammer?“, fragte Shahid.
„Deine Ungeduld wird dich eines Tages noch umbringen.“ Ahils Worte klangen wie eine Prophezeiung. „Wir haben ihn erst vor wenigen Stunden gefunden. Es war gar nicht so leicht, ihn vor den Aufsehern zu verbergen, die hier ständig herumschnüffeln.“ Er deutete auf eine der silbernen Ausrüstungskisten. „Los, mach sie auf!“
Shahid zuckte mit den fetten Schultern und kniete sich neben die Aluminiumkiste.
„Los, nur zu!“, trieb der Alte ihn mit glänzenden Augen an.
Der Ägypter klappte zwei Spannbügel auf und hob dann den verbeulten Deckel an. Zum Vorschein kam ein erdiger,

schwarzgrauer Hammer. Sein Stiel war etwa so dick wie Shahids Unterarm und fast genauso lang. Trotz seiner Größe und der zweifellos metallischen Oberfläche wog er kaum mehr als fünf Kilogramm.
„Thors Hammer?"
Ahil nickte. „Er besteht aus zwei Hälften und ist innen hohl, genau wie es beschrieben war."
„Und der Nagel?", wollte Shahid wissen.
„Die beiden Hälften sind aus Silber und luftdicht versiegelt. Wir werden den Hammer erst im Labor öffnen."
„Und wenn er leer ist?" Shahids Stimme klang ungeduldig.
„Unmöglich." Ahil schüttelte den Kopf. „Wir haben ihn genau an der Stelle gefunden, die auf der Steintafel eingezeichnet war." Er zeigte auf ein tiefes Loch im Boden. „Und die Tatsache, dass die Kreuzfahrer später exakt darüber ihre Kirche errichtet haben, ist bestimmt kein Zufall. Das ist Thors Hammer!"
Shahid starrte wortlos auf das schwarz angelaufene Stück Silber in seiner Hand. Es sah schäbig aus und dennoch spürte der Ägypter eine geheimnisvolle Macht, die davon ausging. Ein undefinierbares Lächeln leuchtete in seinem hässlichen Gesicht auf. „Ja!", zischte er mit entschlossener Stimme. „Ich habe Thors Hammer!"
Ahil klopfte ihm bekräftigend auf die Schulter. „Dann solltest du jetzt hinter dich bringen, weshalb du hergekommen bist."
„Das werde ich", sagte Shahid mit der Entschlossenheit eines Jägers, der sein ganzes Leben lang darauf gewartet hatte, seine Beute endlich zur Strecke zu bringen. Er legte den Hammer zurück in die Kiste, drehte sich um und verließ den Raum durch einen breiten Gang, in dem seine Leute auf ihren Einsatz warteten. Ahil folgte ihm.
„Öffnet die Kisten!", befahl Shahid.
„Operation Flammenwüste", zischte der Alte verheißungsvoll

in Richtung der Männer, die sofort begannen, mit ihren Schaufeln die Holzkisten aufzubrechen.
„Operation Flammenwüste", wiederholte Shahid euphorisch. „Dieser Name ist für mich Programm! Ich werde das tun, wozu den Feldherren in früheren Schlachten die Mittel gefehlt haben. Ich werde diese Festung in Schutt und Asche legen und mit ihr alle meine Feinde." Er brannte darauf, dass sich die lodernden Flammen in seinen dunklen, kalten Augen spiegeln würden.
„Seid vorsichtig!", mahnte Ahil. „Diese Phosphorgranaten sind äußerst empfindlich. Seht zu, dass ihr weit genug entfernt seid, wenn sie hochgehen." Seine Worte gingen fast ungehört in dem Gemurmel der Kampfvorbereitungen unter und der Alte hätte gut daran getan, sie noch einmal zu wiederholen.
Shahid prüfte mit durchdringendem Blick die bis an die Zähne bewaffnete Truppe. Aufgereiht wie die Orgelpfeifen standen sie vor ihm und warteten darauf, seine Feinde in einer feurigen Symphonie vergehen zu lassen. „Hiob gehört mir!", stieß er hervor. Dann zog er sein gezacktes Messer so andächtig, als würde er einem nur ihm bekannten Ritual folgen und tastete mit der Fingerkuppe die Klinge der Waffe ab. „Sprengt die Brücke!"

***

Chess und David hatten den Range Rover geparkt und setzten das letzte Stück ihres Weges zu Fuß fort. In ihren dunklen Regenjacken sahen sie ein wenig wie Mönche aus, als sie im strömenden Regen auf den Wehrgraben zugingen, der sich mit 125 Metern Länge über die gesamte Nordflanke erstreckte.
„Die Brücke ist unpassierbar", bemerkte David, ohne enttäuscht zu klingen und zeigte auf ein breites Absperrgitter. „Hier kommen wir nicht weiter."
„Darum gibt es ja zwei davon", Chess packte seine Hand und

zog ihn in Richtung der anderen Brücke. „Wir haben es eilig.“
„Mir wäre wohler, wenn wir da nicht einfach reinplatzen würden“, äußerte David erneut seine Bedenken, während er hinter der Archäologin herlief.
„Einspruch vermerkt. Und jetzt weiter!“, rief sie ihm über die Schulter zu. „Wir sind gleich da.“
Kerak hatte seinen Belagerern über die Jahrhunderte vor allem deshalb so erfolgreich die Stirn geboten, weil selbst die breitesten Angriffswellen an dem ausgeklügelten Torbereich zerbrochen waren. Das verwinkelte Mauerwerk ähnelte einem zweifach geknickten Flaschenhals, dessen Durchflussmenge seine Konstrukteure genau festgelegt hatten. So wurde sichergestellt, dass die angreifenden Horden mehrfach die Richtung wechseln mussten, um in die Festung zu gelangen, was sie deutlich verlangsamte und damit verwundbar machte.
„Vorsicht“, rief David und stützte Chess’ herumwirbelnden Arm, als sie auf der breiten Brücke hinzufallen drohte. „Der Regen hat das Holz rutschig gemacht. Wir sollten es vielleicht besser etwas langsamer angehen.“
„Danke“, keuchte Chess, die durch die Rennerei ein wenig außer Atem war. „Willst du Alon noch einmal anrufen?“
Davids Kapuze nickte. „Dort drüben ist ein Mauervorsprung. Da sind wir vor dem Regen geschützt.“
Während David ein weiteres Mal versuchte, Alon oder Hiob zu erreichen, warf Chess einen argwöhnischen Blick auf die Holzkiste, die sich zu ihren Füßen befand. *Was da wohl drin ist?*
„Nun hebt doch bitte ab“, beschwor David sein Handy.
Chess kniete sich neben die Kiste und versuchte aus dem Aufdruck schlau zu werden. *Die Beschriftung ist französisch.* Sie holte ihre Taschenlampe aus der Jacke, um besser lesen zu können. Auch wenn sich ihr Französisch auf wenige Lektionen beschränkte, reichte es aus, um die Kiste als archäologische Ausrüstung zu identifizieren. „Wieso steht hier eine...“

„Keine Chance“, unterbrach David ihr Murmeln und steckte sein Mobiltelefon wieder ein. „Wir müssen uns irgendwie anders bemerkbar machen.“ Er richtete seinen Blick nach unten. „Was machst du da?“
„Nicht so wichtig“, wimmelte sie ab und sprang auf. „Lass uns lieber Alon finden.“
„Ziemlich verwinkelt“, stellte David fest, als sie durch den Flaschenhals im Eingangsbereich der Festung schritten.
„Das diente der Abwehr bei einem feindlichen Ansturm. Die Mauerecken arbeiten wie Wellenbrecher, wenn...“
Sie brachte ihren Satz nicht mehr zu Ende. Eine gewaltige Detonation ließ jedes andere Geräusch verstummen und sogleich schoss ein riesiger Feuerball in den Nachthimmel.

***

Mit einem Schlag wurde es taghell im Innenhof des alten Festungsteils. Eine gewaltige Feuersäule stieg senkrecht in den Himmel, um nur einen Augenblick später wieder in sich zusammenzufallen.
Preston brauchte etwas Zeit, um sich klar zu machen, was da gerade passiert war. Zunächst dachte er, dass ein Blitz in die Festung eingeschlagen hätte, doch das erklärte nicht einmal ansatzweise, was sich gerade an der Nordmauer abspielte.
Eine Brandbombe! Auch wenn der Commodore den Wehrgraben nicht sehen konnte, so stand für ihn doch außer Zweifel, dass dieser lichterloh brennen musste. Ein Feuermeer inmitten des breiten Grabens war die einzige Erklärung, warum die Nordmauer leuchtete, als wollte jeden Moment die Sonne dahinter aufgehen. Ihr Lichtschein hatte sich zu einem gleißenden Schutzschild aufgebäumt, der selbst den Regen bereits im Fallen verdampfen ließ.
Jetzt kommt endlich Leben in die Sache. Shahid muss hier

irgendwo sein. Kolleks Agentenfreunde haben sich ihre Kommandozentrale sicher nicht selbst in Brand gesteckt.
Durch sein Fernglas konnte Preston erkennen, wie die Israelis in aller Hast den Nordturm evakuierten, während Shahids Männer wie Ameisen aus ihrem unterirdischen Bau strömten und auf alles feuerten, was sich bewegte.

***

„Na los! Geh schon und leg ihn um", ermutigte Ahil den Ägypter. „Du hast lange genug auf diesen Tag gewartet. Schneid ihm seine Eingeweide raus und bring sie mir!"
Shahid starrte auf die Klinge seines Messers.
„Oh, wie gerne wäre ich jetzt an deiner Stelle, Mustafa." Die Beine des Alten gaben nach, und er sank kraftlos auf die Aluminiumkiste nieder, in der sich der silberne Hammer befand. „Aber mir Krüppel ist es leider nicht vergönnt, deinen Triumph mitanzusehen." Er schlug sich voller Zorn mit den Fäusten auf seine knochigen Beine. „Bring mir Hiobs Herz, solange es noch warm ist." Seine Stimme verwandelte sich in ein helles Kreischen. „Versprich es mir!"
Shahid nickte. „Ich verspreche es. Pass mir gut auf meinen Schatz auf, bis der Hubschrauber kommt." Dann drehte er sich um und folgte seinen Männern in die Schlacht.
Ahil blickte ihm nach und wusste, dass Shahid sein Versprechen halten würde.
Zufrieden lehnte er sich zurück und genoss es, dem Pistolenfeuer und den Schreien zu lauschen, die der Regen ihm durch das Loch in der Gewölbedecke hereinspülte. *Ich werde gut darauf aufpassen.* Er hockte auf der Alukiste wie eine Tarantel, die ihre Brut bewachte. *Und wie ich darauf aufpassen werde...* Bei dem Gedanken daran, dass er allein im Besitz dessen war, wofür die anderen ihr Leben gaben, überkam ihn

ein dreckiges Lachen.
Er sah sich um. Jedem anderen musste die unterirdische Ruine der alten Kreuzfahrerkirche wie eine Mausefalle erscheinen. Schließlich gab es neben dem einzigen Zugang nur eine kleine Maueröffnung, die Ahil eher zufällig bemerkt hatte. Die hintere Kirchenwand war einst selbst Teil der Festungsmauer gewesen und hatte deshalb eine Schießscharte. Ursprünglich nur als einfacher Schlitz für den Abschuss von Pfeilen dimensioniert, hatte Ahil die vergangenen Tage genutzt, um sie unbemerkt zu vergrößern.

***

Alon hatte alle Hände voll zu tun, die Funkrufe zu koordinieren, während er die Kommandozentrale im Nordturm aufgab. Zwar hielten die dicken Festungsmauern die direkten Flammen ab, doch die unvorstellbare Hitze der Feuersbrunst vermochten auch sie nicht zu stoppen. *Ich muss endlich hier raus, bevor ich gekocht werde.*
„Alon an alle! Ab sofort hat der Südturm das Kommando über die Einheiten. Wir können uns hier nicht länger halten." Er machte eine kurze Pause und merkte, wie schwer ihm das Atmen bereits fiel. „Hiob und Simon, ihr trefft mich wie vereinbart bei den Baracken. Ich brauche euch für den Nahkampf. Alon Ende!" Damit war alles gesagt.
Sogleich meldete sich eine arabische Stimme. „Hier spricht Karim vom Südturm. Ihr habt Alon gehört! Versucht eure Feuerkraft auf die Typen mit den Granatpistolen zu konzentrieren, damit sie von den Baracken abgelenkt sind, bis die Evakuierung des Nordturms abgeschlossen ist."
Alon stürmte die Treppen hinunter und vermied es zu atmen. Seine Lungen brannten ohnedies schon wie Feuer. Die beißenden Rauchschwaden ringsum waren da nur noch eine

Zugabe. Den Weg bis zum vereinbarten Treffpunkt legte er wie in Zeitlupe zurück und musste dabei an die Abmachung mit Burcely denken. *Wir werden keine schweren Waffen einsetzen, um die Festung nicht zu beschädigen.* Das war eine wesentliche Bedingung, die die jordanische Regierung für den Einsatz gestellt hatte. *Und was haben wir jetzt davon? Shahids Leute fackeln mit ihren Brandgranaten alles ab.*
Spätestens seit dem Sechstagekrieg war man sich in Israel bewusst, dass man im Ernstfall nur auf die eigenen Truppen zählen konnte. Jede Allianz und jede Vereinbarung mit Verbündeten erfüllten ihren Zweck nur so lange, wie sie den eigenen Interessen nicht im Wege standen. Für die Agenten des Mossad, die ihr Leben stets an vorderster Front riskierten, galt das umso mehr. Alon hielt es daher für angebracht, seine Partnerschaft der Zweckmäßigkeit neu zu bewerten. *Mit unseren leichten Waffen werden wir sie nicht aufhalten können.*

***

Preston tat gut daran, sich so lange wie möglich auf seinem Turm versteckt zu halten. Unter ihm tobte ein ungleicher Kampf, in dem er um nichts besser abschneiden würde als die Israelis und die Jordanier, die Shahids Männern waffentechnisch hoffnungslos unterlegen waren.
Einer der Aufseher hatte sich hinter einem Mauervorsprung verschanzt und mit seiner Pistole das Feuer auf zwei von Shahids Männern eröffnet. Der schwere Regen machte es ihm allerdings unmöglich zu zielen, und so verschwanden seine Kugeln in der Nacht. Die treffsichere Antwort war eine Phosphorgranate, die alles im Umkreis von zehn Metern um die Einschlagstelle in Brand setzte und den Aufseher in eine lebende Fackel verwandelte, die binnen Sekunden für immer erlosch.

In diesem Moment bereute Preston es keineswegs, dass er völlig eigenständig und verdeckt operieren konnte. *Wenn ich einen Schuss abgebe, dann sehen sie mein Mündungsfeuer, und die nächste Granate äschert mich ein.*
Zusätzlich zur waffentechnischen Unterlegenheit machte der Commodore auch das schlechte Wetter für die drohende Niederlage verantwortlich. *Unter diesen Bedingungen können sie ihre Scharfschützen niemals zielsicher einsetzen.*
Eine weitere Granate pfiff über den Innenhof und detonierte in der Nähe der Baracken. *Wenn ihnen die Munition nicht ausgeht, legen diese Wahnsinnigen noch die ganze Festung in Schutt und Asche, und dann ist es nur mehr eine Frage der Zeit, bis sie auch meinen Turm in Brand schießen.*

***

Shahid und seine Männer boten in den dunklen Kevlarjacken kein erkennbares Ziel für ihre Angreifer. Wie Schatten huschten sie über das weitläufige Gelände des Innenhofs, während der strömende Regen ihre Konturen verschluckte. Jedes Mal, wenn das Pfeifen ihrer Granatpistolen zu hören war, blieb den anvisierten Verteidigern kaum mehr als eine Sekunde, um in Deckung zu gehen.
Es war daher kein Wunder, dass es drei von Shahids Männern rasch gelang, einen der Aufseher zu fangen, dessen angesengtes Bein ihn bei seiner Flucht bremste. Ein stämmiger Franzose zog den Verwundeten durch eines der Löcher im Boden nach unten. So wie für die Beute eines Ameisenlöwen gab es auch für ihn kein Entkommen mehr.
„Wo ist Hiob?“ Shahids nasskalte Stimme schnitt sich durch das tobende Unwetter.
Dem verletzten Araber, er war einer von Burcelys Männern, lief das Wasser über seine Wangen. Keiner der Anwesenden

nahm davon Notiz, dass er vor Schmerz weinte.

„Wo versteckt sich Hiob?“ Die silbernen Zacken von Shahids Messer blitzten auf, als er seiner Frage mit einer eindeutigen Geste Nachdruck verlieh.

„Ich... weiß es nicht...“, stotterte der Verwundete mit löchriger Stimme. Er wusste selbst nicht, ob sein Zittern eine Folge des Wundschocks war oder eine Reaktion auf die Panik, die in ihm aufstieg.

Shahids Geduld war zu Ende und sein Messer stieß auf den wehrlosen Mann nieder. Ein gellender Aufschrei hallte durch das Gewölbe, als sich die breite Klinge in den angekohlten Oberschenkel bohrte.

„Ich habe keine Zeit für Spielchen“, Shahids Entschlossenheit legte sich wie ein Feuersturm über seine Worte. „Ich muss wissen, wo sich dieses feige Zionistenschwein versteckt hält. Keiner verlässt diese Festung, solange Hiob noch atmet!“ Er drehte sich zu dem Franzosen um. „Lös ihm die Zunge, aber mach schnell.“

„Wird erledigt.“

„Nimm es diesmal aber nicht wieder so wörtlich!“ Er wandte sich den beiden anderen Männern zu. „Was steht ihr hier noch rum?“, fuhr er sie an. „Wir haben genug zu tun. Folgt mir!“

***

Zwei Brandgranaten schlugen kurz hintereinander in die Mitte der Nordmauer ein. *Solange sie sich hier festbeißen, können Burcelys Leute ungehindert aus dem Süden nachrücken.* Hiob hatte sich wie vereinbart bei den Baracken an der Ostmauer eingefunden und wartete in sicherer Deckung auf seine Kollegen vom Mossad. Selbst hier konnte er die unglaubliche Hitze spüren, die von der Nordmauer wie mit einem Föhn herübergeweht wurde.

„Sorry, ich wurde aufgehalten“, keuchte Alon, dessen Lungen sich anfühlten, als hätten sie selbst schon Feuer gefangen. „Wo ist Simon?“
Hiob schüttelte den Kopf. „Er war drüben beim Eingang, als die Brücke hochging. Seither hat er sich nicht mehr gemeldet.“
Alons Gesicht verriet, wie bitter die Antwort schmeckte.
„Wir könnten Levin hinschicken, um nachzusehen“, schlug Hiob vor.
„Könnten wir“, bestätigte Alon wenig überzeugt. „Aber dummerweise haben wir noch ein ganz anderes Problem. Chess und David sind hier.“
„Wilder?“, hustete Hiob den Namen ungläubig heraus. „Wo stecken die beiden?“
„Ich weiß es nicht. Ich wollte David gerade anrufen, als die Brücke explodierte.“
„Waren sie...“ Hiobs Blick verriet, was er dachte.
Alon wich einer direkten Antwort aus. „Bevor wir uns um die anderen Sorgen machen können, müssen wir zuerst dieses Granatfeuer stoppen. Kannst du deine Leuchtkäfer bei diesem Wetter einsetzen?“
„Ist unser Waffenstillstand mit Burcely aufgehoben?“, fragte Hiob wie ein General, der nur darauf gewartet hatte, endlich seine Artillerie zum Einsatz zu bringen.
„Sagen wir, er ist vorübergehend ausgesetzt. Wie lange brauchst du?“
„Ist schon alles vorbereitet“, Hiob zeigte auf einen langen Schatten, der erst als Abdeckplane zu erkennen war, als er daran zog.
Alon lächelte, als hätte er nichts anderes erwartet. „Dann los. Schalte ihre Granatpistolen aus, und dann kaufen wir sie uns.“

***

In der Nähe des brennenden Wehrgrabens mischten sich dichte Rauchschwaden mit dem Regen. Chess und David waren durch den verwinkelten Zugang in die Festung zwar vor den unmittelbaren Folgen der Explosion geschützt gewesen, aber ihre Ohren klingelten seit dem Knall wie Telefone.

Nicht bewegen! David starrte in den Lauf einer Pistole und hätte gerne noch einen Schritt zurück gemacht, doch die Hitze, die die Mauer in seinem Rücken abstrahlte, wurde unerträglich. Chess stand neben ihm und leuchtete den bewaffneten Mann mit ihrer Taschenlampe direkt an. Er war Mitte dreißig und konnte sich selbst kaum auf den Beinen halten. Aus einer Wunde unter seinem Haaransatz tropfte Blut über das runde Gesicht. Obwohl er seine Lippen wie wild bewegte, blieb er stumm.

„...sagt mir endlich, was ihr hier macht!“ Simon wischte sich mit dem Ärmel seiner Jacke über die Stirn. Je länger er Chess und David betrachtete, desto weniger glaubte er, dass von ihnen eine Gefahr ausging.

„Verstehst du, was er sagt?“, flüsterte David in Richtung Chess, ohne dabei seinen Blick von der Pistole abzuwenden. Vor lauter Nervosität fiel ihm zunächst gar nicht auf, dass er auch seine eigene Stimme nicht hören konnte.

„...helfen... keiner von Shahids Leuten...“, hustete Chess, die noch mit dem eingeatmeten Rauch zu kämpfen hatte.

„Versteht ihr beide mich?“, wiederholte Simon die Frage laut und gestikulierte dabei heftig mit seiner freien Hand. „Sagt mir endlich, wer ihr seid!“

Wenn der sich weiter so aufregt, löst sich am Ende noch ein Schuss. David nahm seinen ganzen Mut zusammen und sprach den Pantomimen mit der Waffe direkt an. „Beachten Sie uns bitte gar nicht. Wir wollten nämlich gerade wieder gehen, als unser Rückweg explodierte. Mein Name...“ Er stutzte. *Ich kann mich selbst nicht hören!*

Simon schüttelte ungläubig den Kopf. „Hört mal, ihr beiden Clowns, ich habe keine Zeit..."
Davids Blick wanderte langsam zur Seite, bis er den von Chess kreuzte. „Ich kann euch nicht verstehen", erklärte er und deutete dabei auf seine Ohren. „Die Explosion hat mich taub gemacht."
Chess kommentierte mit einem Kopfnicken und einem weiteren Hustenanfall.
Simon senkte die Pistole. *Wenn die zu Shahid gehören würden, wären sie längst tot, so wie sie sich anstellen.*
„Danke...", hustete die Archäologin gequält, die sich nicht sicher war, ob das, was da in ihren Ohren zu rauschen begann, tatsächlich der Regen war, der das Telefonklingeln wegspülte.
David war sichtlich erleichtert, als die Waffe vor seinem Gesicht verschwand. „Ich bin David Wilder, wir sind Freunde von Alon und Hiob!", rief er so laut wie jemand, der glaubte, dass man ihm seine Stimme gestohlen hatte.
Simon nickte und begann gleich darauf zu taumeln, als würde ihm sein Gleichgewichtssinn einen Streich spielen. Dann sackte er zusammen.

***

Hiob hatte seine Dienstpistole gegen ein Maschinengewehr getauscht, das der Mossad als Rückversicherung für Notfälle in der Festung eingelagert hatte. Trotz dessen enormer Feuergeschwindigkeit blieben Shahids Männer mit ihren Brandgranaten immer noch ernstzunehmende Gegner. Wenn es ihnen gelingen würde, auch nur eine einzige Phosphorgranate in Richtung des MGs abzufeuern, war der Vorteil verspielt und Hiob tot.
„Wir sind so weit", funkte Alon zum Feuerleitstand im Südturm. „Ihr könnt jetzt das Licht aufdrehen!"

„Verstanden“, bestätigte Karim und richtete seine Worte an jene drei Männer, die sich an strategischen Punkten in Stellung gebracht hatten. „Wir haben nur diesen einen Versuch, um sie zu überraschen, also verspielt unseren Vorteil nicht! Sobald ihr eure Signalraketen abgeschossen habt, bringt ihr euch in Sicherheit. Ein einziger Schuss, dann verschwindet ihr!“
Karim begann, den vereinbarten Countdown herunterzuzählen.
Hiob wischte sich noch einmal das Wasser aus dem Gesicht und kniff seine Augen zusammen. *Schieß auf die Männer mit den Granaten... nur auf die Granaten...* Er wiederholte die Worte immer wieder. *Shahid ist kein primäres Ziel. Noch nicht! ...nur die Granaten.*
„3 - 2 - 1 - Jetzt!“, brüllte Karim ins Funkgerät.

***

Preston zuckte zurück, als zeitgleich drei weiße Leuchtkugeln fast 300 Meter hoch in den Abendhimmel stiegen, um den Innenhof zu erhellen. Durch das extrem schlechte Wetter war ihre Wirkung allerdings gedämpft. Trotzdem war es dem Commodore möglich, die schwarz gekleideten Angreifer in Dreiergruppen ebenso auszumachen wie die Überreste ihrer Opfer, die in Kreisen aus verbrannter Erde lagen.
Preston prägte sich den Anblick genau ein. *Der Regen ist viel zu stark, um sie mit dem Gewehr anzuvisieren... Das könnte Shahid sein... oder der... oder...*
Er konzentrierte sich auf Shahids Männer, die nach einer kurzen Schrecksekunde reagierten wie Ratten, die man in einer Speisekammer aufgescheucht hatte. Blitzartig stürmten sie vom beleuchteten Präsentierteller des Innenhofs in die Dunkelheit der unterirdischen Gangsysteme.
Sie arbeiten in Dreiergruppen mit jeweils einer Granatpistole pro Team. Ich sehe nur drei Teams... Es müssten aber

insgesamt zwölf Leute sein. Hastig suchte er das Gelände nach den fehlenden Männern ab, denn er wusste, dass das Licht der Signalraketen rasch erlöschen würde. *Wo steckst du, du Schwein? Zeig dich, Shahid! Ich bin nur deinetwegen gekommen...*

***

Alon und Hiob lauerten hinter einer Steinmauer der Baracken und verfolgten das Geschehen auf dem Innenhof. Auch wenn keiner von beiden es ausgesprochen hatte, so wussten sie doch beide, dass die Wirkung der drei Signalraketen deutlich schwächer war, als sie sich das erhofft hatten. Wortlos blickte Hiob durch ein Fernglas und machte keine Anstalten, das Feuer zu eröffnen.

„Hiob?“, fragte Alon mit drängendem Unterton. „Heller als jetzt wird es nicht mehr.“

„Noch nicht“, flüsterte Hiob, der eigentlich damit gerechnet hatte, dass Shahids Männer sofort auf die Schützen der Signalraketen feuern würden. Dadurch, dass sie stattdessen Hals über Kopf in den Untergrund flüchteten, bot sich ihm aber eine völlig neue Möglichkeit. *Nichts ist wichtiger, als einen Plan B zu haben.*

„Alon, was ist jetzt mit eurer Offensive?“, rauschte Karims Stimme aus dem Funkgerät. „Die 50 Sekunden Leuchtdauer sind gleich um, und dann war’s das mit unserem Überraschungsmoment.“

„Wir arbeiten daran, Karim“, war Alons knappe Antwort.

Hiob bedankte sich mit einem angedeuteten Kopfnicken. Seine ganze Aufmerksamkeit galt einer Holzkiste, die einer von Shahids Männern fallengelassen hatte, als sie ihren überhasteten Rückzug angetreten hatten. *In weniger als zwanzig Sekunden geht das Licht aus, und dann werden sie*

noch ein paar weitere Sekunden warten, bis sie wieder aus ihren Löchern gekrochen kommen wie die Ratten. „Siehst du die Holzkiste neben dem Gewölbeeingang in Zone C?“, fragte er mit leiser, ruhiger Stimme und reichte Alon das Fernglas.
Alons Blick suchte die Stelle.
„Rechts davon ist ein Erdloch mit einem Dreieck aus Metallstangen abgesperrt, die mit Stacheldraht umwickelt sind“, verfeinerte Hiob seine Beschreibung.
„Hab sie“, bestätigte Alon.
„Die hat einer der Typen vorhin fallen lassen.“
„Sieht aus wie...“
„Es sind Phosphorgranaten“, bestätigte Hiob mit einem verheißungsvollen Lächeln.
„So achtlos wie sie damit umgehen, wundert es mich, dass sie sich nicht schon selbst in die Luft gesprengt haben.“
Kurz nacheinander erloschen zwei der drei Lichter am Himmel.
„Dafür haben sie ja uns“, erklärte Hiob und packte das MG mit beiden Händen. „Wenn die Kiste hochgeht, haben wir genug Licht, um die, die dann noch atmen, von Hand zu erledigen.“
Die letzte Signalrakete flackerte noch einmal auf, dann wurde es wieder finster. Außer dem Prasseln des Regens war kein Geräusch zu hören.

***

Auch Shahid und ein Franzose namens Guy, der ihn begleitete, waren von den abgefeuerten Signalraketen überrascht worden. Anders als die anderen neun Männer waren sie aber nicht im unterirdischen Höhlensystem verschwunden, sondern hatten in den Ruinen an der Ostmauer, nicht allzuweit von der Kreuzfahrerkirche, Deckung gefunden.
„Wozu habt ihr das getan? Was hast du vor, Hiob?“ Shahid kniete neben einem auf dem Bauch liegenden Mann. Es war

einer der Schützen der Signalraketen, den der Ägypter auf seiner Flucht abgefangen hatte.
„Du strapazierst meine Geduld“, schnaubte Shahid, stach zu und verdrehte ruckartig das Messer in seiner Hand. „Wie viele von euch muss ich denn noch abstechen, bevor ich endlich an Hiob komme?“, fauchte er vorwurfsvoll, als er die Klinge wieder aus dem leblosen Rücken zog.
Der durchtrainierte Guy mit seinem militärisch gestutzten Schnurrbart stand grinsend daneben. „Vermutlich geraten Hiobs Leute bereits in Panik, weil sie merken, wie überlegen wir ihnen sind.“
„Nein!“ Shahid sprang blitzschnell auf und hielt dem Franzosen das blutige Messer vor sein überraschtes Gesicht. Guy wagte es nicht zu widersprechen und sah regungslos zu, als schwere Regentropfen wie Granaten auf dem geschliffenen Stahl niedergingen und in hellroten Fontänen explodierten.
„Leute wie Hiob geraten nicht in Panik. Niemals! Verstehst du? Niemals!“ Shahids Hand zuckte bei jedem seiner Worte, als wollte er ihnen mit der scharfen Klinge Nachdruck verleihen.
Guys Grinsen war längst eingefroren. „Ja... Ja, Mr. Shahid.“ Er gab sich alle Mühe, überzeugt zu wirken.
„Nicht Hiob.“ Der Ägypter ließ die verhasste Anerkennung durchklingen, die er für seinen Gegner empfand. „Nicht Hiob! Er tut nichts ohne Grund!“, stieß er drohend aus und senkte seine Waffe. „Ich kann es mir nicht leisten, ihn zu unterschätzen!“
Die Lichter der Signalraketen über ihnen erloschen nacheinander, doch nichts passierte.
„Was hast du vor, Hiob?“ Shahid kannte seinen Gegner gut genug, um dem Manöver dieselbe Bedeutung beizumessen, die es für Hiob zweifellos hatte.
Ein Funkspruch kam herein: „Sollen wir unseren Angriff jetzt fortsetzen?“ Es war einer der Männer, die sich in den

Gewölben versteckt hielten. Nachdem der Schutz der Dunkelheit wiederhergestellt war, brannten sie im wahrsten Sinn des Wortes darauf, ihr Werk zu vollenden.

Der Ägypter antwortete nicht.

„Mr. Shahid! Sollen wir den Angriff fortsetzen?"

Es war zu dunkel, um die Mimik in Shahids Gesicht erkennen zu können, doch Guy spürte, wie schwer es seinem Boss fiel, eine Entscheidung zu treffen.

Wieso hat er für Licht gesorgt, wenn er diesen Vorteil dann nicht genutzt hat, überlegte der Ägypter und starrte in die Nacht.

„Mr. Shahid?"

„Ja, ich bin hier!", fauchte er gereizt in sein Funkgerät.

„Uns läuft die Zeit davon, Mr. Shahid. In sieben Minuten holen uns die Hubschrauber ab."

„Keiner geht, bevor Hiob nicht erledigt ist!", stellte er mit granitharter Stimme klar.

„Selbstverständlich, Mr. Shahid. Aber das Feuer im Graben ist schon weit heruntergebrannt und wird ihre Verstärkung nicht mehr lange zurückhalten. Wenn wir Hiob erledigen wollen, dann müssen wir jetzt handeln."

***

Zweiunddreißig Sekunden waren seit dem Erlöschen der letzten Signalrakete vergangen und Hiob hielt das Maschinengewehr weiterhin auf den Punkt gerichtet, an dem sich die Holzkiste mit den Phosphorgranaten befand.

„Worauf warten wir?", flüsterte Alon.

„Bis Shahid seinen Ratten sagt, dass es sicher ist, den Bau zu verlassen", erwiderte Hiob mit gedämpfter Stimme.

„Und wenn er gar nicht hier..."

„Er ist hier!" Hiob klang, als würde er von der schwarzen Pest

sprechen. „Ich kann spüren, wie er in seinem Versteck hockt und sich fragt, wozu wir die Signalraketen abgeschossen haben. Er hadert mit einer Entscheidung: Angreifen oder Abwarten. Aber ihm läuft die Zeit davon, und er weiß es."
„Worauf wartet er dann noch?", fragte Alon, dessen Ungeduld mitunter fast ansteckend wirkte. „Wenn er wirklich hier ist, dann heißt das, dass sie den Hammer gefunden haben. Also warum nimmt er das Ding nicht und verschwindet?"
„Das kann er nicht. Nicht hier und nicht heute!" *Denn diesmal ist es etwas Persönliches. Eine Sache zwischen ihm und mir!*

***

Preston, an dem die Sinnhaftigkeit der scheinbar grundlos abgebrannten Signalraketen vorbeigegangen war, starrte durch sein Fernglas in die Dunkelheit. Trotz des eingebauten Restlichtverstärkers war wenig zu erkennen. Das schwere Unwetter legte sich wie ein dunkler Mantel über die Festung.
Worauf warten die eigentlich mit ihrem...
Sein Gedanke wurde von einem gleißend hellen Feuerring eingeholt, der sich explosionsartig über den Innenhof verteilte.
„Wow!" Preston riss das Fernglas von seinen Augen und presste sie fest zusammen. Er fühlte sich, als hätte er direkt in die Sonne geblickt. *Was zum Teufel war das?*
Gleichzeitig hallte das Rattern eines Maschinengewehrs von den Mauern wider und war so laut, dass selbst der Regen es nicht mehr zu dämpfen vermochte. Einige Sekunden vergingen, in denen der Commodore wild mit seinen Augen zwinkerte, um sie wieder an die Dunkelheit zu gewöhnen. Dann endete das Rattern so plötzlich, wie es begonnen hatte, und Preston wagte einen ersten, vorsichtigen Blick über den Mauervorsprung seines Turms.
Der halbe Innenhof schien zu brennen. Es sah aus, als hätte die

Hölle ihre Pforten geöffnet und riesige Drachen heraufgeschickt, deren feuriger Atem aus der Erde schlug. Die gleichzeitige Detonation der Phosphorgranaten hatte ihre Wirkung nicht verfehlt. Aus den Löchern und Gangsystemen in dem hügeligen Boden loderten meterhohe Flammen.
„Eine ausgezeichnete Idee", bemerkte Preston anerkennend. *Jetzt haben sie keine Möglichkeit mehr, sich im Untergrund zu verstecken.*
Plötzlich fing das MG wieder an zu feuern und jagte seine Kugeln als vermeintlich unsichtbares Sperrfeuer über den Platz. Doch aus einer ganz bestimmten Position war die Leuchtspurmunition zu sehen, die Hiob unter die normalen Patronen gemischt hatte. Die Glühkäfer, wie man die speziellen Projektile beim israelischen Militär gerne nannte, erlaubten es ihren Schützen, die Flugbahn der Kugeln auch bei Dunkelheit zu verfolgen. Möglich wurde das durch einen kleinen Brandsatz an der Projektilrückseite, der nach dem Abfeuern eine orangefarbene Leuchtspur erzeugte.

***

„Die Glühkäfer hätten wir uns eigentlich sparen können", bemerkte Hiob, nachdem er das Feuer wieder eingestellt hatte. „Diese explodierten Brandgranaten sind viel besser, um Licht in die Sache zu bringen."
Alon stimmte ihm zu. „Ich glaube, du hast die meisten erwischt."
„Jedenfalls alle, die mit den Granaten gespielt haben", bestätigte Hiob erleichtert. „Der Rest wird Handarbeit!"
Alon drückte die Sprechtaste am Funkgerät. „Karim, hörst du mich?"
„Klar und deutlich", kam prompt die Antwort. „Das Warten auf dieses Feuerwerk hat sich ja wirklich gelohnt. Wie ist die

Lage bei euch?“
„Wir haben für den Moment alles unter Kontrolle. Kannst du deine Leute zur Kirche schicken, um nachzusehen, ob sich dort noch jemand aufhält? Hiob denkt, dass Shahid hier ist, und das würde bedeuten, dass seine Leute auch den Hammer gefunden haben. Wenn er Recht hat...“ Er blickte zu Hiob. „...und davon gehe ich aus, dann kümmern wir uns um ihn.“

***

Mustafa Shahid schäumte vor Wut. Die Ausführung seines Befehls, den Angriff fortzusetzen, war einem verheerenden Feuersturm zum Opfer gefallen. Mit einem Schlag hatte sich das Blatt gewendet und ihn mehr als der Hälfte seiner Männer beraubt. An einen überlegenen Sieg war nicht mehr zu denken, und daher erhielt Guy den Befehl, den Hammer des Thor zu holen und gemeinsam mit dem alten Ahil zum Hubschrauber zu schaffen.
„HIOB!“, der Name brannte Shahid auf der Zunge wie das Phosphorfeuer auf der Haut seiner gefallenen Kämpfer. „Für uns beide ist es noch nicht vorbei!“
Wenn es an seinem ewigen Feind eines gab, das den Ägypter beeindruckte, dann war es dessen Talent, immer noch ein Ass im Ärmel zu haben. Doch diesmal, da war Shahid sich sicher, hatte Hiob nur ein Herz-Ass, und seine Klinge würde es stechen.
„Mr. Shahid, hier spricht Tahir“, kam eine Funkmeldung herein. Das Arabisch hatte einen starken französischen Akzent.
„Wo steckst du? Bist du allein?“, fragte Shahid.
„Nein, Malik ist noch bei mir. Wir haben uns in der Nähe der Haupttreppe verschanzt, die zum Museum hinunterführt. Den Innenhof mussten wir aufgeben... Aber wenn der Hubschrauber dort runtergeht, schießt ihn das Sperrfeuer sowieso in Stücke.“

„Ich werde den Piloten anweisen, auf dem Vorplatz vom Museum zu landen“, gab Shahid seine Planänderung bekannt. „Stellt sicher, dass euch keiner folgt, wenn ihr auch mit an Bord wollt. Legt jeden um, der sich blicken lässt. Jeden!“
„Wann kommt der Hubschrauber?“
„Sobald der Landeplatz gesichert ist“, beendete der Ägypter das Gespräch. Er hatte die steile Felsentreppe erreicht, die den oberen Innenhof mit dem etwa dreißig Meter tiefer gelegenen Zubau der Festung verband. Neben der breiten und langgezogenen Haupttreppe, die jetzt von Tahir und Malik gesichert wurde, war diese Abkürzung der einzige Weg zum Museum.

***

„Wie geht es ihm?“, fragte David und blickte zu Chess, die neben Simon auf dem Boden kniete.
„Ich bin Archäologin und keine Ärztin“, seufzte sie. „Er hat eine Menge Blut verloren, aber ich glaube nicht, dass er in Lebensgefahr ist.“ Sie stand auf. „Wir müssen irgendwie Alon oder Hiob erreichen.“
„Ich fürchte, dass die anderweitig beschäftigt sind. Das Feuer im Graben ist zwar so gut wie aus, aber dafür brennt es jetzt in der Festung ganz anständig. Und diese Schüsse... Ich bin sicher, sie wissen längst, dass Shahid ihren Plan durchschaut hat.“
„Hierbleiben und warten können wir auch nicht. Also los.“ Vorsichtig steckte die Archäologin ihre Nase hinter der Mauer hervor.
„Siehst du was?“, fragte David aus der zweiten Reihe.
Chess blickte die langgezogene Steintreppe hinunter, die der Dauerregen in Kaskaden verwandelt hatte. „Viel nicht... Doch, jetzt! Da sind zwei Gestalten, die...“
Eine Kugel schlug einen Meter neben Chess ins Mauerwerk ein

und ließ sie erschrocken zurückzucken. „Verdammt!“, fluchte sie lautstark.
„Ist dir was passiert?“, rief David besorgt.
„Nein... Nein, schon gut“, blockte sie ab. „Die wollen wohl nicht, dass ihnen jemand folgt.“
„Hast du jemanden erkennen können? Ist es Shahid?“ *Wo Shahid ist, ist Hiob hoffentlich auch nicht weit!*
„Machst du Witze, David? Ich bin ja schon froh, dass ich erkennen konnte, dass sie zu zweit sind. Ich glaube, sie bewachen den Treppenabgang.“
David zuckte mit den Schultern. „Damit kann ich gut leben. Ich muss da jetzt nicht runter.“
Chess sah ihn mit entschlossenem Blick an. „Hast du vergessen, dass wir noch immer im Eingangsbereich stehen? Wenn diese Leute hier rauswollen, dann müssen sie an uns vorbei. Jeder, der in Kerak ist, muss das. Und solange das Feuer im Graben hinter uns nicht erloschen ist, sitzen wir in dieser Sackgasse fest.“
David schluckte seine Gleichgültigkeit lautstark hinunter. „Das ist ein gutes Argument“, sagte er beunruhigt. „Ein sehr gutes Argument.“
„Kannst du damit umgehen?“ Chess zeigte auf Simons Pistole.
„Ja“, antwortete David. „Aber ich bin ein schlechter Schütze.“
„Das musst du ihnen ja nicht sagen, wenn du auf sie schießt.“
Der Lichtkegel von Davids Taschenlampe wanderte an Simons Pistole vorbei durch den verwinkelten Eingangsbereich der Festung. „Plan B“, murmelte er und suchte nach Alternativen: ein paar Steintafeln, zwei Statuen, eine völlig verrostete Kanone und ein Haufen Steinkugeln.
Chess kniete sich unterdessen auf den felsigen Boden und steckte noch einmal ihren Kopf um die Ecke. Die beiden Gestalten kamen direkt auf sie zu.
Wir müssen von hier verschwinden! Diesmal zuckte Chess

schon zurück, bevor der Schuss zu hören war. „Verdammt!“, wiederholte sie ihren Fluch. *Auf diese Entfernung habe ich mit meiner Armbrust keine Chance.* „Sie kommen! David, sie kommen!“

Chess blickte sich um. „David?“

„Hier!“, hörte sie seine angestrengte Stimme hinter einem Mauervorsprung. „Hilf mir mal!“, rief er.

Im selben Moment rollte Chess eine Steinkugel vor die Füße, die den Größenvergleich mit einer Wassermelone nicht zu scheuen brauchte.

„Ja, ich weiß, was ich tue“, nahm er die Antwort auf ihre ungestellte Frage vorweg. „Ich bin vielleicht ein schlechter Schütze, aber Bowling spielen, das kann ich!“

„Was...“

„Katapultkugeln!“, kam er ihr abermals zuvor. „Auf dem Schild dort steht, dass sie früher von den Angreifern in die Festung geschossen wurden.“ Er rollte eine weitere Steinkugel zu Chess hinüber. „Na ja, und ich denke mir, da ist es nur fair, wenn wir sie jetzt wieder zurückgeben. Sie sind zwar sauschwer, aber es geht ja zum Glück bergab.“ Mit beiden Händen schubste er das Geschoss hinter der Mauerkante hervor, ohne dabei selbst die Deckung zu verlassen. „Siehst du? Geht ganz einfach.“ Ein lautes Rumpeln bestätigte, dass die Kugel Fahrt aufnahm und sich ihren Weg über die Treppe bahnte.

Chess griff die Idee dankbar auf und schickte eine zweite auf die Bahn. „Wie viele davon haben wir noch?“

„Es sind noch genug da!“, rief er und lief zurück zur Ballausgabe. In diesem Moment läutete sein Handy.

„Tolles Timing!“, stellte die Archäologin fest und absolvierte ihren zweiten Wurf.

„Es ist Alon!“ David rollte Chess zwei weitere Kugeln zu.

„Wird auch höchste Zeit, dass die Kavallerie endlich anrückt. Ewig werden wir die Typen mit dem Bowlingabend nicht beschäftigen können."

***

Wilder retten! War ja klar, wer den Job bekommt. Hiob schlich im Schutz der Nordmauer auf den Eingang der Festung zu. Die Feuer des Innenhofs waren fast alle erloschen, und nur gelegentlich züngelte noch eine Flamme aus dem Untergrund. Auch der Regen schien ein wenig nachzulassen, und die beunruhigende Stille, die über Kerak lag, wurde nur durch ein steinernes Rumpeln gestört.
„Fallenlassen!", befahl eine Stimme und meinte damit die Pistole in Hiobs Hand.
Der Israeli vermied es, sich plötzlich umzudrehen und streckte stattdessen seine Hände ein wenig nach oben.
„Ich sagte, du sollst sie fallenlassen!"
Ohne seinen Gegner sehen zu können, war es für Hiob nicht ratsam, einen spontanen Überraschungsangriff zu starten. *Er steht nur ein paar Meter hinter mir. Ich muss mich...*
Ein Schuss knallte und Hiob verspürte einen brennenden Schmerz an der Außenseite seines rechten Oberarms. Fast gleichzeitig mit seinem gedämpften Stöhnen ließ er die Waffe zu Boden fallen. Sein erster Gedanke galt allerdings nicht der Sorge um seine Gesundheit, sondern einer alten Jagdweisheit. *Nichts ist gefährlicher als eine angeschossene Beute.*
„Und jetzt umdrehen!"
Der angeschossene Israeli befolgte die Anweisung diesmal prompt und stand einem durchtrainierten Mann gegenüber, der etwas kleiner war als er selbst. Nur mit viel Phantasie war der dunkle Fleck über der Lippe als Schnurrbart zu erkennen.
„Hiob!" Guy spuckte den Namen aus, als er sah, wen er da geschnappt hatte. *Ahil und seinen Hammer habe ich zwar nicht mehr angetroffen, aber mit dieser Jagdbeute...* Er zielte mit

seiner Pistole genau auf Hiobs Stirn, als er sich dem Israeli näherte. „Du bist doch Hiob? Nicht wahr?"
Sein Gegenüber schwieg, und es war zu dunkel, um aus dem kantigen Gesicht des Zweimeterhünen schlau zu werden.
„Na egal. Shahid wird dich schon..."
Das war zu nahe! Blitzschnell riss Hiob seinen Kopf nach links, während seine linke Hand die Pistole des Angreifers von sich wegdrückte.
Guys Gehirn brauchte weniger als eine halbe Sekunde, um auf die überraschende Attacke reagieren zu können, doch da hatte ihm Hiob bereits die rechte Faust in den Magen geschmettert. Durch das jahrelange Trainieren solcher Standardsituationen war der einstudierte Bewegungsablauf längst zu einem Kampfreflex geworden. Noch bevor Guy überhaupt begriff, was gerade passierte, spürte er Hände, die sich wie ein Schraubstock um seinen Hals legten.
Hiob riss den Oberkörper seines Gegners nach vorne und rammte ihm dabei das Knie mit solcher Wucht in den Brustkorb, dass die Rippen wie Streichhölzer splitterten. Als der Impuls zu schreien endlich Guys Lippen erreichte, war sein Genick längst gebrochen, und auch die alte Jagdweisheit hatte sich ein weiteres Mal bestätigt.

***

Mustafa Shahid erreichte keuchend den Platz vor dem Museum und schaute in alle Richtungen, als fühlte er sich verfolgt. Es war dieses donnernde Geräusch, dessen Ursprung er nicht ausmachen konnte, obwohl es rasch lauter wurde. Bedrohlich laut, wie er fand.
Links von ihm ragte der schroffe Fels steil empor, auf dem die ursprüngliche Westmauer stand. Zu seiner Rechten trennten ihn nur die löchrigen Überreste des Anbaus von einem Abgrund,

dessen Tiefe die Dunkelheit nicht einmal erahnen ließ. Den schmalen Streifen dazwischen hatte der Ägypter zur Landezone für den Hubschrauber erklärt, und genau dort schlug plötzlich eine mächtige Steinkugel krachend ins Mauerwerk ein.

„Was zur Hölle...“, fluchte Shahid und konnte gerade noch zur Seite springen, da donnerte auch schon ein zweites Geschoss vorbei und sprengte ein gewaltiges Loch in den Steinboden.

Weg hier! Instinktiv flüchtete der Ägypter zum Eingang des Museums, während die Katapultkugeln hinter ihm wie schweres Artilleriefeuer niedergingen. Die fast 100 Meter lange Felsentreppe war ihnen Beschleunigungsstreifen und Abschussrampe zugleich.

„Malik, Tahir? Was ist da oben los?“, brüllte Shahid in sein Funkgerät. „Meldet euch!“

Es rauschte nur.

„Malik, Tahir!“

Er presste das Funkgerät an sein Ohr und wartete mehrere Sekunden. Die Abstände zwischen den Einschlägen verkürzten sich unterdessen immer weiter und der Lärm wurde schier unerträglich. Shahids unsichtbarer Gegner feuerte, als hätte er Stalins legendäre Orgel im Einsatz.

„Guy? Wo steckst du? Ahil?“

Stille.

„Ihr verdammten Idioten, meldet euch gefälligst!“

Wieder vergingen einige Sekunden, dann meldete sich die vertraute Stimme des Hubschrauberpiloten: „Ich bin im Anflug, Mr. Shahid. Wo genau soll ich Sie aufnehmen?“

Der Ägypter klammerte sich an das Funkgerät wie an einen Strohhalm. „Ich bin beim Museum an der Westmauer und stehe unter schwerem Beschuss. Holen Sie mich sofort hier raus!“

„Selbstverständlich, Mr. Shahid. Aber da unten ist alles dunkel. Sie müssen mir die Stelle irgendwie ausleuchten, damit ich den

Vogel sicher aufsetzen kann.“
„Beeilen Sie sich!“ Shahid feuerte seine vorletzte Phosphorgranate ab und überzog die Treppe neben dem Museum mit einem Flammenteppich. Der Regen hatte mittlerweile aufgehört, und er war sich sicher, dass sein Signalfeuer eine Zeit lang zu sehen sein würde.

***

Er lädt seine Granatpistole nicht mehr nach. Also los! Preston hatte auf seinem Turm lange genug gewartet. Jetzt bot sich die perfekte Gelegenheit, Shahid das Licht auszublasen, wie der Commodore fand. Dass der Ägypter mit dem Phosphorfeuer auch noch für die passende Ausleuchtung seines eigenen Abgangs sorgte, war da schon fast zu viel des Glücks.
Das Treppenkatapult hat ebenfalls aufgehört zu feuern. Wahrscheinlich sind ihnen die Kugeln ausgegangen.
Preston stellte den Sicherungshebel seines Gewehrs auf *Kurzfeuer*. Dadurch löste jede Betätigung des Abzugs eine Serie von drei Schüssen aus.
„SHAHID!“, brüllte der Commodore von seinem Turm hinunter.
Wie vom Blitz getroffen zuckte der Ägypter zusammen und drückte sich mit dem Rücken gegen die Glastür des Museums. Sein derzeitiger Standort bot ihm kaum Deckung. Was Shahid aber noch viel mehr beunruhigte, war, dass er nicht sagen konnte, woher der Ruf gekommen war.
„Erinnern Sie sich noch an Sylvia?“
Der Ägypter riss den Kopf hoch und suchte mit seinem Blick die Festungsmauer ab. *Er muss irgendwo da oben sein.* „Was wollen Sie?“, rief er in Richtung des Turms, auf dem er einen Schatten zu erkennen glaubte.
„Ich will, dass Sie sich an Sylvia erinnern, bevor ich Ihr Hirn

über dem Platz verteile!“
„Mustafa Shahid ist tot! Es hat ihn bei der Explosion vorhin erwischt! Ich weiß nicht, wer Sie sind, aber ich bin bestimmt nicht der, den Sie suchen!“ Der Finger des Ägypters drückte den Sprechknopf an seinem Funkgerät. „Wieso kommen Sie nicht von Ihrem Turm herunter, und wir besprechen das Ganze in aller Ruhe? Dann können Sie sich davon überzeugen, dass ich nicht Shahid bin. Bitte töten Sie mich nicht!“ Dann fügte er leise hinzu: „Schnappt euch das Schwein“, und ließ den Sprechknopf los.
Preston zögerte. War es möglich, dass der Mann tatsächlich nicht der Gesuchte war? *Bei Nacht sieht ein Araber aus wie der andere. Ich will keinen von Burcelys Leuten abknallen, wenn es sich vermeiden lässt.* „Kommen Sie hervor, damit ich Sie besser sehen kann!“
„Wer garantiert mir, dass Sie mich dann nicht erschießen? Ich bin nicht Shahid!“, brüllte er aus Leibeskräften.
Preston drehte den Gewehrlauf ein Stück nach unten und zog am Abzug. Die Salve schlug weniger als einen Meter neben Shahids Füßen ein, wo zwei der drei Kugeln abprallten. Eine durchschlug die untere Hälfte der Museumstür, die sich in einem klirrenden Splitterregen auflöste. Die andere riss Shahid die Zehen am rechten Fuß ab und ließ ihn schreiend auf die Knie stürzen.
„Ich kann Ihr Gesicht noch immer nicht richtig sehen!“, rief Preston ungeduldig.

***

„Da vorne! Ich sehe sein Mündungsfeuer auf elf Uhr.“ Der Pilot des Helikopters gab Prestons Position an seinen einzigen Passagier weiter, der seine Maschinenpistole feuerbereit machte.

„Bestätigt! Zieh im Tiefflug drüber, dann blas ich den Kerl von seinem Turm.“ Der bewaffnete Mann öffnete die seitliche Tür der Passagierkabine.
„Wird erledigt!“
Der Pilot drückte den Hubschrauber nach unten, um sein Rotorengeräusch durch die hohe Festungsmauer möglichst lange zu verbergen. *Er wird uns erst sehen, wenn es zu spät ist.* Erst als er kurz vor der Steilwand war, zog er hoch und schaltete den Suchscheinwerfer ein. „Jetzt!“, rief er nach hinten und zwang den Helikopter in eine scharfe Rechtskurve.
Sofort begann die Maschinenpistole zu feuern und überzog den Turm im Vorbeifliegen mit einem dichten Kugelhagel, der Preston keine Chance ließ. Binnen Sekundenbruchteilen bohrten sich drei Kugeln in seine Brust und eine weitere in sein Becken. Für den Commodore war der Kampf vorbei, doch sein gekrümmter Finger reichte aus, um seinen eigenen Tod zu rächen. Durch die Bewegung des Hubschraubers verteilten sich die drei Kugeln aus Prestons Sturmgewehr und schlugen gleichmäßig verteilt in den Heckrotor ein.
„Getroffen!“, freute sich der Mann in der Passagierkabine, als er Preston zusammenbrechen sah.
„Verdammt, wir auch!“, brüllte der Pilot. „Der Heckrotor fällt aus! Ich kann uns nicht mehr ruhig halten. Wir müssen sofort runtergehen!“
Als wollte ihn der Hubschrauber bestätigen, schrammte das Heck an der Steilwand entlang. Das Geräusch, das das Metall des Helikopters machte, als es über den Fels kratzte, war entsetzlich und passte perfekt zu den Empfindungen der beiden Männer, die in die dunkle Schlucht trudelten.

***

„Sieht so aus, als hätte Shahids Fluchtfahrzeug eine Panne!“,

bemerkte Hiob in Richtung Chess und David, die Mühe hatten, mit seinem Tempo auf der Treppe mitzuhalten.
„Hiob!“, mahnte Chess eindringlich. „Bleiben Sie endlich stehen, wir müssen Ihren Arm verbinden.“
„Ich habe jetzt keine Zeit für Ihre Doktorspiele. Warten Sie hier. Ich bin gleich zurück!“, rief er, ohne sich umzudrehen.
David war ernsthaft versucht, Hiobs Anweisung zu befolgen, doch Chess dachte gar nicht daran, sich abschütteln zu lassen.
„Uns werden Sie nicht los!“
Hiobs Job war erledigt. Mehr als das, er konnte sich sogar die Rettung von Chess und David auf die Fahnen schreiben. Schließlich hatte er doch den Mann über die Westmauer geworfen, der ihren Bowlingkünsten so hartnäckig widerstanden hatte. *Jetzt ist Shahid dran, und keiner wird ihn diesmal retten!*
Als Hiob am Ende der Treppe ankam, war der Phosphorbrand kaum noch größer als ein Lagerfeuer. Der Israeli ließ den Lichtkegel seiner Taschenlampe über den Vorplatz kreisen und wurde rasch fündig. Die Blutspur seiner Beute war nicht zu übersehen. „Er hat sich da drinnen verkrochen.“
„Gut“, keuchte David. „Dann sitzt er in der Falle, und wir warten einfach, bis die Verstärkung kommt.“
„*Ich* bin die Verstärkung. Und *Sie* warten auf Alon!“ Hiobs Worte klangen wie in Stein gemeißelt und keiner widersprach ihm.
Das zerbrochene Türglas knirschte verräterisch unter Hiobs Schuhen, als er das Museum betrat. Die gläsernen Schaukästen waren dunkel, doch die Notbeleuchtung im Boden reichte ihm zur Orientierung.
Hiob ging hinter dem Steinsockel einer alten Rüstung in Deckung, um sich in Ruhe mit dem Gelände vertraut zu machen. „Shahid?“
Es blieb ruhig.

„Ich habe ein Stück von deinem Fuß neben dem Eingang gefunden. Das muss verdammt wehtun.“
Die Antwort des Ägypters kam in Form einer Pistolenkugel, die mit einem blechernen Scheppern gegen die Rüstung donnerte. „Na endlich!“, fauchte Shahid giftig. „Ich dachte schon, ich müsste hier allein verrecken.“
Hiob machte einen Satz, der ihn seinem Ziel einige Meter näher brachte und rollte sich gekonnt hinter einem Ausstellungskasten ab. „Das musst du auch. Ich bin nur vorbeigekommen, um sicherzustellen, dass du es dir nicht noch anders überlegst.“
„Wenn ich draufgehe, dann ist Thors Hammer für immer verloren!“ Shahids Stimme unterstrich, dass er zu allem entschlossen war.
„Das bist du mir wert“, antwortete Hiob unbekümmert und zielte mit seiner Pistole in Richtung einer hohen Glasvitrine, hinter der er Shahid vermutete. Zwei Schüsse knallten, um den Ägypter mit einem Scherbenregen zu überziehen, doch stattdessen blieben die Kugeln im Glas stecken.
„Panzerglas“, lachte Shahid verächtlich. Er hatte aus gutem Grund hinter einem ganz besonderen Ausstellungsstück Deckung gesucht, weil es durch spezielles Glas geschützt wurde. Nur die Rückwand der Vitrine bestand aus einer schwarzen Metallplatte, in die auch die Beleuchtung eingelassen war. Shahids Versteck war blickdicht. „Da geht nichts durch!“
Hiob nützte diesen Moment der Ablenkung und näherte sich wieselflink bis auf wenige Meter. Sofort explodierten mehrere Glasvitrinen über seinem Kopf im Kugelhagel.
„Komm nur!“, kreischte der Ägypter und feuerte weiter. „Die Kugel mit deinem Namen wartet noch im Lauf!“ Neuerlich knallten zwei Schüsse, doch dann folgte ein alles entscheidendes Klicken.

Leer! Hiob startete blitzschnell los und warf sich mit aller Kraft gegen die gepanzerte Glasvitrine. Der lebende Rammbock schlug so heftig ein, dass die Vitrine von ihrem Sockel gerissen wurde und den Ägypter lautstark unter sich begrub.
Dann wurde es still.
Hiob, der sich nach eigener Diagnose wenigstens zwei Rippen gebrochen hatte, rappelte sich auf und sah sich um. Beim harten Aufschlag waren die Klebestellen der Vitrinenrückwand gerissen und die aufgebogene Metallplatte hatte Shahids Körper etwas Platz gemacht.
„Du gibst ein schäbiges Ausstellungsstück ab“, sagte Hiob.
Shahid lag auf dem Rücken und wand sich wie eine sterbende Schlange in ihrem Terrarium. Er versuchte sich zu befreien, doch seine linke Hand war unter der schweren Glasscheibe eingeklemmt. Nur seine Beine ragten durch die quadratische Öffnung hervor, die einst der Sockel verschlossen hatte. „Worauf wartest du noch?“, spuckte der Ägypter die Worte zusammen mit einem blutigen Schleimklumpen aus. „Drück ab. Bring es endlich zu Ende!“
Hiob warf einen flüchtigen Blick auf die blutigen Überreste von Shahids rechtem Schuh. „Die Kugel kann ich mir sparen. Du hast bereits mehr Blut verloren, als in einen Gnom wie dich hineinpasst.“ Er drehte sich um und ging.
„HIOB!“, kreischte der Ägypter aus vollem Hals. „Es ist noch nicht vorbei!“ Shahid hatte sich das Beste für den Schluss aufgehoben. Seine zitternde Rechte zog die Granatpistole aus der Jacke und zielte an seinen Beinen vorbei in Hiobs Richtung. Sehen konnte er nichts, doch was hatte er zu verlieren?
Shahids Finger betätigte den Abzug und schlug damit den letzten Nagel in seinen gläsernen Sarg. Die Phosphorgranate streifte die Scheibe der Vitrine, prallte an den Resten des noch im Boden verankerten Sockels ab und detonierte schließlich in einem der angrenzenden Schaukästen. Binnen Sekunden stand

alles rund um ihn in Flammen.
„HIOB!", brüllte er immer wieder, während sich das Leder seiner Schuhe allmählich in der Hitze aufbog. „Es ist noch nicht vorbei", drohte er, während seine Hose mit seinen Beinen verschmolz. Es war eine böse Ironie des Schicksals, dass sein Glassarg ihn weitgehend vor dem Rauch schützte, der ein schnelles Ersticken bedeutet hätte. Stattdessen hatte der Ägypter noch die Gelegenheit, das verbrannte Fleisch zu riechen - sein Fleisch.

***

„Der Auftrag ist erledigt!", rief Hiob, als er aus dem brennenden Museum kam. „Und Shahid auch!" Der Kampf hatte deutliche Spuren an ihm hinterlassen. „Jetzt können Sie Ihren Verband anlegen, Schwester Chess", sagt er mit einem gequälten Lächeln.
Alon und Karim waren unterdessen mit zwei ihrer Männer zum Museum gekommen. Über der Festung kreisten zwei Hubschrauber mit Suchscheinwerfern, und ganz leise war das Gebell von Suchhunden zu vernehmen, die durch das unterirdische Gangsystem jagten.
„Ihr könnt froh sein, dass ihr noch lebt", sagte Alon in barschem Ton zu Chess und David. „Für Zivilisten..."
„Alon?", wurde er von Karim unterbrochen. „Kann ich dich kurz sprechen?"
„Das war knapp", lächelte David, als Alon ihnen den Rücken zugekehrt hatte. „Ich dachte schon, wir bekommen jetzt auch so eine Standpauke wie Sie neulich", sagte er in Richtung Hiob. „Sie wissen schon! Der Bär..."
Hiob knurrte böse, ließ es aber wenig glaubwürdig wirken.
In der Zwischenzeit informierte Karim Alon, dass es bisher keine Spur von Thors Hammer und dem alten Araber gab, der

sich als Leiter des Archäologenteams ausgegeben hatte. Und er brachte das Thema auf das Maschinengewehr, das den Kampf zu ihren Gunsten entschieden hatte.
„Es ist immer noch dein Kommando", sagte Alon.
Karim nickte und tat so, als würde er angestrengt nachdenken. „Wenn das so ist, dann befehle ich euch, das MG verschwinden zu lassen, bevor mich einer fragt, wie es hier hereingekommen ist." Er zwinkerte Alon zu.

***

Nicht nur beim Mossad hatte man registriert, dass Alon und Hiob ihren Auftrag, und damit die Nummer eins der Todesliste, erledigt hatten. Wie ein Lauffeuer verbreitete sich die Nachricht unter den Geheimdiensten und sorgte, zumindest kurzfristig, für Erleichterung.
Der Kampf gegen das Böse, das Shahid wie kein anderer verkörpert hatte, glich dem von Herakles gegen die Hydra. Für jeden Kopf, den man abschlug, wuchsen schon bald zwei neue nach. Es war demnach nur eine Frage der Zeit, bis das entstandene Machtvakuum neue, vielleicht sogar gefährlichere Männer auf den Plan rufen würde, um Shahids Platz einzunehmen.
„Tja, damit hätten wir dieses Abenteuer wohl beendet", sagte David im Kreis seiner Freunde, die sich in Chess' Haus versammelt hatten.
Chess nickte. „Ich finde es sehr schade, dass wir vielleicht nie erfahren werden, ob es den Hammer des Thor wirklich gegeben hat."
„Geht mir genauso", pflichtete Alon ihr bei. „Der Expeditionsleiter ist leider verschwunden und alle anderen sind tot." Er überlegte kurz, ob er Chess davon erzählen sollte, dass er den Polymerabdruck vertauscht hatte, den sie Professor

Nasser gezeigt hatten, entschied sich dann aber, dieses kleine Geheimnis für sich zu behalten.
„Soll ich Sie und Goliath heimfliegen?“, fragte Hiob, der seine angeknacksten Rippen anscheinend ebenso weggesteckt hatte wie den Streifschuss an seinem Arm.
David nickte erfreut. „Das wäre sehr nett von Ihnen.“
„Ich komme auch mit“, sagte Chess. „David hat mich eingeladen, mir sein kleines Anwesen etwas genauer anzusehen.“
„Quasi als Expertin für die vielen alten Dinge, die dort lagern“, erklärte David hastig. „Nicht, dass ihr denkt, wir suchen nach etwas Bestimmtem.“ Für seinen letzten Satz erntete er einen giftigen Blick der Expertin.
Alon sah Chess und David abwechselnd an. „Ihr wollt euch also Woodberry Mansion ansehen? Nur so?“, fragte er und war bemüht, nicht zu misstrauisch zu klingen.
„Ja, genau“, erwiderte Chess mit ihrem charmanten Lächeln und beugte damit jeder weiteren Frage vor. „Nur so!“

***

Einige Tage später dämpften knöchrige Finger eine Zigarette in der Augenhöhle eines Schädelknochens aus.
Der alte Ahil hatte Qian angerufen und ein sehr erfolgversprechendes Gespräch mit dem Doktor geführt. Jetzt tippte er eine weitere Nummer in sein verdrecktes Telefon und lauschte.
„Sie sind mit dem Anschluss der Zygon Fruit-Trading Ltd. verbunden. Derzeit können wir Ihren Anruf leider nicht persönlich entgegennehmen. Bitte hinterlassen Sie Nummer und Nachricht nach dem Signalton.“
Es piepte.
„Ms. Simmons?“, fragte er, „Hier ist Ahil. Sind Sie da?“ Er

wartete einen langen Moment, ob Cornelia Simmons den Hörer noch abnehmen würde, doch sie tat es nicht.
„Ich habe besorgt, was Sie wollten“, fuhr er fort. „Aber es gibt jetzt noch einen anderen Interessenten. Bitte rufen Sie mich an. Meine Nummer haben Sie ja.“
Er legte auf und sah sehr zufrieden aus. *Ich frage mich, wer von beiden wohl...*

***

Nachwort:

Wenn dir dieses Buch gefallen hat, dann stell es jetzt nicht in ein Regal, sondern gib es bitte an befreundete Leseratten und Bücherwürmer weiter. Eine Rückmeldung über dein Leseerlebnis würde mich sehr freuen: *buch@albert-knorr.com*

Sacer Sanguis II - Die Rückkehr

Autor & Verlag: Albert Knorr
Taschenbuch: 500 Seiten
1. Auflage: Sep. 2007, 2. Auflage: Okt. 2009
ISBN: 978-3-200-00969-1

David ist verheiratet und hat einen ruhigen Job als Computerfachmann in London. Die abendlichen Spaziergänge mit seinem vierbeinigen Freund sind ihm Aufregung genug. Wer David Wilder kennt, beschreibt ihn als warmherzigen, ehrlichen und humorvollen Menschen. Keine Eigenschaften, hinter denen man einen ehemaligen Kryptologen des israelischen Geheimdienstes vermuten würde.

Doch ausgerechnet der ist plötzlich wieder gefragt, als der Mossad eine Verräterin in den eigenen Reihen entdeckt. David soll die verschlüsselte Nachricht der vermeintlichen Spionin knacken. Was sich wie ein Gefallen unter alten Kollegen anhört, wird schnell zu einem lebensgefährlichen Abenteuer.

Sacer Sanguis II - Die Rückkehr

Ungekürzte Version

Autor & Verlag: Albert Knorr
Sprecher: Achim Zien
Umfang: 2 CDs
1. Auflage: Apr. 2010
Preis: 14,90 €
Laufzeit: über 14 Stunden
MP3-Hörbuch (14 Stunden) mit Booklet
ISBN: 978-3-950-26812-6

Sacer Sanguis III - Thors Hammer
Autor & Verlag: Albert Knorr
Taschenbuch: 500 Seiten
1. Auflage: Nov. 2008, 2. Auflage: Okt. 2010
ISBN: 978-3-200-01309-4

Wenn Alon seinen Job als einschläfernd bezeichnet, verstehen ihn die meisten völlig falsch. Der israelische Geheimagent erledigt seine Aufträge lautlos und endgültig.

Über die Archäologin Chess weiß er, dass sie im wahrsten Sinn des Wortes Leichen im Keller hat. Als sie ihn in ihr einsames Haus am Rande der jordanischen Wüste bittet, schätzt Alon die drohende Gefahr dennoch falsch ein. Chess ist nicht nur eine miserable Köchin, sie versteckt auch Reliquien vor einem eiskalten Psychopathen, dessen Name völlig zu Recht die Todesliste des Mossad anführt.

Als plötzlich Jäger und Gejagte ihre Rollen tauschen, wird nicht nur das Abendessen kalt. Ein lebensgefährliches Abenteuer an historischen Schauplätzen von Jordanien bis Schweden beginnt.

Sacer Sanguis I - Wien Nautilus

Autor & Verlag: Albert Knorr
Taschenbuch: 500 Seiten
1. Auflage: Okt. 2009, 2. Auflage: Okt. 2010
ISBN: 978-3-950-26810-2

Naturhistorisches Museum Wien: Ein Expertenteam soll einen archäologischen Fund untersuchen. Nur einer weiß, worauf sie sich einlassen. Seine Regierung hat Objekt L2471 bisher unter Verschluss gehalten - aus gutem Grund.

Während sich in Wien die ersten Nebel lichten, verdichten sie sich über den Bergfriedhöfen in den Südkarpaten immer mehr. Sylvia Jones wird von einem Biotechlabor zum Vorstellungsgespräch nach Transsilvanien eingeladen - beworben hat sie sich dort allerdings nie.

Leseempfehlung: Band I sollte zum besseren Verständnis erst nach Band II und III gelesen werden.

Sacer Sanguis IV - Snowdown in England

Autor & Verlag: Albert Knorr
Taschenbuch: 500 Seiten
1. Auflage: Okt. 2010
ISBN: 978-3-950-26811-9

David Wilder stellt sich auf einsame Weihnachten in seinem englischen Herrenhaus ein, da steht überraschend eine alte Freundin vor der Tür. Die Feiertage scheinen gerettet, wären da nicht diese unheilvollen Erdhügel, die im Keller heranwachsen.

Auch für eine Handvoll Piraten im Golf von Aden hält das Jahresende eine böse Überraschung bereit: Als sie erfahren, welches Schiff sie geentert haben, schlägt ihre Freude in blankes Entsetzen um. Es kommt zum heißesten Snowdown aller Zeiten, und das ist erst der Anfang...

Sacer Sanguis Evolution - Rote Elemente

Autor & Verlag: Albert Knorr
Co-Autoren: Marlen Raab, Thorsten Michel
Taschenbuch: 500 Seiten
1. Auflage: Okt. 2010
ISBN: 978-3-950-26817-1

1977 schickte die NASA zwei Voyager-Raumsonden los, um ferne Zivilisationen auf uns aufmerksam zu machen. Diese Einladung zur Erde blieb allerdings unbeantwortet, und so geriet das Projekt immer mehr in Vergessenheit.

Jahre später startet ein Team rund um den russischen Weltraumbastler Dmitrij zu einer völlig anderen Mission. Sein Improvisationstalent stellt Technik und Kollegen auf eine harte Probe. Gerade als einer der Astrophysiker das NASA-Maskottchen füttert, geht ein Signal von außerhalb des Sonnensystems ein: Voyager 2 wurde reaktiviert...